D1688973

BASTEI LÜBBE
TASCHENBUCH

Weitere Titel der Autorin:

Mein dunkler Gefährte

Über die Autorin:

Susan Squires wuchs in Kalifornien auf und studierte an der UCLA Englische Literatur. Nachdem sie jahrelang einen »ordentlichen« Job ausgeübt hatte, entdeckte sie ihre Liebe zum Schreiben wieder. Ihre außergewöhnlichen Liebesromane wurden mehrfach für Romance-Preise nominiert.

Susan Squires

BLUTROTE SEHNSUCHT

Roman

Aus dem amerikanischen Englisch von
Ulrike Moreno

BASTEI LÜBBE
TASCHENBUCH

BASTEI LÜBBE TASCHENBUCH
Band 16578

1. Auflage: April 2012

Dieser Titel ist auch als E-Book erschienen.

Vollständige Taschenbuchausgabe

Bastei Lübbe Taschenbuch in der Bastei Lübbe GmbH & Co. KG

Deutsche Erstausgabe

Für die Originalausgabe:
Copyright © 2006 by Susan Squires
Titel der amerikanischen Originalausgabe: »The Burning«
Originalverlag: St. Martin's Paperbacks/St. Martin's Press, New York, USA
Dieses Werk wurde im Auftrag von St. Martin's Press LLC durch die
Literarische Agentur Thomas Schlück GmbH, 30827 Garbsen,
vermittelt.

Für die deutschsprachige Ausgabe:
Copyright © 2012 by Bastei Lübbe GmbH & Co. KG, Köln
Textredaktion: Dorothee Cabras, Grevenbroich
Titelillustration: © Stephanie Ganger, Guter Punkt,
unter Verwendung von Motiven von shutterstock
Umschlaggestaltung: Guter Punkt, München
Satz: Urban SatzKonzept, Düsseldorf
Gesetzt aus der New Caledonian
Druck und Verarbeitung: GGP Media, Pößneck
Printed in Germany
ISBN 978-3-404-16578-0

Sie finden uns im Internet unter
www.luebbe.de
Bitte beachten Sie auch: www.lesejury.de

Der Preis dieses Bandes versteht sich einschließlich
der gesetzlichen Mehrwertsteuer.

Für Jennifer Enderlin, die es vermutlich müde ist, dass ihr so viele Bücher gewidmet werden. Aber sie muss es hinnehmen, weil sie solch ein wichtiger Bestandteil dieser Arbeit ist. Sie sagte genau zum richtigen Zeitpunkt: »Mehr.« Und es ist auch für Henry, ohne den diese Bücher überhaupt nicht existieren würden.

1. Kapitel

*Transsylvanien,
Provinz des Habsburgerreiches,
September 1820*

Sie ließen ihre Hände über seinen Körper gleiten. Sechs Hände strichen über seine Brust, über seine Hüften und Schenkel und die prallen Armmuskeln bis zu der Stelle, wo seine Handgelenke über seinem Kopf gefesselt waren. Ihre Fingernägel kratzten ein wenig, beinahe drohend. Er wusste, was bevorstand. Die Steinbank, auf der er lag, war hart unter seinem nackten Gesäß und seinen Schultern, aber es war zumindest warm im Zimmer. Sie liebten Hitze, die ein wahrer Luxus im Winter in den Karpaten war. Erhellt wurde der Raum nur von dem Feuer, das in dem mächtigen steinernen Kamin brannte und ihre Gesichter in dem flackernden Licht fast unwirklich erscheinen ließ. Ihre Augen glühten rot. Jetzt würden sie ihn sich gefügig machen. Ihr leises Stöhnen erfüllte das Gewölbe tief im Fels unter dem Kloster. Er kannte inzwischen jede Nische und Spalte dieses Raumes, der seine Folterkammer und vielleicht auch seine Rettung war.

»Nehmt ihn euch heute gründlich vor, Schwestern!«, flüsterte eine von ihnen, deren Brüste seinen Bauch streiften.

»Verdient er das Vertrauen unseres Vaters?«, raunte eine andere an seinem Ohr.

Er spürte das Ziehen in seinen Lenden, dem nachzugeben er nicht wagte, und hatte keine Ahnung, ob sie dieses Bedürfnis herbeiführten oder ob er selbst es war. Eine Zunge glitt über seine Brustwarze, und er konnte gar nicht anders, als sich ihr *entgegenzubiegen. Die Ketten rasselten. Eine Hand umfasste seine Hoden. Er spürte das leichte Kratzen spitzer Zähne an seiner Kehle. Sie wollten heute Nacht Blut. Er wartete auf den Schmerz. Wie würde er ihre »Zuwendungen« in den endlos langen nächsten Stunden ertragen?*

Buße. Du verdienst es, sagte er sich. Tausend Jahre Qual würden deine Verbrechen nicht sühnen. Aber du hast eine Chance, Erlösung zu erlangen, und sie werden dir dazu verhelfen.

Er atmete, wie sie es ihn gelehrt hatten, richtete seine Gedanken ganz nach innen und suchte nach einer Insel der Kontrolle. Seine Schultern entspannten sich. Jegliche Gefühlsregung verließ ihn nach und nach. Der Schmerz beim Öffnen seiner Halsschlagader war nur ein Begleitumstand, mehr nicht. Eine von ihnen trank sein Blut, während die anderen seine körperliche Erregung schürten.

Aber jetzt war er bereit zu allem, was auch immer sie mit ihm vorhaben mochten. Er würde tun und werden, was nötig war. Ganz gleich, was es ihn kostete, er würde Buße tun.

*Cheddar Gorge, Wiltshire,
März 1822*

»Ich werde nicht ewig leben, Ann.« Ihr Onkel Thaddeus blickte unter seinen buschigen weißen Augenbrauen zu ihr auf und faltete die Zeitung, die er las. »Mein Herz ist nicht in Ordnung.«

»Unsinn, Onkel. Du bist viel zu stur zum Sterben.« Ann van Helsing setzte sich in ihren Lieblingssessel und lächelte ihren Onkel an. Er war nicht stur, aber es ärgerte ihn, wenn sie behauptete, er sei es. Heute Abend wollte sie ihren Onkel nicht über das Sterben reden hören, auch wenn seine Haut in letzter Zeit wie Pergament aussah und er bei der geringsten Aufregung schon schwerer atmete. In der Bibliothek, in der sie saßen, brannte ein anheimelndes Feuer im Kamin, dessen Prasseln und Knacken fast das Klopfen der Äste gegen das Fenster und das Pfeifen des Windes draußen übertönte. *Verführung*, der letzte Roman von Jane Austen, lag offen auf einem zierlichen Tisch mit fein geschnitzten Beinen. Ann hielt ihren hölzernen Seitenwender darüber, den sie benutzte, weil sie die Seiten nicht direkt berühren konnte, da sie von zu vielen Menschen in der Leihbücherei angefasst worden waren. Aber es war so gemütlich in der Bibliothek, dass sie den Moment nicht mit Gerede über Tod und Sterben verderben wollte.

»Diesmal wirst du mich nicht vom Thema ablenken, junge Dame.« Ihr Onkel legte seine Zeitung beiseite und stemmte seine massige Gestalt aus dem roten Ledersessel vor ihr hoch. »Und ich bin *nicht* stur.«

Ann verkniff sich ein Lächeln und blickte zu seinem besorgten Gesicht auf, das ihr so lieb geworden war. Er meinte es nur gut mit ihr. »Nun, vielleicht könnten wir uns dann ja auf ... einen dickfelligen Charakter einigen?«

Aber Onkel Thaddeus war nicht zum Scherzen aufgelegt. »Du weißt, was dich vielleicht nach meinem Tod erwartet.« Seine Augen verdunkelten sich, seine Stimme war rau vor Emotion. »Dann musst du versorgt sein, Ann.«

»Das bin ich. Mein Vater hat sehr gute Vorsorge für mich getroffen. Ich habe reichlich Geld und Eigentum«, erwiderte sie schulterzuckend, als wäre es das, wovon ihr Onkel sprach. Maitlands beispielsweise war ein Geschenk ihres Vaters an sie. Da er es durch die Heirat mit ihrer Mutter erlangt hatte und es somit nicht an den Brockweir-Titel gebunden war, konnte er darüber verfügen, wie er wollte. Anns Onkel, der den Titel und die dazugehörigen Ländereien besaß, figurierte als ihr Vermögensverwalter, wenn auch nur dem Namen nach, seit sie volljährig geworden war.

»Das meinte ich nicht, Ann.« Mit grimmig zusammengezogenen Brauen begann ihr Onkel, auf seinen Absätzen zu wippen, und steckte die Hände in die Hosentaschen. Ann sagte nichts und hoffte, dass seine Gedanken einen fröhlicheren Weg einschlagen würden. Dann räusperte er sich. »Dein junger Cousin scheint ein netter Kerl zu sein.«

Ann warf ihm einen erstaunten Blick zu. »Dieser ... Aal? Der ist entschieden zu glatt, Onkel, ganz zu schweigen davon, dass er Hängebacken hat. Das wirst du doch nicht bestreiten wollen, oder?«

Ihr Onkel war klug genug, nicht auf das Thema »Hängebacken« einzugehen. »Du bist nur nicht an Stadtmenschen gewöhnt, Ann, so zurückgezogen, wie du auf dem Land gelebt hast. Er ist die letzten sechs Jahre auf dem Kontinent gewesen. Es gibt nichts Besseres als große Reisen, um Kultiviertheit zu erlangen.« Er räusperte sich wieder. »Und er scheint interessiert an dir zu sein.«

»Das mag ja sein, aber ich bin *absolut nicht* interessiert an ihm.« Sie sah, dass ihr Onkel zu einer Erwiderung ansetzte, und zog die Brauen hoch. »Du weißt, dass du mich mit diesem Gerede höchstens noch in meiner Entschlossenheit bestärken wirst, Onkel Thaddeus«, warnte sie.

Er biss sich auf die Lippe. »Die Leute halten dich deines Äußeren wegen für schwach«, murmelte er. »Wenn sie wüssten, wie starrsinnig du bist ...«

In gespielter Empörung lehnte sich Ann zurück. »Ich bin die Nachgiebigkeit *in Person*, Onkel«, sagte sie mit einem Lächeln, weil sie wusste, dass er sie liebte, egal, wie schwierig sie auch war.

»Ich habe ihn eingeladen, bei uns zu wohnen«, erwiderte ihr Onkel.

Ihr Lächeln verblasste. »Du hast *was*?«

»Ich ... ich dachte, ihr solltet einander besser kennenlernen.« Er wich ihrem Blick aus.

»Ich will diesen aalglatten ... Kerl nicht auf Maitlands Abbey haben!«, sagte Ann empört.

»Er gehört nach Maitlands. Wenn dein Vater es dir nicht überschrieben hätte, wäre es an Erich gegangen. Er ist der Letzte der Van Helsings. Und ich glaube, er hat nicht viel. Kannst du Maitlands nicht wenigstens für eine gewisse Zeit mit ihm teilen?«

Wenn er es so ausdrückte ... »Du hast mehr Anspruch auf Maitlands als er. Es ist dein Zuhause. Und du kannst einladen, wen du willst.«

»Ich will Maitlands nicht«, entgegnete ihr Onkel ruhig. »Sobald ich weiß, dass du versorgt bist, werde ich nach Hampshire ziehen.«

Versorgt? Was sollte das denn heißen? »Du denkst doch nicht etwa, wir würden ein Paar ... Du *weißt*, dass eine Heirat für mich ausgeschlossen ist, nach dem, was Mutter zugestoßen ist.«

»Sicher, Ann. Natürlich weiß ich das«, erwiderte er mit einer beschwichtigenden Handbewegung. Doch er hatte noch nicht aufgegeben, das konnte sie in seinen Augen sehen. »Aber nicht alle Ehen sind ... mit körperlicher Intimität verbunden.«

Die Härchen an Anns Armen richteten sich auf. Der bloße Gedanke an intime Beziehungen mit diesem dickbäuchigen Faun von einem Mann, dessen Mund und Glupschaugen sie an die eines Fisches erinnerten und dessen hochfahrendes, herablassendes Auftreten sie zutiefst abstieß, war mehr, als sie ertragen konnte.

»Na schön, von mir aus kann er kommen«, sagte sie, weil sie es ihrem Onkel nicht verweigern konnte. Doch alles hatte seine Grenzen. »Aber glaub ja nicht, dass ich mich wie ein preisgekröntes Kalb auf dem Viehmarkt zur Schau stellen lassen werde.« Sie drohte ihm mit dem Finger. »Ich werde nie heiraten. Und schon gar nicht diesen Erich van Helsing.«

»Sei einfach nur höflich und zuvorkommend zu ihm.«

Ann biss sich auf die Unterlippe. »Du weißt nicht, was du da verlangst.« Doch sie lächelte ihn an. »Aber dir zuliebe werde ich es tun. Und um Kraft zu sammeln, sollte ich mich jetzt besser zurückziehen, glaube ich.« Nachdem sie ihrem Onkel eine Kusshand zugeworfen hatte, verließ sie die Bibliothek. Erich van Helsing unter ihrem Dach und um sich zu haben, würde mehr als lästig sein. Nachdenklich stieg sie die Treppe zum dritten Stock hinauf. Dort, unter dem Dachgesims, lag das Kinderzimmer, der einzige Ort, an dem sie sich sicher fühlte. Leise, um nicht den Türklopfer in Bewegung zu setzen, zog sie die Tür hinter sich zu und lehnte sich dagegen, als könnte sie so die Tatsache ausgesperrt lassen, dass ihr Onkel wirklich gebrechlich war und sie einen Albtraum von Hausgast haben würde.

Zumindest hatte sie ihren Zufluchtsort, das Kinderzimmer. Prüfend blickte sie sich um. Das schmale Bett mit der farbenfrohen Tagesdecke stand unter dem Mansardenfenster, an dem der Wind jetzt rüttelte. Auf der kleinen Frisierkommode waren Tiegelchen und Pinsel aufgereiht. Bücherregale, die an der Innenwand vom Boden bis zur Decke reichten, schirmten das Zimmer vor dem Rest der Welt ab. Zwei schon etwas abgegriffene Puppen saßen auf dem Fensterbrett. Die Teppiche, die auf dem Boden lagen, hatte ihr inzwischen lange verstorbenes Kindermädchen Malmsy geknüpft. Alles hier war Ann vertraut. Sie ging zu den Puppen und berührte eine, wobei sie ausschließlich Erinnerungen an ihre eigene Kindheit überkamen. Sie vermisste ihre Malmsy, die sich um sie gekümmert hatte, seit sie ein kleines Kind gewesen war. Malmsy war die Einzige, deren Berührung keine Qual für sie gewesen war, die Einzige, die sie je umarmt hatte. Natürlich war ihre Amme gestorben, bevor das volle Ausmaß von Anns Leiden zutage getreten war. Ann fragte sich, ob nach ihrem fünfzehnten Geburtstag vielleicht sogar Malmsys Berührung eine Qual für sie gewesen wäre.

Das schmerzliche Verlustgefühl, das sie nie ganz losließ, durchflutete Ann wieder. Menschliche Berührungen blieben ihr verwehrt. Sie ließ sich in den kleinen Sessel vor ihrer Frisierkommode sinken. Obwohl er für ein Kind gefertigt war, passte sie immer noch hinein. Das Gesicht, das sie aus dem Spiegel anschaute, sah aus, als gehörte es nicht in diese Welt. Weißblondes Haar umrahmte zarte Gesichtszüge, eine gerade, kleine Nase und einen fein geschnittenen Mund. Die grauen Augen sahen aus, als sähen sie Gespenster, was sie in gewisser Weise ja auch taten, oder zumindest doch, wenn sie etwas berührte. Ihre Haut war blass, fast durchsichtig. Alles in allem sah sie viel zu zerbrechlich aus für diese Welt. Was ebenfalls den Tatsachen entsprach.

Ihr Onkel hatte recht, was ihre Zukunft anging. Auch wenn sie sich bemühte, ihre Ängste mit einem Schulterzucken und einem Lächeln vor ihm zu verbergen, waren ihre Aussichten doch ziemlich düster. Ihr Fluch war, dass sie durch bloße Berührung alles über andere erfuhr. Menschen zu berühren, brachte eine Flut von Bildern aus deren Vergangenheit mit sich und ließ Ann ihre Gefühle und den unverfälschten, oft widersprüchlichen Kern ihrer Natur erkennen. Aber nicht nur für sie waren Berührungen ein Schock, sondern fast ebenso sehr auch für die jeweilige Person, die die Erfahrung machte. Selbst

Dinge anzufassen, rief Eindrücke von all den Menschen, die den Gegenstand im Laufe seiner Existenz berührt hatten, in ihr hervor. Wenn sie nicht aufpasste, wurde sie von all den auf sie einstürmenden Informationen derart überwältigt, dass sie nicht einmal mehr denken konnte.

Dieser Fluch, der auf allen Frauen ihrer Familie lastete, hatte ihre Mutter in den Wahnsinn getrieben, und früher oder später würde er auch Anns Verstand verwüsten. Wahrscheinlich würde sie dann in einer Zelle enden, mit Ketten um ihre zarten Fußknöchel, auf schmutzigem Stroh am Boden liegend und schreiend, bis sie zu heiser war, um auch nur zu krächzen.

Ihr ruhiges Leben hier, unter dem Schutz ihres Onkels, hatte das Unvermeidliche bisher abgewendet, doch wenn er starb, würde Friedensrichter Fladgate einen Weg finden, sie einzuliefern. Sie war ein Albtraum für das Dorf, die »Andersartige«, die Dinge wusste, die niemand wissen durfte. Alle in der Ortschaft waren überzeugt davon, dass ihre Geheimnisse nicht sicher waren, solange Ann auf Maitlands Abbey lebte.

Und wenn sie heiratete? Dann war das Irrenhaus ihr sicher. Es schauderte sie bei dem Gedanken, dass ein Mann sie anfasste und mit einer Fülle von Bildern und Erfahrungen überschüttete. Der Wahnsinn hatte ihre Mutter genau in jener Nacht ereilt, in der Ann gezeugt worden war. Es war das erste Mal gewesen, dass ihre Eltern versucht hatten, eheliche Beziehungen aufzunehmen. Am nächsten Morgen war ihre Mutter nackt und sabbernd aufgefunden worden. Im Jahr darauf war sie in einer Anstalt verstorben. Das war kurz nach Anns Geburt gewesen, und ihr Vater hatte vor lauter Reue und Schuldbewusstsein einen Entschluss gefasst, der einem Selbstmord gleichkam. Er hatte sich freiwillig für Wellingtons Vorhut in Salamanca gemeldet – was zwar definitiv ein selbst auferlegtes

Todesurteil war, ihm aber trotzdem ermöglichte, in geheiligtem Boden bestattet zu werden.

Nein, Ann würde ganz bestimmt nicht heiraten. Sie würde nie im Leben einen Mann anfassen, wenn sie es verhindern konnte. Und die Dorfbewohner irrten sich. Sie wollte ihre Geheimnisse gar nicht wissen. Und auch ihr Onkel hatte unrecht. Es gab nichts, was Erich van Helsing tun konnte, um sie zu »versorgen«.

Konnte sie nicht einfach weiter hier mit ihrem Onkel leben? Eine leise innere Stimme sagte ihr, es sei nicht fair ihm gegenüber, dass er sich hier aufhalten musste und nicht in seinem eigenen Zuhause sein konnte. Aber es war ja nicht so, als hätte er Familie dort. Er war Junggeselle geblieben, weil er nicht hatte riskieren wollen, ein weibliches, mit dem Familienfluch gestraftes Kind wie sie zu zeugen.

Ann verzog das Gesicht. Es war nicht zu vermeiden, dass sie eines Tages allein und ohne Freunde dastehen würde.

Seufzend zog sie das Kleid aus, das sie so geändert hatte, dass es sich vorne schließen ließ. Sie hatte nur vier Kleider, die alt genug waren, um bequem zu sein. Es war zu aufreibend, sich an ein neues zu gewöhnen, weil die Erlebnisse des Webers, der Näherin und der Verkäuferin sie immer wieder bestürmen würden, bis das Kleid eine Zeit lang getragen war und sie verblassten. Ann öffnete die Bändchen des kleinen Korsetts, das sie ebenfalls abgeändert hatte, um sich ohne Hilfe einer Zofe entkleiden zu können, und streifte ein altes Leinennachthemd über. Der inzwischen weich gewordene Stoff schmiegte sich an ihren Körper, als sie unter die Steppdecke kroch, die Malmsy für sie genäht hatte. Heute Nacht würde sie einmal nicht an ihre Zukunft denken.

Sie hoffte nur, nicht wieder von Träumen heimgesucht zu werden.

London,
März 1822

Ein halbes Dutzend Zeitungen auf dem Tisch vor sich, saß Stephan Sincai allein im Café des Hotels *Claridge*, als die Sonne unterging. Die anderen Hotelgäste befanden sich im Restaurant, aus dem er das Klirren von Porzellan und Gläsern und Stimmengewirr hören konnte. Stephans mürrisches Gesicht pflegte die angeregten Gespräche dort zum Verstummen zu bringen. Oder vielleicht waren es auch die elektrisierenden Schwingungen in der Luft, die jemanden seiner Gattung stets begleiteten. Menschen spürten diese Energie. Das Café, das abends verlassen war, war seinen Zwecken sehr viel dienlicher. Bei Tageslicht boten ihm die Fenster einen guten Ausblick auf die Ecke Brook Street und Davies Street, doch jetzt war in dem dunklen Glas nur sein eigenes Spiegelbild zu sehen. Es hatte sich seit ... Ewigkeiten nicht verändert: schwarze Augen, schwarzes Haar, das ihm in leichten Wellen bis auf die Schultern fiel, hohe Wangenknochen und ein sinnlicher Mund mit vollen Lippen, die von tiefen Linien umgeben waren.

Drei Tage waren seit dem Mord in der Whitehall Lane vergangen. Die Londoner Zeitungen berichteten immer noch ganz groß darüber. Die Polizei war ratlos, was den Täter anging. »Als hätte er sich in Luft aufgelöst«, hieß es allerorts.

Und genau so war es auch.

Das würden die englischen Behörden jedoch nie erraten. Was wussten sie schon von den Fähigkeiten, die der Parasit in seinem Blut, sein *Gefährte*, ihm verlieh? Stephan sah aus wie jeder andere Mann. So wie auch der Schatzkanzler wie jeder andere Staatsdiener ausgesehen hatte. Aber der Schein trog. Sie waren Vampire. Stephan war schon so geboren worden, der Schatzkanzler jedoch war von diesem Abtrünnigen Kilkenny zu einem Vampir gemacht worden. Und das war Stephans Schuld. Er starrte auf das Gesicht, das sich in dem dunklen Glas des Fensters widerspiegelte. Er hatte den Schatzkanzler ermordet, weil es seine Aufgabe war zu bereinigen, was er auf die Welt losgelassen hatte, und den Bund der in Vampire verwandelten Menschen auszurotten, die die englische Regierung zu übernehmen drohten. Stephan hatte der Kreatur den Kopf abgerissen und dann die Macht des Gefährten herbeigerufen, um sich in Luft aufzulösen, wie es nur seine Spezies konnte.

Niemand würde es je erfahren. Die Fähigkeiten seines Gefährten gingen über ihr Vorstellungsvermögen hinaus. *Er* war der wahre Vampir. *Er* verlangte, dass seine Gattung Menschenblut trank, und wenn der Hunger sie packte, konnten sie sich ihm nicht verweigern. Im Gegenzug dazu gab er ihnen jedoch die Macht, sich von einem Ort an einen anderen zu versetzen, und verlieh ihnen geschärfte Sinne und unglaubliche Kraft. Stephan konnte sich einen schwächeren Geist durch pure Willenskraft gefügig machen, und der Parasit, der sein Blut teilte, heilte jegliche Verletzung seines Wirts, sodass er buchstäblich unsterblich war. Das machte ihn zum personifizierten Bösen für die Menschen. War er das? Stephan konnte sich diese Frage heute Abend nicht beantworten.

Er verdrängte die Erinnerung an die schreckliche Tat, die er begangen hatte. Töten war seine Aufgabe. Er war der *Harrier*, der Jagdhund. Er musste seine Aufgabe vollenden, um für seine Vergehen gegen die Ältesten zu büßen. Und er würde weiter töten müssen. Er konnte nur hoffen, dass er dem gewachsen sein würde.

Stephan wandte sich wieder den Zeitungen zu und überflog die kleinen Artikel mit den Nachrichten aus den Provinzen. Hier in England wurden sie »Grafschaften« genannt, und alle endeten auf »-shire«, aber niemand sprach je alle Silben aus. Was für faule Menschen in diesem Land lebten! In den letzten drei Tagen musste er an die hundert Zeitungen gelesen haben. Die Hoteldiener brachten ihm Abend für Abend ganze Stapel.

Ein Kribbeln lief durch seine Adern. Dagegen würde er etwas unternehmen müssen, denn es war nicht gut, den Hunger zu stark werden zu lassen. Nur ein Schlückchen. Genug, um sich zu stärken, und nicht genug, um seinen Spender, wer immer das auch sein würde, zu verletzen. Stephans Selbstkontrolle war noch immer nicht perfekt, und er musste bei Kräften bleiben. Hoffentlich würden seine Bemühungen genügen! Die Ausgeglichenheit der Welt und die seines eigenen Verstandes hingen davon ab.

Stephan schlug eine Seite der Zeitung um und knickte sie. Er konnte sich nicht mal die Angst erlauben, dass er scheitern könnte. Im Moment war ihm nicht einmal die kleinste Gefühlsregung gestattet. Er schob das Weinglas beiseite, um Platz für eine Regionalzeitung aus der südlich von Bath liegenden Domstadt Wells zu schaffen, und begann mit der Seite mit den Nachrichten...

Da! Sein Blick glitt zu einem sehr kurz gehaltenen Artikel über einen mutmaßlichen Tierangriff zurück. Der Körper des unglücklichen Mr. Marbury sei völlig ausgeblutet gewesen. Stephan las die Notiz noch einmal. Wieso stand nichts von Verletzungen darin? Sie mussten doch mindestens zwei kleine Bisswunden gefunden haben. Aber davon wurde nichts erwähnt. Vielleicht wollten sie die dortige Bevölkerung nicht verängstigen. Die Leiche war in Shepton Mallet westlich von Wells gefunden worden. Es war der zweite Todesfall dieser Art in der Gegend, und nun durchkämmten sie die Wälder dort nach Wölfen, hieß es.

Jetzt überflog er den Rest der Zeitung und fand, wonach er

suchte. Eine Epidemie, bei der es sich um Influenza handeln könne, so wurde in einem anderen Artikel berichtet, verbreite sich in der Gegend um Cheddar Gorge. Sie verursache eine seltsame Mattigkeit bei den Erkrankten und mache sie ganz ungewöhnlich blass. Man spekulierte, ob nach Überflutungen durch den River Axe nicht Insektenstiche die Ursache der Krankheit sein könnten. Warum die Behörden an Insektenstiche dachten, schrieb die Zeitung nicht, aber Stephan konnte es sich denken. Er war überzeugt davon, dass die Erkrankten zwei kleine Einstichwunden aufwiesen.

Tote? Epidemien? Kilkennys Kreaturen waren nicht mal vorsichtig, verflucht noch mal!

Stephan schlug die Zeitung zu und sah sich eine Karte an, die er in der Jermyn Street gekauft hatte. Er suchte Bath, Wells, Shepton Mallet und Cheddar Gorge heraus. Gut. Wenn diese Kreaturen auch nur ein Fünkchen Vernunft besaßen, würden sie in einiger Entfernung von zu Hause töten, sich aber in der Nähe ihres Nestes ernähren. Was bedeutete, dass Cheddar Gorge der vielversprechendste Zielort war.

Er faltete die Karte zusammen und erhob sich von dem Tisch mit den Stapeln von Zeitungen und den Überresten seines Essens. Er musste Rubius informieren. Unverzüglich würde er eine Nachricht schreiben und den Ältesten davon in Kenntnis setzen, dass er einen Teil von Kilkennys Vampirarmee aufgespürt hatte. Dann würde er die Botschaft so schnell wie möglich durch einen Kurier nach Horazu befördern lassen, wo die Dorfbewohner von Tirgu Korva sie zum Kloster Mirso hinaufbringen würden. Das würde ein teurer Spaß werden, doch das spielte keine Rolle, denn er hatte Geld genug. Und endlich näherte er sich seinem Ziel, das auch Rubius' Ziel war.

Zunächst einmal würde er sich jedoch stärken. Dann musste er einen Mietstall aufsuchen und sich nach einem brauchbaren

Pferd umsehen. Danach ging es nach Cheddar Gorge. Mit etwas Glück würde er dort Kilkenny und zumindest einen Teil der Armee von Vampiren finden, die dieser Mistkerl, die Wurzel allen Übels, schuf. Stephan wagte nicht einmal, sich Hoffnungen zu machen, dass er seine Aufgabe würde vollenden und zu Rubius und nach Mirso würde zurückkehren können, denn Hoffnung war ein Gefühl, und Gefühle waren ihm nicht mehr gestattet.

2. Kapitel

Ann saß an einem Ende der langen Tafel in Maitlands' großem Speisesaal, zur Rechten ihres Onkels und ihrem Cousin gegenüber. Sie hatte sich geweigert, Van Helsing in dem gemütlichen kleineren Speisezimmer zu bewirten, in dem sie und ihr Onkel für gewöhnlich speisten, weil sie nicht wollte, dass er die Atmosphäre dort verdarb. Die Dienstboten hatten mit emsiger Begeisterung die Schutzbezüge aus dem eleganten Speisesaal entfernt und Böden und Einrichtung auf Hochglanz poliert. Das Feuer in den mächtigen Kaminen an beiden Enden des großen Raumes verbreitete eine angenehme Wärme. Die heute nur noch minimale Dienerschaft hatte es immer bedauerlich gefunden, dass ein so großer Teil des Hauses ungenutzt blieb. Aber an diesem Abend wurde ja zumindest der Speisesaal wieder benutzt, obwohl die Stimmen der drei Speisenden darin hallten und es hundert Kerzen brauchte, um ihn zu erhellen.

Ann schaute zu den hochmütig blickenden Brockweir-Ahnen auf, deren Porträts in schweren goldenen Rahmen an den Wänden hingen. Wenn man genau hinsah, konnte man im Licht der Kristalllüster den Wahnsinn in den Augen einiger der Frauen glitzern sehen, die alle sehr prachtvoll im Stil vergangener Zeiten gekleidet waren. Der Raum war mit roten Wänden und sehr viel schimmerndem Holz versehen, auf der elegant gedeckten Tafel funkelten Kristall und Silber. Ann hatte natürlich ihr eigenes Silberbesteck, Porzellan und Glas aus dem alltäglichen Speisezimmer mitgebracht.

Trotzdem fühlte sie sich unbehaglich an dem langen Tisch. Der Stuhl, auf dem sie saß, war lange Zeit nicht mehr benutzt worden, und dennoch konnte sie das Flüstern vergangener Nächte um sie herum spüren. Scharen von Gästen waren früher in diesem Raum bewirtet worden. Das helle Lachen der Damen und das dröhnende der Herren waren natürlich nur für ihre Ohren wahrnehmbar. Ein Mann, der sich für sehr bedeutend hielt, hatte als Letzter auf diesem Stuhl gesessen, der geächzt hatte unter seinem Gewicht. Aber es waren auch noch andere, schwächere Echos hier zu hören ... die bis zu ihrer Mutter zurückgingen. Auch sie hatte einst auf diesem Stuhl gesessen.

Van Helsings Stimme brachte Ann schlagartig in die Gegenwart zurück.

»Was für ein schönes Stück von Grinling Gibbons«, rief er und zeigte auf den kunstvollen silbernen Tafelaufsatz in der Mitte des Tischs. Seine stark hervortretenden hellblauen Augen taxierten allem Anschein nach schon seinen Wert. Sein blondes Haar würde sich bald lichten, sein fliehendes Kinn verlor sich fast in den Hängebacken. Seine Lippen waren mehr fleischig als voll, das genaue Gegenteil von sinnlich. Irgendwie wirkten sie sogar ... schlaff. Ann dachte, dass seine Küsse wahrscheinlich widerlich nass sein würden, und erschauderte bei dem Gedanken. Unter einem mit lächerlich breiten Schulterpolstern versehenen Rock trug er eine Weste, die aussah, als würden ihre Knöpfe jeden Moment abspringen. Im Grunde waren es jedoch weder sein Übergewicht noch sein an einen Fisch erinnerndes Gesicht, was Ann an ihrem Cousin so abstieß, sondern sein Gesichtsausdruck. Sie konnte nicht näher bestimmen, was es war, doch irgendetwas ... stimmte nicht damit.

»Der indische Botschafter schenkte sie Anns Vater in der Zeit, als er Lord Woolseys Sekretär war«, bemerkte Onkel Thaddeus, während er geräuschvoll seine Hummersuppe schlürfte. Er war blass und sah gar nicht gut aus an diesem Abend, gab sich aber alle Mühe, ihren Gast zu unterhalten.

»Ein wertvolles Erbstück also.« Van Helsing lächelte. Wie konnte ein Lächeln so... schmierig sein?

Ann verdrängte das Geflüster ihres Stuhls in den Hintergrund ihres Bewusstseins. »Ich wollte das Ding eigentlich schon in den Schrank verbannen«, sagte sie eine Spur zu unbekümmert. »All diese blutrünstigen Tiger, die Elefanten jagen... Und mit den Palmen, Affen und Blumen am Boden finde ich es zu unruhig, ja fast geschmacklos.« Ann löffelte die Suppe und blickte dann auf, um zu sehen, ob sie Van Helsing verunsichert hatte, indem sie seinen Geschmack infrage stellte. Tief im Innersten war er nämlich gar nicht sicher, dass er hierhergehörte. Und das war gut so. Sollte er doch ruhig selbst merken, dass es das Beste für ihn wäre weiterzuziehen.

Ihr Blick glitt zu Polsham, der bereitstand, um ihrem einzigen noch verbliebenen Diener, Peters, und Mrs. Simpson, die das wunderbare Abendessen zubereitet hatte, sowie ihrer Gehilfin Alice das Zeichen zu geben, den zweiten Gang zu bringen. Polsham unterdrückte ein Lächeln. Er mochte Van Helsing auch nicht. Ann zog die Brauen hoch, und Polsham setzte wieder eine ausdruckslose Miene auf. Das entlockte ihr ein Lächeln. Mit seiner herrischen, selbstgefälligen Art hatte ihr Cousin sich bei den Dienstboten nicht beliebt gemacht.

»Das wäre eine Schande, finde ich«, murmelte Van Helsing. »Ich habe auf meinen Reisen durch die Hauptstädte Europas kein feineres Stück mit exotischen Motiven gesehen. Waren Sie schon in Europa, Ann?«

Ein eindeutiger Seitenhieb. Er musste wissen, dass sie nicht verreisen konnte.

»Ann ist nie mehr als einen Nachmittagsritt von Maitlands

entfernt gewesen, Mr. van Helsing«, warf ihr Onkel ein und winkte Polsham.

»Nun ja, das Landleben hat natürlich auch was für sich.« Er sagte es, als wäre es eine höfliche Lüge, was es für ihn ja zweifellos auch war. Polsham, Peters und Alice kamen mit großen zugedeckten Platten aus der Küche, und Ann bemerkte den furchtsamen Blick, den Alice Van Helsing zuwarf. Hatte sie geweint? Die Stimme des Cousins leierte weiter. »Dennoch. Venedig, Paris, Wien, Madrid ... nachdem Old Boney festgesetzt wurde, ist der Kontinent nun wieder Englands Spielplatz. Sie sollten wirklich einmal hinfahren, Miss van Helsing.«

»Ich habe kein Verlangen danach, in Europa herumzuvagabundieren«, erwiderte sie kühl – was unter den gegebenen Umständen auch nur der Wahrheit entsprach. »Meine Bücher sind mein Fenster zur Welt.« Polsham, Mrs. Simpson und Alice nahmen gleichzeitig die silbernen Deckel von den Platten, unter denen Fasan, Schinkenbraten und in Butter gedünstete Krabben zum Vorschein kamen.

Du liebe Güte, dachte Ann, Mrs. Simpson will dem kleinen Lackaffen doch tatsächlich imponieren! Schweigen herrschte, als die Köchin sich zurückzog, um gleich darauf mit einem Tablett mit verschiedenen Gemüsesorten zu erscheinen. Sie richtete die Schüsseln um Onkel Thaddeus an, während Polsham den Männern Burgunder und Ann Fruchtlikör einschenkte. Alice war davongeeilt und nicht wieder erschienen.

»Ich glaube, die Pastinaken und der Lauch in Sahnesauce werden Eurer Lordschaft heute ganz besonders munden«, sagte Mrs. Simpson, bevor sie sich unter Verbeugungen zurückzog, als Anns Onkel sich bedankte.

Ann beschloss, Alice nach dem Essen zu suchen, um herauszufinden, was geschehen war. Sie befürchtete das Schlimmste, obwohl ihr Cousin erst einen Nachmittag im Hause war. Die Männer bedienten sich großzügig von allen Speisen. Der Cousin blickte auf. »Miss van Helsing, wollen Sie dieses Festessen denn gar nicht kosten? Lassen Sie mich Ihnen etwas von dem Fasan servieren.«

Ihrem Onkel zuliebe ertrug sie sein Bemühen, so höflich es ihr möglich war, und fragte sich, wie sie den Rest des Abends überstehen sollte. Zum Glück würde der Flegel zumindest in der nächsten halben Stunde mit seinem Essen beschäftigt sein.

Doch nicht einmal diese kleine Erholung sollte ihr gegönnt sein.

»Bücher ...«, nahm er nachdenklich den Faden wieder auf. »Sie sind ja wohl kaum ein Ersatz für die Wirklichkeit. Natürlich lieben viele junge Damen Romane, und die Flucht vor der Realität ist haargenau der Zweck dieser Art von Büchern.« Er schenkte ihr ein herablassendes Lächeln. »Sie lesen sicher auch Romane, Miss van Helsing.«

»Ich lese alles«, entgegnete sie gekränkt. »Auch Romane.«

»Vermutlich alles, was für eine junge Dame angebracht ist, wollen Sie sagen, nicht? Ihr Onkel bewahrt Sie doch gewiss vor allem, was Ihr Feingefühl verletzen könnte.«

Onkel Thaddeus schwenkte seine Gabel. »Keineswegs, mein Guter. Ann liest, was sie will, Zeitungen, Londoner und Pariser Magazine, politische Abhandlungen, Kriegsberichte, Predigten, Philosophen, Dichter ... Was Sie sich nur vorstellen können. Immer wieder lässt sie sich von Polsham das eine oder andere Buch aus der Leihbücherei in Wells oder von Meyler's in Bath holen. Sie schreibt sogar Briefe an die Herausgeber in London. Sie können sich gar nicht vorstellen, was ich für all die Postsendungen bezahle! Der arme Bote kann die Pakete kaum zur Tür hinaufschleppen.«

»So ein Blaustrumpf ist meine Cousine?«

Ann hätte Van Helsing ohrfeigen können für das herablassende Grinsen, das er ihr schenkte. »Blaustrumpf? Das ist eine Bezeichnung, die sich Männer ohne Selbstbewusstsein ausgedacht haben, um gebildete Frauen zu verunglimpfen«, versetzte sie. »Aber auf Sie trifft das doch gewiss nicht zu, Mr. van Helsing«, fügte sie in zuckersüßem Ton hinzu.

Ihren Onkel konnte sie jedoch nicht täuschen. »Ärgere deinen Cousin nicht, Ann. Van Helsing...«

»Entschuldigen Sie, dass ich Sie unterbreche, Sir, doch nennen Sie mich bitte Erich. Beide. Wir sind schließlich Verwandte.« Erich hatte schon wieder dieses schmierige Grinsen im Gesicht.

Ihr Onkel lächelte, als bemerkte er nicht, wie unaufrichtig und anbiedernd dieses Angebot war. »Nun gut, Erich, dann verraten Sie mir, woher Sie diesen prachtvollen Fuchs haben, den Sie reiten.«

Sag nichts mehr, befahl sich Ann, als die Männer sich über Pferde unterhielten. Du bist schon unhöflich genug gewesen. Sie behielt sogar ihre Meinung über Van Helsings prächtigen Fuchs für sich. Ann wäre jede Wette eingegangen, dass diese Kröte hinter Alice her gewesen war. Zum Glück beschäftigte ihr Onkel ihn während des Essens, und auch danach lud er ihn ein, sich mit ihm auf ein Glas Portwein und etwas von dem guten einheimischen Käse in die Bibliothek zurückzuziehen.

»Warum kommst du nicht in einer halben Stunde nach, Liebes?«, sagte er zu Ann, als er sich vom Tisch erhob. Zu ihrer Besorgnis schwankte er ein bisschen.

»Dein Gehstock, Onkel Thaddeus«, flüsterte sie, weil sie ihm den Stock weder anreichen noch seinen Arm nehmen konnte, um ihn zu stützen.

»Ja, ja. Du machst dir zu viele Gedanken, meine Liebe.« Aber er griff nach dem Stock.

In einer schmeichlerischen Weise nahm Van Helsing seinen Arm. Er sieht wie ein fetter Geier aus, dachte Ann. »Lassen Sie mich Ihnen helfen, Sir.«

Und dann waren sie fort, und Ann ließ sich auf ihren Stuhl zurücksinken. Sie musste wirklich ein ernstes Wort mit ihrem Onkel reden. Verwandt oder nicht, »Erich« war schlichtweg unerträglich. Aber würde ihr Onkel ihn noch vor die Tür setzen, nachdem er ihn schon eingeladen hatte? Wahrscheinlich nicht. Das hieß, sie hatten ihn am Hals. Was, wenn er tatsächlich Alice nachstieg? Die junge Frau war weiß Gott keine Heilige. Mrs. Simpson machte sich schon Sorgen, dass sie mit dem jungen Hausburschen aus dem *Hammer und Amboss* im Dorf poussierte. Aber Ann gefiel der Blick nicht, den die Küchenhilfe Van Helsing zugeworfen hatte. Sie musste einen Weg finden, Alice wenigstens vor ihm zu schützen.

Polsham brachte ihr Tee. Sie zwang sich, Ruhe zu bewahren, und strich ihr Kleid über dem Schoß glatt. Es war ihr bestes. Ihr Onkel hatte darauf bestanden, dass sie es heute trug. Im Grunde liebte sie es, sich fein zu kleiden, und hätte gern hundert Kleider besessen, alle nach der neuesten Mode, wenn es ihr möglich gewesen wäre. Dieses hier hatte die weiten Ärmel und die etwas tiefer angesetzte Taille, die vor einigen Jahren modern gewesen waren. Es war aus dem Stoff eines Kleides gefertigt, das sie schon mit siebzehn getragen hatte. Aber das silberne Kunstseidengewebe brachte ihre Augen und ihren makellosen Teint perfekt zur Geltung, und sie trug dazu die Perlen, die ihr Vater ihr vor seinem Tod vor fast zehn Jahren geschenkt hatte.

Ann lächelte im Stillen, als sie die Perlen berührte. Alle dachten, sie sei nie gereist. Aber sie kannte das Schmuckgeschäft in

Amsterdam, in dem die Perlen aufgezogen worden waren, und das aquamarinblaue Wasser, in dem ein braunhäutiger, nackter Junge nach ihnen getaucht war.

Sie riss sich von ihren Träumereien los, als die große Standuhr in der Ecke zweimal schlug. Die halbe Stunde war vorüber, es wurde Zeit, sich in die Löwengrube zu begeben oder, in diesem Fall, in die Bibliothek. Polsham und seine Gehilfen begannen, den Tisch abzuräumen, noch bevor sich die Tür des Speisesaales hinter ihr geschlossen hatte.

Die Eingangstür zur Bibliothek war offen. Ann blieb stehen, als sie Van Helsings Stimme hörte. Ihr Onkel, der neuerdings leicht fror, saß mit dem Rücken zur Tür am Kamin. Van Helsing konnte sie nicht sehen. »Ich werde kein Hehl daraus machen, Erich. Ann ist eine ... nun ja, etwas ungewöhnliche junge Frau, und ich finde, dass Sie das wissen sollten.«

»Junge Frauen sind generell recht seltsame Geschöpfe, finde ich.«

Ach ja?, dachte Ann und wollte schon eintreten, um dieser lächerlichen Unterhaltung ein Ende zu bereiten, als ihr ein schrecklicher Gedanke kam, der sie abrupt den Schritt verhalten ließ. Ihr Onkel würde ihrem Cousin doch wohl nicht *alles* über sie erzählen? Das ging ihn überhaupt nichts an! Sie blieb im Schatten der Tür stehen, wo sie nicht gesehen werden konnte.

»Es ist mehr als das, befürchte ich ...« Onkel Thaddeus räusperte sich, aber offensichtlich konnte er nicht fortfahren.

»Keine Sorge, Mylord«, sagte Van Helsing. »Ich habe gehört, was die Dorfbewohner reden.«

»Und was reden sie?«, erwiderte ihr Onkel mit unüberhörbarer Resignation in der Stimme. Ann war nicht sicher, ob sie es ertragen würde zu hören, was die Dorfbewohner über sie tratschten.

»Dass sie eine Hexe ist, die weiß, was andere denken«, antwortete Van Helsing ruhig. »Dass sie einen Pakt mit dem Teufel geschlossen hat, der es ihr ermöglicht, einem Menschen ins Herz zu sehen. Was aber natürlich alles Unsinn ist.«

Ihr Onkel stand auf und begann, auf und ab zu gehen.

Lach!, flehte Ann ihn im Stillen an. Als wäre es zu verrückt, um wahr zu sein. Das ist es, was ich tun würde.

»Ich habe Ihnen ja gesagt, dass Ann etwas Besonderes ist, Erich.«

Nein! Erzähl es ihm nicht!

»Und jetzt werden Sie sagen, es stimmte, was die Dorfbewohner denken.« Van Helsing kicherte. »Aber sagen Sie ruhig, was immer Sie auch in Umlauf bringen wollen. Ich verstehe schon. Sie ist ein schönes Mädchen und dazu noch reich. Es ist verständlich, dass Sie Mitgiftjäger entmutigen wollen.«

»Ann ertrüge weder das übliche Umwerben, noch könnte sie normale eheliche Beziehungen unterhalten, Erich.« Die Stimme ihres Onkels war jetzt sehr bestimmt und fest. »Sie ... sie mag es nicht, berührt zu werden.«

»Welche Frau mag das schon?« Van Helsing lachte. »Jedenfalls nicht so, wie wir Männer sie berühren wollen.« Es lag etwas in seiner Stimme, was ... bedrohlich klang. »Männer und Frauen sind nicht aus dem gleichen Holz geschnitzt, Lord Brockweir.«

»Nein, es ist mehr als das. Seit Anns fünfzehntem Geburtstag ... nun ja, seitdem verabscheut sie es, berührt zu werden.«

Ein kurzes Schweigen entstand. Ann wünschte, sie könnte Van Helsings Gesicht sehen – doch diesen Wunsch verspürte sie nur so lange, bis Cousin Erich weitersprach. »Ich möchte nur Ihre Erlaubnis, Ihrer Nichte meine Bewunderung zu zollen, Lord Brockweir.« Seine Stimme triefte geradezu vor scheinheiliger Aufrichtigkeit.«»Mit dem gebotenen Respekt. Sie ist ein Engel. Sollte ich das große Glück haben, ihre Zuneigung zu gewinnen, würde ich sie wie eine zarte Treibhausorchidee behandeln, sie vergöttern und beschützen.«

Glaub ihm nicht, Onkel! Ich brauche ihn nicht einmal zu berühren, um dir sagen zu können, dass er ein Lügner und ein Schwindler ist. Aber sie sah, dass ihr Onkel sein Brandyglas zu einem Toast anhob.

»Dann wünsche ich Ihnen viel Glück bei Ihrer Werbung, junger Mann. Ich werde tun, was ich kann, um sie zu unterstützen.«

Onkel! Wie konnte er ihr nur so in den Rücken fallen! Ann fühlte sich verraten und verkauft, als sie auf dem Absatz herumfuhr und nach oben lief.

Südlich von Bath ritt Stephan durch die Nacht. Das Licht tagsüber war nur schwer zu ertragen gewesen, obwohl er bis unter die Augen vermummt gewesen war. Da er keine Zeit verlieren durfte, war er durchgeritten, doch nun begann er zu ermüden, trotz der Kraft, die er besaß. Sein Pferd war jedoch ausgeruht, da er es in Bath gewechselt hatte, und trug ihn in einem leichten Galopp über die breite Straße, über der der Mond ein Versteckspiel mit den schweren Wolken eines herannahenden Gewitters trieb. Stephan konnte schon den Regen riechen.

Seine Gedanken schweiften ab zu Kilkenny, den er als die Wurzel des Übels bezeichnet hatte, das er zu bereinigen gedachte. Aber das stimmte nicht. Das Übel war er selbst, weil Kilkenny von Asharti zum Vampir gemacht worden war und Stephan wiederum für Asharti und all die Verbrechen, die sie in der Welt begangen hatte, verantwortlich war.

Mit Beatrix hatte es begonnen. Er hatte die schöne, schon als Vampirin geborene Beatrix in den Straßen von Amsterdam gefunden, wo sie, gerade mal siebzehn, von ihrer Mutter im Stich gelassen und ohne eine Ahnung, was sie war oder wie es weitergehen sollte, ihr Unwesen getrieben hatte. Sie hatte wahllos Kehlen aufgeschlitzt, um an Blut heranzukommen. Er hatte sie aufgenommen. Wie hätte er auch anders handeln können? Ein geborener Vampir war etwas Seltenes und Kostbares. Er hatte sie zu seinem Mündel gemacht, sie gezähmt, erzogen und ernährt. Vielleicht hatte er die kleine Wildkatze, die sie war, sogar damals schon geliebt.

Und dann war ihm bewusst geworden, dass er mit Beatrix eine Chance hatte, seine einzige vielleicht, etwas gegen die Ungerechtigkeit zu unternehmen, die, wie er glaubte, den von den Ältesten seiner Gattung fortgeführten Regeln innewohnte. Diese Regeln besagten, dass Vampire, die durch die Aufnahme von Vampirblut geschaffen wurden, getötet werden mussten. Rubius, der Älteste, erklärte es damit, dass das Gleichgewicht zwischen Vampir und Mensch bewahrt werden musste. Selbstverständlich konnte man nicht in der Welt herumziehen und Vampire erschaffen. Aber wenn durch ein Versehen ein Vampir entstand, sollte man sie nicht sterben lassen. Das war Mord in Stephans Augen. Rubius sagte jedoch, dass in Vampire verwandelte Menschen wahnsinnig wurden, weil sie nicht schon mit der Last des ewigen Lebens, der körperlichen und geistigen Kraft und der Notwendigkeit, Blut zu trinken, um ihren Gefährten zu ernähren, geboren worden waren.

Stephan hatte das nicht geglaubt, naiv, wie er damals gewesen war. *Er* hatte gedacht, wenn er einen geschaffenen Vampir in etwa dem gleichen Alter wie Beatrix fände, könnte er beide ernähren, beide lieben und beweisen, dass sowohl geborene als auch geschaffene Vampire zu gleichermaßen wertvollen Mitgliedern ihrer Gesellschaft werden konnten. Und dass Rubius dann die Regeln ändern würde.

Was für ein Narr er doch gewesen war! Und nicht nur in dieser Hinsicht.

Er hatte die zweite Vampirin für sein Experiment gefunden, als er auf dem ersten Kreuzzug Robert Le Bois hinterhergejagt war und versucht hatte, ihn einzuholen, bevor er Jerusalem ausplünderte. Stephan hatte das Blutvergießen verhindern wollen, denn Le Bois war jemand, der Gemetzel liebte ...

*Jerusalem,
1191*

»Willst du sie, Sincai?« Mit seiner massigen Faust hielt Robert Le Bois eine junge Araberin an ihrem langen dunklen Haar gepackt. Sie war das schönste Geschöpf, das Stephan je gesehen hatte. Die Frau hatte eine gerade Nase, einen großzügigen, sinnlichen Mund, schwarze, von Kajal umrahmte Augen und einen vollkommenen Körper, von dem das durchsichtige Tuch, das von ihren Schultern fiel und mit einem perlenbestickten Netz um ihre Hüften gebunden war, mehr offenbarte als verbarg. »Ich bin ihrer ebenso überdrüssig wie die Männer meines Regiments.«

»Ich weiß nicht, wie du bei all den Massakern, die du verübt hast, noch Zeit für körperliche Vergnügen finden konntest, Le Bois«, sagte Stephan und betrachtete das Mädchen prüfend. Sie roch nach Zimt und Ambra, und er konnte die Ausstrahlung spüren, die sie umgab. Sie war eine erst kürzlich geschaffene Vampirin und auch im richtigen Alter. Er warf Le Bois einen Blick zu. Dieser Rohling hatte sie mit dem Gefährten aus seinem Blut infiziert und sie dann gezwungen, noch mehr Vampirblut

zu sich zu nehmen, um sie immun zu machen. Andernfalls hätte die Infektion mit dem Gefährten sie getötet.

»Diese Ungläubigen sind bedeutungslos, Sincai. Ich befreie Jerusalem vom Ungeziefer und tue es im Namen Gottes.« Le Bois lachte und leerte einen Pokal mit Honigwein, während er seine Faust noch fester um das Haar des Mädchens schloss.

»Warum hast du sie verwandelt?«, fragte Stephan mit angespannter Stimme. »Du kennst die Regeln.«

»Weil sie so länger durchhalten.« Le Bois schleuderte seinen metallenen Pokal quer durch den Raum, wo er auf der anderen Seite gegen ein Brettspiel prallte und die Würfel durcheinanderbrachte, was einen empörten Aufschrei der betrunkenen Spieler zur Folge hatte. »Benimm dich nicht wie ein altes Weib, Sincai. Ich kenne die Regeln. Ich werde sie töten, wenn wir mit ihr fertig sind.«

»Ich glaube nicht, dass es den Regeln nach akzeptabel ist, Vampire zu erschaffen, wenn man sie dann später tötet, Le Bois.« Stephan trank misstrauisch einen Schluck von seinem eigenen Wein und sah sich um. Er hatte Le Bois nicht einholen können. Als er Jerusalem erreicht hatte, war die Stadt bereits gefallen. Le Bois und seine Offiziere hatte er in einer Moschee gefunden, in der sie sich häuslich eingerichtet hatten. Die herrlichen blauen und grünen Kacheln waren angeschlagen an den Wänden. Breitschwerter und Piken waren achtlos dagegengeworfen worden. Alle Wertgegenstände hatte man schon fortgeschafft. Die Straßen draußen verschwanden unter Strömen von Blut und hallten von den Schmerzensschreien der Besiegten wider. Stephan und seine Männer waren entsetzt. Zwölfhundert Juden waren bei lebendigem Leib in einer Synagoge verbrannt worden, verstümmelte Männer mit abgetrennten Gliedern lagen sterbend in ihrem Blut. Und alles im Namen Christi. Dennoch hatte Le Bois erreicht, wofür sie *alle zweitausend Meilen weit geritten waren und zahllose Kämpfe ausgefochten hatten. Warum konnte er den Mann trotzdem nicht mögen?*

Le Bois verengte die Augen. »Du bist zu nachsichtig mit geschaffenen Vampiren, Sincai. Das habe ich schon von dir gehört. Du solltest dich schämen.«

Stephan zuckte die Schultern. »Was kümmert es dich, wie ich mit ihr verfahre?« Die Augen des Mädchens waren nicht furchtsam, sondern wie benebelt. Er fragte sich, wie lange diese Bestien sie schon in ihrer Gewalt haben mochten.

Le Bois grinste und stieß das Mädchen weg, das vor Stephan auf die Knie fiel. »Bei all deinem Gerede von den Regeln solltest du sie besser einhalten. Rubius würde es nicht gefallen zu erfahren, dass du sie am Leben gelassen hast.«

Stephan sah das Mädchen nicht an. »Ich brauche kein Kindermädchen, Le Bois.« Dann bückte er sich, zog das Mädchen, ohne den Blick von Le Bois abzuwenden, am Ellbogen auf die Beine, tippte sich grüßend mit einem Finger an die Stirn und kehrte dem lauthals lachenden Le Bois den Rücken zu.

So war Asharti in sein Leben getreten. Gott, wie einfältig er gewesen war! Er hatte geglaubt, sie sei genau die Richtige für sein Experiment. Oder seine Rebellion, wie Rubius es nannte.

Und was war bei dieser Rebellion herausgekommen? Stephan hatte versucht, Beatrix und Asharti in gleicher Weise als seine Mündel aufzuziehen. Er hatte sich bemüht, beiden zu zeigen, dass sie geschätzt wurden. Aber er hatte versagt. Versagt, weil er sich in Beatrix verliebt hatte und damit Asharti zu Eifersucht und Ausschreitungen getrieben hatte. Man könnte es auch Wahnsinn nennen. Angefacht von Ashartis Machthunger, hatte das Böse sich auf der Welt verbreitet, bis das Universum nahezu umgekehrt worden war und jegliches Gleichgewicht zwischen Mensch und Vampir verloren war ...

Wann war ihm klar geworden, was aus ihr wurde?

Burg Sincai,
Transsylvanien, 1104

Wütend auf Asharti, stürmte Stephan in das Zimmer, das er erst vor kurzer Zeit verlassen hatte. Der Verwalter der Burg hatte ihm widerstrebend berichtet, dass der Junge, der das Holz für die Köchin hackte, hatte weggeschickt werden müssen. Er war in Ashartis Zimmer ohnmächtig geworden, wahrscheinlich wegen der Verletzungen an seinem Nacken und an der Innenseite seiner Ellbogen, und hatte hinausgetragen werden müssen.

Stephan wusste, bei wem die Schuld daran zu suchen war. Er beauftragte Rezentrov, den Verwalter, den Jungen zu suchen und sich um ihn zu kümmern, bevor er selbst hinaufging, um Asharti zur Rede zu stellen. Sie war immer wilder und rebellischer geworden. Die Geschichte ihrer Spezies, die er sie zu lehren versuchte, interessierte sie genauso wenig wie die Regeln, nach denen sie zu leben hatten.

Die Tür zu Ashartis Zimmer sprang auf und schlug gegen die Wand.

Stephan hatte keine Ahnung, was er erwartet hatte, aber ganz sicher nicht den Anblick, der sich nun seinen Augen bot. Sie hatte einen weiteren starken jungen Mann in dem Bett, das er selbst so kürzlich erst verlassen hatte. Der nackte Junge lag auf dem Rücken, Asharti saß rittlings auf ihm und bewegte sich im Rhythmus seiner Stöße, während sie gleichzeitig an seinem Nacken saugte. Ihr Haar fiel ihr wie ein schwarzer Vorhang über das Gesicht, ihr Morgenrock aus kostbarem Brokat ver-

barg ihren hinreißenden Körper. Der Junge gab Laute von sich, die irgendwo zwischen Furcht und Ekstase lagen, als Asharti sich lustvoll stöhnend ihrem Höhepunkt näherte.

»Asharti!«, brüllte Stephan.

Sie blickte sich nicht nach ihm um, zog aber ihre Zähne aus dem Hals des Jungen und lehnte sich zurück, als ein heftiges Erschauern sie durchlief. Dann tat sie einen tiefen, beruhigenden Atemzug. »Stephan. Wie schön, dich gleich zweimal in einer Nacht zu sehen!«

»Geh von dem Jungen runter!«

Sie gehorchte, zog den Morgenrock um sich zusammen und ließ sich in die Kissen auf dem breiten Bett fallen. Der Junge rang nach Atem. Er hatte hässliche Wunden an seinen Lenden. Stephan wusste, wie sie zustande gekommen waren. Asharti vergnügte sich damit, diesen Jungen zu quälen, so wie sie sich auch mit dem Küchenjungen amüsiert hatte. Stephan ging zum Bett und legte zwei Finger auf den Puls des Burschen. Er schlug sehr unregelmäßig.

Beunruhigt hob er den Jungen auf die Arme. »Rezentrov!«, rief er. Der Burgverwalter war ihm furchtsam nachgegangen und spähte durch die Tür ins Zimmer. »Bring ihn in die Küche!«, befahl Stephan. »Verbinde seine Wunden, gib ihm etwas Wein zu trinken und versuch, ihn dazu zu bringen, etwas zu essen! Ich komme gleich hinunter.« Stephan legte den jungen Mann auf den Gang vor der Tür und schloss sie hinter sich. Dann wandte er sich Asharti zu.

Sie beobachtete ihn mit einem Lächeln um ihre Mundwinkel und unter den Decken zusammengerollt wie eine Katze.

»Was glaubst du eigentlich, was du tust?«, fuhr er sie an.

»Mir die Zeit vertreiben.« Keine Spur von Reue, nicht einmal die Erkenntnis ihrer Sünde lag in ihrer Haltung oder ihrer Stimme.

Stephan ballte die Hände zu Fäusten. »Du wirst die Dienerschaft nicht anrühren und dich schon gar nicht an ihnen stärken! Das hatte ich dir ausdrücklich verboten. Versorge ich dich etwa nicht? Erst gestern habe ich dich und Beatrix auf Nahrungssuche mitgenommen. Und niemand ist dabei zu Schaden gekommen«, *fügte er nachdrücklich hinzu.*

»Du versorgst mich, so gut du kannst, Stephan.« *Sie blickte unter halb gesenkten Wimpern zu ihm auf.* »Nur haben einige von uns größeren Appetit als andere.«

»Du hättest ihn umbringen können – und den Küchenjungen auch!«

»Was kümmert mich das?«, *versetzte sie und kuschelte sich noch tiefer in die Decken.*

»Die Regeln sind ...«

»Veraltete Vorstellungen für alte Männer. Du wirst doch wohl nicht einer von ihnen sein?«, *entgegnete sie mit einer Impertinenz, die die gespielte Besorgnis ihrer Stimme nicht verbergen konnte.* »Ich dachte, du wolltest diese Regeln widerlegen.«

»Die irrigen, ja. Aber du weißt so gut wie ich, dass nur unsere Diskretion uns unsere Anonymität bewahrt. Diese Anonymität verhindert Krieg zwischen Menschen und Vampiren. Sie erhält das Gleichgewicht. Von Moral werde ich erst gar nicht reden, da ich sicher bin, dass ich damit nichts bei dir erreichen werde. Doch es ist unmoralisch, mit Menschen zu spielen.«

»Wie unsicher du bist, Stephan! Sie sind nichts, und wir sind mächtig. Wir können uns alles nehmen.«

Er schöpfte tief Atem. Er durfte nicht den Glauben daran verlieren, dass er ihr diese ... Härte nehmen konnte, die sie so gleichgültig gegenüber Leiden anderer machte. »Nehmen ist nicht der Weg zur Zufriedenheit, Asharti.«

Sie verengte die Augen. »Nehmen ist der Weg der Welt. Das

weiß ich aus eigener Erfahrung. Niemand wird mir je wieder etwas nehmen, Stephan. Jetzt bin ich diejenige, die nimmt.«

Er bestritt gar nicht, dass sie gelitten hatte. Aber sie durfte diese Erfahrung nicht in einen Zwang verwandeln, anderen Schmerzen zu bereiten, wie sie ihr einst zugefügt worden waren. Ließ der Teufelskreis sich noch durchbrechen?

»Und du bist auch nicht besser«, fügte sie hinzu, und er konnte sehen, wie ihre Augen sich vor Gehässigkeit verengten. »Von mir nimmst du nur, während du Beatrix schier vergötterst. Von ihr willst du Liebe. Und von mir? Nur Fleischeslust. Doch da ich daran gewöhnt bin, dazu benutzt zu werden, klappt das doch ganz gut, nicht wahr?«

»Nein, Asharti. So ist das nicht.« Aber so war es eben doch. Sie hatte recht damit, dass er Beatrix liebte. Vielleicht wollte er auch Asharti lieben, doch wie sollte das möglich sein, wenn er so klar und deutlich die zunehmende Finsternis in ihrer Seele sehen konnte?

Sie lachte – dieses kehlige, etwas heisere Lachen. »Belüg dich selbst, Stephan, aber nicht mich!«

Sich selbst zu belügen war etwas, wozu er sich niemals würde überwinden können. Es war seine Schuld, seine Verantwortung, dass Asharti durchgedreht war, das Böse verbreitet und auf der ganzen Welt Vampire geschaffen hatte, von einem hemmungslosen Streben nach Macht getrieben, damit niemand ihr je wieder wehtun konnte. Er hatte sie nicht getötet, nicht einmal, als er erkannt hatte, was sie war. Er hatte sie zweimal verschont, einmal in Transsylvanien und einmal in einer Pariser Kathedrale. Daher war er doppelt gestraft mit der Schuld für ihre Sünden. Wenn er Glück hatte, konnte er es wiedergutmachen und Frieden erlangen, indem er das Enthaltsamkeitsgelübde auf Mirso ablegte. Wenn nicht, würden die Höllenqualen, die seine Schuldgefühle ihm bereiteten, auf ewig weitergehen.

Stephan lenkte sein Pferd auf den Hof vor der Dorfschenke von Cheddar Gorge. Es regnete in Strömen, und Pferd und Reiter waren so durchnässt, dass das Fell des Tieres in der kühlen Nachtluft dampfte. Stephan saß ab und übergab die Zügel dem Stallknecht, der aus dem Vorbau geeilt kam. Dann schnallte er die Reisetasche vom Sattel ab und ging, fest entschlossen, seiner Müdigkeit nicht nachzugeben, auf den Gasthof zu.

Die Gespräche verstummten, als er die Tür öffnete und im Eingang den Matsch von seinen Stiefeln stampfte und sein nasses Haar ausschüttelte. Beim Aufblicken sah er, wie die einheimischen Männer und Frauen ihn anstarrten. Aus den Bierkrügen in den Händen der Serviermädchen tropfte Schaum auf die blank gescheuerten Dielenbretter. Stephan ließ seinen Blick über die gaffenden Gäste gleiten, woraufhin alle schnell wegschauten. Der Wirt räusperte sich und trat vor, dabei rieb er sich nervös die Hände. Das Gespräch wurde leise wieder aufgenommen, aber die Stimmen klangen irgendwie befangener als zuvor.

»Was kann ich für Sie tun, Sir?« Der Mann hatte lockiges graues Haar, das ihm bis über die Ohren hing.

»Ich brauche ein Zimmer«, sagte Stephan. »Und ein warmes Essen.«

»Ja, ja, natürlich. Molly, begleite den Herrn zu dem Zimmer, das Mr. van Helsing geräumt hat.« Er winkte einem ungepflegt aussehenden, schielenden Mädchen.

»Das ist nicht nötig. Lassen Sie nur meine Tasche hinaufbringen.« Stephan gab sie der jungen Frau und knöpfte seinen Umhang auf.

»Und wo möchten Sie essen?«

»In diesem Nebenraum dort.« Stephan deutete mit dem Kopf auf eine Tür, als er seinen Umhang ablegte.

»Sehr wohl, Sir.« Der Wirt erkannte offenbar die Qualität des Umhangstoffes oder den Schnitt des Rocks darunter. Vielleicht war es aber auch der goldene Siegelring, den Stephan trug. »Ich schicke Ihnen gleich Molly, damit sie Holz nachlegt. Möchten Sie ein heißes Bier gegen die Kälte?«

»Brandy«, sagte Stephan knapp und ging zu dem ruhigen Nebenraum hinüber. Er saß schon vor dem Kamin, als das Mädchen kam und das Feuer schürte. Ein Junge von ungefähr zwölf Jahren brachte unter höflichen Verbeugungen den Brandy. Die Gäste im Schankraum unterhielten sich schon wieder sehr viel ungenierter, nachdem Stephan sich ins Nebenzimmer zurückgezogen hatte. Sie konnten ja nicht wissen, wie deutlich er sie trotzdem hörte.

Er bestellte ein Hirschsteak und Röstkartoffeln, die der Wirt ihm empfohlen hatte. Der Brandy wärmte ihn, und so lehnte er sich bequem zurück, um zuzuhören. Doch entgegen seiner Annahme, dass das allgemeine Gesprächsthema die »Influenza«-Epidemie sein würde, beschäftigte die Dorfbewohner etwas völlig anderes.

»Der junge Van Helsing scheint voranzukommen«, bemerkte ein Mann amüsiert.

»Er hat's schon bis unter ihr Dach geschafft«, stimmte ein anderer zu. »Das nenn ich einen Fortschritt.«

»Von mir aus kann er die da oben gern haben«, sagte eine Frau und brach in gackerndes Gelächter aus.

»Glaubt ihr, er weiß, was sie ist?«, fragte der erste Mann.

»Denkst du, das interessiert ihn? Ihm geht's ums Geld, Frau, nur ums Geld.«

»Ich würd mit keiner Hexe herumspielen«, sagte sie.

»Sie ist keine Hexe, sondern einfach nur ein verrücktes Frauenzimmer. Es sind ihre Augen und das weiße Haar, weswegen du sie für eine Hexe hältst. Aber das ist ... Aberglaube, mehr nicht.«

»Ach, ja? Und was ist damit, dass sie Dinge weiß, die sie nicht wissen kann?«, versetzte die Frau scharf. »Das ist Hexenkram. *Ich* würde so eine nicht zur Ehefrau haben wollen.«

»Ich schon«, rief der Mann, der zuerst gesprochen hatte, lachend, »wenn ich all ihr Land und Geld dazubekäme. Der Ehemann wird alles kriegen. Und wenn er's erst mal hat, dann braucht er sie bloß noch einweisen zu lassen.«

»Die hätte man schon vor langer Zeit einsperren sollen! Dann wären wir alle sicherer.«

Der Wirt servierte Stephans Essen höchstpersönlich. Das Klappern des Geschirrs übertönte für einen Moment das Gespräch im Schankraum. Als der Wirt sich unter Verbeugungen zurückzog, schloss Stephan jedoch die nahe Unterhaltung aus seinem Bewusstsein aus und horchte auf andere, schwächere Gespräche, die aber immer noch recht gut verständlich waren. Zwei Männer sprachen über Kühe. Jemand erzählte, dass der Kaplan in Winscombe heiraten würde.

Und dann: »Den Knecht meines Cousins drüben in Shipham hat's erwischt. Er hat sich diese Influenza eingefangen und kommt einfach nicht mehr auf die Beine.«

Das könnte sich als interessant erweisen, dachte Stephan.

»Whisky mit Zitrone, sag ich immer.«

»Jetzt liegt auch noch seine Schwester flach. Ein paar fiese Stiche hat sie hier oben am Nacken. Der Doktor sagt, sie wären von Insekten, aber für mich sehen sie mehr nach Rattenbissen aus.«

»Ich hab noch nie gehört, dass Influenza von Rattenbissen ausgelöst wird«, wandte jemand anders ein.

Eine kurze Pause entstand. »Könnte es sein, dass wir hier ... von der *Plage* sprechen?«, flüsterte der erste Mann.

Stephan wusste, dass es sich nicht um Influenza handelte. Und es waren auch keine Insekten oder Ratten, was die Leute krank machte. Aber eine »Plage« könnte man es sehr wohl nennen. Er befand sich auf der richtigen Spur. Kilkennys Vampire hielten sich irgendwo hier auf. Sie benötigten einen abgeschiedenen Ort, und angesichts der Anzahl der Erkrankten musste sich mehr als ein Vampir hier herumtreiben. Drei oder vier vielleicht. Stephan aß mechanisch, ohne auch nur einen Bissen zu genießen. Er hatte schon lange keine Freude mehr am Essen; durch seine furchtbare Aufgabe war es zu einer bloßen Notwendigkeit geworden, sich mit Nahrung zu versorgen.

Vier Gegnern würde er vielleicht nicht gewachsen sein. Aber wenn er versuchte, sie sich einen nach dem anderen vorzunehmen, würden die anderen sich beim ersten Toten trennen, und er, Stephan, hätte seine Chance vertan. Nein. Er hatte keine Wahl. Er musste sie zusammen erwischen. Doch zunächst einmal musste er sie finden.

Leer stehende Häuser. Oder ... war diese Gegend nicht bekannt für ihre Höhlen? Kein gemütlicher Aufenthaltsort, aber wer wusste schon, wie primitiv diese Vampire waren? Vielleicht gefielen ihnen ja Höhlen. Stephan schob seinen Teller zurück und stand auf. Morgen würde er einen Grundstücksmakler aufsuchen und sich nach leer stehenden Häusern in der Gegend erkundigen. Am frühen Abend könnte er sich die angebotenen Objekte zeigen lassen und danach bis in die frühen Morgenstunden die Höhlen durchforsten.

Eigentlich hatte er auch heute Nacht noch Zeit dazu. Der Stallknecht würde ihm etwas über Höhlen sagen können. Und unter geistigem Zwang würde der Bursche auf jeden Fall reden, ob er wollte oder nicht. Die Vampire würden heute Nacht auf der Jagd sein, doch Stephan würde ihren Unterschlupf erkennen, falls er ihn entdeckte. Vielleicht war es das Beste, ihn zu finden, solange sie sich dort nicht aufhielten. Und wenn sie dann vor Tagesanbruch zurückkamen, würde er sie schon erwarten ...

Stephan verdrängte seine Müdigkeit nach dem langen Ritt. Es wurde Zeit, sich auf die Jagd zu machen, solange noch acht Stunden Dunkelheit vor ihm lagen.

3. Kapitel

Mit wild pochendem Herzen ging Ann in ihrem einstigen Kinderzimmer auf und ab. Sie konnte dem Onkel sein Verhalten nicht übel nehmen. Er versuchte nur, für ihre Zukunft vorzusorgen, so unangebracht seine Bemühungen auch waren. Aber ihrem Cousin konnte sie sehr wohl böse sein. Van Helsing konnte sie nicht lieben, es war unmöglich. Sie hatte ihn weniger als ein halbes Dutzend Mal gesehen. Deshalb ließ sein Verhalten eigentlich nur den Schluss zu, dass er wollte, was sie *besaß*, aber nicht sie selbst. Wahrscheinlich wusste er von dem Geld, das ihr Vater für sie angelegt hatte. Sie hatte zwölftausend Pfund Einkünfte im Jahr und keine Hypotheken auf ihrem Besitz. Die Tatsache, dass sie und ihr Onkel relativ bescheiden lebten, bedeutete nur, dass die Ländereien und die Häuser ihrer Pächter alle gut in Schuss waren und der größte Teil des Einkommens daher wieder in die Fonds zurückfloss. Hinzu kam, dass sie nicht unattraktiv war, wenn man darüber hinwegsehen konnte, dass sie den Eindruck machte, nicht ganz mit dieser Welt verbunden zu sein. Oder über ihre Augen. Doch ihre äußere Erscheinung war höchstens noch ein zusätzliches Plus, aber sie verriet nicht, wer und was sie war. Es waren ihre Augen, die ihr Wesen am deutlichsten erkennen ließen. Vermutlich war das auch der Grund, warum Van Helsing nur sehr ungern ihren Blick erwiderte.

Aber all das spielte keine Rolle, weil sie ohnehin nicht heiraten konnte. Sie konnte andere Menschen ja nicht einmal berühren, geschweige denn einen Ehemann nehmen. Und ihr Onkel glaubte doch wohl nicht, dass Van Helsing sich mit einer Ehe ohne eheliche Beziehungen zufriedengeben würde! Morgen würde sie mit ihrem Onkel reden und dafür sorgen, dass er ihren Cousin wegschickte, ob das nun von guten Manieren zeugte oder nicht.

Ann rang nach Atem, als sie plötzlich merkte, dass sie keuchte. Sie fühlte sich auf einmal völlig außer Kontrolle, so *verrückt*, wie sie von jedermann gehalten wurde. Dagegen gab es nur ein Mittel, und das war Ruhe.

Sie ergriff ein wollenes Umschlagetuch und eine Kerze und trat vor den reich verzierten Kamin. Langsam ließ sie ihre Hand über die kunstvolle Schnitzerei an dem Holzpaneel auf der rechten Seite gleiten, worauf es leise klickte und sich lautlos öffnete. Ann atmete schon etwas leichter, als sie die Dunkelheit dahinter sah. Hier war das Gegenmittel gegen das fürchterliche Abendessen und Van Helsings Gespräch mit ihrem Onkel. Geduckt betrat sie den düsteren Gang, den sie so gut kannte. Auf Zehenspitzen schlich sie die alte Steintreppe hinunter und achtete darauf, weder die Wände des schmalen Ganges noch die Eingänge zu verschiedenen anderen Räumen Maitlands', an denen sie vorbeikam, zu berühren. Niemand benutzte diesen Gang noch, und niemand außer ihr wusste davon. Schließlich ebnete sich der Boden, und ein steinerner Rundbogen mit einem ausgezackten Muster romanischen Stils kennzeichnete das Ende des Tunnels.

Ann trat in die schier grenzenlose Steinkrypta hinaus, die sich unter der ursprünglichen Abtei befand. Der Geruch von altem Gestein, feuchter Erde und dem Staub von Jahrhunderten hüllte sie ein. Ihre kleine Kerze vermochte die Dunkelheit kaum zu durchdringen. Die nächstgelegenen Rundbögen, die die Decke stützten, erhoben sich direkt vor ihr. Schon als kleines Mädchen hatte sie jede Ecke dieses verborgenen Heiligtums erforscht. Daher wusste sie, dass ihr Licht, wenn es weit genug reichte, die steinernen Särge mit in den Deckel geschnitzten Ahnenfiguren offenbaren würde, die die Mauern säumten, und auch die Seitenkapellen, in denen die Wände eingebrochen waren und dicke Brocken feuchten Lehms den Fußboden bedeckten. Mehrere große Kamine befanden sich an den Wänden. Ann hatte keine Ahnung, ob sie sich zum Heizen dort befanden oder einmal einem unheilvolleren Zweck gedient haben mochten. In den beiden kleinen, intakt gebliebenen Kapellen standen Altäre und reich verzierte Becken zum Einsalben der Toten. Doch nichts hier konnte ihr Angst einjagen.

Dies war ihr geheimer Zufluchtsort. Die bei der Einnahme durch Heinrich VIII. zerstörten Bögen der Abtei über ihr waren gotisch, weil sie jüngeren Datums als die Krypta waren. Die Mauern, die oben noch standen, waren immer noch mit dem Teil von Maitlands Abbey verbunden, der bewohnt war wie zur stummen Erinnerung daran, dass alles auf dieser Erde vergänglich war. Die Brockweirs hatten es nicht nötig, eine gotische Narretei auf dem Besitz zu errichten, um Schwermut und Gedanken an die Vergänglichkeit der Zeit heraufzubeschwören. Das Gebäude hatte seine eigenen Ruinen. Der unversehrte Teil war viele Male verändert und das gotische Gemäuer komfortabler gestaltet worden von nachfolgenden Generationen, die die Krypta unter den Ruinen mit der Zeit vergaßen. Ann hatte sie nur des versteckten Ganges wegen gefunden.

Ihre Schritte hallten durch den großen Raum, als sie zu der Treppe hinüberging, die zu einem weiteren schmalen Tunnel führte. Nun kroch sie unter dem Boskettgarten auf den verwilderteren Teil des Besitzes zu. Nach einer kleinen Ewigkeit, wie es ihr schien, sah sie die Stufen, die zu der Steintür in dem Monument hinaufführten, das sich hinter den gepflegten Gärten auf der anderen Seite der Wiese und dicht am Wald erhob.

Sie stieg die Stufen hinauf und drückte gegen die Tür, die nicht einmal in den Angeln quietschte und sich so mühelos öffnete, als wäre sie neu und nicht mehrere Hundert Jahre alt. Ann trat in die Nacht hinaus. Die Sterne strahlten heller nach dem Regen, und zwischen all den anderen Konstellationen konnte sie klar die Milchstraße erkennen.

Ruhe. Wie konnte man keine Ruhe angesichts solch unerschütterlicher Grenzenlosigkeit verspüren? Ann blickte sich zu den leblosen steinernen Männern in langen Roben um, die über ihr aufragten. Waren sie Priester? Die Inschrift auf dem Denkmal war von der Zeit und den Elementen schon lange ausgelöscht worden. Die Tür zu dem Geheimgang befand sich im Sockel ihrer Statuen. *Sie* verstanden Grenzenlosigkeit. Aber Ann streckte nicht die Hand aus, um sie zu berühren, weil die Skulpturen von menschlichen Händen geschaffen worden waren und sie keine fremden Erinnerungen in sich heraufbeschwören wollte.

Stattdessen wandte sie sich dem Wald zu und stieg die Anhöhe zu der Schlucht hinauf. Sie war voller Bäume und Steine, die noch nie berührt worden waren. Bäume bewahrten nur den Verlauf der Jahreszeiten in sich, die gelegentlichen Erschütterungen durch Sturm oder Feuer, doch keine Emotion, keinen Verrat, keinen Kummer oder Ärger. Ann glaubte, eine gewisse ... Befriedigung in Bäumen zu verspüren, eine fast unmerkliche Freude an ihrem Dasein und ihrem Wachstum. Aber ihr Lieblingsplatz lag höher oben, verborgen zwischen dem Gestein über dem Fluss. Ein steinerner Zufluchtsort, denn das Gestein von Höhlen war sogar noch ruhiger als Bäume.

Mit entschlossenen Schritten durchquerte Ann den Wald.

Auch Stephan schritt durch den Wald hinter der Ortschaft auf die Schlucht zu, die wie ein glatter Schnitt durch die Mendip Hills verlief. Sie waren eigentlich mehr als Hügel, und die Straße, die dem Verlauf der Schlucht folgte, stieg steil an. Das Beste war, sich von der Straße fernzuhalten, soweit es möglich war, und deshalb schlug er den Weg zwischen den Bäumen hindurch ein. Anders als zu Hause in Transsylvanien bestand der Wald hier aus Laub- und Nadelbäumen. Es war eine fast stockdunkle Nacht, kein Mond stand am Himmel, und Schatten aus tiefem und noch tieferem Schwarz waren das Einzige, was auf das Vorhandensein von Bäumen und Felsen hinwies. Aber Stephan bewegte sich mit sicheren Schritten durch das Labyrinth, denn die Nacht war seine Zeit. Die Luft hier war erfüllt vom Geruch verfaulender Blätter und von dem frischen, würzigeren von Tannennadeln.

Der Pferdeknecht hatte gesagt, die Hügel seien voller Höhlen, die meisten allerdings ohne Zugang von der Außenseite. Das klang nicht sehr vielversprechend. Aber es gab auch eine größere Höhle, die vor langer Zeit entdeckt worden war, mit vielen Abzweigungen und Nebengängen. Dort wollte Stephan beginnen. Mit grimmiger Entschlossenheit bahnte er sich einen Weg durchs Unterholz und versuchte, nicht an die grausige Aufgabe zu denken, die vor ihm lag. Sie war der Preis. Der Preis, den er so schnell wie möglich zahlen wollte, um seine Vergehen wiedergutzumachen. Asharti war sein Fehler, ihre Verbrechen konnte er nur sich selbst anlasten. Vielleicht hätte er sie zum Guten bekehren können, wenn seine Liebe zu Beatrix nicht gewesen wäre.

Beatrix... Eine Zeit lang hatte er gedacht, sie erwidere seine tiefen Gefühle, und hatte begonnen, das Leben als mehr als nur eine endlose Serie ermüdender Begegnungen mit menschlicher Gier und Grausamkeit zu sehen. Er hatte festgestellt, dass die Welt noch Möglichkeiten bot, wenn er sie durch Beatrix' junge Augen sah. Aber dann kam die Stunde der Erkenntnis ...

*Burg Sincai,
in den Bergen Transsylvaniens,
1105*

In der Dunkelheit des Stalles, zwischen den Tieren überall um ihn herum, öffnete Stephan die Augen, als Beatrix auf ihn zukam. Der angenehme Geruch frisch gemähten Heus vermischte sich mit dem kräftigeren von Pferden – und einem Hauch des moschusartigen Duftes ihrer leidenschaftlichen Umarmungen in dem Stall. Als er sich aufsetzte, rutschte ihm die Decke bis zur Taille herunter und entblößte seine nackte Brust. Wann hatte Beatrix ihn allein gelassen? Er musste in einen erschöpften Schlaf gefallen sein. Sein Magen verkrampfte sich vor Kummer. Beatrix dachte, er empfände keine Liebe für sie, weil er versucht hatte, auch Asharti zu lieben. Und Asharti hasste ihn, weil sie im Grunde ihres Herzens wusste, dass er nur Beatrix liebte. Dass er nun auch mit Beatrix schlief, hatte ihren Schmerz nicht mildern können.

Es gab keinen vernünftigen Ausweg aus diesem verworrenen Experiment, auf das er sich eingelassen hatte, und nun würde Beatrix ihn verlassen. Asharti auch. Bei ihr kümmerte es ihn herzlich wenig, doch Beatrix lag ihm eben sehr am Herzen. Er blickte in ihre dunklen, unschuldigen Augen, die Schmerz, aber auch Entschlossenheit verrieten.

Und da kam sie ihm – die Erkenntnis, die mit ätzender Tinte die Geschichte einer öden, leeren Zukunft in sein Herz schrieb: Beatrix würde ganz gewiss fortgehen. Sie war unschuldig und naiv genug, um ihn zu lieben, da ihre Sicht der Welt begrenzt war und er ihre Vorstellungen von Liebe erfüllen konnte. Doch die erste Liebe war fast nie von Dauer. Beatrix war über ihn hinausgewachsen.

Jetzt stand sie in der Tür und nahm all ihren Mut zusammen, um es ihm zu sagen. Sie wusste noch nicht, dass ihre Liebe zu ihm enden musste, auch wenn er selbst nie aufhören würde, sie zu lieben. »Wir gehen fort, Stephan. Beide. Ich bin nur gekommen, um es dir zu sagen.«

Er nickte. »Ich verstehe.« Er hielt sich ganz steif, um sich den Schmerz nicht anmerken zu lassen. Es gab noch Hoffnung auf Frieden in ihrem Herzen, wenn auch nicht in seinem. Er musste versuchen, ihr zu diesem Frieden zu verhelfen. »Du wirst mich noch hassen, bevor du mir verzeihst. Zumindest hoffe ich, dass du mir vergeben kannst. Aber sieh zu, dass du zuerst dir selbst verzeihst.«

»Sie hat sich nichts zu verzeihen«, ertönte Ashartis scharfe Stimme hinter ihnen. Beatrix drehte sich abrupt zu ihr herum. Asharti trug schon Reisekleidung.

»Hast du mir nicht zugetraut, ihm Lebewohl zu sagen?«, fragte Beatrix.

»Ich traue ihm nicht, Schwester.« Sie deutete auf Stephan. »Lass uns gehen.«

»Sei dein eigener Herr, Beatrix!«, flüsterte Stephan. »Und solltest du mich brauchen, komme ich.«

»Sie wird dich nicht brauchen«, höhnte Asharti. »Ich werde sie alles lehren, was sie wissen muss.«

Beatrix stand da wie gelähmt und starrte ihn an. Ihre Augen füllten sich mit Tränen.

»Nun komm schon, Schwester!«, fuhr Asharti sie an. Langsam wandte sich Beatrix ab.

Stephan wollte sie aufhalten, doch was hätte das genutzt? Sie liebte ihn nicht, und er hatte kein Recht, sie anzuflehen, es zu tun. Er war alt und verdorben, während sie jung und frisch war, mit tausend Lebenszeiten vor sich, um die Liebe zu erfahren, die sie ihm nicht schenken konnte.

Asharti streckte die Hand aus. Ihre Augen röteten sich schon. Beatrix ging zu ihr, und Asharti griff nach ihrem Handgelenk. Beatrix machte einen tiefen Atemzug, und Stephan konnte sehen, dass sie ihren Gefährten rief. Galle stieg in seiner Kehle auf. Er hatte kein Recht, Beatrix mit seiner Liebe zu beschmutzen. Sie war über ihn hinausgewachsen.

Eine unruhige Dunkelheit verhüllte die beiden jungen Frauen – und dann waren sie auch schon verschwunden.

Stephan blickte sich um, nicht sicher, wo er war oder wie er hierhergekommen war. Die Lichter des Dorfes blinkten durch die Bäume unter ihm. Liebe war nichts für ihn. Wie lange hatte er Beatrix geliebt? Siebenhundert Jahre? Mehr oder weniger. Noch lange, nachdem sie ihn vergessen hatte. Und vor elf Jahren hatte er Asharti für ihr Verbrechen, durch Napoleon die Weltherrschaft an sich reißen zu wollen, nicht bestraft, weil Beatrix ihn darum gebeten hatte. Aber ohne es zu wollen, hatte er Asharti ausgerechnet an den einen Ort verbannt, an dem sie die Macht hatte erlangen können, nach der sie von Anfang an gestrebt hatte. Das war sein Verbrechen. In ihrem Exil hatte sie eine Armee von Vampiren erschaffen und ganz Nordafrika eingenommen. Es war pures Glück gewesen, dass sie aufgehalten wurde, bevor sie die Welt regieren und Menschen in Vieh verwandeln konnte, das allein seines Blutes wegen gezüchtet wurde.

Jetzt konnte er seine Verbrechen vielleicht endlich sühnen. Stephan hatte eine umfassende Ausbildung erhalten, um

Rubius' Mordbube zu werden. Und er würde Ashartis Hinterlassenschaften beseitigen, so gut er konnte. Vielleicht würde er dabei sterben. Aber das kümmerte ihn nicht – bis auf die Tatsache, dass durch sein Scheitern die Welt mit erschaffenen Vampiren infiziert würde, die wiederum andere erschufen, bis keine Menschen mehr blieben, um den Durst eines Vampirs zu stillen. Wenn er seine Aufgabe jedoch erfüllte ...

Der Schrei einer Frau zerriss die stille Nacht. Er kam ganz aus der Nähe. Stephan wusste, was einen solchen Schrei auslöste, und schlüpfte daher schnell zwischen den Bäumen hindurch, dorthin, wo das Geräusch entstanden war.

Es war fast noch eine Meile bis zu ihrer Höhle. Ann bewegte sich durch die Dunkelheit, so schnell sie konnte. Dieser Teil des Weges wand sich hinter dem Dorf den Berg hinauf. Die Lichter der Schenke lagen direkt unter ihr. Aber sie war nie ängstlich nachts allein im Wald. Schon lange nicht mehr. Die Dorfbewohner machten einen großen Bogen um sie, es gab keine Wölfe so weit südlich, und herumhuschende kleine Tiere schreckten sie nicht. Sie hatte weit mehr zu befürchten als ein Kaninchen oder einen Rehbock.

Deshalb bemerkte sie auch kaum das leise Rascheln in den Büschen neben dem Pfad, bis sie um eine Ecke bog – und dort wie angewurzelt stehen blieb. Eine Frau in Bauernrock und Bluse lag ausgestreckt auf dem mit nassem Laub bedeckten Waldboden. Ihre Brust unter der aufgerissenen Bluse war weiß wie Schnee und bebte unter ihren schweren Atemzügen. Eine Gestalt kauerte über ihr, das Gesicht an ihren Hals gepresst. Von der Körpergröße her musste es sich dabei um einen Mann handeln. Für den Bruchteil einer Sekunde glaubte Ann, die beiden bei einem Schäferstündchen gestört zu haben, doch irgendetwas an den starren Augen der Frau und ihren merkwürdig verdrehten Gliedern deutete darauf hin, dass hier etwas weit weniger Natürliches im Gange war.

Und dann hob der Mann den Kopf.

Ann keuchte. Seine Augen ... glühten! Es war kein Lichtreflex, denn wo sollte in einer solch dunklen Nacht die Quelle sein? Der Mann *hatte* rote Augen, und seine Eckzähne waren unnatürlich lang und spitz. Etwas Dunkles tropfte aus seinem Mund. Ann erkannte plötzlich den Geruch von Blut und schlug sich in sprachlosem Entsetzen eine Hand vor den Mund.

Der Mann sprang auf und stürzte auf sie zu. Jetzt schrie Ann doch auf. Sie durfte sich nicht von einer solchen Kreatur berühren lassen! Würgende Angst stieg in ihr auf. Sie fuhr herum und rannte los, wobei sie spüren konnte, wie er nach ihr griff. Die Röcke mit einer Hand gerafft, hetzte sie den Pfad hinunter und betete zu Gott, dass sie nicht fallen möge. Sie konnte den Mann hinter sich hören und seinen Atem fühlen. Es war, als vibrierte er in der Luft um sie herum, als trommelte er zusammen mit der Furcht in ihrer Brust. Dann hörte sie ein Knurren und einen dumpfen Schlag. In dem Moment verfing sich ihr Fuß in einer Baumwurzel. Ann stürzte und sah sich noch im Fallen zu dem erwarteten Angreifer um.

Da war niemand ... aber in einiger Entfernung hinter ihr rappelten sich zwei Männer vom Boden auf und blieben, halb angriffslustig, halb verteidigend, in gebückter Haltung voreinander stehen. Einer war der Mann, den sie gesehen hatte. Seine Augen waren nicht mehr rot, und auch seine Zähne wirkten wieder ganz normal, als er mit einem knurrenden Geräusch die Lippen zurückzog. Seine Haut war blass, sein Haar von einem hellen Braun und glatt. Er war schlank und hatte kaum Muskeln an den Unterarmen, die unter seinen aufgerollten

Hemdsärmeln zu sehen waren. Trotzdem war er ein Monster, das seinen Gegner anzischte wie eine Schlange.

Woher war der zweite Mann gekommen? Er musste die Bestie, die sie verfolgt hatte, angegriffen haben. Als der Mann sich jetzt aufrichtete, sah Ann, dass er groß und breitschultrig war und eine dichte Mähne schulterlanger schwarzer Haare hatte. Er war gut gekleidet. Seine Augen waren wie schwarze Kohlen in der Dunkelheit, doch zumindest waren sie nicht rot. Ein Teil von Ann fand ihn ausgesprochen gut aussehend, klassisch schön vielleicht sogar auf den ersten Blick – aber dann musste sie ihre Einschätzung ein wenig revidieren. Er hatte hohe Wangenknochen, eine etwas zu große Nase unter einer breiten Stirn, und seine Lippen ... Ah, Lippen sagten viel über einen Mann aus. Seine waren voll und sinnlich, jetzt jedoch zu einem grimmigen Strich verzogen. Die tiefen Furchen rechts und links von ihnen bewahrten sein Gesicht davor, wirklich von der Art zu sein, die man an Statuen sah. All das war aber nur ein Eindruck, den Ann in einem kurzen Moment der Angst und der Erleichterung erhielt.

»Was wollen Sie?«, fauchte der Angreifer den hochgewachsenen Mann an.

»Das weißt du.« Die Stimme ihres Retters klang wie ein tiefes Rumpeln in seiner breiten Brust. Er sprach mit einem etwas kehligen Akzent, aber es war kein deutscher. Würde der Mann es mit dem Monster aufnehmen können?

»Sie sind der *Harrier*.« Ihr Angreifer schleuderte es ihm entgegen wie eine Beschuldigung. Was meinte er damit?

Der hochgewachsene Mann richtete sich daraufhin noch gerader auf, aber weder bestätigte er den Vorwurf, noch bestritt er ihn. »Ich bin dein Schicksal«, sagte er stattdessen ruhig und selbstbewusst.

Ann schauderte es. Bestimmt war dies nichts als melodramatisches Gerede, doch sie konnte sich nichts Kälteres oder entschiedener Vorgebrachtes vorstellen. Wenn das Monster getötet werden *konnte*, würde dieser Fremde es tun. Aber dann glitt der Blick des hochgewachsenen Mannes von seinem Gegner zu ihr und heftete sich auf ihr Gesicht, das ganz im Dunkeln lag.

»Nicht heute Nacht, Freundchen«, trumpfte das Monster auf, während ein schwarzer Nebel vom Waldboden aufwallte und ihn verschlang. Anns Retter fuhr blitzschnell zu seinem Feind herum und sprang – doch zu spät. Der schwarze Nebel verzog sich, und die Kreatur ... war nicht mehr da. Als hätte sie sich in Luft aufgelöst! Ann war wie gelähmt vor Schock, stand mit halb geöffnetem Mund und aufgerissenen Augen da und starrte die leere Stelle auf dem Boden an.

Der andere Mann, der noch auf dem Weg stand, fluchte. »Höllenfeuer und Verdammnis!« Dann wandte er sich zu Ann um, der es nur mit Mühe gelang, den Blick von der Stelle abzuwenden, wo das Monster verschwunden war, und ihrem Retter ins Gesicht zu sehen. Das Schuldbewusstsein und die Reue, die sie in seinem Ausdruck sah, rührten sie. Wie konnte ein Mensch mit solchen Empfindungen leben? Was für Gedanken quälten ihn? Sie müsste ihm danken. Doch während sie noch zögerte, legte sich eine Maske über diese markanten Züge, seine Gefühlsregungen verflogen, er schien sich zu sammeln und ... kühl und distanziert zu werden. Es war sehr verwirrend.

Ein leises Stöhnen erhob sich von einer Stelle etwas weiter weg den Pfad hinunter.

Großer Gott! Die verletzte Frau! Ann eilte an ihrem Retter vorbei und kniete sich neben die am Boden Liegende. Ihre Brust hob und senkte sich, und sie rang nach Atem. Ihre Augen waren starr vor Entsetzen, die Hände zuckten hilflos. Aus zwei kleinen Einstichen an ihrem Hals lief Blut hinunter. Ein Rasseln kam aus ihrer Kehle. Ann wollte den Kopf des Mädchens zwischen die Hände nehmen, aber sie wagte nicht, die andere anzufassen.

»Atme!«, schrie sie sie an. »Atme!«

Anns Befehl hing noch in der Luft, als die junge Frau ihren letzten Atemzug tat und ihre starren Augen glasig wurden. Ein kleiner Laut des Erschreckens oder der Verzweiflung entrang sich Ann, denn nun erkannte sie das Mädchen. Es war Molly, die in der Schenke arbeitete. Sie sei auch nicht gerade eine Heilige, hatte Onkel Thaddeus von ihr gesagt, doch niemand verdiente so ein Ende. Ann spürte die Gegenwart des Fremden über sich, und von irgendwoher hörte sie Geschrei. »Sie ist tot«, sagte sie und sah ihn an.

Er sagte nichts, sondern schien auf irgendetwas hinter Ann zu blicken.

Als sie sich umdrehte, entdeckte sie eine Horde Männer, die mit brennenden Fackeln, Pistolen oder Knüppeln in den Händen den Weg von der Taverne heraufstürmten.

»Sie da!«, rief Squire Fladgate, der schmerbäuchige Friedensrichter. »Bleiben Sie, wo Sie sind. Wer hat hier geschrien?«

»Ich«, sagte Ann, so ruhig sie konnte.

Die Männer aus dem Dorf umringten sie, das tote Mädchen und den Fremden. Im flackernden Schein der Fackeln sahen ihre Gesichter regelrecht dämonisch aus, als sie auf Molly herabstarrten. »Die kleine Van Helsing hat's jetzt also doch getan«, rief jemand in der Horde.

Der Friedensrichter brachte seine massige Gestalt nur mühsam auf die Knie nieder. »Wir dachten, es sei Molly, die da schrie. In einem Moment arbeitete sie noch hinter dem Tresen, und im nächsten ...« Er legte dem Mädchen zwei Finger an den Hals und schüttelte den Kopf. »Sie ist tot.«

»Ich hab gewusst, dass die kleine Van Helsing 'ne Mörderin ist, das sind Verrückte immer.« Das war Mrs. Bennigan, die allen Grund hatte, Ann zu hassen. In ihrer Verwirrung über das jähe Einsetzen ihrer übernatürlichen Kräfte war Ann mit der Untreue der Frau herausgeplatzt, als Mrs. Bennigan sie geschüttelt hatte, nur weil Ann eine Dose mit Nägeln im Eisenwarenladen umgestoßen hatte.

»Verrückt? Sie ist 'ne Hexe, schlicht und einfach, und sie hat Molly umgebracht!« Ah, Mr. Warple. Auch er hatte seine Gründe, Ann zu hassen. Als Mr. Warple einmal mit ihr zusammengestoßen war, hatte sie schon lange nichts mehr ausgeplaudert. Aber in ihren Augen musste er gesehen haben, dass sie sein Geheimnis kannte: Er hatte seine kranke Frau mit einem Kissen erstickt, als er ihr Stöhnen nicht mehr ertragen hatte. Ann konnte es ihm nicht einmal verübeln. Sie wusste, dass er sie auch getötet hatte, um seiner Frau die furchtbaren Qualen zu ersparen, nicht nur, um sich selbst vom Joch ihrer Krankheit zu befreien. Und sie wusste auch, wie sehr er Tag für Tag darunter litt. Dass ihr das bewusst war, machte sie für ihn jedoch nicht liebenswerter.

»Der Strang wäre eine zu milde Strafe für die Hexe!«

»Man sollte sie verbrennen!«

Zornige Stimmen erhoben sich um Ann, die lautstark forderten, sie zu töten oder sie zumindest doch für immer zu vertreiben. Ann wich furchtsam vor ihnen zurück. Sie durften sie nicht anfassen! Sie musste von hier fort! »Ich war das nicht«, flüsterte sie. »Ich habe sie nicht umgebracht, das schwöre ich.« Aber ihre Stimme ging in dem Geschrei unter, und erboste Gesichter kamen ihr immer näher, bis sie kaum noch Luft bekam.

»Sie sollten sie ausreden lassen.« Die gebieterische Stimme hinter ihr brachte den Mob so jäh zum Schweigen, als hätte der Mann einen Zauberstab geschwenkt.

Blicke glitten von ihr zu dem Fremden und wieder zu ihr zurück. Ann hob den Kopf und sah ihn an. Der Schmerz und das Bedauern in seinem Gesicht waren einem harten, unnachgiebigen Blick gewichen, der sogar noch beängstigender war.

»Sagen Sie es ihnen!«, befahl er ihr.

Und da begann sie zu sprechen, wenn auch zu Beginn nur stockend. »Da ... da war ein Mann ... er bückte sich über Molly, als ich den Weg heraufkam. Ich ... ich hatte ihn wohl überrascht, denn er sah auf.« Würden die Leute ihr glauben, was sie gesehen hatte? »Ich hatte den Eindruck, dass er sie ... gebissen hat.«

»Unsinn«, sagte Fladgate scharf. »Ich sehe keinen Mann.« Er rappelte sich mühsam auf. »Und diese Bisse können nicht Mollys Tod verursacht haben. Seht ihr? Sie blutet nur ein bisschen.«

»Wahrscheinlich werden Sie feststellen, dass sie keinen Tropfen Blut mehr in sich hat, wenn Sie sie untersuchen lassen«, warf der Fremde ein.

Ann starrte ihn an. Kein Blut mehr? Sie wandte sich wieder Molly zu. Ja! O Gott, ihr Gesicht war eingefallen, als wären die Blutgefäße, die es immer gestützt hatten, nun ... leer.

»Sie war's. Die Hexe hat sie umgebracht. Wer könnte das schon außer ihr?«

»Sie hat es mit dem bösen Blick getan.«

Am äußeren Rand der Menge erhob sich ein Tumult. Onkel Thaddeus drängte sich schwer atmend nach vorn.

»Onkel!«, rief Ann und drückte die Hände an die Brust, um ihn nicht in die Arme zu schließen. »Du solltest nicht hier sein. Du siehst nicht gut aus.« Sein Gesicht war grau.

»Ich lasse sie nicht von Ihnen schikanieren, Fladgate«, keuchte er. Er rang nach Atem und hatte eine Hand auf sein Herz gepresst.

»Wir brauchen Ihre Hilfe nicht, Brockweir.«

»Warum sind Sie dann nach Maitlands gekommen?«

»Weil Molly vermisst wurde und wir dachten, Ihr Mündel wisse vielleicht etwas darüber. Wie sich herausstellte, war jedoch auch sie nicht aufzufinden. Komischer Zufall, nicht? Und jetzt haben wir gesehen, dass es keineswegs ein Zufall war. Ihre Nichte hat einen Mord begangen«, erklärte der Friedensrichter kalt.

Die Menge brüllte zustimmend.

»Nein, das hat sie nicht.«

Wieder verstummte der aufgebrachte Mob. Die Stimme des Fremden hatte diesen merkwürdig bezwingenden Effekt. Ein unbehagliches Schweigen breitete sich unter den Leuten aus.

Richter Fladgate räusperte sich. »Und was haben Sie zu der Angelegenheit zu sagen?«

Der hochgewachsene Fremde trat hinter Ann, ohne sie jedoch zu berühren, auch wenn sie seinen Körper schon gefährlich nahe an ihrem spüren konnte. »Ich habe alles mit angesehen. Sie sagt die Wahrheit.«

»Wo ist denn dann der andere Mann?«, fragte einer aus der Menge, der ganz vorne stand, herausfordernd.

»Er ist in diese Richtung weggerannt.« Der Fremde zeigte den Weg hinunter.

»Und warum haben Sie ihn nicht aufgehalten?«, gab der sichtlich angetrunkene Mann zurück.

»Das Mädchen lebte noch. Es wäre falsch gewesen, es allein zu lassen.« Der Fremde log. Molly hatte ihn nicht gekümmert, aber Ann dachte natürlich nicht daran, ihn zu berichtigen.

»Sie behaupten also, dass der Mörder einfach so verschwunden ist?«

»Sie haben zwei Augenzeugen, um das zu bestätigen«, erwiderte der Fremde.

Und Squire Fladgate akzeptierte das. Ann konnte es nicht glauben. Jahrelang hatten sie nur auf einen Vorwand gewartet, um sie einzusperren oder Schlimmeres, und jetzt hatten sie endlich einen Grund gefunden. Aber der Friedensrichter nahm die Gelegenheit nicht wahr. Er fragte den Fremden nicht einmal nach seinem Namen. Keiner von ihnen richtete das Wort an ihn. Niemand erkundigte sich danach, wieso er hier war. Von Ann wussten sie, dass sie gern bei Nacht im Wald spazieren ging. Die ganze Stadt sprach über ihre seltsamen Eigenheiten. Aber müssten sie bei einem Fremden nicht neugieriger sein?

Würden sie es dabei bewenden lassen? Der Friedensrichter schüttelte sich, als versuchte er, Klarheit zu gewinnen, und blickte sie aus schmalen Augen an. »Sie könnte seine Komplizin gewesen sein.«

»Warum hätte sie dann schreien sollen?«, wandte der Fremde ein.

»Vielleicht war's ja Molly, die geschrien hat«, rief jemand in der Menge.

Das entschied die Sache für den Friedensrichter. Er drehte sich zu Anns Onkel um. »Bringen Sie sie morgen um Punkt vier zum *Hammer und Amboss* zur Befragung. Sie werden für alle Verbrechen, die sie begangen hat, verantwortlich gemacht werden, Brockweir«, warnte er. Dann tippte er sich an die Nase. »Oder vielleicht sollte ich sie doch besser in Gewahrsam nehmen, bis wir den Fall untersucht haben.«

»Ja, sperren Sie sie ein!«, brüllte die Menge. »Sie war's!« Und: »Niemand ist hier sicher, solange sie frei herumläuft.«

Ann blickte verzweifelt um sich. Sie konnten sie doch nicht einsperren, oder?

Ihr Onkel nahm seine letzte Kraft zusammen und richtete sich zu seiner vollen Größe auf. »Ich werde sie nachts im Haus behalten, Fladgate, wenn ihr starken Männer euch vor einem Mädchen fürchtet, das vielleicht gerade mal fünfundvierzig Kilo wiegt.«

»Hinter Schloss und Riegel?«, gab Fladgate mit einem bösen Blick auf Ann zurück.

»Ich werde sie im Kinderzimmer im dritten Stock einschließen.« Ihr Onkel beugte sich vor und hustete. Ann streckte hilflos die Hand nach ihm aus. Aber dann straffte er sich wieder und drückte den linken Ellbogen an die Brust. »Einverstanden?«, keuchte er.

»Einverstanden«, sagte der Fremde hinter ihr, obwohl es eigentlich nicht seine Sache war. Aber es war fast so, als wäre damit das letzte Wort gesprochen.

Der Mob wandte sich murmelnd ab. Fladgate befahl zweien der Männer, Mollys Leiche ins Dorf zu tragen.

Wieso hatten sie dem Fremden nicht unterstellt, sich den Mann, der geflohen war, nur ausgedacht zu haben? Wieso verdächtigten sie ihn nicht auch des Mordes?

Doch Ann konnte sich nicht mit Spekulationen aufhalten. Ihr Onkel wurde immer blasser und grauer im Gesicht. »Komm, Onkel Thaddeus!«, sagte sie. »Du musst nach Hause ins Warme.«

Sie drehte sich noch einmal um, um dem Fremden zu danken, aber er war nirgendwo zu sehen – fast so, als hätte ihn die Dunkelheit verschluckt. Das Unwirkliche dieses Abends überflutete Ann wie eine Sturzwelle und nahm ihr alle Kraft. Die Knie drohten unter ihr nachzugeben, doch sie durfte dieser Schwäche nicht erliegen. Ihr Onkel musste es irgendwie den Hügel hinunter schaffen. Sie sah sich um und hob einen dicken Ulmenzweig auf, der ihm als Gehstock dienen konnte, weil er sich auf sie nicht stützen durfte.

»Hier, Onkel«, flüsterte sie. »Lass uns heimgehen!« Sie reichte ihm den Stock. »Glaubst du, dass du das schaffen kannst?« Noch immer rang er schwer nach Atem, und seine Haut war von einem Schweißfilm überzogen.

Er nickte und drückte den linken Arm an seine Seite. »Bis zur Kutsche schaffe ich es, dann wird Jennings uns nach Hause fahren.«

Sie traten den anstrengenden Weg ins Tal und zu der Schenke an. Im Dorf führte Jennings auf der einzigen Straße die Pferde auf und ab. Aus dem Gastraum drangen laute, gut mit Bier und Brandy geschmierte Stimmen, die das Abenteuer noch einmal Revue passieren ließen.

Jennings half Onkel Thaddeus in die Kutsche und zog sich etwas zurück, als Ann hinter ihm einstieg. »Bringen Sie uns nach Hause und holen Sie dann schnellstens Doktor Denton, Jennings!«, flüsterte sie ihm zu.

Die Schwärze verzog sich und ließ Stephan weiter oberhalb der Schlucht zurück. Er hatte in dieser Nacht noch Zeit genug, um seine Suche fortzusetzen. In der Ferne sah er die Fackeln des Pöbels auf dem Weg ins Dorf hinunter.

Hol der Teufel seine Schwäche! Er hätte den Vampir sofort angreifen müssen. Es war pure Rücksichtnahme seinerseits gewesen, dass er der Kreatur nicht in Gegenwart des Mädchens den Garaus gemacht hatte. Die einzige Möglichkeit, einen Vampir zu töten, war ausgesprochen scheußlich anzusehen. Natürlich hätte er der jungen Frau einflüstern können, den Vorfall zu vergessen, nur funktionierte das manchmal leider nicht, wenn das Entsetzen groß genug war, und dann kehrte die Erinnerung zurück und konnte einen Menschen in den Wahnsinn treiben. Wieso hatte er sich von ihrer Anwesenheit beeinflussen lassen? Weil sie so klein und zart war? Mit ihren großen grauen Augen und der Fülle weißblonden Haares, das ihr Gesicht umrahmte, sah sie zu zerbrechlich aus, um einen so brutalen Schock zu überstehen.

Angewidert schüttelte er den Kopf. Was kümmerte ihn ihre geistige Verfassung? Seine Aufgabe war, Callan Kilkenny und die von ihm geschaffenen Vampire zu erledigen. Und dieser Aufgabe war er nicht nachgekommen. Er hatte zwar nicht vorgehabt, sie einen nach dem anderen zu töten, aber das wäre immer noch besser gewesen, als den Vampir von eben zu seinen Kumpanen zurückkehren zu lassen, damit er ihnen erzählte, dass der *Harrier* ihnen auf der Spur war. Würden sie sich jetzt aus Cheddar Gorge zurückziehen? Würde er warten müssen, bis noch mehr »Influenza«-Erkrankungen in einem anderen, weit entfernten Gebiet auftraten?

Andererseits hielten sie sich offenbar schon eine ganze Weile in dieser Gegend auf. Vielleicht warteten sie ja auf irgendetwas, oder es gab etwas an diesem Ort, das ihnen wichtig war.

Stephan straffte die Schultern. Er würde hier weitersuchen, bis er sicher sein konnte, dass sie über alle Berge waren. Und es würde keine schwachen Momente oder Ablenkungen mehr geben. Er zwang sich, an den Kampf zu denken, an das Blut, das seine und das ihre, das Enthaupten, vor dem ihm graute, und die Gefahr für seinen Leib und seine Seele ... Das war seine Zukunft. Er war der *Harrier*, der »Jagdhund«. Er gehörte Rubius und durfte an nichts anderes mehr denken als daran, seine Aufgabe zu erfüllen und zum Kloster Mirso zurückzukehren.

Ann zitterte unkontrolliert, als die Kutsche über die breite, kiesbestreute Einfahrt zum Portikus von Maitlands fuhr. Ihr schwirrte der Kopf von all dem, was sie gesehen hatte, von den roten Augen des Mörders bis zu Mollys blutleerem Körper, vom Anblick des Todes bis zu dem attraktiven Fremden, der sie vor dem Mob gerettet und sich dann buchstäblich in Luft aufgelöst hatte. Unter ihrer Hand, die ganz unbewusst zu ihrer Kehle geglitten war, spürte sie das wilde Pochen ihres Herzens. Monster, die drohende Gefahr durch die vielen Leute, die sie berühren könnten, die Furcht vor der Verhaftung oder gar dem Tod, all das machte ihr sehr schwer zu schaffen.

Es war nur das flache, unregelmäßige Atmen ihres Onkels, das sie überhaupt noch in der Realität zurückhielt. Sein Zustand war nicht gut. Sie hätte ihn so gern berührt, seinen Puls gefühlt oder seine Wange gestreichelt, aber all das war für sie nicht möglich.

Die Kutsche war kaum zum Stehen gekommen, als Ann auch schon die Tür aufriss. »Polsham!«

Polsham wartete händeringend unter dem Säulenvorbau. »Miss Ann, wir waren so beun...«

»Schon gut«, unterbrach sie ihn. »Meinem Onkel geht es nicht gut. Helfen Sie ihm ins Haus!« Sie winkte Peters, der soeben durch das große Eingangsportal kam. »Ab mit Ihnen, Jennings! Und lassen Sie kein Nein von Doktor Denton gelten.«

»Nein, Miss.« Jennings blickte sich um, bis er seinen Passagier schwer in Polshams Arme sinken sah. Dann nahm er die Zügel auf und fuhr wieder los, während die beiden anderen Männer Onkel Thaddeus ins Haus brachten und ihn im vorderen kleinen Salon auf den Diwan legten.

»Seine Krawatte, Polsham – lockern Sie seine Krawatte!«, sagte Ann, die in ihrer Sorge buchstäblich auf dem hellen Aubussonteppich herumtänzelte. »Es ist sein Herz. Ich weiß, dass es das Herz ist.«

Ihr Onkel war tatsächlich kaum noch bei Bewusstsein. Seine Augenlider flatterten, und er atmete nur noch ganz flach. Lieber Gott, wenn du wirklich über uns wachst, dann nimm uns nicht Onkel Thaddeus!, betete Ann stumm. »Holen Sie das Riechsalz, Peters!« Der Diener rannte los.

Eine innere Stimme flüsterte: Was wirst du tun, wenn er stirbt? Aber Ann verdrängte diese Stimme. Polsham rieb die Handgelenke ihres Onkels, doch das schien nichts zu nützen. Gott, wie soll ich es mir verzeihen, wenn er stirbt? Nur ihretwegen hatte ihr Onkel in dieser Nacht das Haus verlassen, um sich dem Pöbel entgegenzustellen. Es war ihre Schuld, dass er sein Herz mit Angst und Sorge und einem strapaziösen Aufstieg überanstrengt hatte.

Er würde nicht sterben. Natürlich würde er nicht sterben. Doktor Denton würde ihn retten.

Stunden schienen zu vergehen, bevor sie das Knirschen von Rädern auf Kies und Jennings' Rufen hörte. Sie erhob sich aus ihrer knienden Haltung neben ihrem Onkel und lief zur Tür.

»Doktor Denton«, begrüßte sie den hageren älteren Mann mit dem kleinen Arztkoffer in der Hand. Er kannte sie von Kind an und wusste daher, dass er Abstand halten musste. Er war einer der wenigen Menschen in der Gegend, der nach Maitlands kam. »Er ist hier drinnen«, sagte sie und zeigte auf die Tür zu dem kleinen Salon.

»Na, mein lieber Brockweir, was haben Sie denn mit sich angestellt?«, begrüßte Dr. Denton den Patienten in jovialem Ton.

Onkel Thaddeus schenkte ihm ein müdes Lächeln. »Denton . . .«, murmelte er. »Wollen Sie mir die Letzte Ölung geben?«

»Unsinn, Mann! Das ist nur eine kleine Schwäche. Wir werden Sie im Nu wieder auf den Beinen haben.«

Ann beobachtete, wie der Doktor das Herz ihres Onkels abhorchte, ihn bat zu atmen und ihm auf die Brust klopfte. Sie konnte nur hoffen, dass er ein Wunder wirken würde. Aber er flößte ihrem Onkel nur einen Löffel eines herzstärkenden Mittels ein. Thaddeus verzog das Gesicht, als er es schluckte. Schließlich erhob sich der Arzt und winkte Ann in die Eingangshalle.

»Er ist schwer krank, Miss van Helsing. Ich will Ihnen nicht die Wahrheit vorenthalten.«

Anns Kehle war wie zugeschnürt. »Können wir denn gar nichts für ihn tun?«

»Dafür sorgen, dass er Ruhe hat, natürlich. Lassen Sie ihn von den Dienstboten in sein Schlafzimmer hinauftragen. Und geben Sie ihm zweimal täglich eine dieser Tabletten.« Er reichte ihr ein Tütchen Pillen.

Ann starrte sie an. Ihre Hand zitterte. Das Papier knisterte. »Was ist das?«

»Eine kristallisierte Tinktur aus Fingerhut.«

»Aber das ist Gift!«, protestierte sie.

»Nur in großen Dosen. Fingerhut regt das Herz an, wissen Sie. Fatal für Sie oder für mich, doch genau das, was Ihr Onkel braucht. Ein Schotte hat seine medizinischen Eigenschaften mithilfe irgendeiner Zigeunerin entdeckt.«

Ann beobachtete seine faltigen Lippen und hörte seine Worte, aber sie konnte nicht ganz verstehen, was er meinte. »Werden sie ihn heilen?«

Dr. Denton lächelte. Es war ein trauriges Lächeln, das, so klein es war, die Falten in seinem Gesicht vertiefte. »Nichts wird ihn heilen, meine Liebe, das könnte einzig ein neues Herz. Es ist nur noch eine Frage der Zeit.«

Ann versuchte zu schlucken, doch nicht mal dazu war sie in der Lage. »Wie ... wie lange noch?«

»Heute Nacht, einen Monat, ein Jahr – wer weiß? Der Herrgott vielleicht, aber ich nicht.«

Ann nahm sich zusammen. »Ich werde natürlich alles tun, was Sie sagen, Doktor Denton.«

»Ich werde morgen früh noch einmal nach ihm sehen.« Der Arzt ließ sich seinen Hut und Stock von Peters geben.

»Jennings wird Sie heimfahren, Doktor. Danke, dass Sie gekommen sind.«

Er nickte nur, als er zur Tür hinausging. Seine Schultern waren gebeugter als bei seiner Ankunft. Ann kam der Gedanke, dass er angesichts des Leidens seines alten Freundes vielleicht sein eigenes unabwendbares Schicksal nahen sah. Es hatte Tod und etwas sehr viel Rätselhaftes in dieser Nacht gegeben. Die Welt schien ein kälterer und viel beängstigender Ort zu sein als noch am Nachmittag. Aber Ann atmete tief durch und kehrte in den kleinen Salon zurück. »Polsham, Peters, lassen Sie uns meinen Onkel nach oben bringen, dann können Sie sich zurückziehen.«

Sie wartete, bis die beiden Männer es Onkel Thaddeus in seinem großen Bett bequem gemacht hatten, und setzte sich dann zu ihm, um bei ihm zu wachen. Irgendwann musste sie jedoch eingeschlafen sein, denn plötzlich sah sie dunkle Augen und breite Schultern vor sich, die ihr den Atem verschlugen und sie aus dem Schlaf auffahren ließen.

Erschrocken blickte sie um sich, doch bis auf die reglose Gestalt ihres Onkels war sie allein im Zimmer.

Wie ein Kompass zum Norden kehrten ihre Gedanken zu dem Fremden zurück, der ihretwegen so mutig den Dorfbewohnern entgegengetreten war. Er war faszinierend und beängstigend zugleich. Ein Rätsel. Und sie konnte nicht umhin, sich zu fragen, ob sie ihm erneut im Wald begegnen würde ...

4. Kapitel

Nichts. Stephan hatte die große Haupthöhle und mehrere kleine Abzweigungen überprüft, aber nirgendwo auch nur eine Spur der Schwingungen entdeckt, die seine Spezies abgab. Die Vampire, die er suchte, waren noch so jung, dass ihre Vibrationen langsam und selbst für Menschen erkennbar sein würden. Natürlich konnten sie auch draußen auf der Jagd gewesen sein. Doch in der Höhle war kein Blutgeruch gewesen, und davon würde er sogar die schwächste Spur wahrnehmen. Blut ist Leben, wiederholte er sich unwillkürlich die Maxime ihrer Gattung. Diejenigen, die er suchte, waren mit Vampirblut von Kilkenny infiziert, der wiederum von Asharti infiziert worden war. Sie würden für Ashartis Verbrechen bezahlen.

Der Gedanke ließ ihn innehalten. Trugen sie überhaupt die Schuld an ihren Verbrechen? Stephan biss die Zähne zusammen. Natürlich waren sie schuldig. Sie waren wie Asharti, machtgierig und nur auf den eigenen Vorteil bedacht, und sie übernahmen keine Verantwortung für ihr Handeln. Ihre gedankenlose Art der Nahrungsaufnahme bewies das schon.

Das musste er glauben – weil es in gewisser Weise *sein* Verbrechen war, für das sie mit ihrem Leben bezahlen würden.

Stephan schloss die Läden an den Fenstern seines Zimmers über der Schenke und zog die schweren Vorhänge davor, die die Kälte draußen halten sollten. Bei ihm war es jedoch das Tageslicht, das nicht hereinfallen sollte. Wie immer konnte er spüren, dass die Sonne schon bald aufgehen würde. Noch ein paar Stunden Schlaf, dann würde er sich vermummen, so gut es ging, und dem Tageslicht entgegentreten, um einen Grundstücksmakler aufzusuchen. Er hoffte, dass Kilkennys Vampire sich sicher genug fühlten, um in der Gegend zu bleiben, oder einen zwingenden Grund hatten, hier auszuharren, nachdem der Vampir, der in der vergangenen Nacht geflohen war, den anderen von Stephans Anwesenheit berichtet hatte.

Er legte Rock und Weste ab und streifte mit Hilfe eines Stiefelknechts die Stiefel ab. In den nächsten Tagen würde er sich gut und regelmäßig nähren müssen, um bei Kräften zu bleiben, aber er durfte niemandem zu viel Blut abnehmen. Er wollte nicht, dass andere unter seinen Bedürfnissen zu leiden hatten. Das war es, was er auch Beatrix und Asharti beizubringen versucht hatte. Bei Beatrix zumindest war es ihm gelungen. Vielleicht konnte er sich von einem der Schankmädchen nehmen, was er brauchte? Er würde ihr ein sinnliches Andenken hinterlassen, statt der Erinnerung an ihr Geschenk an ihn.

Als er in Hemd und Hose auf dem Bett lag, schweiften seine Gedanken zu dem Mädchen ab, das ihn in dieser Nacht von seinem Vorhaben abgelenkt hatte. Komisch. Sie war so zart, und trotzdem hatte sie sich an ihm vorbeigedrängt, um der Sterbenden beizustehen. Das zeigte ein gewisses Maß an Mut. Den Beschuldigungen der Dorfbewohner nach zu urteilen, musste diese junge Frau es sein, von der in der Schenke gesprochen worden war. War ihr Äußeres der einzige Grund, warum sie als Hexe bezeichnet wurde? Ihre Augen schienen tatsächlich durch einen hindurchzublicken. Stephan hatte das Gefühl, dass sie Dinge über ihn wusste, die kein anderer wissen dürfte. Was beunruhigend und dennoch … reizvoll war. Sein Leben war so voller Geheimnisse und Bürden, die schon fast nicht zu ertragen waren. Wie es wohl wäre, wieder einmal mit jemandem zusammen zu sein? Mit einer Frau?

Wie so häufig in letzter Zeit reagierte sein Körper auch jetzt unmittelbar auf diesen Gedanken. Aber er konnte diesen Bedürfnissen nicht nachgeben. Der Verzicht auf körperliche Befriedigung gehörte zu seiner Wiedergutmachung. Und was kümmerte ihn dieses Mädchen schon? Sie war nicht Beatrix. Er hatte seine Ziele. Die sexuelle Energie musste bewahrt werden. Er brauchte nur an das zu denken, was geschehen war, als er die Kontrolle verloren hatte! Weil Stephan sich jedoch nicht an jene Zeit erinnern wollte, drehte er sich auf die Seite und begann mit den Übungen, die er in Mirso gelernt hatte. Aber sein Verstand verweigerte ihm diesmal den Gehorsam...

Kloster Mirso,
Dezember 1819

Der Wind fuhr von den schneebedeckten Gipfeln hinter ihm herab, als er sein stämmiges Bergpferd auf die schimmernden Türme zulenkte, die aus dem Berg herauszuwachsen schienen. Stephan spürte die Kälte, doch seine Seele begrüßte sie. Was draußen war, sollte sich auch innen widerspiegeln, oder nicht? Wärme blieb ihm versagt. Genau wie Liebe. Und zu Recht. Hatte er nicht die von seiner Spezies festgelegten Regeln angefochten? Und waren die Früchte seiner Arbeit nicht ein gottverdammtes Übel, das die, die er sein Leben lang gekannt hatte, mit aller Macht hatten bekämpfen müssen? Noch heute gab es keine Garantie dafür, dass das Gleichgewicht zwischen der menschlichen Rasse und den Vampiren gewahrt war. Er hatte unermessliches Leid verursacht.

Seine Seele war tot. Er hatte nicht mehr den Willen, in der Welt zu leben und die Last seiner Verfehlungen zu tragen. Das einzige Leben, das ihm noch blieb, war an dem Ort, wo er vor so vielen Jahren begonnen hatte.

Stephan erhob den Blick wieder zu seinem Ziel, das aus dem

Berg vor ihm aufragte, und berührte die Flanken des Pferdes mit den Absätzen, um es zu einem schnelleren Tempo anzutreiben. Der Mond kam hinter den Wolken hervor und erhellte die steinernen Turmspitzen, die von innen heraus zu glühen schienen. Der durchscheinende Onyx, aus dem die Zinnen und Türme des Klosters bestanden, war hier und da mit rechteckigem Licht gesprenkelt. Mirso erwachte bei Nacht zum Leben. Andere würden den Anblick als nicht von dieser Welt bezeichnen, als böse und Furcht erregend, für Stephan aber war er sein Zuhause.

Von seiner Mutter im Stich gelassen, war er im Kloster Mirso aufgewachsen, wo er wie eine Kostbarkeit von Rubius und den Ältesten aufgenommen worden war, da Kinder sogar damals schon sehr selten gewesen waren. Doch er war keine Kostbarkeit. Eine eklatante Fehleinschätzung. Er, Stephan Sincai, war der Liebe des Einzigen, an dem ihm je etwas gelegen hatte, unwürdig... Ja, das war er.

Rubius hätte ihn nicht in die Welt hinausschicken sollen. Vielleicht hätte er, Stephan, dann niemals all das Leid verursacht. Die Ältesten hatten gesagt, er müsse die Welt kennenlernen, bevor er ihr entsagen konnte. Aber sie war nichts für ihn, war es nie gewesen, und nun wollte er nur noch in rituellen Gesängen und Enthaltsamkeit vergessen, was seine Fehler die Welt gekostet hatten.

Doch würde Rubius ihn nach seinen Verfehlungen wieder aufnehmen? Ein Frösteln überlief Stephan, das nichts mit dem kalten Wind zu tun hatte. Falls es noch Götter gibt, die dir zuhören wollen, bete zu ihnen, dass man dir erlaubt zu bleiben, dachte er. Das Kloster war der einzige Zufluchtsort, an den er sich noch wenden konnte.

Etwa eine Stunde später erreichte er die mächtigen, eisenbeschlagenen Tore Mirsos. Im heftigen Schneegestöber saß er ab und ging zum Tor. Die riesige, an einer Kette hängende Eisenkugel, die als Türklopfer diente, wartete darauf, von ihm bedient zu werden. Es würde übermenschliche Kraft erfordern, sie anzuheben, aber das war ja der Sinn der Sache, nicht? Hinter den Toren hörte Stephan das Scharren des schweren Riegels, an das er sich noch gut erinnerte. Dann öffnete sich eins der Tore, und ein Mönch in einer schwarzen Kutte, die von einem groben Strick zusammengehalten wurde, erschien vor ihm. Er hatte die Arme über der Brust verschränkt, seine Hände steckten in weiten Ärmeln, und von seinem Gesicht war nichts zu sehen im Schatten der Kapuze.

Stephan presste die Lippen zusammen. »Ich bin Stephan Sincai und möchte Rubius sehen«, sagte er in der alten Sprache. Die Worte gingen nahezu unter in dem starken Wind.

»Ich weiß, wer du bist«, erwiderte die Gestalt und drehte sich auf dem Absatz um. Stephan folgte ihr. Der Mönch schien über den riesigen, von mindestens einem halben Meter Schnee bedeckten Hof zu schweben. Es war alles noch so, wie Stephan es in Erinnerung hatte, die hohen Steinmauern und in der Mitte des Hofes der plätschernde Brunnen, der nichts weiter als ein Haufen Felsen in einem schlichten Steinkreis war. Dieser Brunnen war jedoch der Ursprung von allem, denn das Kloster war um ihn herum erbaut worden. Der »Hochbetagte« hatte ihn einst mit dem Parasiten in seinem Blut verseucht, den Stephans Gattung heute den Gefährten nannte. Das Wasser wiederum hatte Menschen infiziert, vor so unendlich langer Zeit, dass einzig Rubius sich noch daran erinnerte. Nur ein paar starben nicht durch das verseuchte Wasser, aber das Blut dieser wenigen Überlebenden machte andere, die infiziert waren, immun dagegen. Aus dieser simplen Quelle war ihre Rasse entstanden. Vielleicht war es ein Fluch. Früher oder später waren sie der Last des Alters oder der ihrer eigenen Sünden nicht mehr

gewachsen und brauchten einen Zufluchtsort. Sie alle endeten im Kloster Mirso.

Stephan folgte dem Mönch durch die Türen am anderen Ende des Hofes, dann die Wendeltreppe des Hauptturmes hinauf und in das kleine Empfangszimmer, wo der Mönch ihn allein ließ. Der Raum enthielt nur einen harten Stuhl mit geschnitzter Rückenlehne. Bittsteller um eine Audienz bei Rubius verdienten keine Bequemlichkeit.

»Rubius wird dich empfangen.«

Stephans Kopf fuhr hoch. Er hatte den Mönch nicht eintreten gehört, weil er mit seinen Gedanken woanders gewesen war. Er erhob sich und trat geduckt durch die niedrige Tür am anderen Ende des kahlen Raumes.

Rubius' Privatgemächer standen in krassem Gegensatz zu der spartanischen Atmosphäre des übrigen Klosters. Tapisserien schmückten die Wände, türkische Teppiche bedeckten den Steinfußboden. Ein Feuer brannte im Kamin und warf zusammen mit den im Raum verteilten Kerzen ein warmes Licht auf dick gepolsterte Ledersessel, eine Anrichte, auf der Brandy und Süßigkeiten bereitstanden, und Rubius' Kunstsammlung. Stephan blickte sich nach den vertrauten Stücken um: eine steinerne etruskische Fruchtbarkeitsgöttin, römisches Glas aus dem ersten Jahrhundert nach Christus, griechische Vasen in Schwarz und Rot, ein chinesisches Jadepferd. Die Sammlung hatte sich in den Jahrhunderten von Stephans Abwesenheit vergrößert. Er sah nun auch einen da Vinci, ein sehr schönes byzantinisches Triptychon und einen Mayakalender aus der Neuen Welt. Das brachte schmerzliche Erinnerungen zurück. Für einen Moment ließ Stephan den Blick durch das Zimmer gleiten, bevor er ihn auf den alten Mann in seiner Mitte richtete.

»Sei gegrüßt, Rubius.«

Der Alte nickte. Es war schwer vorstellbar, dass er das Oberhaupt der Vampirgesellschaft war, was von Stephan in seiner Jugend irgendwie auch nicht so recht gewürdigt worden war. Übergewichtig, weißhaarig, mit einem vollen Bart und rötlichem Gesicht, sah er mehr wie ein gutmütiger Riese aus als wie der oberste Vertreter einer Gemeinschaft, die von den Menschen für das personifizierte Böse gehalten wurde. Rubius war der letzte Überlebende jener, die als Erste aus dem Brunnen getrunken hatten.

»Sincai?« Rubius deutete auf den Brandy und zog die buschigen weißen Brauen hoch.

Stephan nickte nervös. Rubius schenkte ihm etwas ein und reichte ihm das Glas. Stephan stürzte den Alkohol in einem Zug hinunter und hoffte, dass er ihn beruhigen würde.

Rubius schenkte auch sich ein Glas ein und deutete auf einen Sessel. »Warum bist du hier, mein Junge?«

»Das weißt du«, antwortete Stephan mit leiser Stimme und ohne sich zu setzen.

»Aber ich will es von dir selbst hören«, entgegnete Rubius ruhig und musterte ihn prüfend.

Stephan holte tief Luft. Es war so weit. Schluck deinen Stolz hinunter, sagte er sich. Nach allem, was er getan hatte, hatte er kein Anrecht mehr auf Stolz. »Ich bitte um Erlaubnis, das Gelübde ablegen zu dürfen.«

»Na, das finde ich ja ausgesprochen interessant«, stellte Rubius nahezu flüsternd fest. Vampire verfügten über ein scharfes Gehör. Es war, als hätte Rubius nach all den Jahren, in denen er nur mit Angehörigen seiner eigenen Spezies gesprochen hatte, kein Verlangen mehr, sich anzustrengen, in normaler Lautstärke zu sprechen. Er stellte sein Glas ab und legte einen Finger an die rote Nase. »Einer, der unsere Regeln gebrochen hat, nein, sogar versucht hat zu beweisen, dass sie falsch sind,

will sich jetzt unserer kostbarsten Regel überhaupt bedienen.«

Das war's. Rubius würde ihn nicht aufnehmen. Das Gefühl der Leere, das sich in Stephan breitmachte, drohte ihn in den Wahnsinn zu treiben. »Es war falsch von mir«, *sagte er. Vergiss deinen Stolz!, sagte er sich.* »Geschaffene und geborene Vampire sind nicht gleich.«

»*Dein kleines Experiment mit der Araberin hat fast unsere Welt zerstört, Junge!*«, *flüsterte Rubius aufgebracht.* »*Falsch beschreibt nicht einmal annähernd, was du angerichtet hast.*«

»*Nein.*« *Stephans Stimme klang selbst in seinen eigenen Ohren düster. Er stimmte zu, obwohl er wusste, dass das nicht genügen würde. Rubius würde ihn nicht mehr in Mirso aufnehmen.*

»*Was hattest du denn vor? Den Ältesten die Autorität absprechen, wenn du bewiesen hättest, dass unsere Regeln falsch waren?*«

»*Ich . . . ich weiß es nicht. Ich dachte, geschaffene Vampire könnten zu wertvollen Bürgern gemacht werden . . .*«

Rubius hatte nur ein Abwinken für diese Einfalt übrig. »*Stolz. Rebellischer Stolz. Wir haben dich aufgezogen, Junge, dich unterrichtet und wie einen kostbaren Schatz behandelt. Und du vergeltest es uns mit Verrat.*« *Er hatte begonnen, auf und ab zu gehen, und bewegte dabei seine massige Gestalt mit überraschender Anmut.* »*Und selbst als dein Experiment fehlschlug und das Biest versuchte, Beatrix umzubringen, die eine geborene Vampirin war, und den Kontinent durch diesen menschlichen General zu regieren – wie hieß er doch noch?*«

»*Bonaparte, Ältester.*« *Stephan bemühte sich um einen ausdruckslosen Ton, was ihm gar nicht schwerfiel.*

»*Selbst da hast du sie gehen lassen.*«

»*Ich dachte, im Exil ...*«

»*Versuch nicht, dich zu rechtfertigen!*« *Rubius fuhr zu ihm herum, verschränkte die Arme hinter dem Rücken und setzte die Wanderung dann fort.* »*Sieh doch nur, wohin es geführt hat! Sie fand einen der Hochbetagten und nahm sein Blut. Sie war fast so stark, dass keiner von uns sie aufhalten konnte. Und überall schuf sie Vampire*«, *murmelte er.* »*Für Khalenberg und Davidoff, Urbano und die anderen war es äußerst mühselig, sie alle aufspüren zu wollen.*«

»*Ich hatte mich freiwillig gemeldet ...*«

»*Wie konnten wir uns nach all dem noch auf dich verlassen?*« *Rubius spie ihm die Worte förmlich ins Gesicht.*

»*Ich weiß, dass ihr das nicht konntet.*« *Das war der schlimmste Schmerz, dass ihm nicht einmal erlaubt worden war, seine Fehler wiedergutzumachen.*

Ein ausgedehntes Schweigen entstand. Rubius wippte auf seinen Absätzen. »*So. Und jetzt willst du Zuflucht im Gelübde suchen.*«

»*Du wirst sehen, dass ich ein demütiger und eifriger Postulant sein werde.*« *Stephan hielt den Blick auf den Teppich zu Rubius' Füßen gerichtet.*

»*Werde ich das?*«, *entgegnete Rubius versonnen.*

»*Ich schwöre es*«, *sagte Stephan, außerstande, das Gefühl aus seiner Stimme fernzuhalten.*

»*Das hat seinen Preis*«, *flüsterte Rubius mit einem abschätzenden und ... triumphierenden Glitzern in den Augen. Dieser Blick machte Stephan Angst. Von was für einem Preis sprach er?*

Aber das spielte keine Rolle. »*Wie ... wie kann ich dir dienen, Ältester?*«

Brüsk wandte Rubius sich ab und ließ sich in einem ledernen Ohrensessel neben dem Kamin nieder. Dann zeigte er auf den zweiten Sessel, der ihm gegenüberstand. Stephan setzte sich. Rubius starrte in das Feuer, dessen flackerndes Licht sein rotbackiges Gesicht erhellte. »Ich habe eine Aufgabe für dich, Junge«, erklärte er schließlich.

»Du brauchst mir nur zu sagen, was.« Ja! Er würde sich beweisen. Die alten Augen schienen ihn geradezu zu durchbohren.

»Du wirst ein Instrument der Gerechtigkeit werden, so wie du eine treibende Kraft für das Chaos gewesen bist. Du wirst in Ordnung bringen, was durch deine Vergehen auf die Welt losgelassen wurde. Mit dieser Wiedergutmachung wirst du dir das Recht verdienen, auf Seelenruhe hinzuarbeiten. Man wird dir Zuflucht auf Mirso gewähren.«

Stephan atmete erleichtert auf. »Ja. Lass es mich in Ordnung bringen.«

»Aber dazu musst du ausgebildet werden.«

Stephan straffte sich in seinem Sessel, dann ließ er sich auf ein Knie vor Rubius nieder und senkte demütig den Kopf. »Ich werde ein eifriger Schüler sein, Ältester.«

Rubius legte eine Hand auf Stephans gesenkten Kopf. »Du gibst dieses Versprechen, ohne nachzudenken, doch es wird kein leichter Weg sein. Trotzdem ist das Versprechen gegeben, und ich werde dich daran erinnern.«

Hoffnung erwachte in Stephans Brust. »Du wirst meinen Gehorsam nicht erzwingen müssen.«

»Dann lass mich dir deine Lehrerinnen vorstellen.« Eine Tür öffnete sich knarrend.

Stephan hob den Kopf. Drei schöne Frauen kamen herein. Eine war ganz in Rot gekleidet, eine andere in Schwarz und die dritte in makelloses Weiß. Sie trugen schlichte Gewänder römischen Stils, die jedoch keine ehrbare Römerin anzuziehen gewagt hätte. Kurtisanen vielleicht, in der Abgeschiedenheit eines *versteckt liegenden Freudenhauses, aber keine der angesehenen Bürgerinnen Roms. Dem weichen Fall dieser ärmellosen, tief ausgeschnittenen Gewänder nach zu urteilen, mussten sie aus Seide sein, und an der Taille wurden sie von goldenen Filigranbroschen zusammengehalten. Die Frauen hatten alle langes schwarzes Haar, das ihnen offen bis zur Taille fiel, und nur das Haar der molligsten der drei war leicht gewellt statt glatt wie das der anderen beiden. Ihre Haut war weiß wie die von allen, die niemals in die Sonne gingen, ihre Augen waren dunkle Seen aus... was? Stephan sah in ihnen Verlangen, Entschlossenheit und... Gier?*

»*Meine Töchter, Sincai*«, *stellte Rubius sie mit einer Handbewegung vor.*

Stephan konnte seine Überraschung nicht verbergen.

»*Dachtest du, ich sei steril? Ich bin der Vater von vielen von euch, auch wenn es lange, lange her ist.*«

Stephan unterdrückte ein Erschaudern. Wozu wurde man nach so unendlich vielen Lebensjahren?

»*Wie nennt ihr euch heutzutage, meine Lieben?*«, *fragte Rubius die Frauen, um sich dann vertraulich Stephan zuzuwenden.* »*Frauen verändern sich beständig und wechseln ihre Namen wie die Kleider.*«

»*Deirdre*«, *sagte eine. Sie war größer als die anderen und hatte ein längliches Gesicht und einen schlanken Körper, kleine Brüste und muskulöse Arme.*

»*Freya*«, *sagte die zweite, eine zierlichere und anmutigere Version der ersten.*

»*Estancia*«, *stellte sich die dritte und kleinste vor. Sie war üppig wie eine reife Frucht, aber ihre Augen waren wie die eines Vogels – scharf und mitleidlos.*

»*Das ist Stephan Sincai. Er wird euer nächster Schüler sein.*« *Rubius wandte sich an Stephan.* »*Sie können deine Macht ums*

Zehnfache vergrößern. Es ist der Okkulte Weg. Nicht einmal die Mönche hier kennen ihn.«

»Was ... was ist diese Macht, Ältester?«

Rubius runzelte die Stirn. »Ich werde es dir sagen. Aber dann wirst du keine Fragen mehr stellen, bis sie mit dir fertig sind.«

Stephan hielt den Atem an.

Rubius fixierte ihn mit seinen alten Augen. Er hatte etwas Durchtriebenes, Berechnendes an sich. Stephan atmete tief durch, um seinen Herzschlag zu verlangsamen. Jetzt hing alles von seiner Annahme dieser Lehrzeit ab. »Der Weg zur Macht geht über Unterdrückung«, sagte Rubius schließlich. »Wir alle haben diese Macht in uns. Sie muss nur hervorgebracht werden. Und wenn man diese Energie dann unterdrückt, nimmt sie an Stärke zu. Denk an einen Vulkan wie den in Sumatra 535. Wie hieß er noch? Krakatau. Das Magma wird von der Lavadecke niedergehalten, bis es explodiert. Du wirst lernen, diese Macht zu kontrollieren und zu steuern. Du wirst zu einer mächtigen Tötungsmaschine werden, die die Welt durchstreift und sie von allen geschaffenen Vampiren reinigt.«

Rubius musste Stephans Entsetzen gesehen haben, denn die Augen des alten Manns verengten sich. Seine Töchter hinter ihm wechselten vielsagende Blicke. »Hast du nicht gesagt, du wünschtest, du wärst bei jenen gewesen, die Ashartis Armee vernichteten?«

»Ja, Ältester.« Stephan schwirrte der Kopf. Was Rubius vorschlug, war eine konkrete Aufgabe, furchtbar, aber überschaubar. Demgegenüber war seine jetzige Existenz wie ... wie ein nicht enden wollendes Fegefeuer, das einen beständigen Tribut von seiner Seele forderte.

Rubius legte wieder die Hand auf Stephans Kopf. Sie war schwer. »Bist du einverstanden?«

Stephan atmete tief ein. Es war seine einzige Chance zur

Wiedergutmachung. Und wenn seine Buße schwerer zu sein schien, als er erwartet hatte, war das nur recht und billig. Hatte er insgeheim vielleicht sogar den Folgen seiner Irrtümer entgehen wollen? »Mehr als einverstanden.«

»*Dann geh. Deine Ausbildung beginnt gleich heute Nacht.*«

Stephan erhob sich. Zwei der Töchter traten vor und nahmen ihn an den Armen. Deirdre legte den Kopf ein wenig schief und sah ihn prüfend an. Ihre Augen waren kühl und entschlossen. Sie war die Älteste, das konnte er an ihren Schwingungen merken. Sie waren so rein und hoch, dass sie schon fast nicht mehr zu spüren waren. Das bedeutete, dass sie sehr viel mächtiger war als er. »*Deine Ausbildung wird hart und schonungslos sein*«*, sagte sie und lächelte dazu.*

Eine Welle der Furcht durchlief ihn. Doch das machte nichts. Das Verbrechen war bei ihm zu suchen. Seine Seele war davon schon angeschlagen. Er verdiente, was auch immer ihn erwarten mochte. Im Moment hatte er nur eine Hoffnung auf Erlösung, und sie lag jenseits dessen, was diese Frauen auch immer mit ihm vorhaben mochten.

Sie führten ihn zur Tür hinaus. Er sah sich nicht mehr um, bevor sie sich hinter ihm schloss.

Stephan presste die Daumen an seine Schläfen. Es brachte nichts, darüber nachzudenken, oder höchstens, um sich seine Lektionen in Erinnerung zu rufen. Er kannte seinen Weg. Und wenn dieser auch manchmal hart war, war er doch nicht mehr, als er verdiente. Stephan spürte die Sonne, die auf die Fensterläden schien. Schlaf. Er brauchte Schlaf, bevor er aufstand und sich auf die Suche nach einem Grundstücksmakler begab. Das hieß aber nicht, dass dieser dringend benötigte Schlaf sich auch tatsächlich einstellen würde.

Ann warf sich in ihrem Bett herum und rang nach Atem. Der Traum fühlte sich noch immer so real an! Sie war vollständig davon durchdrungen. Selbst die Luft vibrierte noch von den Bildern und Empfindungen aus ihrem Traum. Ihr Nachthemd klebte feucht an ihrem Körper.

Sie war an einem dunklen Ort gewesen. Das Gesicht über ihr konnte sie nur undeutlich erkennen. Es hatte die Züge ihres namenlosen Retters, und der Schmerz darin war jetzt einem glutvollen Blick gewichen. Anders konnte sie es nicht benennen. Er brannte sich förmlich in ihren Körper, dieser Blick ... und das Verrückte war, sie *wollte* brennen. Sie konnte seinen Atem an ihrem Gesicht spüren. Die Luft war drückend in dem Raum. Er streckte die Hand aus, um sie zu berühren, und sie verbot es ihm nicht, ja sie schreckte nicht einmal vor dem Kontakt zurück. Sie legte sogar ihre eigene Hand an seine Wange, obwohl sie wusste, was geschehen würde.

Nichts passierte. Keine aufwühlenden Erfahrungen durchdrangen sie. Seine Haut war glatt und heiß. Noch nie hatte sie einen anderen Menschen so gespürt, so langsam und entspannt. Er streifte ihr das Nachthemd von den Schultern. Ein heißes Prickeln ergriff Besitz von ihrer intimsten Körperstelle. Ihr war, als würde sie von innen heraus verbrennen. Und dann, wie es so oft in Träumen war, waren sie plötzlich beide nackt, und sie spürte seinen Körper an ihrem, berührte die warme Haut und das Haar an seiner Brust, die weichen Brustwarzen, die sich unter ihren Fingerspitzen verhärteten. Und er beugte sich über sie und hob ihren Kopf ein wenig an. Seine Lippen streiften ihre ...

Gott! Was waren das für Gedanken? Sie riss die Augen auf und blinzelte.

Von draußen drang schon Licht ins Zimmer. Ihr schmales Bett war zerwühlt, die Decken ein einziges Durcheinander, und eins der Kissen lag auf dem Boden. Der Rest des kleinen Zimmers sah jedoch wie immer aus. Anns Atem beruhigte sich ein wenig. Solche Träume hatte sie schon des Öfteren gehabt. Wahrscheinlich waren sie eine Folge des einsiedlerischen Lebens, das sie führte. Oder ihrer sündhaften Natur. Normalerweise ließen sie sich durch reine Willenskraft verbannen. Sie zwang sich, ruhig durchzuatmen. Aber waren diese Träume je so intensiv und real gewesen?

Entschlossen stand sie auf und öffnete die Vorhänge an den kleinen Fenstern, um Licht und Wirklichkeit hereinzulassen. Sie konnte jetzt kaum noch glauben, was sie vergangene Nacht im Wald gesehen hatte. Sehr real allerdings waren Onkel Thaddeus' Herzanfall, die düstere Prognose des Arztes und die Tatsache, dass sie den größten Teil der Nacht am Bett ihres Onkels gesessen hatte. Es war die Anspannung, die solch verstörende Träume in ihr hervorgerufen hatte. Was ja auch wohl gar nicht ungewöhnlich war.

Aus dem Fenster konnte sie die Sonne nicht sehen, aber an den Schatten im Garten unten merkte sie, dass es mindestens schon Mittagszeit sein musste. Schnell zog sie den Morgenmantel über und lief zum Gang hinaus. Sie musste sehen, wie es ihrem Onkel ging. Als sie die Treppe hinunterstürmte, stieß sie fast mit Van Helsing zusammen. Erschrocken fuhr sie zurück, bevor sie ihn berühren konnte.

»Ho, ho! Wie geht es Ihnen heute Morgen, Cousine?«

»Oh, äh ... gut. Danke, Sir«, erwiderte sie und rang einen Moment nach Atem. Sie hatte ihn schon fast vergessen.

»Erich, bitte«, berichtigte er sie. »Frühstücken Sie? Wir könnten zusammen hinuntergehen.«

Aus nächster Nähe sah sie, dass er seine Zähne nicht richtig reinigte, und das offenbar schon lange nicht mehr. Sie waren fleckig, und sie konnte einen weißlichen Belag an seinem Zahnfleisch sehen, der vermutlich der Grund für seinen schlechten Atem war. Angeekelt trat sie einen Schritt zurück. »Nein. Das kann ich nicht, weil ich nach meinem Onkel sehen muss.«

Van Helsing zog die Augenbrauen hoch. »Ich möchte wetten, dass er schon draußen auf der Jagd ist oder so. Er kommt mir wie ein Frühaufsteher vor.«

»Mein Onkel hatte einen Herzanfall ... Erich«, entgegnete sie kalt. »Er ist nicht auf der Jagd.«

»Oh. Nun, dann wird er uns wohl kaum Gesellschaft leisten, nehme ich an.« Van Helsing sah, wie schockiert sie war, und setzte augenblicklich einen Ausdruck tiefster Sorge auf. »Kann ich irgendetwas tun, Cousine? Soll ich einen Arzt holen? Sie können sich darauf verlassen, dass ich Ihnen beistehen werde in Ihrer Not.«

»Danke, doch ich brauche nichts«, erwiderte sie mit schmalen Lippen. Aber dann gewann ihr Zorn die Oberhand. »Sie können sich allerdings von den Dienstboten fernhalten, falls das nicht zu viel verlangt ist.«

»Was?« Ein galliger Blick ersetzte seine Überraschung. Die Fischaugen verengten sich und glitzerten vor Bosheit. Es war, als hätte er eine Maske fallen lassen. Ann trat unwillkürlich einen Schritt zurück.

Sie schluckte, aber Alice zuliebe musste sie die Angelegenheit zu Ende bringen. »Ich glaube, dass Sie Alice belästigt haben, und ich ... ich werde nicht dulden, dass sie schikaniert wird.«

»Diese Schlampe?«, höhnte er. »Sie hat sich mir geradezu an den Hals geworfen. Nicht ich, sondern sie hat das Spiel begonnen.«

Er versuchte nicht einmal, es abzustreiten! »Es ist das Vorrecht einer Frau, einen Schlusspunkt zu setzen.«

»Zuerst hat sie gesagt, sie möge es grob, doch dann fehlte

ihr der Mut, es durchzuziehen.« Hier warf er Ann einen anzüglichen Blick zu. »Wenn ein Mann erregt ist, ist es nicht so leicht, einen Schlusspunkt zu setzen. Das sollten Sie sich vielleicht merken.«

Ann holte tief Atem, um ihrer Stimme einen festen Klang zu geben. »Sie werden dieses Haus verlassen, Sir.«

Er legte einen Finger an seine Nase und den Kopf zur Seite. »Lord Brockweir hat mich eingeladen. Und er ist anscheinend nicht in der Verfassung, mich zum Gehen aufzufordern. Deshalb werde ich bleiben, Cousine. Und über die kleine Küchenschlampe würde ich mir nicht den Kopf zerbrechen. Es sei denn, Sie wollten ihren Platz einnehmen?«

Ann war so schockiert, dass ihr kaum noch eine Erwiderung einfiel. »Ich . . . ich werde Sie von den Dienstboten . . . «

»Und ich werde die ganze Bagage wegen tätlichen Angriffs ins Gefängnis bringen.« Er trat einen Schritt vor und beugte sich zu ihr herab. Sein schlechter Atem verursachte ihr Übelkeit. »Und denken Sie erst gar nicht an den Friedensrichter. Wer würde Ihnen auch nur ein Wort glauben? Sie sind eine Irre. Das sagt hier jeder.«

Ganz plötzlich glitt die Maske wieder an ihren Platz zurück. Seine Schultern entspannten sich, er zwinkerte Ann zu und lächelte sie an. »So, dann gehe ich jetzt. Aber zum Abendessen bin ich wieder da.« Damit wandte er sich ab und hüpfte, immer zwei Stufen auf einmal nehmend, die Treppe hinunter.

Ann starrte ihm zitternd nach. Es war schlimm, viel schlimmer noch, als sie erwartet hatte. Und das Allerschlimmste war, dass er recht hatte. Sie würde Alice fortschicken müssen. Anns Blick glitt den Gang hinunter zu dem Zimmer ihres Onkels. Ihre einzige andere Möglichkeit war, ihren Onkel dazu zu bringen, Van Helsing vor die Tür zu setzen. Langsam ging sie auf sein Zimmer zu. Als sie eintrat und ihn dort liegen sah, geriet ihr Entschluss jedoch ins Wanken. Er sah außerordentlich grau aus im Gesicht. Nur seine Augen zeigten noch Anzeichen von Leben.

Ann nahm sich zusammen und lächelte ihn an. »Du hast uns einen ganz schönen Schrecken eingejagt, mein Lieber.«

Er lächelte angestrengt. »Ach was. Ich werde im Handumdrehen wieder auf den Beinen sein.« Ann bezweifelte das. Seine Stimme war nur noch ein kehliger Hauch ihrer selbst. Sein Gesicht sah richtig eingefallen aus.

»Welcher Teufel hat dich geritten, mir gestern Abend nachzufahren?«, fragte sie ihn zärtlich.

»Sie waren hier, um dich zu suchen, als Molly verschwunden war.«

Natürlich waren sie zuerst zu ihr gekommen. Die Dorfbewohner gaben ihr die Schuld an jedem Unglück, von Missernten bis hin zu tot geborenen Kälbern.

»Du warst nicht in deinem Zimmer. Ich hatte Angst...« Er brach ab und zog die Brauen zusammen. Selbst das schien anstrengend für ihn zu sein. »Ich weiß, dass du gern bei Nacht herumstreifst, doch von jetzt an musst du im Haus bleiben. Du hast ja nun selbst gesehen, wie gefährlich es da draußen ist.«

Ha! Wenn er wüsste, wie gefährlich es im Haus geworden war! »Natürlich«, beruhigte sie ihn jedoch.

»Ich werde dich abends von Jennings im Kinderzimmer einschließen lassen. Das ist für alle das Beste.« Er hob mühsam eine Hand, um ihren Einspruch abzuwehren. »Nein, Ann, das ist wirklich nicht zu viel verlangt.«

Das war es, aber in seinem gegenwärtigen Zustand konnte sie ihm nicht widersprechen oder ihn beunruhigen. Und deshalb konnte sie auch nicht mit ihm über Erich reden. Sie musste allein mit ihm fertig werden.

»Sie werden sich alle besser fühlen ... und dich in Ruhe lassen«, murmelte ihr Onkel. Er entglitt ihr wieder, das konnte sie an seinen Augen sehen. »Lass Erich sich um dich kümmern, da ich nicht dazu in der Lage bin.«

»Ja, Onkel.«

»Netter Junge ...« Und schon sank er wieder in einen unruhigen Schlaf.

Ann stellte Alice' Tante, Mrs. Creevy, ein, um Onkel Thaddeus im Auge zu behalten, wenn sie selbst nicht bei ihm sein konnte. Die Frau brauchte das Geld, deshalb nahm sie die Stelle an, obwohl sie das Zeichen gegen den bösen Blick machte, als sie ihren ersten Lohn, im Voraus natürlich, von Ann entgegennahm.

Dann ging Ann in die Küche hinunter, um mit Alice zu sprechen. Sie konnte nicht zulassen, dass eine von ihr abhängige junge Frau in diesem Haus missbraucht wurde. Sie sicherte sich Mrs. Simpsons Unterstützung, und gemeinsam erwarteten sie Alice in der Küche. Kurz darauf kam die junge Frau mit einem Korb frisch gelegter Eier herein.

»Miss van Helsing möchte mir dir sprechen, Alice«, sagte Mrs. Simpson.

»Was? Ich hab nichts getan, ich schwör's.« Das Mädchen riss erschrocken die vom Weinen geschwollenen Augen auf.

Ann lächelte. »Natürlich hast du dir nichts zuschulden kommen lassen, Alice. Ich fürchte aber, dass dir ein Unrecht zugefügt worden ist.«

Für einen winzigen Moment erschien ein furchtsamer Ausdruck in ihren Augen, doch dann senkte sie den Blick und schüttelte den Kopf. »Nein. Mir hat niemand was getan.«

»Willst du es mir nicht erzählen?«, versuchte Ann, sie zu überreden. »Ich kann dir helfen, weißt du.«

Anns mitfühlender Gesichtsausdruck trieb dem Mädchen die Tränen in die Augen. »Ich kann nicht, Miss. Er würde ...«

Ann trat zwei Schritte auf sie zu, bevor sie die unsichtbare Barriere erreichte, die sie immer zwischen sich und anderen errichtete. Sie legte einen noch sanfteren Ton in ihre Stimme. »Mein Cousin kann dir nichts antun, solange du dich unter meinem Schutz befindest. Ich werde dich fortschicken ...«

»Nein! Tun Sie das bitte nicht, Miss! So eine bin ich nicht, das schwöre ich. Ich hätte nie ... wenn nicht ...«

»Psst.« Ann unterbrach sie mit erhobener Hand und sagte ruhig und beschwichtigend: »Du hast mich falsch verstanden, Alice. Ich meinte, dass ich einen sicheren Ort für dich suchen und dir deinen vollen Lohn bezahlen werde, und sobald mein Cousin fort ist, kannst du sofort wieder hierher zurückkehren.« Sie hätte es dabei belassen sollen, doch sie wollte wissen, was Erich sich geleistet hatte. Das Mädchen vergewaltigt? Sie bezweifelte, dass er Alice mit Gewalt hätte nehmen müssen.

»Ich ...« Alice stockte und schniefte ein bisschen. »Ich dachte, er wollte bloß ... na ja, Sie wissen schon. Ich mag das selbst ganz gern. Aber dann ...« Hier brach sie ernsthaft in Tränen aus.

»Schon gut, Alice.« Ann wünschte, sie könnte dem Mädchen den Arm um die Schultern legen.

Mrs. Simpson führte Alice zu einem Stuhl, auf den sie sich nur mit größter Vorsicht setzte, und ein leises Stöhnen entrang sich ihr sogar dabei.

Anns Brauen zogen sich zusammen. »Was hat er dir angetan, Alice?« Sie musste es wissen.

Die derben Gesichtszüge der jungen Frau verschwanden hinter dem Taschentuch, das sie an ihren Mund drückte. »Oh, das könnte ich Ihnen niemals erzählen, Miss.«

Ann ließ ihre Stimme so beruhigend wie möglich klingen. »Doch, das kannst du, Alice. Du kannst mir alles sagen. Mrs. Simpson wird dir beim Packen helfen. Und Jenning bringt dich ...« Wohin? »Hast du Familie in der Gegend?«

»Sie sind schrecklich nett zu mir, Miss ...« Alice spähte hinter dem Taschentuch hervor.

Ann lächelte. »Und was immer du mir auch erzählst, es wird nichts daran ändern, dass ich dich mag, Alice. Und ich schätze deine Arbeit wirklich sehr. Ich bin jetzt für diesen Haushalt verantwortlich, und es ist meine Pflicht zu wissen, was hier vorgeht.«

Die arme Alice bekam Schluckauf, und ihr rot angelaufenes Gesicht bildete einen unschönen Kontrast zu ihrem rötlich blonden Haar. »Nun, er sagte, dass er es ... na ja ... von hinten mag«, begann sie stockend. »Und ich hab mir nichts dabei gedacht, weil Männer das manchmal wollen, doch dann wollte er gar nicht meine ... Sie wissen schon, sondern ...« Jetzt konnte sie gar nicht mehr aufhören zu reden, und auch die Tränen flossen ohne Unterlass. »Und als ich ihm sagte, das ginge nicht ohne Öl oder Butter, weil ich doch entgegenkommend sein wollte und alles, meinte er, er würde mich auf andere Weise ... schmieren, und dann ist er einfach in mich reingestoßen, und ich hab geweint und ihn angebettelt aufzuhören. Doch er hat nur gelacht ...« Ihre Stimme verlor sich in einem schrillen Heulen.

»Diese Bestie!«, murmelte Mrs. Simpson und kniete sich neben Alice.

Ann straffte die Schultern und biss sich auf die Lippe, als könnte sie so die Wut in sich bezähmen. Irgendwie war sie überrascht, dass jemand wie Erich mehr tat als nur Sprüche klopfen. Aber seine Verderbtheit kannte offensichtlich keine Grenzen. »Mrs. Simpson«, wandte sie sich an die Köchin, »hat Alice Verwandte, bei denen sie unterkommen kann?«

»Eine Cousine drüben in Wedmore.«

»Dann helfen Sie ihr packen. Ich werde Doktor Denton holen lassen, damit er sie vor der Abfahrt untersucht.« Und diese Bestie Erich war der Mann, den ihr Onkel gern als ihren Ehemann sähe? Ann drehte sich der Magen um. Aber wenigstens würde ihr abscheulicher Cousin Alice nicht noch einmal missbrauchen können.

Außerstande, ihre Emotionen unter Kontrolle zu bekommen, stapfte Ann wütend durch das Haus und suchte Lavendelwasser, Riechsalze und mehrere Garnituren saubere Bettwäsche für ihren Onkel zusammen. Dann kam der Arzt und erklärte nach einer Untersuchung, es gehe ihrem Onkel besser. Ann schickte Dr. Denton in die Dienstbotenquartiere zu Alice, die wenig später in die Kutsche verfrachtet wurde und mit Jennings losfuhr.

Am Nachmittag sah Onkel Thaddeus schon ein bisschen besser aus. Er sagte Ann, er werde Erich in dem zu Maitlands gehörenden Jagdhaus in der Nähe von Winscombe wohnen lassen. Ann hoffte, dass Erich die meiste Zeit dort bleiben würde. Im Moment wagte sie noch nicht, ihren Onkel mit Geschichten über den Cousin aufzuregen. Irgendwie würde sie diese widerliche Kreatur auf Distanz halten, bis ihr Onkel ihr wieder eine Stütze sein konnte.

Am späten Nachmittag saß Ann im Lieblingssessel ihres schlafenden Onkels und flickte eines seiner Nachthemden. Der Stuhl erzählte ihr von ihm, und so erfuhr sie nun, dass es schon seit einiger Zeit um seine Gesundheit nicht sehr gut bestellt war. Onkel Thaddeus hatte ihr aber nichts davon erzählen wollen. Der Faden, den sie benutzte, sprach von den vielen Leben derjenigen, die ihn geschaffen hatten, von einigen, die voller Leiden, und anderen, die voller Liebe gewesen waren. Die Schatten wurden länger. Die gut brennenden

Eichenscheite im Kamin knisterten und knackten. Ann versuchte, die Angst zu unterdrücken, die an ihr nagte. Ihr Onkel musste wieder gesund werden. Er musste es einfach! Dr. Denton irrte sich. Alles würde wieder so werden, wie es noch vor wenigen Tagen gewesen war.

Die große Standuhr in der Halle begann zu schlagen. Ann hob abrupt den Kopf und stach sich dabei in den Finger. Ihr Onkel sollte sie um vier Uhr zum *Hammer und Amboss* und zu Friedensrichter Fladgate zur Befragung bringen! Wahrscheinlich könnte sie Onkel Thaddeus' Erkrankung als Entschuldigung für ihr Fernbleiben geltend machen, aber wenn sie sich nicht sehen ließ, würde eine Horde von Dorfbewohnern an die Tür hämmern und ihren Onkel in helle Aufregung versetzen. Und einen weiteren Schock würde sein Herz vielleicht nicht aushalten. Es gab nur einen Weg, das zu verhindern. Sie musste allein in die Dorfschenke gehen.

Ann schöpfte tief Atem. Das letzte Mal, als sie einer Menschenmenge gegenübergestanden hatte, war vor elf Jahren bei Malmsys Beerdigung gewesen. So viele Menschen, die sie mit ihren Sorgen oder verborgenen Schuldgefühlen überschütten konnten, indem sie sie nur streiften ... Ihr Kopf und Geist waren nicht stark genug dafür. Unwillkürlich legte sie eine Hand an die Stirn. Aber sie *musste* hingehen. Bei Malmsys Begräbnis waren ihr Onkel und Dr. Denton bei ihr gewesen, um sie zu beschützen, aber würde sie dem Friedensrichter allein gegenübertreten können?

Sie stand auf und klingelte nach Polsham. Jennings würde inzwischen von Wedmore zurück sein. Während Polsham die Kutsche vorfahren ließ, ging Ann nach oben in ihr Zimmer und legte den Umhang um. Möge Gott ihr Kraft geben, um das, was vor ihr lag, zu überstehen!

Stephan kleidete sich gerade zum Ausgehen an, als er laute Stimmen draußen auf dem Hof vernahm. Das *Hammer und Amboss* schien das lärmende Herz des Dorfes zu sein. Das Inn war wirklich nicht der ideale Ort, um tagsüber zu schlafen. Stephan band seine Schalkrawatte und steckte ihre Enden fest. Dann glaubte er, das Wort »Hexe« in dem Geschrei zu hören, lief zum Fenster und öffnete die Läden. Als er die Augen gegen das schon schwächer werdende Sonnenlicht zusammenkniff, sah er die grazile Schönheit, der er vergangene Nacht begegnet war, aus einer Kutsche steigen und sich furchtsam umsehen.

»Ich wette, du traust dich nicht, sie anzufassen, Jemmy«, forderte ein stämmiger Bursche einen Jungen heraus, dessen Gesicht dem einer Ratte ähnelte.

»Fass sie doch selbst an, du Feigling!«, gab Jemmy zurück.

»Sie sieht eure Geheimnisse, wenn ihr sie berührt«, gackerte ein runzeliger alter Mann.

»Ich wette um 'n Glas Bier, dass du's nicht tust«, rief der erste Strolch.

Ein berechnender Blick erschien in Jemmys Augen. »Mach zwei daraus!« Sie hatten das Mädchen, das mit dem Rücken an der Kutsche stand, umzingelt. Die Horde Männer wurde immer größer.

»Abgemacht!«

Jemmy sprang auf die junge Frau zu, die aufschrie, als er eine Hand um ihren Arm schloss. Beide erstarrten zu einem lebenden Bild. Die Männer um sie herum zogen scharf die Luft ein und wichen zurück. Das Mädchen riss die Augen auf, schien jedoch nichts zu sehen, zumindest nichts von dieser Welt. Sie begann zu zittern. Auch Jemmy durchlief ein Zittern.

Der Kutscher sprang vom Bock und schlug mit dem Griff seiner Pferdepeitsche um sich. »Zurück!«, schrie er. Ein echter Kämpfer, dachte Stephan, als der Mann sich einen Weg zu dem

Mädchen bahnte. Die Menge wich zurück, ebenso sehr aus Angst vor dem, was sich vor ihren Augen abspielte, wie aus Respekt vor Jennings' Peitsche. Dann packte der Kutscher Jemmy an der Schulter und zog ihn von dem Mädchen weg, das kraftlos neben dem Wagen zusammenbrach. Auch Jemmy taumelte und konnte sich kaum noch auf den Beinen halten.

»Alles in Ordnung, Miss van Helsing?«, fragte der Kutscher. Seine Stimme war sanft, doch er machte keine Anstalten, sie aufzuheben.

Verdammt! Würde ihr denn keiner helfen? Stephan drückte weit die Fensterläden auf. In dem Moment kam der Wirt aus der Schankstube auf den Hof gelaufen. Stephan beschattete mit einer Hand die Augen und rief: »He, ihr da unten! Hört auf, so dumm herumzustehen, und helft der Frau!«

5. Kapitel

Ann blickte zu der ärgerlichen Stimme auf und sah den Mann aus dem Wald, der sich aus dem Fenster beugte und die Augen zusammenkniff, als störte ihn die Sonne. Das lange schwarze Haar, das ihm auf die Schultern fiel, ließ ihn wie einen Prinzen aus einem fernen, exotischen Land aussehen. Er schien sehr aufgebracht zu sein. Was hatte er geschrien? Das Denken fiel ihr schwer. Sie versuchte zu atmen, aber sie war immer noch zu erfüllt von den Bildern und Gefühlen, die sie bei Jemmys Berührung überflutet hatten. Sein trauriges kurzes Leben zog an ihr vorbei, der Missbrauch, die Angst, sein heimlicher, unterdrückter Hass auf die Welt. Sein Übergriff auf das erste Mädchen, das er begehrt hatte, seine Liebe zu Katzen, die kleinen Diebstähle, der dumpfe Groll. Ihr schwirrte der Kopf von dem vielschichtigen Wesen des Jungen. Wie dachte man über Menschen, wenn man alles über sie wusste? Und all das, was sie über andere wussten ... Ann blickte verstohlen zu dem stämmigen Burschen namens Harris hinüber, der Jemmy, der ebenso benommen aussah, wie sie sich fühlte, stützte. Seine Augen sprühten vor Furcht und Hass.

Der Wirt der Schenke kam zu Ann herübergeeilt, aber sie hob abwehrend die Hand. »Nein, nein, es geht mir gut«, sagte sie leise. Der untersetzte Mann streckte die Hand aus, um ihr aufzuhelfen, doch Jennings hielt ihn zurück.

»Fassen Sie sie nicht an, Mr. Watkins! Das müssten Sie doch wissen.«

Ann lächelte den Kutscher dankbar an. Jemmys Leben und Erfahrungen rückten gerade weit genug in den Hintergrund, dass sie wieder ruhiger atmen konnte. Sie zog sich auf die Stufen der Kutsche und blieb dort schwankend stehen. Ihr Blick glitt wieder zu dem Fenster über dem Eingang, aber der Fremde war nicht mehr zu sehen.

Dafür stapfte Squire Fladgate in den Hof. »Da sind Sie ja, Mädchen! Und was soll das alles hier? Sie kommen zu spät. Hinein mit Ihnen.« Ungeduldig bedeutete er ihr einzutreten. Sie näherte sich vorsichtig der Tür. Die Männer, die ihr im Weg standen, wichen zurück. Niemand wollte sie jetzt noch berühren. Squire Fladgate sah mit schmalen Augen Jemmy an. »Was ist mit dir, Mann? Hast du einen über den Durst getrunken?«

»Er hat sie angefasst, und dabei hat sie ihn irgendwie verzaubert«, knurrte Harris.

»Unsinn«, fauchte der Friedensrichter. Aber er schien sich unwohl zu fühlen und ging Ann sichtlich aus dem Weg.

Sie straffte sich. Sie musste seine Fragen beantworten, sonst würden die Leute nicht aufhören, ihr zuzusetzen, und durch sie auch ihrem Onkel.

Richter Fladgate nahm an einem langen Tisch im Schankraum Platz. Der Raum hatte eine niedrige Decke, und in dem riesigen Kamin prasselte ein munteres Feuer. Die Bänke und Stühle waren zerkratzt von Jahren des Gebrauchs, doch der Raum war sehr behaglich. »Nun setzen Sie sich schon, Mädchen!«

Ann betrachtete die Möbel und dachte, wie viele Leute dort vor ihr gesessen hatten. »Ich ... ich glaube, ich bleibe lieber stehen, wenn es Ihnen nichts ausmacht, Sir«, flüsterte sie. Die anderen Männer drückten sich in der Nähe des Kamins herum. Die Menge schien sich ständig zu vergrößern.

»Hm. Na schön. Wie Sie wollen.« Der Friedensrichter spreizte die Hände und legte die Fingerspitzen aneinander. Seine Stimme hallte gebieterisch durch den Raum, nachdem er sich geräuspert hatte, und begann: »Wir sind hier, um den Fall Molly Flanagan und ihren Tod zu untersuchen.« Hier zog er die Brauen hoch und starrte Ann vielsagend an. »Einen Tod, dessen Umstände äußerst seltsam waren.«

Ein Murmeln, eine Art wohlige Furcht, ging durch den Raum.

»Es wurde von Doktor Denton nachgewiesen, dass Miss Flanagan durch ... ähm, Ausblutung zu Tode kam.«

»Was heißt das, Sir?«, rief Harris.

»Dass ihr ihr Blut genommen wurde.«

Ein kollektives Nachluftschnappen wurde in der Menge laut. Ein Mädchen mit stark geröteten Augen, das Bier servierte, rannte heulend aus dem Raum. Sicher eine Freundin Mollys, dachte Ann.

Dann versuchte sie, sich auf die Ausführungen des Friedensrichters zu konzentrieren. Sie musste Jemmy aus ihrem Kopf verbannen, wenn sie sich nicht in einer Gefängniszelle wiederfinden wollte. »Und Sie glauben, ich hätte das getan?« Sie presste die Finger an die Schläfen und versuchte, klar zu denken. In der Kutsche hatte sie sich zurechtgelegt, was sie sagen wollte, doch die von Jemmys Berührung in ihr ausgelösten Emotionen hatten sie vollkommen aus dem Konzept gebracht. Fast so, als wäre sie selbst zu nichts verblasst oder hätte sich mit Jemmy vermischt und könnte sich nie wieder von ihm lösen. Bitte, lieber Gott, lass mich nicht wie eine Wahnsinnige erscheinen!, betete sie stumm. Was konnte sie zu ihrer Verteidigung vorbringen?

»Sie wurden am Tatort angetroffen. Und Sie sind für Ihre merkwürdigen Gewohnheiten bekannt.«

»Molly war um die zwanzig Kilo schwerer als ich und etwa zehn Zentimeter größer.« Das war es, was sie hatte sagen wollen. Gut, dass es ihr wieder eingefallen war! »Wie hätte *ich* sie überwältigen können?«

»Hexerei«, warf Harris ein. »Du hast sie deiner Macht unterworfen wie unseren armen Jemmy hier.«

Dazu konnte sie nun wirklich nicht viel sagen. Jemmy saß auf einer Bank, hielt einen Bierkrug zwischen den Händen und trank wie ein Verdurstender. Es war offensichtlich, wie benommen er noch immer war.

»Ich habe Molly nicht verhext.« Ann zwang sich, ruhiger zu klingen, als sie war. »Aber ich habe einen Mann gesehen, der sich über sie beugte und ...« Von den roten Augen oder den Wolfszähnen durfte sie nichts erzählen, weil die Leute sie sonst mit Sicherheit für irre halten würden. »Und ... an ihrem Hals saugte.«

Der Friedensrichter winkte ab. »Darauf haben wir nur Ihr Wort.«

»Und das meine.« Die tiefe Stimme hinter ihr veranlasste alle Anwesenden, sich umzudrehen.

»Und wer sind *Sie*? Sie haben sich mir gestern Nacht nicht vorgestellt«, entgegnete der Richter scharf.

»Stephan Sincai«, erwiderte der Fremde, der lässig im Türrahmen lehnte. Er wirkte vollkommen entspannt, aber zugleich auch überquellend von verborgener Kraft, wie das schnellste Pferd in der Grafschaft, wenn es gemächlich über die Straße trabte. Selbst die Luft im Raum knisterte von der Macht seiner Präsenz.

»Und woher kommen Sie?« Niemand in dem Gastraum mochte Fremde, und der Squire schon gar nicht, besonders wenn sie es auch noch wagten, ihn herauszufordern. Er war es gewohnt, die uneingeschränkte Macht im Dorf zu haben.

»Ist das wichtig?« Sincai schien nicht der Typ zu sein, der sich verpflichtet fühlte, jede Frage zu beantworten.

»Als Friedensrichter habe ich das Recht zu erfahren, mit wem ich es zu tun habe«, plusterte der Squire sich auf. Mit seinen Hängebacken und der behäbigen Blasiertheit erinnerte er Ann plötzlich an eine Bulldogge.

»Ich komme von östlich der Donau«, sagte der Fremde.

»Donau! Und was für ein Land ist das?«

»Es waren einmal viele Länder. Walachei, Ungarn, Rumänien...«

»Und was ist es jetzt?«, unterbrach der Friedensrichter ihn gereizt.

»Nennen wir es Transsylvanien.«

»Ein verdammter Zigeuner ist er«, murmelte Harris. »Denen kann man nicht vertrauen. Die klauen wie die Raben.«

Ann wandte sich ihm zu. »Und Sie wissen das natürlich, Mr. Harris, nicht?« Ihr kam es vor, als stünde sie vor Gericht, weil sie *anders* war, und als wollten sie auch diesen Mr. Sincai als Furcht einflößend und *anders* hinstellen, um auch seine Aussage anzweifeln zu können. »Ein feiner Friedensrichter sind Sie!«, fauchte sie den Squire an. »Was haben Sie wegen der Raubüberfälle in Winscombe unternommen? Haben Sie herausgefunden, wer diesen jungen Mann niedergeschlagen und seinen Siegelring und seine silberne Uhr gestohlen hat? Oder die Perlen dieser alten Frau? Fragen Sie doch mal Mr. Harris! Er hat Jemmy nämlich dazu angestiftet, ihn auf diesen Raubzügen zu begleiten. Oder, besser noch, schauen Sie doch mal unter Mr. Harris' Matratze nach! Da werden Sie die Uhr finden. Sie hat eine Gravur, und deswegen wird sie niemand kaufen.«

Harris war kreidebleich geworden. »Du bist der Einzige, der das weiß!«, fuhr er Jemmy wütend an.

»Jetzt nicht mehr«, warf Ann ruhig ein.

Squire Fladgate sah aus, als würde ihm jeden Moment der Kragen platzen. Er stieß seinen Stuhl um, als er aufstand. »Watkins, Stanhope, nehmen Sie diese Männer fest! Wir werden uns darum kümmern.« Der Wirt und zwei andere Männer ergriffen Harris und Jemmy Minks.

»Jemmy wurde nur auf den falschen Weg gebracht«, sagte Ann schnell zu dem Richter, weil sie nicht wollte, dass der Junge verhaftet wurde. Sie verstand seine Selbstzweifel und die Scham über seine uneheliche Herkunft, die ihn für Harris' Niedertracht so empfänglich machten. »Er hat ein schweres Leben gehabt. Ohne Harris, der ihm Angst einjagt, hätte er sich bestimmt nicht in Schwierigkeiten gebracht.« Der Squire zog die Brauen hoch über diesen weiteren Beweis für Anns seltsame Fähigkeiten. »Er verdient eine zweite Chance«, sagte sie.

Jemmy wusste nicht, ob er protestieren oder ihr danken sollte, und so blickte er stattdessen furchtsam Harris an. Ann hätte ihn küssen können für diesen Blick, weil er jedes ihrer Worte bestätigte.

»Wir werden sehen«, brummte der Richter. »Aber ob es wahr ist oder nicht – all das spricht Sie, junge Frau, noch lange nicht von den Morden frei.«

Nein. Tatsächlich hatte sie ihnen sogar noch mehr Anlass gegeben, sie zu fürchten.

»Es hat noch einige andere Morde wie diesen gegeben«, erhob der dunkelhaarige Fremde namens Stephan Sincai hinter ihr die Stimme. »In Winscombe und in Shepton Mallet. Ziemlich groß gewachsene Männer sind nicht allzu weit von Ihrem schönen Dorf ermordet worden. Miss van Helsing ist eine höchst unwahrscheinliche Verdächtige für solche Verbrechen. Vielleicht könnten Sie sich mit der Polizei in diesen Städten in Verbindung setzen, bevor Sie diese junge Frau verhaften?«

Man darf nicht dankbar sein für Morde, dachte Ann mit schlechtem Gewissen.

»Woher wissen Sie von diesen Morden?« Der Squire traute Sincai nicht.

Ann wandte den Kopf, um zu sehen, was der Mann zu sagen hatte. Er streifte sie mit einem gleichgültigen Blick. Warum verteidigte er sie, wenn er nichts für sie empfand?

»In den Wirtshäusern in der Umgebung wird viel darüber gesprochen.« Sincai schnippte ein Fädchen von seinem ansonsten makellosen dunklen Rock.

»Es ist doch merkwürdig, dass Sie rein zufällig ...«

»Kommen Sie gar nicht erst auf die Idee, ihn zu beschuldigen«, unterbrach Ann Squire Fladgate. »Er hat mich vor dem Mörder gerettet, den Sie wirklich suchen. Also kümmern Sie sich um jene anderen Morde, Squire, und in der Zwischenzeit gehe ich nach Hause!« Sie wandte sich zur Tür. »Jennings?«

Stephan Sincai trat ihr in den Weg. Sie blickte zu dem düsteren, grimmigen Gesicht auf und wartete darauf, dass er sie vorbeiließ. Als er mit einer leichten Verbeugung beiseitetrat, konnte sie spüren, wie sie errötete.

»Danke.« Aber ihre Stimme klang nicht halb so dankbar, wie er es verdiente. Dafür war jetzt keine Zeit. Sie musste unverzüglich gehen, bevor die Situation sich wieder zuspitzte. Gefolgt von Jennings, ging sie langsam und beherrscht hinaus zu ihrer Kutsche. Aus der Abenddämmerung war inzwischen Nacht geworden. Jennings nahm dem Pferdeknecht die Zügel ab und wartete, bis Ann in die Kutsche gestiegen war und die Tür hinter sich zugezogen hatte. Dann setzte er mit einem Zügelklatschen die Pferde in Bewegung, und die Kutsche rollte aus dem Hof.

Es war vorbei. Tränen, die sich nicht mehr niederkämpfen ließen, wallten in Ann auf und flossen über ihre Wangen. Sie blickte sich nicht mehr um. Es war ihr egal, ob sie Harris verhafteten; es kümmerte sie nicht einmal, ob sie auch Stephan Sincai in Gewahrsam nahmen. Sie würde nach Maitlands Abbey mit seinen schützenden Bergen zurückkehren und sie nicht eher wieder verlassen, bis sie in einem Sarg hinausgetragen wurde.

Die Versammlung brach in wilde Spekulationen aus, als die kleine Van Helsing ging. Harris wurde aus dem Raum geschleppt. Der Squire forderte Ruhe im Saal. Stephan Sincai zog sich von der Tür zurück. Wie konnte ich mich nur einmischen?, fragte er sich ärgerlich. Das Mädchen hatte nichts zu tun mit seiner Aufgabe. Sie lenkte ihn höchstens davon ab. Indem er sie verteidigte, zog er nur die Aufmerksamkeit der kleinen Gemeinde von Cheddar Gorge auf sich und ging ein unnötiges Risiko ein. Die Kleine war verwundbar – doch was kümmerte ihn das? Sie hatte Mut. Sie hatte den Richter buchstäblich dazu herausgefordert, sie festzunehmen. Stephan schüttelte den Kopf. Und wenn schon! Für ihn war das belanglos.

Höchste Zeit, sich wieder auf seine Mission zu konzentrieren. Von Watkins hatte er den Namen eines Grundstücksmaklers erfahren und sollte diesen Pillinger um sechs Uhr vor dem Rathaus treffen. Vermutlich würde es Tage dauern, alle zu vermietenden Häuser in der Gegend zu besichtigen. Aber er hielt es für wahrscheinlicher, dass die Vampire sich in einem bequemen Haus statt einer feuchten Höhle eingenistet hatten. Er würde sich von Pillinger eine Liste geben lassen, um in der Ungestörtheit der Nacht den wahrscheinlicheren Kandidaten einen Besuch abstatten zu können. Vielleicht würde Pillinger ja auch sein anderes Bedürfnis erfüllen ... Mit etwas Glück war er ein kräftiger junger Mann mit reichlich Blut. Stephan trat in die Nacht hinaus und überließ es den streitlustigen Bürgern in der Schenke, sich den Kopf darüber zu zerbrechen, was Jemmy widerfahren war.

Es dauerte ein paar Tage, in denen Ann bei ihrem Onkel saß und ihm vorlas, wenn er nicht gerade schlief, um die Erinnerungen an Jemmy in ihr abklingen zu lassen. In den Nächten in ihrem einstigen Kinderzimmer wurde sie von erotischen Träumen heimgesucht, in denen immer dieser Stephan Sincai eine Rolle spielte. Jennings schloss sie abends gewissenhaft in ihrem Zimmer ein, und den Geheimgang wagte sie nicht zu benutzen, weil draußen Monster und Dorfbewohner lauerten und offenbar nur darauf warteten, dass sie sich sehen ließ. Anns einzige Freude war, dass ihr Onkel sich langsam zu erholen schien, und es ihr gelang, ihren Cousin zu meiden. Obwohl er nicht gerade sportlich wirkte, verbrachte er jeden Tag in der Jagdhütte und die Abende bei Brandy in der Bibliothek von Maitlands Abbey. Daher war sie auch nicht darauf gefasst, ihm zu begegnen, als sie eines späten Abends aus dem Zimmer ihres Onkels kam.

Aber Van Helsing stieg gerade die Treppe hinauf. »Cousine!«, rief er. »Ich würde gern ein paar Worte mit Ihnen sprechen.«

»So?« Ann blieb auf dem Korridor stehen, um ihn im Vorbeigehen nicht versehentlich zu berühren. »Brauchen Sie irgendetwas?«, erkundigte sie sich kühl. Das würde ihn hoffentlich entmutigen.

Er lächelte jedoch unverdrossen und legte den Kopf ein wenig schief. »Ja ... so ist es«, antwortete er. »Ich brauche etwas ganz Bestimmtes. Würden Sie mich in die Bibliothek begleiten?«

Ein kalter Schauder lief ihr über den Rücken. Unsinn, sagte sie sich. Wenn es auch nur so aussieht, als könnte er frech werden, brauchst du nur Polsham zu rufen.

»Natürlich«, murmelte sie und folgte ihm den Gang hinunter. Ein anheimelndes Feuer brannte im Kamin der Bibliothek, und der Geruch des brennenden Holzes, der vielen alten Bücher und Ledereinbände war ein sehr beruhigender.

Van Helsing hielt sofort auf die Kristallkaraffen auf der Anrichte zu. »Nun...«, begann er, während er sich ein Glas von dem bernsteinfarbenen Whisky einschenkte, »ich dachte, ich sollte Ihnen meine Absichten kundtun, bevor ich mit Ihrem Onkel darüber spreche.«

»Ihre Absichten?«, murmelte sie.

»Ich denke, ich kann Sie beide unter den gegenwärtigen traurigen Umständen beruhigen. Ich habe mich dazu entschlossen, Ihren Onkel um Ihre Hand zu bitten.«

Anns Gedanken überschlugen sich. Er wollte um ihre Hand anhalten? Obwohl ihr Onkel schwer krank war und er sie praktisch schon draußen auf dem Gang bedroht hatte? Nachdem er ein Mädchen missbraucht hatte, das unter ihrem Schutz stand?

»Sie können sich die Mühe sparen, Cousin. Meine Antwort lautet nein.«

»Ich weiß, dass wir uns noch nicht lange kennen«, fuhr er lächelnd fort, als hätte er ihren Einwand nicht gehört. »Aber Ihr Onkel könnte jeden Moment versterben, und er würde vorher gern eine gute Verfügung für Sie treffen.«

»Ver...fügung?« Ann konnte vor Empörung fast nicht sprechen.

»Er möchte sichergehen, dass Sie nach seinem Tod versorgt sind. Es wäre eine große Freude für ihn, Sie verheiratet zu sehen.«

Ann richtete sich zu ihrer nicht sehr beeindruckenden Größe von einem Meter fünfundfünfzig auf. »Eine Freude, auf die er wird verzichten müssen. Eine Heirat ist für mich unmöglich.« Das dürfte unverblümt genug sein, falls eine direkte Absage ihm nicht genügte.

Van Helsing bekam wieder diesen verschlagenen Blick. Der

Anflug eines Lächelns erschien um seinen Mund, das seine Augen jedoch nicht erreichte. »Aber im Grunde ist das ja auch nicht Ihre eigene Entscheidung, sondern die Ihres Onkels, nicht?«, fragte er leise. »Ein Mädchen wie Sie...«

Was bildete der Kerl sich ein? »Ich kann Ihnen versichern, dass ich alt genug bin. Mein Onkel hat kein Recht, in irgendeiner Weise über mich ›verfügen‹. Sie müssten *meine* Zustimmung und nicht die meines Onkels haben, Cousin.«

Mit der Stiefelspitze stieß er gegen eines der Holzscheite. Funken stoben im Kamin auf. »Ach, das glaube ich nicht«, sinnierte er. »Nein, nein, ich bin mir sogar ziemlich sicher, dass sich das Ganze auch ohne deine Zustimmung arrangieren lässt, Cousinchen.« Er stürzte einen Schluck Whisky hinunter und wandte sich ihr wieder zu. Das Funkeln in seinen Augen verschlug ihr den Atem. »Tatsächlich könnte es so sogar weitaus interessanter sein.«

Ann zitterte fast vor Wut, doch ihrer Stimme war davon nichts anzumerken, als sie erklärte: »Dich werde ich niemals heiraten, Cousin.«

Ohne eine Antwort abzuwarten, stürmte sie aus dem Zimmer. Dieser Mann musste unbedingt von ihrem Onkel ferngehalten werden. Sie lief nach oben, wo Mrs. Creevy am Feuer saß und häkelte, während ihr Onkel im Bett las. Ann sagte Alice' Tante, sie könne gehen, und als die Frau an ihr vorbeiging, fügte sie hinzu: »Bitte sorgen Sie dafür, dass mein Cousin keinen Zutritt zu Lord Brockweir erhält!«

Mrs. Creevys Augen weiteten sich, aber dann nickte sie mit einer schwerfälligen Verbeugung, bevor sie den Raum verließ.

»Was war das denn, meine Liebe?«, fragte Anns Onkel. Seine Augen waren müde. Sie nahm sich zusammen, schluckte und atmete tief ein und wieder aus. Es wäre nicht gut, ihn aufzuregen.

»Komm, lass mich dir etwas vorlesen, Onkel Thaddeus«, erbot sie sich und nahm ihm seine Lektüre aus der Hand. Es war ein Buch mit Predigten. Langweiliges Zeug. Aber was machte das schon? Sie setzte sich in seinen Sessel. Das Gefühl all der unzähligen Male, die er dort gesessen hatte, übertrug sich auf sie. Sie wollte nicht daran denken, was geschehen würde, falls Onkel Thaddeus wirklich starb. Dann würde sie ihren einzigen Freund und Verbündeten verlieren. In der Stadt hielten alle sie für verrückt. Würden sie ihr das Recht zugestehen, Erichs Antrag abzulehnen, wenn jemand dafür verantwortlich sein würde, sie auf Maitlands – oder an einem wesentlich weniger komfortablen Ort – einzusperren und festzuhalten?

Mrs. Creevy kam mit heißer Schokolade für ihren Onkel, der kurz darauf in einen tiefen Schlaf hinüberglitt. Ann überließ ihn Mrs. Creevy und schlich zu ihrem Kinderzimmer hinauf. Sie fühlte sich in ihrem eigenen Haus verfolgt. Polsham kam kurz darauf nach oben und verriegelte die Tür. Sie hatte dem Diener diese ihm sichtlich unangenehme Aufgabe verziehen und sein Gewissen erleichtert, indem sie gesagt hatte, es geschehe ja schließlich nur zu ihrer eigenen Sicherheit.

Sowie die Tür verschlossen war und es still wurde im Haus, schlüpfte sie in den Geheimgang neben dem Kamin und schlich durch das Haus und in den Garten. Heute war es ihr egal, was sie draußen erwartete, ob Monster oder Mob. Sie musste an die frische Luft. Das Haus war ein Gefängnis und ihr Cousin der oberste Gefängniswärter. So schnell sie konnte, lief sie in den Wald hinein und lehnte sich dort keuchend gegen einen ihrer Lieblingsbäume. Die Freude über das Sonnenlicht, die Zufriedenheit über das Wachstum, die Unbekümmertheit, mit der der Baum sein Laub in den Wind warf ... all das drang durch die grobe Rinde unter Anns Händen in sie ein. Solch reine, unverdorbene Gefühle waren Bäumen eigen. Sie beschwichtigten den Tumult, der in ihr tobte.

Als sie ruhiger geworden war, löste sie sich von dem Baum und wanderte tiefer in den Wald hinein, auf dem Weg zu ihrer Höhle. Gestein war sogar noch friedvoller als Bäume.

Erich, wie er genannt zu werden wünschte, wollte ihr Geld, doch er wollte auch sie selbst. Ann wagte nicht einmal, darüber nachzudenken, was geschähe, wenn ein Mann eheliche Rechte von ihr fordern würde, ganz zu schweigen von diesem abscheulichen Erich mit seinen abnormen Neigungen. All diese Berührungen... und sie würden vermutlich auch noch nackt sein. Nein. Eheliche Beziehungen waren ihr versagt. Den Geschlechtsakt durfte sie nie erleben, nicht einmal mit einem ihr angenehmen Mann, oder es würde ihr Ende sein. Sie würde niemals Kinder haben. Gott bewahre! Selbst wenn sie den gefürchteten Akt mit einem Partner, den sie nicht abstoßend fände, zustande brächte, wie könnte sie riskieren, eine Tochter zu bekommen? Sie würde ihr ja den Fluch vererben... Nein. Alle diese Probleme würden mit ihr sterben. Auch ihr Onkel hatte nie geheiratet, um zu vermeiden, jemanden wie sie hervorzubringen.

Das alles machte ihr schwer zu schaffen. Ein Fehler, eine Anomalie der Natur – das war sie. Und mehr als das noch eine Last. Sie hatte das Leben ihrer Eltern zerstört und das ihres Onkels zu einem immer währenden Opfer, zu einem Verzicht gemacht. Und nun würde sie vielleicht mit einem Mann an ihrer Seite enden, den sie hasste und der sie mit dem Segen der Gesellschaft vergewaltigen und in den Wahnsinn treiben würde. Ann begann wieder zu laufen, rannte den Pfad hinauf und zwischen den Bäumen hindurch auf ihre ganz besondere Höhle zu. Ein aromatischer Duft hing in der Luft, der sie an Zimt erinnerte. Was war das?

Sie stieß beinahe mit ihm zusammen.

Erschrocken schnappte sie nach Luft und wich zurück. »Was ... was tun Sie hier?«

Stephan Sincai stand einfach nur da. Sein schwarzer Rock schien mit der Dunkelheit zu verschmelzen, doch er selbst sah erstaunlich lebendig aus. Seine hochgewachsene Gestalt ragte vor ihr auf und zog ihren Blick auf die ausgeprägten Muskeln unter seiner Kleidung. Noch nie war sie sich so sehr des Körpers eines Mannes unter all dem Stoff bewusst gewesen. Im Mondlicht, das durch die Bäume fiel, sah sie die Stärke, die sein Gesicht verriet, aber auch ... die Düsternis in ihm. Er war ein Mann, der mit sich kämpfte. In seiner Vergangenheit lag sehr viel Schmerz. Er mochte weiß Gott was für Sünden begangen haben, doch sein Gesichtsausdruck besagte, dass er schwer damit zu kämpfen hatte.

»Das könnte ich Sie auch fragen«, brummte er. Er hat einen reizvollen Akzent, dachte sie.

Warum sie sich jedoch genötigt fühlte, ihm zu antworten, hätte sie selbst nicht sagen können. »Ich ... ich musste an die frische Luft.«

Er zog nur die Brauen hoch, wie um ihr zu verdeutlichen, dass sein Grund der gleiche war.

Jetzt wusste sie wieder, warum sie sich nicht einfach abwenden und gehen konnte. Er war ihr zu Hilfe gekommen. Zweimal nun schon. Ann räusperte sich. »Ich bin froh, dass ich Ihnen in die Arme gelaufen bin. Oder fast. Dass wir uns hier begegnet sind, meine ich. Ich hatte noch gar keine Gelegenheit, mich richtig bei Ihnen zu bedanken ... für neulich nachts ... und für Ihre Unterstützung im Dorf ...« Gott, was für ein Gestammel! Die Erinnerung an ihre erotischen Träume von ihm ließ sie heiß erröten.

»Das war nicht der Rede wert«, sagte er mit unergründlichem Gesichtsausdruck.

Ann erinnerte sich plötzlich, dass er den Zwischenfall im Gasthof, als Jemmy sie angefasst hatte, mit angesehen hatte. Er war Zeuge gewesen, wie sie Dinge, die sie gar nicht wissen konnte, zu ihrer Verteidigung benutzt hatte. »Ich bin keine Hexe.« Stimmte das? Und warum sah sie sich genötigt, es ihm zu versichern?

»Und was *sind* Sie?«

War das ein Lächeln um seine Mundwinkel? Wie anders dieses Lächeln war als das ihres Cousins! Sie hob das Kinn. »Ich ... ich habe eine Behinderung.« So. Das müsste genügen, um ihn zu bremsen.

Aber weit gefehlt. Er runzelte die Stirn. »Was für eine Art Behinderung?«

Wie unhöflich! Ann verkniff sich jedoch eine scharfe Entgegnung, denn immerhin stand sie in seiner Schuld. Sollte sie es ihm erzählen? Konnte sie es? So geradeheraus war sie noch nie danach gefragt worden. »Ich erfahre Dinge über Leute, wenn ich sie berühre. Auch über Gegenstände, obwohl die Wirkung schwächer ist.«

»Das nennen Sie eine Behinderung? Ich finde das sehr nützlich.«

Nützlich? Er konnte ja nicht wissen, dass sie *alles* über einen Menschen erfuhr, dass sie vom ganzen Wesen dieser Person durchflutet wurde, bis sie sich selbst kaum noch von diesem Menschen zu unterscheiden wusste. Und *das* konnte sie ihm nicht sagen. Ann zwang sich zu einem reuevollen kleinen Lächeln. »Nützlich? Ich kann wirklich nicht behaupten, dass das die Beschreibung ist, die mir dazu einfällt.«

Trotz der Dunkelheit des Waldes sah sie ihn nicken. »Nun ja, vielleicht tatsächlich nicht.« Der Zimtgeruch kam von ihm – ähnlich wie das Lavendelwasser, das Männer nach der Rasur benutzten, nur würziger. Und unter dem Zimtgeruch lag noch ein anderer, der schwächer und schwerer zu bestimmen war. Die Luft war von einer vibrierenden Erwartung erfüllt, als könnte alles Mögliche geschehen. Ann war nicht sicher, was genau sie erwartete, doch sie hoffte jedenfalls, dass er noch blieb.

»Was bringt Sie nach Cheddar Gorge?« Wie absurd! Da stand sie hier und führte sinnlose Gespräche, als wären sie sich auf der Dorfstraße begegnet, obwohl sie doch nur wegwollte, weg von Erich, weg von ihrer Zukunft und all den beängstigenden Möglichkeiten, die sie umzingelten wie Wölfe. Und wieso verspürte sie nicht auch bei Stephan Sincai den Drang, so schnell wie möglich von ihm wegzukommen?

Er schien zu überlegen. »Ich suche nach einem Haus, das ich für eine Weile mieten kann.«

Oh. Vielleicht konnte sie ihm dabei sogar behilflich sein. »Mrs. Simpson sagt, die Sheffields wollten einen Teil von Staines vermieten.«

»Es muss ein leer stehendes Haus sein.«

»Ach so.« Wozu brauchte er ein ganzes Haus für sich allein? »Haben Sie Foxdell bei Rooks Bridge gesehen? Es steht seit Jahren leer, müsste aber renoviert werden, wenn Sie darin leben möchten, denke ich.«

»Ich hätte lieber etwas, das näher an Cheddar Gorge oder vielleicht auch Winscombe liegt.«

»Oh.« Sie wusste nichts von leer stehenden Häusern in der Nähe von Winscombe ... oder doch, denn dort lag Maitlands' Jagdhaus. Der Gedanke entlockte ihr ein Lächeln. Warum nicht? Erich wollte es offenbar für sich. Der Gedanke, ihm einen Knüppel zwischen die Beine zu werfen, war sehr verlockend. »Hm. Einer meiner zwielichtigeren Vorfahren hat ein hübsches Jagdhäuschen etwa drei oder vier Meilen außerhalb von Winscombe erbaut. Es nennt sich ›Bucklands Lodge‹ und ist nicht mehr benutzt worden, seit mein Vater starb. Mein Cousin hat es instand gesetzt, sodass es in einigermaßen gutem Zustand sein müsste. Ich könnte mir durchaus vorstellen, es zu vermieten.«

Der Fremde neigte zustimmend den Kopf. »Sollte ich Ihren Gutsverwalter aufsuchen?«

»Ja, sprechen Sie mit Mr. Henry Brandywine. Er ist der Verwalter meines Vaters. Mr. Watkins im *Hammer und Amboss* kann Ihnen seine Adresse geben.«

Der gut aussehende Fremde sah sich um, als wäre noch jemand anwesend. »Ich sollte Sie heimbegleiten.«

»Ich gehe noch nicht nach Hause.«

»Halten Sie es für klug, nachts allein im Wald herumzuspazieren?«

»Oh, das tue ich oft. Ich habe einen speziellen Ort, den ich gern aufsuche«, sagte sie und rechnete mit Widerspruch.

Aber er sagte nur: »Dann will ich Sie dabei nicht stören«, und ging vorsichtig um sie herum.

Na, so was! Sie ertappte sich dabei, wie sie ihm nachsah, während der Zimtgeruch in der Luft langsam verflog.

Dann war sie es also, die Kerzen und eine Fackel in der Höhle hinterlassen hatte! Vor ein paar Stunden hatte Stephan ihren Unterschlupf gefunden. Er war nicht gut genug ausgerüstet, um der Ort zu sein, an dem Vampire sich tagsüber versteckten. Er hatte weder Spuren von Proviant noch von Schlafplätzen entdeckt, nur die Kerzen am Eingang zu einem von der Haupthöhle abgehenden Tunnel, eine Fackel in einem Wandhalter im Fels und einen ordentlichen kleinen Stapel Holz zum Anzünden eines Feuers. Und ein Buch und ein Kissen mit gehäkeltem Bezug. Das Buch war von Jane Austen. Kein Lesestoff für hartgesottene Kreaturen, die zur Erinnerung an Asharti eine Armee erschufen und das Gleichgewicht der Welt zerstören wollten.

Nein, der einzige Unterschlupf, den er in dieser Nacht gefunden hatte, war Miss van Helsings. Ein seltsames Mädchen. Kein Wunder, dass man bei ihr den Eindruck hatte, sie könne geradewegs in einen hineinsehen. Sie konnte es ja tatsächlich, wenn sie einen berührte. Für einen Mann mit Geheimnissen war das überaus gefährlich. Er musste sich von Miss van Helsing fern halten.

Und trotzdem fühlte er sich zu ihr hingezogen. Es war beinahe schon wie Zauberei.

Unsinn, sagte er sich streng. Es war so, weil sie eine Außenseiterin unter ihren eigenen Leuten war, weil sie die Geheimnisse anderer kannte und ihre eigenen hatte. Das waren Dinge, die er verstand. Er hatte sogar das Gefühl, dass eine gewisse Ähnlichkeit zwischen ihnen bestand. Das war alles. Für jemanden mit ihren übersinnlichen Fähigkeiten, an denen er nicht den kleinsten Zweifel hegte, war sie erstaunlich realistisch. Es musste viel Mut erfordern, mit ihrer Gabe zu leben, die sie ganz offenbar für einen Fluch hielt. Und sie versuchte, sie positiv zu nutzen. Er hatte ihr Mitgefühl für Jemmy Minks gesehen, obwohl sie das Schlimmste von dem Burschen wusste. War das nur Naivität? Vielleicht. Doch es sprach für diese junge Frau. Stephan schüttelte die Gedanken an sie ab. Keine Ablenkungen mehr, vergiss das nicht!, ermahnte er sich.

Ihr Jagdhaus würde er sich aber ansehen. Es lag in der Nähe von Winscombe, dem Schauplatz von zwei Morden und einem Ausbruch der vermeintlichen »Influenza«. Er würde sich vermummen, so gut es ging, die getönte Brille aufsetzen und sich ins Licht hinauswagen, um noch vor der Abenddämmerung dort zu sein. Kilkennys Vampire waren jung, sie ertrugen das

Tageslicht noch nicht. Er konnte sie zusammen erwischen, bevor sie ihr Nest verlassen konnten. Am Waldrand drehte er sich um, doch das Mädchen war verschwunden. Er fragte sich, wie viele Vampire es sein mochten. Wahrscheinlich würde er der Aufgabe, die Rubius ihm gestellt hatte, nicht gewachsen sein, doch er hatte keine andere Wahl, als es zumindest zu versuchen.

6. Kapitel

Am Abend darauf saß Ann, in ihren warmen Umhang gehüllt, in ihrer Höhle und las im Schein der Fackel. Sie hatte sich vorgenommen, von jetzt an jede Nacht hierherzukommen. Hier fühlte sie sich sicher. Niemand wusste etwas von dieser kleinen Kammer am Ende eines unbenutzten Nebenarms der Cheddar-Höhle. Der Weg vom Haus die Klamm hinauf war nervenaufreibend gewesen. Wer wusste schon, ob sie nicht dieser Kreatur, die Molly getötet hatte, oder irgendwelchen durch den Wald patrouillierenden Dorfbewohnern begegnen würde? Doch zum Glück hatte Ann niemanden gesehen. Nicht einmal Stephan Sincai war sie auf dem Weg begegnet, obwohl sie, wenn sie ehrlich sein sollte, nicht behaupten konnte, dass es ihr unangenehm gewesen wäre, ihn zu treffen. Selbst als sie sich an diesem Tag um ihren Onkel gekümmert und es geschafft hatte, Erich aus dem Weg zu gehen, hatte Mr. Sincai sich immer wieder in ihre Gedanken eingeschlichen. Warum hatte ein Mann, der so abgestumpft und leidenschaftslos wirkte, ihr beigestanden, und das nicht nur einmal, sondern zweimal?

Ach, und wenn schon! Sie würde ihn bestimmt nicht wiedersehen. Und er konnte sie auch nicht vor dem bewahren, was sie jetzt am meisten fürchtete. Sie konnte nur hoffen, dass es ihrem Onkel bald wieder gut genug gehen würde, um mit ihm das Thema Erich zu erörtern, und dass er ihren Cousin zum Teufel schicken würde. Das würde zwar vielleicht nur ein Aufschub für die Erhaltung ihrer geistigen Gesundheit sein, doch sie brauchte diese Gnadenfrist.

Es tat gut, wieder an ihrem Zufluchtsort zu sein. Ann war immer wieder erstaunt darüber, dass andere Leute sich vor

Höhlen fürchteten. Irgendwo in der Nähe konnte sie das anhaltende Tropfen von Wasser hören, das Stalaktiten und Stalagmiten entstehen ließ, und etwas weiter entfernt gurgelte ein kleiner Bach auf seinem Weg durch die Höhle, aber abgesehen davon war es still. Im Ausgleich dazu verlangte auch die Höhle Stille. Geräusche wurden mit Echos bestraft. Die Kammer, die Ann für sich ausgesucht hatte, hatte eine hohe Decke, die außerhalb der Reichweite ihrer Kerzen in der Düsternis verschwand. Der kleine Raum war an einem Ende geschlossen, bis auf den Spalt, aus dem sich der winzige Bach ergoss, und die Öffnung am anderen Ende war gerade groß genug für sie, um geduckt hindurchzuschlüpfen. Aber es gab noch eine weitere Spalte im Fels, die zu irgendeinem höher gelegenen Tunnelsystem führte, und deshalb konnte Ann in ihrer Kammer ein Feuer entfachen, um sie zu erwärmen, und der Rauch zog ab. Die vielen Kerzen, das Feuer und die Fackel ließen die kleine Höhle schon beinahe gemütlich wirken. Ihr Boden war mit Sand bedeckt und weich genug, um dort bequem auf einer Steppdecke zu sitzen, und Malmsys gehäkeltes Kissen diente Ann als Rückenpolster vor einem großen Felsen. Ja, dies war ihr wunderbares Refugium, in dem niemand sie störte.

Ann gähnte. Wegen der Sorge um ihren Onkel, ihrer Wut auf den verabscheuenswerten Erich und der erotischen Träume von dem gut aussehenden Fremden hatte sie kaum noch Schlaf gefunden... Auch heute hatten diese beunruhigenden Träume ihre Nachtruhe gestört, und deshalb hatte sie einen Umhang über ihr Nachthemd geworfen, ein Paar Stiefeletten angezogen und war in ihre Höhle geflohen. Sie würde jedoch schon bald wieder gehen müssen, wenn sie nicht riskieren wollte, einzuschlafen und erst zurückzukehren, wenn die Dienstboten bereits auf den Beinen waren. Niemand durfte wissen, dass es noch immer einen Weg nach draußen für sie gab.

Sie wollte nicht zurückkehren in das Haus, dessen sich der Feind bemächtigt hatte ... aber sie konnte auch nicht ihren Onkel im Stich lassen.

Seufzend schlug sie ihr Buch zu und erhob sich, um den Heimweg anzutreten.

Stephan taumelte aus der offenen Tür von Bucklands Lodge und rang nach Atem. Einer war entkommen. Es war der, den er im Wald überrascht hatte. Er, Stephan, hatte sie nicht alle erwischt, und das bedeutete, dass er versagt hatte.

Schwankend ging er durch den kleinen Garten. Seine Stiefel gaben ein schmatzendes Geräusch von sich; es rührte von seinem eigenen Blut her, das sich in ihnen angesammelt hatte. Der Geruch des Blutes war überall, des seinen und des ihren. Sie waren zu fünft gewesen, und er hatte es kaum mit vieren aufnehmen können. Sie hatten ihn angegriffen, bevor er darauf gefasst gewesen war, sodass er nicht die volle Leistungskraft zum Einsatz hatte bringen können, die Rubius' Töchter ihm in Mirso antrainiert hatten. Er hatte sich wehren müssen, und das hatte ihn abgelenkt. Er hatte versagt.

Rasender Schmerz beherrschte ihn. Sicherheit, dachte er. Er musste sich in Sicherheit bringen. Sich an einen ruhigen Ort begeben, wo seine Wunden heilen konnten. Das könnte eine Weile dauern. Seine Sicht verschwamm. O Gott! Er schüttelte den Kopf. Er durfte nicht das Bewusstsein verlieren, bevor er einen sicheren Zufluchtsort gefunden hatte. Aber wo? Er konnte nicht zu dem Gasthof zurückkehren und eine Blutspur hinterlassen, zu deren Erklärung es später keine sichtbaren Wunden geben würde.

Stille und Abgeschiedenheit ... Das war es, was er brauchte.

Und plötzlich wusste er, wo er sie finden würde.

Mit letzter Kraft rief er den, der sein Blut teilte, zu Hilfe. *Gefährte,* dachte er, *gib mir heute Nacht noch einmal deine Kraft!* Ein roter Film legte sich nach und nach über die Welt. Stephan spürte, wie sich die Dunkelheit langsam um ihn zusammenzog. *Gefährte!*

Als ihn der aufwabernde schwarze Nebel einhüllte, wechselte seine Sicht von Rot zu Schwarz. Zu dem Schmerz seiner Verwundungen gesellte sich der exquisite Schmerz der kaum zu ertragenden, in ihm aufsteigenden Macht. Und dann merkte er gar nichts mehr.

Ann legte gerade ihren Umhang um und wollte die Kerzen ausblasen, als sie ein immer stärker werdendes Summen hinter sich vernahm. Erschrocken über das ungewöhnliche Geräusch, fuhr sie herum. Dort, am Eingang zu der Höhle, erschien eine schwarze Nebelsäule aus dem Nichts. Ann schnappte verblüfft nach Luft. Was war das?

Die Schwärze verzog sich und gab die Gestalt von Stephan Sincai frei. Ann schlug sich eine Hand vor den Mund, um einen Schrei zu unterdrücken. Sincai war blutüberströmt, sein ganzer Körper mit furchtbaren Verletzungen bedeckt. Er machte einen Schritt, dann verdrehten sich seine Augen, und die Knie gaben unter ihm nach.

Ann hörte einen leisen Laut, wie ein verängstigtes Tier ihn von sich geben würde, und merkte dann, dass er aus ihrer eigenen Kehle gekommen war. Großer Gott! Was *war* dieser schwarze Nebel? Und wie war Stephan so plötzlich hier erschienen? Ihr Kopf bestürmte sie mit Fragen, auf die sie keine Antwort hatte. Wie versteinert stand sie da und starrte Sincai an.

Der Sand unter seinem Körper verdunkelte sich mehr und

mehr. *Blut*. Gott im Himmel, er verblutete! Vielleicht war er sogar schon tot. Der Gedanke genügte, um sie in Bewegung zu setzen. Sie lief zu Sincai hinüber und blieb vor ihm stehen.

Aus der Nähe waren die Wunden noch schrecklicher. Anns Blick glitt über seinen Körper. Sein Hemd und seine Hose waren zerfetzt. Er trug keinen Schal unter dem Hemd, und was davon noch übrig war, stand offen. An seiner Kehle war ein so tiefer Schnitt, dass Ann das Weiß von Knochen sehen konnte. Aber sein Hals war nicht die einzige Stelle, an der Knochen zu sehen waren, an seinem Bauch war es sogar noch schlimmer. Wieder presste sie eine Hand an ihren Mund, um einen Schrei zu unterdrücken. Ihr drehte sich der Magen um, und sie biss sich auf die Lippe, um sich von der Übelkeit, die in ihr aufstieg, abzulenken. Die aufwabernde Schwärze erschien ihr jetzt weniger wichtig als die Tatsache, dass sie nun schon zum zweiten Mal in dieser Woche einen Menschen sterben sehen würde.

Schaudernd stand sie da, während ein Teil von ihr ganz ruhig wurde. Sie hatte Molly nicht mehr helfen können, sie hatte ihr nur wie erstarrt beim Sterben zugesehen. Zu was für einem Menschen machte sie das? War sie überhaupt noch menschlich? Sie wollte nicht so werden: unbeteiligt und distanziert. War das nicht der erste Schritt zu wahrem Wahnsinn?

Ann kniete sich neben Sincai – aber wieder presste sie sich die Hand vor den Mund.

Du wirst ihn anfassen?, fragte ein Teil von ihr. War das nicht der Weg, der deine Mutter in den Wahnsinn führte? Waren es nicht die ständigen Berührungen eines Mannes, die sie in die Anstalt brachten, wo sie heiser von ihren Schreien vor sich hin vegetierte und sich hin und her wiegte mit Augen, die nichts mehr sahen?

»Es ist ja nicht so, als würde ich intime Beziehungen mit ihm haben«, flüsterte sie mit halbwegs fester Stimme. Die Höhle warf ihr Geflüster zurück, um ein Vielfaches lauter und mit einem merkwürdig verzerrten Klang. »Und wenn alle Wege in den Wahnsinn führen, kann ich wenigstens vorher noch von Nutzen sein.« Entschlossen warf Ann ihren Umhang ab, griff nach dem Volant ihres langen Nachthemds und riss einen breiten Streifen ab.

Sein Hals – o Gott, sein Hals musste ihre erste Sorge sein. Und sie konnte ihn nicht einfach nur verbinden. Sie würde die klaffende Wunde irgendwie schließen müssen. Aber wie? Ann sah sie sich genauer an. Vielleicht hatte sie sich geirrt, was den Knochen anging. Gott sei Dank! Sie befeuchtete die Lippen und nahm ein Stück von dem abgerissenen Stoff. Gut. Damit konnte sie Sincais Kopf anheben und dann die Wunde an seiner Kehle verbinden.

Das Schlimmste war, dass all ihre Bemühungen umsonst sein würden. Er war dem Tod geweiht. Niemand konnte solche Verletzungen überleben.

Aber das zählte nicht. Wenn sie nicht versuchte, ihm zu helfen, würde sie sich ein für alle Mal eingestehen müssen, dass sie nichts Menschliches mehr an sich hatte, und alles andere in ihrem Leben würde sich aus den Folgen dieses Augenblicks ergeben.

Ann nahm ein Ende des Stoffstreifens in jede Hand, zog ihn unter Sincais Kopf und bewegte ihn dann hin und her, bis er seinen Hals erreichte. Sie brauchte ihn nicht mal zu berühren. Vorsichtig hob sie den Stoff an beiden Seiten an. Die Halswunde schloss sich. Dann, während sie mit einer Hand die Schlinge unter seinem Kopf hochhielt, faltete sie mit der anderen eine Kompresse und drückte sie vorsichtig auf die Wunde. Dabei vermied sie jeden Hautkontakt. Durch die Kompresse konnte sie Sincai spüren, ein leises Echo nur... aber von etwas sehr, sehr Eigentümlichem. So etwas hatte sie noch nie zuvor gespürt. Blut durchtränkte allmählich die Kompresse, doch zumindest sprudelte es nicht mehr aus der Wunde heraus. Ann verdrängte den schrecklichen Gedanken, dass vielleicht kaum noch Blut in seinen Adern floss, und band den Stoffstreifen ganz fest um die Kompresse. Dabei beobachtete sie Sincai, um sicherzugehen, dass er noch atmen konnte. Erst als seine Brust sich weiter hob und senkte, wenn auch nur ganz leicht, wandte sie sich seinen anderen Wunden zu.

Was nun? O Gott. Ihr Magen verkrampfte sich schon wieder. Jetzt musste sie sich um die Bauchverletzung kümmern. Anns Atem ging schnell und flach; krampfhaft versuchte sie, die aufsteigende Übelkeit zu unterdrücken, und zwang sich, die klaffende Wunde genauer zu untersuchen. Was da herausdrang ... das konnten nur Gedärme sein. Was konnte sie dagegen unternehmen?

Verbinde sie genauso wie die Wunde an seinem Hals!, sagte sie sich streng. Wem sollte hier ein zimperliches Fräulein nutzen? Sie fertigte eine Kompresse an. Diesmal würde sie Sincai berühren müssen, musste sich über ihn beugen und einen Streifen Stoff unter seinem Körper hindurchziehen, um die Kompresse auf der Wunde festzubinden. Wie von irgendwo weit her beobachtete sie, wie sich ihre Hand nach ihm ausstreckte. Fast konnte sie schon die nackte Haut seines Bauches spüren. Sie würde klebrig sein von Blut. Ann wusste sehr genau, was sie erwartete. Eine Flut von Erfahrungen würde sie überschwemmen, sie würde Sincais Substanz, sein Wesen kennenlernen, das Gute und das Schlechte. Aber sie würde weiterarbeiten. Sie konnte es, wenn sie sich konzentrierte. Sie würde die Hand mit dem provisorischen Verband unter ihn schieben, so weit es möglich war, sie dann wieder zurückziehen und das Gleiche auf der anderen Seite wiederholen.

Wie in einem Traum ging im letzten Moment alles rasend schnell. Ihre Hände verkrampften sich, als sie sie schon zurückziehen wollte. Aber es war zu spät. Sie schob den Stoffstreifen von ihrem Nachthemd unter Sincai. Die Haut, die unter seinem zerfetzten Hemd hervorschaute, versengte Ann förmlich.

Tod! Mord!
Blut.
Ein schreckliches Anderssein. Böses? Manchmal dachte er es selbst.
Drei Frauen im Kloster Mirso. Wie er sich dorthin zurücksehnte!

Ann kämpfte gegen den Ansturm der fremden Emotionen an, schob die andere Hand unter Sincais Körper und griff nach dem Streifen Stoff.

Schuld! Unerträgliche Schuld. Schuld am Schicksal der gesamten Welt.
Eine Guillotine. Aufopferung für die Frau, die er liebte.
Blut.
Unerwiderte Liebe. Ganze Lebenszeiten davon. Beatrix.
Krieg. Kämpfe. Indianer? Dschungel. Ich bin ihr Gott.
Gesänge. Jemand, der ihn Dalai Lama nannte. Massaker.
Hoffnung... Asharti... Beatrix...

Immer schneller kamen die Bilder jetzt. Unzählige Erfahrungen stürzten wie ein Wasserfall auf Ann herab, sodass sie kaum noch atmen konnte.

Schiffe.
Hungersnot.
Krieg.
Hass.
Zärtlichkeit.
Mord.

Frauen.
Gewalt.
Stärke.
Lust.
Blut.
Blut.
Immer wieder Blut.
Ann spürte noch, wie sie über Sincai zusammenbrach. Dann war kein Licht mehr um sie, nur noch Schwärze, barmherzige Schwärze ...

Stephan atmete. Er lag nicht in einem Bett. Betten waren weich. Er musste auf dem Boden liegen. Aber wo? Er müsste die Augen öffnen, um zu sehen, wo er war, doch das schien ihm viel zu anstrengend zu sein. Und warum war das so? Oh, Kilkennys Vampire ...

Er hatte getan, was nötig war. Nicht wirklich so, wie es ihm beigebracht worden war. Aber spielte das eine Rolle? Sie verdienten, was sie bekommen hatten. War es wirklich so? Woher wusste er das? Ein Bild von Blut und Knochen, zerschmetterten Köpfen und Gliedern stahl sich in sein Bewusstsein und setzte sich dort fest. Sie verdienten es, weil sie von Asharti erschaffen worden waren und sie böse war. Sie brachen die Regeln. Und wenn er nun mit diesen Bildern in seinem Kopf würde leben müssen, war es nur ein Element seiner Buße mehr. Eines Tages, wenn er die Gelübde abgelegt hatte, konnte er das Bild vielleicht mit Gesängen und Meditation in den Hintergrund drängen, bis es nicht mehr so sehr brannte. Was in dem Jagdhaus geschehen war, war nur ein Gräuel mehr in zweitausend Jahren unzähliger Grausamkeiten.

Nach und nach nahm sein Bewusstsein zu, stieg langsam in

ihm an wie eine Flut. Es hatte die ganze Macht seines Gefährten erfordert, die vier zu töten. Das war der Grund, warum die Heilung so viel Zeit in Anspruch nahm. Aber der Schmerz hatte nachgelassen. Er konnte nur nicht atmen. Eine Last lag auf seiner Brust, die ihm die Luft abschnürte.

Vielleicht war es die seines Versagens. Er hatte nicht alle erwischt. Einer war entkommen. Und keiner von ihnen war Callan Kilkenny gewesen. Stephan konnte nicht eher heimkehren, bis er Kilkenny und alle seine Kreaturen getötet hatte. Doch wie sollte er das zustande bringen, wenn er nicht umsetzen konnte, was Rubius' Töchter ihn gelehrt hatten? Er war noch nicht so weit! Er brauchte Hilfe. Aber es gab niemand anderen. Und Kilkenny baute eine weitere Armee wie Ashartis auf.

Und wessen Schuld war das alles?

Stephan rang nach Atem. Seine. Und die Last dieser Schuld wog schwer auf seiner Brust.

Doch da war tatsächlich ein Gewicht auf seiner Brust – und nicht nur das der Schuld! Er öffnete die Augen.

Grundgütiger! Ein regungsloses Mädchen lag auf ihm! Die junge Frau, von der die Leute glaubten, sie sei verrückt. Ihr langes, weißblondes Haar bedeckte seinen nackten Oberkörper. Sie trug nichts als ein weißes Nachthemd, das klebrig war von Blut wie auch ihr Haar. Sie musste verletzt sein! Hatte er ihr irgendwie wehgetan? Stephan stützte sich auf die Ellbogen und hob sie sanft von seiner Brust.

Dann saß er da und hielt sie im Arm. Winzige Flammen flackerten noch in den überall in der Höhle verteilten Kerzenstummeln. Stephan beugte sich vor und griff nach einer der Kerzen, um die junge Frau auf Verletzungen zu untersuchen. Ihr Gesicht war blutverschmiert, aber er konnte keine Quelle dieses Blutes entdecken. Behutsam strich er ihr das Haar aus dem Gesicht. Wie schön sie war! Wie zart, wie zierlich fühlte sie sich in seinen Armen an. Ihre Gesichtszüge waren zu vollkommen, um von dieser Welt zu sein; sie hatte eine gerade, kleine Nase und eine so durchsichtige und feine Haut, dass er die Adern an ihren Schläfen sehen konnte. Zerbrechlich. Das war der richtige Ausdruck, um sie zu beschreiben. Aber war sie tot? Mit Daumen und Mittelfinger suchte er den Puls an ihrer Kehle. Er flatterte unruhig, doch er war da. Sie lebte.

Stephans Gehirn nahm seine Arbeit wieder auf. Die junge Frau war bewusstlos, aber das Blut an ihr war das seine. Er hob eines ihrer Lider an und schwenkte die Kerze vor ihren Augen. Die Pupille verengte sich nicht. Er klopfte ihr an die Wange, und als auch das keine Reaktion erzeugte, kniff er sie. Aber selbst das half nicht.

Das ließ nichts Gutes ahnen. Er hatte schon Menschen gesehen, die derart weggetreten waren. Doch wie mochte es bei ihr dazu gekommen sein?

Er blickte sich um und versuchte zu rekonstruieren, was geschehen war. Das Buch, die flackernden, fast völlig abgebrannten Kerzen ... Jetzt erinnerte er sich wieder. Die Frau benutzte diese Höhle als Refugium. Sie musste ihn gesehen haben, als er hier erschienen war. Dann war er von dem Schmerz und Blutverlust offenbar ohnmächtig geworden. Was für einen Anblick er geboten haben musste! Er blickte an sich herab und schüttelte den Kopf. Seine Kleider waren zerfetzt, die klaffenden Wunden darunter jedoch nur noch eine Erinnerung. Nur schmale rosa Linien und neue Haut waren geblieben. Aber auch diese Male würden bald verschwunden sein.

Stephan schluckte, weil seine Kehle sich unangenehm eng anfühlte. Unwillkürlich zog er an seiner Krawatte, bevor er sich erinnerte, dass er keine getragen hatte. Doch da war ein Tuch um seinen Hals, das sich anfühlte wie ein Verband. Er öffnete den Knoten, und eine blutige Kompresse fiel zu Boden. Verwundert sah er die Frau an, die er noch immer in den Armen hielt. Sie hatte ihn verbunden. Nach allem, was sie gesehen haben musste? Das war sehr couragiert von ihr. Und barmherzig. Er konnte sich nicht einmal erinnern, wann jemand das letzte Mal *barmherzig* zu ihm gewesen war.

Vorsichtig legte er sie auf den Höhlenboden. Das Beste war, sie hierzulassen, bis sie sich erholt haben und wieder zu sich kommen würde. In der Zwischenzeit versuchte er, einen klaren Kopf zu bekommen. Der Vampir, der entkommen war, würde zu Kilkenny gehen. Das bedeutete, dass Callan Kilkenny sich entweder selbst auf die Jagd nach ihm machen oder andere seiner Armee schicken würde. Vielleicht viele andere. Aber Stephan war fast sicher, dass er selbst kommen würde, um seine Nemesis aus der Welt zu schaffen. Das war nicht das, was Stephan geplant hatte, doch vielleicht trotzdem gar kein schlechter Ausgang. Vom Jäger war er zum Gejagten geworden. Auch gut. Er rief seinen eigenen Untergang herbei. Aber es *war* ein sicherer Weg, Kilkenny ausfindig zu machen.

Das hieß jedoch, dass Stephan in Cheddar Gorge warten musste und sich nicht erlauben konnte, das Misstrauen der Dorfbewohner zu wecken, was seine wahre Natur anging. Er erinnerte sich, die junge Frau sagen gehört zu haben, sie könne Dinge über Menschen spüren, wenn sie sie berührte. Ihn hatte sie auf jeden Fall berührt. Ob sie jetzt wohl wusste, was er war?

Das Klügste wäre, sie gleich hier zu töten. Der Puls an ihrem zarten Nacken schlug ohnehin nur noch sehr schwach. Rubius würde es tun. Auch seine Töchter würden nicht zögern, sie umzubringen. Wieder kam er sich wie ein Versager vor, weil er nicht dazu in der Lage war. Aber er konnte sich nicht sicher sein, dass sie sein Wesen erkannt hatte, und sie daher auch nicht auf die bloße Möglichkeit hin töten, dass sie beim Erwachen wissen würde, dass er ein Vampir war. Der Tod einer Vielzahl unschuldiger Menschen konnte ihm angelastet werden. Er konnte sich nicht noch einen erlauben.

Besorgt blickte er sich zu den Kerzen um. Sie würden bald ausgehen. Auch die Fackel, in deren Licht sie gelesen hatte, war bereits erloschen. Die Frau würde im Dunkeln erwachen und sich ängstigen. Könnte sie ohne Licht überhaupt den Weg nach draußen finden? Sein Blick glitt wieder zu ihr. Irgendwie hatte er den Eindruck, sie zu kennen, sie immer schon gekannt zu haben. Er spürte Güte, Aufrichtigkeit und große Einsamkeit in ihr, aber unter all dem auch eine innere Stärke, die ihr zerbrechliches Äußeres Lügen strafte. Dabei war er ihr erst dreimal begegnet. Was konnte er schon wirklich über sie wissen? Und dennoch wurde er das Gefühl nicht los ...

Stephan holte tief Luft und ließ sie langsam wieder entweichen. Er hatte einen wirklich dummen Plan.

Er hob sie auf, hüllte sie in den Umhang, der auf dem Boden lag, und trat die noch brennenden Kerzen aus. Sie fühlte sich unglaublich klein und zierlich an an seiner Brust. Eine Frau wie diese brauchte Schutz. Trotz der kühlen Luft in der Höhle war sie angenehm warm an seiner Brust. So warm, dass die Haut an ihrem nackten Arm seine Hand schon fast versengte. Seine Macht begann von selbst in ihm aufzusteigen, und er wusste auch, warum. Das scharfe Ziehen, das durch seine Lenden ging, war eine vertraute Reaktion. Sie war der Fluch des Trainings, das war alles. Er war überrascht, dass er noch auf diese Frau reagierte, nachdem er in dieser Nacht schon so viel Kraft verbraucht hatte.

Nutz die aufsteigende Macht!, befahl er sich. Er würde die junge Frau von hier fortbringen. Sie lebte in diesem prachtvollen, mit einigen alten Ruinen verbundenen Haus direkt außerhalb des Dorfes. *Gefährte!* Die Macht erhob sich um ihn. Die Höhle erglühte rot, dann schwarz. Gut, dass die Kleine in seinen Armen bewusstlos war! Sie würde nicht mitbekommen, was jetzt geschah. Ein kurzer, stechender Schmerz, und die Höhle verschwand.

Sie erschienen am Rand des Waldes, der zwischen Maitlands Abbey und der Straße nach Wells lag. Stephan wollte Ann hier zurücklassen, wo andere sich um sie kümmern konnten. Und er musste seinen Plan bald in die Tat umsetzen und dann seine Mantras wiederholen, um seinen Körper unter Kontrolle zu bringen. Er wurde immer beharrlicher in seinen Forderungen, die Stephan nicht zu erfüllen wagte.

Aber es erschien ihm jetzt gar nicht mehr so einfach, Miss van Helsing hier liegen zu lassen. Die Morgendämmerung stand kurz bevor, der Himmel erhellte sich bereits. Schon jetzt konnte er Bewegung in den Stallungen und in der Küche hören. Er durfte auf keinen Fall in diesen blutigen, zerfetzten Kleidern gesehen werden. Ratlos blickte er auf die bewusstlose Frau in seinen Armen herab. Auch sie war voller Blut. Man würde Fragen stellen, und das wollte Stephan um jeden Preis vermeiden. Sie durfte auf gar keinen Fall verraten, woher das Blut an ihren Haaren und Kleidern stammte. Er hoffte nur, dass sie sich nicht daran erinnern würde.

Ein Gedanke jagte den anderen. Er könnte ihr das Nachthemd ausziehen und sie einfach liegen lassen. Natürlich wäre ihr Ruf dann ruiniert. Sie mochte in den Augen der Dorfbewohner eine Hexe sein, aber noch hielten sie sie für eine sittsame Hexe. Die Verachtung der Leute würde keine Grenzen kennen, wenn sie nun auch noch liederlich erscheinen würde. Außerdem würde sie blutbesudelt sein. Wenn man sie nackt *und* blutüberströmt auffände, würde das nicht nur ihren Ruf ruinieren, sondern auch noch die wildesten Verdächtigungen aufkommen lassen.

Doch was bedeutete schon ihr Ruf im größeren Schema seiner Pläne? Dennoch, er konnte nicht...

Verdammt!

Er legte sie auf den Boden. Sein Körper vermisste augenblicklich ihre Wärme. Stephan war jetzt voll erregt, allein von ihrer Nähe. Er hatte keine Frau mehr angerührt, seit er Mirso verlassen hatte, wo er sich geschworen hatte, das Risiko nicht einzugehen. Und hier stand er nun vor einer nur spärlich bekleideten und wunderschönen jungen Frau. Nein, er musste sich beeilen und es hinter sich bringen, bevor dieses Mädchen ihn über die Grenzen seiner Selbstkontrolle hinaus verlockte. Er nahm ihr den Umhang ab und legte ihn sich selbst um, um seine zerrissene, blutige Kleidung zu verbergen. Dann lief er den Hang zum hinteren Teil des Hauses hinunter, wo sich die Küche befand.

Die Frau, die herauskam, um einen Eimer Wasser auszuschütten, war nicht mehr jung. Ihr Gesicht trug die Spuren von jahrelanger harter Arbeit. Das graue Haar hatte sie unter einer schlichten Haube verborgen. Gegen die morgendliche Kälte hatte sie sich einen gestrickten Schal um die Schultern geschlungen.

»Guten Morgen«, sagte Stephan, als er hinter einem der Außengebäude hervortrat. Es musste der Gemüsekeller sein, dem Geruch nach Kartoffeln, Karotten und Erde nach zu urteilen.

Die Frau erschrak. Dann musterte sie ihn von Kopf bis Fuß. »Wenn du was zu essen willst, um zehn gibt's Frühstücksreste.«

Stephan fuhr sich mit der Hand durchs Haar. Wie heruntergekommen er wirken musste in seinen zerlumpten Hosen und dem geliehenen Umhang, der ihm bei seiner Körpergröße gerade mal bis zu den Knien reichte! Deshalb verschwendete er keine Zeit, sondern rief seinen Gefährten zu Hilfe, um genügend Suggestivkraft in seine Stimme zu legen.

»Ich bin niemand, um den Sie sich sorgen müssen«, sagte er sanft. »Wo ist Miss van Helsings Zimmer?« Er beobachtete, wie verschwommen der Blick der Frau wurde, als wäre sie in Gedanken ganz woanders.

»Sie hat den ganzen dritten Stock für sich. Aber sie schläft in einem der alten Kinderzimmer«, murmelte sie.

Die Kinderzimmer? Komisch. »Ein Schatten hat Sie heute Morgen erschreckt, mehr nicht.«

Sie nickte langsam. Stephan verbeugte sich und wandte sich ab, um zum Rand des Waldes zurückzugehen. Miss van Helsing fror bestimmt schon. Er hüllte sie in den Umhang und zog sie an sich. Wieder reagierte sein Körper fast sofort auf ihre Nähe, und Stephan biss die Zähne zusammen gegen das Gefühl, das ihn ergriff. Dann richtete er den Blick auf den dritten Stock des großen Hauses und sammelte seine Kräfte...

Sie landeten in einem ziemlich großen Zimmer mit niedriger Decke, Mansardenfenstern und schlichten Kinderzimmermöbeln. Die Kohlen des Feuers der vergangenen Nacht glühten noch in dem Kamin. In den nächsten Stunden würden die Dienstboten ihre Herrin noch nicht zu stören wagen. Das kam Stephans Absicht sehr entgegen. Schade nur, dass er kein heißes Wasser für die Sitzwanne, die er in einer Ecke sah, hinaufbringen lassen konnte! Er legte die noch immer bewusstlose Miss van Helsing in ihrem Umhang auf das Bett, um das Bettzeug nicht mit Blut zu beflecken. Dann nahm er einen Schürhaken, um das Feuer anzufachen, und legte einige Scheite nach.

Das würde den Raum erwärmen, denn selbst in der Mansarde war es ziemlich kühl.

Dann wandte er sich wieder seinem Schützling zu. Nun musste er sich für die bevorstehende Prüfung wappnen. Aber war Selbstbeherrschung nicht gerade das, worin er es neuerdings zur Perfektion gebracht hatte?

Er ging zur Waschkommode und goss Wasser aus einer geblümten Porzellankanne in eine dazu passende Schüssel und fand ein weiches Baumwolltuch und ein Stück Lavendelseife. Die Schüssel stellte er auf den Nachttisch, aber er zündete die Lampe darauf nicht an, weil das Licht Aufmerksamkeit erregen könnte. Hinter ihm knackte das Holz im Kamin und warf einen flackernden Schein durchs Zimmer, als die Scheite Feuer fingen. Das genügte Stephan, denn er sah recht gut im Dunkeln. Er sorgte dafür, dass er sich wieder vollkommen unter Kontrolle hatte, bevor er sich auf dem Rand des schmalen Bettes niederließ. Dann, ohne Ann ins Gesicht zu sehen, griff er nach dem Ausschnitt ihres Nachthemds und zerriss es vorne bis zum Saum.

Bei Zeus und allen Göttern! Selbst von Kopf bis Fuß mit geronnenem Blut besprenkelt, war sie wunderschön. Trotz ihres feingliedrigen Körperbaus hatte sie sehr feminine Rundungen. Ihre Brüste waren üppig, fast zu schwer für einen so schlanken Körper, mit rosa angehauchten Warzenhöfen und hinreißenden kleinen Spitzen, deren Anblick ein erneutes Ziehen in seinen Lenden auslöste. Und ihre Haut ... ihre Haut erinnerte an cremefarbene Seide. Ihr Haar, das sich auf dem Weg hierher vollständig gelöst hatte, umschmeichelte in schimmernden Wellen ihr Gesicht und ihre Schultern, und sein helles, fast schon weißes Blond wiederholte sich, nur ein, zwei Töne dunkler, in dem Dreieck zwischen ihren zarten Schenkeln. Auch ihre Hüften waren wohlgerundet für eine so grazile Frau, und ihre nicht weniger wohlgeformten Waden ließen ihn buchstäblich erschauern.

Aber er rief sich zur Ordnung und kämpfte um Beherrschung. Er durfte der jähen Lust nicht nachgeben, die ihn heiß durchflutete. *Tuatha, rendon. Melifant extonderant denering.* So. Sein Mantra half, wie immer. Dank Rubius' Töchtern *besaß* er die nötige Selbstbeherrschung.

Er biss die Zähne zusammen und befeuchtete ein Tuch in der Schüssel mit dem Wasser. Doch nicht nur seine Kiefer waren angespannt, als er mit Anns Gesicht begann. Seine Erektion ließ sich nicht zum Verschwinden bringen, aber das hieß nicht, dass er sie auch zur Kenntnis nehmen musste. Der einzige Grund, warum sie sich nicht unterdrücken ließ, war, dass er geschwächt war von dem Kampf mit den Vampiren. Das war alles. Behutsam wischte Stephan das Blut von Anns feinen Zügen und gab sich besondere Mühe mit dem, das ihren Haaransatz verdunkelte. Er war sich schon beinahe sicher, dass er dort eine Verletzung finden würde, eine Beule von ihrem Sturz, der ihre Bewusstlosigkeit verursacht haben könnte. Aber er fand nichts dergleichen. Sie hatte nicht einmal einen Kratzer oder einen Bluterguss. Nachdem er das Blut abgewaschen hatte, war ihre Haut wieder makellos und völlig unversehrt.

Stephan setzte seine Arbeit an Anns Nacken und ihrem Rücken fort. Was für eine feingliedrige, zerbrechliche Wirbelsäule sie hatte! Ihr Blut pulsierte durch die Schlagader an ihrem Hals und verschärfte Stephans Verlangen noch ... bis sein Glied im gleichen Rhythmus pochte wie ihr Blut. Dann wusch er ihre Schultern und, Gott stehe ihm bei, auch ihre Brüste. Er atmete schwer, und jede Faser seines Körpers prickelte vor Erregung, als er die Hand mit dem Tuch sanft über ihren Oberkörper bewegte. *Denering tuatha feralicenta perala.* Er tauchte es ins Wasser, wrang es aus und begann von Neuem.

Von ihren Rippen und dem flachen Bauch entfernte er das klebrige, geronnene Blut. Sein Blut. Sie war damit besudelt, weil sie versucht hatte, ihm zu helfen. Obwohl sie es hasste, andere Menschen zu berühren. Und obwohl sie ihn in einem schwarzen Nebel hatte erscheinen sehen. Ja, es konnte ihr nicht entgangen sein ... Welche Frau würde danach noch versuchen, ihm zu helfen?

Er hielt sich eisern unter Kontrolle, als er das Blut abtupfte, das durch das Nachthemd in das Haar zwischen ihren Schenkeln geraten war. Tuch ausspülen, auswringen, noch einmal damit über ihren Körper gehen, über die Hüften, den Bauch, die Brüste. Tuch wieder ausspülen, auswringen und noch einmal Hals, Schultern und Gesicht abtupfen. Andere Gedanken erlaubte Stephan sich nicht.

Fertig. Ihre Haut war ein wenig gerötet, wo er die dickeren Blutflecke abgerieben hatte. Doch nun war sie so sauber, wie es ihm möglich war. Die geröteten Stellen würden verblassen, bis jemand aus dem Haus sie fand. Er zog das zerrissene Nachthemd und den Umhang unter ihr weg. Sein Körper war so heiß und hart, dass er vor Verlangen schmerzte, als Stephan die noch immer bewusstlose Ann mit einem Arm anhob und die Bettdecke unter ihr zurückzog. Dann legte er sie wieder hin und deckte sie gut zu. Als Nächstes musste er sämtliche Spuren seiner Anwesenheit beseitigen. Er öffnete ein Fenster und schüttete das schmutzige Wasser auf das Dach des Säulenvorbaus. Das Tuch, mit dem er sie gewaschen hatte, und ihr zerrissenes, blutbeflecktes Nachthemd wickelte er in den Umhang ein, den er mitnehmen würde.

Dann trat er vor das Bett, um Miss van Helsing ein letztes Mal zu betrachten. Sie sah sehr klein und zerbrechlich aus in dem Kinderbett.

Ihr Zustand war ihm nach wie vor ein Rätsel. Nachdem er

nicht die winzigste Wunde hatte entdecken können, war ihm unbegreiflich, dass sie immer noch bewusstlos war. Die Sonne ging bereits auf. Wann war der Kampf im Jagdhaus beendet gewesen? Gegen Mitternacht? Die Steppdecke bewegte sich kaum unter Anns Atemzügen. Irgendetwas stimmte nicht mit ihr. Mit Sicherheit wusste er jedoch nur, dass es seine Schuld war. Aus irgendeinem Grund war sie ohnmächtig geworden, als sie ...

Als sie ihn berührt hatte! Sie hatte gesagt, sie erführe dann alles über einen Menschen. Aber es musste mehr als das sein. Als dieser schmächtige junge Bursche sie neulich vor dem Wirtshaus angefasst hatte, war sie danach wie benommen gewesen. Andere zu berühren, blieb also anscheinend nicht ohne Folgen für sie, und trotzdem hatte sie ihn, Stephan, verbunden. Was für eine noble Handlungsweise, dachte er. Unerschrocken und heroisch.

Doch dann presste er grimmig die Lippen zusammen. Er schuldete ihr nichts. Es war dumm von ihr, ihn zu berühren, wenn es irgendwelche körperlichen Folgen für sie hatte. Es war *ihre* Schuld, dass sie ohnmächtig geworden war, nicht seine.

Stephan drückte das Bündel blutbefleckter Kleider an sein eigenes blutiges und zerrissenes Hemd. Wenn sie gefunden wurde, würde jemand einen Arzt kommen lassen. Ihre Leute würden schon wissen, wie sie sie zu behandeln hatten.

Gefährte! Das Zimmer wurde rot. Schwarzer Nebel waberte zu Stephans Füßen auf und stieg sogar noch schneller auf als gewöhnlich. Sein Glied war noch immer heiß und steif. Der Gefährte nährte sich von Stephans sexueller Energie und bündelte ihre vereinten Kräfte zu einer kaum noch zu ertragenden Macht. Er musste hier heraus!

7. Kapitel

Stephan stand in der Tür seines Zimmers im *Hammer und Amboss*, als der schwarze Nebel sich verzog. Mit ihm verging auch das schmerzliche Verlangen, das Miss van Helsing in ihm hervorgerufen hatte, und zurück blieb nur ein Gefühl der Leere und des Bedauerns. Es war dumm von ihm gewesen, sie in das Haus zu bringen. Was kümmerte ihn ihr Ruf? Und seine Befürchtung, dass ihr blutbefleckter Körper Fragen nach sich ziehen würde, falls er ihn zurückließ, war völlig übertrieben gewesen. Schließlich hätte er das vermeiden können, wenn er sie getötet hätte. Es war dumm gewesen, sie am Leben zu lassen. Falls sie sich beim Erwachen daran erinnerte, dass er ein Vampir war, würde sie nach der Polizei schreien. Und von ganz Cheddar Gorge gejagt zu werden wie ein Tier, würde es ihm unmöglich machen zu warten, bis Kilkenny ihn hier problemlos finden konnte.

Er hatte unüberlegt gehandelt, von Anfang an.

Wie sich dies noch korrigieren ließ, würde er sich später überlegen. Zunächst einmal musste er sich jetzt selbst säubern. Er streifte die zerlumpten Kleider ab und begann, sich gründlich zu waschen. Doch er konnte Miss van Helsing nicht aus seinem Kopf verbannen. Unaufhörlich musste er an das denken, was sie für ihn getan hatte, oder sich fragen, was ihre tiefe, nicht enden wollende Bewusstlosigkeit verursacht haben könnte.

Stephan musste es wissen. Er wollte nicht der Grund für noch mehr Kummer sein. Schon gar nicht, nachdem diese Frau so selbstlos versucht hatte, ihm zu helfen.

Er legte seine zerrissenen Kleider zu ihren in den Umhang. In der kommenden Nacht würde er sie irgendwo im Wald vergraben. Aber zunächst einmal brauchte er Ruhe, denn plötzlich war er so erschöpft, dass er sich kaum noch auf den Beinen halten konnte. Die ersten Sonnenstrahlen fielen schon auf die geschlossenen Fensterläden. Er taumelte ins Bett. Ruhe ... er musste sich eine Weile ausruhen.

Aber das Mädchen zu berühren, sie zu entkleiden, seine Hände über ihren Körper zu bewegen ... Stephan wälzte sich im Bett herum und versuchte zu vergessen. Doch sein Körper erinnerte sich nur allzu gut. Sein Glied begann wieder zu pochen. Dafür konnte er sich bei Rubius' Töchtern bedanken. Bei ihnen und ihrer Ausbildung ...

Kloster Mirso,
Dezember 1819

Es war heiß in dem kleinen Raum in den Gewölben unter dem Kloster. Ein Feuer brannte in dem riesigen Kamin. Es gab drei gut gepolsterte, moderne Chaiselonguen in dem Raum, die so gar nicht zu der breiten Bank aus grob behauenem Stein passten, die vor dem mächtigen Kamin stand. Ein großer, mit kunstvollen Schnitzereien verzierter Schrank im Tudorstil bedeckte die Wand neben der Tür. Zu ihrer Linken befand sich ein langer Tisch mit Treibhausfrüchten, Süßigkeiten, Gebäck und ein paar Kristallkaraffen mit Rotwein und Gläsern. Die Wände und der Fußboden bestanden aus Stein, der teilweise von mehreren Wandbehängen und zwei dicken Orientteppichen verdeckt wurde, die vor und hinter der steinernen Bank lagen. Oberflächlich betrachtet, war das Zimmer bequem, doch wer es näher kannte, wusste, wie dornenreich und hart das Leben darin war.

Hinter Stephan schloss eine der Schwestern, Estancia ver-

mutlich, die schwere, eisenbeschlagene Holztür mit den mächtigen Riegeln, die schwarz vom Alter waren.

Deirdre straffte die Schultern und klatschte einmal in die Hände. »Gib acht, Büßer«, sagte sie in einem scharfen Ton, der Verärgerung in Stephan weckte. Der Impuls schien sich in seinen Augen gezeigt zu haben, denn Deirdre kam zu ihm und legte ihm eine Hand ans Kinn, die ihn buchstäblich erstarren ließ. Die Finger glitten tiefer und legten sich um seinen Hals. Er wusste, dass Deirdre ihm das Genick brechen oder die Zunge herausreißen konnte, ohne sich auch nur anstrengen zu müssen. So alt und stark war sie. Natürlich wäre beides nichts, was er nicht heilen könnte, solange sie ihn nicht wirklich und wahrhaftig köpfte. Aber es gab sogar noch schlimmere Möglichkeiten. Kalte Angst erfasste ihn.

»Büßer«, flüsterte sie, so nahe jetzt, dass er ihren Atem spüren konnte, als sie seinen Hals streichelte. »Seien wir doch ganz offen. Du hast deinen Weg gewählt. Und dieser Weg geht über uns. Wir können dich für immer aus Mirso verbannen, oder wir können dich hierbehalten und mit dir daran arbeiten, deine Geisteshaltung zu verbessern. Aber du hast hier nichts zu sagen. Dein Schicksal liegt in unserer Hand.«

Das war es, was er am meisten fürchtete. Die beiden anderen Frauen traten zu Deirdre und legten ihm in stummem Einvernehmen mit ihrer Schwester die Hände auf die Schultern. Stephan merkte, wie er schwitzte in der Hitze des geschlossenen Raumes.

»Was ist aus dem willigen Schüler geworden, den wir in den Gemächern unseres Vaters sahen?«, flüsterte Estancia, während sie sein Haar und sein Ohr berührte. »Du hast dich unseren Anweisungen zu fügen.«

Stephan biss die Zähne zusammen, um ein Erschaudern zu unterdrücken. Er kannte seine Aufgabe hier. Er wusste, was er *wollte. Ihm war klar, dass er verdiente, was auch immer ihn erwarten mochte, egal, wie hart es war. Für Stolz oder Ungehorsam war kein Platz auf Mirso. Sie hatten recht.* »Zeigt mir den rechten Weg.«

»*Ist das ein Befehl?*«, *fragte Freya leise an seinem anderen Ohr. Sie umringten ihn von allen Seiten, ihre Hände bewegten sich über seinen Rücken und glitten an seiner Hüfte hinunter.*

»*Nein*«, *sagte er und berichtigte sich schnell.* »*Ich bitte euch, mir den rechten Weg zu zeigen.*«

»*Das werden wir*«, *sagte Deirdre.* »*Aber zunächst einmal müssen wir deine Vitalität beurteilen.*«

»*Wir müssen wissen, wo wir beginnen sollen*«, *pflichtete Estancia ihr bei. Dabei glitten die Hände der Frauen unter seinen Rock und streiften ihn ihm von den Schultern.*

»*Seine natürliche Energie erproben*«, *setzte Freya hinzu.*

Deirdre knöpfte seine Weste auf. Estancia hantierte an den Knöpfen seiner Hose. Es war so heiß in dem Raum ... Stephan brummte der Kopf, aber er hätte nicht sagen können, ob es von der Hitze oder der Nähe der sehr alten und machtvollen Schwingungen der Frauen kam. Was meinten sie mit »*seine natürliche Energie erproben*«*? Und ... warum zogen sie ihn aus? Ihre Hände glitten unaufhörlich über seinen Körper, jetzt fuhren sie schon unter sein Hemd. Freya zog an den Enden seiner Schalkrawatte. Ihre vereinte Macht brachte die drückend heiße Luft zum Summen. Stephan schwankte. Sie hatten ihn bis zur Taille ausgezogen. Estancia zog an seiner Hose, während Deirdre ihn sanft auf die breite Steinbank drückte. Sie war überraschend warm an seinem nackten Hinterteil. Deirdre setzte sich neben ihn und strich mit der Zunge über die Stelle unter seinem Kinn, die sie vorher mit der Hand umfasst hatte. Ihre Hände fuhren durch das Haar auf seiner Brust und zupften an einer seiner Brustwarzen.*

Stephan spürte, wie ein Ziehen durch seine Lenden ging. Estancia und Freya streiften ihm die Stiefel ab. Vor seinen Augen drehte sich alles, als hätte er zu viel getrunken. Und dann war er splitterfasernackt. Viele Hände drückten ihn auf die steinerne Bank zurück, die breit genug war, um als Bett zu dienen. Die Frauen streichelten seinen Bauch und seine Schenkel. Die Seide ihrer Kleider liebkoste seine Haut. Er wusste, dass er hart und heiß war und sein Glied in lustvoller Erregung pochte. Sie ... Würden sie mit ihm intim werden wollen? Deirdre strich mit den Lippen über seine, bevor sie ihren Mund darauf presste und ihn hungrig, mit sinnlichen, berauschenden Küssen lockte. Gleichzeitig spürte er, wie eine der anderen, die vollbusige Estancia, sich an ihn drückte und seine rechte Brustwarze zwischen die Lippen nahm. Sie hatte die Seide von ihren Schultern abgestreift, sodass ihre nackten Brüste sich an ihn drängten und er ihre vor Erregung harten Spitzen spürte. Himmel, die dritte der Schwestern, Freya, legte derweil eine Hand um seine Hoden und rieb sie. Stephan stöhnte an Deirdres Mund, als Freya die andere Hand um sein Glied legte und es noch heftiger zu pochen begann. In hemmungsloser Begierde schob er seine Hüften vor. Was geschah mit ihm? Noch nie war er so erregt gewesen. Seine Sinne übermannten ihn. Estancias Hand stahl sich von seiner Hüfte zu seinen Hoden, während Freya auf äußerst erotische Weise sein Glied liebkoste. Ja! Oh, ja! Wie lange war es her, seit er mit einer Frau intim gewesen war? Aber mit drei zugleich? Er sollte ... sollte ... was? Er konnte nicht einmal mehr denken.

»*Du zuerst, Dee*«, *raunte Freya Deirdre zu.* »*Du bist die Älteste.*«

Deirdre unterbrach den Kuss, hob die schwarzen Seidenröcke an und ließ sich mit weit gespreizten Beinen über seinen Schenkeln nieder. Estancia rutschte näher und zog seine Unter-

lippe zwischen ihre Lippen, um sanft daran zu zupfen, während sie ihn ganz, ganz sachte ihre Zähne spüren ließ. Freya setzte sich an seine andere Seite, streichelte seine Stirn oder kniff ihn hin und wieder in die linke Brustwarze, während Deirdre ihn ihre heiße Feuchte an seiner schon fast schmerzhaften Erektion spüren ließ. Die Hitze, der durchdringende Geruch nach Schweiß und Zimt, der harte, heiße Stein unter seinem Körper, die lustvollen Empfindungen, wo Hände, Lippen und geschickte Finger ihn berührten, das Prasseln des Kaminfeuers und die leisen, zunehmend begehrlicheren Laute der Frauen, alles vermischte sich zu einer einzigen exquisiten, ja schon schmerzlich intensiven Sinneswahrnehmung.

Deirdre kniete sich rittlings über ihn und nahm ihn langsam in sich auf. Schon bei ihren ersten Bewegungen bog Stephan sich ihr entgegen, um sich ihrem Rhythmus anzupassen. Bei dem Tempo, das sie vorgab, und den aufreizenden Liebkosungen der anderen Frauen würde er nicht sehr lange durchhalten. Und während er das noch dachte, flüsterte Deirdre: »Noch nicht. Erst wenn ich es dir sage.«

Er spürte einen leichten geistigen Zwang, der von allen dreien kam. Als er aufblickte, sah er, dass das Rot des sich in ihren Augen widerspiegelnden Feuerscheins sich noch vertiefte. Deirdre bewegte sich in einem härteren, schnelleren, gierigeren Rhythmus, während Estancias Zunge zwischen seine Lippen glitt und Freya alles beobachtete, mit einer Hand über seine Stirn strich und mit der anderen an seiner Brustwarze zupfte. Stephan befand sich jenseits bloßer Lust, ihm war, als schwebte er über einem bodenlosen Abgrund, aber er stürzte nicht. Die ungeheure Lust, die ihn beherrschte, war so intensiv, dass sie kaum noch zu ertragen war. Doch sie ... sie würden ihn nicht zum Höhepunkt gelangen lassen, bis sie ihre eigene Befriedigung gefunden hatten. In einem Anflug von Panik riss er die Augen auf, aber er war machtlos und konnte nichts anderes tun, als seine Hüften zu bewegen und Estancias volle, weiche Lippen zu küssen. Diese Frauen hatten die absolute Kontrolle über ihn.

»Psst«, sagte Freya beruhigend und strich ihm das Haar aus der Stirn. »Beruhige dich und genieß es einfach. Das ist nämlich noch längst nicht alles.«

Und tatsächlicher wurde er trotz allem ruhiger. Er nahm Deirdre mit schnellen, harten Stößen, bis heisere kleine Laute aus ihrer Kehle kamen und er spürte, wie sie sich um ihn zusammenzog. Und da hoben sie den psychischen Zwang auf, und er stürzte in den Abgrund erotischer Verzückung, den sie ihm bislang verweigert hatten. Weißglühende Blitze explodierten in seinem Kopf, während er erschauerte und seine Gefühle sich in einer gewaltigen Flut Bahn brachen.

Dann lag er auf der Bank, am ganzen Körper zitternd und kaum noch bei Bewusstsein.

»Mal sehen, wie lange es dauert, bis er wieder eine Erektion bekommt«, sagte eine der Frauen von weit, weit her.

»Ich kann es kaum erwarten.« Welche der drei hatte gesprochen? Eine Hand traf klatschend seine Wange. »Konzentrier dich, Büßer!«

Statt einer Antwort blinzelte er nur. Estancia stand vor ihm, ihr rotes Seidenkleid bis zur Taille herabgelassen, sodass er ihre nackten Brüste sah. Schöne, volle Brüste. Ihre Haut hatte die Farbe von Milchkaffee, ihre Brustspitzen waren lang und braun wie Schokolade. Sie beugte sich über ihn, und er wusste, was sie wollte, obwohl sie kein Wort sprach. Er hob den Kopf, um mit den Lippen an ihre Brustspitzen heranzukommen. Zunächst umkreiste er sie nur sanft mit der Zunge, doch dann sog er daran, und sie legte den Kopf zurück und stöhnte. »Fester«, flüsterte sie.

Stephan ließ es sich nicht zweimal sagen. Als er von einer Brust zur anderen wechselte, nahm Deirdre die noch feuchte Brustwarze zwischen Daumen und Zeigefinger und zupfte hart daran. Als ertrüge sie es nicht länger, richtete Estancia sich auf, zog die rote Seide ihrer Röcke auseinander, setzte sich auf seine Brust und legte ihm die Beine um die Schultern.

Ihr Po fühlte sich fest und warm an seinem Oberkörper an, und er konnte ihren femininen Duft wahrnehmen. Sie griff in das dunkle Haar zwischen ihren Beinen und spreizte sie. »Lass sehen, wie geschickt du bist, Büßer.«

Stephan glaubte zu träumen. Aber er stellte keine Fragen. Ohne Zögern brachte er seinen Mund an Deirdres intimste Stelle, drang mit der Zunge in ihre feuchte Hitze ein und begann, mit aufreizend langsamen Bewegungen die harte kleine Knospe zu umkreisen. Mit einem spitzen Schrei bäumte sie sich auf und bog sich ihm entgegen, über alle Maßen erregt vom Anblick seines dunklen Kopfes zwischen ihren Schenkeln und von dem, was seine Zunge dort trieb.

Er setzte seine ganze erotische Erfahrung ein und war nicht überrascht, als sein Körper reagierte und er mit jeder Sekunde erregter wurde. Freya, die ganz in Weiß gekleidet war, kam auf ihn zu. »Seht mal, Schwestern«, sagte sie hinter der lustvoll stöhnenden Estancia. »Er ist wieder so weit.« Mit gespreizten Beinen ließ sie sich hinter ihrer Schwester auf ihm nieder und nahm ihn in sich auf. Dann benutzten ihn beide – anders konnte man es nicht nennen – und befriedigten sich mit seinem Mund und seinem Körper. Stephan keuchte und rang nach Atem, aber es dauerte nicht lange, bis ein heftiges Erschauern Estancia durchlief, sie in sinnlicher Verzückung ihre Hände in sein Haar krallte und auch Freya den Höhepunkt der Lust erreichte. Stephan konnte sich ebenfalls nicht mehr zurückhalten und kam im selben Moment wie die beiden Frauen.

»Er hat Potenzial«, hörte er Deirdre sagen, als er seinen Gefühlen freien Lauf ließ und sich in einem Rausch aus Hitze, Lust und Schweiß verlor.

Das war natürlich nicht das Ende. Himmel! Stephan fuhr sich mit den Händen durch das Haar. Selbst zwei Jahre und tausend Meilen weit entfernt von dieser Nacht brachte die Erinnerung daran ihn immer noch zum Schwitzen. Es war kein Liebesakt gewesen. So konnte man das nicht nennen. Sie hatten ihn benutzt. Aber hatte er sich nicht nur allzu gern benutzen lassen? Er hatte der Heftigkeit ihrer Begierde nicht widerstehen können, weder in jener Nacht noch in irgendeiner anderen.

Er verdrängte die Scham, die ihn erfasste. Es war nötig gewesen. Das hatten sie ihm gezeigt. Er wünschte nur, er wäre ein fruchtbarerer Nährboden für ihre Lehren gewesen.

»Möchte jemand noch einmal?«

Stephan öffnete einen Spalt die Augenlider. Deirdre lag nackt auf dem Diwan, der dem Kamin am nächsten war. Die Schatten und das Licht, die das verglimmende Feuer auf ihr Gesicht warf, ließen sie wie einen Dämon erscheinen. »Er hat sich völlig verausgabt, aber ich kann ihn wieder auf die Beine bringen, wenn ihr wollt.«

»Nein, nein, meine Liebe. Ich könnte gar nicht mehr.« Freya fächelte sich Luft zu und ließ sich auf den anderen Diwan fallen. Sie hatte einen biegsamen, athletischen Körper, mit kräftigen Waden und geschmeidigen Muskeln an ihrem Rücken. »Drei Mal ist das Maximum für mich heute Nacht. Oder war es vier Mal?«

»Ich muss zugeben, dass ich seit Jahren nicht mehr so ange-

nehm erschöpft gewesen bin«, sagte Estancia mit kindlich hoher Stimme und ging zu Stephan, um mit einer Hand sein Kinn zu heben. »Ich denke, er hat das Potenzial, meint ihr nicht, Schwestern?«

»Das Potenzial für was?«, fragte Stephan mit kraftloser Stimme. »Das hier ist doch keine Ausbildung ...«

Estancia schlug ihn so hart ins Gesicht, dass sein Kopf zur Seite flog. »Stell unser Handeln nie infrage! Niemals, hörst du?«

»Komm her, Büßer, und knie dich hin!« Deirdres Stimme war von eiserner Entschlossenheit und mit dem geistigen Zwang ihres Gefährten unterlegt. Stephan konnte jedes ihrer Tausende von Lebensjahren spüren in der Macht, die ihn durchpulste. Er wehrte sich gegen den Drang zu gehorchen, aber sie war stärker. Mühsam kämpfte er sich von der Steinbank hoch, wankte zu dem Diwan hinüber und ließ sich auf die Knie fallen. Deirdre beugte sich vor und sah ihn grimmig an. »Du sprichst nicht, wenn du nicht gefragt wirst. Wir werden dir sagen, was du zu tun hast und was du wissen musst.« Sie erhob sich und ging um ihn herum. »Du wirst schnell, eifrig und ohne Widerworte gehorchen.«

»Das ist ein Teil der Unterdrückung jeglicher Emotion, der für deine Ausbildung unentbehrlich ist«, erklärte Freya. Ihr Gesichtsausdruck war sanft. War es Mitgefühl oder etwas anderes?

»Er braucht nur zu wissen, dass er bestraft wird, wenn er es nicht tut«, wandte Estancia ein und streckte ihren füllgen Körper auf dem dritten Diwan aus. »Oder wir könnten dich auch von unserem Vater bestrafen lassen.«

Freya erhob sich von ihrer Chaiselongue und zog einen seidenen Morgenmantel über. »Droh ihm nicht, Stancie. Stephan will gehorchen. Er will lernen, seine Macht zu vergrößern und sie zu beherrschen. Er will büßen, die Gelübde ablegen und

141

Frieden schließen mit seinen vergangenen Taten und mit seiner Seele ins Reine kommen.«

Sie hatte recht. Das ist es, was ich will, dachte er mit einer leichten Verneigung vor ihr. Es gehörte zu seiner Buße, sich ihren Befehlen und Unterweisungen zu unterwerfen. Egal, was für eine Art von Training es auch war.

»Wir werden sehen.« Deirdres Stimme schien immer hart zu sein, und tief, wie sie war, hätte sie schon beinahe maskulin sein können. Sie passte jedoch zu ihrem hochgewachsenen, eckigen Körper und ihren mitleidlosen Augen. »Also gut, Schwestern. Was haltet ihr von ihm?«, fragte sie und hüllte sich in das Seidentuch, das am Fußende ihres Diwans lag.

»Er ist schnell erregbar, selbst für jemanden von unserer Gattung. Er hat einen starken Sexualtrieb«, meinte Freya.

»Und gutes Durchhaltevermögen«, gestand Estancia ihm schmollend zu. »Allerdings könnte es auch sein, dass er sich nur seit geraumer Zeit nicht mehr verausgabt hat. Es wird sich zeigen, inwieweit seine Ausdauer Bestand hat.«

»Aber seine Selbstbeherrschung lässt noch sehr zu wünschen übrig.« Deirdre tippte sich mit dem Finger an die Lippen. »Heute Nacht musste ich mehrmals seine Ejakulation verhindern.«

»Um daran zu arbeiten, sind wir hier«, erwiderte Freya schulterzuckend.

»Er muss sich von seinen Gefühlen befreien.« Estancia schmollte wieder. »Ich kann spüren, dass sie noch dicht unter der Oberfläche schwelen. Aufsässigkeit, Ichbezogenheit ... Er ist sehr stolz.« Sie war die Einzige, die ihre Blöße nicht unter einem Morgenrock oder einem Seidentuch verborgen hatte. Die Einzige außer Stephan, der natürlich auch nicht die Möglichkeit dazu besaß. Seine Kleider lagen im Raum verstreut, aber er glaubte nicht, dass die Schwestern ihm erlauben würden, sie

einzusammeln und anzuziehen. So schluckte er nur und versuchte, seine Furcht zu verbergen und seine Auflehnung zu unterdrücken.

Deirdre schlug sich mit der Hand aufs Knie und erhob sich. »Gut, dann werden wir also zunächst einmal die sexuelle Energie erhöhen.«

Estancia sammelte Stephans Kleider auf. »Sie unterdrücken, um sie zu erhöhen.«

Freya nahm seine Stiefel. »Dann ist Häufigkeit der Schlüssel.«

»Und wenn die Macht ausreichend ist, gehen wir behutsam vor, um sicherzugehen, dass es nicht so wie bei unserem Letzten kommt.« Deirdre öffnete die Tür.

»Ruh dich aus!«, sagte Freya zu Stephan. »Du wirst deine Kraft noch brauchen.« Sie legte sich ihre Kleider und Estancias Morgenmantel über den Arm.

Zusammen verließen die Frauen den Raum. Mit einem dumpfen Schlag fiel die Tür hinter ihnen zu. Stephan konnte hören, wie der schwere Eisenriegel draußen vorgelegt wurde. Er würde ihn nicht festhalten können, das wussten die Schwestern so gut wie er, doch er war ein eindeutiges Signal, dass er in dem Raum zu bleiben hatte.

Erschöpfung übermannte ihn. Er fühlte sich sowohl geistig als auch körperlich seiner Kraft beraubt. Konnte er sich diesen seltsamen und mächtigen Frauen ausliefern? Aber hatte er eine andere Wahl? Sie stellten ihm die Rettung in Aussicht, für ihn selbst und, falls Rubius recht hatte, was Ashartis Anhänger anging, auch für seine Spezies und die ganze Welt. Er musste durchhalten; er hatte keine andere Wahl. Stephan biss sich auf die Lippe. Er war feige genug, um Angst zu haben, denn es könnte ein langer und verschlungener Weg werden zum Gral.

Stephan drehte sich auf den Rücken. Er brauchte unbedingt ein bisschen Schlaf. Zum Teufel mit der kleinen Van Helsing! Sie hatte diese Erinnerungen in ihm hervorgerufen. Rubius' Töchter hatten recht, sagte er sich. Sie hatten seine Macht vergrößert, ganz gleich, wie qualvoll es gewesen war. Sie hatten ihn zu einem Werkzeug gemacht, um seiner Spezies zu dienen. Nicht das beste Werkzeug, doch sie hatten ja auch mit reichlich fehlerhaftem Material gearbeitet. Zumindest hatten sie ihm den Weg gezeigt, Erlösung zu erlangen, und dafür war er ihnen dankbar. Egal, wie schlecht es endete.

Darüber durfte er nicht nachdenken. *Tuatha, denon, reheldra, sithfren*, murmelte er vor sich hin. Er durfte nicht an Ann van Helsing denken. *Sithfren, hondrelo, frondura, denai.* So. Er hatte sich wieder unter Kontrolle. Besser. Ein leerer Kopf war besser.

8. Kapitel

Stephan erwachte, als die Sonne unterging. Er hatte geschlafen wie ein Toter, erschöpft von den Strapazen im Jagdhaus und den Erinnerungen an seine Ausbildung in Mirso. Der Schlaf hatte ihm gutgetan. Er war wieder er selbst, egal, wie unzulänglich er auch war. Stephan stützte sich auf einen Ellbogen. Kilkennys Armee würde sich auf die Suche nach ihm machen. Mit ein wenig Glück würde der eine Vampir, der gestern Nacht entkommen war, Kilkenny sogar persönlich herführen. Und wann würde das sein? Das kam darauf an, wie weit Kilkenny von Cheddar Gorge entfernt war. Hielt er sich im Norden auf? In Schottland? Irland? Von dort würde er mindestens eine Woche brauchen, vielleicht sogar noch länger. Das würde Stephan Zeit geben, sich ganz von seinen Strapazen zu erholen. Heute Nacht musste er sich stärken und vielleicht besser mehrere Quellen suchen, da er jedem seiner Opfer nur ein wenig nehmen wollte.

Seine Gedanken schweiften wieder zu der hübschen Miss van Helsing ab. Bestimmt hatten sie sie inzwischen gefunden und einen Arzt kommen lassen. Ob sie wohl irgendwem erzählt hatte, was sie gesehen hatte? Oder war sie immer noch bewusstlos? Was würde der Arzt zu dieser merkwürdigen Ohnmacht sagen? Für Stephan war es immer noch ein Rätsel, was mit ihr geschehen sein könnte.

Entschlossen richtete er sich auf. Er wollte wissen, wie es Miss van Helsing ging.

Was auch immer er sich in der vergangenen Nacht gesagt hatte – es war seine Schuld, dass sie erkrankt war. Noch mehr Leiden, für das er verantwortlich war. Es war sein Schicksal,

Buße zu tun und zu versuchen, die von ihm begangenen Verfehlungen wiedergutzumachen. Außerdem konnte er ihr, falls sie inzwischen wieder bei Bewusstsein war, suggerieren, dass alles, was sie gesehen hatte, nur ein Traum gewesen war. In ihrem geschwächten Zustand würde das nicht schwierig sein.

Er kleidete sich schnell an, zog seinen Mantel über und band achtlos die Schalkrawatte über seinem Rock. Er verzichtete darauf, sich zu rasieren, und fuhr sich nur mit den Fingern durch das Haar, um es zu glätten. Schon während er seinen Umhang umlegte, rief er die Macht und Dunkelheit herbei, die ihn von einem Ort zum anderen brachten.

Stephan unterdrückte einen Schmerzenslaut, als er im Schatten des mächtigen Säulenvorbaus Maitlands Gestalt annahm. Ein Mann mit einem dichten Backenbart und einem Arztkoffer stieg gerade in eine Kutsche in der Einfahrt. Die Kutschentür schlug zu, und der Fahrer, den Stephan schon im Hof des Wirtshauses gesehen hatte, ließ die Zügel auf den Rücken der Pferde klatschen. Als sie sich gehorsam in Bewegung setzten, war Stephan versucht, sich auf den Sitz neben dem Arzt zu versetzen, um den Mann zu befragen und ihn dann mithilfe seiner Suggestivkraft alles wieder vergessen zu lassen.

Aber das wäre unklug. Was, wenn der Doktor einen starken Willen hatte? In den Köpfen solcher Menschen blieben oft Erinnerungsfetzen oder ein Rest von Furcht oder Misstrauen zurück. Nein. Er musste den Mediziner fahren lassen. Es gab andere Wege, an die gewünschten Informationen heranzukommen.

Er drehte sich zum Haus um. Das Licht einer Lampe erhellte die zunehmende Düsternis der frühen Abenddämmerung, und die sich am Himmel zusammenballenden Wolken verhießen Regen. Etwas weiter unten starrten die gotischen Bögen des verfallenen Teils von Maitlands Abbey blicklos auf die sanft abfallenden Rasenflächen, die zu einem kleinen See hinunterführten, dessen Wasser vom Wind des nahenden Unwetters bereits gekräuselt war. Bis auf einige Enten war der See wie leer gefegt. Über sich, im rechten Flügel des Hauses, sah Stephan einen Schatten, der sich in einem der Zimmer im ersten Stock bewegte. In Miss van Helsings einstigem Kinderzimmer im dritten Stock war nur ein schwacher Lichtschimmer wahrnehmbar. Warum bewohnte eine erwachsene Frau ein Kinderzimmer?

Lautlos wie die Nacht schlich Stephan um das Haus herum und horchte auf Geräusche. Hinter der Ecke schloss sich ein weiterer langer Flügel an, der ein neuzeitlicherer Anbau zu sein schien. Das Haus war L-förmig erbaut, und im hinteren Teil befand sich der Küchenbereich, aus dem er das Klappern von Geschirr und ein Schluchzen hörte.

Als er durch ein Fenster blickte, sah er die ältere Frau mit der schlichten Haube, die, das Gesicht in ihrer Schürze verborgen, von heftigen Weinkrämpfen geschüttelt wurde. Stephan stockte der Atem. War die junge Frau etwa gestorben? Ein düster dreinblickender Mann mittleren Alters, der mit einer altmodischen Livree bekleidet war, klopfte ihr unbeholfen auf den Rücken.

»Na, na, Mrs. Simpson. Der Doktor hat nicht gesagt, dass es keine Hoffnung mehr gibt.«

Stephan atmete wieder. Sie war nicht tot. Aber was er hörte, klang nicht gut.

Die Frau brach wieder in Tränen aus.

»Nun ja, ich gebe zu, dass das wohl eine etwas unglückliche Wortwahl war«, räumte der Mann ein.

»Sie ist so furchtbar still. Als wäre sie schon tot!«

»Das ist das Koma. Der Doktor hat Mr. van Helsing gesagt, sie läge im Koma.«

»Koma? Was ist das? Und wann wacht sie wieder auf?«

»Ich weiß es nicht«, gestand der Mann. »Mrs. Creevy meinte, niemand wüsste das.«

»Und ... und dieser Teufel sagt, wir dürften niemanden bei ihr wachen lassen ...« Ihr Schluckauf wurde so schlimm, dass sie nicht weitersprechen konnte.

Das Gesicht des Mannes verdüsterte sich. »Er hat hier nichts zu befehlen. Er ist nicht der Herr in diesem Haus.«

»Noch nicht!«, zischte die Frau. »Aber denken Sie an meine Worte, Mr. Polsham. Jetzt, wo der arme Lord B. so kränklich und auch Miss van Helsing nur noch ein Häufchen Elend ist, wird er hier alles an sich reißen. Das ist so sicher wie das Amen in der Kirche, glauben Sie mir!«

»Dazu wird Mr. Brandywine ja wohl auch noch was zu sagen haben.« Aber sehr überzeugt klang Polsham nicht.

»Er ist nur der Gutsverwalter und kommt nicht jeden Tag hierher. Und dieser ... dieser Unmensch meint, da er Miss Anns Cousin und einzig lebender Verwandter außer Lord B. ist ...« Sie brach unglücklich ab.

»Ich werde mit ihm reden«, sagte Polsham grimmig und reichte ihr ein Taschentuch. »Machen Sie sich keine Sorgen, Mrs. Simpson.«

Die Köchin nahm das Tuch dankbar an und putzte sich die Nase. »Wenn ich daran denke ...« Sie begann wieder, so jämmerlich zu schluchzen, dass ihre Stimme ihr den Dienst versagte, »... dass sie aufwacht und niemand bei ihr ist ...«

»Brauchen Sie mich jetzt gerade, oder ...?«

»Nein, gehen Sie!«, sagte sie mit einer ermutigenden Geste ihrer freien Hand, während sie mit der anderen sein Taschentuch an ihren Mund drückte. »Er ist in der Bibliothek.«

Polsham klopfte ihr noch einmal auf die Schulter und verließ die Küche. Stephan verschmolz mit der Dunkelheit und lauschte den sich entfernenden Schritten. Das Gehörte erinnerte ihn an die Gespräche im Wirtshaus. Die Dorfbewohner glaubten, dass dieser Cousin darauf aus war, Miss van Helsing zu heiraten, ungeachtet dessen, dass sie allerseits für verrückt oder für eine Hexe gehalten wurde. Die Dienstboten waren offenbar verstört über jeglichen Gedanken an Veränderungen, aber es war ja nicht so, als könnte dieser Cousin tatsächlich Ärger machen. Außerdem geht mich das sowieso nichts an, sagte Stephan sich und ignorierte das ungute Gefühl in seinem Magen. Gefühle konnte er sich nicht leisten. Der Wind war mittlerweile heftiger geworden und riss an seinem Haar. Vorsichtig schlich er zum Ende des neueren Flügels und sah Licht aus einem Zimmer in den Garten fallen. Die bis zur Decke reichenden Bücherregale waren deutlich sichtbar, als er einen Blick durchs Fenster warf.

Ein etwas korpulenter junger Mann stand mit einem Glas Whisky in der Hand vor dem Kamin und starrte in das Feuer. Seine Gesichtszüge hatten etwas Verlebtes. Die hervortretenden Augen wirkten im Zusammenspiel mit dem schlaffen, feuchten Mund besonders unschön. Gekleidet war er nach der neuesten Mode, fast schon zu sehr *à la mode*, um seriös zu sein. Die dicken Schulterpolster seines Jacketts, in Verbindung mit seiner Körperfülle und dem viel zu hoch getragenen Halstuch, ließen ihn ziemlich lächerlich erscheinen. Aber er hatte etwas Verdorbenes an sich und einen harten Blick, und das war alles andere als komisch. Stephan konnte keine Ähnlichkeit mit seiner schönen Cousine erkennen. Doch er kannte diese Art von Menschen. Leute wie dieser Van Helsing waren ständig enttäuscht darüber, dass die Welt nicht zu wissen schien, dass sie ihnen schuldete, was immer sie begehrten. Er wäre jede Wette eingegangen, dass es eine ganze Reihe unglücklicher Frauen und gebrochener Männer gab, die auf irgendeinen der Winkelzüge dieses unangenehmen Burschen hereingefallen waren. Dieser Mann war Stephan schon auf den ersten Blick unsympathisch.

Van Helsing stürzte den Whisky herunter, und Stephan konnte sehen, wie seine Hände zitterten. Er schien vor irgendetwas Angst zu haben, denn er schrak sichtlich zusammen, als Polsham anklopfte und eintrat.

»Was gibt's? Ist das Abendessen aufgetragen?«, fauchte er, als er merkte, dass es nur einer der Dienstboten war.

»Bald, Sir.« Polsham quittierte die Frage mit einer leichten Verneigung, aber sein Rücken war steif vor Entschlossenheit. »Ich wollte Sie sprechen, Sir.«

Van Helsings Augen verengten sich. »Weswegen?«

Polsham zögerte, nahm dann jedoch allen Mut zusammen und fuhr fort: »Wir ... Mrs. Simpson und ich ... wir dachten, dass jemand bei Miss van Helsing sitzen sollte, für den Fall, dass sie erwacht.«

»Oh, dachten Sie das, ja?« Sein Ton war respektlos und herabsetzend. Aber natürlich musste jemand wie er eine böse Ader haben.

»Und wer, dachten Sie, sollte bei ihr sitzen? Ich?«

Polsham räusperte sich. »Nein, Sir. Das wäre unziemlich.«

»Wer dann? Sie? Wie ich hörte, wurde die Küchenhilfe fortgeschickt, und der Diener hat heute Morgen gekündigt.«

Polsham errötete. »Wir könnten ein Mädchen aus dem Dorf ...«

»Soweit ich sehen kann, wäre niemand in einem Umkreis von hundert Meilen bereit hierherzukommen, egal, wie hoch der Lohn wäre, nach dem, was Ann sich gestern in der Gastwirtschaft geleistet hat.«

Dem hatte Polsham nichts entgegenzusetzen. Hilflos blickte er sich um und überlegte, wen er vorschlagen könnte.

Van Helsing trank einen Schluck Whisky. »Sie ist schrullig – oder Schlimmeres. Und vergessen wir doch nicht, dass sie auch eine Mörderin sein könnte. Die Einzige, die dumm genug ist, in dieses Haus zu kommen, haben Sie schon bei Ihrem Herrn und Meister sitzen.« Er schenkte sich aus der Karaffe auf dem Beistelltischchen ein. »Sie liebt ein bisschen zu sehr ihren Gin, aber in unserer Lage können wir nicht wählerisch sein.«

»Mrs. Simpson...«

»... ist die Köchin. Sie hat viel zu tun. Besonders jetzt, da sie keine Hilfe mehr hat dank der Einmischung meiner Cousine.« Wieder trank er einen großen Schluck von seinem Whisky. »Lassen Sie die Creevy tagsüber mal bei Ann hereinschauen. Mrs. Simpson kann sich ja dann nachts zu ihr setzen. Solange sich das nicht auf ihre eigentlichen Pflichten auswirkt.«

Polsham setzte eine grimmige Miene auf. »Ich werde es ihr ausrichten, Sir«, erwiderte er kühl und wandte sich zum Gehen.

»Polsham!«

Er drehte sich um. »Sir?«

»Ich will, dass Sie niemanden in dieses Haus einlassen. Keine Fremden, hören Sie?«

»Sie haben gerade selbst erklärt, dass niemand herkommen würde, Sir«, entgegnete Polsham mit ausdrucksloser Stimme.

Van Helsing verzog das Gesicht. »Tun Sie einfach, was ich sage!«, erwiderte er gereizt. »Und jetzt gehen Sie!«

Polsham stapfte aus dem Zimmer. Van Helsing stürzte den Rest seines Whiskys herunter, trat wieder vor das Feuer und stieß mit seiner Stiefelspitze gegen eins der Scheite. Funken stoben in den Schornstein auf. Sein Gesichtsausdruck war maliziös. Er würde wie ein geprügelter Hund reagieren, der aus Angst zubiss. Stephan gefiel es plötzlich gar nicht, dass dieser Van Helsing im Augenblick die Anweisungen in diesem Haushalt gab. Die Dienstboten waren zu Recht besorgt.

Van Helsing straffte die Schultern und drehte sich langsam zu den großen Fenstern um, die auf die gepflegten Gärten hinausgingen. Schnell zog Stephan sich in den Schatten des Gebäudes zurück, als Anns Cousin stirnrunzelnd an eins der Fenster trat. Das Einzige, was er jedoch sehen und hören würde, waren die Schwärze der Nacht und den Wind, der durch die Bäume pfiff.

Doch Van Helsings Augen weiteten sich vor Schreck. Sein Blick huschte über die Landschaft, und dann wich er so abrupt vom Fenster zurück, dass das Glas ihm aus der Hand fiel und seinen Inhalt über das verspielte Muster des Aubussonteppichs vergoss.

Der Mann wusste, dass Stephan hier war. Daran bestand kein Zweifel. Aber wie konnte das sein? Und Van Helsing hatte Angst. »Polsham!«, brüllte er, und dann rannte er zu den Vorhängen und löste die seidenen Quasten, die sie zusammenhielten. Als könnten sie Stephan daran hindern hineinzukommen, wenn er wollte!

Spürte Van Helsing die Schwingungen, die von ihm, Stephan, ausgingen? Aber warum jagte ihm das Angst ein? Schließlich konnte er nicht wissen, was sie bedeuteten. Oder war er vielleicht ähnlich feinfühlig wie seine Cousine? Gewiss wusste er nicht, wovor er Angst hatte, doch er war misstrauisch geworden und hatte auf jeden Fall ein mulmiges Gefühl.

Stephan zog sich in den Garten zurück, als gerade ein paar vereinzelte kleine Regentropfen zu fallen begannen. Verdammt! Es ging alles Mögliche vor sich in diesem Haus. Er suchte Schutz unter einer riesigen alten Tanne und starrte zum dritten Stock hinauf, wo in einem einzigen Fenster ein schwaches Licht zu sehen war. Das Mädchen lag im Koma. Stephan versuchte, sich zu erinnern, was er über diesen Zustand wusste. Ein Koma konnte einen Tag andauern oder ewig. Er stellte sich Ann dort oben in ihrem schmalen Bett vor, bewusstlos, hilflos und allein, weil sie versucht hatte, ihm zu helfen. Irgendwo in der Ferne grollte Donner.

Es war nicht seine Sache, was mit ihr geschah. Sie lenkte ihn nur von seiner Aufgabe hier ab. Er hatte genug Schuldgefühle, ohne sich noch weitere aufzuhalsen. Waren die gegen seine eigene Spezies begangenen Verfehlungen nicht wichtiger als das, was einer einzelnen jungen Frau geschehen mochte?

Wenn doch wenigstens nicht auch noch der Onkel krank wäre! Nur mit Dienstboten, um ihr beizustehen, im Haus ... Sie konnten sie nicht beschützen. Und Van Helsing hatte recht. Niemand aus dem Dorf würde hierherkommen.

Mrs. Simpsons Befürchtung, dass die junge Frau allein und verängstigt aus dem Koma erwachen würde, ging ihm nicht aus dem Sinn.

Vielleicht war es ja gar nicht so schlimm. Diese Leute waren nur überreizt. Dem Onkel würde es bestimmt bald wieder besser gehen. Dann konnte er sich um sein Mündel kümmern. Er würde wissen, wo er eine Pflegerin für sie finden konnte. Oder Mrs. Creevy konnte das übernehmen ...

Stephan biss die Zähne zusammen. Er hatte eine Aufgabe zu erfüllen, und die bestand nicht darin, sich in die häuslichen Probleme von Leuten einzumischen, die er nicht einmal kannte.

Andererseits jedoch musste er auf Kilkenny warten. Sein Auftrag konnte im Moment ohnehin nicht ausgeführt werden. Unter dem schweren Dach aus Tannennadeln, deren Duft die feuchte Luft erfüllte, ging Stephan rastlos auf und ab. Wie um das Chaos seiner Gedanken widerzuspiegeln, ließ ein Blitz die Welt in gleißend hellem Licht erstrahlen. Zwei Herzschläge später folgte der Donner. Die Wolken fassten das als ihr Stichwort auf und ließen die ersten dicken Regentropfen zu Boden klatschen. Der Wind peitschte die dichten Regenschleier gegen das Haus.

Stephan blickte zu dem erleuchteten Zimmer im ersten Stock auf. Van Helsing würde seine Anwesenheit im Haus vielleicht bemerken, aber Stephan wollte sich vergewissern, dass jemand Kompetentes da war, um zumindest die Betreuung des Mädchens zu beaufsichtigen. Deshalb würde er sich diese Frau, diese Mrs. Creevy, einmal etwas genauer ansehen.

Nur zwei Kerzen erhellten das Zimmer, eine am Bett und eine andere neben dem Sessel. Stephan stand in den Schatten in der Nähe des Ankleidezimmers, als sich die Schwärze um ihn verzog. Die Frau, die in dem Sessel saß, summte vor sich hin, während sie ein endlos langes, undefinierbares Teil aus mausgrauer Wolle häkelte. Ihr Mund hatte das eingefallene Aussehen derer, die alle Zähne verloren hatten. Ihre Haube war weder besonders sauber noch gestärkt. Ein Glas mit ... Gin – das konnte Stephan riechen – stand auf einem Tischchen neben ihr. Stephan blickte zu dem Bett hinüber. Der Kranke, der dort lag, ähnelte kaum noch dem hochgewachsenen, gut gepolsterten Mann, den er im Wald gesehen hatte. Groß war er noch immer, doch seine Haut und sein Gewebe waren schlaff, als verflüchtigte sich die Festigkeit des Lebens, die ihn zusammengehalten hatte. Dieser Effekt wurde noch verstärkt von der grauen Farbe seiner Haut. Stephan hatte diese Gesichtsfarbe schon gesehen. Sie war der Vorbote des Todes, der zwar nicht unmittelbar bevorstehen musste, aber unvermeidlich war. Der Kranke schien zu schlafen.

Plötzlich klopfte es an der Tür, woraufhin Stephan sich noch tiefer in den Schatten zurückzog.

Es war Polsham, der ins Zimmer kam. Er blickte zu dem Bett hinüber und wandte sich dann mit resignierter Miene ab. »Mrs. Creevy«, flüsterte er. »Kann ich Sie kurz sprechen?«

»Sie brauchen nicht zu flüstern, Mr. Polsham. Er kann Sie nicht hören, wenn er so tief schläft. Das tut er immer, wenn es Abend wird.« Ihre Stimme war ein nervtötendes Krächzen.

»Waren Sie da, als der Doktor seine Diagnose über Miss van Helsing stellte?«

»Koma«, sagte sie mit einem vielsagenden Nicken. »Sie wacht vielleicht nie mehr auf.«

»Aber sie *könnte* erwachen...« Polsham gab die Hoffnung nicht auf. Schon allein deshalb mochte Stephan ihn.

Mrs. Creevy schnalzte mit der Zunge und schüttelte den Kopf. »Das bezweifle ich.«

»Wie dem auch sei«, sagte Polsham und richtete sich auf. »Sie wird jedenfalls Pflege brauchen.«

Mrs. Creevy zog ungläubig die Augenbrauen hoch. »Glauben Sie bloß nicht, Sie könnten sie mir aufhalsen! Ich habe schon alle Hände voll zu tun mit ihrem Onkel da«, brummte sie und zeigte auf das Bett.

»Er wird ja wohl nicht jede Minute Ihrer Zeit beanspruchen«, wandte Polsham ein.

»Und wenn ich zwischen all der schweren Arbeit mal die Beine hochlege, ist das nur mein gutes Recht. Er ist ein großer Mann, und wenn er Hilfe braucht, ist es verdammt anstrengend, ihn herumzuschleppen. Was soll ich denn sonst noch tun?«

»Nun ja...« Polsham räusperte sich. »Miss van Helsings Pflege wäre keine große Mühe. Sie ist ja so klein und zart. Gar nicht wie ihr Onkel. Zwischen den Momenten, in denen er Sie braucht...«

Ein verschlagener Blick erschien in den Augen der Frau.

»Nun ja, für den doppelten Lohn könnte ich wahrscheinlich ein paar Mal am Tag nach ihr sehen«, meinte sie.

Polsham erstarrte für einen Moment, bevor er kühl erwiderte: »Mr. Brandywine wird das erledigen.«

»Tja, dann spreche ich mit Brandywine, bevor ich auch nur einen Finger für sie rühre. Und für nachts müssen Sie sich jemand anders suchen«, schloss sie naserümpfend.

Polsham verzog grimmig das Gesicht. »Vielleicht könnten Sie ja eine ihrer Freundinnen überreden ...«

Mrs. Creevy sah ihn an, als hätte er den Verstand verloren. »In dieses Haus zu kommen?« Dann lachte sie. »Sie sind ein kleiner Scherzbold, Mr. Polsham, was?«

»Ich werde Mr. Brandywine morgen in aller Frühe herkommen lassen.« Polsham drehte sich auf dem Absatz um und zog die Tür hinter sich zu.

Im Dunkeln hinter dem Fenster runzelte Stephan nachdenklich die Stirn. Er hatte diese Frau mithilfe seiner Suggestivkraft dazu bringen wollen, nachts bei dem bewusstlosen Mädchen zu wachen. Aber würde eine geldgierige Alkoholikerin Ann van Helsing von Nutzen sein? Er mochte sich nicht mal vorstellen, dass ihre groben Hände das Mädchen auch nur ein oder zwei Mal am Tag versorgen würden! Polsham würde nichts anderes übrig bleiben, als die Köchin zu überreden, nachts bei Ann zu bleiben. Die ohnehin schon überanstrengte Mrs. Simpson würde jedoch binnen weniger Minuten eingeschlafen sein. Hatten Koma-Patienten nicht manchmal auch Probleme mit dem Atmen? Wer würde darauf achten und Miss van Helsing, falls nötig, mitten in der Nacht die Kehle reinigen?

Stephan rief die Dunkelheit herbei und versetzte sich wieder unter den Baum. Inzwischen regnete es unablässig, und der Wind trieb dichte Regenschleier über den See und über die

Rasenflächen. Das schwache Licht aus dem dritten Stock schimmerte durch die vom Regen dichte Luft. Du solltest dich nicht einmischen, sagte Stephan sich. Was konnte er schon für das Mädchen tun? Was hatte er in diesem Haus zu suchen? Die Antwort war eindeutig: nichts. Ihr verderbter Cousin könnte seine Anwesenheit spüren. Das Beste wäre, zum *Hammer und Amboss* zurückzukehren.

Unschlüssig lief Stephan auf den Tannennadeln herum, die den Boden unter ihm bedeckten. Mit dem Cousin konnte er fertig werden, denn der hatte trotz seiner offensichtlichen Grausamkeit einen schwachen Geist ...

Ach, was dachte er sich bloß? Zum Teufel mit dem Mädchen! Warum musste sie auch in einem verdammten Koma liegen, ohne jemanden zu haben, der sie pflegte und bei ihr wachte? Stephan lehnte sich mit dem Rücken an den breiten Stamm der Tanne.

Verdammt.

Wieder rief er die Dunkelheit herbei, sah die Welt aus Regen und dem Duft von Immergrün in rotem Dunst verschwinden, wartete auf den Moment des Schmerzes ... und materialisierte sich in Anns Kinderzimmer im dritten Stock.

Er würde nur kurz nach ihr sehen, bevor er zum Gasthof zurückkehrte.

Es war düster in dem Zimmer, nur eine einzige Kerze brannte neben dem Bett. Miss van Helsing sah aus wie eine dieser Marmorfiguren auf Sarkophagen, klein wie die Menschen vergangener Jahrhunderte, und auch ihre Haut war glatt und weiß wie Marmor. Ihre blonden Wimpern, nur ein paar Töne dunkler als ihr Haar, streiften ihre geradezu unglaublich blassen Wangen. Ihre einst so hübschen rosaroten Lippen waren jetzt fast völlig farblos.

Und all das war seine Schuld! Es würde Stunden dauern, bis

Mrs. Simpson nach der Zubereitung und dem Servieren des Abendessens heraufkommen konnte. Vielleicht könnte er eine Weile bei dem Mädchen sitzen. Er würde Mrs. Simpson auf der Treppe hören und sich verstecken können ... aber wo? Stephan blickte sich im Zimmer um. Eine Tür führte in ein Ankleidezimmer nebenan. Warum hatte das Mädchen nicht einmal eine Zofe oder ein Dienstmädchen?

Van Helsing war ein weiteres Problem. Dieser dreiste Cousin könnte jeden Moment hereinstürmen, falls er Stephans Anwesenheit spürte. Für einen Augenblick verhielt er sich deshalb ganz still und konzentrierte sich auf sämtliche Geräusche im Haus. Polsham und Mrs. Simpson in dem entfernten Küchenflügel stritten sich darüber, was zu unternehmen war. Mrs. Creevy schnarchte. Aus der Richtung, in der die Bibliothek lag, hörte Stephan das Klirren eines Glases und Schritte auf einem Teppich. Van Helsings Sensibilität hatte anscheinend ihre Grenzen. Stephan nahm sich vor, auch weiterhin mit einem Ohr auf die Vorgänge in der Bibliothek zu lauschen.

Er setzte sich auf das Bett und rechnete schon fast damit, dass Ann erwachen würde. Aber sie tat es nicht, und das war seine Schuld. Am liebsten hätte er ihre Hand genommen und sie zwischen seinen gerieben, um das Koma zu durchdringen. Aber es war sehr gut möglich, dass ihn zu berühren sie überhaupt erst in diese Situation gebracht hatte.

Und so blieb er nur still sitzen, versuchte, sie mit purer Willenskraft zu wecken, und wartete ... worauf? Auf Mrs. Simpson? Ein Wunder? Die Bestätigung seiner Schuld?

Das Buch auf dem Schoß, saß Mrs. Simpson schnarchend in einem Ohrensessel in der Ecke bei dem Kleiderschrank. Sie würde erst am Morgen erwachen, wenn Stephan den leichten

Zwang aufhob, der sie im Schlaf gefangen hielt. Van Helsing schlief seinen Rausch in seinem Zimmer aus. Er war schwerer ruhigzustellen gewesen, so verstört, wie er war. Ja, er war definitiv sehr aufgeregt. Weshalb? Der Morgen war noch weit entfernt.

Stephan saß an Anns Bett und beobachtete, wie die Brust des Mädchens sich hob und senkte. Er fühlte sich gefangen wie ein Insekt in Bernstein, und die Zeit um ihn herum schien stillzustehen.

Früher oder später würde das Blutbad in dem Jagdhaus entdeckt werden, und die Jagd nach dem Täter würde beginnen. Als Ortsfremder musste er mit Verhören rechnen. Nichts, womit er nicht fertig werden würde, aber sein Leben war schon kompliziert genug, weil er in Cheddar Gorge bleiben musste, wenn er sichergehen wollte, Callan Kilkenny zu treffen.

Kilkenny. Stephans Gedanken schweiften von dem unschuldigen Mädchen in dem Bett neben ihm ab. Asharti selbst war auf furchtbare Weise umgekommen, ihre Saat jedoch hatte sie hinterlassen. Callan Kilkenny. Wie er wohl aussieht?, fragte Stephan sich. Würde er ihn sofort als die mächtige Kraft erkennen, die die Welt bedrohte? Er musste Ire sein. Der Name jedenfalls war irisch. Ob er rotes Haar hatte? Ein sommersprossiges Gesicht und blaue Augen? Würde sein Gesichtsausdruck verschlagen und verderbt sein wie Van Helsings oder hart und von einer Zuversicht geprägt, die davon kündete, dass er die Welt unter seine Herrschaft zu bringen gedachte?

Stephan fuhr sich mit den Händen durch das Haar. Bald würde es vorbei sein mit den Schuldgefühlen. Kilkenny würde mit seiner Armee kommen, und Stephan würde seine ganze Macht aufbieten und sie töten, einschließlich Kilkenny, oder er würde scheitern und von ihren Händen sterben.

Der Tod wäre ihm nicht unwillkommen, doch wenn er versagte, würde die ganze Welt verloren sein. Kilkennys Armee würde wachsen, und das Gleichgewicht zwischen Mensch und Vampir würde zerstört werden. Die Menschen würden nur noch Vieh sein, dessen Blut gebraucht wurde, oder zumindest so lange, bis es zu viele Vampire gab und beide Rassen aufhörten zu existieren. Die Offenbarung würde sich erfüllen. Wenn er scheiterte, würde es keine Vergebung geben. Eine Vision der Hölle als endloses Training durch Rubius' Töchter in den Gewölben unter Mirso schoss Stephan durch den Kopf.

Er musste sie alle auslöschen. Aber zunächst einmal musste er bald Blut zu sich nehmen, um bei Kräften zu bleiben, und er brauchte Zeit, um seine Konzentration zu stärken. Er musste imstande sein, seine Macht schneller zu aktivieren und den Sprung zu dieser anspruchsvolleren Ebene zu schaffen, wo es möglich sein würde, die ihm gestellte Aufgabe zu erfüllen. Er musste besser sein, als er es in der Jagdhütte gewesen war. Und das ging nur, wenn er alle Emotionen beiseiteschob.

Seine Glieder waren schwer wie Blei von der Ungeheuerlichkeit der Aufgabe, die vor ihm lag. Aber waren es wirklich die großen Sorgen, die einem das Herz zerfraßen, oder die kleinen Enttäuschungen, die langsam alle Erwartungen und jeden Idealismus untergruben, woran man letztendlich zerbrach?

Stephan rollte die Schultern. Idealismus ... Den hatte er hinter sich gelassen, als sein Experiment mit Beatrix und Asharti fehlgeschlagen war. Wie naiv konnte man sein? Er hatte geglaubt, es wäre nur die traumatische Erfahrung, zu einem Vampir *gemacht* zu werden, was solche Vampire manchmal zu Gewalt und Wahnsinn trieb. Er hatte angenommen, er könnte Rubius und die Ältesten dazu bewegen, die Regeln zu ändern.

Und dumm, wie er war, hatte er sich ausgerechnet Asharti ausgesucht, um seinen Standpunkt zu beweisen.

Vor zwei Jahren hatte er begonnen, für sein Verbrechen zu bezahlen – falls irgendeine Buße diese überhaupt je sühnen konnte.

Kloster Mirso,
September 1819

Nackt und wie benommen saß Stephan auf seiner Bank und starrte die Wände an. Der Raum war aus solidem Felsgestein herausgeschlagen worden. Die Erbauer dieses geheimen Gefängnisses in den Gewölben Mirsos hatten sich nicht die Mühe gemacht, die rohen Felswände zu glätten. Auch die Wandbehänge konnten die raue Oberfläche nicht verbergen, sie spähte zwischen ihnen hindurch. Selbst unter den Tapisserien war sie noch erkennbar. Welche Hände hatten diese Bilder gestickt? Sie stellten stattliche Männer auf Pferden dar, für immer in einem tänzelnden Gang erstarrt und gefolgt von Rudeln geifernder Hunde, die ein Reh zerrissen, das sich hilflos unter ihren Fängen wand.

In einer Ecke des unterirdischen Raumes war die Felswand wie von Rauch geschwärzt. Der Stein sah seltsam glänzend aus. Was war dort geschehen? Neugierig geworden, stand Stephan auf und berührte die verrußte Oberfläche. Sie fühlte sich irgendwie ... fettig an. Als er den Saum des Wandbehangs darüber anhob, sah er, dass es ein ziemlich großer Fleck war. Er folgte ihm mit den Blicken und sah auch dunkle Spritzer an der Decke, die ihm in der Düsternis des Raumes bisher nicht aufgefallen waren. Auf dem Boden schien der Stein schon fast zu einer Pfütze durchscheinender Schwärze zerschmolzen zu sein. Könnte ein simples Feuer eine derartige Hitze entwickelt haben? Und warum fühlte sich der Stein so fettig an?

Stephan wandte sich dem Kamin zu. Das Feuer war schon lange erloschen. Irgendwo war noch Tageslicht, jedoch nicht hier. In seinem Gefängnis war es eisig kalt. Ein Stapel dicker Eichenscheite lag neben den Feuerböcken, sodass er ein Feuer anzünden könnte, aber das Letzte, was er wollte, war Hitze.

Schlagartig überfiel ihn die Erinnerung. Er hatte zugelassen, was letzte Nacht geschehen war. Scham erfasste ihn. War er so leicht zu verführen? Wie viele Male hatte er die Frauen befriedigt? Irgendwann hatte er den Überblick verloren. Sie hatten es immer wieder geschafft, ihn körperlich zu erregen, auch wenn er nicht jedes Mal einen Orgasmus gehabt hatte. Sie waren unersättlich. Und er? Er war demoralisiert von Verzweiflung und Schuld. Das machte es ihm leicht, bei körperlichen Freuden Vergessen zu suchen und sich zu verlieren. Er hätte mehr Rückgrat zeigen sollen.

Doch jetzt war es doch bestimmt vorbei. Die gestrige Nacht müsste das Verlangen der drei Frauen zumindest für eine gewisse Zeit gestillt haben. Sie würden ihn jetzt in Ruhe lassen. Oder nicht? Er wollte endlich seine Ausbildung beginnen. Seine wahre Ausbildung, nicht das, was gestern Nacht geschehen war. Die letzten Reste seiner Benommenheit fielen von ihm ab, und er erinnerte sich wieder an einige Worte aus der vergangenen Nacht. Gehorche. Eifrig. Starker Sexualtrieb. Kontrolle. Bestraft. Verbannt. Sexuelle Energie. Erhöht. Unterdrückung. *Die Worte fügten sich zu neuen Bedeutungen zusammen.*

Das war es, was Rubius gesagt hatte: »Wir alle haben diese Macht in uns. Sie muss nur an die Oberfläche gebracht werden. Wenn du diese Energie unterdrückst, erhöht sie deine Macht... Lass dich von meinen Töchtern darin unterrichten!«

Eine furchtbare Erkenntnis kam ihm. Rubius hatte von sexueller Energie gesprochen. Die vergangene Nacht war also gar nichts Widernatürliches gewesen. Rubius' Töchter benutzten sexuelle Energie für ihren Unterricht, erhöhten sie oder lehrten ihn, sie zu unterdrücken und sie zu benutzen, um Rubius' Tötungsmaschine zu werden? Stephan holte keuchend Luft.

Draußen auf dem Gang hörte er Schritte. Mehrere Männer näherten sich. Sie trugen irgendetwas Schweres. Er roch Rindfleisch, angebranntes Gemüse und Bier. Der Riegel an der Tür wurde zurückgezogen. Er erschrak, als er den Mönch erkannte, der in der Tür erschien.

Bruder Flavio blickte Stephan an und deutete auf die Männer, die ihm folgten. Sie schleppten eine Wanne herein, die sie vor dem Kamin abstellten, und zündeten ein Feuer an. Weitere Mönche kamen mit Eimern heißen Wassers in jeder Hand herein. Sie schütteten es in die Wanne und wandten sich zum Gehen. Einer legte ein Handtuch auf den Wannenrand. Der letzte trug ein schwer beladenes Tablett mit Essen und einem Humpen Bier. Keiner von ihnen nahm Notiz von Stephans Nacktheit.

Bruder Flavio wich seinen Blicken aus und sagte auch nichts zu ihm. Die lange Nase und das schmale Gesicht des Mönchs, sein spröder Mund und seine freundlichen dunklen Augen waren Stephan so vertraut wie seine eigenen. Kein Wunder, denn Bruder Flavio war einst auf Mirso sein Betreuer und Lehrer gewesen und fast so etwas wie ein Vater, während Stephan so weit herangewachsen war, bis das Altern aufgehört hatte. Das war vor vielen Jahrhunderten gewesen. Die anderen Mönche verließen den Raum, aber Flavio blieb und richtete das Essen an. Gleich würde er fertig sein. Stephan konnte Flavio nicht ohne ein Zeichen des Erkennens gehen lassen.

»Erkennst du mich nicht, Bruder Flavio?«, fragte er mit rauer Stimme.

Flavio sah ihn immer noch nicht an. »Sicher erkenne ich dich, Junge.«

Stephan blickte zu ihm auf. Seine Augen brannten vom Schlafmangel. Er war um diesen Mann herumgetollt, wenn Flavio die Gänse des Klosters gehütet hatte, und er hatte ihn zum Lächeln gebracht, indem er an der Kordel gezogen hatte, die die Mönchskutte zusammenhielt. Doch nun hatte Stephan kein Lächeln mehr zu erwarten, sondern nur Verurteilung und Kritik. Für Flavio und seine Gattung war er ein Verbrecher. Und für sich selbst ebenfalls.

»Du schämst dich meiner.«

Flavios Schultern sackten herab, und Stephan wusste, dass es stimmte. »Aber du wirst mich wieder mit Stolz erfüllen«, flüsterte er. »Du bekommst noch eine Gelegenheit, deine Sünden wiedergutzumachen.«

Stephans Kehle wurde so eng, dass er keine Antwort mehr herausbekommen hätte.

Flavio straffte sich, griff in die Tasche seiner Kutte und zog ein Stück Seife daraus hervor. »Iss und wasch dich«, befahl er und schlüpfte wieder in die Rolle des Wächters. »Sie werden bald hier sein.«

Tatsächlich konnte Stephan spüren, dass die Sonne unterging. Er blickte auf die Seife in seiner Hand. Der scharfe Geruch von Lauge durchdrang den Raum und vermischte sich mit dem des Feuers im Kamin und den angenehmeren Aromen von Olivenöl, gebratenem Fleisch und reifem Obst. Flavio wandte sich ab und eilte hinaus, als befürchtete er, dem Büßer schon zu viel Trost gespendet zu haben.

Stephan atmete tief ein. In gewisser Weise war dies ein entscheidenderer Moment als die Verpflichtung, die er am vergangenen Abend Rubius gegenüber eingegangen war. Nun konnte er sich eine Vorstellung von dem beängstigenden Weg machen, der vor ihm lag. Er verdiente Flavios hartes Urteil und sein eigenes. Die Aussicht, zu baden und zu essen, um sich für die

Schwestern bereit zu machen, war dagegen unerträglich. Würde er den einzigen Weg zurück verschmähen?

Er wollte sterben.

Aber sie würden ihn nicht mit dem Tod belohnen. Der Tod war keine angemessene Wiedergutmachung.

Der Wasserdampf, der die Luft erfüllte, drang dick und heiß in seine Lungen.

Wiedergutmachung zu leisten war, das Unerträgliche zu tun.

Mit Mühe hob Stephan den Kopf, stand auf und stieg, die Seife in der Hand, ins heiße Wasser.

Stephans Kopf fuhr hoch bei Mrs. Simpsons lang gezogenem Seufzer, mit dem sie es sich in dem Sessel bequem machte. Es war sinnlos, den Erinnerungen nachzuhängen. Tatsächlich war es sogar so, dass die Emotionen, die sie in ihm hervorriefen, ihm sagten, dass sein Training selbst jetzt noch nicht vollständig war. Er musste seine Empfindungen unterdrücken und sich auf seine eigentliche Aufgabe konzentrieren.

Die Kerzen zischten und knisterten. Da es kurz vor Morgengrauen sein musste, blies Stephan sie aus. Im Dunkeln wirkte die zierliche Gestalt des Mädchens sogar noch verletzlicher und einsamer. Er blickte zu Mrs. Simpson hinüber. Sie würde nicht auf Miss van Helsing aufpassen können. Und wenn schon? Das Mädchen befand sich in einem komatösen Zustand und war dem Tod schon nahe. Und er hatte eine Mission zu erfüllen. Er würde in seinem Zimmer im Gasthof warten und sich mit Gesängen und Meditation vorbereiten. Hier hatte er keine Verpflichtung. Er war Rubius und seinen Töchtern verpflichtet, die so hart gearbeitet hatten, um ihn zu dem zu machen, was er war. Und er war seiner Gattung und ihrer Zukunft verpflichtet, seiner eigenen Zukunft und der von ihm erhofften Zuflucht auf Mirso.

Mrs. Simpsons Kopf sank immer tiefer auf ihre Brust, sah er.

Nein, so ging das nicht. Er holte tief Luft und ließ sie langsam wieder entweichen, als ihm bewusst wurde, was er vorhatte.

Dann stand er auf, um vor die alte Frau zu treten. Er sammelte seine Kräfte, gerade genug, um das Zimmer in einen rötlichen Dunst zu tauchen, und rüttelte sanft an ihrer Schulter. Schlagartig erwachte sie und sah sich ängstlich um. Aber als sie ihren Blick auf ihn richtete, hatte er sie in seiner Gewalt, und ihre Furcht ließ nach.

»Sie brauchen nicht bei ihr zu wachen. Sie schläft die Nacht durch«, sagte er mit leiser, gebieterischer Stimme.

Sie nickte.

»Sie und Mrs. Creevy werden sie tagsüber versorgen.« Er sah sie wieder nicken. »Und nun gehen Sie schlafen, gute Frau.«

Mrs. Simpson stand auf und wankte zur Tür. Dort kam sie richtig zu sich und murmelte im Hinausgehen: »Es geht ihr gut. Sie schläft die Nacht durch. Ich gehe jetzt auch schlafen.«

Stephan zog den Sessel an das Bett heran und setzte sich. Er würde noch ein bisschen länger bleiben. Und morgen Nacht würde er wieder herkommen. Es war nicht so, dass er sich in etwas verstrickte. Das könnte zu Gefühlen führen. Nein, es war einfach nur eine Beschäftigung für ihn, solange er auf Kilkenny wartete.

9. Kapitel

Das Geschrei auf dem Hof der Taverne weckte Stephan. Verblüfft schlug er die Augen auf. Es war kurz vor Sonnenuntergang. Nachdem er bei Tagesanbruch zweimal Blut zu sich genommen hatte, fühlte er sich heute schon bedeutend kräftiger. Die füllige Witwe und das junge Mädchen waren beide mit sinnlichen Träumen belohnt worden, um die dunkle Erinnerung zu ersetzen.

»Mord!«, brüllte ein Mann. »Morde sind begangen worden!«

»Was? Was sagst du da?«, antwortete ein Chor erregter Stimmen.

»Es war ... schrecklich«, stammelte jemand anders, der sich noch sehr jung anhörte.

Stephan verließ das Bett und trat ans Fenster. Sie hatten offenbar das Gemetzel entdeckt, das er in dem Jagdhaus hinterlassen hatte. Er öffnete die Vorhänge einen Spalt und drückte gerade genug die Fensterläden auf, um die Szene unten auf dem Hof beobachten zu können. Pferdeknechte und Wirtshausgäste scharten sich um einen Jungen von etwa sechzehn Jahren. Ein älterer Mann mit grauem Haar und rotem Gesicht stieg von einem Karren, der von einem stämmigen Pferd gezogen wurde.

»Van Helsing hatte unseren Dick hier mit Vorräten nach Bucklands Lodge geschickt.«

Unglücklicherweise war es ein Junge gewesen, der auf diese grauenhafte Szene gestoßen war. Der arme Kerl war kreidebleich, und Stephan wusste, dass er für den Rest seines Lebens von den schrecklichen Bildern, die er gesehen hatte, verfolgt werden würde.

»Was ist los, Junge? Was hast du gefunden? Mordopfer, sagst du?« Die Menge, die ihn umringte, wurde größer.

»Blut«, murmelte der Junge mit großen Augen. »Köpfe ... Gliedmaßen ... überall ...« Seine Stimme, die immer schriller geworden war, brach ab; schluchzend barg er das Gesicht in den Händen. Der ältere Mann legte den Arm um die zitternden dünnen Schultern.

»Beruhig dich, Dick, es tut nicht gut, darüber nachzudenken.« Auch er klang alles andere als ruhig.

»Hast du es auch gesehen, Will?«, wollte der Besitzer des Gasthofs streng wissen, als er auf den Hof hinaustrat und sich die Hände an seiner Schürze abwischte. »Oder hat der Junge gestern einen über den Durst getrunken und sich das alles nur eingebildet?«

»Oh, nein, es stimmt schon, was er sagt«, erwiderte Will düster. »Dick hat mich gleich geholt. Einem Mann sind sämtliche Körperteile abgerissen worden ... mehreren Männern, sollte ich wohl besser sagen.«

In der Menge wurde es still.

»Was könnte das sein?«, fragte der Wirt bestürzt. »Das einem Menschen die Glieder ausreißt, meine ich?«

»Ein Tier ...«, sagte Will in die Stille. Aber er klang nicht so, als glaubte er daran.

»Wer waren die Toten in der Jagdhütte?«, wollte ein großer Mann in Arbeitskleidung wissen.

Will schüttelte den Kopf. »Vielleicht könnte das auf Maitlands jemand wissen.«

Stephan verzog das Gesicht. Auf Maitlands mochte man wissen, für wen sich die Männer ausgegeben hatten, aber nicht, wer und was sie wirklich gewesen waren.

Der Wirtshausbesitzer bahnte sich mit den Ellbogen einen Weg durch die Menge. »Will, bring Dick zum Richter! Sag ihm von mir, dass ich einen Trupp zusammenstelle, um dort hinunterzugehen. Er wird die Bow Street Runners holen lassen, schätze ich mal.«

»Bow Street Runners jagen keine Tiere, Mr. Watkins«, warf ein Mann, den Stephan als Jemmy erkannte, bedauernd ein.

Watkins, der Wirt, machte ein grimmiges Gesicht. »Sollte sich herausstellen, dass es Tiere waren, bedanken wir uns nett und lassen sie nach London zurückkehren.«

Damit, dass sie aus London Hilfe kommen lassen würden, hatte Stephan nicht gerechnet. Aber natürlich lag ein Verbrechen wie dieses weit außerhalb der begrenzten Erfahrung einer kleinen Stadt wie dieser. Zwei Tage würde es dauern, bis die Ermittler kamen, falls sie unverzüglich aufbrachen. Einen Tag würde der Bote brauchen, um London zu erreichen, und einen weiteren für den Weg zurück. Die Bow Street Runners würden auf jeden Fall noch vor Kilkenny hier eintreffen. Es gab keine Beweise, die Stephan mit den Morden in Verbindung brachten, und die zu erwartenden Befragungen würden lästig sein, mehr nicht. Doch er war ein Außenseiter, und wenn Bow Street Runners ohne Beweise handelten – was nicht vorauszusagen war –, könnte es unangenehm werden.

Er spürte, dass die Sonne unterging. Um bei Kräften zu bleiben, brauchte er jetzt unbedingt noch einmal Blut. Er würde Pillinger einen Besuch abstatten. Der junge Grundstücksmakler konnte den Verlust von mehr als einem halben Liter oder so verkraften. Und dann rief ihn auch schon Maitlands Abbey.

Es bestand wirklich kein Grund, hier zu sein. Der Märzwind schüttelte die knospenden Äste über ihm, und die Lichter der Südseite von Maitlands Abbey blinzelten ihm über die ausgedehnten Rasenflächen zu, die stellenweise schon ein bisschen ungepflegt aussahen. Anscheinend konnte die Familie auch keine Gärtner bekommen. Die Bibliothek war hell erleuchtet. Ein warmer Lichtschein vom hinteren Teil des Hauses zeigte, dass im Küchentrakt noch gearbeitet wurde. Und aus einem Fenster im dritten Stock fiel ein schwaches Licht ins Dunkel. Vielleicht war Miss van Helsing ja aus dem Koma erwacht und schlief nur in ihrem schmalen Bett mit einer Kerze auf dem Nachttisch?

Warum hatte er Mrs. Simpson eingeredet, sich nachts nicht mehr zu ihr zu setzen? Egal. Er hatte unüberlegt gehandelt und musste nun die Folgen tragen. Stephan konnte spüren, wie es ihn zu der anderen Seite des Rasens hinüberzog. *Sie* zog ihn zu sich.

Der *Harrier*, der unerbittliche Vollstrecker des Willens der Ältesten, war standhaft. Nichts würde ihn von seiner Absicht abbringen. Aber in der Zwischenzeit würde er auch der Verpflichtung nachkommen, über sie zu wachen, die er unbedachterweise eingegangen war. So war er nun einmal. Er rief die Macht in sich auf, wurde von dem kurzen Schmerz übermannt und kam blinzelnd in der Dunkelheit von Miss Anns Ankleidezimmer wieder zu sich.

Vorsichtig blickte er in ihr Zimmer und erlebte einen Schock. Sie lag blass und still in ihrem Kinderbett, doch über ihr hing ein Schatten. Es war Van Helsing. Stephan zog sich in die Dunkelheit zurück. Van Helsing richtete sich auf und sah sich um. Furcht erwachte in seinem Blick. Er schien Stephans Schwingungen zu spüren, wenn auch nur am Rand seines Bewusstseins. Nun, das ließ sich ändern. Stephan rief seinen Gefährten, und das Zimmer wurde in roten Dunst getaucht. »Du spürst nichts«, murmelte er und ließ seinen Gefährten wieder durch seine Adern hinuntergleiten. Van Helsing schüttelte den Kopf. Seine Aufmerksamkeit wandte sich wieder der fragilen, reglosen

Gestalt des Mädchens zu, und er bückte sich und hob ihre Steppdecke an einer Ecke an.

»Oh, oh ...«, flüsterte er. »Was haben wir denn hier?« Mit einem Ruck schlug er die ganze Steppdecke zurück.

Die Frauen hatten Ann ein frisches Nachthemd angezogen. Das abgetragene, aber feine Leinen, das ihren Körper bedeckte, war dünn wie Spinnweben. Stephan konnte die Umrisse ihrer Brüste und die Schatten ihrer zarten kleinen Spitzen sehen. Van Helsing legte eine Hand um ihre rechte Brust und ließ seinen Daumen um die Spitze kreisen. Seine weichen, plumpen Hände durch den dünnen Stoff hindurch Miss Anns Haut streicheln zu sehen, jagte Stephan vor Abscheu einen Schauder über den Rücken. Aber er verschloss sich vor diesen Gefühlen. Es durfte für ihn keine Emotionen geben. Schwächere Geister zu beherrschen, riskierte er nur, um sich selbst zu schützen. Und das hier war nicht seine Sache.

Van Helsings Hand glitt zu Anns Hals, streichelte ihr Kinn und befingerte ihre Lippen. »Wach auf, meine süße kleine Irre ...«, raunte er. »Willst du mir nicht einen Kuss geben?« Sie regte sich nicht, ihre dichten Wimpern zuckten nicht einmal.

Van Helsing stieß enttäuscht die Luft aus. »Du wirst deine ehelichen Pflichten schon noch früh genug erfüllen, wenn du aufwachst.« Natürlich erhielt er keine Antwort. Aber er lächelte und richtete sich auf. Stephan hasste dieses Lächeln. »Du wirst deine Beine spreizen und deine Hinterbacken auch, meine kleine Irre. Ich wette, deine Rosette ist glatt und eng. Ich werde deinen Hinterausgang mit deinem Blut oder meinem Samen schmieren müssen.« Das Lächeln wurde zu einem Grinsen. Stephan konnte sehen, dass der Mann eine Erektion bekommen hatte. »Mit jedem Tropfen, der noch in mir ist, nachdem du mir einen geblasen hast«, sagte er roh und bückte sich, als wollte er den Saum ihres Nachthemds anheben.

Die elektrisierende Macht, die Van Helsing packte, ließ ihm den Atem stocken. Sein Gesicht verlor jeglichen Ausdruck. Stephan, der ihn aus der Dunkelheit beobachtete, zitterte vor Wut. »Ich muss gehen«, murmelte Van Helsing, als er sich von seinem Schock erholte, und drehte sich stirnrunzelnd auf dem Absatz um, ohne seine Cousine auch nur zuzudecken.

Kaum war die Tür hinter ihm ins Schloss gefallen, stürmte Stephan aus seinem Versteck. Sein Gefährte heilte fast augenblicklich die halbmondförmigen Wunden, die seine Fingernägel in seinen Handflächen hinterlassen hatten. Mit schnellen Schritten durchquerte er den Raum und zog die Decke über Miss van Helsing. Stephan war ganz schlecht vor Zorn, als er sich neben sie setzte. Dieser Feigling! Er wagte es, sie zu begrabschen und zu missachten, wenn sie sich nicht wehren konnte? Nur gut, dass sie sich nie bereit erklären würde, diesen widerlichen Wurm zu heiraten, oder jedenfalls nicht, wenn sie die Frau war, für die Stephan sie hielt! Diese Bestie würde sogar eine normale Frau verletzen, allein um des Vergnügens willen, roh und grausam zu sein. Aber für jemanden, der Berührungsängste hatte, würde Van Helsings Vorstellung von ehelichen Beziehungen die Hölle sein. Die Furcht, mit der dieses Mädchen sein Leben lang gelebt hatte, kam Stephan in diesem Moment sehr real vor. Es musste schier unglaubliche Tapferkeit erfordert haben, mit einer solchen Angst zu leben.

Stephan setzte sich neben Ann. Er atmete tief ein, um sich abzureagieren, schloss die Augen und ließ sich die vertrauten Worte durch den Kopf gehen. *Tuatha, denon, reheldra, sithfren.* Er brauchte die Ruhe und Kontrolle, die ihm seine Mantras gaben. Van Helsing bedeutete ihm nichts ... und Ann genauso wenig. Doch dann öffnete er die Augen und sah sie an. Sie war so hilflos und verwundbar. Sie verdiente Schutz.

Stephan beschloss, auch morgen bei Einbruch der Dämmerung wieder bei ihr zu sein. Und er würde sich nicht einmal die Mühe machen, seine Schwingungen zu verbergen. Mal sehen, ob diese Bestie auch dann noch heraufkommen und die Bewusstlose belästigen würde. Stephan wäre jede Wette eingegangen, dass er ihn binnen Sekunden aus dem Zimmer jagen konnte.

Ein Pferd tänzelte und wieherte auf der kiesbestreuten Einfahrt. Dann hörte er Van Helsings Stimme.

»Ich komme mit den Runners zurück.«

Also war er es, der nach London hinaufritt, um die Bow Street Runners herzuholen. Gut. Dadurch würde er mindestens zwei Tage fort sein und Miss van Helsing nicht mit seinen perversen Bedürfnissen beschmutzen können.

Ah, aber was durchfuhr da gerade Stephans eigene Lenden? Und das, obwohl er nur Anns warmen Schenkel unter der Decke an seiner Hüfte spürte! War er etwa besser als Van Helsing? Zum einen hatte seine Spezies ohnehin schon einen weitaus stärkeren Sexualtrieb als die Menschen, und nach seiner Ausbildung ... Ungeduldig unterdrückte er die aufkommende Erektion. Darin war er gut. Das war das Vermächtnis der drei Schwestern ...

Kloster Mirso,
Dezember 1819

Stephan saß nackt auf einem der Diwane und wartete. Im Zimmer war es wieder warm. Sein Körper war trocken. Sie würden bald hier sein, dessen war er sich ganz sicher. Er versuchte, sich damit zu trösten, dass sie ihn unmöglich wieder so herannehmen konnten wie in der vergangenen Nacht. Jeder würde übersättigt sein nach einer solchen ... Orgie. Trotzdem lauschte er angespannt auf Schritte auf dem Korridor, starrte den merkwürdigen Fleck in der Zimmerecke an und wartete.

Die Geräusche waren leise, als die Frauen schließlich kamen. Ein »Psst«. Das Zischen einer Fackel. Nackte Füße auf Stein. Aber er wusste, dass es die Schwestern waren, denn sie wurden von solch alten Schwingungen begleitet, dass sie kaum noch wahrzunehmen waren. Deshalb war er nicht überrascht, als der Eisenriegel draußen zurückgezogen wurde und die schwere Eichentür nach innen aufschwang.

Deirdre trat als Erste ein, groß und gertenschlank und wieder ganz in Schwarz gekleidet, ein loser, an der Taille zusammengenommener Seidenstoff, der ihr bis zu den Knöcheln reichte. Ihr folgte Estancia, deren üppige Figur ihr tief ausgeschnittenes rotes Kleid geradezu zu sprengen drohte. Freya war die Letzte. Sie steckte die Fackel in einen Halter auf dem Gang, bevor sie eintrat. Wie immer trug sie Weiß, und ihr durchtrainierter Körper war straff wie eine Bogensehne. Die dunklen Augen und die blasse Haut, der etwas breite, aber schön geschnittene Mund verrieten das Verwandtschaftsverhältnis zwischen den drei Frauen. Eine leise Furcht stieg in Stephan auf. Wenn sie keinen Sex wollten heute Nacht, was dann?

»Was fällt dir ein, auf unserem Platz zu sitzen?«, fuhr Deirdre ihn mit scharfer, harter Stimme an.

»Auf eurem Platz?« Von allem, was sie hätte sagen können, war dies das Letzte, womit er gerechnet hätte.

Mit zwei Schritten war sie bei ihm und schlug ihn so hart ins Gesicht, dass sein Kopf zur Seite fuhr. Erschrocken sprang er auf. Er spürte die in ihr aufsteigende Macht und sah das Rot in ihren Augen.

»Dee, er weiß nicht, was von ihm erwartet wird.« Freya ergriff den Arm ihrer Schwester. »Er braucht Erziehung, das ist

alles.« Die Röte in Deirdres Augen verblasste langsam. Abrupt wandte sie sich ab.

»Dann sag es ihm«, fauchte sie und ging zu der kleinen Anrichte, um sich einen Pfirsich aus Mirsos Treibhaus auszusuchen. Eine hübsch angerichtete sommerliche Fülle von Trauben, Pfirsichen und Pflaumen schimmerte im Schein des Feuers. Estancia umkreiste Stephan und rieb ihre Brüste an ihm wie eine Katze. Deirdre biss in den Pfirsich. Der Saft lief ihr über das Kinn.

Freya saß auf dem Diwan, der der Stein des Anstoßes gewesen war, und zeigte lächelnd auf eine Stelle auf dem Teppich neben sich. Stephan, der sich wieder im Griff hatte, ging zu ihr und kniete nieder. Estancia folgte ihm.

»Du bist ein Büßer«, begann Freya mit sanfter Stimme, während Estancia ihm mit den Fingern durch das feuchte Haar strich. »Das bedeutet, dass es keine Widerrede von dir geben kann. Du sprichst nicht, solange dir keine direkte Frage gestellt wird. Und wenn dich jemand etwas fragt, antwortest du demütig und geradlinig mit gesenktem Blick. Du zeigst deine Dankbarkeit für unsere Ausbildung und Zuvorkommenheit, indem du eifrig alle Anweisungen befolgst, egal, wie schwierig sie auch für dich sein mögen.«

»Wir können dich natürlich auch dazu zwingen.« Estancia schloss die Faust um sein langes Haar und zog seinen Kopf daran hoch, damit er sie ansehen musste. Auch sie lächelte. Doch es war kein freundliches Lächeln.

»Stephan braucht keinen Zwang. Er braucht nur Unterweisung«, berichtigte Freya. »Lass ihn los, Stancie!« Widerstrebend öffnete Estancia die Finger und fuhr ihm mit ihnen noch einmal durch das Haar. Stephan senkte den Kopf. »Du darfst auf der Bank oder auf den Teppichen sitzen. In unserer Gegenwart wirst du knien. In unserer Abwesenheit darfst du den Nachttopf benutzen, wenn es nötig ist, aber wenn wir hier sind, *musst du um Erlaubnis bitten. In unserer Abwesenheit darfst du das Feuer schüren. Das ist erlaubt. Doch es ist dir strengstens verboten, dich selbst zu berühren.« Hier machte sie ein trauriges Gesicht. »Verstehst du das?«*

Er nickte. »Ich verstehe.« Konnte er das? Blieb ihm überhaupt noch etwas anderes übrig?

»Sprich mit ihm über das Training«, verlangte Estancia.

Freya warf Deirdre einen auffordernden Blick zu, bevor sie fortfuhr, sodass Deirdre zu ihnen herüberkommen und zusehen musste, während sie ihren Pfirsich aufaß. »Ich bin nicht sicher, ob du das weißt, aber der Gefährte verleiht unserer Spezies einen sehr viel größeren Sexualtrieb, als Menschen haben. Der Lebensdrang unseres Partners ist auf einzigartige Weise mit seiner Macht verbunden und äußert sich in sexueller Form. Der Schlüssel zur Erhöhung unserer Macht ist, unsere Sexualität zu steigern. Das ist es, was wir hier tun. Du wirst intensiver sexueller Stimulation ohne Erleichterung unterworfen. Das wird mit gelegentlichen Ejakulationen abgewechselt, um dich von deinen Säften zu befreien. Diese Methode wird deine Potenz erhöhen, und du wirst auch eine Zunahme deiner Macht wahrnehmen. Während dein Sexualtrieb noch stärker wird, werden die Zeitspannen beschränkter körperlicher Erleichterung kürzer werden.«

Stephan drehte sich der Magen um. Wie schrecklich! Was für eine Art von Training sollte das denn sein? Die Blau- und Rottöne des Teppichmusters begannen, vor seinen Augen zu verschwimmen.

»Erzähl ihm von der nächsten Phase...«

»Nein«, unterbrach Deirdre. »Das genügt. Er weiß, was von ihm erwartet wird. Mehr braucht es nicht.« Sie warf ihren Pfirsichkern ins Feuer. »Geh zu deiner Bank, Büßer.«

Stephan konnte sich jedoch nicht rühren, solange sich das Zimmer und der Teppich drehten.

»Brauchst du Suggestion?«, fragte Freya leise. »Es ist erlaubt, um Suggestion zu bitten.«

Er schüttelte den Kopf und nahm sich höllisch zusammen, um aufzustehen und zu der breiten Bank hinüberzuwanken, die eher ein Bett als ein Sitzplatz war. Estancia folgte ihm. Mit letzter Kraft ließ er sich auf den warmen Stein fallen.

»Ich sollte die Erste sein heute Nacht«, erklärte sie, während sie mit ihren plumpen kleinen Händen über seine Brust strich und seine Brustwarze zwischen Daumen und Zeigefinger nahm. Stephan war schockiert, als er das Ziehen in seinen Lenden spürte, bis er merkte, dass Estancia etwas von ihrer Macht anwandte und seine Erektion erzwang.

»Wie du willst. Wir haben Zeit genug für alle«, sagte Deirdre. »Tu es nur langsam und denk an das, was letztes Mal passiert ist.«

Estancia zuckte mit den Schultern. Sie beugte sich über ihn und ließ ihren Blick über seinen Körper gleiten. Stephan war wie gelähmt, außerstande, sich auch nur zu rühren. Ihre Augen glühten von mehr als nur dem Feuerschein. Sein Geschlechtsteil reagierte darauf und richtete sich noch mehr auf. Lächelnd streckte sie die Hand aus, um es zu streicheln. Die Berührung war wie Feuer. Dann umfasste sie seine Hoden und drückte sie in einer etwas drohenden Geste, was ihn scharf den Atem einziehen ließ. Deirdre kam herüber und blieb vor ihnen stehen, um zuzusehen. Estancia kitzelte ihn mit den Fingernägeln hinter den Hoden, und Stephan musste ein Aufstöhnen unterdrücken. Dann zog sie ihre bis zur Taille geschlitzten Röcke auseinander und ließ sich rittlings auf ihm nieder. Sie war heiß und feucht, als sie nach ihm griff und ihn in sich aufnahm. Die Hände auf seine Brust gestützt, begann sie, ihn zu reiten. Deirdre schaute zu. Stephan hob die Hüften und stieß in Estancia hinein. Er brannte vor Verlangen. Dann verlangsamte sie das

Tempo und schob eine Hand zwischen sie, um ihren sensibelsten Punkt zu reizen, während sie an Stephan auf und nieder glitt. Es dauerte nicht lange, bis sie verzückte kleine Laute von sich gab. Ihr Höhepunkt ließ ihn beinahe die Kontrolle über sich verlieren, doch gerade als seine eigene Ekstase unerträglich wurde, spürte er, dass Deirdre ihre Macht anrief. Er schwankte am Rande der Erleichterung... und erreichte sie nicht. Estancia sank auf seine Brust und rollte sich stöhnend, mit dem Rücken zum Feuer, von ihm weg.

Er war immer noch hart und überaus erregt, seine Brust hob und senkte sich unter schweren Atemzügen, und ein feiner Schweißfilm hatte sich auf seiner Haut gebildet. Als er den Kopf wandte, begegnete er Deirdres Blick. Er wusste, wie deutlich sein Verlangen ihm anzusehen war, doch das war ihm gleichgültig.

Sie nahm ihre schwarze Seidenrobe ab und ließ sich, ein Bein über dem seinen, neben ihm nieder. Sein Glied berührte sie nicht, egal, wie sehr er sie mit bloßer Willenskraft dazu zu bringen versuchte. Aber sie gab ihm zu erkennen, dass sie von ihm liebkost werden wollte, und so brachte er seinen Mund an ihre Brust und begann, sie zu küssen und an ihrer Spitze zu saugen, die sich auch sogleich verhärtete. Soweit das überhaupt möglich war, verschärfte das seine leidenschaftliche Begierde sogar noch. Deirdre bot ihm ihre andere Brust dar, die er mit dem gleichen Eifer wie die erste liebkoste und verwöhnte. Dann zog sie ihn an den Schultern hoch und schob sich unter ihn, sodass er nun auf allen vieren über ihr kniete. Estancia wiederum ließ sich hinter ihm auf den Knien nieder und streichelte die Muskeln an seinem Rücken und an seinem Po. Deirdre spreizte die Beine. Sein Glied suchte Einlass, als er Estancias Hand zwischen seine Pobacken gleiten spürte. Ihr Daumen rieb über seinen Anus. Deirdre wollte ihn in sich haben, und Estancia drückte ihn herunter, sodass er plötzlich in ihr war. Mit kraftvollen Bewegungen stieß er zu und suchte den gleichzeitigen Höhepunkt, von dem er glaubte, dass er möglich war. Seine Erregung steigerte sich in einem Maße, das über jegliche Durchhaltekraft hinausging, und dann drang Estancia mit ihrem Daumen in ihn ein, und Deirdre zog ihn zu sich herab. Er fühlte sich gefangen zwischen beiden, wie durchbohrt beinahe, dennoch stieß er unablässig weiter in sie. Deirdre bleckte die Zähne und schlug sie in die Ader direkt unter seinem Kinn. Sie saugte gierig und presste sich an ihn, als sie den Höhepunkt erreichte. Er wollte ihr schon folgen, doch Estancia verwehrte es ihm mit schierer Willenskraft. Wieder wurde ihm ein Riegel vorgeschoben! Alles in Deirdre zog sich zusammen, und Estancia nahm ihren Daumen aus ihm. Stephan war, als explodierte sein Glied in tausend Stücke. Er war so heiß, dass er innerlich verbrannte. Bestimmt würden sie ihm bald Erleichterung gestatten. War er denn noch nicht genug zurückgehalten worden?

»Ausgezeichnet«, murmelte Deirdre. Sie hatte keinen Laut von sich gegeben, während sie sich ihr Vergnügen genommen hatte. Er sank ermattet auf den warmen Stein und merkte, wie Estancia sich entfernte.

»Freya«, rief sie. »Du bist dran.«

Und so ging es weiter. Immer weiter. Als sie endlich von ihm abließen, lag er auf dem Teppich, kaum noch bei Bewusstsein, aber noch immer schmerzhaft stark erregt. Sie hatten ihm keineswegs Erleichterung erlaubt.

»Er war gut«, murmelte Freya, als sie die Tür hinter ihnen zuzog.

»Wir werden sehen.«

Stephan nahm Miss van Helsings Hand, als wäre sie eine Rettungsleine in die Gegenwart. Halt mich fest!, flehte er stumm. Er wollte nicht an diese Zeit zurückdenken. Nur an die Selbstbeherrschung wollte er sich erinnern, die sie ihn am Ende gelehrt hatten, aber nicht an den qualvollen Weg, den er hatte gehen müssen, um sie zu erlangen. Doch er war machtlos dagegen. Das dämmrige Kinderzimmer ähnelte zu sehr dem dämmrigen Raum tief unter Mirso, der oft nur von der erlöschenden Glut des Kaminfeuers erhellt worden war. Aber die Hand des Mädchens zu halten, erregte ihn, das Gefühl durchflutete ihn und bündelte sich in seinen Lenden, und wieder bestürmten ihn die Erinnerungen so heftig, dass er sie nicht mehr verbannen konnte...

Die Schwestern hatten ihn in jener Nacht und vielen anderen bis zur Erschöpfung benutzt. Er hatte sich gefragt, ob sie ihm je Erleichterung gestatten würden. Sein Glied war wund und aufgescheuert, obwohl seinem Badewasser jeden Tag heilende Öle beigegeben wurden. Er schlief während der Tagesstunden wie ein Toter. Doch mit der Zeit begann er, früher zu erwachen, und wartete mit Schrecken auf das Bad, das Essen und schließlich das Erscheinen der Schwestern. Da er keine Bücher hatte, um sich abzulenken, verbrachte er Stunden damit, den schwarzen, fettigen Fleck in der Zimmerecke anzustarren. Manchmal schien der Fleck zu pulsieren oder gar zu wachsen. Stephan dachte sich Geschichten darüber aus. Vielleicht hatte jemand Säure auf den Stein geschüttet, oder ein Gefangener, der in den Gewölben Mirsos eingeschlossen gewesen war wie er, hatte versucht, das Kloster niederzubrennen. Stephan fragte sich, ob Rubius' Töchter diesen Raum schon früher benutzt haben mochten. Vielleicht hatte es hier bereits einen Insassen gegeben, als er selbst noch als Kind im Kloster gelebt und nicht einmal geahnt hatte, welches Martyrium sich unter seinen Füßen abspielte. Mit der Zeit nahm sein brennendes Verlangen nach Erleichterung zu. Manchmal erzwangen die Schwestern seine Erektion, doch meistens war das nicht einmal nötig, wie er zu seiner eigenen Schande zugeben musste. Er fragte sich, wie lange er noch so weitermachen konnte und ob er seinem Ziel zumindest schon ein bisschen näher war.

Stephan ließ Miss van Helsings Hand wieder los, weil er befürchtete, dass sie es war, die diesen Ansturm von Erinnerungen bewirkte. Aber es nützte nichts.

Jene ersten Wochen in Mirso waren nicht die schlimmsten gewesen. Da war der Tag seines Versagens beispielsweise ...

Kloster Mirso,
März 1820

Stephan erwachte, als das Tageslicht irgendwo hinter den dicken Mauern noch recht stark war. Wie eine weggeworfene Puppe lag er auf dem Teppich. Aber er hatte eine Erektion. Wie war das möglich, nach dem, was Nacht für Nacht geschehen war? Er stand auf und spritzte sich Wasser aus der Schüssel ins Gesicht. Das Badewasser vom vergangenen Abend war kalt. Vielleicht sollte er sich hineinlegen und hoffen, dass es sein Verlangen abkühlte.

Oder er legte Hand an sich und verschaffte sich Erleichterung. Ihm war egal, wie wund er war. Er würde verrückt werden, wenn er nicht irgendetwas unternahm. Wie ein Tiger schritt er durch das Zimmer, abgelenkt von dem gnadenlosen Pochen in seinem Glied. Dann setzte er sich abrupt auf die Bank, mit gesenktem Kopf und zusammengekniffenen Augen, damit er seine verdammte Erektion nicht sehen musste. Sie hatten ihm klipp und klar verboten, sich zu berühren. Und er wollte und würde ihnen gehorchen. Er wollte das erlangen, was sie ihm geben konnten. Erlösung. Aber würden sie es überhaupt bemerken? Falls seine Leistung heute Nacht nicht ganz so war, wie sie es wünschten, könnte er Erschöpfung geltend machen.

Er stand auf und sah sich mit wilden Blicken um. Das Feuer war schon fast erloschen. Schnell ging er um die Bank herum, warf ein paar Scheite auf die Glut und versuchte, sich zu beruhigen. Die erste Flamme züngelte an dem harten Eichenholz hoch.

Ganz ruhig. Beruhige dich einfach!, dachte er. Das Holz fing Feuer. Die Flammen schlugen hoch wie bei einer Feuersbrunst. Sie waren ein Spiegelbild des Feuers in ihm selbst. Seine Augen füllten sich mit Tränen. Er fiel auf die Knie. Sein Glied pochte wie verrückt, abscheulich wie er war. Er packte es und zog daran.

Es dauerte nicht lange. Sein Samen zischte in den Flammen, als er den Höhepunkt erreichte. Der Orgasmus schüttelte ihn förmlich. Als es vorbei war, sank er am Kamin zusammen.

Stephan wusste nicht, wie lange er brauchte, um sich wieder aufzuraffen. Draußen war es jedenfalls noch hell, das konnte er spüren. Aber der Abend nahte schon. Mühsam richtete er sich auf alle viere auf.

Er konnte seinen Samen riechen. Und auf dem Kaminrand waren mehrere dunkle, feuchte Flecken.

Oh, nein! Sie würden ihnen nicht entgehen. Panik erfasste Stephan, als er sich nach etwas umsah, um die Flecken wegzuwischen. Die Schwestern gaben ihm keine Decken. Da! Unter der Anrichte war eine Serviette vergessen worden, als die Mönche am Vorabend den Wein und das Naschwerk abgetragen hatten. Er kroch hinüber und hob sie auf. Nachdem er sie in seiner Waschschüssel befeuchtet hatte, versuchte er, die Flecken vom Kaminrand zu entfernen.

Beruhige dich! Dieses Zimmer roch wahrscheinlich immer nach Sex, obwohl er es selbst schon nicht mehr wahrnehmen konnte. Sie würden den einen Geruch nicht von dem anderen, allgemeineren unterscheiden können. Es war also unnötig, in Panik zu geraten. Nach getaner Arbeit warf er die Serviette ins Feuer und sah zu, wie sie verbrannte und zerfiel.

Die Mönche mit dem Badewasser und dem Abendessen kamen heute früher. Bruder Flavio öffnete die Tür und sah sich um. Er hatte sich nie wieder anmerken lassen, dass er Stephan kannte, oder gar mit ihm gesprochen. Bruder Flavio sprach ohnehin nur selten. Aber heute machte er eine Ausnahme. »Wir vermissen eine Serviette«, sagte er in anklagendem Ton.

Stephan blickte sich übertrieben interessiert im Zimmer um. »Habt ihr auf dem Gang schon nachgesehen?« *Was konnte eine lächerliche Serviette sie kümmern? Trotzdem wurde er nervös.*

Flavio schnupperte plötzlich und suchte noch einmal das Zimmer ab. Sein Blick blieb auf dem Kaminrand haften. Stephan sah jetzt, dass die Stelle, wo er den Stein geschrubbt hatte, noch nicht ganz trocken war. Flavio wandte sich ihm wieder zu. Sein Gesicht verschloss sich. Er bedeutete den anderen Mönchen einzutreten. Sie wechselten das Badewasser und hinterließen ein Tablett mit Hammelfleisch und Kohl in einer Sauerrahmsauce. Flavio runzelte noch einmal auffallend die Stirn und verließ dann hinter den anderen den Raum. Der Riegel draußen wurde vorgeschoben.

Stephan stürzte auf die Wanne zu und schrubbte sich mit Seife ab, bis seine Haut ganz rot und wund war. Da er nichts herunterbringen konnte, ließ er das Abendessen auf der Anrichte stehen, setzte sich auf die Bank und wartete. *Er konnte nichts riechen. Die Sinne der Schwestern konnten auch nicht viel empfindlicher als seine sein. Oder?*

Als das nächste Mal die Tür aufsprang und Rubius' Töchter eintraten, schauten sie sich gleich misstrauisch um.

»Flavio sagt, es fehlt eine Serviette«, erklärte Deirdre scharf. Dann hoben sie schnuppernd die Nasen, und Deirdre lächelte. »Aha. Du hast uns also nicht gehorcht.«

Stephan fiel von der Bank, auf der er saß, vor ihnen auf dem Teppich auf die Knie.

»Er hat länger durchgehalten, als wir dachten«, wandte Freya mit beschwichtigender Stimme ein.

»Und du hast nichts gegessen«, fügte Estancia hinzu. Es schien ein weiterer Nagel zu seinem Sarg zu sein. Stephans Furcht nahm zu. Er schluckte und hoffte nur, dass sein Vergehen nicht schwer genug war, um eine Verbannung aus Mirso zu rechtfertigen. Warum, zum Teufel, war er der Versuchung auch erlegen?

»Es war zwar unvermeidlich, aber bestraft werden musst du trotzdem.« Deirdre stemmte die Hände in die Hüften.

Freya sah bekümmert aus, als sie sich abwandte und ging, um sich ein Glas Wein einzuschenken.

»Nicht vor morgen früh«, sagte Estancia schmollend. »Dann haben wir jetzt noch Zeit für unser Vergnügen, und wir müssen ihn ja auch noch melken.« Wie sich das anhört!, dachte Stephan. Als wäre ich ein Tier...

»Wir benutzen ihn heute Nacht nicht, Stancie. Da er so versessen darauf ist, selbst Hand anzulegen, werden wir ihm den Wunsch erfüllen.« Deirdre winkte Freya, die mit einer Schüssel kam und sie vor Stephan hinstellte. Die Frauen traten so dicht an ihn heran, dass die Luft um ihn von ihrer Macht vibrierte. »Fass dich an und masturbiere in die Schüssel!«, befahl ihm Deirdre.

Stephan wollte den Kopf schütteln. Aber sich zu weigern, war nicht möglich, und so gehorchte er.

»Fester!«

Wieder kam er ihrem Befehl nach.

Immer und immer wieder verhalfen sie ihm zu einer Erektion und befahlen ihm erneut, zu masturbieren und in die Schüssel zu ejakulieren. Beim letzten Mal war kein Tropfen Flüssigkeit mehr da, und der Orgasmus war sehr schmerzhaft. Als sie endlich von ihm abließen, brach er auf dem Teppich zusammen und fühlte sich wund und ausgeplündert.

»Stancie, ruf die Arbeiter!«, sagte Deirdre, und Estancia schlüpfte aus der Tür.

Freya kniete sich neben ihn und strich ihm das feuchte Haar aus der Stirn und aus den Augen. »Lass ihn bis zum Morgen ruhen, Dee. Er wird seine Kraft benötigen.«

Stephan war geistig und körperlich völlig erschöpft. Was in dieser Nacht geschehen war, was schon seit Monaten geschah, konnte ihn seinem Ziel nicht näherbringen. Aber er hatte keine Wahl. Er war in einer endlosen Prozedur gefangen. Diese Frauen konnten ihn ihrem Willen unterwerfen.

Zwei Mönche kamen mit schweren Handfesseln herein. Dumpf beobachtete Stephan, wie sie die eisernen Schellen an den Ecken der Unterseite der Bank befestigten. Die dazugehörigen Ketten lagen zusammengerollt auf dem Teppich wie seltsame metallene Schlangen. Wofür waren sie gedacht? Sie konnten ihn doch gar nicht halten.

Deirdre beantwortete seine unausgesprochene Frage. »Natürlich könntest du sie sprengen. Du könntest deine Macht benutzen, um dich von diesem Ort an einen anderen zu versetzen. Aber du wirst es unterlassen. Diese Ketten werden dir als Erinnerung an die Zurückhaltung dienen, die du lernen musst. Leg dich auf die Bank! Auf den Rücken«, befahl sie ihm. Als Stephan gehorchte, legte Freya ihm die Hand- und Fußfesseln an und ließ sie zuschnappen.

»*Lass ihn jetzt, Freya. Wir holen ihn bei Tagesanbruch.*«
Die Tür fiel hinter ihnen zu, der Riegel wurde vorgeschoben. Trotzdem hörte er sie noch reden. »*Sein Sexualtrieb wird sogar noch stärker*«, *bemerkte Freya.* »*Er macht schnelle Fortschritte.*«

»*Darin stimme ich dir zu. Aber das bedeutet, dass wir noch mehr darauf achten müssen, langsam vorzugehen*«, *sagte Deirdre.*

»*Doch Vater will ihn so bald wie möglich bereithaben.*« *Das kam von der immer etwas aufsässigen Estancia.*

»*Wir können uns kein weiteres Scheitern leisten.*« *Deirdres Stimme war immer so unnachgiebig. Wie könnte sich ihr jemand widersetzen?*

Eine Tür auf dem Gang schlug leise zu. Was war ein »Fortschritt«? Und was meinten sie damit, sie könnten sich »kein weiteres Scheitern« leisten? Was für eine Bestrafung hatten sie sich für ihn ausgedacht? Er hätte Angst haben müssen, doch nicht einmal dazu hatte er noch Kraft. Sie würden tun, was immer sie wollten. Irgendwann döste er auf der warmen Steinplatte ein. Das Gefühl der Verwundbarkeit und des Ausgeliefertseins begleitete ihn jedoch in den Schlaf hinein und verursachte ihm Albträume.

Daher kam es, dass er sexuell so leicht erregbar war. Fast zwei Jahre waren vergangen, bevor er das Kloster Mirso endlich als der Mann verlassen hatte, der er jetzt war. Und immer noch bist du ungenügend vorbereitet, flüsterte eine Stimme in ihm. Aber das machte nichts. Er tat, was nötig war. Was er konnte. Er war standhaft.

Das Zimmer des Mädchens erschien ihm plötzlich viel zu klein. Es war nicht genügend Luft in diesem Raum. Und er konnte auch nicht die ganze Nacht hier sitzen und sich mit Erinnerungen an Dee und Freya herumquälen. Oder gar an Stancie! Stephan erhob sich schwankend und sah sich ratlos um. Er sollte gehen, jetzt auf der Stelle, bevor diese Erinnerungen auch nur eine Sekunde länger seine verdammte Seele quälten! Aber auch Weggehen würde sie womöglich nicht verbannen. Und wohin sollte er sich auch wenden? In die kühlen Wälder, die jenen um Mirso so ähnlich sahen und doch ganz anders waren? Zu dem Gasthof mit seinen frivolen Mägden, die ihre grobschlächtigen Galane unterhielten? Das würde seine Erregung ganz gewiss nicht dämpfen.

Sein Blick fiel wieder auf das Zimmer, als er sich ratlos umblickte. Bücher! Überall waren Bücherregale. Das war es, was er brauchte: sich in ein Buch vertiefen, wie es ihm in Mirso nie möglich gewesen war. Er ging zu den Regalen und ließ suchend den Blick darüber gleiten. Eine erstaunliche Vielfalt bot sich seinem Auge. Und nicht nur Schulbücher, wie man sie in einem Kinderzimmer erwarten würde. Oh, nein, hier gab es Bücher über Geschichte, die griechischen Klassiker, Bücher in französischer und italienischer Sprache, Marc Aurel, Cicero, Hegels *Enzyklopädie der philosophischen Wissenschaften*, Karamzins *Geschichte des Russischen Reiches*, Savigny, Dugald Stewart, Schopenhauer, Bells *Idee einer neuen Anatomie des Gehirns*, Davys *Elemente der chemischen Philosophie* und die modernen Dichter – Keats *Endymion,* Shelleys *Der entfesselte Prometheus,* Wordsworth' *Das weiße Reh von Rylstone* und natürlich die meisten von Scotts Romanen, einschließlich seines neuesten, *Ivanhoe* ... Wer hätte gedacht, dass ein junges Mädchen so belesen war? Die Bücher mussten ihr gehören. Stephan nahm wahllos eines heraus, das rein zufällig ein Gedichtband war. *Ritter Harolds Pilgerfahrt* von George Gordon, Lord Byron. Er schlug es auf und las eine Strophe. Nicht schlecht. Die Lyrik war schwungvoll, gefühlvoll und manchmal noch ein bisschen mehr. Er las einen Teil von Canto IV:

Oh, Zeit! Der Schönmacher der Toten,
Schmücker des Verfalls, Tröster
und alleiniger Heiler, wenn das Herz geblutet hat:
Zeit! Der Berichtiger, wo unser Urteil irrt,
der Prüfer von Wahrheit, Liebe – einziger Philosoph,
wo alle anderen Wortverdreher sind – aus meiner Sicht,
die niemals fehlt, obwohl sie sich auch beugt –
Zeit, der Rächer! Zu dir erhebe ich meine Hände, meine
Augen und mein Herz ...

Ein schmerzliches Lächeln huschte über Stephans Lippen, und er fragte sich, wie alt dieser Poet wohl sein mochte. Wahrscheinlich noch sehr jung. Dieser Lord Byron befand sich jedoch schwer im Irrtum, was die Zeit anging. Weder heilte sie, noch rächte sie. Sie entzog einem langsam das Leben mit kleinen Verfehlungen und großen, mit eigenen und anderen gegen einen, mit Wunden, die niemals heilten und nur schwärten.

Stephan überflog noch einige andere Passagen. Vergebung. Der Held des Stückes bestrafte die, die sich gegen ihn versündigt hatten, mit Vergebung. Hatte der Verfasser einen gequälten Helden erschaffen wollen? Stephan schüttelte den Kopf. Der Junge wusste nicht, was Gequältsein war. Gequältsein war, wenn man selbst derjenige war, der um Vergebung bat, und niemand einem verzeihen konnte, nicht einmal man selbst. Dann gab es nur noch Buße ...

Das erste Grau des Morgens drang durch die Mansardenfenster. Stephan war erschöpft von den Erinnerungen. Das

Beste wäre, jetzt zu gehen. Er fragte sich, ob er es ertragen könnte, eine weitere Nacht bei der reglosen kleinen Gestalt zu sitzen, die ihn trotz allem so erregte, dass er sich permanent in Selbstbeherrschung üben musste. Er stellte den Byron zurück ins Regal. Auch Bücher vermochten ihn anscheinend nicht abzulenken.

Leise trat er wieder ans Bett und sah Ann van Helsing prüfend an. Ihre Lippen waren wieder trocken. Er befeuchtete das Tuch, betupfte ihre Stirn damit und rieb ihre Lippen mit einer fettigen Substanz aus einem kleinen Tiegel ein, die wie Heilsalbe roch. Wie lange konnte man ohne Essen und Wasser auskommen? Womöglich würde Miss Ann einfach nach und nach verkümmern und nie wieder das Tageslicht sehen, das das Geburtsrecht ihrer Gattung war. Der Gedanke tat weh, denn all das war nur seine Schuld. Ordentlich faltete Stephan das feuchte Tuch zusammen und berührte noch einmal ihr Kinn. Eigentlich hätte er nicht wünschen dürfen, dass sie aus dem Koma erwachte, denn möglicherweise wusste sie ja, was er war. Wenn ja, würde er dann den Mut aufbringen, um das Nötige zu tun? Falls sie sich erholte, könnte sie sein nächster Fehler sein, und ein weiterer würde ihm die Rückkehr nach Mirso für immer verbauen. Schaffte er sie jedoch aus dem Weg, würde diese Schuld ihn noch viel mehr beflecken. Für einen Moment schloss er die Augen.

Es gab noch eine andere Möglichkeit. Vielleicht würde sie sich ja an nichts erinnern, wenn sie wieder zu sich kam. Stephan beschloss, es zu riskieren, mit dem Arzt zu sprechen, bevor er eine Entscheidung traf. Mit grimmig verzogenem Mund rief er die Dunkelheit herbei.

10. Kapitel

Die Bevölkerung von Cheddar Gorge konnte nicht aufhören, über die Morde zu reden. Die zwanghaften Debatten der Leute darüber hielten Stephan wach. Als er es nicht mehr aushielt, sich auf seinem Bett herumzuwälzen, setzte er sich in einen Sessel. Ob mit Genuss oder mit Furcht, mit Wut oder mit wilden Spekulationen – in der Taverne wurde jedenfalls den ganzen Tag lang über nichts anderes gesprochen. Natürlich verdächtigten die Leute ihn, den Fremden, aber damit hatte er gerechnet.

»Was macht er eigentlich in unserer Gegend?«, zischte eine Frau. »Ich glaub keine Sekunde lang, dass er ein Haus zum Mieten sucht.«

»Er ist gerade mal zwei Tage hier, und Molly wird ermordet. Und auf so grausige Art«, erwiderte ein Mann. »Und jetzt ... *das*.«

»Ich wüsste gern, wo *er* da war.« Das war Watkins, der Wirt der Schenke.

»Dann geh doch hin und frag ihn mal!«, rief eine Frau und lachte gackernd.

Ein kurzes Schweigen entstand, dann brach der ganze Schankraum in Gelächter aus.

»Andererseits – was wusste der schon von dem Jagdhaus? Wo es doch drüben in Winscombe liegt.«

»Er hätte sich danach erkundigen können.«

»Frag Pillinger. Er hat den Mann herumgeführt.«

»Mit Pillinger hab ich schon gesprochen.« Das war wieder der Wirt. »Er sagt, er hätte ihm das Jagdhaus nicht gezeigt. Wozu auch? Es ist nicht zu vermieten.«

Das ließ die anderen innehalten. Jedoch nur vorübergehend.

»*Sie* kennt das Jagdhaus.« Stephan erkannte Jemmys dünne Stimme. »Es gehört ihr ja.«

Stephan umklammerte die Armlehnen des Sessels und beugte sich vor. Sie verdächtigten Miss van Helsing? Als könnte ein so zartes Persönchen wie sie vier starke Männer ermorden!

»Ich glaube kaum, dass sie zu so was in der Lage wäre, was ich dort unten gesehen hab. Als sie Mrs. Stoadright rüberschickten, um sauberzumachen, ist sie umgekippt.« Wieder brachte Watkins die anderen vorübergehend zum Schweigen. »Ich weiß nicht, woher sie jemanden kriegen sollen, um all das Blut aufzuwischen und ... die Körperteile wegzuschaffen.«

»Tja ...«, sagte Jemmy zögernd. »Wer weiß schon, was eine Hexe so alles zustande bringt. Seht doch nur, was sie mit mir gemacht hat! Die Seele hat sie mir geklaut.«

»Jetzt tu bloß nicht so, als hättest du 'ne Seele gehabt, Jemmy Minks!«, rief die Frau mit dem gackernden Lachen.

»Seine Seele war so klein, dass sie in 'ne Hand reinpasste«, krächzte eine andere.

»Der Doc sagt, sie wäre in 'ner Tran... Trangs oder so was. Das is' so ähnlich wie 'ne Ohnmacht. Vielleicht ist es passiert, als sie sie ermordet hat.« Jemmys Theorie stand auf schwachen Füßen, aber er hatte wieder die Aufmerksamkeit seines Publikums.

»Vielleicht hatte sie ja Hilfe. Sie und dieser Fremde wirkten fast wie richtig gute Kumpel in der Nacht, als es Molly erwischte«, warf jemand anders ein.

»Unter ›mysteriösen Umständen‹, wie es hieß.«

»Er sieht jedenfalls ganz schön stark aus.«

»Und diese Augen!«

»Er geht tagsüber nie vor die Tür...«

»Vielleicht... vielleicht haben die beiden sie alle begangen – die Morde, meine ich.«

»Die Bow Street Runners werden es herausfinden«, sagte eine der Frauen entschieden. »Aber jetzt muss ich los. Ich will schließlich nicht auch noch umgebracht werden.«

Mehrere andere stimmten ihr zu. Dann kündigten schlurfende Geräusche den allgemeinen Aufbruch an.

»Verdammt, Peg!« Watkins ließ einen Bierkrug auf den Tresen krachen. »Ich kann ihn nicht eher vor die Tür setzen, bis die Runners kommen, um mich zu unterstützen. Aber bis dahin macht er mir zumindest das Geschäft kaputt«, eiferte sich der Wirt weiter.

Stephan konnte in der Tat noch nicht verschwinden. Doch der Boden könnte bald schon ganz schön heiß für ihn werden.

Kloster Mirso,
März 1820

Rubius' Töchter erschienen kurz nach Sonnenaufgang, mit mehreren Mönchen im Schlepptau, die Stephan losketteten und zu seinem Erstaunen auf den Gang hinausführten. Er hatte diesen Raum seit Monaten nicht mehr verlassen. Die kleine Prozession schlängelte sich schweigend viele kurvige Steintreppen hinauf. Sie begegneten niemand anderem, weshalb Stephan vermutete, dass dies hier ein unbenutzter Teil des Klosters war. Schließlich erreichten sie eine einzelne Tür und betraten durch sie einen kleinen, ganz aus Stein gehauenen Raum.

Noch außer Atem von dem Anstieg, blickte Stephan sich verwundert um. War dies etwa der Raum, in dem sie ihn bestrafen würden? Er war mit bequemen Sesseln, Büchern, einem Schachbrett, den üblichen Wandbehängen und Teppichen ausgestattet. Aber er hatte keine Fenster. Ein guter Ort, um die hellen Tagesstunden zu verbringen. Und bis auf die Leiter in der Ecke, die zu einer Luke in der Decke führte, ein ganz normales Zimmer. Die Mönche setzten ihre Kapuzen auf ... und alle trugen Handschuhe, bemerkte Stephan.

Sie waren angezogen, um in die Sonne hinauszugehen.

Deirdre bedeutete ihm, die Leiter hinaufzusteigen. Zwei Mönche folgten ihm. Als er zu der Luke kam, drückte er sie auf. Das erste Morgenlicht blendete ihn schon fast. Er bedeckte die Augen. Doch da wurde er auch schon von unten geschubst und stolperte nackt, wie er war, ins Licht hinaus.

Er befand sich auf einem der Wehrtürme Mirsos, hoch über dem eigentlichen Kloster unter ihnen. Die ersten Sonnenstrahlen kribbelten und brannten auf seiner Haut. Als er zwischen den Fingern hindurchspähte, sah er die majestätischen Karpaten, deren dunkelgrün bewaldete Hänge steil ins Tal hinunterfielen. Der kleine runde Platz, auf dem er stand, war von kreneliertem Stein umgeben, und in der Mitte standen zwei massive Holzpfosten mit schweren Ketten.

Furcht schnürte Stephan die Kehle zu. Sie würden ihn nackt hier in der Sonne an die Pfosten binden! Der vom Licht verursachte Schmerz nahm zu. Stephans Augen brannten, und er konnte spüren, wie seine Haut sich rötete. Und dabei war es noch ganz früh am Morgen. Die Sonne würde erst Stunden später hinter den Bergen hervorkommen. Und wenn es so weit war ...

»Geh da rüber!«, sagte einer der Mönche und stieß ihn mit einem Stock voran. »Wir wollen nicht länger hier draußen sein als nötig.« Stephan wankte auf die beiden Pfosten zu. Dort ketteten sie ihn an Händen und Füßen an und stiegen dann schnell

wieder in den angenehm dunklen Raum hinunter. Stephan konnte hören, wie die Schwestern sie ermahnten, ihre Kräfte zu vereinen und unter allen Umständen zu verhindern, dass er seine benutzte oder seinen Gefährten rief. Sie würden alle zwei Stunden ausgewechselt werden, damit sie nicht die Konzentration verloren. Die Luft unter ihm vibrierte von ihrer Macht. Zwei begannen, eine Partie Schach zu spielen.

Stephan schloss die Augen gegen das Licht. Aber wenn die Sonne über die Berge trat, würde ihn nichts mehr schützen können. Das Schlimmste von allem war, dass er nicht sterben würde. Sein Gefährte würde ihn heilen, wie schwer verletzt er auch war. Doch erst, nachdem er die denkbar schlimmsten Qualen für jemanden seiner Spezies erlitten hatte.

Nacht, kostbare, wunderbare Nacht! Wie aus weiter Ferne spürte Stephan, dass die Sonne unterging. Sein Herz schlug, seine Nerven sandten Signale an sein Gehirn, so schrecklich sie auch waren, und das Blut rauschte ihm durch die Adern. Der Gefährte hatte ihn am Leben erhalten. Nun würde er beginnen, ihn zu heilen. Stephan hatte hin und wieder das Bewusstsein verloren, aber dann waren jedes Mal die Mönche heraufgekommen, um ihn zu wecken und ihm Wasser zu trinken zu geben. Am Ende musste er furchtbar ausgesehen haben, denn auf ihren Gesichtern hatte ein grimmiger Ausdruck gelegen. Seit den letzten beiden Stunden ließen die Qualen langsam nach, da die Sonne hinter den Bergen verschwand und keinen direkten Schaden mehr anrichten konnte, aber die Mittagsstunden hatten schon ihren Tribut gefordert, und der brennende Schmerz tobte immer noch in seinem Körper...

Schließlich kamen die Mönche und lösten seine Ketten. Stephan konnte nicht einmal die Augen öffnen. Sie waren wie zu-

geschweißt. Vielleicht war es auch besser so. Er wollte sich selbst nicht sehen.

»Armer Kerl!«, murmelte einer der Mönche. Ihre Hände an seinem Körper brachten ihn fast zum Schreien, doch seine Kehle war so rau, dass er gar nicht mehr dazu imstande war.

»Was mag er verbrochen haben?«

Ich habe masturbiert, wollte er schreien, aber seine Lippen gehorchten ihm nicht. Die Mönche legten sich seine Arme über die Schultern, und das war so schmerzhaft, dass ihm wieder schwarz vor Augen wurde.

Stephan verdrängte die Erinnerung an die ausgestandenen Qualen. Inzwischen verbrachte er schon die dritte Nacht in Miss Anns Zimmer, saß mit einem aufgeschlagenen Buch auf dem Schoß an ihrem Bett und betrachtete sie hin und wieder. Das dämmrige Kinderzimmer war immer mehr zu einem schützenden Kokon für ihn geworden, der ihn zwar nicht vor seinen Erinnerungen bewahren konnte, ihn jedoch von den hinter ihm liegenden Morden isolierte und von der kommenden, schweren Prüfung, in der er in einem finalen Wettkampf mit dem Bösen alles auf eine Karte setzen würde.

Doch an all das wollte er nicht denken, sondern sich lieber auf Ann van Helsing konzentrieren. Ihr im Schein der Kerze schimmerndes Gesicht schien manchmal seine einzige Verbindung zur Realität zu sein in der verschwommenen Spirale aus Nacht und Erinnerung. Wieso hatte er das Gefühl, Miss Ann zu kennen, sie immer schon gekannt zu haben? Vielleicht war es gerade dieses Gefühl, das ihn Nacht für Nacht hierhertrieb, um bei ihr zu sitzen. Stephan dachte zurück an das erste Mal, als er sie im Wald gesehen hatte. Der Mut, den ihr Lächeln ihm verraten hatte, der leise Eindruck ihres »Andersseins«, all das hatte ihn sogar da schon fasziniert. Aber erst als er in der Höhle wieder zu sich gekommen war, hatte er eine ... Verwandtschaft zu verspüren begonnen.

Mit einer Sicherheit, die er nicht erklären konnte, *wusste* er, dass sie nicht verrückt war. Doch er wollte wissen, was genau zwischen ihr und Jemmy auf dem Hof passiert war und was sie erlebt hatte. Und vor allem wollte er wissen, warum sie jetzt in ihrem Körper eingeschlossen war. Was war geschehen? Und welche Schuld trug er selbst an all dem?

Der Arzt hatte ihm weder die Ursache des Komas noch die Folgen erklären können, nicht einmal unter psychischem Zwang. Er meinte, ein Koma könne durch einen Schlag auf den Kopf hervorgerufen werden oder wenn jemand kurz vor dem Ersticken gewesen sei oder aber auch durch einen schweren Schock. Stephan wäre jede Wette eingegangen, dass in diesem Fall ebenfalls ein Schock der Auslöser gewesen war. Doch ob Miss van Helsing sich erholen würde und sich an alles, was geschehen war, oder nur an Bruchstücke erinnern würde, war nicht bekannt. Der Doktor sagte, das sei bei allen Patienten unterschiedlich.

Stephan warf Jane Austens Roman, in dem er gelesen hatte, auf den Boden. Nicht, dass die Lektüre nicht unterhaltsam wäre. Der Roman war sogar recht anspruchsvoll und geistreich. Aber das »Buch«, in dem Stephan lesen wollte, lag – unentzifferbar für ihn – vor ihm im Koma. Frustriert steckte er die Hände in die Hosentaschen und lehnte sich zurück.

Miss van Helsings erbarmungswürdige Lage ärgerte ihn, um es einmal vorsichtig auszudrücken. Was erwartete sie, wenn sie aus dem Koma erwachte? Sie hatte keine Eltern mehr, sonst wäre ihr Onkel nicht ihr Treuhänder. Und nun lag ihr Beschützer da unten, mit einem schwachen Herzen und dem Tode näher als dem Leben. Was würde geschehen, wenn ihr auch noch dieser eine Mensch, dem etwas an ihr lag, genommen wurde? Wer würde sie dann vor den Fallen und Gefahren unerhörten Reichtums und abergläubischen Hasses schützen?

Möglicherweise würde sie Schutz vor einer ganz anderen Bedrohung benötigen. Morgen würde Van Helsing zurückkehren. Stephan konnte den abscheulichen Mann eine Zeit lang aus ihrem Zimmer fern halten, doch wie würde es weitergehen, falls sie sich erholte? Wäre sie mit einem solchen Wüstling im Haus überhaupt noch sicher? Ohne die Autorität Lord Brockweirs in ihrem Rücken stand es den Dienstboten nicht zu, den Mann in seine Schranken zu verweisen. Und dann kam auch noch hinzu, dass Miss Ann, so lächerlich das auch war, des Mordes verdächtigt wurde. Stephan kaute nachdenklich an seiner Unterlippe. Auch für ihn selbst würde sich die Lage zuspitzen, denn mit Van Helsing kamen die Bow Street Runners ...

Nur sein scharfes Gehör vermochte das leise Stöhnen wahrzunehmen.

Stephan riss schockiert die Augen auf. Anns Lider flatterten. Er flog buchstäblich aus seinem Sessel zu ihrem Bett hinüber, ließ sich auf die Knie fallen und rieb ihre Hände. Ann stöhnte ein bisschen lauter. Sie erwachte! Dem Himmel und den Göttern sei Dank!, betete er stumm. Die Verdammnis würde ihm nicht erspart bleiben, aber zumindest sein Vergehen gegen Ann, was immer es auch sein mochte, war vielleicht nicht unabänderlich. Sie stand kurz davor, zu sich zu kommen.

Er zog die Hände von ihren zurück. Sie würde es nicht mögen, beim Erwachen angefasst zu werden. Und ein Fremder an ihrer Seite würde ebenfalls nicht gerade beruhigend auf sie wirken. Schon gar nicht, wenn es jener Fremde war, den sie beim letzten Mal blutüberströmt und von waberndem schwarzem Nebel eingehüllt gesehen hatte. Aber es war niemand anderer verfügbar. Und allein konnte er sie nicht erwachen lassen.

Und so lehnte er sich zurück und setzte ein – wie er hoffte – beruhigendes Lächeln auf.

Ann kämpfte sich durch einen nicht enden wollenden Nebel. Schon seit einiger Zeit war sie sich einer geheimnisvollen Präsenz in ihrer Nähe bewusst. Aber sie fühlte sich gut an und verlieh ihr Sicherheit. Die Luft war erfüllt von prickelnder Erregung und einem würzigen, fremdländischen Duft. Sie glaubte, eine Berührung zu verspüren. Aber das war natürlich nur ein Traum. Jegliche Berührung wäre ihr unerträglich. In ihrem Traum war es der geheimnisvolle Fremde, der sie anfasste. Sein dunkles Haar, seine brennenden Augen und vollen Lippen schwebten direkt hinter dem Nebel, der ihr Bewusstsein einhüllte. Sie erinnerte sich auch an Sincais kräftige Schenkel. Seltsam, denn vor der Begegnung mit diesem Mann hatte sie auf Männerschenkel nie geachtet. Und sie ertappte sich sogar dabei, dass sie sich fragte, wie er nackt aussehen mochte. Ann hatte schon Männer ohne Hemd gesehen und stellte sich vor, dass Stephan Sincais Brust vermutlich von lockigem dunklem Haar bedeckt war. Wie gern sie dieses feine Haar berühren würde! Allerdings hatte sie noch nie mehr von einem Mann gesehen als die nackte Brust. Wie mochte der Rest seines Körpers aussehen? Die Haut an seinen Hüften würde sich glatt anfühlen unter ihrer Hand ... Ja, sie würde ihn berühren ... überall.

Nein! Aber der Traum schien zu verblassen, ja, sich zusammen mit dem Nebel aufzulösen. Sie stöhnte protestierend. Komm zurück!, flehte sie stumm. Das war nicht fair! Sie wollte Stephan Sincai berühren, doch er verschwand schon aus ihrem Sichtfeld. Sie musste ihn suchen. Komm zurück! Ich will dich anfassen!

Doch natürlich konnte sie ihn nicht sehen! Verblüfft erkannte sie, dass ihre Augen fest geschlossen waren.

Sie versuchte, sie zu öffnen, aber sie waren so schwer ... Der würzige Zimtgeruch aus ihrem Traum umgab sie immer noch. Sie wollte sich etwas Aufmunterndes sagen, doch die Worte blieben ihr im Hals stecken. Vielleicht ruhte sie sich jetzt besser ein wenig aus.

Aber dann würde er fort sein ...

Sie versuchte es erneut. Ihre Augen öffneten sich, doch sie fühlten sich trocken und verkrustet an. Ihr Blick fiel auf die vertraute schräge Decke ihres Kinderzimmers, und dieser Anblick beruhigte sie und verlieh ihr ein Gefühl der Sicherheit. Doch was war mit der Präsenz, die sie gespürt hatte? Der Geruch nach Zimt und noch etwas anderem erfüllte den Raum.

Mit unglaublicher Anstrengung wandte sie den Kopf.

Er war da. Natürlich war er da. Er war die ganze Zeit bei ihr gewesen. Irgendwo tief in ihrem Innersten war sie sich dessen völlig sicher. Er sah besorgt und erleichtert zugleich aus.

»Miss van Helsing, Gott sei Dank!«, rief er und kniete sich neben ihr Bett.

Sie brauchen nicht niederzuknien, wollte sie ihm sagen, aber das Einzige, was sie hervorbrachte, war ein leises Krächzen. Ihr Mund war so trocken!

»Ich hole Ihnen etwas Wasser«, erklärte er und erhob sich schnell. Mit einem Becher, den er aus dem Wasserkrug gefüllt hatte, kam er zurück. Nachdenklich betrachtete er sie einen Moment, dann beugte er sich über sie, schob einen Arm unter ihr Kissen und hob mit ihm ihren Kopf an. Wie rücksichtsvoll, dass er vermied, sie anzufassen! Er hielt den Becher an ihre Lippen, und das Wasser rann über ihre Zunge und ihre Kehle hinunter wie ein Geschenk der Götter.

»Kleine Schlucke nur«, flüsterte er. »Sie bekommen mehr,

wenn Sie wollen.« Er hatte recht. Selbst jetzt schon war sie zu müde, um mehr zu trinken. Er stellte den Becher auf den Nachttisch und ließ sie behutsam auf das Bett zurücksinken. Auch er sah erschöpft aus.

»Geht es Ihnen besser?«, krächzte sie. Immerhin ...

Das Zimmer begann sich um sie zu drehen. Immerhin war er aus einem Wirbel schwarzen Nebels heraus in der Höhle erschienen, tödlich verwundet, und sie hatte ihn bei dem Versuch, seine Wunden zu verbinden, berührt. Und da hatte sie alles gespürt. Alles, was es über ihn zu wissen gab.

Ann riss schockiert die Augen auf. Er war ein Vampir, der – wie lange schon? – gelebt hatte? Tausend Jahre? Zweitausend? Und sie war ungewollt in all den Zeitaltern bei ihm gewesen. Anns Erinnerung war nur bruchstückhaft, doch das, woran sie sich erinnerte, hatte sie erfahren, als hätte sie die Ereignisse selbst erlebt. Und was für Erfahrungen das waren! Kriege, körperliche Liebe, Hoffnungen, Furcht, Töten und – sehr kürzlich erst – Schmerz, Lust und grauenhafte Schuldgefühle. Und immer war das Blut präsent gewesen. Blut ist Leben ... Er trank Blut. Er war ein Monster, ein Vampir!

Stephan erschrak über ihren Gesichtsausdruck, aber dann legten sich Kummer und Resignation wie Zentnergewichte auf seine Schultern und drückten sie herab. »Ich ... bin nicht wie Sie. Daran erinnern Sie sich. Doch Sie brauchen keine Angst vor mir zu haben. Ich werde Ihnen nichts zuleide tun, weder Ihnen noch irgendjemandem sonst in diesem Haus. Ich werde jetzt Mrs. Simpson holen ...« Er wandte sich ab.

»Warten Sie«, krächzte sie. Ihr Verstand arbeitete allmählich wieder, aber noch immer bestürmten sie all die Eindrücke und Bilder. Er war kein Monster. Sie hatte alles, was er war, gespürt. Sincai hatte einen guten Kern aus Mitgefühl und Güte, egal, wie sehr er sich auch bemühen mochte, empfindungslos zu sein. Jemand namens Rubius, der behäbig und gutmütig aussah, aber sehr gefährlich war, *wollte*, dass Stephan gefühllos war. Doch das war er nicht, und deswegen kam er sich wie ein Versager vor. Sincai drehte sich zu ihr um und warf ihr einen überraschten Blick zu. Er würde ihr nichts antun. Sie wusste alles über ihn; all das Schlimme, das er verbrochen hatte, all seine großzügigen Handlungen und seine selbstlose Liebe. Sie wollte nicht, dass er ging. »Ich will Mrs. Simpson nicht sehen.«

Er schaute sich um, als könnte er irgendwo im Zimmer finden, was sie benötigte. »Sie ... Sie brauchen Nahrung ... etwas heiße Brühe vielleicht? Oder vielleicht sollten Sie schlafen.«

»Gleich«, flüsterte sie. Unsicher näherte er sich wieder dem Lichtkreis um ihr Bett. Wie konnte ein solch mächtiges Wesen unsicher sein? »Sprechen Sie mit mir!«

Er zögerte. Dann drehte er sich um und zog den Ohrensessel näher an das Bett heran. Die Ellbogen auf die Knie gestützt, beugte er sich vor, und sie konnte die Sorgenfalten um seine Augen sehen.

»Wie bin ich hierhergekommen?«

Er räusperte sich. »Ich habe Sie hergebracht.«

Sie schloss anerkennend die Augen. »Danke.« Dann furchte sie die Brauen. »Jetzt wissen alle von der Höhle.« Damit war ihr Unterschlupf für sie verloren.

»Nein. Ich habe Sie direkt in dieses Zimmer gebracht. Niemand weiß, dass Sie da draußen waren.«

»Wie?« Ah ... aber sie wusste, wie. Er musste sie geradewegs in den dritten Stock versetzt haben. Was für eine wundervolle Fähigkeit, sich hinbegeben zu können, wohin man wollte, umgehend und ungesehen! Das Flackern seiner Augen verriet ihr, dass er sie jetzt belügen würde.

»Über die Hintertreppe«, antwortete er auch prompt. »Die anderen schliefen schon alle.«

Er wollte sie vor der Wahrheit über ihn beschützen. Sollte sie ihm sagen, dass sie alles über ihn wusste? Doch würde er das gutheißen? Niemand sah sich gern durchschaut. Deshalb hassten die Dorfbewohner sie ja so.

Ann fragte sich, ob auch er etwas über sie wissen mochte. Denn so funktionierte das normalerweise. Sie sah alles von den anderen, aber auch die anderen bekamen etwas von ihr mit, zumindest ein bisschen. Deshalb verstanden ihr Onkel und Malmsy sie. Und jetzt verstand auch Jemmy sie, was ihr nur leider gar nichts nutzte, denn zweifellos war er nun sicher, dass sie eine Hexe war. Und vielleicht war sie das ja auch. Verstand Stephan Sincai sie?

»Ich danke Ihnen vielmals, Mr. Sincai. Ich hätte meinen Onkel oder die Dienstboten nicht beunruhigen wollen«, sagte sie.

Stephan Sincai sah sie einen Moment lang seltsam an und schien dann seine Worte sorgsam abzuwägen. »Ihnen ist vielleicht nicht bewusst, dass Sie mehr als drei Tage bewusstlos waren.«

Drei Tage! »Ach, du meine Güte!« Sie versuchte, sich auf einen Ellbogen aufzustützen. »Ich muss nach meinem Onkel sehen.«

Stephan sprang aus dem Sessel auf, konnte sich aber gerade noch davon abhalten, sie zu berühren. »Bitte legen Sie sich wieder hin! Sie sind noch schwach«, protestierte er.

Er hätte sich nicht bemühen müssen. Ihre Schwäche war nur allzu offensichtlich, als sie wieder in die Kissen zurücksank. »Drei Tage«, flüsterte sie. »Mit nur dieser schrecklichen Frau als Pflegerin für ihn ...«

»Polsham und Mrs. Simpson haben sich sehr gewissenhaft um ihn gekümmert. Ich würde mir an Ihrer Stelle keine Sorgen machen.«

»Geht es ihm gut?«, fragte sie in einem Ton, der klar erkennen ließ, dass sie außerstande war, sich *nicht* zu sorgen.

Sincai straffte sich. »Wenn Sie danach besser schlafen können, gehe ich hinunter und sehe nach ihm.«

Sie presste die trockenen Lippen zusammen und versuchte, ihre Tränen zurückzuhalten, doch sie nickte. Was, wenn ihr Onkel ohne sie an seiner Seite starb? »Ja, bitte«, flüsterte sie.

Ohne ein weiteres Wort erhob Stephan Sincai sich und verschwand in den Schatten. Er schien buchstäblich mit ihnen zu verschmelzen, aber inzwischen wusste Ann es besser. Er würde hinuntergehen und nach ihrem Onkel sehen. Er hatte es versprochen. Und Sincai hielt seine Versprechen. Sie seufzte vor Erleichterung. Sie konnte sich auf ihn verlassen.

Ann war so müde. Vielleicht sollte sie Mr. Sincais Rat befolgen und schlafen. Aber nicht, bevor sie gehört hatte, wie es ihrem Onkel ging. Wer wusste, was mit Erich im Haus womöglich schon alles geschehen war?

Trotzdem kehrten ihre Gedanken zu Stephan Sincai zurück. Niemand wusste, dass er in ihrem Zimmer gewesen war. Die Dienstboten oder sogar Erich würden etwas so Skandalöses wie die Anwesenheit eines fremden Mannes bei Nacht in ihrem Zimmer ganz gewiss nicht dulden. Wie konnte er ausgerechnet in dem Moment ihres Erwachens hier gewesen sein? Konnte er wirklich drei Nächte hier gewesen sein? Bei Tageslicht konnte er sie jedenfalls nicht besuchen. Stephan Sincai schlief während des Tages und hielt sich von der Sonne fern.

Wie seltsam, dass sie all das akzeptierte! Aber andererseits akzeptierte sie ja immer die Menschen, die sie berührte. Es war unmöglich, sie *nicht* zu akzeptieren, wenn man all ihre Ängste kannte, ihre geheimen Wünsche, ihre Erfahrungen, schöne und schreckliche, die ihr Wesen ausmachten. Tatsächlich war es dann sogar beinahe so, als hätte man sie selbst erlebt. Welch tiefere Art von Verständnis könnte man für einen anderen haben? Sie konnte sogar akzeptieren, dass Stephan Sincai ein Vampir war. Doch das war ja auch nicht seine Schuld. Er hatte es sich nicht ausgesucht, ja, hätte sich vielleicht auch nie dafür entschieden, obwohl nicht einmal er sich dessen sicher war. Er schätzte den Durst nach Leben nicht, den der Gefährte in seinem Blut verursachte. Er lebte so intensiv! Er trank Blut, weil dieser Gefährte es verlangte, aber er tötete nicht, wenn er sich nährte. Ann blickte zurück durch die Jahrtausende. Einmal hatte er einem Menschen zu viel genommen und ihn, ohne es zu wollen, umgebracht. Doch danach war er am Boden zerstört gewesen. Das konnte sie ihm vergeben. Sie wunderte sich, dass sie keinen Abscheu empfand, wenn sie an die Art seiner Nahrungsaufnahme dachte, aber durch ihn hatte sie gespürt, wie es war, und für ihn war es nicht widerlich.

Stephan Sincai *hatte* jedoch getötet, und zwar mit voller Absicht und erst kürzlich, auf grauenvollste Art und Weise. Diesen Albtraum hatte sie erlebt. Die Szene in dem Jagdhaus wirbelte ihr durch den Kopf und ließ ihr jäh den Atem stocken. Er war dazu imstande gewesen? Sie spürte den Schmerz seiner Verwundungen, die unerträglichen Schuldgefühle über seine Taten, die Sicherheit, deswegen verdammt zu sein, die Unterdrückung seiner Gefühle. Aber er glaubte, dass er seine Gattung und auch die der Menschen schützte. Und ungeachtet dessen, was es seine Seele kostete, beabsichtigte er, erneut zu töten.

Zu müde, um darüber nachzudenken, was das für sie bedeutete, wandte Ann sich lieber wieder dem Umstand zu, dass er wahrscheinlich drei Nächte an ihrem Bett gesessen hatte. Warum? Welches Interesse konnte ein Mann wie Stephan Sincai an ihr haben, dass er sich die Mühe machte, so lange über sie zu wachen?

Ah! Seine Schuldgefühle! *Sie* waren die treibende Kraft hinter seinem Handeln. Er tötete Angehörige seiner Spezies, um seine Verbrechen zu sühnen – Verbrechen, die sie nicht verstand. Fühlte er sich schuldig, weil er ihre Ohnmacht ausgelöst hatte? War das der Grund, warum er Nacht für Nacht bei ihr geblieben war? Denn es war auf jeden Fall der Ansturm seiner Erlebnisse gewesen, was ihre tiefe Bewusstlosigkeit verursacht hatte.

Sie wandte den Kopf, als er aus dem Dunkel trat. Er hielt einen Suppenteller in den Händen.

»Ihr Onkel schläft ganz friedlich«, sagte er.

Erleichterung durchströmte Ann, und sie atmete tief ein und sah ihn an. Aus irgendeinem Grund kniff er den Mund zusammen und senkte den Blick auf den Teller. »Ich habe Ihnen etwas Fleischbrühe aus der Küche mitgebracht. Es würde Ihnen helfen, wieder zu Kräften zu kommen, wenn Sie etwas davon zu sich nehmen könnten.«

Ann nickte. Sie fühlte sich schon ein wenig besser. Vielleicht würde sie sich zum Essen sogar setzen können. Außerdem war sie es ihrem Onkel schuldig, ihre Kräfte schnell zurückzugewinnen. Sincai stellte den Teller ab und richtete die Kissen hinter ihr. Aber die Anstrengung, sich hinzusetzen, war doch zu viel für sie. Als er ihr den Löffel reichte, zitterte er in ihrer Hand, und Stephan nahm ihn ihr behutsam wieder ab und setzte sich neben sie. »Lassen Sie sich helfen!«

Sie schüttelte den Kopf. »Ich kann nicht ...«

Er hob eine Hand. »Ich fasse Sie nicht an«, versprach er ihr mit einem kleinen Lächeln. »Ich werde Sie nur füttern.«

Ann nickte stumm und ließ es zu. Er war sehr sanft, was überraschend war, wenn man bedachte, wie stark er war. Er hatte einmal ein Boot aus einem aufgewühlten Fluss herausgehoben und eine mächtige Kathedrale mit der bloßen Kraft seiner Arme vor dem Einstürzen bewahrt. Grundgütiger! War das möglich? Sie warf einen verstohlenen Blick auf sein Gesicht.

Der Löffel hielt auf halbem Weg zu ihren Lippen inne. »Fürchten Sie sich nicht vor mir!«, sagte er mit einer Stimme, die wie ein leises, schmerzerfülltes Grollen war. »Ich weiß, das ist nicht leicht nach dem, was Sie gesehen haben. Aber Sie haben wirklich keinen Grund dazu. Ich werde Ihnen nichts zuleide tun.«

Sie kaute nachdenklich an ihrer Unterlippe. Du weißt, was für eine Art von ... Mann er ist, sagte sie sich. Mann? Ja, Mann. Sie sah ihm prüfend ins Gesicht. Ein guter Mann, trotz fast unmöglicher Begleitumstände. Ein Mann mit Prinzipien. Ann schöpfte tief Atem und nickte. »Das weiß ich.«

Er wirkte überrascht und sah ihr prüfend ins Gesicht. Dann schluckte er und hielt ihr den Löffel wieder hin. Langsam aß sie die Brühe. Es war eine einfache, nur noch lauwarme Rinderbrühe, die aber besser schmeckte als alles, was sie je gegessen hatte. Sie leerte den Teller bis auf den letzten Tropfen, und Stephan stellte ihn weg. »Können Sie jetzt schlafen?«

Unsicher blickte sie sich in dem dunklen Zimmer um. Und wenn ich nicht mehr aufwache?, dachte sie bang.

»Ich werde bei Ihnen bleiben und Sie im Morgengrauen wecken, wenn Sie möchten«, sagte er.

Hatte er ihre Gedanken gelesen? Aber nein, sie wusste, dass er das nicht konnte. War sie so leicht durchschaubar? Oder war es so, dass jemand mit seiner immensen Erfahrung erraten konnte, was andere dachten? Seine Erfahrung war in gewisser Weise jetzt auch ihre. Könnte sie sie ebenso verwenden, wie er es tat?

Sie kuschelte sich unter die Decke. Er hob das Buch auf und setzte sich wieder in den Sessel. Aber sie konnte sehen, dass er nur zu lesen vorgab, und lächelte im Stillen ein wenig. Dann schloss sie die Augen.

Lange vor Tagesanbruch schlich sich Stephan in die Küche hinunter und spülte den Suppenteller. Miss van Helsing lebte. Sie war bei Bewusstsein und würde bestimmt bald wieder auf den Beinen sein. Er war noch nie so erleichtert gewesen. So schnell er konnte, eilte er zu ihr zurück. Was er nicht wusste, war, wie viel sie durch ihre Berührung über ihn herausgefunden hatte. Mit Sicherheit erinnerte sie sich an das, was sie in der Höhle gesehen hatte – immerhin hatte sie ihn gefragt, ob es ihm besser ging. Vielleicht erinnerte sie sich ja auch nur an die Wunden, aber nicht daran, dass er plötzlich aus dem Nichts heraus erschienen war. Vielleicht hatte ihre Berührung ihr nicht verraten, dass er ein Vampir war. Oder sie hatte diesen Teil vergessen. Was ihn immer noch erstaunte, war, wie gut sie ihre Furcht vor ihm im Griff hatte. Wie konnte sie ihn akzeptieren, selbst wenn sie nur wusste, wie schwer er in jener Nacht verletzt gewesen war? Kein menschliches Wesen könnte sich von solchen Verwundungen erholen.

Als er sie jetzt betrachtete, während er vor ihr stand und draußen die Morgendämmerung herannahen spürte, wurde er sich eines weiteren Problems bewusst. Er hatte die Nächte bei ihr verbracht, um sicherzugehen, dass ihr nichts geschah, bis sie erwachte. Wenn Mrs. Creevy und Mrs. Simpson heute kamen, um sie zu pflegen, würden sie sehen, dass sie bei Bewusstsein war. Und dann wurde er nicht mehr gebraucht. Diese Erkenntnis ließ ihn sich irgendwie ... verloren fühlen.

»Miss van Helsing.« Ihre Augenlider flatterten.

»Miss van Helsing. Es wird gleich hell.«

Noch bevor sie die Augen öffnete, wandte sie sich in die

Richtung, aus der seine Stimme an ihr Ohr geklungen war, und lächelte. Gott, wie dieses Lächeln ihm das Herz erwärmte! Er liebte dieses Lächeln so sehr, dass er sich gegen den Ansturm der Gefühle wappnen musste, der ihn bei seinem Anblick überkam. Sie öffnete langsam die Augen.

»Sie sind geblieben.« Ihre Stimme war melodiös, feminin und zart wie sie selbst.

»Das hatte ich Ihnen versprochen.« Stephan blickte zu dem heller werdenden Himmel hinter den Mansardenfenstern auf. Er hatte nicht daran gedacht, die Vorhänge zu schließen, und jeden Moment würde die Sonne aufgehen. »Und jetzt muss ich gehen.«

»Ich weiß«, flüsterte sie. »Vielen Dank für alles.«

Sie konnte es nicht wissen, nicht wirklich, nicht *warum* er gehen musste. Oder doch? Stephan drehte sich auf dem Absatz um und zog sich in ihr Ankleidezimmer zurück, um die Art seines Verschwindens zu verbergen.

11. Kapitel

Der Wirbel, den Mrs. Simpson machte, ihre Tränen der Freude, die ruppige Behandlung durch Mrs. Creevy, als sie ihr half, sich zu waschen und ein frisches Nachthemd anzulegen, und der Besuch des Arztes erschöpften Ann. Der Doktor erklärte sie für gesund, ließ sie gleichwohl jedoch zur Ader und empfahl ihr Haferschleim und Ruhe. Cousin Erich ließ ihr ausrichten, dass er sie zu sehen wünsche. Mrs. Simpson, die seine Nachricht übermittelte, lächelte zufrieden, als Ann sagte, sie sei zu müde, um ihn zu empfangen. Der bloße Gedanke, seinen Anblick ertragen zu müssen, ließ sie vor Widerwillen erschaudern.

Wenigstens hielt die ganze Aufregung die Erinnerungen in Schach. Erinnerungen, die im Grunde keine waren, oder zumindest nicht die ihren, sondern Stephan Sincais. Trotzdem befielen sie sie immer wieder in kurzen Bildern. Er hatte einst Alfred dem Großen geraten, eine Kriegsflotte erbauen zu lassen. Er sprach Chinesisch, und erstaunlicherweise verstand sie es auch. Doch welcher Mann würde eine Frau in seiner Nähe haben wollen, die alles über ihn wusste? Sie wollte Stephan nicht abschrecken, aber ihr Wissen vor ihm zu verbergen, erschien ihr ... unaufrichtig. Schließlich war sie so erschöpft von der fieberhaften Aktivität ihres Gehirns, dass sie in einen unruhigen Schlaf versank.

Ann schlief fast den ganzen Nachmittag, träumte von seidiger Haut und eindringlichen dunklen Augen, und als sie erwachte, verspürte sie nicht nur eine merkwürdige Feuchte zwischen ihren Schenkeln, sondern auch ein beunruhigend dumpfes Pochen dort. Das ging zu weit! Sie konnte es sich nicht leisten, so zu reagieren, nur weil irgendein gut aussehender Mann ihren Weg kreuzte. Nicht, wenn es in ihrem Leben nicht einmal das bescheidene Vergnügen geben durfte, einen Mann auch nur zu berühren. Sie erinnerte sich nur allzu gut an das Gefühl seiner Haut an ihren Fingern, als sie ihn verbunden hatte. Diese Empfindung würde sie nie vergessen, auch wenn sie sie ins Koma versetzt hatte.

Würde Stephan Sincai heute Abend wiederkommen?

Stephan, der keinen Schlaf fand in seinem Zimmer über der Taverne, dachte über Maitlands nach. Inzwischen wurde er da nicht mehr gebraucht. Er hatte dort nichts mehr zu suchen. Er durfte nicht noch ein Leben beflecken. Und nun, da er wusste, dass Ann wohlauf war, gab es keine Rechtfertigung mehr für seine Besuche.

Doch wurde er wirklich nicht mehr benötigt? Was war mit diesem Van Helsing, der immer noch im Haus sein Unwesen trieb? Er wurde heute aus London zurückerwartet. In Anwesenheit der Dienstboten würde er es bei Tag bestimmt nicht wagen, Miss Ann zu belästigen, aber nachts?

Vielleicht sollte ich in den Nächten doch besser auf sie achtgeben, bis sie wieder auf den Beinen ist, überlegte er. Was würde es ihn schon kosten, ein paar Stunden an ihrer Seite zu verbringen? Natürlich könnte Van Helsing, wenn er wieder im Haus war, seine Anwesenheit bemerken. Aber mit diesem Lackaffen würde er schon fertig werden.

Oh ja, er lief Gefahr, sich auch heute Nacht wieder nach Maitlands zu begeben, und das wusste er.

Es wäre besser, sich nicht in Anns Leben einzumischen. Sie hatte sich von der Begegnung mit ihm erholt, und er hatte keine Verpflichtung mehr ihr gegenüber. Es brachte nichts, sich mit ihrer Situation auseinanderzusetzen: ohne Freunde, oder nahezu ohne, mit Van Helsing unter ihrem Dach und von den Dorfbewohnern bestenfalls als irre und schlimmstenfalls als böse eingeschätzt. Aber Ann war weder böse noch verrückt. In seinem Herzen wusste Stephan das. Sie war nur ein außergewöhnlicher Mensch. Er konnte sehr gut nachempfinden, dass sie eine Außenseiterin war, die niemals akzeptiert werden würde. Wenn sie zu sehen doch nur nicht seine Mission gefährden würde! Würde sie sich an alles erinnern, was sie über ihn erfahren hatte?

Aber war nicht auch sie in Gefahr? Die Bewohner von Cheddar Gorge schienen jedenfalls glauben zu wollen, dass sie die Morde begangen hatte, die in Wahrheit auf sein, Stephans, Konto gingen.

Möglicherweise hatte er ihr gegenüber ja doch noch eine Verpflichtung.

Oder vielleicht sollte er nur sichergehen, dass sie ihr Wissen über ihn nicht zurückgewann. In den nächsten Tagen hatte er ohnehin nichts anderes vor.

In seinem Zimmer im ersten Stock konnte Stephan hören, dass unten ein neuer Gast eintraf. Vermutlich war es der Bow Street Runner. Stephan hatte erwartet, dass der Ermittler ein rauer Bursche sein würde, der selbst nur einen Schritt vom Verbrechertum entfernt war, doch die Stimme des Mannes, der sich dem Gastwirt vorstellte, klang sehr höflich. Der Bow Street Runner schien ein gebildeter Mensch zu sein.

»Ich würde gern ein Zimmer mieten, guter Mann.«

»Alle unsere Zimmer sind entweder schon belegt oder reserviert, Sir«, antwortete Mr. Watkins schroff.

»Mr. van Helsing sagte, ich könnte hier Unterkunft bekommen.«

»Oh. Oh, natürlich! Sie sind ... Sie kommen nicht zufällig von der Bow Street, Sir?«

»So ist es. Mein Name ist Steadly. Ernest Steadly.«

»Nun, Mr. Steadly, dann heiße ich Sie herzlich willkommen in Cheddar Gorge! Gebt dem Herrn das reservierte Zimmer, Jemmy, Peg!« Der Wirt senkte verschwörerisch die Stimme. »Ich habe Ihnen nämlich ein Zimmer gleich neben einem der Hauptverdächtigen gegeben! Boy! Komm her, mein Junge, und begleite Mr. Steadly zu Nummer fünf hinauf.«

Schlurfende Schritte. »Jawohl, Chef!«, sagte eine dünne Stimme, wahrscheinlich die des Hausdieners. »Furchtbare Tat«, murmelte er, als er die Treppe hinaufging. Stephan hörte seine näher kommenden Schritte und das Klirren eines Schlüsselbundes. Dann ertönten die Schritte eines zweiten Mannes. »Sie werden sicher Sincai festnehmen und dann die Hexe da oben auf Maitlands holen«, fuhr der Junge fort. »Und aus beiden Geständnisse herausholen, denke ich mal. Wahrscheinlich stecken sie unter einer Decke.«

Genau das, was Stephan schon befürchtet hatte. Er würde sich zu helfen wissen, aber Miss van Helsing nicht.

»Werden Sie noch mehr Zimmer für Ihre Partner brauchen?«, erkundigte sich der Junge.

»Nein.«

»Nun, wir sind so ziemlich das einzige Haus im Dorf, das Gäste aufnimmt, bis auf Mrs. O'Reilly, und sie nimmt nicht mehr als zwei. Ich bin sicher, dass Mr. Watkins Ihre Partner noch hier unterbringen könnte.«

»Ich bin allein gekommen, Junge. Ich habe keine Partner mitgebracht.«

Die Schritte hielten inne. »Allein? Wie wollen Sie denn dann Mörder fassen, die so was Schreckliches verbrochen haben wie das, was die Leute in Bucklands Lodge gesehen haben?«

»Ich habe meine Mittel und Wege, Junge.« Die Stimme war ruhig und selbstsicher.

»Das Dorf könnte eine Bürgerwehr für Sie zusammenstellen.« Die Schritte gingen weiter. Dann senkte der Junge die Stimme zu einem Flüstern. »Wollen Sie, dass Mr. Watkins die Jungs jetzt gleich zusammenruft?«

»Nein«, beschied ihn Steadly ruhig. »Ich werde mit Mr. Sincai sprechen und mir dann das Jagdhaus ansehen, wenn man mir einen Führer zur Verfügung stellen kann.«

»Einen Führer! Na ja, wahrscheinlich könnte Jemmy Sie dort hinbegleiten.«

»Das würde ich sehr begrüßen.« Stephan hörte, wie der Hausdiener die Tür aufschloss und Steadly in das Zimmer führte. »Vielleicht könntest du Mr. Sincai fragen, ob er Zeit hat, mich unten im Speisesaal zu treffen?«, bat Steadly den Jungen.

Stephan öffnete seine Zimmertür und trat auf den Gang hinaus. »Ich begleite Sie gern jetzt gleich hinunter, Mr. Steadly.« Der Hausdiener huschte an ihm vorbei und drückte sich an die gegenüberliegende Wand. Er machte ein Gesicht, als wäre er drauf und dran, sich zu bekreuzigen.

Steadly nickte, höflich, aber wachsam, und bedeutete Stephan voranzugehen. Er war ein hochgewachsener, kräftiger Mann mittleren Alters mit leicht angegrauten Schläfen, der einen gut geschnittenen, wenn auch nicht gerade eleganten Anzug und eine schlicht gefaltete, jedoch perfekt gestärkte Schalkrawatte trug. Er hatte scharfe graue Augen, von denen Stephan unter den gegebenen Umständen nicht behaupten konnte, dass sie ihm gefielen.

Unten setzte Stephan sich auf einen Stuhl, streckte eines seiner langen Beine aus und versuchte, sich ganz ungezwungen und entspannt zu geben. Steadly dagegen wirkte ziemlich steif und verzichtete sogar darauf, Platz zu nehmen.

»Was kann ich für Sie tun, Mr. Steadly?«

»Sie werden es vielleicht nicht glauben, aber ich bin von ...«

»Der Bow Street«, unterbrach ihn Stephan. »Sie sind sicher wegen dieser grauenhaften Morde hier. Ich bin schon fast versucht, mich nun doch nicht nach einem Haus umzusehen, wenn die Leute hier auf solch fürchterliche Weise umgebracht werden. Was meinen Sie? Könnte es ein Tier gewesen sein?« So viel hatte ihn hier noch keiner reden gehört, normalerweise war er eher einsilbig und verschlossen. Aber er war sicher, dass der Gastwirt ihr Gespräch belauschte und es seltsam finden würde, dass er so viel sprach. Hoffentlich, denn Stephan gedachte den Verdacht auf sich zu lenken. Besser auf sich als auf die arme Miss van Helsing.

»Das ist schwer zu sagen, Mr. Sincai. Wenn ich den Tatort gesehen habe, werde ich mir ein genaueres Bild machen können. Ich wüsste allerdings gern von Ihnen, wo Sie sich in der Nacht des elften März aufhielten.«

»Ich?«, fragte Stephan in ungläubigem Ton. »Sie können doch wohl kaum vermuten, dass *ich* etwas mit diesen schrecklichen Ereignissen zu tun hatte!«

»Ich frage jeden, Sir.«

Stephan tat, als überlegte er. »Nun, dann lassen Sie mich mal nachdenken. Dienstag ... Da war ich mit Pillinger, dem Grundstücksmakler, unterwegs, um in der Nähe von Wedmore nach einem Haus zu suchen, das zu mieten ist. Der Makler wird Ihnen das bestätigen.« Das würde er nicht. Aber genau das wollte Stephan ja.

»Die ganze Nacht?«

»Natürlich nicht. Wir haben das letzte Haus so gegen zehn Uhr besichtigt. Danach bin ich hierher zurückgeritten.«

»Hat jemand Sie zurückkehren sehen?«

Stephan zuckte die Schultern. »Fragen Sie die Leute! Ich habe mit niemandem gesprochen, falls es das ist, was Sie meinen. Im Schankraum war es mir zu laut, und ich bin gleich hinaufgegangen.«

»Soviel ich hörte, schlafen Sie tagsüber, Sir.«

»Und? Ist das ein Verbrechen?«

Steadly senkte für einen Moment den Blick. »Nein«, sagte er mit einem angespannten Lächeln. »Natürlich nicht.« Dann blickte er wieder auf. »Es wäre aber schön, wenn es eine Erklärung dafür gäbe.«

»Ich leide unter Lichtempfindlichkeit«, erwiderte Stephan schulterzuckend. »Eine eher unmännliche Schwäche, doch sie ist die Erklärung.«

»Davon habe ich noch nie gehört.«

»Sind Sie Mediziner?«, gab Stephan in sanftem Ton zurück.

»Nein.« Steadly runzelte die Stirn. »Nein, das bin ich nicht.«

»Na, sehen Sie.«

Schweigen breitete sich zwischen ihnen aus, als Steadly Stephan prüfend musterte.

Stephan lächelte und zog die Brauen hoch. Er mokierte sich über Steadly, und der Mann wusste es. Das würde es ihm leichter machen, eine feindselige Atmosphäre zu erzeugen. »Haben Sie noch andere Fragen?«

Der Ermittler räusperte sich. »Nein. Im Moment nicht. Aber ich erwarte, dass Sie für weitere Befragungen zur Verfügung stehen. Planen Sie also keine Reisen und bleiben Sie in Cheddar Gorge.«

»Selbstverständlich, Sir«, murmelte Stephan. Falls Steadly jedoch erwartete, dass er nun gehen würde, wurde er enttäuscht. Stephan blieb sitzen, wo er war, und blickte leise lächelnd zu dem Runner auf, bis der Mann sich wieder räusperte, sich auf dem Absatz umdrehte und ging.

Sehr gut. Das Gespräch würde den Ermittler für mindestens einen weiteren Tag beschäftigen. Wenn er herausfand, dass

Stephan ihn belogen hatte, würde der Verdacht gänzlich auf ihn fallen und Miss van Helsing wäre aus dem Schneider. Aber der Mann konnte so oder so nichts unternehmen. Es gab keine Zeugen und keine Beweise, die Stephan mit dem entsetzlichen Geschehen in dem Jagdhaus in Verbindung brachten. Und er musste nur noch ein paar Tage länger warten, für alle sichtbar, bis Kilkenny kam.

Dann würde er seinen Auftrag erfüllen oder bei dem Versuch sein Leben lassen.

Stephan blickte aus dem Fenster und sah, wie tief die Sonne bereits stand. In etwa einer halben Stunde würde sie untergehen. Van Helsing war wieder auf Maitlands. Die Ankunft des Bow Street Runners war der sichere Beweis dafür. Und deshalb würde er sich jetzt nach Maitlands aufmachen, um dafür zu sorgen, dass Van Helsing Ann in Ruhe ließ. Es war das Mindeste, was er für sie tun konnte, nachdem sie ihm geholfen hatte. Außerdem merkte er, dass er sie sehen wollte. Was nur verständlich war, da er schließlich herausfinden wollte, ob sie sich wirklich gut erholt hatte. Und was sie wusste. Das war alles.

Mrs. Simpson kam hinauf, um Anns Tablett zu holen, und riet ihr, ein bisschen zu schlafen. Ann stimmte zu, obwohl sie überhaupt nicht müde war. Schwach, das ja, aber sie hatte den ganzen Nachmittag geschlafen, und jetzt war es gespannte Erwartung, die ihr keine Ruhe ließ. Würde er kommen? Und wenn nicht? Was, wenn sie ihn nie mehr wiedersah? Eine prickelnde Hitze stieg in ihr auf bei dem Gedanken, ihn wieder hier in dem Sessel neben ihrem Bett zu haben.

Als er erschien, spürte sie ihn, noch bevor sie ihn sah. Die Luft im Zimmer schien plötzlich zu vibrieren vor Energie, und sie nahm den schon vertrauten Duft nach Zimt und Ambra wahr. Seinen Duft. Sie hätte nie erkannt, dass es Ambra war, bevor sie ihn berührt hatte. Doch nun wusste sie alles über Stephan Sincai. Nicht, dass sie sich schon wieder an alles erinnerte, aber die Erinnerungen würden nach und nach zurückkehren, dessen war sie sich ganz sicher.

»Guten Abend«, sagte sie leise, und nach kurzem Zögern kam er aus dem Ankleidezimmer herein.

Er musterte sie stirnrunzelnd. »Sind Sie wieder ganz wohlauf?«

Ann nickte. Seine Lippen sahen aus, als fühlten sie sich sehr weich an. Die Schultern unter seinem Rock waren breit und muskulös. Sie biss sich auf die Lippe. Was dachte sie sich nur?

»Sie sind aber sehr blass.«

»Der Doktor hat mich zur Ader gelassen. Wahrscheinlich bin ich deshalb blass.«

»Er hat Sie *zur Ader gelassen?*« Mit drei Schritten war er bei ihr und griff nach ihrem Handgelenk, doch in jäher Panik zog sie die Hand zurück. Das ließ ihn innehalten, und er schluckte. »Verzeihen Sie. Ich habe mich vergessen«, sagte er und verschränkte die Hände hinter seinem Rücken.

Hatte er ihren Puls fühlen wollen? Wie ... *typisch* für ihn, so besorgt um sie zu sein. Sie fragte sich, wie viele andere Menschen sein hilfsbereites Wesen kannten. Vielleicht niemand außer ihr. Sie griff selbst nach ihrem Handgelenk und fühlte ihren Puls. »Ein bisschen unruhig, aber stark genug.« Dann zog sie fragend die Brauen hoch.

Stephan stieß ärgerlich die Luft aus. »Zur Ader lassen! Quacksalberei, nichts als Quacksalberei«, murmelte er. »Ich werde mal mit dem guten Doktor reden müssen.«

»Würden Sie ... könnten Sie sich bitte setzen? Sie machen mich ganz nervös, wenn Sie so dicht vor mir stehen.«

»Nein, nein. Ich kann nicht lange bleiben. Es ist schon spät.« Er trat zurück, wahrscheinlich, um sie nicht nervös zu machen, doch nun konnte sie kaum noch sein Gesicht im Halbdunkel des Zimmers sehen. »Hat Ihr Cousin Sie heute aufgesucht?«, fragte er.

»Er ließ mir durch Mrs. Simpson ausrichten, er wolle mich sehen, nachdem er aus London zurückgekehrt war. Aber ich war zu müde, um ihn zu empfangen.« Wieder schüttelte es sie vor Widerwillen.

»Empfangen Sie ihn nicht!«, befahl Sincai in einem Ton, der keinen Widerspruch erlaubte.

Ann zog die Augenbrauen hoch. Mit welchem Recht erteilte er ihr Befehle? »Meinen eigenen Cousin?«

Ein grimmiger Zug erschien um Sincais Mund. »Nicht, bis Ihr Onkel wieder auf den Beinen ist. Sie sind bei Ihrem Cousin ... nicht sicher«, antwortete er so widerwillig, als wäre sogar diese kurze Erklärung seiner Beweggründe mehr, als er zu geben gewohnt war. Und so war es vermutlich auch. Denn hatte ein Mann von seiner Macht es nötig, Erklärungen abzugeben? Und jetzt, da sie darüber nachdachte, fragte sie sich auch, wie er von der Gefahr wissen konnte, die ihr Cousin darstellte.

Wieder zogen ihre Brauen sich zusammen. »Während ich bewusstlos war ... war er da hier oben, um mich zu besuchen?«

»Ja.«

Sie glaubte, sich an etwas zu erinnern ... doch dann entzog es sich ihr wieder.

»Denken Sie nicht daran. Aber lassen Sie ihn nicht zu sich herein!«

»Jetzt jagen Sie mir Angst ein ...«

»Ich ... das wollte ich nicht ...« Sincai brach ab und schien zu lauschen. »Er sitzt beim Abendessen. Ich werde es Sie wissen lassen, falls er kommt. Und ich kann seinen Besuch verhindern.« Ann warf ihm einen schnellen Blick zu. Sie wusste genau, wie er das verhindern konnte. Er konnte auch sie dazu bringen, sich seinem Willen zu unterwerfen. Oft genug in seinem Leben hatte er Frauen dazu gebracht, zu ihm zu kommen. Er hatte ihnen Blut genommen und dann den Eindruck eines angenehmen Traumes bei ihnen hinterlassen. Sie suchte in seiner Erinnerung nach einem Moment, in dem er eine Frau dazu gezwungen hatte, intime Beziehungen mit ihm zu haben. Denn das konnte er, wenn er wollte. Aber er hatte seine Fähigkeiten nie dazu missbraucht. Noch nie in seinem ganzen langen Leben.

Ann lächelte, weil ihr das gefiel. Doch dann verblasste ihr Lächeln wieder. Warum sollte ein Mann wie Sincai eine Frau zu etwas zwingen müssen? Frauen rissen sich gewiss darum, sein Interesse zu erwecken. Er hatte die Liebe in all ihren Spielarten erfahren. Er war ein aufregender Mann. Seine bloße Anwesenheit erfüllte die Luft mit gespannter Erwartung, während sie, Ann van Helsing, ein Mädchen vom Lande war, das mit fünfundzwanzig Jahren noch immer Jungfrau war und nie einen Mann würde berühren können. Die Kluft zwischen ihnen schien so breit zu sein wie der River Axe, wo er die Ebenen unterhalb des Felsmassivs in Wedmore überflutete. In gewisser Weise wünschte sie, sie wüsste gar nichts über Stephan Sincai.

Als sie die Augen wieder von ihm abwandte, glaubte sie, ihn sich räuspern zu hören, aber er sagte nichts. Nach einer Weile hielt sie das Schweigen nicht mehr aus und bat: »Könnten Sie sich nicht wenigstens einen Moment lang setzen?« Selbst in ihren eigenen Ohren klang ihre Stimme unsicher.

Sincai räusperte sich wieder, diesmal lauter als vorher, und ließ sich auf dem Rand des Sessels nieder. Dann nahm er die Hände von den Knien und faltete sie auf dem Schoß, nur um sie gleich darauf wieder auf die Knie zu legen. »Sie wundern sich vielleicht, dass ich nicht um Erlaubnis bat, Sie besuchen zu dürfen. Es ist schon spät am Abend, und Sie sind krank. Aber ich ...« Er beendete den Satz nicht. Offenbar wollte er sie etwas fragen und konnte sich nur nicht dazu überwinden. Sichtlich unruhig stand er auf und begann, in dem dämmrigen Zimmer umherzugehen, in dem die Luft buchstäblich knisterte von seiner inneren Erregung.

Ann wollte nicht, dass er ging, das wurde ihr ganz plötzlich klar. Die Kluft zwischen ihnen war sehr real, aber hatte nicht jeder von ihnen auch in die Seele des anderen geblickt? Sie in die seine auf jeden Fall. Es ihm zu erzählen, könnte ihn jedoch vertreiben. Er war kein Mann, der seine Geheimnisse gern teilte. Und wenn er ihre Freundschaft akzeptierte und dann herausfand, dass sie von Anfang an alles über ihn gewusst hatte, würde er sie dann nicht hassen, weil sie es ihm verheimlicht und ihn damit im Grunde zu der gleichen Heuchelei gezwungen hatte? Ann atmete tief ein, weil sie für das, was sie jetzt vorhatte, ihren ganzen Mut zusammennehmen musste. »Ich weiß, warum Sie nachts hierherkommen, ohne meine Erlaubnis zu erbitten.«

»Tatsächlich?« Selbst im schwachen Licht war seine bestürzte Miene nicht zu übersehen.

Ann nickte ernst. Am liebsten hätte sie ihm über die Stirn gestrichen, um die steile Falte dort zu glätten. Machte er sich nur Sorgen, sie könnte herausgefunden haben, wer er war? Vielleicht befürchtete er ja, dass sie ihn verachten würde, wenn sie wusste, was er war. Aber so war es natürlich nicht. Wie auch? Gerade *sie* hatte kein Recht, jemanden wie ihn zu verurteilen. Das musste ihm doch klar sein.

Doch wie sollte sie ihm erklären, dass sie alles über ihn wusste, ohne ihn abzuschrecken? Die Erklärung würde schließlich auch ihre eigenen Geheimnisse zutage bringen. Aber vielleicht waren gerade diese Geheimnisse ein Punkt zu ihren Gunsten? »Ich muss Ihnen das mit dem Anfassen erklären.« Plötzlich schien sich ihr die Kehle zuzuschnüren. Konnte sie es ihm wirklich sagen? Es gab nur zwei Menschen auf der Welt, die die ganze Geschichte kannten. Der eine war tot und der andere, Gott helfe ihm, würde es bald sein.

Sie senkte den Blick auf ihre Hände, die sich irgendwie in die Decken verkrallt hatten. »Ich habe Ihnen schon im Wald erzählt, dass ich Dinge über Menschen erfahre, indem ich sie anfasse.« Sie blickte auf. »Und in der Höhle habe ich Sie berührt.«

»Sie haben versucht, meine Wunden zu verbinden.« Das schien ihn zu erstaunen. Konnte er nicht glauben, dass jemand versuchen würde, ihm zu helfen?

Wieder holte sie tief Luft. »Da wusste ich noch nicht, dass Ihr Gefährte sie heilen konnte.«

Stephan zuckte zusammen und blieb dann wie vom Donner gerührt vor ihr stehen. »Aber jetzt wissen Sie es.« Seine Augen versengten sie geradezu. Er sah gefährlich und zugleich bekümmert aus. Die Energie, die ihn stets umgab, wurde noch ein bisschen ausgeprägter. Vielleicht hätte sie nicht so unverblümt damit herausplatzen und sich dem Thema etwas indirekter nähern sollen?

»Tut mir leid«, murmelte sie mit einem reuevollen kleinen Lächeln. »Das ist *mein* Fluch. Es ist nicht nur so, dass ich *einige* Dinge über Menschen weiß, sondern einfach alles, Mr. Sincai.«

»Alles?«

»Nun ja, da Sie so alt sind und so viele Erfahrungen gesammelt haben, kann ich noch nicht alles ganz zusammenfügen. Da sind noch Lücken. Doch ich weiß von dem Blut. *Blut ist Leben* für Ihre ... Art.«

Mit beschämter Miene wandte er sich ab. Seine Stimme kam jetzt aus dem Dunkel. »Werden Sie es Fladgate sagen?«

»Warum sollte ich den kleinlichen Aberglauben dieser Leute auch noch nähren?« Langsam drehte er sich wieder zu ihr um, betrachtete sie versonnen und suchte nach Anzeichen von Widerwillen, was Ann wieder ein bisschen Hoffnung gab. »Ich weiß, was für eine Art von Mann Sie sind und welche Erlebnisse und Erfahrungen Sie dazu gemacht haben. Sie sind im Kloster Mirso aufgewachsen und haben in den Rosenkriegen mitgekämpft. Welche Entbehrungen Sie auf Ihrer chinesischen Expedition ertragen mussten! Ich weiß, dass die Mayas Sie als Gott verehrten und was Sie mit Beatrix und ... Asharti zu erreichen versuchten.«

»Dann kennen Sie meine Verbrechen.« Eine solch düsterere Stimme hatte sie noch nie gehört. »Ich bin schwach.«

»Hmm ...«, sinnierte sie. »Sie vergessen zu erwähnen, dass Sie großzügig, loyal und idealistisch sind.«

»Schwächen«, sagte er bitter. »Aber die gibt es nicht mehr. Ich habe sie ausgemerzt. Jetzt habe ich nur noch eine Aufgabe.«

Sie verkniff sich die Bemerkung, dass Idealismus und Großzügigkeit nach wie vor in ihm vorhanden waren, egal, wie sehr er sie auch zu verleugnen suchte. »Wiedergutmachung ist ein lobenswertes Ziel ...«

Er ging in der Dunkelheit außerhalb des Lichtkegels umher. »Gott, dann müssen Sie ja auch wissen ...«

»Was im Schatzamt und in Bucklands Lodge geschehen ist? Sie wurden dort hingeschickt, um Kilkennys üble Handlanger zu beseitigen, die alles bedrohen.«

»Und ... das Training?«, fragte er mit erstickter Stimme.

Ann legte nachdenklich die Stirn in Falten. »Das Waffentraining bei Alfred dem Großen ...?«

Seinen erleichterten Seufzer spürte sie mehr, als dass sie ihn hörte. Er bewegte sich noch immer außerhalb des kleinen Lichtkreises.

Sie lächelte. »Wollen Sie, dass ich mich vor Ihnen fürchte? Dann muss ich Sie enttäuschen.« Tatsächlich verspürte sie eher ... eine Art Verwandtschaft. Empfing er seinerseits denn gar nichts von ihr? Aber als sie ihn berührt hatte, war er ja auch ohnmächtig gewesen. »Wenn ich keine Angst vor Ihnen habe, können Sie dann nicht auch die Ihre vor mir überwinden?«

Seine Augen weiteten sich fast unmerklich. Dann zog er seine Brauen hoch und lächelte zerknirscht. »Sie mögen zwar nur ein junges Mädchen sein, doch eines, das alles über mich weiß? Die Vorstellung ist beängstigender, als ein Ungeheuer es sein könnte. Sie ...« Er räusperte sich. »Sie können nicht Gedanken lesen, oder?«

Sie schüttelte den Kopf. Dass er davor Angst haben würde, war verständlich. »So ist das nicht. Wenn ich Sie berühre, sehe ich Ihre vergangenen Erfahrungen und weiß, was Sie dabei empfunden haben oder wie Sie darüber dachten. Das ist ziemlich überwältigend. Doch ich weiß nicht, was Sie jetzt gerade denken.« So, jetzt hatte sie es ihm gesagt! Aber wenn sie schon bei der Wahrheit war, konnte sie ihm auch gleich alles beichten. »Ich glaube allerdings, dass es leichter zu erraten ist, was jemand denkt, wenn man so viel über ihn weiß. Manchmal könnte ich die Sätze meines Onkels für ihn beenden.« Das ließ sie zwar wie ein altes Ehepaar oder zwei gemeinsam gealterte Jungfern klingen, aber so war es nun mal, wenn man einen anderen Menschen so gut kannte.

Sincai sah vollkommen entgeistert aus. Dennoch trat er nach

kurzem Zögern wieder in das Licht zurück. »Deshalb sind Sie ins Koma gefallen, nicht? Weil Sie von zweitausend Jahren auf einmal heimgesucht wurden.«

Sie konnte sich ein Lächeln nicht verkneifen. »Sie waren ein bisschen überraschend, ja.«

Ann meinte, Belustigung in seinen Augen wahrzunehmen. Aber dann wurde er wieder ernst. »Wie leben Sie mit dieser Art von Wissen über Menschen?«

»Schlecht«, erwiderte sie seufzend. »Ich werde nie einen Ma...« Sie unterbrach sich. »Ich kann Menschen nicht berühren«, berichtigte sie sich. »Und manchmal frage ich mich, ob der fehlende körperliche Kontakt mich nicht kalt gemacht hat.«

»Sie? Kalt? Nein.« Ein wehmütiger Ausdruck huschte über sein Gesicht. »Doch ich weiß, wie das ist. Auch für mich sind Berührungen ... schwieriger geworden.«

Ann lachte leise. »Na prima. Was könnte ungefährlicher sein für uns als jemand, der unsere Abneigung dagegen teilt?«

Sie sah, wie er ihr Gesicht betrachtete. Diese unergründlichen dunklen Augen – wer würde vermuten, dass sie ganz weich vor Zuneigung werden konnten? Blitzartige Erinnerungen an all die Geliebten, die er gehabt hatte, brachen über Ann herein. Schöne Frauen, brillante Frauen, grausame Frauen und unschuldige Frauen – er hatte sie alle geliebt. Ein Erschauern durchlief sie. Was denkst du dir dabei, einen Mann wie diesen auszufragen?, durchfuhr es sie. Was wollte sie eigentlich von ihm? Verlegen senkte sie den Blick auf ihre Hände und nahm ihren ganzen Mut zusammen.

»Manchmal denke ich, ich werde verrückt, wenn ich nicht irgendeine Verbindung zu der Welt aufrechterhalten kann. Wenn ... *falls* mein Onkel stirbt, wird es niemanden mehr geben, der mich ... akzeptiert.« Das könnte die Definition eines Freundes sein. Ann zögerte und umklammerte den Rand der Steppdecke. »Wer wäre besser imstande, mich zu akzeptieren, als jemand, der genauso seltsam ist wie ich?« Sie sah seinen zweifelnden Gesichtsausdruck. »Wir könnten ... reden, und wenn auch vielleicht nur eine kleine Weile.« O Gott, jetzt hatte sie zu viel verlangt!

»Wenn Kilkenny kommt, werde ich ihm entgegentreten.« Seine Stimme war von eiserner Entschlossenheit.

»Ich weiß.« Er dachte, dass es entweder sein Tod oder seine Erlösung sein würde. »Und bis dahin?«

»Kann ich ... nun ja, ein bisschen Zeit erübrigen.« Er räusperte sich. »Das Warten ist nicht leicht.«

»Sie könnten meine Bibliothek benutzen. Bücher vertreiben einem die Zeit.«

Er sah sich um. »Eine schöne Sammlung. Die Ihre?«

»Bücher sind meine Freunde.« Wie idiotisch sich das anhörte! »Ich habe Sie mit einem Buch gesehen, als ich erwachte.«

Er blickte auf seine Hände und nickte. Dann zog er den Sessel in den Lichtkreis und setzte sich, aber so übertrieben vorsichtig und weit nach vorn gebeugt, als wollte er jeden Moment wieder aufspringen und gehen. Wie ein wildes Tier, das ich zu mir heranlocke, ging es Ann unwillkürlich durch den Kopf.

»Sie können mir von Ihren Lieblingsautoren erzählen.« Sie zuckte mit den Schultern und zog eine Braue hoch. »Mal sehen. Laotse, Aischylos, Sophokles, Euripides. Konfuzius. Sie mögen Chu Yuan. Ovid – nichts Martialisches, wie ich bemerke. Antarah Ibn Shaddad, Wang Wei, Bharavabhuti und natürlich auch Li Po.« Jemanden zu haben, der alles über einen wusste, konnte auch praktisch sein. Das zumindest wollte sie ihm zeigen.

Er schien überrascht zu sein. »Haben Sie ... sie ebenfalls gelesen?«

»Die Römer selbstverständlich. Und auch die Griechen, aber nur in der Übersetzung. Mein Griechisch ist leider nicht gut genug, um die Originaltexte lesen zu können. Ich erkenne jetzt allerdings, dass es keine sehr guten Übersetzungen waren.«

»Dann ... dann lesen Sie sie nun durch mich?« Seine Stimme war hart, als er herauszufinden versuchte, wie viel sie über ihn wusste.

»Nein, nein«, versicherte sie ihm. »Ich habe nur Ihre Eindrücke von ihnen.«

»Oh. Das ist gut.« Er war sich dessen aber nicht sehr sicher.

Sie beschloss, ihm nicht zu sagen, was seine Eindrücke ihr über ihn verrieten. Er schätzte die Wahrheit und hasste Tyrannei – was erstaunlich war für jemanden, der so versessen darauf war, eine Mission zu erfüllen, die ihm von den Ältesten befohlen worden war, und noch bemerkenswerter sogar war, dass er an die Vergebung des heiligen Augustin glaubte und nicht nur für sich selbst. Sie mochte den Mann, der diese ganz speziellen Bücher lieben konnte. Und was war mit den chinesischen Poeten? In ihnen liebte er die Ruhe, die Beschaulichkeit, und sehnte sich danach. Nicht leicht für einen Mann mit einem Auftrag wie seinem, sich nach Frieden und Beschaulichkeit zu sehnen.

»Ich würde gern die chinesischen Dichter lesen. Meinen Sie, man könnte sie in Londoner Buchgeschäften finden?«

Er lachte ein bisschen. »Nein. Nun lassen Ihre Fähigkeiten Sie aber schwer im Stich.«

Ann konzentrierte sich. Wovon sprach er? »Oh. Die Werke sind aus der Zeit um siebenhundert – der Tang-Dynastie? Und ... Ihre Ausgaben wurden zerstört, als die Bauern Ihren Palast in Indien niederbrannten.«

Er schnappte nach Luft. Aber das war verständlich, denn jede neue Demonstration ihres Wissens musste noch beunruhigender für ihn sein. »Die letzten Ausgaben befinden sich im Kaiserlichen Palast in der Verbotenen Stadt in Peking.«

»Ich war noch nie in Peking.« Ann seufzte. »Und wahrscheinlich werde ich auch nicht dorthinkommen. Tatsächlich bin ich überhaupt noch niemals in einem fremden Land gewesen. Was das angeht, können Sie sich wirklich glücklich schätzen.«

»Nach einer Weile ist es überall auf der Welt das Gleiche. Die Menschen sind sich ähnlich, und man nimmt sich selbst überallhin mit.«

»Ich hätte liebend gern eine Chance, das selbst festzustellen.«

Er lächelte. Es war ein solch winziges Lächeln, dass es einem entginge, wenn man nicht genau hinsähe. »Sie haben Ihre Bücher. Sie können sie überall hinbringen.«

»Das ist nicht das Gleiche«, sagte sie, obwohl sie Erich belogen und behauptet hatte, das sei es. »Man sieht die Dinge durch die Augen des Verfassers. Alle Eindrücke sind nur geborgt. Ich kann manchmal andere Zeiten und andere Leben durch die Gegenstände spüren, die ich berühre, aber auch das ist nur eine fremde Realität. Ich will meine eigene, verstehen Sie?«

»Realität wird überbewertet.« Er kaute nachdenklich an seiner vollen Unterlippe. »Dennoch wäre es vielleicht gut für Sie, sich in London einzurichten.«

»Ich könnte meinen Onkel nicht verlassen.« Das würde möglicherweise nicht mehr lange ein Thema sein, und beide wussten das.

»Nicht sofort natürlich«, setzte er rasch hinzu. »Aber das Leben in einer weniger beschränkten Gesellschaft wäre gut für Sie. Die Leute hier sind zu provinziell, um Sie zu schätzen.«

»Sie meinen, sie wissen zu viel über mich.« Ann lachte, doch dann seufzte sie. »Reisen ... in London leben ... nein, das ist einfach unmöglich für jemanden wie mich.«

»Sie stellen eine Gesellschafterin ein und nehmen Mrs. Simpson, Polsham und Jennings mit. Ein schönes Haus in der Stadt ... eine anspruchsvolle Gesellschaft ...«

»Und wie würde ich dort Berührungen vermeiden?«, hielt sie ihm entgegen.

»Indem Sie sich als Exzentrikerin geben«, erklärte er mit dem Anflug eines Lächelns um den Mund. »Sie lassen sich nie ohne Handschuhe sehen und erklären, dass Sie es einfach zu unkultiviert finden, andere zu berühren. Damit werden Sie ganz groß in Mode kommen.«

Sie konnte gar nicht anders, als zu lachen und den Kopf zu schütteln. »Sie lassen es so einfach klingen.«

»Das ist es.«

Ann wurde ernst. »Für jemanden, der so mutig ist wie Sie vielleicht. Aber nicht für mich.« Sie blickte sich in dem nur schwach beleuchteten Zimmer um. »Ich könnte mein Kinderzimmer nicht verlassen. Hier kann ich Dinge berühren und werde nicht gleich ... überfallen von jedem, der sie irgendwann einmal angefasst hat.«

Er senkte den Kopf und blickte auf seine Hände. »Dies hier ist also ein Zufluchtsort für Sie.«

»Und Sie verstehen die Notwendigkeit für einen solchen Ort bestimmt.«

»Ja.«

Ein Hauch von Traurigkeit glomm in seinen Augen auf und verschwand wieder – nun, da sie wusste, wonach sie Ausschau halten musste, konnte sie diese winzige Äußerung von Gefühl erkennen. War das alles, was ihm geblieben war nach seinen Erfahrungen?

»Sie haben viel Leid erfahren in Ihrem Leben«, flüsterte sie. »Sie verdienen Frieden.«

»Nein, ich verdiene ihn nicht. Noch nicht.« Die Härte war wieder da in seiner Stimme. Seine Augen sahen aus, als wäre er weit entfernt. Sincai glaubte wirklich, keinen Frieden zu verdienen. Und er war auch nicht der Meinung, dass ihm Freundlichkeit von einem anderen zustand. Deshalb konnte er nicht glauben, dass sie versucht hatte, ihn zu verbinden, als sie seine Verletzungen gesehen hatte. Wie musste es sein, sich selbst dermaßen zu verachten? Er fing sich plötzlich wieder und sah sie prüfend an. »Sie sind müde, Miss van Helsing.«

Das stimmte. Sie war hundemüde, aber sie wollte nicht, dass er ging. »Nicht wirklich.«

Er zog die Brauen hoch. »Ich werde in diesem bequemen Sessel hier eins Ihrer Bücher lesen. Und Sie werden schlafen«, erklärte er.

Ihre Lider *waren* schwer. Sie konnte kaum noch die Augen aufhalten. »Sie werden doch nicht gehen, oder?«

»Erst bei Tagesanbruch. Falls Sie heute Nacht erwachen, bin ich hier.«

»Und Sie werden wiederkommen?«

»Wenn ich kann.«

»Na gut, dann schlafe ich ein Stündchen.« Sie lächelte, als sie sich in ihrem Bett ausstreckte und die Decke hochzog. »Ich habe mehrere Sprachbücher. Sie könnten Italienisch lernen.«

»Sie lassen nach. Ich kann schon Italienisch.«

»Oh ja...« Ihre Lider waren so schwer. »Das hatte ich vergessen...«

12. Kapitel

Stephan sah, wie ihr die Augen zufielen. Sie würde die Nacht durchschlafen. Und das war gut. Nach ihren Erlebnissen brauchte sie Schlaf. Und ihr Cousin konnte nicht unbemerkt in der Nacht die Treppe hinaufgeschlichen kommen. Sollte er es doch wagen, würde Stephan ihn zur Hölle schicken. Und er selbst war sicher vor dem Runner. Er würde es genießen, ein Buch zu lesen und Ann beim Schlafen zuzusehen. Genießen ... dieses Wort hatte er seit Jahren nicht mehr benutzt, geschweige denn tatsächlich so etwas wie Genuss empfunden.

War er wirklich so gern in ihrer Nähe? Dass sie so viel über ihn wusste, war entnervend, doch dass sie ihn darüber hinaus auch noch so zu akzeptieren schien, wie er war, war wirklich schwer zu glauben. Vielleicht wusste sie ja doch nicht alles. Er würde sie auf die Probe stellen müssen. An seine Ausbildungszeit in Mirso schien sie sich jedenfalls nicht zu erinnern, was ein Geschenk des Himmels war. Er hasste den Gedanken, dass eine so unschuldige junge Frau ... Sie könnte allerdings von anderen Liaisons wissen, die er sich im Laufe der Jahrhunderte gegönnt hatte. Sie hatte gesagt, sie wisse von Beatrix und Asharti, und ein Teil seiner Beziehung zu ihnen war auf jeden Fall physischer Natur gewesen. Bei Asharti sogar ausschließlich – das hatte zu seinem Ausbildungsprogramm gehört. Er hatte versucht, ihr zu zeigen, dass sexuelle Beziehungen auch zärtlich und ein gegenseitiges Geben und Nehmen sein konnten. Doch diese Lektion hatte sie offensichtlich nicht gelernt. Auch da war er gescheitert. Bei Beatrix war die sexuelle Beziehung zweitrangig gewesen neben der Liebe, die er für sie empfand. Anfangs hatte sie ihn auch geliebt, aber dann war sie darüber hinausgewachsen. Die erste Liebe hatte nur selten Bestand, besonders zwischen einer unschuldigen jungen Frau und einem Mann, der schon alles gesehen und erlebt hatte.

Stephan betrachtete die schlafende Miss van Helsing. Sie sah aus wie ein Engel, so hell, so unschuldig. Sie war der Meinung, er verdiente Frieden. Doch es war nur ihre eigene Güte, die ihren Eindruck von ihm prägte. Denn sie irrte sich. Wenn er seine Mission vollendete, mochte er Vergebung verdienen, aber keine Güte. Wann war überhaupt je jemand gut und großzügig zu ihm gewesen?

Ja. Genau genommen vielleicht sogar eine von Rubius' Töchtern ...

*Kloster Mirso,
März 1820*

Stephan kam in dem Raum zu sich, den er zu hassen begonnen hatte. Wieder war er an den harten Stein der Bank gekettet. Jemand streichelte ihn und summte leise vor sich hin. Die Berührung war sanft. Sie schmerzte nicht. Er hatte überhaupt keine Schmerzen mehr. Die fürchterliche Qual schien nur noch ein böser Traum zu sein. Er schlug die Augen auf.

Freya saß neben ihm und salbte seine nackte Haut mit Öl. Er hob den Kopf ein wenig an und blickte auf sich herab. Sein Körper war unversehrt, jedes Haar, jeder Zentimeter Haut waren wieder heil. Gefährte, seufzte er dankbar und spürte als Antwort darauf das prickelnde Leben durch seine Adern rauschen.

»Das war hart, ich weiß«, sagte Freya. Ihre Augen hatten einen weichen Ausdruck. »Aber es geht dir schon viel besser.«

Er drehte den Kopf zur Seite, doch sie waren allein.

»*Die anderen werden später kommen. Wir wollten dir Gelegenheit geben, dich zu erholen. Es wird ein, zwei Tage dauern, bis du deine ganze Kraft zurückgewinnst.*« *Sie tauchte zwei Finger in das Öl und gab es auf seine Schultern und die muskulösen Oberarme.*

»*Möchtest du mir Fragen stellen?*«, *wollte sie wissen, während sie das Öl verrieb.* »*Dee und ich sind uns nicht einig, wie viel du wissen solltest. Ich glaube, dass Aufklärung dich zu einem eifrigeren Büßer macht und es dir den Gehorsam erleichtert, genau zu wissen, was von dir erwartet wird. Dee dagegen meint, wir sollten dich im Dunkeln lassen. Aber sie ist nicht hier.*«

Was sollte er sie fragen? Er hatte tausend Fragen. Er wollte wissen, warum sie ihn nur fürs Masturbieren so grausam bestraft hatten, aber er war sicher, dass das Freya nur verärgern würde. Und als er jetzt darüber nachdachte, hatte er auch viel wichtigere Fragen. »*Kann dieses ... Training wirklich meine Macht erhöhen?*«

»*Oh, auf jeden Fall*«, *erwiderte sie.* »*Du bist schon stärker, als du es bei deiner Ankunft warst. Und diese abwechselnde Unterdrücken und Befriedigen deines Sexualtriebs wird deine Macht um ein Vielfaches steigern.*«

Er dachte darüber nach, dass er nicht mehr ganz so erschöpft war und auch früher erwachte als zuvor. Vielleicht hatten sie recht. »*Und wie lange ... wird das noch so weitergehen?*« *Wie lange würde er es noch ertragen können?*

»*Das ist schwer zu sagen. Deine Fortschritte werden irgendwann stagnieren, und dann wissen wir, dass wir so viel erreicht haben, wie es bei dir möglich ist, und gehen zur zweiten Phase über.*«

»*Was ist die zweite Phase?*« *Er hatte Angst vor der Antwort und war sich beinahe sicher, dass Freya es ihm nicht sagen würde.*

»Wir bringen dir bei, dich selbst zu beherrschen, statt von uns beherrscht zu werden. Du musst die Disziplin der Unterdrückung und der Konzentration erlernen. Mit anderen Worten, wir werden deine rohe Energie in eine ausgefeilte Kraft verwandeln, die du lenken und benutzen kannst.«

»Und wie wird das gehen?«

»Mit Geisteskraft. Mantras und gezielte Meditation sind dabei sehr hilfreich. Du wirst imstande sein, deine Erektionen zu kontrollieren, sie zu verlängern und nur auf Befehl zu ejakulieren. Du wirst Schmerz unterdrücken können, selbst die Art von Schmerz, die du heute erfahren hast. Es ist eine Art tantrische Disziplin. Wir werden natürlich mit kleinen Schritten beginnen, dir Wunden beim Sex zufügen, weil deine Macht während des Geschlechtsakts auf dem Höhepunkt ist, und die Wunden mit unserem Speichel offen halten, damit dein Gefährte sie nicht zu schnell heilt. Stancie liebt diesen Teil. Du wirst lernen, Hunger, Erschöpfung, Hitze und Kälte zu besiegen und trotzdem handeln zu können. Du brauchst Disziplin, um Rache an Ashartis Armee üben zu können.«

»Und ... wie lange wird das dauern?«, fragte er mit heiserer Stimme. Die düsteren Aussichten waren ernüchternd. Er begann, die Möglichkeit in Betracht zu ziehen, dass er den Verstand verlieren würde, bevor seine Ausbildung abgeschlossen war.

Sie sah ihm in die Augen. »Ein Jahr oder zwei. Wir versuchen, langsam vorzugehen.«

Zwei Jahre? Panik krampfte ihm den Magen zusammen und schnürte ihm die Kehle zu. »Wie ... wie können wir so lange warten, wenn Ashartis Armee vielleicht in ebendiesem Moment schon wieder aufgebaut wird?«

Freya wandte den Blick ab, und er sah, dass sie auf den Fleck in der Zimmerecke starrte. »Wenn wir zu schnell vorgehen, könnten wir alles verderben«, sagte sie leise.

Stephan schluckte. Vielleicht war es die dümmste aller Fragen, aber er hatte plötzlich große Angst, dass sie die wichtigste sein könnte. »Woher kommt dieser Fleck da?«

Freya setzte sich gerader hin, doch ihr Blick verließ die Ecke nicht. Er dachte schon, sie würde nicht antworten. Aber dann wandte sie ihre Aufmerksamkeit wieder auf Stephan. »Das ist alles, was von dem letzten Büßer übrig geblieben ist, den wir zum Harrier *ausbilden wollten.*« *Stephan spürte, wie sich seine Augen weiteten.*

»Er ist in Feuer aufgegangen«, *sagte sie ruhig.* »Wir hatten versucht, seine Macht zu schnell zu erhöhen.« *Sie atmete tief ein.* »Das kostete uns am Ende mehr Zeit, als es ein langsameres Vorgehen erfordert hätte. So schwer es ist zu warten, besonders für Stancie, müssen wir doch sichergehen, dass wir erfolgreich sind.« *Sie stand auf und blickte auf Stephan herab.* »Du kannst uns natürlich helfen. Das ist es, was Dee nie versteht. Lerne, deine Erektion, Ejakulation und Reaktion auf Anreize zu kontrollieren. Je besser du dich unter Kontrolle hast, desto weniger müssen wir dich zwingen und desto schneller machst du Fortschritte. Am Ende wirst du deine sexuelle Energie in einem solchen Maß erhöht haben, dass sie eine gefährliche Waffe darstellt. Du wirst sie benutzen, indem du sie unterdrückst und in Macht verwandelst, sowohl in physische als auch geistige. Du wirst in der Lage sein, die Gedanken anderer gegen sie zu verwenden und sie noch zu verstärken, bis du sie regelrecht explodieren lassen kannst. Das ist es, was Rubius von dir will. Das Ganze hat natürlich einen Preis. Du musst alles beseitigen, was dich schwächt oder deine Macht zerstreut. Das schließt Ejakulationen ein, Gefühle, Schmerz, Hunger – nach Essen, nicht nach Blut. Und deshalb werden wir dich lehren, all diese Dinge zu eliminieren.«

Ihr Vortrag verblüffte ihn. Sie würden ihn quälen, um sicher-

zustellen, dass er imstande war, alles auszuhalten, was Ashartis Lakaien sich einfallen lassen konnten. Er würde durch diesen Prozess grundlegend und für immer verändert werden.

Freyas Stimme wurde sanfter. »Die Ausbildung ist schmerzhaft, doch es geht einzig um das Ergebnis. Du magst dich fragen, warum wir deine sexuelle Kraft erhöhen, nur damit du nie wieder ejakulieren wirst. Das muss so sein, weil eine Ejakulation, wenn du auf dem Höhepunkt deiner Kraft bist, deiner Partnerin schaden, ja sie sogar töten kann.«

»Du meinst, ich könnte der Frau, mit der ich zusammen bin, wehtun?« Das wäre dann doch ein zu grausames Schicksal, fand er.

»Es ist nicht so, als dürftest du nie wieder einer Frau beiwohnen. Du wirst dich nur so gut unter Kontrolle haben, dass du Orgasmen widerstehen kannst. Du wirst auch jeder Emotion widerstehen können und Entbehrungen ertragen, denen ein anderer erliegen würde. Du wirst eine Tötungsmaschine sein.«

Sie musste das Entsetzen auf seinem Gesicht gesehen haben. Wie könnte jemand eine solche Existenz ertragen? »Du tust etwas Großartiges für deine Leute, Stephan«, sagte Freya mit leiser, tief bewegter Stimme. »Dein Opfer wird nicht vergessen werden. Hab den Mut zu gehorchen. Hilf uns, dich zu dem Instrument unserer Errettung zu machen.«

Sie wandte sich zur Tür. »In ein paar Stunden kommen wir wieder her, um fortzufahren.«

Ja, auf eine bizarre Weise war Freya nett zu ihm gewesen. Oder es war ihm nur in dieser Situation wie Nettigkeit erschienen. Die harten Gesichter von Rubius' Töchtern hatten sich ihm ins Gedächtnis eingebrannt. Diese Gesichter und diese Körper waren fast zwei Jahre seine Welt gewesen, ob er es gewollt hatte oder nicht. Sein anfänglicher Widerwille ließ nach, je mehr Zeit verging, und wich dem drängenden Bedürfnis, seinem Volk zu dienen und seine Fehler zu berichtigen. Er nahm sein Schicksal an, wenn auch sicher nicht mit Freuden.

In Gedanken kehrte er zu jener Zeit zurück, der Zeit vor seinem letzten Fehler, als er schon so sicher gewesen war, dass er Vergebung erlangen könnte. Hatten Rubius' Töchter schon immer so hart gewirkt, oder waren sie so geworden? Würde auch er so aussehen, wenn er so alt war wie sie? Es waren nicht die Jahre, die ihre Spuren auf ihren Zügen hinterlassen hatten, sondern der Verlust ihrer Seele, der dort geschrieben stand. Stephan warf einen Blick in den kleinen Spiegel an der Frisierkommode auf der anderen Seite des Zimmers, wo sich sein eigenes Gesicht im Dunkeln spiegelte. Er sah noch nicht so aus, aber er würde jede Wette eingehen, dass es eines Tages so sein würde, vielleicht schon bald. Ihm kam der ernüchternde Gedanke, dass er sich möglicherweise auf einen Weg begeben hatte, der ihn dazu führen würde, so zu werden wie Rubius' Töchter.

Schaudernd wandte er sich wieder der schlafenden jungen Frau in dem Bett vor ihm zu. *Sie* würde nie so aussehen. Sie strahlte nichts als Freundlichkeit und Güte aus. Ann van Helsing war nett zu ihm gewesen, egal, was es sie gekostet hatte. Sie war das Gegenteil der Düsternis und Leere, die er kultivierte. Und trotzdem verstand sie ihn. Hier mitten in der Nacht bei ihr zu sitzen und sie anzusehen, verband ihn mit einer Welt, in der kein Töten und keine innere Leere erforderlich waren, um Erlösung zu erlangen.

Was ihn jedoch quälte, war, dass ihre blasse Schönheit seinen Körper stimulierte. Ständig sah er sich gezwungen, sich seine Mantras vorzusagen, um eine Erektion zu unterdrücken. Er verdiente keine Bindung an die Kraft des Lichtes und der Güte. Seine körperliche Reaktion auf sie beschmutzte Ann. Sie wäre entsetzt, wenn sie wüsste, dass es ihn nach ihr gelüstete. War er wirklich nicht besser als Van Helsing?

Was dachte er sich eigentlich? Die Tatsache, dass sie entsetzt über ihn wäre, war das geringste seiner Probleme. Er konnte sich keine Ablenkung von dem grimmigen Vorhaben, das sein Schicksal war, erlauben. Das scharfe Ziehen in seinen Lenden musste unter Kontrolle gebracht werden, oder er würde riskieren, gleich an mehreren Fronten zu fallen. Deshalb erfüllte ihn die Morgendämmerung, als sie schließlich einsetzte, gleichzeitig mit Bedauern und Erleichterung. Zeit zu gehen, bevor er sich in eine peinliche Lage brachte.

Er warf Ann noch einen Blick zu, dann rief er die Dunkelheit herbei. Heute würde er mit dem guten Doktor reden und ihm klar machen, dass Schluss war mit den Aderlässen. Und er würde wiederkommen, ob es ihn in Gefahr brachte oder nicht.

13. Kapitel

Mrs. Creevy kam in Anns Zimmer hineingestürmt und riss sie aus dem Schlaf.

»Schlafmütze«, schnarrte sie, als sie zu den Vorhängen hinübermarschierte, um die frühe Nachmittagssonne durch die Dachfenster hereinzulassen. »Zeit zum Aufstehen.«

Auch Mrs. Simpson kam die Treppe herauf und schleppte ein Tablett durch die noch offene Tür herein. »Wie fühlen Sie sich, Miss? Glauben Sie, Sie können etwas Toast und Tee vertragen? Ich habe auch einen Teller Haferschleim hier, falls Sie Appetit darauf haben.«

Ann, die sich an diesem Vormittag schon kräftiger fühlte, richtete sich im Bett auf. Sie lächelte, als sie den leichten Zimtgeruch bemerkte, der immer noch im Zimmer hing. »Schon viel besser, danke, Mrs. Simpson. Und ich werde mich bestimmt noch besser fühlen, wenn ich etwas von Ihrem Haferschleim gegessen habe.«

Mrs. Creevy stand mit den Händen auf ihren breiten Hüften da, als Mrs. Simpson Ann das Tablett auf den Schoß stellte. »Ha! Ich hoffe nur, Sie bringen nicht gleich wieder den ganzen Haushalt durcheinander. Wie rücksichtslos, wo Ihr Onkel doch so einen schlechten Morgen hatte.«

»Ach, Gott!«, rief Ann erschrocken. »Ich wollte nicht ... ich meine, gehen Sie doch bitte zu ihm, ja? Glauben Sie, ich könnte ihn heute sehen?«

»Er hat nicht die Energie für Ihresgleichen.« Eingeschnappt rauschte Mrs. Creevy aus dem Zimmer.

»Beachten Sie sie nicht, Miss Ann«, sagte Mrs. Simpson ärgerlich. »Ich wünschte, wir müssten sie nicht um uns haben.«

»Aber sie pflegt Onkel Thaddeus doch sicher gut.« Ann widmete sich ihrem Haferschleim.

»Nein, das kann man nicht behaupten«, antwortete Mrs. Simpson freiheraus. »Doch Peters hat uns verlassen, und da Alice unten in Wedmore ist, bleiben nur noch Polsham, Jennings und ich selbst.«

Ann blickte mit besorgter Miene auf. »Und ich bin eine solche Last für Sie alle gewesen! Das tut mir schrecklich leid.«

Mrs. Simpson lächelte. »Machen Sie sich deswegen keine Gedanken. Ich bin nur froh, dass es Ihnen schon wieder so viel besser geht. Essen Sie Ihren Haferschleim.« Ann beugte sich gehorsam wieder über den Teller. »Möchten Sie vielleicht ein Bad nehmen? Mrs. Creevy könnte Ihnen behilflich sein. Sie müsste Sie ja nicht berühren.«

»Ich denke, baden kann ich schon allein.« Ann blickte zu der Sitzbadewanne in der Nähe des Kamins hinüber und dachte an die drei Treppen, die das heiße Wasser hinaufgeschleppt werden musste. »Aber könnte ich nicht hinunterkommen und in dem kleinen Wintergarten bei der Küche baden?«

»Natürlich, meine Liebe. Dann bin ich auch in der Nähe, falls Sie etwas brauchen sollten.«

Ann lächelte und aß einen weiteren Löffel Haferschleim. »Sie sind so freundlich, Mrs. Simpson.«

Die ältere Frau errötete. »Freundlichkeit empfängt, wer selbst freundlich ist, Miss Ann, und das sind Sie immer gewesen.«

Ann aß einen Moment lang schweigend. »Ich frage mich, ob Sie im Dorf überhaupt noch einkaufen können bei all dem Geschwätz dort über mich.«

Damit hatte sie einen Nerv getroffen. Mrs. Simpson zuckte mit den Schultern. »Was die Leute nicht verstehen, passt ihnen nicht. Das ist nicht zu ändern.«

»Reden sie immer noch darüber, dass Jemmy mich angefasst hat?« Ann kratzte den Teller mit dem Löffel aus. Als sie keine Antwort erhielt, hob sie den Kopf. Die ältere Frau starrte sie mit so großen Augen an, dass Ann verblüfft die Stirn runzelte.

Mrs. Simpson räusperte sich. »Ich will Sie ja nicht erschrecken, Miss Ann, aber es hat hier ... einige Mordopfer gegeben.«

Natürlich. Ann lächelte Mrs. Simpson an, als sie den Löffel in den leeren Teller legte. »Nun, zumindest werden die Leute nicht denken, dass ich das war.«

Mrs. Simpson machte ein langes Gesicht.

»Was? Sie denken, *ich* wäre dafür verantwortlich?«

»Einige von ihnen.« Mrs. Simpson schüttelte bedauernd den Kopf. »Andere glauben, dieser dunkelhaarige Fremde aus dem *Hammer und Amboss* wäre es gewesen. Und wieder andere meinen, Sie hätten die Morde zusammen mit ihm begangen.«

»Ach, du meine Güte!« Sie verdächtigten Mr. Sincai! Doch was konnten sie ihm schon zuleide tun? Er würde einfach verschwinden. Ja, aber auch das war keine Lösung, die Ann gefiel. »Glauben Sie, dass Richter Fladgate mich verhören wird?«

»Mr. van Helsing hat einen Bow Street Runner geholt«, berichtete Mrs. Simpson flüsternd, als wären das die schlechtesten Nachrichten der Welt. »Er untersucht die Sache.«

»Wirklich? Ich bin noch nie einem Bow Street Runner begegnet. Das wird ein Abenteuer!« Sie überlegte schon, wie sie den Verdacht von Mr. Sincai ablenken konnte.

»Sie sind ein tapferes Mädchen, Miss Ann. Aber Sie sollten sich keine Gedanken machen. Mr. van Helsing hat Anweisung gegeben, keine Fremden ins Haus zu lassen.«

»Ach, hat er das?« Zum ersten Mal seit ihrem Erwachen spürte Ann Ärger in sich aufsteigen.

»Ja, das hat er.« Ihr Cousin trat hinter Mrs. Simpson hervor. Doch plötzlich hielt er inne und hob schnuppernd den Kopf, bevor er sich wieder Ann zuwandte und sie aus schmalen Augen ansah. »Sie können gehen, Simpson«, sagte er barsch.

Mrs. Simpson schien widersprechen zu wollen, aber Ann warf ihr einen – so hoffte sie zumindest – beruhigenden Blick zu. Es konnte nichts Gutes dabei herauskommen, wenn Mrs. Simpson ihren Cousin herausforderte. Mit Erich van Helsing würde sie schon fertig werden. Doch ein nur mühsam unterdrückter Abscheu packte sie, und sie erinnerte sich, dass Mr. Sincai gesagt hatte, sie solle ihn nicht empfangen. Mrs. Simpson nahm naserümpfend das Tablett an sich und ging zur Tür. »In einer halben Stunde komme ich wieder«, versprach sie noch, bevor sie ging.

»Sie besuchen mich, Erich?«, fragte Ann mit falscher Freundlichkeit, weil sie sich nicht einmal einen Hauch von Furcht vor diesem despotischen Cousin anmerken lassen wollte.

»Anscheinend bin ich nicht der Einzige. Haben Sie fremde Männer hier empfangen, Cousine? Dann werden wir dem ein Ende bereiten müssen«, sagte er und trat ganz dicht ans Bett heran.

Seine Worte trafen sie wie ein Fausthieb in den Magen. Wie konnte er das wissen?

»Ihr heimlicher Geliebter hinterlässt einen Geruch.«

Scheinbar völlig ruhig erwiderte Ann seinen Blick. »Mrs. Simpson hat mir ein neues Parfum besorgt.«

»Lügen Sie mich nicht an!«, fauchte Erich. »Sie haben ja keine Ahnung, *was* Sie in Ihr Schlafzimmer gelassen haben.« Er starrte sie aus schmalen Augen an. »Ich dagegen schon. Man sollte meinen, in Ihrem Zustand könnten Sie nicht erübrigen, was er von Ihnen will.«

Ann errötete. »Ich habe keine Ahnung, wovon Sie reden.« Aber unwillkürlich legte sie eine Hand an ihren Hals, um sicherzugehen, dass dort keine zwei kleinen Einstichwunden waren. Sie hatte seit Tagen nicht mehr in den Spiegel geblickt. Hatte Sincai sie gebissen? War das der Grund für ihre erotischen Träume von ihm?

»Und ich glaube, dass Sie das sehr wohl wissen«, entgegnete Erich ungewöhnlich sanft. Doch dann straffte er sich, und seine Stimme wurde wieder hart. »Er hat vier Männer umgebracht.«

»*Männer?*«, fragte Ann betont. »Ich glaube, *Sie* haben keine Ahnung, was hier vorgeht.«

»*Au contraire*, meine einfältige kleine Cousine. Ich werde Ihnen ganz genau erklären, was hier vor sich geht. Ihr mysteriöser Besucher wird der *Harrier*, der Jagdhund, genannt. Er ist das personifizierte Böse. Er wurde dazu ausgebildet, Unschuldige zu ermorden, und er erledigt seine Aufgabe äußerst effektiv. Aber seine Tage sind gezählt.«

»Und *Sie* werden diesen ›Harrier‹ beseitigen?« Ann versuchte, bei ihren Worten so ruhig wie möglich zu erscheinen.

Erich schüttelte den Kopf und lachte. »Nicht ich.«

»Ich glaube kaum, dass ein Bow Street Runner das erledigen wird.«

Erich wandte sich ab und schlenderte zum Kamin hinüber. »Nein. Aber mit den richtigen Werkzeugen versehen kann er dem Kerl das Leben ausgesprochen unangenehm machen.«

Mehrere Dinge verbanden sich urplötzlich in ihrem Kopf. Sie riss überrascht die Augen auf. »Sie haben das Jagdhaus in Ordnung gebracht ... *Sie* haben sie hereingelassen.« Die Folgerung daraus war unvermeidlich. »Sie arbeiten für Kilkenny!«

»Woher wissen Sie ...« Erichs Kopf fuhr herum. Sein zunächst verblüffter Blick wich einem Grinsen, als ihm die Erkenntnis dämmerte. »Aber natürlich! Sie haben ja eine zuverlässige Quelle. Es überrascht mich höchstens, dass er es Ihnen erzählt hat.«

Falls er von Ann erwartete, dass sie ihm etwas über Sincai erzählte oder ihm verriet, woher sie diese Dinge wusste, konnte er sich auf eine Enttäuschung gefasst machen. »Und? Wollen Sie mir meine Frage nicht beantworten, Cousin?«

Er zuckte die Schultern. »Wer nicht bei Tag das Haus verlassen kann, braucht einen Stellvertreter. Und sie bezahlen gut.«

»Für Ihre Seele.« Wie konnte ihr eigener Cousin für das *wirklich* personifizierte Böse arbeiten und hier in ihrem Zimmer stehen und so normal aussehen?

Er lachte schallend. »Was bist du doch für ein einfältiges Geschöpf!«, sagte er und wechselte, ohne ihre Erlaubnis eingeholt zu haben, zum Du. Grinsend musterte er sie von oben bis unten. »Aber reich und gar nicht hässlich, wenn man das Exotische mag. Es wird mir großen Spaß machen, jede deiner Körperöffnungen ... zu vernaschen.«

Ann spürte, wie es ihr eiskalt über den Rücken lief. »Ich will keinen Ehemann.«

»Ich pfeife darauf, ob du einen willst oder nicht.« Seine Stimme ging ihr durch und durch. »Ich will dein Vermögen. Ich habe mich in letzter Zeit daran gewöhnt, sehr gut zu leben, aber man muss auch für die Zukunft vorsorgen. Meine ... Arbeitgeber werden meine Dienste vielleicht nicht für immer brauchen. Doch ein Mann wie ich benötigt ein festes Einkommen und ein gewisses Ansehen in der Welt. Und dein Vater hat mir schließlich jede Chance verdorben, diesen Besitz zu erben.«

»Bist du deswegen so verbittert?«, fragte Ann. Bis zu diesem Moment war sie nicht sicher gewesen, ob Erich wusste, dass

Maitlands an die Krone zurückfallen würde, falls sie ohne Nachkommen starb. Sie hatte sich immer gewundert über diese Klausel im Testament ihres Vaters. Aber da das Land kein unveräußerliches und unteilbares Vermögen war, hatte er nach Belieben darüber verfügen können, nachdem es durch die Mitgift ihrer Mutter in seinen Besitz übergegangen war. Ihr Vater hatte dafür gesorgt, dass die Klauseln seines Testaments bekannt wurden, bevor er nach Spanien aufgebrochen war. Er hatte gesagt, es sei zu ihrem Schutz. Doch Erich war auf dem Kontinent gewesen. Hatte ihr Vater ihm in dieser Angelegenheit geschrieben?

»Verbittert? Warum sollte ich verbittert sein? Ich bin der letzte männliche Van Helsing, und dennoch vermacht er mir nichts? Stattdessen hinterlässt er es einem verrückten Frauenzimmer, das es nicht mal zu genießen weiß! Ich bin nicht verbittert, ich bin...« Er beendete den Satz nicht, sondern unterdrückte den Zorn in seiner Stimme und fuhr in einem leichteren Tonfall fort. »Maitlands Abbey ist mir ans Herz gewachsen, Ann. Es wird mir Freude bereiten, hier der Herr zu sein. Nachdem du mir eine angemessene Zeit gedient hast, werde ich ein Pflegeheim für meine arme, kranke Gattin finden müssen. Wer wird mir das verdenken können?«

»Eine Irrenanstalt.« Obwohl Anns Herz raste, atmete sie tief durch und zwang sich, ruhig zu bleiben. Er konnte sie vergewaltigen, solange er wollte. Die Irrenanstalt danach war ihr so gut wie sicher. Und vielleicht würde sie sogar ein Segen für sie sein.

Er zuckte die Schultern und lächelte. Es war kein schönes Lächeln, was jedoch nichts mit dem Zustand seiner Zähne zu tun hatte.

»Mein Onkel wird auch noch etwas dazu zu sagen haben«, entgegnete sie kühl und hasste die Enge in ihrer Kehle.

»Dein Onkel wird nicht mehr lange auf dieser Welt sein.« Wieder zuckte Erich die Schultern, und sie hasste ihn noch mehr dafür.

»Ich bin volljährig.«

»Aber die Leute halten dich für verrückt. Oder für eine Hexe. Sie werden sich sagen, dass sie das Richtige für dich tun, und gleichzeitig froh darüber sein, dass ein anderer für dich verantwortlich ist. Ich werde Maitlands trotz aller gegenteiligen Bemühungen deines Vaters mein Eigen nennen.«

Er hatte recht. Sie blickte sich verzweifelt um. »Es gibt jemanden, der mich beschützen wird.«

»Der *Harrier*?« Van Helsing lachte. »Er ist zielstrebig, doch sein Ziel bist nicht du, mein unbedarftes kleines Frauchen. Außerdem wird man sich um ihn kümmern.«

»Kilkenny?«

Aber Erich lächelte nur. »Ich habe Arrangements getroffen, während ich in London war.«

»Was für Arrangements?«, beharrte sie. Wenn sie es wüsste, könnte sie Sincai warnen.

»Verschiedene. Unter anderem habe ich eine Sonderheiratserlaubnis besorgt. Sie müsste jeden Tag hier eintreffen.«

»Ich werde dich niemals heiraten!«, zischte sie.

»Natürlich wirst du das, meine Liebe«, entgegnete er leichthin. »Und übrigens würde ich deinem verliebten Besucher raten, sich künftig von dir fernzuhalten. Wenn ich ihn das nächste Mal hier spüre, lasse ich Verstärkung kommen. Ich kenne mich mit seiner Spezies aus und weiß, wie man ihn für immer aus dem Weg räumen kann.«

Ann ging in Gedanken durch, was sie über Stephan und seine Gattung wusste. Konnten Erich und Kilkenny ihm den Kopf abschlagen, ihn vom Rumpf abtrennen? Denn das war es, was nötig war, um ihn zu töten. Sie erschauderte vor Ekel. Oder sie könnten ihn unter Drogen setzen. Drogen verringerten die Macht seines Gefährten. Könnte ihnen das gegen Stephan Sincais Willen gelingen? »Ich rate *dir*, dich von mir fernzuhalten«, gab sie aufgebracht zurück. »Geh, oder ich werde dem Runner sagen, dass du es warst, der die Kreaturen in dem Jagdhaus umgebracht hat.«

»Würde er glauben, dass der Mann, der ihn geholt hat, das Verbrechen selbst begangen hat?« Erich runzelte die Stirn, als dächte er angestrengt darüber nach. »Ich nehme an, er würde das wohl eher von deinem nach Zimt riechenden Verehrer glauben. Und nun *adieu*, schöne Cousine. Denk über deine Aussichten nach. Ich weiß, dass ich es tun werde. Wir sprechen uns dann wieder.«

Ann sah ihn aus der Tür hinausschlendern. Innerlich zitterte sie wie Espenlaub. Maitlands fühlte sich mehr und mehr wie ein Gefängnis als wie eine Zufluchtsstätte an. Ihre Drohung, dass Stephan Sincai ihr zu Hilfe kommen würde, war nur ein Bluff gewesen. Er würde niemals seine Mission riskieren, um sie zu verteidigen. Und was sollte er ihrer Meinung nach auch unternehmen? Ihren Cousin töten? Sie erschauderte bei dem Gedanken, dass sie dann für einen Mord verantwortlich wäre.

Ihr einziger Schutz war jetzt ihr Onkel. Sie musste zu ihm gehen. Aber sie hatte noch ein weiteres Problem. Stephan Sincai würde heute Nacht vielleicht wiederkommen, und es war sehr gut möglich, dass er dann von dem Runner und einigen Dorfbewohnern erwartet wurde. Wenn irgendjemand auf sich selbst aufpassen konnte, war es Sincai. Oder nicht? Ihr Cousin würde doch nicht wirklich zu Mitteln wie Drogen oder Enthauptung greifen? Falls er jedoch Stephan Sincais Schwächen kannte, war das schlecht. Und wenn Sincai sich verteidigte, würden Menschen sterben. Ann wollte auch diese Tode nicht auf dem Gewissen haben. Sie musste ihn warnen, damit er verschwinden konnte. Bedauern erfasste sie. Sie würde ihn nie mehr wiedersehen. Und sie würde ihrem Cousin vollends ausgeliefert sein. Aber das spielte keine Rolle; Sincais Sicherheit war wichtiger.

Ann schlug die Decken zurück und ging auf wackligen Beinen ins Ankleidezimmer. Es schien unglaublich, dass ihr Cousin etwas mit den Vampiren in der Jagdhütte zu tun haben sollte, doch er hatte nicht einmal versucht, es abzustreiten. Schnell streifte sie ihr Nachthemd ab und legte ein Korselett an, das sich vorn verschnüren ließ. Darüber zog sie ein schlichtes Tageskleid aus blauem Wollstoff, darunter Strümpfe und ein Paar feste Schuhe. Hatte ihr Cousin Kilkennys Armee hierhergebracht? Oder waren sie ihm nur zufällig begegnet und hatten ihn, als sie erkannten, wie er war, für ihre üblen Zwecke eingesetzt? Während Ann vorsichtig die Treppe hinunterging, rief sie schon nach Jennings. Sie musste in den *Hammer und Amboss* und Sincai warnen.

Wo, zum Teufel, steckte Kilkenny? In Hemd und Hose lag Stephan auf dem Bett in seinem Zimmer im Gasthof und wartete darauf, dass es dunkel wurde. Aber die Sonne stand noch hoch am Himmel, wie er durch die Ritzen in den Fensterläden sehen konnte. Sechs Tage war er nun schon hier. Müsste Kilkenny inzwischen nicht schon eingetroffen sein? Er würde sich doch bestimmt gleich auf die Suche nach ihm machen. Stephan hatte sich nicht einmal bemüht, sich zu verstecken. Und der kribbelnden Spannung wegen, mit der er Kilkennys Ankunft erwartete, konnte er nicht schlafen. Oder war es nur die Vorfreude auf eine weitere Nacht in Miss van Helsings Gesellschaft, die ihn um den Schlaf brachte? Vielleicht hielt sie wenigstens die Erinnerungen fern... Allein bei dem Gedanken stiegen sie schon wieder in ihm auf. Nein!, dachte er und hielt den Atem an. Aber es war bereits zu spät.

*Kloster Mirso,
1820*

Nach Freyas inständiger Bitte um Opferbereitschaft und Mut versuchte er, sein Ziel als Schild gegen seine Ängste zu benutzen. Von dem Moment seiner ersten Bestrafung an fütterten die drei Schwestern ihn, berührten ihn, wenn er sich erleichterte, und streichelten ihn, wenn er badete. Er gab sich alle Mühe, seine sexuellen Bedürfnisse zu kontrollieren, mit gemischten Ergebnissen, wie er meinte, und er war gehorsam. Er liebte sie mit dem Mund, der Zunge und den Händen und vollzog den Akt mit ihnen, wenn sie es verlangten. Mal waren sie zärtlich, mal waren sie grob zu ihm, hatten Oralverkehr mit ihm und penetrierten ihn. Zu seinen Bädern kam nun auch ein gründliches anales Reinigungsritual hinzu, dem er sich fügsam überließ. Fast jeden Tag nahm eine der Schwestern Blut von ihm, normalerweise aus seiner Halsschlagader, wobei sie jedoch darauf achteten, nicht zu viel zu nehmen, um ihn nicht zu schwächen. Es wurde zu einem normalen Bestandteil ihrer sexuellen Beziehungen.

Dee war erfreut, dass sie mit seiner Furcht vor Bestrafung solch gute Resultate erzielten. Freya lächelte nur.

Während des Tages lag Stephan an seine Bank gekettet, oft mit einer schmerzhaft starken Erektion. Aber auch das betrachtete er inzwischen als Teil seiner Buße und akzeptierte es. Wenn er einen feuchten Traum hatte und sie beim Hereinkommen seinen Samen auf seinem Bauch fanden, nahmen sie es als ein Zeichen, dass es an der Zeit war, ihn zu »melken«, wie sie es nann-

ten, und er wurde so oft dazu gebracht zu ejakulieren, bis sein Sperma aufgebraucht war.

Ihre Schulung zeigte Wirkung. Seine sexuelle Energie nahm zu. Oft mussten sie ihn nicht einmal bewusst erregen, und er hatte sich gut genug unter Kontrolle, um sie stundenlang befriedigen zu können, ohne ihre Hilfe beim Unterdrücken seines Höhepunkts zu benötigen. Freya flüsterte ihm des Öfteren zu, sie sei sehr stolz auf ihn. Monate vergingen, und noch immer trieben sie ihn zu größeren Leistungen an. Die Phasen der Zurückhaltung und der erzwungenen Ejakulation wurden kürzer, bis er eines Tages, nach einer solchen Nacht der Ejakulationen, träumte, dass er verbrannte wie im Sonnenlicht, aber von innen heraus. Und als er erwachte, sah er Samen auf seinem Bauch.

Er wartete auf die Frauen, starrte den Fleck an der Wand an und wusste, dass er irgendeine Grenze überschritten hatte.

Die Mönche kamen. Bruder Flavio, der ihm zunächst einen flüchtigen Blick zuwarf, hielt inne, um ihn dann anzustarren. Seine Augen wurden weicher. »So, so, Junge.« Furcht und Stolz wechselten sich auf seinen Zügen ab. »Ich werde sie holen.«

»Ach du meine Güte«, sagte Stancie. »Genau das, worauf ich schon gewartet hatte.«

Freya holte ein Handtuch und wischte ihm den Bauch ab. »Gratuliere«, flüsterte sie. »Du hast es zur zweiten Phase geschafft.«

»Jetzt können wir dich jede Nacht entleeren«, bemerkte Dee, als sie seine Handgelenke befreite.

»Und ich kann mit deinem Unterricht in einer anderen Art von Kontrolle beginnen.« Stancies Augen glänzten.

»Hab keine Angst, Stephan«, sagte Freya beruhigend, als sie seine Fußfesseln entfernte. »Du bist so weit, das weiß ich.« Sie führten ihn zu der Badewanne, er stieg hinein, und sie wuschen ihn sanfter als sonst, aber genauso gründlich. Sie zogen ihn

hoch, als sie fertig waren, und er stieg aus der Wanne. Er war jetzt voll erregt von ihren Berührungen, und sie nahmen ihn, eine nach der anderen und dann zwei zugleich, während er seinen Orgasmus unterdrückte.

»Exzellente Leistung«, bemerkte Dee, als sie eine Pause machte, um etwas Wein zu trinken. »Ich werde Vater sagen müssen, wie gut du vorankommst.«

»Kann ich ihn jetzt haben?«, fragte Stancie schmollend. »Ich habe lange genug gewartet.«

»Ja, ja«, erwiderte Dee ungeduldig. »Obwohl ich mir sicher bin, dass du ihn erst wieder erregen musst.«

»Vielleicht auch nicht«, meinte Freya, als sie sich zu ihm auf den Teppich setzte und zärtlich seine Hüfte streichelte. Dann strich sie mit der Zunge über seine Lippen und gab ihm einen Schluck von ihrem Wein. Während er eine ihrer Brüste küsste, spreizte Stancie seine Beine und nahm ihn in die Hand. Bald war er heiß und hart. Stancie hockte sich über ihn und nahm ihn in sich auf, aber dann veränderte sie die Haltung und brachte ihre vollen Brüste so dicht an seine Brust, dass ihre Brustspitzen sich aufreizend an seinen rieben. Freya fuhr indessen fort, ihm in einem bestimmten Rhythmus Worte zuzuflüstern, die keinen Sinn ergaben, und Stancie ritt ihn hart. Er wusste, was jetzt geschehen würde, weil Freya es ihm gesagt hatte. Er würde es ertragen können. Er wusste, dass er es konnte. Plötzlich verspürte er ein kleines Aufbranden von Macht, und Stancie biss ihn nicht wie sonst in die Halsschlagader, sondern in die Brust und zog mit ihren scharfen Zähnen eine Furche in seine Haut. Unwillkürlich fuhr er vor dem Schmerz zurück. Stancie begann, seine Wunde zu lecken, und der Schmerz drohte seine Erregung auszulöschen. Aber Freya sagte scharf: »Hör mir zu, Stephan! Hör gut zu!« Er blickte zu ihr auf und war fasziniert von ihren Augen, in deren Tiefen rote Funken sprühten. Die scheinbar sinnlosen

Worte, die sie flüsterte, schienen eine eigene Kraft zu haben. Stephan konzentrierte sich auf ihre Stimme. »Tuatha denon. Beluorga lefin. Argos pantid«, *flüsterte sie immer wieder. Endlich lehrten sie ihn die tantrischen Gesänge! Stephan spürte, wie er trotz des Schmerzes so hart wurde, dass er glaubte, explodieren zu müssen. Stancie leckte seine Wunde und hielt sie offen.* »Komm jetzt«, *befahl Stancie, und er fühlte, wie sie sich um ihn zusammenzog.* »Komm!«

Und er gehorchte. Stancie erschauerte am ganzen Körper und stieß einen Schrei aus, in dem sich Ekstase und Schmerz vermischten. Stephans Lust entlud sich in einer Explosion, die kein Ende mehr zu nehmen schien; der Schmerz schien ihn anzutreiben, bis er nichts mehr zu verströmen hatte.

Im Zimmer war es still. Stancie löste sich von ihm, und er rang nach Atem. Noch nie hatte er eine solche Ejakulation erlebt. Er hob seine schwer gewordenen Lider. Freya und Dee beugten sich über Stancie und wechselten erstaunte Blicke. Stancie schien nur halb bei Bewusstsein zu sein.

Was war hier geschehen?

Schließlich richtete Dee sich auf und sah zu ihm hinüber. »Nun«, *sagte sie seufzend,* »wir werden ein paar Korrekturen in unserem Zeitplan vornehmen müssen. Von jetzt an sind deine Ejakulationen für deine Partnerin gefährlich.«

Das war das erste Zeichen, dass er sich für immer verändert hatte. Danach gingen sie dazu über, ihn nur in Zurückhaltung und der Unterdrückung von Schmerz zu schulen. Er lernte die Gesänge, lange Folgen von Wörtern in seit Langem toten Sprachen, die manchmal eine Bedeutung zu haben schienen und dann wieder nur wie purer Unsinn klangen. Sie halfen ihm aber, sich zu konzentrieren.

Stephan drückte das Gesicht in das Kissen, um sich zu beruhigen. Denn nun kam der Punkt, an dem sie mit dem Unterricht in den »Disziplinen«, begonnen hatten. Natürlich brachten sie ihm dabei Wunden bei. Aber es gab auch noch andere Quälereien.

»Wie lange hat er nichts mehr gegessen?«, fragte Deirdre, bevor sie sich eine Walnuss in den Mund steckte und einen Schluck Wein trank.

Stephan kniete, schwindlig und mit leerem Magen, auf dem Teppich und sah ihnen beim Essen zu. Der Geruch des gebratenen Rindfleischs quälte ihn. Sie ließen das Essen tagsüber in seinem Zimmer stehen, mit der strikten Anweisung, dass er es nicht berühren durfte.

»Eine Woche, glaube ich«, sagte Stancie mit vollem Mund. »Er hat keinerlei Nahrung erhalten – es sei denn, man rechnet die weiblichen Körperflüssigkeiten mit, die er geschluckt hat«, schloss sie lachend.

»Dann wird es Zeit, dass er andere Disziplinen lernt. Freya, bring ihn zu den Zinnen hinauf.«

Nicht in die Sonne!, dachte Stephan flehend, doch dann erinnerte er sich, dass es dunkel war und ihm nichts geschehen konnte.

Freya legte eine feingliedrige Kette wie eine Hundeleine um die Spitze seines Glieds und wandte sich zur Tür. Als er ihr folgte, schmerzte jeder Zug höllisch. Er glaubte, ohnmächtig zu werden, als sich alles Blut in seinem Körper in seiner Erektion zu sammeln drohte. Schweigend stolperte er Freya auf der Treppe hinterher und wollte vor Angst nicht einmal wissen, was ihn dieses Mal erwartete.

Es war wieder Winter, den Monat wusste er nicht, aber das

Gestein der Zinnen war mit einer dünnen Schicht Schnee bedeckt. Und die Winde, die von den Bergen herabfuhren, griffen mit eisigen Fingern nach seinem nackten Körper und wirbelten die Schneeflocken um ihn herum auf. Seine Erektion hätte augenblicklich zurückgehen müssen, doch so war es nicht. Er war so heiß und hart wie immer. Was geschah mit ihm? Freya blieb stehen, um Pelze und dicke Stiefel anzulegen, zog sich die Kapuze über den Kopf und führte ihn ins Freie. Dort, auf den Wehrgängen, stand ein glühender Kohlenkessel mit mehreren eisernen Stangen darin. Deirdre und Stancie, ähnlich gekleidet wie Freya, folgten ihnen auf die Zinnen.

Brandmarken? Nein, dachte Stephan. Das können sie nicht! Seine Brust zog sich zusammen, als die eisige Luft in seine Lungen drang. Aber natürlich konnten sie es. Und da sein Gefährte die Wunden heilen würde, konnten sie es so oft wiederholen, wie sie wollten. Dann sah er einen Eisblock, dessen glatte Oberfläche verriet, dass das Wasser exakt in dieser Form gefroren worden war. In dem Eis befand sich ein Loch von der Größe... etwa von der Größe eines Penis.

Freya bedeutete ihm, sich hinzuknien, zu weit entfernt von dem Kohlenkessel, um auch nur eine Spur von Wärme daraus zu beziehen.

»Lass mich seine Leine halten!«, sagte Stancie eifrig. »Dee, du nimmst die Stangen.«

»Stephan«, sagte Freya, deren Stimme fast vom Wind verschluckt wurde. »Das hier ist eine Übung in Durchhaltevermögen. Du musst lernen, deine Erektion unter allen Umständen aufrechtzuerhalten. Hilf dir dabei mit den Gesängen. Wir werden abwechselnd das Eis und die Brandeisen benutzen, doch du bestimmst das Tempo. Du wirst nach den Eisen verlangen, uns sagen, wo wir sie anwenden sollen, und deinen Körper an sie pressen. Du wirst die Erektion während des Brandmarkens

bewahren und dann in dem Eis deine Erleichterung finden. Ist das klar?«

Oh, und wie klar! Wussten sie, was sie da verlangten? Stephan nickte im Stillen. Als er an sich herabblickte, sah er, dass seine Brustspitzen, hart und aufgerichtet von der Kälte, aus dem dunklen Haar auf seiner Brust hervorstanden. Und trotz seiner Furcht pochte sein Glied von dem Druck des in ihm aufgestauten Spermas, und Stancie zog rhythmisch an der feinen Kette um die Spitze, bis er glaubte, jeden Augenblick einen Orgasmus zu bekommen.

»Du kannst das, Stephan«, sagte Freya. »Sonst würden wir es nicht von dir verlangen.«

»Sithfren, hondrelo, frondura, denai«, *murmelte er.*

Dee nahm eins der Eisen aus dem Kessel. Es glühte orangerot und dampfte, als die Schneeflocken sich darauf niederließen. »Wo?«, fragte sie, aber es war mehr ein Befehl.

In Gedanken wiederholte er die Gesänge und wünschte mit aller Kraft, dass sie ihn vor seiner Furcht beschützten. »An der linken Brust.«

Deirdre trat vor und brachte die Stange bis auf ein paar Zentimeter an seinen Oberkörper heran. Stephan konzentrierte sich auf den Gesang und beugte sich mit angehaltenem Atem vor. Der jähe Schmerz entrang ihm ein Aufstöhnen, aber er schreckte nicht vor dem Eisen zurück. Der Geruch von verbranntem Fleisch verdarb die klare, kalte Luft. Schließlich zog Dee das Brandeisen zurück, und Stephan schnappte scharf nach Luft. Er fürchtete, sich übergeben zu müssen, als er sich vorbeugte und den rauchenden schwarzen Buchstaben in seinem Fleisch sah. R stand für Rubius, zweifellos. Tief sog er die beißend kalte Luft ein und sah zu, wie das R verblasste und neues, rosa Fleisch sich bildete.

Erst als Stancie sagte: »Ausgezeichnet«, bemerkte er, dass

sein Penis noch immer aufgerichtet war. Von Abscheu erfüllt, blickte er sich nach den Frauen um. Was war aus ihm geworden, wenn sein Trieb selbst diese Art von Schmerzen überstieg? Freya zeigte auf den Eisblock, und Stancie entfernte die Kette von der Spitze seines Glieds. Auf Händen und Füßen kroch er zu dem Eis.

»*Steck deinen Schaft hinein, Stephan*«, *wies sie ihn an.* »*Und dann beweg dich, bis du den Höhepunkt erreichst.*«

Er beugte sich über den Block und stützte beide Hände darauf. Nein. Er brachte es nicht über sich.

»*Doch, du kannst es*«, *flüsterte sie an seiner Schulter.*

Mit einer Hand schob er seinen Penis in das eisige Loch. Das Eis brachte seine eigene Art von Schmerz mit sich. »*Deine Gesänge*«, *erinnerte ihn Stancie.* »*Vergiss deine Gesänge nicht!*«

Er ließ sich von den Worten durchfluten und begann, die Hüften zu bewegen. Die Gesänge trugen ihn davon, bis das Brennen des Eises nur noch eine weitere Reibung an seinem Glied war und er nichts anderes mehr als die drängende Lust in sich verspürte. Seine Hüften schlugen gegen das unnachgiebige Eis; er hörte Stöhnen, und ein Teil von ihm wusste, dass es das seine war. Und dann zogen seine Hoden sich zusammen, und sein Samen ergoss sich ins Eis. Die Gesänge in ihm verstummten. Langsam zog Stephan sich aus dem Eis zurück, schwer atmend und am ganzen Körper mit einer Gänsehaut bedeckt. Durch das dunkle Haar, das ihm in die Stirn gefallen war, blickte er zu den Schwestern auf. Freya lächelte ihn an. Stancie sah sehr selbstzufrieden aus, und Dee . . . Dee nahm ein weiteres Eisen aus dem Kessel.

»*Steh auf*«, *befahl sie,* »*und sag mir, wo du es haben willst.*«

Unglaublicherweise begann schon wieder das scharfe Ziehen in seinen Lenden. Bewirkten die Schwestern seine Erektionen, oder kamen sie von selbst? »Hüfte«, krächzte er. »*Die rechte Hüfte.*«

Mehrmals in dieser langen Nacht verlor er das Bewusstsein, ob aus Hunger, Kälte oder Schmerz hätte er selbst nicht sagen können, aber sie hielten ihn in ständiger Erregung und gönnten ihm nur kurze Erholungspausen von den heißen Eisen oder dem Eis. Gegen Morgen übermannte ihn wieder der Schwindel, und er taumelte, als Stancie ihn erneut zu dem Eisblock schickte. Konnte sein Gefährte ihn sogar heilen, wenn er so müde, so hungrig, so ... leer war? Und wie, zum Teufel, konnte er in diesem Zustand Erektionen haben? Aber er hatte sie.

Stephan schleppte sich auf allen vieren durch den Schnee, der trotz der frühmorgendlichen Kälte um ihn herum schmolz. Die Hitze von der Verbrennung an seinem Schenkel schien sich in seinem ganzen Körper auszubreiten. Schwitzend hob er den Kopf und sah sich um. Er konnte alles sehen, noch klarer sogar als gewöhnlich: die Beschaffenheit der Steine, die Eiskristalle in dem Schnee. Sie schimmerten und leuchteten. Genau genommen leuchtete alles. Wieder blickte er sich um. Dee war drinnen, um sich aufzuwärmen, aber Freya und Stancie waren von Aureolen des Lichts umgeben. Dann senkte er den Blick auf sich selbst. Auch er ... leuchtete. Und er fühlte sich stark. Das Rauschen des Gefährten in seinen Adern war so intensiv, dass er es kaum erkannte. Er hatte einen Kern aus Hitze in sich. Stephan rappelte sich auf, und als er sich erhoben hatte, erfüllte ihn ein Rausch der Macht, und er fühlte sich ungeheuer stark. Er war größer als Rubius' Töchter, größer als die Nacht oder die glühenden Stangen oder das Eis. Er war zu allem fähig.

Und dann wurde ihm schwarz vor Augen.

Am Tag darauf erwachte er aus dem Schlaf der Toten, als scharrend der Riegel von der Tür zurückgezogen wurde. Was war in der vergangenen Nacht geschehen? Ein Gefühl der Furcht erwachte in seinem Innersten. Was auch immer geschehen war, es beängstigte ihn mehr als die Aussicht auf das endlose Training. Vielleicht veränderte er sich ja irgendwie und würde nie wieder der sein, der er gewesen war. Nie wieder.

Er war überrascht, als Stancie hereinschlüpfte und sich zu ihm auf die Bank setzte.

»Die anderen wollen langsam vorgehen, aber dazu ist keine Zeit, und du bist vielleicht schon nahe dran.« In ihren Augen lag ein Glanz, der ein bisschen irre war, aber zumindest glühten sie nicht rot. »Du musst rigoroser geschult werden.« Sie ließ die Hände über seinen Körper gleiten und schloss sie um sein Glied. »Bist du bereit, den nächsten Schritt zu wagen?«

Er nickte langsam, obwohl das Letzte, was er wollte, eine Nachhilfelehrerin war.

»Dann werde ich dich unterrichten, und du wirst mir gehorchen.« Sie ließ ihn an die Bank gekettet. »Zuerst will ich jedoch mein Vergnügen. Dein reguläres Training mag genug für Dee und Freya sein, aber nicht für mich.«

Nicht genug? Was für eine Art Geschöpf war sie, dass diese Nächte sie nicht befriedigten? Doch mit ihrer Macht hatte sie schon eine Erektion bei ihm erzeugt. Sie setzte sich rittlings auf ihn, und alle Gedanken wurden aus seinem Kopf verdrängt von der Notwendigkeit, sich zu beherrschen. Wie, zum Teufel, konnte er nach der gestrigen Nacht schon wieder bereit sein? Stancie hatte zweimal wild erschauernd den Höhepunkt erreicht, als sie von ihm abließ und ihre Röcke wieder über ihre Hüften fallen ließ. Aber dann kniete sie sich neben ihn und streichelte ihn aufreizend, während sie ihm ins Ohr flüsterte.

»Wenn du es gut machst, werde ich dir zu essen geben.« Er

hatte vergessen, dass er immer noch keine Nahrung zu sich genommen hatte. »Stell dir Lava vor, die sich in deinen Lenden sammelt«, raunte sie. *Er konnte nur noch stöhnen, als sie sein Glied jetzt richtig in die Hand nahm.* »Ich werde dich hart herannehmen, aber du wirst dir keine Ejakulation erlauben.« *Ihre Hand glitt fordernd auf und ab, während sie ihm aufmunternde Worte zuflüsterte. Das Gefühl in ihm verschärfte sich, bis er nicht mehr sicher war, dass er es ertragen konnte.* »Du bist ein Vulkan, der kurz davor ist auszubrechen.« *Stephan stimmte seinen murmelnden Gesang an. Sie hatte recht ...* »So ist es gut«, *flüsterte sie und rieb und massierte ihn noch fester.* »Spürst du die Lava in dir, von deinen Hoden bis in deinen Bauch?« *Er sang in Gedanken jetzt beinahe verzweifelt.* »Spürst du sie?« *Er nickte.* »Gut. Ich will, dass du diese Lava fühlst. Sie will freigelassen werden, aber das darf nicht sein. Brennt sie?« *Wieder nickte er, ohne seinen stummen Gesang zu unterbrechen. Himmel, und wie sie brannte! Stancie rieb mit dem Finger über den kleinen Tropfen an der Spitze seines Glieds.* »Ich werde dich neue Gesänge lehren, Büßer. Hör mir jetzt gut zu!«

Stephan schöpfte Atem und wandte sich ihr zu. Ihre Augen waren rot. Sie half ihm. »Bletherdon, hargarden, slitenger, shuit!«, *sagte sie.* »Und jetzt sprich mir nach.«

»Bletherdon, hargarden, slitenger, shuit!«, *flüsterte er.*

»Noch einmal!«, *befahl sie.* »Mit mehr Gefühl. Die Worte sind die Schütte, durch die deine Macht fließt.«

»Bletherdon, hargarden, slitenger, shuit!« *Sie ließ ihre Hand im Rhythmus seiner Worte an ihm auf und nieder schnellen. Er spürte das Brennen in seinen Lenden, aber das Gefühl der Unbesiegbarkeit, das er letzte Nacht erfahren hatte, stellte sich nicht ein. Wieder und wieder sprach er die scheinbar bedeutungslosen Worte, während sie ihn rieb, bog den Rücken durch und spannte jeden seiner Muskeln gegen die in ihm brodelnde Lava an.*

»Genug!«, sagte sie nach einer Zeit, die ihm wie Stunden vorkam. Wund und erschöpft ließ er sich auf die steinerne Bank zurücksinken. Stancie erhob sich und blickte schmollend und enttäuscht auf ihn herab. »Wir haben noch viel Arbeit vor uns. Doch ich verzweifle nicht.«

Schwer atmend, schwitzend und frustriert lag er da und dachte: Lass mich einfach nur in Ruhe! Verschwinde einfach!

»Kein Wort zu den anderen, oder ich versichere dir, dass du bestraft wirst«, sagte sie noch über die Schulter zurück. Die Energie, die in ihm brannte, flaute nur sehr langsam ab. Er starrte auf den Fleck in der Ecke und fragte sich, ob es sein Schicksal war, ein zweiter Fleck auf den Steinen dieses Raumes zu werden.

Und so ging es weiter. Des Nachts mit den dreien, tagsüber mit Stancie. Sie wollten wieder diese Aureole der Macht sehen, wusste er, aber er konnte sie nicht mehr erzeugen. Sie arbeiteten an seinem Stoizismus. Er versuchte, jede andere Emotion zu unterdrücken bis auf den Wunsch, das perfekte Werkzeug für Rubius zu sein. Stephan ignorierte die zunehmenden Schmerzen, die Wunden, die Perioden des Hungers oder des Schlafentzugs und die Übungen mit den Brandeisen und dem Eis. Er sang tagsüber seine Mantras für Stancie, während sie ihn bearbeitete. Ständig war er erregt und von drängendem Begehren erfüllt. In Momenten der Schwäche kümmerte es ihn nicht, das perfekte Werkzeug zu sein, dann wünschte er nur noch, in Flammen aufzugehen und es endlich hinter sich haben. Sollte das Feuer in ihm doch ausbrechen und sein Leid beenden!

Weit entfernt davon zu schlafen, schlug Stephan in dem Zimmer über der Taverne schwitzend mit den Fäusten auf sein Kissen ein. Konnten diese Erinnerungen ihn nicht in Ruhe lassen? Was nützten sie ihm jetzt noch?

Unten hörte er einen Tumult.

»Bitte lassen Sie Mr. Sincai holen.«

Diese Stimme würde er überall erkennen. Was machte das Mädchen hier? Er sprang vom Bett auf.

»Auf keinen Fall, Miss van Helsing.« Mr. Watkins' Ton verriet sein Missfallen über ein solch ungebührliches Verhalten.

»Dann gehe ich selbst hinauf und durchsuche Ihre Zimmer, bis ich ihn gefunden habe.«

Stephan zog seinen Rock über und griff nach den Stiefeln.

»Miss van Helsing!« Watkins war empört.

»Cousine, meinst du nicht...« Das war Erich van Helsings Stimme. Stephan beeilte sich mit den Stiefeln. Was hatte der Kerl hier zu suchen?

»Fass mich nicht an!« Panik schwang in ihrem Tonfall mit.

Stephan riss die Tür auf, stürmte die Treppe hinunter und schaffte es, Unbekümmertheit zu heucheln, bevor er am unteren Treppenabsatz ankam. »Hat jemand nach mir gerufen?«, fragte er gedehnt.

Erschrockene Gesichter, wohin er auch blickte. Van Helsing stand drohend vor seiner hübschen Cousine, die angewidert vor ihm zurückwich. Steadly, der Bow Street Runner, lehnte an einer Wand hinter Van Helsing. Stephan bemerkte die Ausbuchtung an seiner Hüfte – wahrscheinlich hatte er Handschellen dabei. Der Wirt hatte die Fäuste in die Hüften gestemmt. Mehrere Gäste aus dem Schankraum umringten sie, um den Spaß nicht zu verpassen. Aber alle standen nun wie erstarrt da und blickten zu Stephan auf.

Van Helsing war der Erste, der sich fasste. Er gab das Vorhaben auf, Miss Ann am Arm zu packen, und trat zurück. »Sie kommen genau richtig, Sincai. Das ist der Mann, Steadly.«

»Ich kenne Mr. Sincai schon, Van Helsing.«

»Dann wissen Sie ja, dass er die Morde begangen hat.«

»Was ich weiß, ist, dass er nicht dort war, wo er sich laut eigener Aussage in der Nacht des Fünften aufgehalten hat.«

»Dann lassen Sie mich Ihre Zweifel beseitigen«, warf Van Helsing höhnisch ein. »Ich habe ihn am Fünften in Winscombe gesehen, als ich dort Proviant besorgte.«

Stephan stieg gelassen die restlichen Stufen hinunter. »Dann waren wir also beide an dem fraglichen Tag in Winscombe?«, erkundigte er sich höflich.

»*Ich* habe ein Alibi für die Zeit der Morde«, entgegnete Van Helsing grinsend. »Ich bin nach Maitlands zurückgekehrt, wie die Dienstboten bestätigen können. Aber haben Sie ein Alibi, Sincai?« Er warf einen vielsagenden Blick auf seine Cousine. »Vielleicht waren Sie ja bei Ann?«

»Ja«, sagte Miss van Helsing sofort, während Stephan im selben Moment mit gleichem Nachdruck widersprach:

»Nein.«

»Vielleicht sind Sie ja beide darin verwickelt«, überlegte Steadly laut, während er das Mädchen prüfend musterte. »Es heißt, Sie verfügten über ... gewisse Fähigkeiten.«

»Miss van Helsing hat nichts mit der Sache im Jagdhaus zu tun«, erklärte Stephan ganz entschieden.

»Ich neige dazu, Ihnen zuzustimmen, da diese Tat außergewöhnliche Kraft erforderte«, bemerkte Steadly. »Und ich bin normalerweise kein leichtgläubiger Mann. Aber ...« Sein Blick glitt hin und her, als erinnerte er sich an die Szene in dem Jagdhaus, und alle Farbe wich aus seinen Wangen.

»Nehmen Sie beide zum Verhör mit«, schlug Van Helsing vor. »Es gibt eine zweite Zelle hinter dem Rathaus.«

Stephan wusste, dass er an diesem Punkt keine Wahl mehr hatte. Er konnte nicht zulassen, dass Miss van Helsing für sein Verbrechen eingesperrt wurde. »Ach, jetzt haben Sie mich erwischt«, sagte er seufzend. »Ich gestehe alles.«

Ann sah ihn mit ungläubiger Miene an. »Unterlassen Sie das, Mr. Sincai.«

Van Helsing triumphierte, und Steadly sah ungemein zufrieden mit sich aus. »Dann kommen Sie«, sagte er mit gewichtiger Stimme, als wäre er der Richter.

Stephan nickte.

Miss van Helsing begann zu protestieren, blinzelte ein paar Mal und brach dann ohnmächtig zusammen.

Sofort wollten Mr. Watkins und mehrere der Zuschauer ihr zu Hilfe eilen.

»Fassen Sie sie nicht an!«, befahl Stephan mit so viel Suggestivkraft in der Stimme, wie er aufbringen konnte. Alle blieben wie angewurzelt stehen. Stephan nahm ein Handtuch vom Tresen und drängte sich an Erich van Helsing vorbei. Er kniete sich neben Ann und fächelte ihr mit dem Handtuch Luft zu, die ihr die hellen Locken aus der Stirn trieb. Nie hatte sie so ätherisch schön ausgesehen wie in diesem Moment. »Bringen Sie mir Wasser, Mann!« Der Wirt rannte wie von der Tarantel gestochen los. »Und du holst ein Kissen, Junge«, schrie Stephan dem Hausdiener zu.

»Wer hat denn Ihnen die Verantwortung übertragen?«, beschwerte sich Van Helsing.

»Seien Sie still und treten Sie zurück!«, ordnete Stephan an. »Miss van Helsing?«, sagte er dann leise und fuhr fort, das Handtuch zu schwenken, um ihr Luft zu verschaffen. Warum war sie hierhergekommen, wenn sie noch so schwach war? Hatte sie ihn vor Steadly und und ihrem Cousin warnen wollen? Sie musste doch wissen, dass sie ihn nicht halten konnten.

Was kümmerte es ihn, ein paar Stunden in einer Gefängniszelle zu verbringen? Sowie es dunkel wurde, würde er entkommen.

Ann van Helsings Lider flatterten. Der Wirt hielt Stephan einen Becher hin, und er konnte riechen, dass er mit Wasser gefüllt war. Der Hausdiener kam mit einem Kissen angelaufen. »Miss van Helsing?«

Sie blinzelte und blickte mit ihren klaren grauen Augen zu ihm auf. Er konnte sehen, wie sie einen weichen Ausdruck annahmen. Mühsam hob sie den Kopf ein wenig an, und Stephan schob das Kissen unter ihren Nacken und stützte sie damit, während er ihr den Becher an den Mund hielt. Sie verzog das Gesicht, als ihre Lippen das Metall berührten. Konnte sie die anderen spüren, die daraus getrunken hatten? Aber sie nippte immerhin daran. Er zog den Becher zurück, und sie seufzte. Dann erschien wieder die besorgte kleine Falte zwischen ihren Brauen.

»Sorgen Sie sich nicht«, sagte er mit leiser Stimme. »Jennings wird Sie nach Maitlands zurückbringen.« Dann erhob er den Blick zu Van Helsing. »Und Sie halten sich von ihr fern, oder Sie werden es mit mir zu tun bekommen.«

»Gehen Sie jetzt, Mr. Sincai«, flüsterte sie eindringlich.

Stephan versuchte, ein kleines Lächeln aufzusetzen, und hoffte, dass es ein beruhigendes war. »Jetzt gleich?« Er sah sich um und schüttelte den Kopf. »Nein, das werde ich nicht. Können Sie sich setzen?«

Sie nickte, und er schob die Hände unter das Kissen, um ihr zu helfen. »Er weiß Bescheid«, raunte sie nur für ihn hörbar.

»Das sehe ich. Jennings«, rief er, und der Mann erschien sogleich durch die Tavernentür. »Bringen Sie Miss van Helsing heim!« Jennings machte einen Diener, und Stephan schob das Kissen tiefer, um Ann beim Aufstehen zu helfen.

Ein störrischer Ausdruck erschien auf ihrem bezaubernden Gesicht. »Ich gehe nicht eher, bis ich weiß, wohin sie Sie bringen werden.«

»Nun, dann kommen Sie doch mit!«, sagte Steadly und nahm die bedrohlich klirrenden Handschellen von seinem Gürtel.

Stephan schob die Ärmel seines Rocks hinauf und hielt Steadly beide Handgelenke hin, der das kalte, schwere Eisen um sie schloss. Ann van Helsing schlug in sichtlicher Bestürzung eine Hand vor ihren Mund.

»Gehen Sie jetzt, Miss van Helsing! Ich komme schon zurecht.«

Wieder schüttelte sie trotzig den Kopf. »Ich versichere Ihnen, dass es mir nichts ausmacht, Mr. Sincai. Ich weiß nicht, warum ich ohnmächtig geworden bin. Eine vorübergehende Schwäche, denke ich.«

»Sollen wir?« Steadly zeigte auf die Tür. Stephan ging voran, dicht gefolgt von Ann van Helsing und Jennings, der sich beschützend an ihrer Seite hielt, und den Gästen der Taverne, die sich ihnen neugierig anschlossen.

Der Tag näherte sich seinem Ende. Die Sonne warf rotgoldene Strahlen durch das Laub der Bäume, als sie hinter dem Rathaus unterging. Stephan kniff die Augen vor dem schwachen Licht zusammen und spürte, wie seine Wangen zu brennen begannen. Es war unangenehm, doch er war nicht nackt, und es war nicht Mittag. Er war alt genug, um heutzutage ein bisschen Sonne zu ertragen. Die kleine Gruppe ging am Rathaus vorbei zum hinteren Teil des Gebäudes und dann durch eine schmale, eisenbeschlagene Holztür. Drinnen flackerte und rauchte eine Lampe an der Wand, aber sie verbreitete nur wenig Licht. Es gab zwei Zellen mit nackten Steinmauern und rostigen Eisenriegeln, die offensichtlich nur selten benutzt wurden.

Aber das Erstaunlichste war, dass eine Zelle mit Knoblauchzöpfen und Girlanden aus irgendwelchen dicht belaubten Zweigen mit kleinen weißen Blumen dekoriert war. Stephan unterdrückte ein Lächeln. *Eisenhut.*

Ann starrte den Knoblauch und die Eisenhutgirlanden in der Zelle an. Was war das denn? Sie durchforstete ihr Gedächtnis. Diese Pflanzen würden Stephan weder Schaden zufügen noch ihn in der Zelle festhalten. Die Idee, dass Knoblauch oder Eisenhut Vampiren schadeten, war ein bloßer Mythos, der sich um diese Spezies rankte. Also wusste Erich doch nicht so viel über Vampire, wie er vorgab. Hatten seine »Geschäftspartner« ihn ganz bewusst nicht über den Unterschied zwischen Mythen und Fakten aufgeklärt? Vielleicht brachten sie ihm ja weniger Vertrauen entgegen, als er zu glauben schien. Sie warf ihrem selbstgefällig grinsenden Cousin einen raschen Blick zu. Er war davon überzeugt, Mr. Sincai in der Falle zu haben. Diesen Glauben durfte sie ihm auf gar keinen Fall nehmen. Ann holte tief Luft und ließ sie wieder entweichen. Sincai würde frei sein, sobald alle gegangen waren. Ein paar Stunden mit dem Gestank von Knoblauch in der Nase waren das Schlimmste, was er durchstehen würde.

Sie warf ihm einen Blick zu und sah sein unterdrücktes Lächeln.

Mr. Steadly öffnete die Zellentür, die grässlich in den Angeln quietschte, und bedeutete Mr. Sincai einzutreten. Seiner Größe wegen war er gezwungen, sich zu ducken, als er durch die Tür trat.

»Bequem genug?«, fragte Erich.

Sincai ließ sich auf der harten Holzbank nieder, streckte eines seiner langen Beine aus und verschränkte die Arme vor der breiten Brust. Steadly schlug die Tür zu und drehte einen großen Schlüssel in dem alten Schloss. Erich trat vor und band noch ein großes silbernes Kreuz, das an einem Lederband befestigt war, an die Gitterstäbe.

Ann setzte eine ausdruckslose Miene auf. Ein weiterer Mythos. Stephan war einmal ein jesuitischer Mönch gewesen und hatte ein Dutzend Mal am Tag ein Kruzifix geküsst. *Diese* Maßnahme konnte ihm gewiss nicht schaden.

»Das müsste ihn hier drinnen festhalten«, verkündete ihr Cousin und wandte sich stolz dem Runner zu.

In dem Moment kam Squire Fladgate über den Hof gerannt wie eine Fregatte unter vollen Segeln. »Was geht hier vor? Van Helsing, Steadly? Warum wurde ich vorher nicht gefragt?«

»Wir haben einen Runner aus der Bow Street hier, Fladgate«, sagte Erich mit einer wegwerfenden Handbewegung. »Das müsste für Sie Autorität genug sein.«

»Nicht in Cheddar Gorge, junger Mann«, plusterte sich der Friedensrichter auf. »Hier vertrete *ich* die Krone.«

Erich lachte spöttisch. »Na, dann. Wir haben Ihren Mörder für Sie gefasst. Wollen Sie uns etwa sagen, wir sollten ihn wieder gehen lassen?« Mehrere in der Menge lachten brüllend.

»Nein, nein. Natürlich nicht.« Der Richter merkte, dass er die Leute nicht unter Kontrolle hatte. Und darüber hinaus hatte er sich auch noch zum Gegenstand des Spotts gemacht. »Nur, dass wir es offiziell machen sollten. Ich werde am Dienstag den Prozess eröffnen.«

»Tun Sie das«, sagte Erich, der die Situation sehr wohl unter Kontrolle zu haben schien, großzügig.

»Wozu all dieses Brimborium, Van Helsing?« Steadly runzelte die Stirn über die Zöpfe Knoblauch und die Eisenhutgirlanden.

»Entschuldigen Sie, Steadly.« Erich grinste. »Aber Sie haben das Jagdhaus nach den Morden gesehen und glauben doch wohl nicht, dass ein normaler Mensch dazu in der Lage wäre?«

»Nein.« Dieses eine Wort besagte alles. In dem Getuschel in der Menge, die sich hinter ihm am Eingang drängte, war immer wieder das Wort »Vampir« zu hören. Ann drehte sich um und sah, dass mehrere Dorfbewohner sich bekreuzigten. Stephan würde jetzt ein Ausgestoßener sein. Er würde das Dorf sogar verlassen müssen, wenn er durch ein Wunder von den Morden freigesprochen würde. Die Menge an der Tür zerstreute sich wie Laub im Wind.

»Komm, Cousine!«, sagte Erich und winkte sie mit übertriebener Ehrerbietung zur Tür.

Ann warf Sincai einen Blick zu und fühlte sein beruhigendes kleines Lächeln mehr, als dass sie es sah. Sie vermochte es jedoch nicht zu erwidern, denn heute war wohl das letzte Mal, dass sie ihn sah.

Als Ann und ihr Cousin nach Maitlands zurückkehrten, schleppten Polsham und Mrs. Simpson gerade Mengen von Knoblauch und Eisenhut die Treppe zum ersten Stock hinauf.

»Ah, die Lieferung ist also gekommen, wie ich sehe«, bemerkte Erich, als er Hut und Handschuhe auf den Tisch in der Eingangshalle warf. »Beeilt euch! Es wird bald dunkel. Ich will, dass mein Zimmer bis dahin vollständig verkleidet ist.«

»Wir sind mit Ihrem Zimmer fertig«, erwiderte Polsham in einem Ton, der kaum noch als höflich zu bezeichnen war. »Das hier ist für das Kinderzimmer.«

»Dann werde ich in meinem Zimmer essen.« Erich hastete die breite Treppe hinauf. »Und bringen Sie mir auch eine Flasche Brandy hinauf.« Jetzt, da es dunkel wurde, schien er nicht mehr so selbstsicher zu sein. Was hatte er zu befürchten? Sincai war mittlerweile bestimmt schon lange fort.

Die Heimfahrt mit Erich war schier unerträglich gewesen mit seiner Schadenfreude und der nicht enden wollenden Prahlerei darüber, was für ein Gesicht Sincai gemacht hatte, als ihm Handschellen angelegt worden waren. Ann hatte sich in eine Ecke der Kutsche gedrängt und geschwiegen. Ihr einziger Trost war, dass dieser Widerling nicht von der Heiratserlaubnis gesprochen hatte. Noch war sie nicht aus London eingetroffen? Anns Sorge war Verzweiflung gewichen.

Jetzt war sie wirklich vollkommen erschöpft. Hinter Polsham und Mrs. Simpson wankte sie die Treppe hinauf und schaute bei ihrem Onkel herein, um zu sehen, wie es ihm ging. Sie wagte jedoch nicht, ihm von Van Helsings Drohung mit der Heiratslizenz zu erzählen, weil sie befürchtete, dass er der Heirat zustimmen würde. Und sie durfte ihn auch nicht wissen lassen, dass sich das gesamte Dorf vor Sincai fürchtete, denn sie wollte ihren Onkel nicht beunruhigen. Es schien ihm ein wenig besser zu gehen, obwohl gegen Ende des Tages auch seine Kräfte nachgelassen hatten und er ihr nur noch murmelnd dafür danken konnte, dass sie ihm Gesellschaft leistete.

Als Ann ihren Onkel schließlich allein ließ, folgte Mrs. Simpson ihr, sichtlich bestürzt über die seltsame Neigung ihres Cousins zu Knoblauch und Eisenhut, die Treppe in den dritten Stock hinauf. Sie gab Ann das Kruzifix ihrer Mutter, damit sie es umlegte, und brachte ihr einen Teller Gerstensuppe. Doch schon bald darauf ging Mrs. Simpson mit dem leeren Suppenteller nervös klappernd davon, und eine schreckliche Leere breitete sich in Ann aus. Seufzend rollte sie sich in ihrem Bett zusammen. Die Erinnerungen an dunkle Augen, ungezähmtes Haar und das Gefühl der Kraft, das er ihr vermittelt hatte, verblassten bereits. Es schien keinen Ausweg zu geben. Sie konnte ihr Kinderzimmer nicht verlassen und ihren Onkel auch nicht. Aber wenn sie blieb, würde ihr Cousin seine Drohung vielleicht wahr machen. Wahrscheinlich wartete er nur bis zur Hochzeit, um sich das Wohlwollen der Bediensteten und der Dorfbewohner zu erhalten. Doch sowie sie verheiratet sein würden ... Widerliche Bilder des feuchten Mundes ihres Cousins auf ihrem, seiner schleimigen Zunge, seiner schlaffen Hände, die sie begrabschten, ließen sich wie Aasgeier hinter ihren Augen nieder und wollten nicht mehr von ihr weichen. Nicht zu vergessen die Irrenanstalt. Ann hatte das Gefühl, als lauerte sie schon ganz in der Nähe. Sie hatte ihre Mutter dort gesehen, wie sie sich in schmutzigem Stroh hin und her gewälzt und sich die Haut aufgekratzt hatte, bis sie blutig gewesen war.

Es gab niemanden, der ihr helfen konnte. Ihr Onkel war krank, Mr. Sincai war zweifellos bereits geflohen, und die Dienstboten kuschten vor Erich van Helsing – Ann hatte sich noch nie im Leben so allein gefühlt.

14. Kapitel

Stephan stand im Wald oberhalb Maitlands Abbey, ein noch tieferer Schatten in der dunklen Nacht, und lauschte dem Wind, der durch die Bäume fuhr und Dinge wisperte, die er nicht ganz verstehen konnte. Die Rinde der mächtigen Birke, an der er lehnte, fühlte sich angenehm glatt an seinem Rücken an. Was er nicht begriff, war, warum er im Begriff war, sich in das Kinderzimmer in dem Haus unter ihm zu versetzen. Kilkenny konnte jederzeit erscheinen, vielleicht sogar mit anderen. Der Moment seiner Prüfung war schon beinahe gekommen. Entweder würde er sterben oder Erlösung finden. In dem Gasthof konnte er nicht mehr bleiben, weil Kilkenny ihn dort als Erstes suchen würde. Doch das *Hammer und Amboss* war der falsche Ort für den letzten – tödlichen – Kampf. Natürlich könnte er die Nächte in der Jagdhütte verbringen. Bestimmt würde der Einzige, der ihm entkommen war, seine Suche dort beginnen. Es war ein abgelegener Ort, perfekt für eine Auseinandersetzung auf Leben oder Tod und weit entfernt von menschlichen Augen. Stephan war sicher, dass niemand sich dem Haus auf weniger als eine Meile nähern würde, nach all den geflüsterten Geschichten, die im Dorf darüber kursierten. Die Tage könnte er in Miss van Helsings Höhle verbringen. Er hatte einen Plan. Es wäre besser, sich auf seine Mission zu konzentrieren.

Und doch war er hier, im Dunkeln und dem zunehmenden Wind, starrte auf ein Kinderzimmer im dritten Stock und wusste, dass er sich dorthin begeben würde. Van Helsing würde vielleicht seine Anwesenheit bemerken, aber dieses Wiesel konnte ihn nicht aufhalten. Falls er ihn ansprach, brauchte Stephan nur seinen Gefährten herbeizurufen und Suggestion anzuwenden, damit Van Helsing sich später an nichts erinnerte. Der Kerl hatte einen erstaunlich schwachen Geist.

Schwach? Wer war schwach? War er selbst nicht schwach genug, um hier zu stehen, anstatt sich einzig und allein auf seine Mission zu konzentrieren?

Warum war ihm dieses zierliche kleine Mädchen so unter die Haut gegangen?

Stephan biss die Zähne zusammen. Er gehörte nicht zu denen, die sich vor der Wahrheit scheuten. Es war, weil sie ihn *kannte*. Weil sie wusste, was er war, und nicht mit Entsetzen reagiert hatte. Sie wusste alles über ihn. Nun, alles bis auf seine Erfahrungen mit Rubius' Töchtern, und das war auch besser so. Sie ... verzieh ihm. Er verdiente keine Vergebung, doch sie schenkte sie ihm dennoch, als wäre es das Natürlichste der Welt.

Sogar dazu war sie stark genug. Sie hatte versucht, seine Wunden zu verbinden, unter großer persönlicher Belastung und zu einem hohen Preis für sie. Selbst heute war sie stark genug gewesen, ihn retten zu wollen – und wovor? Vor ein paar Stunden in einer Zelle?

Ah ... sie kannte seine Schwächen. Und sie glaubte, auch Van Helsing kenne sie. Es hatte eine Zeit gegeben, da hätte er jeden umgebracht, der seine Geheimnisse kannte. Bei ihr dagegen lagen die Dinge völlig anders. Eigenartigerweise empfand er es als tröstlich, dass sie über ihn im Bilde war und ihn verstand.

Der Gedanke erstaunte ihn wirklich. Aber sie war ja ebenfalls eine Ausgestoßene, genau wie er. Sie besaß besondere Fähigkeiten, und deshalb lehnten die Leute im Dorf sie ab. Sie war genauso verhasst wie er. Zu Anns Fähigkeiten gehörte, das Gute in den Menschen zu sehen, selbst nachdem sie das Schlimmste über sie erfahren hatte. Und von ihm, Stephan, wusste sie das Schlimmste. Aber würde sie erkennen, was für ein außerordentlicher Vorteil das war?

Ja, der Schwache war er. Er empfand etwas für sie. Was das war, wusste er selbst nicht so genau. Freundschaft? Es war jedenfalls nicht die alles verzehrende, überwältigende Leidenschaft, die er vor fast siebenhundert Jahren für Beatrix empfunden hatte. Miss van Helsing erregte ihn, aber das war nur sein Training bei Rubius' Töchtern, das sich durchsetzte. Was immer es auch sein mochte, es fraß an ihm und ließ sich nicht verbannen. Es rief eine schmerzliche ... Sehnsucht in ihm wach. Vielleicht, weil er dieses Gefühl noch nie einfach nur so erfahren hatte.

Gefühl? Himmel, Gefühle durfte er sich jetzt wirklich nicht erlauben! Sie würden ihn nur für den bevorstehenden Kampf schwächen. Er konnte es sich nicht leisten, sich noch mehr zu belasten.

Stephan schluckte und versuchte, an die Macht zu denken, die er in Mirso bei den drei Schwestern gefunden hatte. Diese Macht würde er jetzt brauchen, jede Unze davon.

Kloster Mirso,
September 1821

»*Wach auf, Büßer!*« *Ihre schrille, hochmütige Stimme riss ihn aus seinem Halbschlaf, und Stephan wandte sich ihr zu.*

Stancie stand in der Tür und hielt eine Glaskugel in der Hand, die ungefähr die Größe einer spanischen Orange hatte und das Licht des Feuers einfing. Was konnte Estancia damit vorhaben? Über Angst war Stephan hinaus. Was geschehen würde, würde geschehen. Er verspürte nur eine leichte Neugierde beim Anblick dieser Kugel.

Sie stellte sie auf die Anrichte. »Wir werden heute etwas anderes versuchen.« *Aber wie gewöhnlich begann sie mit ihrem eigenen Vergnügen, doch die ganze Zeit über ging eine gespannte Erwartung von ihr aus, und als sie mit ihm fertig war, kniete sie sich neben die Bank und begann mit der üblichen Quälerei und den geflüsterten Anweisungen. Wieder spürte er die geschmolzene Lava in sich, sein Glied fühlte sich an wie schmerzhaft harter Stahl, seine Hoden waren schwer wie Eisen. Er murmelte den Gesang, und das Brodeln in ihm verschärfte sich. Stancie hob seinen Kopf an und drängte ihn, mehr Leidenschaft in den Gesang zu legen. Stephan beobachtete, wie sie ihn mit zunehmender Eindringlichkeit rieb.*

»*Sieh die Kugel an!*«, *zischte sie ihm ins Ohr.* »*Konzentrier deine ganze Hitze auf das Glas!*« *Der Boden der Kugel schien zu brennen. Oder war das der Feuerschein, der sich darin widerspiegelte? Stephan starrte auf das Glas und spürte das Brennen in sich selbst, als wiederholte es sich dort in den gleichen dumpfen Rottönen.*

Immer mehr forderte sie ihn, noch lange nachdem sie ihm normalerweise wieder Ruhe gegönnt hätte. Sein Körper war angespannt wie eine Bogensehne, jeder seiner Muskeln schmerzte. Stephan konnte spüren, wie Stancies Macht sich immer mehr verstärkte, während sie ihn daran hinderte, Erfüllung zu finden. Er war nicht einmal sicher, ob er an diesem Punkt überhaupt noch dazu in der Lage wäre. Seine Gefühle waren über das Sexuelle hinaus in etwas anderes, Schmerzhafteres, Intensiveres übergegangen. Die gläserne Kugel glühte jetzt in einem viel kräftigeren Orange.

Plötzlich war eine andere Schwingung neben der von Stancies Macht im Raum. Der Schmerz ließ nach, obwohl Stephan immer noch den Rücken krümmte und Stancie nach wie vor seinen Penis in der Hand hielt und ihn nicht gerade sehr behutsam reizte. Die geschmolzene Lava in ihm schien sich nun nach außen zu verströmen und den ganzen Raum in einen roten Dunst zu hüllen. Das Gefühl der Macht, von dem er vor so langer Zeit auf den Zinnen einen Vorgeschmack erhalten hatte, durchflutete ihn wieder.

Die Glaskugel explodierte in einem blendend weißen Licht. Stephan war, als fände die gleiche Explosion in seinem Kopf statt. Von irgendwoher hörte er Schreie. Waren es Stancies? Oder seine?

Dann erlosch das Licht. Er brach zusammen und ihm wurde schwarz vor Augen.

Als er erwachte, waren die drei Schwestern in dem Zimmer. Er fühlte sich wie weit entfernt von allem und ... leer.

»Was du getan hast, war gefährlich, Stancie«, sagte Dee mit harter, missbilligender Stimme.

»Du hättest ihn umbringen können – oder dich selbst«, protestierte Freya.

»Ihr seid beide zu zaghaft«, sagte Stancie schmollend. »Er brauchte eine stärkere Hand. Die habe ich ihm gegeben. Und seht doch nur ... er hat's geschafft.«

»Du hättest alles verderben können, wie du es beim letzten Mal verdorben hast«, warf ihr Freya vor.

»Ihr beide würdet Jahre brauchen, um ihn auszubilden. Vater wurde schon allmählich ungeduldig.«

Stephan öffnete ein Auge. Er lag auf der Steinbank, aber keine Ketten hielten ihn. Die Schwestern hatten sich vor der Anrichte versammelt. Dee starrte auf irgendetwas auf dem Boden, dann blickte sie zu ihm herüber. Stephan senkte den Kopf. »Komm«, sagte sie. »Komm her und schau's dir an!«

Er rappelte sich mühsam auf. Die Knie gaben unter seinem

Gewicht fast nach, so schwach war er, als er langsam auf die Frauen zuging. Sie traten auseinander, und er sah den Fleck aus geschmolzenem Glas auf dem Steinboden.

Freya beantwortete die Frage, die er nicht stellen durfte. »Das warst du, Stephan. Es bedeutet, dass du nahezu bereit bist. Und dass Phase drei deiner Ausbildung begonnen hat«, schloss sie. Niemand hatte erwähnt, dass es eine dritte Phase geben würde. Angst und Schrecken ergriffen ihn wieder. Würde er je bereit sein?

»Es bedeutet auch, dass du, Stancie, ihn tagsüber in Ruhe lassen wirst«, setzte Dee in scharfem Ton hinzu.

Estancia lächelte nur und nickte.

Schwer atmend stand Stephan da und versuchte, die Erinnerung aus seinem Bewusstsein zu verbannen. Ein Sturm kam auf. Durch die Bäume sah er den Mond als Mittelpunkt eines schimmernden Ringes, der zum Teil von den sich zusammenballenden Wolken verdeckt wurde. Stephans Körper war noch wie elektrisiert von der Erinnerung und von einer Energie erfüllt, die sich in einem Pochen in seinen Lenden bemerkbar machte. Oder war es eine andere Erinnerung, die diese Reaktion erzeugte? Denn plötzlich konnte er nur noch an den Körper des jungen Mädchens unter seinen Händen denken, an ihre klaren grauen Augen, die ihn kannten und sich trotzdem nicht von ihm abwandten. »*Tuatha, rendon, melifant, extonderant, denering*«, flüsterte er, ohne nachzudenken. Langsam bezwang er das Gefühl, wurde seines Körpers wieder Herr und unterdrückte seine Erektion. Die Prüfung stand ihm kurz bevor. Er hatte nur eine einzige Chance, Erlösung und Zuflucht zu erlangen, und die durfte er durch nichts gefährden.

Er blickte zu dem schwachen Licht hinunter, das aus dem

Mansardenfenster nach draußen fiel und von der Lampe neben ihrem Bett herrührte. Es gab so viele Gründe, warum er besser nicht zu ihr hinunterging. Er konnte nicht verleugnen, dass er sich immer stärker zu ihr hingezogen fühlte. Sie reizte ihn nicht nur körperlich, sondern auch emotional. Sexuelle Impulse waren gefährlich in seinem gegenwärtigen Zustand, es sei denn, sie wurden dazu benutzt, die Macht herbeizurufen. Nie wieder würde er sich zutrauen können, mit einer Frau zusammen zu sein. Niemals mehr würde er die körperliche Liebe erfahren. Nicht nach dem, was geschehen war ... Er riss sich von dem Gedanken los. Auch Ann van Helsing konnte keine körperliche Vereinigung riskieren. Sie waren eine Tragödie, sie beide, oder vielleicht auch eine Farce. Genau genommen waren sie sogar perfekt füreinander. Aber die emotionale Bindung, die er zu ihr entwickelt hatte, gefährdete seine Mission noch mehr als seine körperliche Hingezogenheit. Gefühle waren etwas, was er sich einfach nicht erlauben konnte.

Er *musste* ja nicht zu ihr gehen. Mit seiner exzellenten Nachtsicht konnte er die Knoblauchzöpfe und die Eisenkrautgirlanden in Van Helsings Zimmer sehen. Diese lächerliche Kreatur hatte sich in ihrem Zimmer verbarrikadiert, oder zumindest glaubte dieser Schwachkopf das. Aus dieser Richtung bestand also keine Gefahr, entdeckt zu werden.

Also gut. Stephan begriff, dass die Entscheidung schon gefallen und er machtlos war, dem Reiz zu widerstehen. Und so sammelte er seine Kräfte und rief die Macht in sich auf.

Ann saß zusammengekauert auf dem Bett. Ängste bestürmten sie.

Sie spürte Sincais Anwesenheit, noch bevor sie ihn sah. Zimtgeruch, mit einem Hauch von süßlicherem Ambra unterlegt, durchzog plötzlich das Zimmer. Erfreut hob sie den Kopf und entdeckte einen wabernden schwarzen Nebel, den sie seit jener ersten Nacht in der Höhle nie wieder gesehen hatte. Aber anders als damals ängstigte er sie nicht. Wie erwartet, trat Stephan Sincai aus der sich auflösenden Schwärze.

Erleichterung und noch etwas anderes durchfluteten sie. Sie hätte gar nicht sagen können, wie sie sich fühlte.

»Guten Abend«, begann er mit seiner angenehmen tiefen Stimme, die sie bis zu ihrem letzten Atemzug erkennen würde. »Störe ich Sie?«

»Ist es nicht gefährlich für Sie, hier zu sein?«

Er schnaubte nur verächtlich. »Sie glauben doch nicht, dass Van Helsing sich aus seinem Zimmer herauswagen würde?«

»Sie haben recht.« Ann lächelte. »Ich bin froh, dass Sie gekommen sind.«

Stephan Sincai wirkte, als wäre er sich gar nicht sicher, dass *er* das Gleiche auch von sich behaupten konnte. »Ich wollte mich dafür bedanken, dass Sie heute so mutig waren, zu mir zu kommen und mich zu warnen, so unnötig es vielleicht auch war.«

»Ich dachte, Erich ... aber wie sich herausstellte, weiß er doch gar nicht viel über Sie.«

»Ganz im Gegensatz zu Ihnen.«

Schweigen breitete sich zwischen ihnen aus, bis Ann die Stille nicht mehr zu ertragen glaubte. »Möchten Sie sich nicht setzen?« Was hatte sich geändert? Warum war sie nicht so entspannt wie sonst? Bisher hatte sie sich bei Stephan Sincai ungezwungener gefühlt als bei irgendjemand anderem in ihrem Leben. Aber jetzt war ein neues Element hinzugekommen, das sie nicht ganz deuten konnte. All ihre erotischen Träume überfielen sie plötzlich wieder. Sie konnte buchstäblich seinen Körper unter seinen Kleidern spüren. Aber solche Träume konnte sie sich nicht leisten, denn *so* würde sie einen Mann niemals berühren können.

»Was ist?«, fragte Sincai scharf.

Ann schüttelte schnell den Kopf und lächelte. »Nichts.«

Er zog sich den Ohrensessel heran. »Mich können Sie nicht belügen, das wissen Sie. Ich glaube, *etwas* habe ich auch von Ihnen aufgeschnappt, als Sie alles von mir erfuhren.«

Sie zog die Knie an die Brust. Das war ihm also mittlerweile klar geworden. Gut. Einen Teil des Problems konnte sie ihm anvertrauen. »Erich hat eine Sondererlaubnis beantragt. Er will mich heiraten. Sie ... Sie wissen, dass das unmöglich für mich ist.«

Ein finsterer Ausdruck erschien in seinen Augen, und seine Brauen zogen sich zusammen. Manch einer hätte ihn so als sehr beängstigend empfunden. »Sie sind volljährig.«

»Und ohne Freunde. Wer würde es ihm untersagen?« Ann bemühte sich zu lächeln, doch es gelang ihr nicht. »Das Dorf will mich unter jemandes Kontrolle wissen ... oder in einer Anstalt eingesperrt. Selbst mein Onkel möchte mich *versorgt* sehen.«

»Dann fahren Sie nach London, heute Nacht noch. Ich beschaffe Ihnen eine Gesellschafterin und miete Ihnen ein Haus. Und ich werde kommen und nach Ihnen sehen, sobald ich ...« Er brach ab. Beide wussten, dass er die Konfrontation mit Kilkenny vielleicht nicht überleben würde.

»Wann kommt er?«, flüsterte sie.

»Heute Nacht. Morgen Nacht.« Stephan zuckte die Schultern. »Es kann sein, dass er in Irland oder Frankreich war. Aber er wird nicht mehr lange auf sich warten lassen.« Seine Stimme war düster, und er stützte die Ellbogen auf die Knie und ließ den Kopf hängen.

»Danach vielleicht ...« Ann wusste, dass er niemals Abstand

von der Aufgabe nehmen würde, die ihm Frieden erkaufen würde, gleichgültig, ob er dafür töten musste, gleichgültig, wie schwer er verwundet werden könnte oder ob er sogar dabei starb. Und sie würde es auch nie von ihm verlangen. Für die Zukunft seiner Spezies würde er jedes Opfer bringen, und er brauchte unbedingt die Zuflucht, die er sich damit erkaufen würde. Und dass er sich nach einer Zuflucht sehnte, verstand sie selbst nur zu gut.

Er nickte kurz, und dann sah er sie prüfend an. »Da sitze ich hier und halte Sie von Ihrem Schlaf ab, statt mich zu dem Jagdhaus zu begeben, wo ich Kilkenny mit größter Wahrscheinlichkeit begegnen werde.«

Ann nickte. Sie konnte nichts erwidern, weil ein Kloß in ihrer Kehle es ihr unmöglich machte.

Da tat Sincai etwas Überraschendes. Er streckte eine Hand aus und legte sie auf die Steppdecke, dorthin, wo sich ihr Fuß unter dem Stoff abzeichnete, ließ sie einfach nur dort liegen, ganz still und ohne Ann zu berühren. Beide starrten diese Hand an. Sie war stark und eckig. Niemand außer ihr in Cheddar Gorge wusste, wie stark sie war.

Nach einem langen Schweigen erhob er sich mit einer geschmeidigen Bewegung. »Sie bestimmen Ihr eigenes Schicksal, Miss van Helsing. Weisen Sie ihn zurück!« Seine Augen wurden rot, als sie mit einem halb verwunderten, halb bedauernden Ausdruck auf ihr ruhten. Dann hüllte ihn Schwärze ein, und als sie sich verzog, war auch er nicht mehr zu sehen.

Die Enge in Anns Kehle verwandelte sich in ein Schluchzen. Tränen rollten über ihre Wangen. So nahe und doch so unmöglich ... Noch nie hatte die Zukunft derart düster ausgesehen. War Sincai klar, dass sie im Begriff stand, genau die Art von Zuflucht zu verlieren, die er mit solcher Zielstrebigkeit suchte? Aber dann ertappte sie sich dabei, dass sie nicht länger über ihre eigene Notlage nachdachte, sondern nur noch daran, dass Stephan Sincai gegangen war, vielleicht um zu sterben, und sie einander nie berühren würden.

Stephans Brust war eng von allen möglichen Emotionen, als er vor Buckley Lodge, dem zu Maitlands Abbey gehörenden Jagdhaus, Gestalt annahm. Dreimal hatte er die Dunkelheit heranziehen müssen, um hierherzugelangen, und er hatte seinen Gefährten rücksichtslos bis an die Grenzen seiner Macht getrieben. Es hatte eigentlich keine Eile, hierherzugelangen, es war vielmehr das Bedürfnis gewesen, so schnell wie möglich von Maitlands und Miss van Helsing fortzukommen, was ihn angetrieben hatte. Das Problem war, dass er sich immer stärker zu ihr hingezogen fühlte und sich so etwas nicht erlauben konnte. Er war als Werkzeug auch so schon unvollkommen genug, da musste er seine Macht nicht noch mehr schädigen.

Das Jagdhaus lag in einem Wäldchen aus Bergahorn, auf einer kleinen Anhöhe, von der man auf ein Meer aus Weideland hinunterblickte, das sich in einem leichten Gefälle bis zum River Axe hinunterzog. So laut und ungestüm der Fluss aus der Schlucht von Cheddar Gorge hinausrauschte, so ruhig und prachtvoll verbreitete er sich weiter unten zwischen dem Schilf. Hier musste es reichlich Wasservögel für Brockweir'sche Gewehre geben, aber auch Füchse, Hasen und Fasane. Ein sanfter Wind, der keinen Sturm verhieß, bewegte das in verschwenderischer Fülle vorhandene hohe Gras. Stephan blickte zu dem Jagdhaus auf. Es war ein altes Fachwerkhaus im Tudorstil, das im Schutz uralter Bäume stand. Die größere erste Etage überhing das Erdgeschoss, was dem Haus etwas Bedrohliches verlieh, das zu der scheußlichen Tat passte, die er hier begangen hatte.

Stephans Umhang flatterte im Wind, als er zu der massiven, eisenbeschlagenen Eingangstür hinaufging, die mit einem Schloss für einen sehr großen Eisenschlüssel versehen war. Nachdem der Friedensrichter Frauen zum Saubermachen hergeschickt hatte, war das Haus verschlossen worden, um zu vermeiden, dass es zu einem Picknickplatz für sensationshungrige junge Leute wurde oder Kleinkriminellen Unterschlupf bot. Aber das Abschließen hatte ihnen wohl nicht gereicht, denn sie hatten die Tür sogar vernagelt. Einige der dicken, langen Nägel lagen noch verstreut unter dem Portikus.

Wieder ergriff das Gefühl, versagt zu haben, Besitz von Stephan. Er hatte seine neue Macht nicht richtig gegen dieses Vampirnest einsetzen können, sondern war gezwungen gewesen, die Kreaturen mit konventionellen Mitteln zu bekämpfen. Seine Kraft und Macht waren größer als normalerweise; das zumindest hatte seine Ausbildung bewirkt. Doch er war gerade noch mit dem Leben davongekommen, und es war ihm nicht gelungen, alle auszulöschen. Und nun entwickelte er Gefühle für das verflixte Mädchen, was seine Macht sogar noch mehr beeinträchtigen würde. Wie sollte er weitere dieser Kreaturen besiegen, wenn Kilkenny seine Armee zu einem Rachefeldzug mitbrachte?

Stephan zerrte an der Tür, bis die Nägel kreischten und das Metall des Schlosses sich verbog und nachgab. Kaum öffnete sie sich knarrend, konnte er das Blut schon riechen. Es lauerte noch in Rissen, Ecken und Spalten. Stephan fragte sich, ob er es würde ertragen können, hier auf Kilkenny zu warten.

Langsam streifte er durch das Haus. Das Esszimmer war leer. Ein Bild davon, wie er es zuletzt gesehen hatte, schoss ihm durch den Kopf: Wohin man auch sah, zerbrochene Möbel und zersplittertes Glas, Blut und abgetrennte Köpfe. Obwohl er in jener Nacht nicht seine volle Macht hatte einsetzen können, hatte er genug Gemetzel hinterlassen. Oder fast genug. Wahrscheinlich hatten sie die zerschlagenen Möbel hinausgeschafft und sie verbrannt, denn unter dem durchdringenden Blutgeruch bemerkte Stephan auch den von brennendem Holz ... und Zimt.

Angst durchfuhr ihn, die er jedoch sofort erbittert niederrang, denn Emotionen waren nicht erlaubt, schon gar nicht jetzt. Aber Wünsche – etwas wünschen durfte man sich doch wohl, oder? Sein Herzenswunsch war, dass es hoffentlich nicht zu viele sein würden. Leise ging er in den vorderen Salon und blieb zwischen den abgedeckten Möbeln stehen, um die Eingangstür im Auge zu behalten, die der Wind in ihren Angeln schaukeln ließ. Er verhielt sich ganz still, um so vielleicht die Schwingungen der neu geschaffenen Vampire wahrzunehmen und sie zu zählen.

Was er stattdessen jedoch spürte, war dieses Summen am äußersten Rand seines Bewusstseins, das auf sehr alte Vampire hindeutete.

Stephan schnappte nach Luft, sein Herz begann zu rasen, als eine hochgewachsene, anmutige Gestalt durch die offene Tür hereinglitt.

»Sei gegrüßt, Deirdre«, sagte er, nach außen hin ganz ruhig. Er war jetzt der *Harrier* und brauchte nicht mehr vor ihr auf die Knie zu fallen. »Was verschlägt dich denn hierher?«

Sie trug einen schwarzen Umhang aus dicker, an den Rändern mit schwarzem Satin eingefasster Wolle. Als sie die Kapuze von der dunklen Fülle ihres Haares zurückschob, trat Freya aus dem Schatten hinter ihr. Auch sie trug ein wollenes schwarzes Cape, nur war ihres mit schimmerndem weißen Satin abgesetzt. Die Augen der Schwestern waren hart und kalt, als sie ihn prüfend musterten und ihn nicht einmal einer Antwort würdigten.

Eine Menge Gründe, warum sie hier sein könnten, schossen Stephan durch den Kopf. Schnell sprach er in Gedanken einen Satz seiner Gesänge, um die Furcht zu bannen. War es möglich, dass sie ihm helfen wollten, weil sie wussten, dass die Aufgabe vielleicht zu schwer für ihn sein würde? Wie eifrige Kriegerinnen sahen sie allerdings nicht aus ...

»Ich kann den Gestank von Emotionen an ihm riechen, Freya.« Trotz des heulenden Windes klang Deirdres Stimme klar und hart wie ein Peitschenschlag.

»Es ist gut, dass wir gekommen sind.« Selbst Freya wirkte unversöhnlich. Und warum sollte sie auch versöhnlich sein? Sein letzter Fehler auf Mirso hatte sie die Liebe einer Schwester gekostet.

»Warum seid ihr hier?«, wiederholte Stephan und legte Entschlossenheit in seine Stimme.

Deirdre musterte ihn von oben bis unten. »Um hinter dir aufzuräumen, wenn du versagst.«

Diese Antwort traf ihn hart. So sicher waren sie, dass er scheitern würde? Er würde nicht um ihre Hilfe bitten, aber er konnte Rubius nicht verübeln, dass er eine Garantie brauchte. Doch seine eigenen Töchter in die Welt hinauszuschicken und sie des Schutzes zu berauben, der ihnen Mirso bot? Wenn Rubius dazu bereit war, dann musste er auch glauben, dass er, Stephan, scheitern würde, und wirklich sehr verzweifelt sein.

»Ich werde mich bemühen, dir die Arbeit abzunehmen, und Kilkenny und seine Männer auslöschen.«

»Wie du die ausgelöscht hast, die sich hier verkrochen hatten?« Freyas Worte waren für Stephan ein Schlag ins Gesicht.

Schuldbewusst senkte er den Kopf und schöpfte tief Luft, bevor er den Blick wieder erhob. »Der eine, der entkommen ist, wird Kilkenny hierherbringen, wo ich ihn mir schnappen kann.«

Deirdres verächtlicher Gesichtsausdruck traf ihn wie ein Pfeil ins Herz. »Erzähl mir nicht, du hättest seinen stellvertretenden Kommandeur absichtlich entkommen lassen.«

Der Geflohene war Callan Kilkennys Stellvertreter? Woher wussten sie das? Und ... wenn er es sich recht überlegte, woher wussten sie, wo sie ihn finden würden? Erst vor zwei Wochen hatte er Rubius von seiner Reise nach Cheddar Gorge geschrieben. Der Brief hätte länger brauchen müssen, um Mirso zu erreichen – von der Reise der Töchter in diese entfernte Ecke Englands erst ganz zu schweigen. Es sei denn ...

»Du denkst, dass Vater dir nicht vertraut, nicht wahr?«, wollte Freya wissen, die ihm die Frage scheinbar an den Augen angesehen hatte. »Nach dem, was auf Mirso geschehen ist?« Sie wirkte enttäuscht von ihm.

»Also hat er mich von Anfang an von euch verfolgen lassen«, sagte Stephan nüchtern. Wieder einmal kam er sich wie der demütige Büßer vor, der in ihrer Gegenwart nicht sprechen durfte. Ihre Sicherheit, dass er versagen würde, war wie ein Messer in seinem Bauch. Aber das durfte er sie nicht merken lassen. »Warum hat Rubius dann nicht einfach euch damit beauftragt, Ashartis Überbleibsel zu beseitigen?«

»Wir sind seine Töchter«, sagte Freya und straffte die Schultern. »Er will uns nicht gefährden.«

»Freya«, schnaubte Deirdre. »Wie kannst du nach all den Jahren noch so naiv sein? Die Wahrheit ist, dass das Töten nicht zu unseren Talenten gehört. Nein, Harrier, wir sind das Werkzeug, um noch mehr Waffen wie dich zu erzeugen. Er will nicht unsere Fähigkeit gefährden, Harrier zu erschaffen.«

Freya rümpfte die Nase. »Das Maß seiner Verzweiflung kannst du daran erkennen, dass wir überhaupt hier sind.«

»Mit deiner Macht in ihrem derzeitigen Zustand wirst du viele erledigen, aber nicht alle«, sagte Deirdre. »Unsere Aufgabe ist es, das Ausmaß deines Scheiterns abzuschätzen, um zu wissen, wie viele mehr von dir wir noch erschaffen müssen.«

»Nun, dann habt ihr eine lange Reise umsonst unternommen.« Stephan hatte sich wieder im Griff und schaffte es, sich unbesorgt zu geben. »Ich werde sie alle töten. Ihr solltet mehr Vertrauen haben.« Er holte Luft und gab seiner Stimme einen etwas amüsierten Beiklang. »Seid ihr im *Hammer und Amboss* abgestiegen? Dann habt ihr es dort hoffentlich bequem genug. Vielleicht solltet ihr jetzt dorthin zurückkehren, falls ihr nicht noch ein paar letzte weise Worte für mich habt.«

Deirdre lächelte. Er hatte sie noch nie lächeln sehen – und er hätte auch jetzt darauf verzichten können.

»Hier habe ich ein Wort für dich.« Sie flüsterte fast. »Bereite dich auf deine Aufgabe vor, wenn du auch nur die kleinste Chance willst, nach Mirso zurückzukehren.« Dann wurden ihre Augen rot.

Für einen Moment dachte Stephan, sie würde ihn packen, ihm befehlen, sich auszuziehen, und ihm direkt hier im Salon von Bucklands Lodge eine Lektion in Gehorsam und Kontrolle erteilen. Aber dann sah er nur die Schwärze um sie aufsteigen, gefolgt von Freyas, und sie verschwanden auf dem gleichen Weg, wie sie gekommen waren.

Stephan blieb allein in dem schon dunklen Raum zurück. Ihm drehte sich fast der Magen um. Sehr weit hatten sie sich sicher nicht entfernt. Sie würden wissen wollen, wann Kilkenny mit seinem Anhang eintraf. Stephan besaß genügend Selbstbeherrschung, um sich nicht zu rühren. Reglos wartete er.

Warum hatten sie sich ihm gezeigt? Um sein Selbstvertrauen noch mehr zu erschüttern? Um sich zu vergewissern, dass er nicht gewinnen würde? Um ihn zu bestrafen für das, was er getan hatte ...?

Er verdrängte die Gedanken und Erinnerungen. *Sithfren, hondrelo, frondura, denai.*

Tief zog er die Luft in seine Lungen und stieß sie wieder aus. So, jetzt atmete er schon ruhiger. Er durfte keine Angst haben, wenn Kilkenny kam, und nicht an sich zweifeln. Zum Teufel mit Rubius' Töchtern! Und zum Teufel mit der kleinen Van Helsing! Er hatte sich in letzter Zeit viel zu viele Gefühle erlaubt.

Stephan setzte sich in einen großen hölzernen Sessel, einen dieser besonders unbequemen Tudor-Throne, der für seine Zwecke jedoch hervorragend geeignet war. Er wollte es nicht bequem haben, wenn er hier auf Kilkenny wartete, seine Kräfte sammelte und seine Selbstkontrolle übte. Sich vorbereitete.

Anns Gedanken waren nach Mr. Sincais Verschwinden in hellem Aufruhr. Unter den gegebenen Umständen konnte sie unmöglich schlafen, sondern musste sich einen Plan zurechtlegen, was sie im Hinblick auf Van Helsing, ihren Onkel und Mr. Sincai unternehmen sollte ...

Er kam an ihr Bett, und er war nackt. Seine Brust und Schultern konnte sie deutlich sehen, doch der restliche Teil seines Körpers lag im Schatten. Er war breitschultrig und muskulös, stark und gefährlich. Sein langes schwarzes Haar umspielte seine Schultern, als führte es ein Eigenleben. Er sagte nichts, sondern starrte sie nur an. Seine Haut schimmerte feucht. Aus dem feinen dunklen Haar auf seiner Brust schauten die Brustwarzen hervor. Sein heißer Blick versengte Ann. Sie wusste, dass er sie berühren würde ... überall ... und *wollte*, dass er es tat. Vielleicht würde er das eigenartige Kribbeln zwischen ihren Beinen lindern. Oder noch verschlimmern ...

Wieso lag sie eigentlich nackt im Bett? Aber so war es, und

jetzt kam er zu ihr und kniete sich zu ihr. Dann streckte er sich neben ihr aus, sodass sein Körper überall den ihren berührte, und bedeckte ihren Nacken und ihre Lippen mit ganz sachten, zarten Küssen, bis das Kribbeln zwischen ihren Beinen zu einem dumpfen Pochen wurde. Sie spürte auch die Feuchtigkeit dort. Seine Hände begaben sich auf Forschungsreise, berührten sie mit exquisiter Zärtlichkeit. Ann konnte es nicht in Worte fassen, aber es war überhaupt nicht so, wie sie erwartet hatte. Und sie wollte mehr. *Brauchte* mehr. Sie hob die Hüften an und bewegte sie an seinen, während sie sich fragte, was als Nächstes kommen würde. Doch er fuhr nur fort, sie zu berühren und sie zu küssen, bis sie hätte schreien können. Seine Zärtlichkeiten setzten nur eine neue Welle dieses merkwürdigen Prickelns frei, und sie schob die Hand zwischen ihre Beine, um es irgendwie zu lindern. Als sie aber nach der Stelle suchte, von der es ausging, konnte sie sie nicht finden. Schließlich presste sie die flache Hand an ihre intimste Körperstelle, um das heiße Prickeln zum Verstummen zu bringen – doch plötzlich zog sich alles in ihr zusammen, und eine heiße Woge lustvoller Gefühle durchströmte sie, die sie am ganzen Körper erschauern ließ.

Ann erwachte jäh und sog verblüfft den Atem ein. Ihre Hand lag zwischen ihren Beinen, und ihre empfindsamste Stelle pochte von ... ja, wovon? Was war geschehen? Schnell zog sie die Hand zurück. Ihre Schenkel waren feucht, an ihren Fingern konnte sie ihren eigenen femininen Duft wahrnehmen. Hatte sie sich etwa irgendwie verletzt? War das ... Halt! Sie wusste, was passiert war. Sie hatte schon davon gehört. Es wurde auch »der kleine Tod« genannt.

Du liebe Güte! Sie hatte sich selbst berührt und zum Höhepunkt gebracht, während sie an Stephan Sincai gedacht hatte! Ihr ganzer Körper rötete sich vor Scham. Wie lüstern! Nur weil sie auf die Berührung eines Mannes verzichten musste, streichelte sie sich selbst im Schlaf? Wie jämmerlich ... und kalt und nüchtern. Jeder, den sie kannte, würde es sündig nennen. Traurigkeit legte sich schwer auf ihre Seele. Nicht so sehr ihrer Sünde wegen, sondern weil das alles war, was sie je darüber erfahren würde, eine Frau zu sein. *Du dummes Ding!*, sagte sie sich. Wenn das alles war, dann konnte sie auch ohne es leben.

Es war noch dunkel, und da die Vorhänge in ihrem Zimmer nicht zugezogen waren, konnte sie die vom Wind geschüttelten Äste sehen, deren Zweige hin und wieder am Glas der Fenster scharrten. Dichte Regenschleier schlugen dagegen und liefen daran herunter, was die Welt dahinter irgendwie nicht ganz real erscheinen ließ. Der Morgen würde bald heraufziehen. Von einer seltsamen Mattigkeit beherrscht, fühlte Ann sich nicht einmal stark genug, um sich zu rühren. Das schwache Fleisch! Sie hatte ihre Kraftreserven mit ihrem Herumspielen an sich selbst vergeudet, während sie an ihren Cousin und ihren Onkel hätte denken müssen, statt an Mr. Sincai. Sie konnte buchstäblich spüren, wie Van Helsing in seinem Zimmer ruhte und Maitlands, ihren Zufluchtsort, vergiftete. Bald würde es hell werden, und dann würde Erich zu ihr heraufkommen, wann immer es ihm beliebte, oder sie unten erwarten, wenn sie zu einem Besuch zu ihrem Onkel ging. Sie war nicht einmal sicher, ob er bis zur Hochzeit warten würde. Was sollte ihn daran hindern, sie gleich hier in ihrem Bett zu nehmen, auf welch abscheuliche Weise auch immer er das vorhaben mochte? Auf jeden Fall wäre es etwas völlig anderes als in ihrem Traum von Stephan Sincai.

Sie musste Maitlands verlassen. Nicht für immer – wie könnte sie das auch nur in Erwägung ziehen? Aber zumindest für den Augenblick. Sie schlüpfte aus dem Bett, warf sich den Umhang über und zog ihre Stiefeletten an, um sich zu ihrer Höhle zu begeben.

In dem Moment drehte sich der Schlüssel im Schloss der Tür. Erich stieß sie auf, ohne den Türklopfer zu benutzen, den Ann vor langer Zeit hatte anbringen lassen, um vor Eindringlingen in ihre Privatsphäre gewarnt zu sein. Nicht einmal Erichs Schritte hatte sie im Treppenhaus gehört. »So«, sagte er mit einem vielsagenden Blick auf sie und klopfte mit einem zusammengerollten Dokument in seine Handfläche.

Ann zog den Umhang um sich enger zusammen und konnte spüren, wie das Blut aus ihren Wangen wich. »Wie ... wie kannst du es wagen, ohne meine Erlaubnis einzutreten?«

Mit einem gereizten Blick kam er ein paar Schritte auf sie zu. Das Klatschen des zusammengerollten Papiers, das er noch immer gegen seine Hand schlug, zerrte an Anns Nerven. »Und wie kommst du hier heraus, meine trotzköpfige kleine Irre?«

»Heraus? Oh, du meinst meinen Umhang«, sagte sie und überhörte die Beleidigung geflissentlich. »Mir war kalt.«

»Netter Versuch«, entgegnete er spöttisch. »Aber du lügst. Du wolltest hinaus, obwohl deine Tür verschlossen war.« Wieder blickte er sich um, diesmal schon genauer. »Dann wollen wir doch mal sehen, wie du hier herausgelangst, kleine Irre.«

Zu Anns Entsetzen ging er zu einem Bücherregal und ließ seine Hände über die mit Schnitzereien bedeckten Ränder gleiten. »Apropos irre – was tust du da?«, fragte sie ihn mit erstickter Stimme.

Er fuhr zu ihr herum. »Wo ist sie? Es gibt hier eine verborgene Tür, nicht wahr?«

»Du bist nur zu Gast in meinem Haus, Erich, und wirst meine Privaträume sofort verlassen«, befahl sie ihm, so ruhig und gebieterisch sie konnte, obwohl ihre Knie schon zu zittern anfingen. Dieser elende Lump würde den Ausgang finden ... Oh, nein! Jetzt strich er schon mit der Hand über die steinernen Verzierungen neben dem Kamin ... über den Knopf im Mittelpunkt der Rose ...

... und die kleine Tür sprang auf.

Ein fast schon wahnsinniges Flackern trat in seine Augen, als er triumphierend zu ihr herumfuhr. »Ha! Wusste ich es doch!«

»Und?« Ann merkte, dass sie trotz der Wut und Furcht, die in ihr brodelten, äußerlich ganz ruhig wurde. Die geheime Tür war das Einzige, was noch verhinderte, dass ihre Zufluchtsstätte ein Gefängnis war.

»Und jetzt werde ich sie von Polsham von beiden Seiten vernageln lassen«, erklärte Erich und straffte die Schultern.

»Polsham bekommt seine Anweisungen von mir.« Aber Erich schien sich seiner Sache viel zu sicher zu sein.

Jetzt ließ er ein schwaches Lächeln auf seinem Gesicht erscheinen, das seine Augen jedoch nicht erreichte – ein Lächeln, wie Ann es noch nie gesehen hatte. »Jetzt nicht mehr, meine süße kleine Irre«, sagte er und schwenkte das zusammengerollte Papier vor ihren Augen. »Die Sondererlaubnis für unsere Heirat. Und heute gab auch dein Onkel seinen Segen zu unserer Verbindung. Deine Dienstboten wissen, dass wir, nach einem kurzen Besuch morgen Nachmittag bei Reverend Cobblesham, um die Arrangements zu treffen, am Donnerstagnachmittag in den heiligen Stand der Ehe treten werden.«

»... und dass mein Vermögen an dich übergehen wird.«

Wieder dieses Lächeln. »Und nicht nur das. Ab Donnerstagnacht gehört mir auch dein Körper.«

Ann kamen die Tränen. »Du kannst mein Vermögen haben. Ich werde dir keine Schwierigkeiten machen. Aber ...« Das Wort blieb ihr in der Kehle stecken, sodass sie es erneut versuchen musste. »Aber bitte ... verlang von mir keine Intimitäten, Erich!«

»Ich soll als Ehemann nicht meine Rechte wahrnehmen?

Dein Hochmut mir gegenüber hat mich nicht zur Zurückhaltung inspiriert, falls du das glaubtest.«

»Ich werde nicht hochmütig sein. Und auch nicht stolz.« Selbst in ihren eigenen Ohren klang ihre Stimme unsicher.

»Nein, natürlich wirst du das nicht sein. Doch ich werde dich mir trotzdem vornehmen. Und ziemlich häufig sogar, denke ich.«

»Ich bin nicht verrückt, Erich. Doch ich werde es sein, wenn du deine ehelichen Rechte, wie du es nennst, geltend machst«, sagte sie so ruhig und vernünftig, wie sie konnte.

Erich trat näher. Er war höchstens fünfzehn Zentimeter größer, und trotzdem überragte er sie drohend, als er so dicht vor ihr stehen blieb, dass sie den Belag auf seinen Zähnen sehen und seinen schlechten Atem riechen konnte. Ann wagte es nicht, vor ihm zurückzuweichen oder zur anderen Seite des Raumes zu laufen. Diese Art von Verhalten würde einen Tyrannen wie ihn nur anstacheln. »Das interessiert mich nicht«, erwiderte er grimmig. »Und wenn es so kommt, garantiert es mir nur, dass ich dich in eine Anstalt stecken kann. Deine fünfzehntausend Pfund im Jahr werden mir ein angenehmes Leben ermöglichen.« Seine blassblauen Augen glänzten. »Und einem Mann, der in der Blüte seiner Jahre seine Frau verloren hat, wird niemand verübeln, dass er Trost sucht, wo er kann.«

Er tippte ihr mit der zusammengerollten Heiratslizenz an die Stirn, und sofort spürte Ann die Männer, die das Schriftstück vorbereitet hatten, den, der es zusammengerollt hatte, und ein schwaches, aber unangenehmes Echo von Erich selbst. Er war ... schwach. Das wusste sie natürlich. Doch er hatte auch ... Geheimnisse. Was für welche, konnte sie nicht sagen.

Nun wandte er sich zur Tür, trat auf den Gang hinaus und rief nach Polsham. Ann atmete auf, als er verschwand, aber dann erschreckte er sie erneut, indem er noch einmal zur Tür hereinschaute. »Glaub ja nicht, dass dein Freund, der Harrier, dir zu Hilfe kommen wird. In ein, zwei Tagen wird er ein für alle Mal aus dem Weg sein. Bis dahin brauchen wir nur nachts unsere Zimmer zu schützen und der Natur ihren Lauf zu lassen.«

Und damit ging er.

Ann klappte auf dem Fußboden zusammen, als wäre alle Luft aus ihrem Körper entwichen. In ihrem Entsetzen konnte sie nicht einmal weinen. Stattdessen blickte sie sich in ihrem Kinderzimmer um, als wäre es ihr gänzlich fremd. Erich hatte ein Gefängnis aus ihrem Zufluchtsort gemacht. Was sollte sie unternehmen? Was *konnte* sie unternehmen? Ihr Onkel stand nun auf der Seite ihres Peinigers, wenn er auch nur die besten Absichten für ihr Wohlergehen hatte. Ihn durfte sie nicht aufregen, so krank, wie er noch war. Die Dienstboten waren machtlos. Reverend Cobblesham war nie sehr helle oder couragiert gewesen. Er hatte nicht einmal die Schornsteinfeger davon abgehalten, sich Kinder aus dem Waisenhaus zu holen, die sie in die Kamine hinuntersteigen ließen und buchstäblich wie Sklaven hielten. Er würde sie, Ann van Helsing, keinesfalls gegen jemanden unterstützen, der innerhalb der nächsten Tage zu einem mächtigen Schirmherr seiner kleinen Kirche werden würde.

Und wer könnte ihr helfen? Nicht Mr. Sincai. Er hatte ihr deutlich genug zu verstehen gegeben, dass er eigene Sorgen hatte. Wahrscheinlich würde sie ihn ohnehin nie wiedersehen. Er hatte ihr geraten, nach London zu gehen. Ebenso gut hätte es auch Peking oder Katmandu sein können, so unmöglich, wie es ihr erschien. Ann wollte ihren eigenen Zufluchtsort zurück, und das bedeutete, dass sie Erich irgendwie von Maitlands vertreiben musste.

Der Friedensrichter! Squire Fladgate hatte die Macht, eine

Heiratslizenz für ungültig zu erklären, oder etwa nicht? Auch er konnte nicht wollen, dass Maitlands einem Außenseiter in die Hände fiel, schon gar nicht einem solch despotischen wie Erich. Nach dem Intermezzo im Gefängnis brachte er ihrem Cousin bestimmt keine Sympathien mehr entgegen. Aber war er besorgt genug, um zu versuchen, ihm einen Knüppel zwischen die Beine zu werfen? Das würde sie herausfinden müssen. Es war ihre einzige Chance.

15. Kapitel

Ann hatte kein Auge zugetan. Die Sonne stand schon am Himmel, und sie wanderte immer noch nervös in ihrem Zimmer auf und ab. Aber wenn sie das Haus je wieder verlassen wollte, musste sie es jetzt wagen. Auf der Stelle, damit sie Erich vielleicht noch überrumpeln konnte. Auf leisen Sohlen lief sie zur Zimmertür und warf einen Blick hinaus. Das Treppenhaus war leer. Von irgendwoher hörte sie Stimmen. Erich befahl Polsham bereits, den Geheimgang zu vernageln.

So schnell sie konnte, eilte sie die Treppe hinunter. Wenn sie es bis zu den Ställen schaffte ... Ein weiterer Treppenabsatz, an Erichs Zimmer vorbei, und sie befand sich im ersten Stock. Über das Geländer des Korridors lugte sie zu der breiten, gewundenen Treppe hinunter, die zur Eingangshalle führte. Es schauderte sie bei dem Gedanken an das Geräusch, das ihre Schritte auf den wundervollen Marmorplatten dort unten erzeugen würden. Bestimmt würde Erich sie erwischen! Und durch die Küche konnte sie nicht gehen, weil aus dieser Richtung die Stimmen kamen. Die beiden Männer stritten mittlerweile miteinander. Gut gemacht, Polsham!, dachte sie. Und die Glastüren in der Bibliothek? Sie führten zur Terrasse. So schnell sie konnte, huschte Ann die Treppe hinunter, bog nach rechts ab in den Großen Salon mit seinen verstaubten Möbeln und durchquerte ihn auf leisen Sohlen, um zur Bibliothek zu gelangen und von dort ins helle Morgenlicht hinauszutreten.

Früher hatte Maitlands eine Belegschaft von etwa fünfzig Bediensteten benötigt, Gärtner, Stallknechte, Diener, Hilfsköche und so weiter. Heutzutage aber war es still auf dem Besitz. Der Fischteich in der Mitte des bepflanzten Gartens war trüb und schmutzig, von der Form der einst so kunstvoll gestutzten Hecken war kaum noch etwas zu erkennen. Maitlands Abbey lag im Sterben ...

Ann raffte ihre Röcke und lief über die gepflasterte Terrasse. Eine leise Stimme sagte ihr, dass es für Maitlands vielleicht besser wäre, wenn sie ginge, weil sie der Grund war, dass sich so wenig Dienstboten finden ließen, um es aufrechtzuerhalten.

»Jennings«, keuchte sie, als sie in die riesige Scheune huschte, in der jetzt nur noch Kutschpferde und das alte Reitpferd ihres Onkels standen. »Jennings, sind Sie hier?«

Er steckte den Kopf aus der Sattelkammer, ein Stück Seife und einen Lappen in der einen Hand. Sein breites, offenes Gesicht war zerknittert vor Besorgnis. »Miss Ann? Was kann ich für Sie tun?«

»Könnten Sie ... meinen Wagen für mich anspannen? Ich muss dringend etwas erledigen.« Sie bemühte sich, wieder zu Atem zu kommen.

»Nun, dann lassen Sie sich doch von mir in der Kalesche fahren, Miss. Das wäre auch schicklicher.« Er trug blank polierte Stiefel, eine gelbbraune Reithose und ein weißes Hemd. Sein flaschengrüner Uniformrock hing an einem Haken an der Sattelkammertür.

»Das ist nicht nötig, Jennings«, sagte sie mit einem erzwungenen Lächeln. Sie wollte ihn nicht in diese Sache hineinziehen. Falls Erich mit seinen Plänen durchkam und der Herr auf Maitlands wurde, würde Jennings Einmischung Konsequenzen haben. »Der kleine Wagen reicht mir, und Sie wissen ja, wie gut ich damit umgehen kann.« Sie hatte sogar ihr eigenes Geschirr dafür, das Jennings pflegte. Deshalb wusste sie, dass er absolut vertrauenswürdig war, denn das verriet ihr schon das Leder, das so oft durch seine Hände ging.

Er musste die Verzweiflung in ihren Augen gesehen haben,

denn er nickte kurz, legte Seife und Lappen auf einen Stuhl und ging in die Sattelkammer, um das Geschirr zu holen. Noch keine zehn Minuten später stieg Ann auf ihren Wagen und nahm die Zügel in die Hand.

»Danke, Jennings«, murmelte sie.

»Seien Sie vorsichtig, Miss«, rief er ihr noch nach, als sie die Zügel auf den Rücken des Haflingers klatschen ließ und den Wagen aus dem Stallhof lenkte.

Der Wohnsitz des Friedensrichters befand sich auf der anderen Seite von Cheddar Gorge, etwa drei Meilen außerhalb des Dorfes. Ann war jedoch ziemlich sicher, dass sie nicht so weit zu fahren brauchte. Der flotte Trab des Haflingers ließ den Wald an ihr vorbeifliegen. Im Dorf hatten sie Sincais Flucht inzwischen sicher schon bemerkt und den Richter herbeigerufen. Vielleicht würde sie einigen Dorfbewohnern auf der Straße begegnen, falls sie unterwegs waren, um Erich zu informieren.

Aber die Straße nach Maitlands war menschenleer. Mit zunehmender Nervosität, die ihr die Brust zuschnürte, trieb sie den Haflinger zu einem leichten Galopp an. Der Wagen holperte über die Straße, und sie zügelte das Pferd erst wieder, als sie den Rand des Dorfes erreichte. Dort ließ sie das Tier am *Hammer und Amboss* vorbei zum Rathaus traben. Die Leute auf der Straße zeigten auf sie und tuschelten, aber Ann versuchte, nicht darauf zu achten. Sie musste den Friedensrichter sprechen. Dringend. Nur daran durfte sie jetzt denken.

Vor dem von mächtigen Steinmauern umgebenen Rathaus hielt sie an, sprang vom Wagen und klopfte ihrem Pferd den Hals. »Braver Junge, Max.« Das hübsche Tier mit der blonden Mähne, die fast ebenso hell war wie ihr eigenes Haar, schnaufte von der Anstrengung. »He, Junge«, rief sie einem kleinen Burschen in der Nähe zu. »Ein Schilling, wenn du mein Pferd bewegst.« Mit ausgestreckter Hand kam der Junge angelaufen.

Max warf ein paar Mal den Kopf zurück und wieherte durch die geblähten Nüstern, als Ann sich von ihm entfernte.

Statt den Vordereingang zu benutzen, ging sie um das Gebäude herum. Um die offene Tür zu den beiden Zellen, die dahinterlagen, hatte sich eine neugierige Menge versammelt. Die Leute flüsterten und tuschelten ängstlich miteinander.

»Einfach so verschwunden ist er!« Das war Jemmy.

»Die Zellentür war noch verschlossen, hörte ich«, warf Mrs. Scrapple ein.

»All der Knoblauch und das andere Zeug konnten ihn nicht halten. Was hat Van Helsing sich dabei gedacht?«

»Was ist das für einer, der durch eine verschlossene Tür entweicht? Vielleicht hatte Van Helsing recht.« Mr. Watkins, der sich unter den Leuten befand, klang unsicher, aber einige in der Menge grunzten zustimmend.

Dann drehten sich plötzlich alle zu Ann herum. Schweigen empfing sie, als sie stehen blieb.

»Ist Squire Fladgate hier?«, fragte sie und konnte nur hoffen, dass ihre Stimme nicht zitterte.

»Haben Sie uns etwas zu sagen?« Eine ihr vertraute gebieterische Stimme erklang hinter der Menge, die sich respektvoll teilte. Dann erschien Richter Fladgates beleibte Gestalt in der offenen Tür.

»Ich muss Sie sprechen, Sir.«

»Und ich Sie, junge Frau.« Er trat vor, und tuschelnd zog die Menge sich zurück.

Ann schluckte. »Können wir irgendwo unter vier Augen reden? Vielleicht im Gasthof?«

»Hatten Sie etwas damit zu tun?«, erkundigte sich der Richter streng.

»Womit?« Ann sah die unverhohlene Anklage in den Gesichtern der Umstehenden, als sie sich scheinbar irritiert umblickte.

»Mit Sincais Flucht.«

So. Dann hatte Erich also recht gehabt. Sie dachten tatsächlich, sie und Sincai wären Komplizen. Das würde ihr Anliegen noch zusätzlich erschweren. »Ist er geflohen?«, fragte sie mit großen Augen und verrenkte sich den Hals, um an Fladgates massiger Gestalt vorbeizuschauen.

»Sie sind eine schlechte Schauspielerin«, entgegnete der Richter nur.

»Wie könnte *ich* ihn aus einer verschlossenen Zelle herausgeholt haben?«, erwiderte sie, um einen ungläubigen Gesichtsausdruck bemüht.

»Weil Sie 'ne Hexe sind!«, schrie Jemmy. »Sie können zaubern.«

»Sie glauben, ich hätte ihn mit Zauberei da herausgeholt?« Sie lachte. »Das können Sie doch wohl nicht ernsthaft in Betracht ziehen, Sir. Sie sind ein gebildeter Mann.«

Der Friedensrichter errötete. »Irgendwie ist er jedenfalls aus der verschlossenen Zelle entkommen. Mr. Steadly hier hat den Schlüssel die ganze Zeit bei sich gehabt.« Mit einem Nicken deutete er hinter sich.

Ann drehte sich um. Der Bow Street Runner war erschienen. Seine dunkelblauen Augen waren hart und kalt, sein Mund zu einer grimmigen, schmalen Linie verzogen. Die Menge drängte vor. »Vielleicht können wir ein paar Worte miteinander reden, Miss?« Er streckte die Hand aus, und bevor Ann es verhindern konnte, ergriff er ihren Arm kurz über dem Ellbogen.

Ein niederschmetterndes Gefühl durchströmte sie. Steadly stand in seiner Dienststelle unter Verdacht, Bestechungsgelder anzunehmen. Deshalb war er hierhergeschickt worden, ins Hinterland und auf diese aussichtslose Suche, wie seine Vorgesetzten meinten. Und der Verdacht traf zu, sah Ann, als Steadlys Leben in Sekundenschnelle vor ihrem inneren Auge ablief: Er hatte eine entbehrungsreiche Kindheit gehabt, bevor er von einem Gönner aufgenommen und erzogen wurde, dessen Freunde ihn seiner Herkunft wegen jedoch ablehnten, bis er schließlich seinen Platz in der Bow Street fand. Dann seine Ernüchterung darüber, dass sogar dort Korruption herrschte, bis er schließlich selbst bestechlich wurde, seine Scham darüber und seine unentwegte Verleugnung dieser Scham ... All das überflutete Ann wie ein Wasserfall.

Als sie sah, wie sich Steadlys Augen weiteten, riss sie sich mit schier übermenschlicher Anstrengung von ihm los und taumelte zur Seite.

»Was soll das, Mädchen?«, fuhr der Richter sie an und zog sie wieder zurück.

Selbstgefälligkeit! Verbitterung über den Tod seiner Frau. Fladgates Wut und Verwirrung, weil er nicht wusste, wie er mit seinem Sohn umgehen sollte, der sich in London vergnügte und in den übelsten Vierteln der Stadt verkehrte. Die Entschlossenheit des Richters, seine Position in Cheddar Gorge durch diese unschöne Geschichte nicht schädigen zu lassen.

Ann stieß einen Schrei aus. Fladgate hatte sie von sich gestoßen, als hätte er sich an ihr verbrannt. Sie taumelte durch die Menge und stieß gegen Mrs. Scrapples und dann noch gegen Mr. Watkins. Die Frau hasste sie, hasste Mr. Watkins und hasste praktisch Gott und die Welt. Ann spürte Eifersucht ... und Krankheit. Mrs. Scrapple würde binnen eines Monats sterben. Der Besitzer des *Hammer und Amboss* fand Ann hübsch und stellte sie sich gerade nackt im Heu liegend vor. Er wollte sie haben, wusste aber, dass er nicht in der Lage dazu war. Zu seiner Schande ließ sein Körper ihn jedes Mal im Stich.

So viele unterschiedliche Empfindungen durchströmten Ann, dass sie befürchtete, ohnmächtig zu werden. Sie riss sich von der Menge los und stolperte in die Gasse hinter dem Rathaus, wo sie keuchend innehielt. Als ihr auch noch übel wurde, ging sie in die Hocke, stützte sich auf die Knie und ließ den Kopf hängen. Die leisen Laute, die ihr in die Ohren drangen, waren ihre eigenen. »Lasst mich ... in Ruhe«, flehte sie.

Niemand bedrängte sie jetzt mehr. Sie konnte nichts mehr hören und versuchte verzweifelt, ihr geistiges Gleichgewicht nicht zu verlieren. Schließlich blickte sie wieder auf. Mrs. Scrapples Gesicht war stark gerötet und zerknittert. Nach und nach drangen wieder Geräusche zu Ann durch. Die Frau heulte. Der Wirt stand zitternd da und deutete mit ausgestreckter Hand auf Ann. Andere in der Menge bewegten sich nervös. Das allgemeine Gemurmel wurde immer aufgebrachter. Schließlich richtete Ann den Blick wieder auf den Friedensrichter. Seine Gesichtszüge waren erschlafft, die Augen leer, und seine Brust hob und senkte sich unter mühsamen Atemzügen. Dann richtete auch er den Blick auf sie.

»Sie ... Sie!«, sagte er anklagend. Er schluckte. »Man sollte Sie einsperren. Sie sind eine Gefahr für alle.«

»Ich ... ich muss mit Ihnen reden«, keuchte sie. Aber noch während sie sprach, wusste sie schon, dass es sinnlos war.

Squire Fladgate straffte die Schultern. »Steigen Sie in Ihren Wagen. Ihr Onkel muss auf Sie achtgeben, bis wir eine dauerhafte Lösung finden.«

Anns Herz verkrampfte sich. Dauerhafte Lösung?

»Bringt mir mein Pferd«, krächzte der Richter. Als der Wirt sich nicht rührte, sprang Jemmy ein und holte das Tier. Die Menge strömte nun zur Vorderseite des Rathauses, wobei sie jedoch einen großen Bogen um Ann machte, die ihnen wie benommen folgte.

»Jemmy, du fährst den Wagen«, ordnete der Richter an. »Steigen Sie hinten ein, Miss!«

Mühsam zog sie sich in ihren Einspänner und fiel auch

prompt auf den Ellbogen, weil sie noch immer schwankte von der Flut der Bilder, die sie überfallen hatten. Ein Armesünderkarren, dachte sie. Der Wagen fühlte sich an wie ein Armesünderkarren, der einen Gefangenen zum Galgen bringt. Der Richter hievte sich in den Sattel eines Kastanienbraunen.

Als sie am *Hammer und Amboss* vorbeikamen, nahm Ann einen Hauch von Zimtgeruch wahr. Stephan? Sie war sich nicht ganz sicher. Der Geruch war ... anders. Die süßliche Ambra-Nuance war ausgeprägter. Ann reckte den Kopf, um über die Seite des Wagens hinausschauen zu können. Dort, in der Tür der Taverne, standen zwei Frauen, eine groß, die andere kleiner und fülliger. Sie waren in schlichte schwarze Umhänge gehüllt, deren Sitz jedoch verriet, dass sie aus teurem Stoff gefertigt waren. Beide trugen Handschuhe und Schleier, sodass Ann die Gesichter der Frauen nicht erkennen konnte. Aber sie wandten den Kopf und blickten dem vorbeifahrenden Wagen nach. Ann unterdrückte ein Erschaudern. Etwas Elektrisierendes ließ die Luft um diese Frauen herum vibrieren.

Offenbar gehörten auch weibliche Vampire zu Kilkennys Armee.

Und dann dämmerte es Ann ganz plötzlich. Kilkenny musste hier sein! Seine Armee versammelte sich schon, und Mr. Sincai war in Gefahr! Mit zitternder Hand strich sie sich über die Stirn. Sie musste ihn warnen. Aber wie? Sie würde keine Gelegenheit mehr dazu bekommen. Man würde sie einsperren, bis sie mit Van Helsing verheiratet werden konnte. Das Vibrieren in der Luft ließ nach, bemerkte sie, je weiter sich der Wagen von den beiden schwarz gekleideten Frauen entfernte.

Die halbe Stadt schien sich nach Maitlands zu begeben. Der Richter folgte dem Wagen auf seinem Pferd, die Menge hinter ihnen. Das aufgeregte Flüstern der Leute wurde zu einem immer bedrohlicheren Gemurmel und verteilte sich über die

Straße. Steadly bildete den Abschluss des Zuges, als wollte er sichergehen, dass sie nicht entfliehen konnte. Noch nie war Ann der Weg so lang erschienen. Sie war kaum noch in der Lage, klar zu denken, ganz zu schweigen davon einzuschätzen, was nach ihrer Ankunft auf Maitlands geschehen würde.

Jennings, Polsham und Mrs. Simpson erwarteten die Prozession aus Wagen, Pferden und Menschen unter Maitlands Säulenvorbau. Die Dienstboten wirkten verängstigt, aber ob sie es Anns wegen oder ihrer selbst wegen waren, war schwer zu sagen.

»Steigen Sie aus!«, befahl Squire Fladgate.

Ann gehorchte mühsam und hielt sich dann an einem Wagenrad fest. Jennings kam herbeigeeilt, um das Pferd zu halten. Der Richter zeigte wortlos auf die Eingangstür. Ann schleppte sich die flachen Stufen hinauf und ging unter dem klassischen Ziergiebel hindurch in die große Eingangshalle.

»Ich muss Lord Brockweir sprechen«, hörte sie den Richter zu Polsham sagen.

»Ich fürchte, er ist indisponiert, Sir«, erwiderte Polsham ohne große Hoffnung.

»Wollen Sie mich zwingen, das Haus zu durchsuchen?«, fragte Fladgate drohend.

Polsham erhob keine weiteren Einwände und öffnete die Tür für jedermann, der Einlass suchte. Squire Fladgate zeigte auf Watkins, Mrs. Scrapple, Steadly und Reverend Cobblesham, der sich irgendwo unterwegs der Meute angeschlossen hatte. »Sie vier begleiten mich. Ich brauche Zeugen.« Dann bedeutete er Ann voranzugehen.

Polsham führte die kleine Prozession nach oben und öffnete die Tür zu Lord Brockweirs Zimmer. Mrs. Creevy kreischte auf, ließ ihr Strickzeug fallen und huschte zur Tür des Ankleidezimmers, die sie laut hinter sich ins Schloss fallen ließ.

Ann beobachtete, wie ihr Onkel sich offenbar sehr mühsam aufrappelte und gegen seine Kissen lehnte. »Was hat das zu bedeuten, Fladgate?« Ohne Zögern kam er Ann zu Hilfe, und sie liebte ihn dafür.

»Ihre Nichte, Sir, hat wieder einmal mit ihrer Hexerei Unruhe gestiftet.«

Onkel Thaddeus sah sie nicht einmal an, sondern durchbohrte den Richter buchstäblich mit seinem Blick. »Haben Sie sie angefasst? Sie müssten es besser wissen, Fladgate.«

»Wir können diese Gefahr in unserer Stadt nicht dulden, Brockweir. Ich hatte Sie angehalten, Ihre Nichte einzuschließen.«

»Bei Nacht schließe ich sie ein. Was wollen Sie mehr?« Ihr Onkel warf ihr einen Blick zu, der beruhigend wirken sollte.

»Ich werde anordnen, dass sie eingekerkert wird, bis ein passendes Heim für sie gefunden wird.«

»Du liebe Güte, Mann, sie ist doch nur ein zartes junges Mädchen! Was kann sie denn schon Schlimmes anrichten?« Ihr Onkel errötete vor Zorn.

Der Richter zog missbilligend die Augenbrauen zusammen und warf einen nervösen Blick auf Ann. »Schließen Sie sie ein, Brockweir! Entweder halten Sie sie hinter vergitterten Fenstern und verschlossenen Türen, oder ich lege sie in einer der Zellen im Dorf in Ketten.« Seine Wut ging mit ihm durch. »Sie wird nicht mehr herumvagabundieren, weder tagsüber noch bei Nacht. Haben Sie das verstanden, Brockweir? Und auch nur, bis ich mir überlegt habe, was ich ihretwegen unternehmen werde.«

»Sie werden sie mir nicht wegnehmen, solange ich lebe!« Onkel Thaddeus' Gesicht war purpurrot geworden, und mühsam hievte er sich hoch und setzte sich auf den Rand des Bettes.

»Bleib liegen, Onkel, bitte!«, bat Ann und lief zu ihm, um sich neben ihn zu knien.

»Sie können von Glück sagen, dass ich sie von *Ihnen* einsperren lasse, Brockweir«, zischte der Friedensrichter. »Ich könnte sie ebenso gut jetzt gleich schon in den Kerker werfen lassen.«

Onkel Thaddeus holte tief Luft, um zu antworten, doch bevor er dazu kam, erstarrte er.

Ein schreckliches Zischen entwich seiner Kehle, sein Gesicht lief dunkelviolett an, und die Augen traten ihm fast aus den Höhlen. Mit der rechten Hand griff er sich an die Brust.

»Onkel!«, rief Ann entsetzt.

Ein erschrockenes Murmeln ging durch die Menge.

»Nun unternehmen Sie doch etwas!«, kreischte Ann. »Holen Sie Doktor Denton!«

Mr. Watkins fuhr herum und lief zur Tür. Der Rest der Menge war wie erstarrt.

»Onkel!« Aber es war schon zu spät. Der alte Mann fiel aufs Bett zurück, und obwohl seine Augen noch weit offen standen, sahen sie schon nichts mehr. Sie würden nie wieder etwas sehen. Seine Hand rutschte von seiner Brust herunter, und sein Mund blieb offen stehen, doch seine Lippen bewegten sich nicht mehr, um Luft zu schöpfen. Ihr Onkel schien einfach in sich zusammenzufallen. »Onkel...« Anns Stimme gehorchte ihr nicht mehr.

Stille legte sich über den Raum. Steadly ging zur anderen Seite des mächtigen Bettes und legte zwei Finger an die Kehle ihres Onkels. »Er ist tot.«

Ann ergriff Onkel Thaddeus' Hand. Der Gedanke, irgendwie wieder Leben in seinen Körper zurückzubringen, ergriff Besitz von ihr und verlieh ihr Mut – trotz allem, was sie an diesem Tag durch das Berühren anderer Menschen erduldet hatte. Aber kein Wasserfall schmerzlichen Wissens überflutete sie. Sie verspürte gar nichts. Es war, als berührte sie einen bloßen Gegenstand. Ein schwacher Eindruck von Thaddeus Trimble, Viscount Brockweir, durchfuhr sie und verschwand wieder, sein letzter Moment des Schmerzes und Bedauerns, dass er sie in solchen Schwierigkeiten zurückließ. Wie typisch für ihn, dass seine allerletzten Gedanken ihr gegolten hatten! Ein jähes Aufschluchzen entrang sich Ann. Sie würde ihn nie wiedersehen, ihn niemals mehr um Rat fragen können und seine Liebe zu ihr spüren. Sie stand jetzt ganz allein gegen das Dorf und ...

»Was für ein Trubel«, erklang da auch schon die verhasste Stimme hinter Ann. »Darf ich fragen, was der Anlass ist?«

»Lord Brockweir ist verschieden«, sagte Richter Fladgate.

Tränen liefen über Anns Wangen, als sie sich erhob und zärtlich die Hand ihres Onkels auf seine Brust legte und ihm liebevoll die Augen schloss.

»So, so.« Erich rieb sich die Hände. »Ein trauriges, aber keineswegs unerwartetes Ereignis. Sind Sie alle hergekommen, um sein Dahinscheiden mit anzusehen? Reverend Cobblesham hätte genügt.«

»Wir waren gekommen, um Ihre Cousine einschließen zu lassen, bis wir entscheiden, wie mit ihr zu verfahren ist.« Der Friedensrichter warf einen Blick auf ihren Onkel. »Doch nun ...«

»Ich werde dafür sorgen, dass Ihren Wünschen entsprochen wird, Sir«, erklärte Erich nüchtern und ohne jedes Gefühl in der Stimme. »Wenn ich im Dorf Eisenstäbe und Schlösser bekommen kann ...«

»Dedham, der Schmied, wird Ihnen beschaffen, was Sie benötigen.«

Ann fühlte sich so fern von alldem, als ginge es sie gar nichts an. Das Einzige, an das sie denken konnte, war, dass dieses Gespräch vor dem Leichnam ihres Onkels geführt wurde, als spielte sein Tod keine Rolle, obwohl er ... alles änderte. Ohne Onkel Thaddeus würde die Welt nie wieder dieselbe sein.

»Dennoch ...« Squire Fladgate zögerte. »Da sie erbt, ist sie ja immerhin die Herrin hier.«

Sie sprachen über sie, als wäre sie nicht anwesend.

»Hat sie es Ihnen nicht gesagt?« Erich setzte eine erstaunte Miene auf. »Wir sind verlobt und werden, wenn möglich, schon morgen heiraten.«

»Dann werde ich die Trauung vornehmen«, bestätigte der Reverend.

»Sie werden die Hexe heiraten?«, fragte Mrs. Scrapple fassungslos.

»Wer sonst kann sie beschützen?« Erich trat vor und sah die Menge an. »Und wer kann euch besser vor *ihr* beschützen?«

Der Friedensrichter presste grimmig die Lippen zusammen. Er hatte nichts für Erich van Helsing übrig, doch ihm war anzusehen, dass er ihm im Stillen recht gab. Er würde sich bestimmt nicht einmischen. Und Mrs. Scrapples Lächeln wirkte schadenfroh.

»Nicht, bevor ich mit ihr über Sincais Verschwinden gesprochen habe«, blaffte der Bow Street Runner.

»Was?« Erich wurde blass.

Steadly schüttelte den Kopf. »Ihre lächerlichen Vorsichtsmaßnahmen waren nichts als Aberglauben, Mann! Knoblauch, Blumen und Kruzifixe konnten Sincai nicht in der Zelle festhalten.«

»Es hätte funktionieren müssen«, murmelte Erich. »Irgendjemand hat ihn herausgelassen.«

»Das denke ich auch«, stimmte Steadly grimmig zu. »Und danach hat er die Tür wieder verschlossen. Sind Sie sicher, dass Sie Miss van Helsing unter diesen Umständen heiraten wollen?«

Diesmal war es Erich, der eine grimmige Miene aufsetzte. »Völlig sicher.«

Der Runner zuckte die Schultern und ging zur Tür. »Ich werde einen kleinen Trupp zusammenstellen, um Mr. Sincai zu suchen, aber sie sollte besser morgen hier sein, damit ich sie verhören kann.«

»Geh hinauf in dein Zimmer«, wies Erich Ann an. »Polsham, Sie holen einen Hammer und Nägel. Wir müssen ihre Tür verbarrikadieren, bis der Schmied herkommen kann.«

Reverend Cobblesham ging zum Bett, um für das Seelenheil des Verstorbenen zu beten. Squire Fladgate nahm Mrs. Scrapples Arm und führte sie hinaus, während Erich auf die Tür zeigte und Ann dann folgte, die sich widerstrebend abwandte.

Auf der Schwelle drehte sie sich noch einmal zu ihrem Onkel um, dessen Gesicht schon keine Farbe mehr besaß. Auf Wiedersehen, lieber Freund, dachte sie. Die Tränen kamen ungebeten und hinterließen Streifen in ihrem Gesicht und einen salzigen Geschmack auf ihren Lippen. Du hast dein eigenes Leben aufgegeben, um mich zu beschützen, und Liebe war das Einzige, was ich dir dafür geben konnte.

Erst dann wandte sie sich ab und stieg die Treppe zu ihrem Zimmer hinauf. Geh zu Gott, Onkel.

16. Kapitel

Stephan saß im dunklen Wohnzimmer von Bucklands Lodge und spürte, wie die Sonne draußen durch die Wolken brach. Eine Kerze, die auf dem kleinen Sekretär in einer Ecke brannte, war die einzige Lichtquelle im Raum. Die Vorhänge waren zugezogen, um den neuen Tag auszusperren. Kilkenny und seine Meute hatten sich auch in der vergangenen Nacht nicht sehen lassen. Vielleicht dann heute. Stephan hatte viel über Miss van Helsing nachgedacht, was für ihn nur bedeuten konnte, dass er müde war. Er hatte das Steigern seiner sexuellen Energie geübt, seine Reaktion darauf unterdrückt und die daraus entstandene Macht die ganze Nacht beherrscht. Und dennoch hatte er keine Aureole der Macht erlangt. Es *musste* einfach so sein, dass er müde war. Wenn er jetzt seine sexuelle Energie aufrief, war das Bild, das ihm in den Sinn kam, Ann van Helsings apartes weißblondes Haar, ihre klaren grauen Augen und ihre blasse, nahezu durchsichtige Haut. Tatsächlich war der einfachste Weg, die Energie zu erhöhen, sich ihren zarten Körper unter seinen Händen vorzustellen wie in dem Moment, als er sie gewaschen hatte. Aber dieser Weg führte zu Wahnsinn und Versagen.

Denn sie würde Maitlands Abbey nicht verlassen. Sie würde Van Helsing nicht die Stirn bieten, sondern diesen Teufel heiraten, vielleicht sogar schon heute – aber morgen auf jeden Fall, und dann würde sie wirklich eine Gefangene sein. Dieser Mistkerl würde ihr Geld bekommen und das Recht haben, Entscheidungen über sie zu treffen. Und wenn er ihr die Unschuld nahm? Sie hatte allen Grund, Wahnsinn zu befürchten. Und kein Gericht würde es Van Helsing untersagen, sie zu nehmen, wann und wie er wollte. Es gab niemanden, der sie beschützen würde.

Rastlos wanderte Stephan vor dem erloschenen Kamin auf und ab. Teufel aber auch! Da regte er sich dieses Mädchens wegen auf, obwohl er sich doch gerade jetzt nicht leisten konnte, *überhaupt* etwas zu fühlen. Und seine Aufgabe ließ sich auch nicht aufschieben. Kilkenny Einhalt zu gebieten, bedeutete mit ziemlicher Sicherheit, das Los der Welt zu ändern. Es würde die Erlösung sein. Wie könnte er das alles opfern, um einer einzelnen jungen Frau zu helfen?

Andererseits ... wenn er ihre Probleme löste, könnte er vielleicht zumindest das Gefühl loswerden, das sie in ihm weckte.

Ja. Er würde im Laufe des Tages zu ihr gehen. Kilkenny und seine Freunde würden frühestens bei Einbruch der Dämmerung erscheinen, falls sie überhaupt in der kommenden Nacht kamen. Stephan hörte auf, im Zimmer hin und her zu wandern, und setzte sich an den kleinen Sekretär. Feder und ein Tintenfässchen standen bereit, und er fand auch ein paar Blätter in Kanzleiformat. Nachdem er drei verschiedene etwa halb beschrieben hatte, unterzeichnete er alle, faltete sie und erwärmte ein Stück Wachs über der Flamme der Kerze. Nacheinander versiegelte er die Kuverts mit dem heißen Wachs und drückte seinen Ring in die weiche Masse. Er würde Miss van Helsing beschwören, Mut zu fassen und fortzugehen. Um alles andere wie Geld, ihre Einführung in London und alle weiteren Arrangements würde er sich kümmern. Neben dem auf seine Bank ausgestellten Wechsel konnte er ihr auch Bargeld geben, wenn er sie sah. Auf Reisen hatte er immer sehr viel Geld dabei. Wer würde auch jemanden wie ihn bestehlen? Er griff nach einem weiteren Umschlag und füllte ihn mit Banknoten aus seinem Geldbeutel.

Dann zog er Hut und Handschuhe an und fischte eine dunkelblaue Brille aus der Tasche seines Rocks, denn selbst am späten Nachmittag würde der Aufenthalt im Freien unangenehm sein.

Stephan nahm wieder Gestalt an in dem Garten unter den gotischen Bögen, hinter denen der verfallene Teil der Abtei begann. Auf Maitlands ging es zu wie in einem Bienenstock, sah er verblüfft. Im dritten Stock wimmelte es nur so von Arbeitern. Lange Leitern lehnten an den Regenrinnen, und zu seinem Schrecken bemerkte Stephan, dass Eisenstäbe vor den Mansardenfenstern der Kinderzimmer angebracht worden waren.

»Das war's, Jungs«, brüllte ein kraftstrotzender Mann in schmutzigen Drillichhosen, der auf der gepflasterten Terrasse stand, den Arbeitern auf den Leitern zu. »Die entwischt nicht mehr. Kommt runter!« Dieser stämmige Bursche musste, seiner kräftigen Statur zufolge, der Schmied des Dorfes sein. »Lasst uns hier verschwinden, bevor es dunkel wird!«

Männer kraxelten die Leitern hinunter, die dann zusammengelegt und mit übrig gebliebenen Eisenstäben und Werkzeugen in zwei Karren verladen wurden. Schließlich stiegen auch die Männer auf die Karren, und die Pferde wurden in Bewegung gesetzt und trabten durch die Tore davon.

Miss Ann war eingeschlossen. Hatte jemand ihren geheimen Gang gefunden? Stephan wunderte sich, dass ihr Onkel, so krank er auch war, gestattet hatte, ihre Zimmer in ein Gefängnis zu verwandeln. Oder führte Van Helsing hier schon ganz und gar das Regiment? Wie allein sie sich fühlen musste!

Stephan sammelte seine Kräfte, als die Sonne hinter den Bäumen verschwand, und nach einem kurzen, scharfen Schmerz stand er in dem kleinen Ankleidezimmer im dritten Stock.

Ann saß weinend auf dem Bett. Sie spürte Stephans Gegenwart jedoch sogleich, denn sie blickte auf und wischte sich mit einem Taschentuch die Wangen ab.

Er ging zu ihr. »Was geht hier vor? Warum hat Ihr Onkel diese ... diese Erniedrigung erlaubt?«

»Mein Onkel ist tot«, erwiderte sie traurig.

Vorsichtig, um sie nicht zu berühren, setzte Stephan sich zu ihr auf das kleine Bett. »Das tut mir leid.« Sie musste auf der Stelle das Haus verlassen. Ihr blieb gar keine andere Wahl. »Hat Van Helsing befohlen, Sie derart ... einzukerkern?«

»Nein«, sagte sie und rang sich ein kleines Lächeln ab. »Squire Fladgate und Mr. Steadly waren es, die darauf bestanden. Ich ... ich war ins Dorf gefahren, um den Richter zu überreden, die Heiratserlaubnis, die Erich besorgt hat, für ungültig zu erklären. Aber sie dachten, ich hätte Ihnen bei der Flucht geholfen. Jemand packte mich, und als ich mich losriss, berührte ich versehentlich noch andere, und dann ...« Ann verstummte.

»Dann wurde alles noch viel schlimmer«, beendete er den Satz für sie. Er wünschte, er könnte sie in die Arme nehmen und sie trösten, vielleicht, weil es auch ihm ein Trost wäre, ihren Schmerz zu lindern.

Sie schüttelte den Kopf. »Sie haben mich zurückgebracht und meinen Onkel aufgeregt. Es ist meine Schuld, dass er ...«

»Seine Tage waren gezählt, an einer Hand vielleicht sogar«, versuchte er, sie zu beschwichtigen, weil er das Schuldgefühl in ihren Augen sah. Doch er kannte diese Art von Schuldbewusstsein nur zu gut und wusste, dass niemand es einem nehmen konnte. »Sie müssen von hier fort.« Er zögerte. »Es tut mir leid, dass ich Ihnen eine zusätzliche Last aufbürde, aber Sie werden das doch sicher einsehen.«

»Es ist zu spät. Sie haben sogar meinen geheimen Gang vernagelt.«

»Das ist nicht der einzige Weg ins Freie.« Er griff in seine Tasche. »Hier sind drei Briefe. Einer ist für meinen Anwalt und einer für den Direktor meiner Bank. Sie werden sich um Ihre Angelegenheiten kümmern. Der dritte ist für eine Dame, die sehr einflussreich ist in der Londoner Gesellschaft. Ihr Name ist Beatrix Lisse, Gräfin von Lente.« Auf die letzten Worte hin erhob Ann den Blick zu ihm. Zweifelsohne wusste sie schon alles über Beatrix. »Sie wird Ihnen helfen, sich in London einzurichten und eine Gesellschafterin zu finden. Sie ist sehr liebenswürdig und kompetent.« Er ließ Ann keine Zeit für Zwischenfragen. »Und hier ist etwas Bargeld für die Reise.« Ihm war klar, dass Ann, falls sie des Mordes beschuldigt wurde, auch in London nicht sicher sein würde. Doch darum würde sich Beatrix kümmern. Sie würde Ann irgendwo unterbringen, wo sie sicher war, bis Gras über die Morde gewachsen war.

»Das kann ich nicht annehmen«, flüsterte sie. »Und Erich würde mich ohnehin nicht gehen lassen.«

»*Erich* bleibt nichts anderes übrig«, knurrte Stephan und dachte, wie ungeheuer befriedigend es wäre, diesem Lackaffen die Hände um den Hals zu legen und zuzudrücken.

»Ich will nicht noch einen Tod auf dem Gewissen haben«, warnte sie mit leiser, aber fester Stimme, als hätte sie Stephans Gedanken erraten.

Er seufzte. Das Bild von Van Helsing, wie er vergeblich nach Luft schnappte, verblasste. Stephan legte die Briefe auf den Nachttisch. »Ich brauche ihn nicht zu töten. Er ist ein Feigling. Und er denkt, Sie hätten keine Freunde. Wenn er sieht, dass dem nicht so ist, wird er Ihnen nicht länger Probleme bereiten.«

Sie sah nicht überzeugt aus. »Und ... was ist mit Ihnen?«

Ah... Was war mit ihm? Das war die Frage, nicht? Er würde seine Pflicht erfüllen, wie er es seiner Gattung schuldig war. Er konnte keine Rolle spielen im Leben dieser Frau. Er war ein Vampir und sie ein Mensch. Aber er ersparte ihr diese harte Wahrheit. »Ich werde nach London kommen, wenn ich kann«, sagte er, ohne sie dabei anzusehen.

Ann blickte zu Stephan Sincai auf, als er ihre Bücherregale anstarrte, sie aber gar nicht wahrzunehmen schien. Hatte er es ernst gemeint? Würde er nach London kommen? War es möglich, dass er... etwas für sie empfand? Sie war aufgewühlt von widerstreitenden Gefühlen, die sie nicht alle benennen konnte. Da waren Furcht, ja, Sympathie natürlich auch, außerdem jedoch eine unbestimmte Sehnsucht und Verlangen...

Das Zimmer drehte sich um sie, als ihr plötzlich alles klar wurde. Sie verstand ihn wie keinen anderen Mann. Stephan Sincai war vielschichtig und schwierig. Er war gut und hatte Fehler begangen, und er hatte vor, im Namen des Guten noch mehr Verbrechen zu begehen. Er litt, und trotzdem war er stark. Er konnte zärtlich, aber auch hart sein. Sie mochte ihn sehr. Und dann war da noch die Sehnsucht, bei ihm sein zu dürfen, und dieses andere Sehnen, das so stark war in ihren erotischen Träumen, dass sie darin ihren ersten Höhepunkt erlebt hatte.

Mein Gott! Die Schlussfolgerung war unausweichlich: Sie liebte ihn. Das war die Summe all dieser namenlosen Gefühle! Obwohl sie ihm erst vor ein paar Tagen begegnet war, schien sie ihn seit Tausenden von Jahren zu kennen.

Ann atmete tief ein und langsam wieder aus. Konnte ein Mann wie Stephan etwas für eine Frau wie sie empfinden? Sie durchforschte ihr Gedächtnis nach dem, was sie über ihn wusste. Einige neue Erinnerungen kamen zu den anderen hinzu: ein Zwischenspiel in Lappland, wo er für die Dänen gekämpft hatte, ein Bild der Türme des Klosters Mirso und Stephans Verzweiflung, als er den Berg hinunter auf das Kloster zugeritten war.

Und dann stiegen seine Erinnerungen an Mirso in ihr hoch. An Rubius, seine Töchter, das grausame Leiden, den sexuellen Missbrauch, die Bestrafungen, den Druck, alle Gefühle in sich auszulöschen ... Ann war so geschockt, dass sie den Mund aufriss und zischend Atem holte. Sie hatten ihm gesagt, diese Qualen seien der Preis für die Aufnahme in Mirso? *Das* war die Macht, die sie ihn gelehrt hatten – diese unbändige, mit keinerlei Gefühl verbundene Sexualität? Wie furchtbar!

Noch furchtbarer war, dass er es zugelassen, ja sich all dem freiwillig unterworfen hatte. So groß waren sein Schuldgefühle, sein Drang zu büßen! Wofür? In einem Akt der Vergebung und Nächstenliebe hatte er Asharti gehen lassen. Und dafür war er so bestraft worden? Er hätte dafür bewundert werden müssen. Ja, Asharti war böse. Sie hatte Vampire geschaffen und sie zu einer Armee versammelt, die die Welt bedrohte. Sie hätten sie eben besser überwachen sollen. Rubius hätte dafür sorgen können. Warum gab man also Stephan die Schuld daran? Und warum machte er sich selbst so schwere Vorwürfe deswegen?

Jetzt wandte er den Blick vom Bücherregal ab und schenkte ihr ein Lächeln, das sie offenbar beruhigen sollte.

Aber in Anns Kopf drehte sich alles. Wie konnte er in dieses Kloster, in dem er so gelitten hatte, zurückkehren wollen? Würden Rubius und seine Töchter ihn je in Frieden lassen? Sie hatten ihn zu einem Mörder gemacht, dessen sie sich jederzeit wieder bedienen konnten. Stephan dachte, sein Albtraum würde mit Kilkenny und seiner Anhängerschaft zu Ende gehen, doch Ann war sich da nicht so sicher.

Und sie glaubte auch nicht, dass ein Mann, der so gelitten hatte, ihre Liebe je erwidern könnte. Er hatte einmal geliebt – Beatrix –, das wusste Ann. Aber heute? Er betrachtete sie mit zweifelndem Blick. Wahrscheinlich war ihr anzusehen, wie aufgewühlt sie war. Mehr als alles andere auf der Welt wollte sie wissen, was ihm durch den Kopf ging. Sie konnte spüren, wie er seit der Nacht, in der sie ihn angefasst hatte, über seine Erfahrungen dachte: dass er sie mit einer Berührung umbringen könnte.

Aber das kümmerte Ann jetzt nicht mehr. Bevor sie es sich anders überlegen konnte, streckte sie die Hand aus und legte sie auf Stephans. Schockiert blickte er auf, und sie wappnete sich gegen den vernichtenden Hagel der Erfahrungen, der auf sie herniedergehen würde.

Doch er blieb aus.

Natürlich spürte sie Stephans Schock über ihre Berührung, sah auch seine Begegnung mit zweien der Töchter und erkannte nun, dass er sein Blut von ihr abgewaschen hatte und beim Anblick ihres nackten Körpers erregt gewesen war. Sie empfing eine gute Dosis seines stärker werdenden Gefühls für sie. Aber sein Kummer über diese Empfindungen wurde ebenso deutlich wie seine Furcht, dass seine Zuneigung zu ihr ihn in seiner Mission scheitern lassen und ihm die Möglichkeit verbauen würde, Erlösung zu finden. Sie spürte seine Entschlossenheit, diese Mission zu vollenden, gleichgültig, was es ihn kosten und ob er dabei den Tod finden würde.

Stephan entzog ihr die Hand. »Sind Sie ... Ist alles in Ordnung mit Ihnen, Ann?«

Sie blinzelte und nickte, nicht minder überrascht, als er es war. »Ich glaube ... nun ja, vielleicht habe ich schon all Ihre Erfahrungen und Ihre Essenz empfangen. Gerade eben sah ich nur die neuesten Erlebnisse, nichts, womit ich nicht umgehen könnte.« Sie lachte leise. »Wenn ich Sie jeden Tag berühren würde, wäre es vielleicht sogar erträglich.« War es das, was nötig war, um in der Welt zu leben? Musste sie die Menschen, an denen ihr etwas lag, einfach nur oft genug berühren, um nicht von ihrem Wesen und ihren Erfahrungen übermannt zu werden? Wie hatte sie fünfundzwanzig Jahre alt werden können, ohne das herauszufinden? Zumindest hätte sie ihren Onkel am Ende seines Lebens trösten können. Vielleicht könnte sie sogar mit einem Mann intim werden ... Sie krauste die Stirn und dachte an ihre Mutter.

»Hat Sie irgendwas gestört? Sie ... Sie haben doch nicht meine Erinnerungen an Mirso gesehen? Meine Ausbildung?«, fragte er stirnrunzelnd.

Wie lieb von ihm! Er wollte ihr das ersparen.

»Die meisten habe ich gesehen, fürchte ich.«

Er errötete bis unter die Haarwurzeln. »Dann wissen Sie, wie böse und gefährlich ich sein kann. Das ... das muss erschreckend sein für eine unschuldige junge Frau wie Sie. Es tut mir leid.«

»Das muss es nicht«, erwiderte sie lediglich, und es kam von Herzen, denn sie verstand ihn ja. Natürlich verzichtete sie darauf zu sagen, dass er sich Rubius' Töchtern nicht hätte unterwerfen sollen. Diese Bemerkung stand ihr nicht zu.

Sein Blick glitt über ihr Gesicht. »Aber irgendetwas beunruhigt Sie doch. Woran dachten Sie gerade?«

Ann überlegte, ob sie ihm erzählen konnte, was ihr Herz bewegte. Doch konnte sie dem Mann, den sie so gut kannte, nicht alles sagen? »Ich fragte mich nur gerade, warum meine Mutter den Verstand verlor, als ich gezeugt wurde. Wenn sie ihn doch bereits kannte und akzeptierte und ... ich meine, wenn sie meinen Vater akzeptierte, warum sollten ... eheliche Beziehungen sie dann in den Wahnsinn getrieben haben?«

»Vielleicht hatte sie ihn noch nie zuvor berührt.« Stephans Stimme war wie ein leises Grollen in der zunehmenden Dunkelheit.

Ann blickte durch die vergitterten Fenster in das verblassende Licht hinaus. »Oder vielleicht ... akzeptierte sie ihn doch nicht.« Vielleicht hat Mutter meinen Vater nicht *geliebt,* dachte Ann. Möglicherweise machte das den Unterschied bei ihr selbst und Stephan. Sie wandte sich ihm wieder zu und streckte die Hand aus, um wieder die seine zu berühren, die auf dem Bett lag. Sie war warm. Die feinen Härchen auf dem Handrücken kitzelten ihre Haut. Sie verspürte sogar ein leises Kribbeln zwischen den Beinen ...

Aber das war auch schon alles.

Sie grinste noch, als ihr die Tränen kamen, und begann zugleich zu lachen und zu weinen. »Nichts. Ich habe fast überhaupt nichts gespürt.« Dann überkam sie wieder das Lachen.

Er lächelte sie zärtlich an. »Ich kann nicht sagen, dass ich je erleichtert war, von einer Frau zu hören, dass sie nichts empfindet, wenn sie mich berührt.«

»Nun ja, nicht *gar nichts* ...« Plötzlich erstarb Anns Lachen, und ihre Augen wurden groß. Er würde sie verlassen, um Kilkenny und seine Horde zu bekämpfen. Vielleicht kam er nie wieder zurück. Dieser Moment, so kurz vor Einbruch der Nacht, würde vielleicht der letzte sein, den sie mit ihm hatte. »Sie waren sehr gut zu mir.«

»Unsinn«, sagte er beinahe schroff.

Ann legte einen Finger an seine Lippen ... und glaubte, zu sterben vor Gefühl – einem Gefühl, das nichts, aber auch gar nichts mit seinen zweitausendjährigen Erlebnissen zu tun hatte. Wenn der Grund dafür, dass ihre Mutter bei ihrer Zeugung den Verstand verloren hatte, der war, dass sie ihren Vater nicht geliebt hatte, könnte sie, Ann, körperliche Beziehungen nur mit einem Mann haben, den sie liebte. Und das wiederum könnte sehr wohl bedeuten, dass Stephan Sincai der einzige Mann war, bei dem sie je Gelegenheit erhielte, diesen Teil des Lebens kennenzulernen. Sie hatte körperliche Lust erfahren, jedoch ohne die Freude des Teilens, die gewiss dazugehörte. Nun wollte sie *alles* haben. Wenn sie sich diese Chance entgehen ließ, würde sie es den Rest ihres Lebens bereuen. »Ich möchte Sie um etwas bitten.« Ann spürte, dass er sich zu ihr hingezogen fühlte, doch obschon er über Anstandsregeln hinaus war, hatte er auch eine ritterliche Ader, die ihrem Wunsch im Wege stehen könnte.

»Dann sagen Sie mir, was es ist.« Trotz seiner freundlichen Erwiderung wirkte er plötzlich angespannt, als glaubte er, sie würde ihn bitten, seine Mission aufzugeben und bei ihr zu bleiben.

Das würde sie niemals von ihm verlangen. Er nahm an, durch diese Mission wieder *vollständig* zu werden, und niemand, der ihn liebte, würde von ihm erwarten, das zu opfern. »Sie werden heute Nacht Ihre Mission vollenden«, sagte sie mit festem Blick. »Ich bitte Sie nur um eins, bevor Sie gehen.« Sie sah, wie er sich sogleich entspannte, und plötzlich wurde sie verlegen, denn ihr wurde die Ungeheuerlichkeit ihres Wunsches bewusst. »Würden Sie...? Könnten Sie sich vorstellen, mit mir... intim zu werden?« Er sah erschrocken aus, und sie sprach hastig weiter. »Es könnte das einzige Mal sein, dass es möglich ist für mich. Und mein ganzes Leben niemals die Beziehungen zwischen Mann und Frau zu erleben...«

Ann van Helsing wollte, dass er mit ihr schlief? Sie hatte gesagt, sie wisse alles über ihn. Wusste sie dann nicht, wie gefährlich das war? Er konnte sich nie wieder erlauben, mit einer Frau zusammen zu sein. Nicht nachdem...

Stephan lebte in einem Dämmerzustand sexueller Qual. Sein Glied war zu einem Folterinstrument geworden. Aber er begrüßte diese Folter. Er war auf dem richtigen Weg. Manchmal brachte er sogar ganz ohne Hilfe eine leichte Aureole um sich hervor. Freya lobte seine Bemühungen. Selbst Dee bezog eine grimmige Befriedigung aus seinen Fortschritten.

Deirdre hatte Stancie verboten, ihn während der Tagesstunden aufzusuchen. »Dies ist eine sehr gefährliche Phase«, hatte sie die schmollende Estancia gewarnt. »Zu viel Selbstkontrolle, und du weißt, was passiert. Bei zu wenig kann er dich verletzen. Er ist jetzt schon sehr mächtig. Spiel nicht mit dem Feuer, Schwester.«

Stancie war ärgerlich hinausgegangen. Stephan wusste aber, dass sie sich nicht lange würde fern halten können. Tatsächlich war er sogar überrascht, als sie nicht schon an jenem ersten Tag wieder erschien. Oder am zweiten. Doch er sah, dass sie zunehmend gereizt wurde, ihr Temperament immer hitziger und der irre Glanz in ihren Augen verzweifelter. Am vierten Tag kam sie in sein Zimmer und grinste raffiniert.

»Sie sind zu konservativ, meine Schwestern«, flüsterte sie und fuhr ihm mit den Fingern durch das Haar. »Schüchtern, könnte man schon beinahe sagen. Sie geben sich damit zufrieden, sich mit ihren eigenen Händen zu befriedigen. Aber ich nicht. Sie sind für ein paar Stunden außer Haus. Genug Zeit, mir zu nehmen, was ich brauche. Bald wirst du gehen, und was wird dann aus mir?«

Er würde bald gehen? Aber er war noch nicht so weit! Er wollte sie danach fragen, doch sie war mit ihrer Aufmerksamkeit schon woanders. Sie ließ die Hand über seine Rippen gleiten, streichelte die Falte zwischen Lende und Schenkel und senkte dann den Kopf, um mit der Zunge über die große Ader dort zu streichen. »Dein Blut ist süß, mein schöner Büßer. Du wirst mir fehlen.« Der scharfe Schmerz, wo ihre Eckzähne sich in seine Ader bohrten, war nichts, verglichen mit den anderen Arten von Schmerz, die er zu ertragen gelernt hatte. Sie sog an der kleinen Wunde, und sein Glied richtete sich auf. Er wiederholte die Mantras, die sie ihn gelehrt hatten, aber seine Erregung ließ nicht nach. War sie es, die seine Erektion bestehen ließ?

Stancie machte sich nicht die Mühe, ihm in irgendeiner Weise Lust zu bereiten, sondern setzte sich nur auf ihn, nahm ihn in sich auf und ließ lustvoll stöhnend ihren Leib an seinem kreisen. Sie erreichte fast augenblicklich den Höhepunkt, nachdem sie eine für sie unerhörte Enthaltsamkeit von drei Tagen ertragen hatte. Stephan bewahrte die Kontrolle, aber sie begann gleich wieder, nachdem sie sich umgedreht hatte, um seine Hoden anfassen zu können. Stephan spürte, wie seine Erregung wuchs. Sie war erbarmungslos, bewegte sich in einem schnellen, gierigen Rhythmus und stöhnte ihre Lust heraus. Stephan hatte wieder das Gefühl, dass geschmolzenes Feuer seine Lenden, sein Inneres und seinen Bauch verbrannte. Im Stillen atmete er auf, als sie erschauerte und sich um ihn zusammenzog. Jetzt würde es gleich vorbei sein.

Aber er irrte sich. Sie hob das Gesäß an und ließ sich von ihm mit der Zunge stimulieren, während sie ihn mit der Hand erregte. »Ja, ja«, stöhnte sie. »Hör nicht auf...« Als sie erregt genug war, ließ sie sich mit weit gespreizten Beinen auf ihm nieder und nahm ihn in sich auf.

Das Gefühl verschärfte sich wieder. Stephan fühlte sie wie ein kurz vor dem Ausbruch stehender Vulkan. Er brauchte Stancies Hilfe, um den Höhepunkt zu unterdrücken, doch sie war voll und ganz auf ihren eigenen Orgasmus konzentriert.

»Stancie, hilf mir!«, bat er. Sie ritt ihn, als hinge ihr Leben davon ab. Er wusste, dass er Bestrafung riskierte, wenn er so zu *ihr sprach. Aber sie hörte schon gar nichts mehr. Wo war ihre Macht?*

Er stöhnte von der Anstrengung, sich im Zaum zu halten.

Dann brach der Damm. Stephan spürte, wie seine Hoden sich zusammenzogen, wie die geschmolzene Lava aus seinem Innersten in sein Glied aufstieg und sich mit einem heißen Pochen, das ihn aufschreien ließ, den Weg nach draußen bahnte. Das Zimmer schien sich um sie zusammenzuziehen und wieder auszudehnen. Ein weißes Glühen entströmte ihm. Er sah die Woge der Macht über Stancie zusammenschlagen. Ihre Augen wurden groß und rund, und sie bleckte die Zähne zu einem animalisch klingenden Geräusch. Es hätte auch ein Schrei sein können, aber Stephan konnte sie schon nicht mehr hören. Seine Hüften fuhren in die Höhe. Das Pochen seiner Ejakulation schien in dem schrumpfenden und sich auswölbenden Zimmer widerzuhallen. Stancies Schrei echote durch seinen Kopf. Sie wand sich über ihm, jedoch nicht mehr in Ekstase, sondern in einer Art gequältem, ergreifendem psychischen Tumult.

Als das letzte, heftige Pulsieren seines Glieds sie von ihm warf, sah er zu seinem Entsetzen, wie sie gegen die Anrichte katapultiert wurde. Ihre Augen wurden völlig ausdruckslos, ihr Mund erschlaffte.

Die Welt sprang wieder an ihren Platz. Für einen Moment war es totenstill im Zimmer, dann hörte Stephan das leise Knistern des Feuers im Kamin. Er schaffte es, sich auf einen Ellbogen aufzurichten. Stancie, die vor der Anrichte auf dem Teppich lag, starrte zur Zimmerdecke auf. Ihr Blick war noch immer völlig ausdruckslos. Dann, ganz langsam, begann sie zu lachen. Das Lachen wurde lauter und lauter, bis es zu einem Kreischen wurde. Stephan ging zu ihr und packte sie an den Schultern.

»Stancie«, sagte er scharf und schüttelte sie außer sich vor

Sorge. Aber es nützte alles nichts. Sie konnte nicht aufhören zu kreischen. Und ihre Augen blieben ausdruckslos.

Stephan zitterte noch immer, als Dee ihn zu Rubius' Privatgemächern schleppte und Freya ihnen weinend folgte.

Rubius blickte von einem Buch auf, dessen Ledereinband schon zerbröselte, und runzelte die Stirn über die unerwartete Störung.

»Es ist vorbei«, schrie Dee. »Töte ihn. Und so langsam wie nur möglich, Vater.«

»Was hat dieser Auftritt zu bedeuten, Deirdre?«, fragte Rubius streng und blickte zu Freya, bevor er seinen Blick kurz über Stephan gleiten ließ und sich dann wieder Dee zuwandte. Stephan war nach wie vor nackt. Verzweifelt versuchte er, wieder zur Besinnung zu kommen, noch immer nicht ganz sicher, was geschehen war.

Dee holte tief Luft. »Es ist wegen Stancie. Sie ist...« Dee warf Stephan einen mörderischen Blick zu. »Er ... er hat die Kontrolle verloren. Er hat sie ... in den Wahnsinn getrieben.«

Rubius schlug sein Buch zu. Vielleicht war der Tod durch die Hand des Ältesten das Beste, was er zu erwarten hatte. Bei der Erinnerung an den leeren Blick in Stancies Augen und ihr irres Gelächter brach ihm der kalte Schweiß aus.

»Er verdient eine Woche in der Sonne, bevor er stirbt«, zischte Dee und fuhr wieder zu ihm herum.

Stephan konnte nichts zu seiner Verteidigung vorbringen.

»Es war nicht seine Absicht, was passiert ist, Vater, dessen bin ich mir völlig sicher«, sagte Freya mit belegter Stimme. Dann ließ sie sich in einen großen Ledersessel sinken und schlug die Hände vors Gesicht.

»*Das ist mir egal.*« *Dee wandte sich zu Rubius.* »*Wenn du sie sehen könntest, Vater ...*« *Sie verstummte, als der Älteste sich erhob. Das Mönchsgewand spannte sich über Rubius' umfangreichen Bauch.*

»*Nehmt euch zusammen, ihr beide!*«, *sagte der Älteste scharf.* »*Natürlich werde ich sie sehen. Aber ich kann mir schon denken, was geschehen ist.*«

»*Ich will, dass er bestraft wird, immer und immer wieder ...*«

»*Und all eure Arbeit war umsonst?*« *Rubius warf das Buch auf den Sessel und ging mit schmalen Augen auf Stephan zu, dem es kalt über den Rücken lief.* »*Wie ist das passiert?*«

Stephan war nicht sicher, an wen die Frage gerichtet war. Als er Dee anschaute, funkelte sie ihn nur böse an. Freya begann wieder zu weinen. »*Sie hat mir ... privaten Unterricht gegeben*«, *sagte er nach einem tiefen Atemzug. Konnte man es so bezeichnen? Und würden sie es auch so sehen?*

»*Allein?*«, *fragte Rubius scharf.*

»*Dee hatte sie gewarnt*«, *warf Freya ein, die alle auf einmal zu verteidigen versuchte.*

Ein unbeugsamer Zug erschien um Rubius' Mund. »*Wie lange ging das so?*«

»*Ich ... ich weiß nicht. Monate.*«

Die hellblauen Augen des alten Mannes bekamen einen harten Ausdruck. »*Und?*«

»*Ich ... ich habe die Kontrolle verloren.*« *Stephan starrte auf den Boden und betete zum Himmel, dass Rubius nicht merkte, dass er vor Angst, Bedauern und innerer Bewegung schwitzte.*

»*Er muss versucht haben, ihr wehzutun*«, *beharrte Dee.* »*Wie sollte sie denn sonst verrückt geworden sein?*«

Rubius seufzte. »*Du weißt, wie es funktioniert, Deirdre. Ihr*

Impuls wendet sich gegen sie. Sie bekommt einen Stoß von dem, was immer sie auch ist.«

»Nein, er muss sie ...«

»Du hörst nicht zu«, blaffte Rubius sie an. »Du konntest doch nicht blind sein für die Tatsache, dass Estancia instabil war. Ihre Sexbesessenheit, die Hemmungslosigkeit, die Eifersucht? Ich hatte euch gewarnt, ein Auge auf sie zu haben. Und doch muss ich nun feststellen, dass ihr sie mit dem Büßer allein gelassen habt, ohne Aufsicht und Kontrolle. Sie hat all eure Arbeit in Gefahr gebracht.« Er zeigte mit ausgestreckter Hand auf Stephan. »Seht ihn euch an! Sie hat sein Selbstvertrauen geschwächt. Sein Empfinden ist außer Kontrolle. Es kann sein, dass sie alles verdorben hat.«

»Du kannst doch nicht vorhaben, ihn an seiner Mission festhalten zu lassen?«, fragte Deirdre empört.

»Natürlich kann ich das! Setz dich! Und du, Freya, hör auf zu jammern!«

Er wartete, bis sie sich von ihrem Schreck über seinen strengen Ton erholt hatten, und bedeutete Stephan, sich auf den Teppich vor dem Feuer zu knien. »Und nun lasst uns ein paar Punkte klarstellen. Nichts wird unsere Mission aufhalten, oder wenn, dann nur der Tod des Büßers. Und ich habe nicht die Absicht, ihn zu töten.« Stephan konnte den harten Blick des Ältesten und seinen unbeugsamen Willen spüren. »Er hat schlimmere Verbrechen begannen, als bei Estancia die Kontrolle zu verlieren.«

Stephan wurde die Brust eng, als ihn wieder Schuldgefühle überfielen. Er verdiente dieses Schicksal.

»Dann bestraf ihn wenigstens, Vater! Eine Woche in der Sonne ...«

»Würde ihn schwächen! Dazu haben wir keine Zeit!« Die massige Gestalt des alten Mannes schien das ganze Zimmer aus-

zufüllen, als er auf und ab zu gehen begann. »Unsere Situation wird immer ernster. Kilkenny hält sich nicht an die Regeln! Er hat die englische Regierung infiltriert!« *Rubius fuhr zu Stephan herum.* »Deine Strafe ist, dass du Kilkenny töten und alle zur Strecke bringen wirst, die er geschaffen hat!« *Er wandte sich an Dee und Freya.* »Bereit oder nicht, dieser Büßer wird in drei Tagen ein Harrier sein, und wir schicken ihn in die Welt hinaus, um gegen Kilkennys Armee zu kämpfen. Habt ihr das verstanden?«

»*Ja, Vater*«, *flüsterte Freya.*

»*Deirdre?*«

Die älteste Tochter erwiderte Rubius' Blick nur kurz. »Ich verstehe.« *Ihre Stimme war wie zerbrochenes Glas.*

»Also bringt ihn in sein Zimmer zurück und fangt an, den Schaden zu beheben, für den Estancia verantwortlich ist. Ich will, dass seine Gefühle unter Kontrolle sind, wenn wir ihn hinausschicken.«

Deirdre erhob sich. »Steh auf«, *befahl sie Stephan und ging zur Tür.*

Freya berührte Stephans Schulter, als er sich erhob. »Er wird bereit sein, Vater.«

Stephan wagte nicht, zu Rubius aufzuschauen. Nie hatte er sich unvorbereiteter und unwürdiger gefühlt. Er hatte die Tochter dieses Mannes in den Wahnsinn getrieben, und der Älteste setzte den Zorn und Kummer, die er empfinden musste, in Besorgnis um die Sache seiner Gattung um. Stephan musste einen Weg finden, es ihm nachzutun.

In drei Tagen hatten sie seine Kontrolle wiederhergestellt, so gut es ging. Dee war unerbittlich gewesen, während Freya versucht hatte, ihn zu ermutigen. Sie war schon beinahe sanft zu ihm ge-

wesen. Aber sie hatten ihn unablässig stimuliert. Er erzeugte den hellen Schimmer, doch er war unzuverlässig. Stephan hatte Felsen gesprengt und jeden sexuellen Höhepunkt erfolgreich unterdrückt. Trotzdem hatte er immer noch das Gefühl, dass seine Kontrolle unzureichend war. In seinen Gedanken verfolgten ihn Stancies anklagende Augen. Aber er hatte es vergangene Nacht geschafft, sich ohne die Hilfe von Rubius' Töchtern im Zaum zu halten, und seine Aureole hatte ein bisschen heller geleuchtet. Doch bedeutete eine Nacht, dass er bereit war?

Bereit oder nicht, jetzt befand er sich in dem großen Hof des Klosters. Er war angekleidet und saß im Sattel eines kräftigen Hengstes, der so schwarz war wie die Nacht um Mirso. Die Quelle gurgelte über die groben Steine. Ein Vermögen in Goldstücken steckte in den Satteltaschen. Das Pferd tänzelte auf dem Kopfsteinpflaster und konnte es kaum erwarten aufzubrechen.

In einem Kreis um Stephan herum standen Gruppen stiller Mönche. Ihre Kapuzen verbargen, ob sie weiblich oder männlich waren. Warum hatte Rubius sie zusammengerufen? Deirdre und Freya, die geradezu ätherisch wirkten in der leichten Frühlingsbrise, flankierten ihren Vater, der ruhig und gleichmütig wirkte.

»Geh, Junge!« Rubius' Stimme schallte über den Hof, auf dem außer dem Gurgeln der Quelle und dem ungeduldigen Trommeln der Hufe des Hengstes absolute Stille herrschte. »Von heute an wirst du für deine Missachtung der Regeln büßen. Deine Mission beginnt in London. Du wirst Kilkennys Blasphemie beenden. Finde die Ranken, die diese Bestie in der britischen Regierung sprießen ließ, und verfolge sie dann bis zu ihren Wurzeln. Halte uns durch den schnellsten Kurier über deine Fortschritte auf dem Laufenden.«

Stephan nickte und hoffte, sicherer zu wirken, als er sich fühlte.

»Das Refugium Mirso bleibt dir versagt, bis alle ausgemerzt sind. Restlos alle.«

Unruhe entstand in den Reihen der Mönche hinter Rubius. Vielleicht dachten sie wie Stephan, dass diese Entscheidung einem immerwährenden Exil gleichkam. Ein schlimmeres Schicksal gab es nicht für einen ihrer Gattung. Aber Stephan verdrängte diesen Gedanken, so wie er auch alle Empfindungen unterdrücken würde. Er würde nicht versagen. Dazu ersehnte er sich die Erlösung und die Zuflucht Mirsos viel zu sehr.

Die hohen Tore schwangen auf.

Stephan wendete den Hengst und stieß ihm die Absätze in die Flanken. Das Pferd stob mit einem so gewaltigen Satz nach vorn, dass seine Hufeisen auf dem dunklen Kopfsteinpflaster Funken schlugen. Stephan senkte den Blick und sah Flavio, den einzigen Vater, den er je gehabt hatte, am Tor stehen. Stephan hob die Hand zum Gruß und erhielt dafür ein knappes Nicken. Aber er würde Flavio wiedersehen, das schwor er sich.

Stephan konnte nicht mit Miss van Helsing schlafen. Ihr Leben oder ihre geistige Gesundheit könnten davon abhängen, dass er sie abwies. Doch sie blickte so erwartungsvoll, so schüchtern zu ihm auf, dass ihre Scheu seine Entschlossenheit zermürbte.

»Wenn Sie es lieber unterlassen...«, sagte sie stockend, »könnte ich es verstehen.«

»Sie müssen wissen, dass ich Sie... reizvoll finde«, erwiderte er. »Aber wenn ich die Kontrolle verliere...« Wieso war ihr das nicht bewusst? Vielleicht erinnerte sie sich nicht an Stancie. Er straffte sich. »Ich könnte Sie verletzen, Ann. Sie wissen es möglicherweise nicht, doch ich habe eine von Rubius' Töchtern in den Wahnsinn getrieben.«

Sie blinzelte und schwieg, quälend lange, wie es Stephan vorkam. »Ich erinnere mich jetzt wieder daran.« Ihr Blick glitt prüfend über sein Gesicht. »Und ich weiß, was Rubius dazu gesagt hat. Ich werde das Risiko auf mich nehmen.« Dann schenkte sie ihm ein verschämtes kleines Lächeln. »Ich werde Ihre Kräfte nicht überstrapazieren wie Stancie.«

Ihr Lächeln berührte sein Herz. Er war versucht, ihr nachzugeben. Bestimmt besaß er noch genug Kontrolle, um sich lange genug im Zaum zu halten, um einer menschlichen Frau Vergnügen zu bereiten.

Aber er war nicht mehr der Mann, der gefühlvoll und zärtlich mit einer Frau schlafen konnte. Diesen Ausdruck gab es nicht länger in seinem Vokabular. Was er mit Rubius' Töchtern erfahren hatte, waren *akrobatische* sexuelle Übungen, mehr nicht. Von Zuneigung war keine Rede gewesen. Er hatte für niemanden mehr etwas empfunden ... seit Beatrix. Und sie hatte ihn für unzureichend befunden.

Er räusperte sich. »Es ist nicht nur das.« Wie konnte er Ann seine wahren Gründe klar machen? Aber er musste einen Weg finden. Es war nicht fair, ihr das Gefühl zu geben, dass sie ihrer selbst wegen zurückgewiesen wurde. Sie verdiente es, geliebt zu werden und körperliche Intimität zu erfahren, und sie war so mutig gewesen, um das zu bitten, was sie sich wünschte. Er konnte sie schon schwanken sehen. Sie dachte, er begehrte sie nicht. »Nein, nein ... verstehen Sie mich nicht falsch, Ann! Ich ... ich begehre Sie. Sehr sogar.« Zeus, was für ein Schuft er war! »Das Problem liegt bei mir. Ich kann nicht mehr ... mit einer Frau zusammen sein. Das wissen Sie.« Jetzt war er nicht mehr aufzuhalten, außerstande, sich zu bremsen. »Was ich in

Mirso tat ... das war nicht so, wie es sein sollte. Sie verdienen etwas Besseres, jemanden, der Sie ... glücklich machen kann ... und wird.«

Zu seiner Überraschung glätteten sich ihre angespannten Züge. »Und wer soll das sein? Erich? Oder jemand aus dem Dorf, irgendeiner dummen Wette wegen? Jemmy vielleicht?« Sie zog die Brauen hoch und lächelte wieder, diesmal reuevoll und traurig. »Ich fürchte, Sie sind der einzig mögliche Kandidat. Wenn Sie sich nicht dazu überwinden können ... nun, das würde ich verstehen, doch ich glaube nicht, dass ich mich dem nächstbesten männlichen Wesen, das durch die Tür kommt, an den Hals werfen werde.«

Sich dazu *überwinden*, sie zu lieben? Er konnte sie nicht in dem Glauben lassen, ihm wäre die Vorstellung unangenehm, mit ihr intim zu werden. Ohne weiter darüber nachzudenken, nahm er Ann in die Arme. Natürlich würde er ihr geben, was ihr sonst vielleicht für den Rest ihres Lebens vorenthalten würde. Stephan küsste sie aufs Haar, das seine Lippen kitzelte. Es würde ganz anders werden, als es mit den Schwestern gewesen war. Wenn er seine körperliche Erregung unter Kontrolle halten konnte, würde er auch den Verlauf des Liebesakts bestimmen können. Er würde sie streicheln, sie liebkosen und ihr sanft und zärtlich Lust bereiten, wie sie es verdiente. Der Vulkan in ihm, den die Schwestern in eine so furchtbare Waffe verwandelt hatten, war seine Last und sein Problem. Aber er würde nicht zulassen, dass es zu Anns Problem wurde. Vielleicht würde es eine Qual für ihn sein, doch diesen Preis bezahlte er gern, um sie in die Freuden der körperlichen Liebe einzuführen. Er legte ihr die Hände auf die Schultern und hielt sie ein wenig von sich ab. »Ich werde mein Bestes tun, um mich Ihrer ersten sinnlichen Erfahrung würdig zu erweisen.«

Wie zart sie war, wie klein und zerbrechlich!

»Es könnte beim ersten Mal allerdings ein bisschen unangenehm sein.« Er räusperte sich. »Ich bin ein ziemlich ... großer Mann, und Sie sind immerhin noch Jungfrau.«

»Ich würde es dennoch gern versuchen.« Sie war außer Atem. Litt sie schon, weil er sie berührte?

Er nahm die Hände von ihren Schultern. »Sind zu viele Empfindungen auf einmal auf Sie eingestürmt?«

»Nein, nein. Das ist es nicht.« Sie presste die Lippen zusammen, um ein Lächeln zu verbergen. »Es ist nur so, dass mich niemand so gehalten hat, seit ich ... noch sehr jung war. Ich mag es, von Ihnen angefasst zu werden.«

Also gut, das war's. Er würde es tun. Sehr behutsam, kontrolliert und ungeachtet seiner eigenen Erregung. Es würde nicht so sein wie mit Rubius' Töchtern. Stephan strengte seine Sinne an, um die Vorgänge im Rest des Hauses zu erspüren. Mrs. Simpson stand weinend in der Küche, Mrs. Creevy saß mit einer Flasche Brandy vor sich in der Bibliothek. »Wo ist Ihr Cousin?«

»Erich hat Angst vor Ihnen. Er ist am frühen Nachmittag, als die Arbeiter kamen, weggeritten. Er meinte, er würde sich einen sicheren Ort zum Übernachten suchen.«

Das bedeutete, dass Van Helsing in dieser Nacht mit Kilkennys Erscheinen rechnete. Stephan verdrängte den Gedanken. Er musste sich auf Miss van Helsing konzentrieren.

Sie blickte mit ihren klaren, silbergrauen Augen erwartungsvoll zu ihm auf. »Da ich schon so unverschämt war, wäre es da zu viel verlangt, wenn ich Sie auch noch fragen würde, ob ich Sie mit Ihren Vornamen ansprechen darf?«

»Nur, wenn ich Sie Ann nennen darf und wir das steife ›Sie‹ ablegen«, erwiderte er lächelnd.

Sie nickte schüchtern. »Stephan«, sagte sie, wie um sich an den Namen zu gewöhnen. »Und ... wie fängt man an?«

»Lass es mich dir zeigen!«, flüsterte er und strich mit seinen Lippen sehr, sehr sachte über ihre.

17. Kapitel

Für Ann war die Berührung seiner Lippen ein Schock. Es war, als schickte Stephan einen Funken zu der empfindsamen Stelle zwischen ihren Beinen. Verlangend bog sie sich noch weiter zu ihm vor, und zärtlich erkundete er mit der Zungenspitze die Konturen ihrer Lippen und ergriff dann sanft Besitz von ihrem Mund. Was für eine Überraschung! Wie feucht und ... intim. War das Küssen? Es war anders als in Stephans Erinnerungen, die sie gesehen hatte, so anders, als betrachtete man das Bild einer Blume und dann die echte Blume. Eine Anwandlung von Furcht erfasste Ann. Würde alles noch viel intensiver sein als in Stephans Erinnerung? Vielleicht konnte es einen ja *wirklich* in den Wahnsinn treiben.

Und dann zog er sie an seine Brust. Sein warmer Duft umhüllte sie, dieser unverwechselbare Duft nach Zimt und der süßlichere, exotische von Ambra. Sein Herz schlug an ihren Brüsten, sehr intim und sehr verwundbar. Noch nie hatte sie sich einem anderen Menschen so nahe gefühlt. Die Tatsache, dass er *kein* Mensch war, spielte für sie keine Rolle. Er senkte die Lippen auf ihren Nacken, strich sanft mit ihnen über ihren Hals und ließ sie erschauern vor Entzücken. Würde er sie beißen und ihr Blut trinken? Manchmal geschah das im Lauf des Liebesakts. Rubius' Töchter hatten jedes Mal sein Blut genommen.

Aber müsste er sich nach seinen Erfahrungen mit ihnen nicht abgestoßen fühlen vom Geschlechtsakt? Das könnte es sein, was sein Zögern bewirkt hatte. Sie spürte seine Unsicherheit hinsichtlich seiner Fähigkeit, normale körperliche Beziehungen einzugehen. Er hatte nicht weniger Angst davor als sie, vielleicht sogar noch mehr. Ann beschloss, den Akt zu all dem zu machen, was er bei den Schwestern nicht gewesen war, und so zärtlich und hingebungsvoll zu sein, wie sie nur konnte. Wenn er nur nicht von den Erinnerungen an die Jahre mit Rubius' Töchtern übermannt werden würde ...

Es war fast unmöglich zu denken, wenn er ihre Ohren so küsste. Selbst das Atmen fiel ihr schwer. Und dann küsste er wieder ihren Mund. Ann nahm ihren ganzen Mut zusammen und berührte seine Zunge mit der ihren. Das schien ihn zu ermutigen, denn nun drang er mit seiner Zunge in die warme Höhlung ihres Mundes ein, und sie presste verlangend ihre Brüste an ihn.

»Ann, Ann«, sagte er mit belegter Stimme und löste sich von ihr. »Oh, wie ich das gewollt habe!«

»Nicht mehr als ich«, murmelte sie und legte den Kopf in den Nacken, und er ließ seine Lippen über ihre Kehle gleiten. »Obwohl ich weit weniger Erfahrung habe als du. Gar keine, wenn ich ehrlich sein soll.« Er legte seine rechte Hand um ihre Brust und tastete nach der zarten kleinen Knospe unter dem Stoff ihres schlichten grünen Kleides. Sie war nicht schwer zu finden. Ihre Brüste waren noch nie so schwer und voll gewesen. Ein leises Stöhnen entrang sich ihr, als er mit dem Daumen die Brustwarze umkreiste.

Stephan löste sich von ihr und blickte sich kurz um, bevor er sagte: »Wäre es dir lieber, wenn wir angezogen bleiben? Ich weiß nicht, ob der Körper eines Mannes nicht vielleicht abstoßend auf dich wirken würde.«

Er zog es vor, nackt zu sein, und er wollte es auch so bei seinen Frauen. Ann, die das wusste, schluckte, immer noch ein bisschen ängstlich, doch ihre Entscheidung war gefallen. »Wie könnte ich dich abstoßend finden?«

Und so fing er an, sich auszuziehen, wahrscheinlich, um ihr

die Scheu zu nehmen. Sein Blick war fast schmerzhaft eindringlich, die Lippen, die eben noch mit ihren vereint gewesen waren, waren sinnlich und verheißungsvoll. Er stand auf, löste die Schalkrawatte und warf sie achtlos weg, und dann schlüpfte er aus dem perfekt sitzenden schwarzen Rock aus feinstem Tuch. Schon jetzt konnte sie deutlich seine körperliche Erregung sehen – und dass er in der Tat ein großer Mann war. Die Ausbuchtung in seiner Hose, wo sie seine intimste Körperstelle bedeckte, war nicht zu übersehen. Stephan zog Stiefel und Strümpfe aus und trat vor Ann, so nahe, dass sie ihn beinahe berühren konnte, aber eben doch nicht ganz. Und sie *wollte* ihn berühren. Schon jetzt vermisste sie die Wärme seiner Umarmung.

Mehrere Knöpfe rissen ab, als er die gemusterte Weste aus grauem Brokat abstreifte. Dann richtete er einen festen Blick auf Ann und zog sich das Hemd über den Kopf. Es gelang ihr gerade noch, nicht scharf nach Luft zu schnappen. Sie hatte schon nackte männliche Oberkörper gesehen – Landarbeiter, die ohne Hemd arbeiteten, den Schmied, der seinen Hammer über einer heißen Esse schwang. Aber diese Männer waren nicht Stephan gewesen. Er war überall *groß* ... seine Brust war muskulös, beinahe wie gemeißelt, seine Arme und Schultern waren kräftig, sein Bauch war flach und muskulös. Er sah genauso aus wie in ihrem Traum – doch in Wirklichkeit war er noch sehr viel eindrucksvoller. Feines dunkles Haar bedeckte seinen Oberkörper, das sich auf seinem Bauch zu einem schmalen Streifen verjüngte, und dunkle Brustwarzen standen auf seinen gut entwickelten Brustmuskeln hervor. Diese Muskeln waren ungeheuer imposant. Ann wurde ganz schwindelig.

Stephan warf ihr einen entschuldigenden Blick zu, als er seine Hose aufknöpfte. »Bist du sicher?«, fragte er.

Ann nickte lächelnd. Sie spürte ja jetzt schon eine warme

Feuchte zwischen ihren Beinen. Er streifte seine Hose ab und stieg aus ihr heraus. Ihren Blicken preisgegeben, war seine Erektion geradezu ... beeindruckend. Er war voll erregt, die Spitze seines Glieds gerötet, der Schaft hart und von hervortretenden Adern überzogen. *Das* hatte sie noch nie gesehen. Bei dem Gedanken daran, dass sie all das in sich aufnehmen musste, konnte sie spüren, wie sie errötete, und senkte verlegen den Kopf, um an den Knöpfen ihres Kleides herumzufingern.

Da sie noch auf dem Bett saß, ließ Stephan sich auf ein Knie vor ihr nieder. »Darf ich dir helfen?«

Sie nickte, und seine Hände bewegten sich zu ihrer Brust, um jedes der kleinen Knöpfchen aus seiner Schlaufe zu befreien. Seine Finger waren schnell und sicher. Beim Atmen pressten ihre Brüste sich an seine Hand. Als er das Kleid bis zur Taille aufgeknöpft hatte, streifte er ihr die Schuhe ab und rollte behutsam ihre Strümpfe herunter. Dann nahm er ihre Hand und zog Ann zu sich hoch. Er war so viel größer als sie, sodass ihr Kopf ihm gerade mal bis zur Brust reichte. Es drängte sie, sich an ihn zu lehnen, um seinen moschusartigen Geruch tief in sich aufzunehmen, aber er streifte ihr schon das Kleid über die Schultern, und es glitt zu Boden, wo es um ihre Füße gebauscht liegen blieb. Dann zog er an den Bändchen ihres kurzen Korsetts ... und plötzlich trug sie nichts anderes mehr als ihr Hemd. Das dünne Leinen war die letzte Barriere zwischen ihnen. Stephan trat näher und zog sie an sich, um sie durch den Stoff hindurch seine männliche Erregung spüren zu lassen.

Ann merkte, dass sie Mühe hatte zu atmen. Wie lange hatte sie sich danach gesehnt und sich zugleich davor gefürchtet? Vielleicht würde sie wie ihre Mutter enden. Aber eine Liebesnacht mit Stephan Sincai schien dieses Risiko wert zu sein. Sie hob die Hände, um die Nadeln aus ihren Haaren zu ziehen, und warf sie auf den Teppich. Ihr langes Haar fiel ihr jetzt schwer über den Rücken. Stephan bückte sich und ergriff den Saum ihres Hemdes, um es ihr über den Kopf zu ziehen. Jetzt war sie nackt. Als er ihr die Hände auf die Schultern legte, verspürte sie nichts anderes als die seltsame Empfindung, dass ihr ganzer Körper sich zu verflüssigen schien.

»Wie schön du bist!«, sagte er. »Wie ein kleines und vollkommenes Juwel.«

Überrascht blickte sie auf. Nach all den Frauen, die er gehabt hatte, hielt er *sie* für schön? Er bückte sich und hob sie mit einer einzigen kraftvollen Bewegung auf, legte sie auf das Bett und streckte sich neben ihr aus. In dem schmalen Bett, in dem gerade Platz für zwei war, berührte sein Körper sie überall, und sie konnte seine heiße Härte an ihrem Schenkel spüren. Seine Lippen strichen über ihre Stirn und ihre Nase, dann küsste er lange und zärtlich ihren Mund, und sie erwiderte den sehr intimen Kuss. Dabei merkte sie, wie sie ihm verlangend die Brüste entgegenbog. Es schien ihn zu ermutigen, den Kopf zu senken und mit seinen Lippen und seiner Zunge ihre Brust und deren harte kleine Spitzen zu liebkosen. Ann glaubte, das Bewusstsein zu verlieren, so wonnevoll war das Gefühl. War es das, was einen verrückt werden ließ? Als er seine Aufmerksamkeit ihrer anderen Brust zuwandte, stöhnte sie.

Irgendwann, ohne dass sie es bemerkt hatte, war seine Hand zu ihrem Schenkel hinabgeglitten, und nun umfasste sie warm ihre intimste Körperstelle. Sie wusste, wie feucht sie war und dass er ihr Verlangen nur allzu deutlich spüren konnte. Einer seiner Finger glitt kurz in sie hinein und schockierte sie mit dieser aufreizend intimen Zärtlichkeit. »Psst«, murmelte er. »Entspann dich und vertrau mir. Es wird dir gefallen.«

Er ließ den Finger über ihre Klitoris gleiten, während er

gleichzeitig wieder von ihrem Mund Besitz ergriff. Ihre Brustspitzen streiften seine Brust, und die Empfindungen zwischen ihren Beinen, an ihrem Mund und ihren harten Knospen steigerten ihre sinnliche Erregung schier bis ins Unerträgliche. Aber dann fand er einen ganz besonders empfindsamen Punkt zwischen ihren Beinen, von dem sie nicht einmal gewusst hatte, dass es ihn gab, und das Empfinden versetzte sie in ein völlig neues Reich der Sinne. Sie konnte an nichts anderes mehr denken als an dieses fremde, aufregende Gefühl in ihr, das sich immer mehr verschärfte. Sein heftiges Pulsieren brachte sie dazu, sich zu winden und zu stöhnen. Manchmal streichelte Stephan sie, um dann für einen Moment lang innezuhalten, und dann wieder berührte er sie ganz leicht, bis sie ihn zu sich herabzog, um ihn verlangend zu küssen und sich seiner Hand entgegenzubiegen, um seine Finger und die Lust, die sie ihr bereiteten, wiederzufinden.

Es war, als schwebte sie über irgendeiner Art von Abgrund. Niemand konnte mehr Gefühl als diese überwältigende Leidenschaft erfahren ...

Und dann merkte sie, dass das durchaus noch möglich war. Ihr ganzer Körper zog sich zusammen, als eine reißende Flut von Erregung sie durchfuhr und sie mit sich fortriss. Wie von weither hörte sie jemanden leise stöhnen, und eine sanfte Stimme an ihrem Ohr hauchte ihr beruhigende Worte zu. War das der Wahnsinn?

Mit einem Ruck wich ihr Körper erschöpft zurück. Ohne es zu wollen, kamen ihr die Tränen, und schluchzend drückte sie sich an Stephans Brust, während er sie in den Armen hielt. Das war so unendlich viel mehr als die sterilen, unpersönlichen Kontraktionen, die sie von ihrer eigenen Hand erfahren hatte, während sie von Stephan geträumt hatte. Als sie wieder denken konnte, flüsterte sie: »Was war das?«

»Ein Orgasmus, meine Süße, und ein guter offensichtlich«, murmelte er, während seine Lippen über ihr Haar strichen.

»Ich dachte, es müsste etwas völlig Neues sein. Aber das kam dem Wahnsinn schon sehr nahe«, sagte sie mit etwas unsicherer Stimme.

»Ich würde dich gern noch sehr viel öfter dorthin bringen«, sagte er leise.

»Und was ist mit deinem Vergnügen?«, fragte sie.

»Das hebe ich mir auf.«

Ann dachte darüber nach. Er wollte nicht in ihr sein, wenn er den Höhepunkt erreichte. Was mit Stancie geschehen war, hatte ihn zu sehr geängstigt. Und er befürchtete, dass in der Hitze der Leidenschaft seine Erfahrung mit Rubius' Töchtern durchbrechen und Ann entsetzen würde. »Dann bin ich im Prinzip also noch immer Jungfrau. Das finde ich irgendwie nicht fair.«

»Das zu ändern, solltest du dir für deinen Ehemann aufheben«, sagte er rau.

»Und was ist, wenn ich es nur mit dir kann?«, entgegnete sie spitz. »Muss ich dann darauf verzichten?«

»Du weißt ... dass es gefährlich ist.«

»Ich vertraue dir«, erwiderte sie schlicht.

Er zog sie zu einer Umarmung an sich, die ihr fast den Atem raubte, und schien etwas sagen zu wollen, doch er brachte es offensichtlich nicht über die Lippen.

Himmel, sie *vertraute* ihm tatsächlich! Er verdiente es nicht, aber er konnte sie auch nicht enttäuschen. Sie war so vertrauensvoll gewesen, dass sie einen überwältigenden Höhepunkt erlangt hatte. Und sie war unglaublich sinnlich und empfindsam. Und warum auch nicht? Nur weil sie bisher noch nie einen

Mann hatte berühren wollen? Das sprach mehr für als gegen sie.

Was ihn überraschte, war, dass das Verlangen, das ihn selbst jetzt noch heiß durchpulste, keine Tortur war. Die Lava in ihm brodelte, aber das Gefühl schien etwas Gutes zu verheißen, statt eine Gefahr darzustellen. Ann wollte die ganze Erfahrung machen. Bevor er zu dem Jagdhaus aufbrach, konnte er sie ein weiteres Mal zum Höhepunkt bringen, vielleicht sogar mehr als ein Mal, ohne selbst zu kommen. Himmel, vor ein paar Wochen noch hatte er drei unersättlichen Schwestern nahezu rund um die Uhr gedient, ohne zu ejakulieren. Da müsste es ihm doch gelingen, Ann die zärtliche Erfahrung zu vermitteln, die sie als Einführung in die Welt der sexuellen Intimität verdiente. Der Gedanke brachte ihn zum Lächeln. Er wollte ihr dieses Geschenk machen, um ihr vor Augen zu führen, dass sinnliche Ekstase nur ein entfernter Verwandter des Wahnsinns war. Natürlich stand ihm nicht die Macht der Töchter zur Verfügung, um sich unter Kontrolle zu halten, aber wenn er sich der Ekstase näherte, konnte er sich zurückziehen.

Ann würde vermutlich ohnehin nur einmal mit ihm schlafen wollen, denn schließlich war es das allererste Mal für sie. Er hoffte nur, dass sie danach nicht das Gefallen daran verlieren würde. Ann ist so klein, so zart, dachte er und senkte den Kopf auf ihre Brust. Sie würde jetzt schon sehr empfindlich sein. Es war besser, ihre Brüste beim zweiten Mal nur mit der Zunge und nicht mit seinen Händen zu liebkosen. Als er ihre Brustspitzen küsste, strich sie mit den Fingern über seinen Rücken und seine Schultern, als könnte sie nicht genug von ihm bekommen, und er versuchte, sich vorzustellen, wie es sein mochte, noch nie irgendeine Art der Intimität erfahren zu haben.

Jetzt wagten ihre Hände sich auch zu anderen Teilen seines Körpers vor. Sie ließ eine an seiner Hüfte hinuntergleiten, um sein Gesäß zu streicheln, und dann schob sie sie zaghaft zwischen seine Beine. Offenbar wollte sie sein Glied und seine Hoden erkunden. Er lächelte, als sie auf dem Bett hinunterrutschte, um besser an ihn heranzukommen, denn das brachte ihren Mund an seine Brust, und nachdem sie mit der Zunge über seine Brustwarze gefahren war, nahm sie sie zwischen die Lippen und zupfte sanft daran. Sie war intuitiv und voller Eifer. Stephan spreizte ein wenig die Beine, um ihr die Initiative dort zu überlassen. Das würde sie beruhigen. Mit ihren zarten kleinen Händen umfasste sie seine Hoden, drückte sie ganz leicht und rieb sie aneinander. Stephan schluckte. Woher wusste sie, dass er das mochte? Nach einer Weile streichelte sie seinen harten Penis, und allein das Gefühl ihrer Hände um ihn ließ ihn jäh erschauern. Mit dem Daumen strich sie über die feuchte Spitze, um ihre Hand dann zaghaft an seiner heißen Härte auf und nieder gleiten zu lassen. Als er ein Stöhnen nicht mehr unterdrücken konnte, wurden ihre Bewegungen sicherer. Was für ein Unterschied zu der barschen, fordernden Art der Schwestern!

»Ich will auf dir sein«, flüsterte sie. »Macht dir das etwas aus?«

Stephan konnte nur stumm den Kopf schütteln. Er liebte es, eine Frau dort zu haben, wo er sie sehen konnte, und würde nicht zulassen, dass die endlosen Nächte, in denen Rubius' Töchter ihn so genommen hatten, Ann diesen Moment verdarben. Er wollte sie in höchste Verzückung versetzen, und deshalb schob er sich unter sie, worauf sie sich mit gespreizten Beinen auf seinen Schenkeln niederließ und ihre feuchte Hitze an die Spitze seines harten Schaftes brachte. Als wüsste sie ganz genau, wie sie ihn zum Wahnsinn treiben konnte, begann sie, sich vor und zurück zu bewegen und drückte ihre intimste Stelle gegen sein hartes, heißes Glied. Dann bog sie sich zurück und strich ihr langes Haar von ihrem Rücken, sodass sich ihre Brüste hoben und deren spitze kleine Knospen noch deutlicher hervortraten. Stephan konnte auch ihre zarten Rippen über ihrem flachen Bauch erkennen. Ohne ihre rhythmischen Bewegungen zu unterbrechen, beugte sie sich über ihn, legte die flachen Hände an seine Brust und warf ihr Haar zurück, um ihren Nacken zu entblößen.

»Willst du Blut? Das gebe ich dir gern«, sagte sie mit großen Augen und sinnlich rauer Stimme.

Stephan schüttelte den Kopf und legte die Hände um ihre Taille. »Du hast etwas anderes, was ich will.«

Mit diesen Worten hob er sie hoch, und sie ließ sich bereitwillig auf den Knien über ihm nieder. Dann nahm er sein Glied in die Hand und brachte es an den Eingang ihrer Weiblichkeit. »Jetzt bestimmst du den Rhythmus. Wenn wir langsam vorgehen, wirst du dich mir öffnen.«

Sie nickte lächelnd und ließ ihn ihre Haltung ein klein wenig berichtigen. Wie zart sie ist, dachte er wieder, als er sie erneut anhob und sie auf sich niederließ. Zuerst sah sie überrascht aus, dann erfreut. Sie erhob sich sogar selbst ein wenig, um ihn vorsichtig noch tiefer in sich aufzunehmen. Dann nahm sie ihre langsamen Bewegungen wieder auf. Bald würde er an die Barriere ihrer Tugend stoßen. Würde sie dann den Mut verlieren? Ein oder zwei Mal spürte er, wie sein Glied dagegenstieß. Aber sie lächelte ihn nur an und ließ sich tiefer auf ihn herab. Ein scharfes Lufteinziehen und ein überraschter Blick waren der einzige Hinweis, dass ihr Jungfernhäutchen gerissen war. Er war in ihr. Zärtlich nahm er sie in die Arme und drehte sich mit ihr, sodass er auf ihr lag. Sie spreizte die Schenkel bereitwillig noch weiter, und er stützte sich auf die Ellbogen, um sie nicht mit seinem ganzen Gewicht zu belasten. Langsam und behutsam drang er noch ein wenig tiefer in sie ein.

»Tut das weh?«, flüsterte er. »Ich kann aufhören, wenn du möchtest.«

»Nein. Ich will dich in mir fühlen.« Sie bäumte sich auf und bog sich ihm entgegen, als er noch tiefer in sie eindrang und zum ersten Mal vollkommen Besitz von ihr ergriff. Seine Hüften bewegten sich wie von selbst, aber dann wechselte er die Haltung, um ihr noch mehr Vergnügen zu bereiten. Sie stöhnte, und auch seine Erregung verschärfte sich. *Tuatha, denon, reheldra, sithfren*, begann er in Gedanken, nur um sicherzugehen.

Immer schneller bewegte er sich, als sie sich unter ihm zu winden begann. Sie zog ihn zu sich herab, um ihn zu küssen, drang furchtlos mit der Zunge zwischen seine Lippen und vereinte sie in einem aufregenden Spiel mit seiner. Ohne Vorwarnung schlang sie die Beine um seine Taille und drückte ihn an sich, um ihn sogar noch tiefer in sich aufzunehmen. Dann lockerte sie die Umarmung, und er glitt aus ihr hinaus.

»Mehr«, flüsterte sie fieberhaft. »Ich will mehr...«

Mit einer kraftvollen Bewegung drang er wieder in sie ein und passte sein Tempo ihrer wachsenden Erregung an. Sie würde bald den Höhepunkt erreichen, dessen war er sich ganz sicher. *Sithfren, hondrelo, frondura, denai.* Gut. Er hatte sich unter Kontrolle. Mit einem lustvollen Aufstöhnen zog sie sich um ihn zusammen – und ohne jede Vorwarnung erreichte auch er den Gipfel der Ekstase, und die Welt versank in einem schwindelerregenden Ausbruch purer, unverfälschter Leidenschaft.

Nein! Er versuchte noch, sich zurückzuziehen, obwohl es schon zu spät war und er spüren konnte, wie er sich in ihr verströmte. Aber sie hielt ihre Beine um seine Taille geschlungen und klammerte sich an ihn, als sie gemeinsam den Höhepunkt erreichten.

»Ann...Ann!« Sie ließ ihn los und fiel ermattet auf das Bett zurück. War sie bei Bewusstsein? Hatte er sie umgebracht? Noch immer rannen ein paar Tröpfchen aus seinem verhassten Glied. Es war so lange her, seit er einen Orgasmus gehabt hatte. Er hätte das nie riskieren dürfen, sie niemals so gefährden dürfen. »Ann!«

Sie schlug die Augen auf, und ein leises Lächeln huschte über ihre Lippen. »Ist es möglich, eine solche Wonne zu empfinden und nicht verrückt zu sein?«

»Ann, ist alles in Ordnung mit dir?« Er schob einen Arm unter sie, um sie an seine Brust zu ziehen, legte die andere Hand um ihren Kopf und strich mit dem Daumen über ihre Wange. »Sag mir, dass alles in Ordnung mit dir ist!«

»Alles ist wundervoll«, versicherte sie und kuschelte sich an seine Brust. »Ich bin nur ein bisschen müde. Ist das normal?«

Er seufzte. »Ja. Das ist normal.«

»Können wir uns ein paar Minuten Ruhe gönnen, bevor wir weitermachen?«

»Weitermachen?«

»Oh«, murmelte sie beklommen. »Vielleicht willst du es ja nur einmal? Oder kannst du es nur einmal, nachdem du . . .«

»Psst.« Er legte einen Finger an ihre Lippen. »Natürlich kann und möchte ich wieder, wenn du ein paar Minuten wartest. Sooft du willst. Und wenn du wund wirst, kann ich dich mit meiner Zunge lieben.« Zum Teufel mit Kilkenny! Er würde auch morgen Nacht noch hier sein. Schließlich war dieser Teufel auch unerbittlich hinter ihm, Stephan, her.

Ann überlegte einen Moment und schaute ihn mit großen Augen an. »Ja, ich glaube, das fände ich schön.«

Er drückte sie an sich. Sie war so kostbar. Und er hatte sie gerade in so große Gefahr gebracht. »Wieso bist du nicht verrückt geworden?«, fragte er mehr sich selbst als sie. »Nach dem, was ich getan habe . . .«

»Was *wir* getan haben.« Ein kurzes Schweigen entstand. »Erinnerst du dich, dass Rubius sagte, die Magie funktionierte so, dass sie die Energie des jeweiligen Partners gegen diesen selbst richtet? Er meinte, Stancie sei noch verrückter geworden, weil sie schon immer instabil gewesen war.« Sie blickte zu ihm auf. »Wahrscheinlich war ich nie verrückt. Eigentlich überraschend, nicht?«

»Und was wurde dann gegen dich gerichtet?«, fragte er, obwohl er die Antwort fürchtete.

Sie sah ihn nur schweigend an. »Eines Tages erzähle ich es dir.«

Er drückte sie ganz fest an sich und wiegte sie in seinen Armen. Bald würde er gehen müssen. Aber noch nicht. Ein paar Stunden blieben ihnen noch. »War es sehr schmerzhaft für dich?« Er hatte nicht den Eindruck, dass es ihr sehr wehgetan hatte.

»Eigentlich nicht«, sagte sie überrascht. »Hätte es das sein sollen?«

»Vielleicht war dein Hymen schon ein bisschen angerissen. Das kommt vor bei sehr aktiven Frauen.« Er lächelte auf sie herab. »Und du scheinst ja immer auf irgendwelchen Felsen oder was weiß ich herumzuklettern.«

»Dann bin ich froh, Stephan.«

Er hatte noch nie eine Frau gekannt, die so instinktiv wusste, was einem Mann gefiel.

Ganz zu schweigen von einer Jungfrau, fuhr ihm durch den Kopf.

»Du glaubst nicht, dass ich noch Jungfrau war, nicht wahr?«, sagte sie leise. War er so durchschaubar?

»Natürlich warst du es. Es ist nur so, dass du erstaunlicherweise genau wusstest, was ich am meisten mag. Ich ...«

Sie lächelte nur, denn sie brauchte nichts zu sagen.

So gut kannte sie ihn? Stephan schöpfte hörbar Luft und drückte ihren Kopf an seine Schulter.

Er spürte, wie er mit jeder Sekunde erregter wurde, und sie musste es auch fühlen. Für Tod und Buße blieb noch Zeit genug. Die nächsten Stunden sollten Ann gehören.

Es war kurz vor Morgengrauen. Ann lag in seinen Armen, ihr weißblondes Haar wie ein seidener Vorhang über seine dunklere Haut gebreitet. Er beobachtete, wie sie schlief, in Frieden mit sich selbst und der intimen Erfahrung, Haut an Haut mit einem Mann zu liegen. Er hatte in dieser Nacht nichts von sich zurückgehalten, sondern ihr alles gegeben, was er zu geben hatte, und sie wieder und wieder zum Höhepunkt gebracht. Und jedes Mal, wenn sie den Gipfel der Lust erreicht hatte, war er auch gekommen. Sie kannte jeden seiner geheimen Wünsche und hatte sie alle erfüllt, hatte immer wieder seine Begierde geweckt, bis die Leidenschaft ihn schier um den Verstand gebracht hatte. Und sie schien Freude an all dem zu haben. Er hatte noch nie das Gefühl gehabt, dass eine Frau sich derart gut mit seinen Sehnsüchten und Bedürfnissen auskannte.

Es war fast schon beängstigend.

Nein, es war ein Geschenk. Ein Geschenk, das er nicht verdiente, bis er Buße getan hatte.

Was bedeutete, dass er sie verlassen musste. Noch nie hatte er sich so sehr gewünscht, sich seiner Pflicht entziehen zu können.

Und mit diesem Gedanken kam ihm die Erkenntnis, dass er sie jetzt gleich, noch vor der Morgendämmerung, verlassen musste, weil er es sonst vielleicht überhaupt nie wieder über sich bringen würde. Aber er hatte eine Verpflichtung. Kilkenny war möglicherweise vergangene Nacht schon in Bucklands Lodge erschienen. Die Emotionen, die er selbst durchlebt hatte – und immer noch durchlebte –, und die sexuelle Energie, die ihn all diese Orgasmen gekostet hatten, mussten ihn geschwächt haben für die Aufgabe, die vor ihm lag. Für eine Aufgabe, der er ohnehin nicht gewachsen war. Bei Ann zu bleiben, sie Nacht für Nacht zu lieben, war das Einzige, was Stephan wollte, aber auch genau das, was er sich nicht erlauben konnte. Er musste sie verlassen und darauf vertrauen, dass sie seine Briefe verwenden würde, um Van Helsing und Cheddar Gorge zu entkommen.

»Ann«, flüsterte er.

Sie drehte sich in seinen Armen wie ein schläfriges Kätzchen. »Stephan?« Ihre Augenlider flatterten.

»Ich muss jetzt gehen, Liebste. Wenn ich bleibe ...« Seine Stimme brach.

Plötzlich hellwach, richtete sie sich halb auf und küsste ihn auf den Mund. »In all dem ... Durcheinander heute vergaß ich es dir zu sagen. Ich habe einige von Kilkennys Anhängern vor der Taverne gesehen.«

»In aller Öffentlichkeit vor dem Gasthof?« Stephan überlegte kurz. »Bist du sicher? Woran hast du gemerkt, dass sie es sind?«

»An ihrem Geruch. Es sei denn, Zimt und Ambra wären als Parfum in Mode gekommen. Es war das und eine gewisse kribbelnde Erwartung in der Luft um sie herum. Wie die, die ich in deiner Nähe spüre.«

»So.« Das bedeutete, dass es kommende Nacht beginnen würde.

»Aber ich muss dich warnen. Die beiden, die ich gesehen habe, waren Frauen.«

Frauen? Er blinzelte erstaunt. Dann waren es keine Anhänger Kilkennys. Die Frauen, die Ann gesehen hatte, waren Rubius' Töchter. So sicher waren sie sich also, dass er versagen würde! Stephan konnte spüren, wie seine Schultern herabsanken. Er würde Ann nicht sagen, wer sie waren oder warum sie hier waren.

»Geh. Ich werde auf dich warten«, versprach sie leise. In ihren Augen erkannte er das Wissen, dass sie sich vielleicht nie wiedersehen würden, und dennoch war er froh, dass sie es sagte.

»Nutz deine Charakterstärke, Ann, und mach dich unverzüglich auf den Weg nach London! Bevor dein Cousin zurückkehrt.« Aber würde sie seinen Rat befolgen? »Ich kann nicht eher gehen, bis du es mir versprichst. Ich kann dich nicht ohne Hilfe und Schutz mit ihm hier allein lassen.«

»Ich verspreche es. Geh und erfüll deine Pflicht!« Ihre Augen waren sehr weich und voller Tränen.

Stephan stand auf und zog die Decken über ihren makellosen, verführerischen nackten Körper. Sie würde gehen; ihm blieb nichts anderes übrig, als daran zu glauben. In London würde sie lernen, einem anderen Mann zu vertrauen. Sie würde ihn berühren, und das würde es ihr möglich machen, mit dem Mann zu schlafen. Ein seltsames Gefühl durchfuhr ihn. Eifersucht? Aber es war besser, dass sie in ihrem Leben Liebe fand, als sich mit jemandem wie dem Harrier einzulassen. Er hob seine Sachen auf, doch er zog sie noch nicht an. Wie gern würde er glauben, dass er es Ann ermöglicht hatte, jemanden zu lieben. Bei ihm hatte sie gelernt, mit ihrer wundervollen und zugleich so furchtbaren Gabe zurechtzukommen. Und doch war es so wenig im Ausgleich für das, was sie ihm gegeben hatte. Akzeptanz. Verständnis. Welche Frau, menschlich oder Vampir, hatte ihm das je entgegengebracht? Ann war mutig. Sehr viel mutiger, als ihr selbst bewusst war.

»Du wirst zurechtkommen, Ann. Du bist stark. Du weißt nur nichts von deiner Stärke. Du siehst das Gute in den Menschen. Selbst in jemandem wie Jemmy Minks. Du suchst in den Trümmern ihrer Seele und findest ihren Wert. Also nutze deine Kraft!«, schloss er und rief die Dunkelheit herbei, weil ihm die Kehle zu eng geworden war für weitere Worte. Er musste sich Kilkenny stellen, und er wusste, wie das höchstwahrscheinlich enden würde. Und falls er wie durch ein Wunder doch als Sieger aus dem Kampf hervorging, würde er sich auf den Weg nach Mirso begeben.

So oder so würde er Ann nie wiedersehen.

18. Kapitel

Ann sah die wirbelnde Schwärze in der vormorgendlichen Düsternis verschwinden. Draußen vor ihrem Fenster zwitscherten bereits die Vögel. Aber ihr Zimmer war leer, leerer, als es je gewesen war. Stephan war fort, um sich dem Kampf seines Lebens zu stellen. Einem Kampf, von dem er glaubte, ihn zu verlieren.

Ihr Innerstes fühlte sich so kalt und schwer an wie durchnässte Erde. Sie liebte Stephan Sincai, und als er in der Nacht seinen Höhepunkt erreicht hatte, war ihre Liebe zu ihm auf sie zurückgefallen. Nun liebte sie ihn doppelt so sehr wie zuvor; so sehr, dass es schon schmerzhaft war. Das war es, was sie ihm nicht hatte sagen können, bis er seine Mission vollendet hatte, was auch immer daraus werden würde. Wie könnte sie ihn mit der Verantwortung belasten, zwischen ihrer Liebe und seinem Schicksal wählen zu müssen? Er würde sich nie wieder wie ein ganzer Mann fühlen, wenn er seine Aufgabe nicht zu Ende führte. Und wenn er sich nach dem Kampf für sie statt für Mirso entschied? Dann würde er verbittert werden und ständig darüber nachdenken, was er verloren hatte. Niemand könnte auf solchen Gefühlen eine Zukunft aufbauen.

Zukunft! Ann errötete über ihre eigene Naivität. Sie dachte an eine gemeinsame Zukunft mit einem Mann, der *zweitausend* Jahre alt war? Sollte er die kommende Nacht überleben – und zu ihr zurückkehren, was eine weitere Frage war –, bedeutete das noch lange nicht, dass es eine gemeinsame Zukunft für sie gab. Sie, Ann, würde buchstäblich im Handumdrehen sterben, und er würde immer weiterleben. Während ihr weißblondes Haar noch weißer und ihre Haut ganz faltig werden würde, bliebe Stephan in der Blüte seiner Jahre – und auf der Höhe seiner Männlichkeit. Nein, es war sinnlos, sich eine gemeinsame Zukunft mit ihm auszumalen.

Stephan musste das ebenso klar sehen wie sie selbst. Wenn er seine Begegnung mit Kilkenny überlebte, würde er nach Mirso zurückkehren.

Und so würde er vielleicht nie erfahren, dass sie ihn liebte. War das Zusammensein mit ihr für ihn genauso wunderbar gewesen wie für sie? Bestimmt, denn sonst hätte er seine Aufgabe sicher nicht so lange aufgeschoben. Sie durchforschte seine Erinnerungen, die sich auf sie übertragen hatten. Er liebte sie, dessen war sie sich sicher, weil er nicht daran zweifelte. Nur war es für ihn keine beglückende Erkenntnis wie für sie, weil er glaubte, sie zu lieben sei ein Verbrechen, das aus der Welt geschafft werden musste, und das Zusammensein mit ihr habe ihn für den bevorstehenden Kampf geschwächt. Schuldbewusstsein überfiel sie. Warum hatte sie nicht rechtzeitig erkannt, was sie von ihm verlangte?

Abrupt setzte sie sich auf und zog die Decken um sich.

Weil er sich irrte.

Bilder schossen ihr durch den Kopf: Rubius' Ermahnungen, die Grundlagen der Ausbildung. Keine Gefühle. Die Unterdrückung sexueller Energie, bis sie kanalisiert und in zerstörerische Macht verwandelt war. Die fürchterlichen Ausbildungsmethoden der Schwestern und Stephans Martyrium durch sie und ihre sexuellen Forderungen.

Sie *alle* irrten sich.

Und sie musste Stephan noch vor Einbruch der Nacht finden, um ihm zu sagen, wie falsch sie alle lagen. Es könnte der einzige Weg sein, ihm das Leben zu retten.

Der Weg, der vor ihr lag, trat mit einem Mal klar zutage. Entsetzliche Ereignisse. Gefahr für ihre Person und ihren Verstand. Gefahren, denen sie sich stellen musste, um ihr Ziel zu erreichen.

Und was war das Ziel, das sie erreichen wollte? Ein Leben mit Stephan. Auch wenn ihr das unmöglich schien, weil sie einander zwar lieben mochten, aber zwei völlig verschiedenen Welten angehörten. Im Grunde war es absurd.

Doch daran wollte sie jetzt nicht denken. Zunächst einmal musste Stephan überleben. Nein, zunächst einmal musste es ihr gelingen, ihn zu warnen. Und das bedeutete, dass sie sich mit Erich auseinandersetzen musste. Sie würde nicht einfach die Flucht ergreifen, es den Dienstboten überlassen, sich mit ihm herumzuschlagen, und Maitlands und seine Pächter im Stich lassen. Ihre Entschlossenheit nahm zu, bis sie unzerstörbar und beständig war wie Diamant. Und es wurde auch höchste Zeit. Egal, was kam, sie könnte nie wieder zu ihrer früheren Existenz zurückkehren und sich in ihrem Zimmer vor dem Leben verstecken. Jetzt hatte sie endlich ein Ziel, etwas, das sie sich mehr als alles andere auf der Welt wünschte. Und sollte Erich ihr beim Erreichen dieses Zieles im Wege stehen, musste er besiegt werden wie der Drache, der er war. Drache oder Chimäre? Das würde sich schon bald herausstellen.

Ungeduldig schlug sie die Decken zurück und verließ das Bett. Stephan hatte ihr den Weg gezeigt. Sollte es also zum Schlimmsten kommen und er getötet werden und sie nicht, musste sie seinen Rat befolgen. Aber zunächst einmal diente sein Rat ihren Zwecken in anderer Weise. Ann setzte sich an ihren Sekretär. Mrs. Simpson würde bald das Frühstück bringen, und bis dahin musste sie die Nachricht für Jennings und auch die anderen geschrieben haben.

Ann kam in einem schlichten, bequemen Kleid aus graublauem Tuch herunter statt in dem, das Mrs. Simpson ihr als Geschenk Erichs hinaufgebracht hatte. Niemals würde sie ihm die Genugtuung verschaffen, sich seinen Wünschen zu beugen. Mrs. Simpson erwartete sie in der Eingangshalle, und Ann zog fragend eine Augenbraue hoch.

Mrs. Simpson nickte. Jennings hatte schnell gehandelt. Ihr eilig zurechtgelegter Plan wurde bereits umgesetzt ...

Ann hatte ihre Gefühle nahezu perfekt unter Kontrolle. Sie würde um ihren Onkel trauern, sowie sie wieder Zeit dazu hatte, aber im Moment musste sie all ihre Kräfte zusammennehmen, und das bedeutete, ihren Kummer zunächst einmal hintanzustellen. Laut Erich war die Bibliothek der einzige Raum im Haus, der für die Zeremonie geeignet war. Als sie unsanft die Tür öffnete, sah sie drei Männer, die sich dort versammelt hatten. Squire Fladgate bedachte Ann mit einem missbilligenden Stirnrunzeln von seinem Platz am Feuer, Reverend Cobblesham erhob sich aus seinem Sessel und strahlte, als wäre eine Hochzeit, selbst eine unter diesen Umständen, stets ein Grund zur Freude. Erich war in seiner dandyhaftesten Aufmachung erschienen: schlüsselblumengelbe Hose, ein Rock aus feinstem blauen Tuch, eine cremefarbene Weste, die über seinem Bauch schier aus den Nähten platzte, und eine so hohe Schalkrawatte, dass er kaum den Kopf wenden konnte. Er stand vor der Anrichte und schenkte sich einen Brandy ein. Sein Entsetzen über ihr schlichtes Kleid war fast schon komisch.

»Was soll das? Warum trägst du nicht das Kleid, das ich dir hinaufgeschickt habe, Cousine?«, fragte er mit nicht zu überhörender Empörung. »Willst du mich vor den Kopf stoßen?«

»Ich habe heute viel zu tun und keinen Nerv für Schnickschnack«, entgegnete sie ruhig

Mr. Brandywine, der Verwalter ihres Onkels, und Mr. Yancy,

der Anwalt der Familie, waren noch nicht erschienen. Wegen Mr. Brandywine machte Ann sich keine Sorgen, aber Mr. Yancy musste den weiten Weg aus Wells herkommen. Hatte Jennings ihn gefunden? War er bereit, die Fahrt zu unternehmen?

Erich kam mit großen Schritten auf sie zu und blieb dicht vor ihr stehen. »Du kannst mich vor den Kopf stoßen, doch das Ergebnis wird das Gleiche sein.« Er blickte auf, als Mrs. Simpson sich mit einer Verbeugung aus dem Raum zurückziehen wollte. »Simpson, Sie werden hier als Zeugin gebraucht.«

Mrs. Simpson sah aus, als fiele sie jeden Moment in Ohnmacht. Aber sie kam wieder zurück.

»Ach, du meine Güte!«, staunte Ann. »Da sind ja auch Squire Fladgate und Mr. Cobblesham! Ich fühle mich geehrt, meine Herren.« Dann wurde ihre Stimme hart. »Obwohl ich es doch etwas verwunderlich finde, dass man mich verheiratet will, noch bevor mein Onkel unter der Erde ist. Erstaunlich, wie Sie Ihre Prioritäten setzen, *Reverend* Cobblesham.«

»Wir hielten es für das Beste so«, schnaubte Richter Fladgate.

»Aber, aber! Wozu die Eile?«, sagte Ann missbilligend. »Hoffentlich haben Sie sich nicht umsonst hierherbemüht.«

Hinter ihr in der Halle hörte sie Schritte. Die Tür wurde geöffnet, und gedämpfte Männerstimmen grüßten. Zwei! Gott sei Dank. »Sollten wir nicht auf unsere anderen Gäste warten, meine Herren?«, fragte sie.

»Gäste?« Erich war misstrauisch. Und er hatte auch allen Grund dazu.

»Betrachten Sie die anderen Herren als Gäste der Braut«, sagte sie freundlich, weil immerhin die Möglichkeit bestand, dass ihr Schachzug danebengehen würde. Vielleicht würden diese »Gäste« sich ja auf Erichs Seite schlagen. Doch sie hatte sich noch nie so stark gefühlt wie an diesem Tag. War das so, weil Stephan an sie glaubte? Möglicherweise kannte er sie ja besser als sie sich selbst.

Polsham führte Mr. Brandywine und Mr. Yancy in die Bibliothek und zog sich dann wieder zurück. Der Verwalter war ein kleiner, schlanker und tatkräftiger Mann. Mr. Yancy hingegen war eine hochgewachsene, elegante Erscheinung, deren viele Falten nicht verbergen konnten, dass er einst ein sehr gut aussehender Mann gewesen war. Beide hatten eine Mappe mit Papieren dabei. Mr. Yancys war aus feinstem Leder. Sie blickten sich im Zimmer um und erfassten die Lage, bevor sie sich Ann zuwandten. In Mr. Brandywines Blick funkelte Ärger, Mr. Yancy lächelte nur schwach. Seine alten Augen wirkten weise, selbst für jemanden, der erst siebzig Jahre alt war. Gott, wie ihre Maßstäbe sich neuerdings verändert hatten!

»Was hat das zu bedeuten?«, fragte Erich.

Ann ergriff das Wort. »Mr. Brandywine, Mr. Yancy – ich glaube, Sie kennen Richter Fladgate und Reverend Cobblesham. Aber darf ich Ihnen meinen Cousin, Mr. Erich van Helsing, vorstellen? Und die Dame hier ist Mrs. Simpson.« Der Köchin war anzusehen, dass sie viel lieber woanders wäre.

»Brandywine, ich weiß nicht, was Sie bei einer Trauung wollen.« Der Friedensrichter plusterte sich auf und gab sich alle Mühe, die Autoritätsperson herauszukehren. »Und ich glaube kaum, dass es für diese Zeremonie einen Anwalt braucht, Yancy. Die Heiratserlaubnis ist in Ordnung, das versichere ich Ihnen.«

»Wer sind diese Störenfriede?«, fauchte Erich.

»Mr. Brandywine ist der Verwalter meines Onkels, und Mr. Yancy ist sein Anwalt«, erwiderte Ann ruhig. »Ich habe sie heute hierher eingeladen, um die Situation zu klären. Nehmen Sie doch bitte Platz, meine Herren – Sie alle – und setzen auch Sie sich bitte, Mrs. Simpson!« Sie zeigte auf die bequemen Sessel vor dem Kamin. Mr. Yancy und Mr. Brandywine setzten sich nebeneinander, Reverend Cobblesham ließ sich wieder auf seinem Platz nieder. Squire Fladgate hatte vor Empörung einen roten Kopf bekommen, aber er kam Anns Bitte ebenfalls nach. Mrs. Simpson hockte sich nervös auf die Kante eines Sessels. Nur Erich war stur genug, stehen zu bleiben.

Ann ließ sich anmutig in einem der roten Ledersessel nieder. »Ich danke Ihnen, meine Herren. Und nun lassen Sie uns zur Sache kommen. Mr. Yancy, Sie haben das Testament meines Onkels in Verwahrung?«

»So ist es, Miss van Helsing. Ich habe eine Kopie bei mir, falls jemand sie sehen möchte.«

Ann sah, wie Erichs Augen sich verengten. »Ist das Testament in letzter Zeit verändert worden?«

»Nun, in den vergangenen Wochen hat Lord Brockweir einige kleine Korrekturen vorgenommen.«

Ein misstrauischer Ausdruck erschien auf Erichs Zügen. »Hat er irgendwelche unerwarteten Vorsorgen getroffen?«, erkundigte er sich.

»Überhaupt keine, Mr. van Helsing. Es gibt ein paar kleinere Legate an die Dienstboten und Lord Brockweirs bevorzugte karitative Organisationen. Doch abgesehen davon geht der gesamte Besitz, dazu gehören Maitlands und Buckley Lodge sowie Lord Brockweirs eigene Ländereien in Derbyshire und sein Stadthaus in London und die Pacht und Einnahmen daraus und all das in Fonds angelegte Geld, an Miss van Helsing.«

»Und all das ist keiner Verfügungsbeschränkung unterworfen?«, fragte Erich scharf.

»Nein. Mit der einen Ausnahme natürlich, dass Miss van Helsings gesamtes Vermögen an die Krone zurückfällt, falls sie verstirbt, ohne geheiratet zu haben. Aber das war Ihnen ja bekannt.« Mr. Yancys Stimme war sehr sachlich und gemessen. »Aus dem Schreiben, das ich Ihnen vor einigen Jahren an die Adresse von Anns Vater sandte.«

Erich sah aus wie eine Katze, die eine Maus gefangen hatte, und neigte herablassend den Kopf.

»Und warum ist das Testament keiner Verfügungsbeschränkung unterworfen?«, erkundigte sich Ann.

»Ihres Alters wegen, Miss van Helsing.« Mr. Yancys bedächtige Stimme war beruhigend.

»Aha.« Sie warf Erich einen Blick zu, der einen grimmig-entschlossenen Gesichtsausdruck zur Schau trug. Er musste sich der Gefahr für ihn bewusst sein. Sie sah, wie berechnend sein Blick wurde. »Und deshalb kann ich über das Erbe verfügen, wie ich will?«

»So ist es«, bestätigte Mr. Yancy.

Erich warf ihr einen argwöhnischen Seitenblick zu.

»Unverzüglich?«, hakte sie nach.

»Ja.« Yancy klang, als wäre er sich völlig sicher. Gott segne ihn! Es war genau das, was sie von ihm zu hören gehofft hatte.

»Vorausgesetzt, dass sie zurechnungsfähig ist«, warf Erich ein, als spielte er einen Trumpf beim Pikett aus. Er warf dem Friedensrichter und Reverend Cobblesham einen Blick zu, bevor er fortfuhr: »Nach Aussage eines ihrer Angestellten, Mr. Yancy, bestimmt das Testament, dass Sie, falls Ann *nicht* zurechnungsfähig ist, bis zu ihrem Tod oder ihrer Heirat den Trust verwalten und dass in letzterem Fall das Vermögen an ihren Ehemann übergeht. Und ich glaube, Ann hat uns dieser Tage auf sehr anschauliche Weise demonstriert, dass sie nicht zurechnungsfähig ist.« Er seufzte. »Aber es ist ein Zeichen meiner Liebe und meines Respekts für sie, dass ich bereit bin, diese Bürde durch Heirat auf mich zu nehmen und für den Rest ihres Lebens für sie zu sorgen.«

Und für mein Geld, dachte Ann spöttisch, ohne sich etwas anmerken zu lassen.

»Nun, ich danke Ihnen für die Neuigkeiten, Mr. Yancy.« Erich erhob sich. »Ich bleibe in Kontakt mit Ihnen. Wenn Sie uns jetzt entschuldigen würden – Reverend Cobblesham hat heute noch andere Verpflichtungen und würde gern mit der Trauung fortfahren. Mrs. Simpson kann Sie hinausbegleiten.«

»Oh, nein, mein Lieber, es wird keine Trauung geben«, bemerkte Ann. »Ich habe nicht zugestimmt, deine Frau zu werden.«

So, jetzt war es heraus. Aber an Erichs Gesichtsausdruck erkannte sie, dass er noch nicht aufgegeben hatte.

»Er hat eine Sondererlaubnis«, protestierte Mr. Cobblesham. »Und den Segen Ihres Onkels.«

»Es dürfte doch sowohl Ihnen als auch Squire Fladgate klar sein, dass das unerheblich ist, wenn die junge Frau der Ehe nicht zustimmt?«, fragte Mr. Yancy mit unerwarteter Härte in der Stimme.

»Sie hat zugestimmt. Ich habe Zeugen. Dass sie jetzt ihre Meinung ändert, beweist nur, wie labil sie ist.«

Ann fragte nicht, wer seine Zeugen waren. Mit der Aussicht auf ihr Vermögen konnte er so viele Zeugen kaufen, wie er wollte. Mrs. Scrapple? Jemmy? Vielleicht sogar den Richter? Sie zweifelte nicht daran, dass es reichlich potenzielle Zeugen für ihr »Einverständnis« geben würde. »Mr. Yancy, ich möchte, dass Sie eine Verfügung aufsetzen. Mein Onkel hätte sicher nicht gewollt, dass mein Cousin leer ausgeht, wenn er mehr Gelegenheit zum Nachdenken gehabt hätte. Ich möchte diesen Fehler korrigieren. Ich denke, eine einmalige Zahlung von zehntausend Pfund sowie der kleinere, am Fluss gelegene Besitz meines Onkels in Derbyshire wären eine großzügige Zuwendung.«

Mr. Yancy nickte zustimmend und mit einer gewissen Genugtuung im Gesicht. »Ich werde mich darum kümmern, Miss van Helsing.«

»Mr. Brandywine«, fuhr sie fort, »ich werde das Haus in London sogleich wieder eröffnen und bewohnen. Hier ist ein Brief an die Gräfin von Lente.« Sie reichte ihm Sincais Schreiben. »Sie wird mir bei der Suche nach einer Gesellschafterin behilflich sein. Selbstverständlich werde ich auch die Dienste einer vollständigen Dienerschaft benötigen, da ich Gesellschaften zu geben gedenke. Könnten Sie darüber hinaus ein Konto bei einer Londoner Bank eröffnen, damit ich jederzeit über Bargeld verfügen kann? Welche ziehen Sie vor, Hoare's oder Drummond's?«

»Drummond's«, erklärte Mr. Brandywine, dessen Augen von einer neuen Empfindung glänzten. »Ich werde mich unverzüglich darum kümmern. Und ich werde auch so bald wie möglich Ihre Anweisungen für die Fruchtfolge im kommenden Jahr benötigen.«

Das war ein netter Zug von ihm. Am liebsten hätte sie ihn umarmt. »Aber ja, Mr. Brandywine. Ich denke, es sollten diesmal Hafer und Roggen sein, doch ich bin natürlich auch an Ihren Vorschlägen interessiert. Und könnten Sie vielleicht jemanden finden, der mich zu Tattersall's begleitet, wenn ich nach London fahre? Ich hätte dort gern eine Kutsche, und dafür werde ich ein paar gute Pferde benötigen.«

»Da kenne ich genau den richtigen Mann. Colonel Wilton. Er ist ein hervorragender Pferdekenner, der sich von niemandem übers Ohr hauen lässt.«

»Das ist ja lächerlich!«, schrie Erich. »Was soll all dieses unsinnige Gerede?«

Alle wandten sich Van Helsing zu, dessen Gesicht vor Wut rot angelaufen war. Anns Unterstützer trugen einen Ausdruck milder Neugierde zur Schau, während Mrs. Simpson Ann ein unverhohlen ermutigendes Lächeln schenkte.

Erich knirschte mit den Zähnen. »Sie können mich nicht mit zehntausend Pfund und einem armseligen Stück Land in Derbyshire abspeisen. Das Mädchen ist verrückt! Sie muss zu ihrer eigenen Sicherheit und der aller anderen verheiratet werden. Sie hat gestern die ganze Stadt terrorisiert.«

»Ich war sehr aufgewühlt«, sagte Ann ruhig.

»Wer wäre das nicht?«, warf Mr. Brandywine ein. »Fälschlich beschuldigt, ihr Onkel sterbenskrank?«

»Sie ... sie ...«

»Ach, wissen Sie, ich finde, dass sie sehr vernünftig wirkt«, bemerkte Mr. Yancy.

»Simpson hier weiß, dass Maitlands nicht einmal seine Bedienstete halten kann, weil die Leute sich so vor ihr fürchten.«

Alle wandten sich Mrs. Simpson zu, die bis unter die Haarwurzeln errötete.

»Das ist doch richtig, Simpson, oder?«

Die Köchin räusperte sich. »Manche Leute sind abergläubisch und unwissend. Besonders die der Unterschichten.«

Ann war nie stolzer auf sie gewesen. Sie konnte sich eine passende Bemerkung kaum verkneifen.

»Man sollte meinen, Sie, Fladgate und Cobblesham, würden sich schämen, einem ausgemachten Mitgiftjäger eine fingierte Ehe zu ermöglichen.« Mr. Yancys Augen waren ungewöhnlich hart geworden. »Friedensrichter und Geistlicher sind Positionen, die mit Verantwortung verbunden sind. Ist es nicht sogar so, Cobblesham, dass Sie Ihre Gemeinde überhaupt erst durch Brockweir bekommen haben? Was bedeutet, dass sie von Miss van Helsing einem anderen Geistlichen übergeben werden kann, wenn sie es will.«

Cobblesham erblasste. »Ich ... ich dachte, ihr Onkel ... ich meine, eine Sondererlaubnis ist doch ... ich hatte keine Ahnung, dass die junge Dame nicht ...«

»Und ob Sie das wussten!«, unterbrach ihn Mr. Brandywine.

»Da sind immer noch die Anschuldigungen«, warf der Richter ein, um sein Gesicht zu wahren. »Es könnte sein, dass sie vier Männer getötet hat oder zumindest jemandem geholfen hat, sie zu ermorden.«

»Ich werde Mr. Steadlys Fragen gern beantworten«, sagte Ann. »Und mich seinem Urteil beugen.«

»Du kannst es nicht ertragen, Leute zu berühren!«, warf Erich ihr vor. »Ist das etwa normal?«

»Ich mag es nicht, berührt zu werden, das stimmt.« Sie kam nicht umhin, es zuzugeben, weil es ohnehin alle wussten.

»Persönliche Vorlieben bedeuten nicht, dass ein Mensch nicht normal ist, Mr. van Helsing, denn sonst würde man Sie allein schon Ihrer Hose wegen einsperren.« Mr. Yancy runzelte die Stirn. »Ich glaube, Miss van Helsing hat eine sehr klare Vorstellung von ihrer Situation, und es würde eine gerichtliche Untersuchung erfordern, etwas anderes beweisen zu wollen. Es ist ein Fall, den ich nur zu gern vor Gericht sehen würde, da ich Ihnen versichern kann, dass Sie verlieren würden. Aber viel mehr interessiert mich, was wir als Allererstes für Sie tun können, Miss van Helsing?«, wandte er sich an Ann.

»Oh, Sie könnten diese Herren hinausbegleiten, wenn Sie so freundlich wären. Ich werde Mr. van Helsings Sachen von Jennings in den Gasthof bringen lassen.«

Erich blickte von einem zum anderen. Mr. Cobblesham erhob sich schnell und begab sich ohne ein weiteres Wort zur Tür. Squire Fladgates Schritte waren gemessener, doch er schlug die gleiche Richtung ein. Als Erichs Verbündete zur Tür hinausgingen und Jennings und Polsham hereinkamen, wusste er, dass diese Runde auf jeden Fall verloren war.

»Das letzte Wort ist noch nicht gesprochen«, sagte er zu Ann, als er sich an Polsham und Jennings vorbeidrängte.

»Oh, ich denke schon.« Mr. Yancys ruhige Stimme trieb ihn aus der Tür.

Ann seufzte, als fiele ihr ein Stein vom Herzen. »Danke. Danke Ihnen allen«, sagte sie zu den fünf Menschen im Zimmer. Sie war also doch nicht allein und ohne Freunde gewesen.

»Dieser verdammte raffgierige Laffe!«, rief Mr. Brandywine. »Was glaubt er, wer er ist? Nichts als ein verdorbener Familienzweig...«

»Sicherheitshalber werde ich für heute Nacht aus Bristol zusätzliche Hilfe kommen lassen«, bemerkte Yancy. »Könnte sein, dass sie erst spät erscheinen und aussehen wie die Schläger, die sie einmal waren, doch machen Sie sich keine Sorgen. Johnson ist vertrauenswürdig wie sonst was, und er wird noch ein paar andere Burschen mitbringen, um dafür zu sorgen, dass Mr. van Helsing hier keinen Ärger macht.«

»Haben Sie das mit dem Haus am Grosvenor Square ernst gemeint?«, fragte Mr. Brandywine.

»Ja«, sagte Ann. »Es wird höchste Zeit, dass ich aus meinem Kinderzimmer ausziehe und mir die Welt ansehe.« Sie sah die bedrückten Mienen der Dienstboten. »Natürlich würde ich Sie gern alle mitnehmen. Und... bis nach der Beerdigung meines Onkels wird sich ohnehin nichts ändern.«

In dem Moment erkannte sie, wie allein sie war und wie sehr sie ihren Onkel vermissen würde. Aber sie schaffte es, ein Lächeln aufzusetzen. »Es sei denn, Sie drei möchten lieber bleiben und hier nach dem Rechten sehen. Es wird Zeit, dass wir dieses Haus von seinen Staubhüllen befreien und die Gärten wieder in Ordnung bringen. Und London ist ja auch nicht jedermanns Geschmack.«

Sie begannen alle gleichzeitig zu reden, aber Ann hob eine Hand. »Das muss nicht jetzt entschieden werden.«

»Ich werde mich um die Bestattung Ihres Onkels kümmern«, erbot sich Mr. Brandywine.

»Ich rechne nicht damit, dass viele Leute kommen werden«, sagte Ann bedrückt. Dabei verdiente er wirklich sehr viel mehr, ihr Onkel.

»Das soll wohl ein Scherz sein, Miss van Helsing.« Mr. Yancy lachte. »Lord Brockweir war überaus beliebt. Und jeder, für den die Anfahrt nicht zu weit ist, wird einen Blick auf die reichste Frau der Grafschaft werfen wollen, ob abergläubisch oder nicht. Mit dieser Bürde werden Sie von jetzt an leben müssen, meine Liebe.«

Ann dachte darüber nach, wie sie die in drei Tagen stattfindende Beerdigung gestalten sollte. Schließlich schluckte sie. »Also gut. Dann möchte ich es auch richtig machen. Polsham, könnten Sie mit Mr. Watkins sprechen? Ich möchte ein gutes Essen und Getränke im *Hammer und Amboss* bestellen, da uns keine Zeit bleibt, das Haus entsprechend vorzubereiten. Sie und Mrs. Simpson werden wissen, was bestellt werden muss. Scheuen Sie keine Kosten! Mr. Brandywine kann sich um das Finanzielle kümmern. Jennings, könnten Sie die Prozession vom Haus zur Kapelle arrangieren? Ich werde die Gedenktafel besorgen. Und ...« Hier kam ihr ein weiterer Gedanke. »Mr. Yancy, ich möchte einige Arrangements für Maitlands treffen. Sie werden von mir einen Brief mit Anweisungen erhalten.«

»Sie sind eine bemerkenswerte Frau, Miss van Helsing. Ich wünschte, ich könnte Ihnen die Hand schütteln«, sagte Yancy. »Ich bleibe in Verbindung wegen der Verfügungen für Ihren

Cousin.« Er verbeugte sich vor ihr und wandte sich zur Tür. Die anderen folgten ihm hinaus.

Als die Tür sich hinter ihnen schloss, erlaubte Ann sich einen Augenblick der Furcht. Es war alles so viel auf einmal! Aber was hinter ihr lag, war verloren, und die einzige Möglichkeit zur Erfüllung ihres größten Wunsches lag auf diesem beängstigenden neuen Weg. Sie hatte keine andere Wahl.

Und nun musste sie nach Bucklands Lodge, bevor die Sonne unterging.

19. Kapitel

Ann hatte Mrs. Simpson gesagt, sie werde den Einspänner nehmen. Da Jennings mit Erichs Sachen nach Cheddar Gorge unterwegs war, hatte sie den Haflinger selbst angeschirrt. Die zehn Meilen nach Bucklands führten bis auf die letzte halbe Meile über eine gute Straße. Der schmale Weg, in den sie jetzt überging, schlängelte sich durch den Wald. Die Sonne war schon untergegangen, und die durch die Bäume hereinfallende Abenddämmerung machte den Weg noch dunkler. Der Abend war schon nahe. Ann blickte sich um und schnalzte mit der Zunge, um den Haflinger anzutreiben. Was erwartete sie, hinter sich zu entdecken? Schatten, die zwischen den Bäumen hin und her huschten? Blutleere Körper auf dem feuchten Laub des Waldbodens?

Aber sie sah nichts dergleichen, nur bleiche Nebelschleier, die sich um die Bäume wanden. Und sie hörte nichts als den dumpfen Hufschlag ihres Pferdes, das Quietschen des Geschirrs und das Knarren der hölzernen Räder auf dem feuchten Weg. Nicht weit vor ihr lag das Jagdhaus. Würde dort Licht brennen, könnte sie es von hier aus sehen. Aber es war dunkel. Alles um sie herum versank in Dunkelheit. Sie fürchtete sich davor, das Jagdhaus zu betreten. Jeder Gegenstand darin würde durchdrungen sein von den üblen Kreaturen, die sich in diesem Haus aufgehalten hatten, von den entsetzlichen Taten, die dort begangen worden waren. Vor ihr lagen Blut, Schmerz und Grauen – in den Böden, den Wänden und allem anderen, was sie vielleicht berühren würde.

Ob Stephan sich im Jagdhaus aufhielt? Wo sonst? Er wusste, dass Kilkenny ihn da suchen würde. Dieses Ungeheuer und wer weiß wie viele andere noch. Ein Erschaudern durchlief Ann, das nichts mit der Feuchtigkeit des Waldes zu tun hatte. Stephan würde sie wegschicken. Und falls sie recht hatte, dass er sich irrte, musste sie sich weigern. Sie war sich nur nicht sicher, ob es überhaupt eine Möglichkeit gab, Stephan Sincai zu irgendetwas zu bewegen, was er nicht wollte.

Die Umrisse des Jagdhauses verfestigten sich im zunehmenden Dunkel, und die Bäume wurden spärlicher. Ann ließ das Pferd bis zum Eingang gehen und sprang vom Wagen. Hinter dem Jagdhaus gab es einen Stall, doch sie hatte keine Zeit, Pferd und Wagen dorthinzubringen, und band das Tier deshalb an einen dekorativen Metallpfosten, der zu diesem Zweck rechts neben dem Eingang angebracht war. Schnell strich sie Max über sein warmes, feuchtes Fell. »Ich bin gleich zurück, alter Junge«, flüsterte sie.

Die Fenster des Hauses waren vernagelt worden. Als Ann die drei Stufen zur Eingangstür hinaufeilte, sah sie dort Nägel herumliegen, die vom Zunageln der Tür noch übrig waren. Seltsamerweise war sie aber nicht geschlossen, sondern stand einladend einen Spaltbreit offen. Die an der Seite hervorstehenden Nägel ließen jedoch erkennen, dass sie aufgebrochen worden war. Dachte Stephan, Kilkenny und seine Kumpane würden durch die Vordertür hereinkommen? Ann holte tief Luft und drückte die Tür auf, froh, dass sie den Türknauf nicht dazu berühren musste.

Nicht viele Empfindungen überfielen sie. Ein schwacher Eindruck von dem Arbeiter, der die Tür vernagelt hatte, war schon alles. Hinter ihr war alles dunkel. Erich hätte die Tür ölen lassen sollen. Aber wenn sie schon so kritisch war, sollte sie zugeben, dass sie selbst wenigstens eine Laterne hätte mitbringen sollen. Das Herz schlug ihr bis zum Hals. War es möglich, dass Kilkenny schon hier gewesen war? Kam sie zu spät?

»Stephan?«, rief sie mit leiser, unsicherer Stimme. Dann räusperte sie sich und trat ein, froh, dass ihre Stiefel sie davor bewahrten, den Boden zu berühren. »Stephan?«

Ein Schatten tauchte in der Tür zu ihrer Linken auf.

»Was tust du hier?«, erklang eine vertraute tiefe Stimme.

Ann seufzte vor Erleichterung und lief zu ihm. Es erschien ihr ganz natürlich, sich in seine Arme zu werfen. Die Furcht, die ihn beherrschte, seit er sie verlassen hatte, die Sicherheit, dass er sich mit den Gefühlen, die er ihr entgegenbrachte, so geschwächt hatte, dass die bevorstehende Konfrontation ein hoffnungsloses Unterfangen war – all das ging in der Umarmung augenblicklich auf Ann über. Stephan war nicht froh darüber, dass er seinen Gefühlen für sie nachgegeben hatte. Er glaubte, er habe seine Spezies enttäuscht und schon versagt, bevor er mit seiner Mission angefangen hatte. Das war entmutigend, aber es änderte nichts an ihrer eigenen Sicherheit.

»Stephan, du irrst dich, was die Macht angeht. Sie beruht nicht auf Unterdrückung.«

Er hielt sie ein wenig von sich ab. »Du musst gehen, Ann. Du darfst nicht hier sein, wenn sie kommen«, entgegnete er und wandte sich ab, um sie zur Tür zu führen.

»Jetzt hör doch mal zu, Stephan! Diese Frauen mögen dich so ausgebildet haben, aber nur, indem du dich öffnest, bist du so stark, wie du es sein kannst. Das weiß ich, also glaub es mir.«

»Du redest Unsinn, Liebste. Du weißt nichts darüber, und du sollst auch nichts darüber wissen.« Er zog weit die Tür auf und versuchte, Ann hinauszuschieben.

»Wenn du doch nur ...«

»Ann«, unterbrach er sie scharf und drehte sie an den Schultern wieder zu sich um. »Weißt du, was hier geschehen wird? Kannst du es dir vorstellen?«

»Ich muss es mir nicht vorstellen«, erwiderte sie ruhig. »Ich weiß alles, was du über die jüngsten Geschehnisse in diesem Haus weißt.«

Das ließ ihn innehalten, und er schluckte. »Das hatte ich vergessen.« Er nahm sich sichtlich zusammen. »Dann ist dir ja klar, warum du nicht bleiben kannst.«

»Hör mir bitte nur einmal zu, dann gehe ich.«

»Ich werde nichts dergleichen tun.« Seine Stimme war kalt und unnachgiebig.

»Na schön. Dann fahre ich bis zur nächsten Wegbiegung, lasse Pferd und Wagen dort stehen und komme durch den Wald zurück. Ich kann genauso eigensinnig sein wie du.« Sie verschränkte die Arme vor der Brust und erwiderte ruhig seinen Blick.

Stephan schaute sich nach Anzeichen für Eindringlinge um. Im Gegensatz zu ihr konnte er hervorragend im Dunkeln sehen. »Na schön«, meinte er dann ärgerlich. »Sag, was du zu sagen hast, aber bitte schnell.«

Das klang nicht gerade enthusiastisch, doch Ann war froh, dass er ihr überhaupt zuhörte. »Rubius hat dir gesagt, dass die Macht in deiner Sexualität verankert ist und durch Unterdrückung noch gesteigert wird.«

»Ja. Und er hatte recht. Es hat fast zwei Jahre gedauert, doch ich habe meine Lektion gelernt und meine Macht tatsächlich sehr erhöht.«

»Aber deine Macht entstammt deiner Verbindung mit deinem Gefährten! Das ist schon immer so gewesen. Du weißt das, und ich weiß es durch dich.«

»Ja...« Er erkannte die Wahrheit noch nicht.

»Es sind diese Verbindung und eine Empfänglichkeit, die dich so mächtig machen. Du bist offen für diese Verbindung zu deinem Gefährten. Du könntest dich jedoch auch anderen Arten von Macht öffnen und sie ebenfalls benutzen.«

»Du redest Unsinn, Ann. Ihre Ausbildung war erfolgreich. Das ist erwiesen. Die Unterdrückung hat die Macht meines Gefährten noch erhöht. Hätte ich sie doch bloß in letzter Zeit ein bisschen mehr geübt!« Er schien angewidert von sich selbst zu sein.

»Ich glaube, sie haben dich Unterdrückung gelehrt, weil sie dich fürchteten, Stephan.«

Er lächelte wehmütig. »Rubius und seine Töchter sind sehr alt, Ann, und weitaus mächtiger als ich.«

»Sie suchten jemanden, aus dem sie diesen *Harrier* machen konnten, nicht?«

Er nickte.

»Tja, warum haben sie dann nicht einen ihrer frommen Mönche genommen und ihn dazu ausgebildet? Oder eine der Töchter dieses Rubius?«

Stephan zuckte die Schultern. »Wer würde sich schon freiwillig für eine solche Aufgabe melden?«

»Du denkst also, sie hätten dich gewählt, weil sie etwas hatten, was du wolltest, und sie dich deshalb dazu zwingen konnten, Jahre der Folter zu ertragen, um es zu erlangen.«

Ein grimmiger Zug erschien um seinen Mund. »So etwas in der Art.«

»Keine sehr bewundernswerten Leute, was? Aber was ist, wenn sie sich in Wirklichkeit für dich entschieden haben, weil du mehr natürliche Macht hattest als alle anderen? Was, wenn das Training nur dazu diente, dich fügsamer zu machen?«

»Ich halte es für wahrscheinlicher, dass sie mich gewählt haben, um ein Exempel an jemandem zu statuieren, der sich gegen die Lehren der Ältesten aufgelehnt hatte.«

»Na schön. Dann eben beides. Ein Rebell mit entschieden zu viel Macht.«

»Ann, so möchtest du es sehen. Sie hatten schon andere vor mir ausgebildet.«

»Ohne Erfolg.«

Jetzt wurde er ärgerlich. »Aber nur, weil es zu schnell gegangen ist.«

»Hör mal«, entgegnete sie mit leiser Stimme. »Du glaubst nicht wirklich, dass du heute Nacht mit deinen Techniken gewinnen kannst. Was hast du also zu verlieren? Öffne dich deiner ganzen Macht ...«

»Ich habe dir zugehört.« Er blickte wieder in den finstern Wald hinaus. »Geh jetzt.« In seiner Stimme lag eine Dringlichkeit, die vorher noch nicht da gewesen war.

Dann roch sie es. Zimt und ein Hauch von Ambra wehten in ihre Richtung. Ann spürte eine kribbelnde Unruhe in der Luft, wie von Dutzenden Insektenflügeln. Das an dem Pfosten angebundene Pferd stieß ein ängstliches Wiehern aus.

Stephan und Ann wandten sich im selben Moment dem Wald zu, als die wirbelnden schwarzen Nebelsäulen aus dem Schatten traten. Sie waren zu sechst. Vor den anderen stand ein Mann mit dunklem Haar und blasser Haut. Er war mit einer schlichten gelbbraunen Hose, Reitstiefeln und einem Rock ohne jegliche Verzierungen bekleidet. Seine Gesichtszüge waren fein wie die eines Iren, mit einer geraden, nicht allzu großen Nase und Augen, die wahrscheinlich von Lachfältchen umgeben wären, wenn er lachte. Dieser Mann hatte jedoch seit langer Zeit nicht mehr gelacht. Sein Mund, der ein wenig breiter war als die meisten, war in grimmiger Entschlossenheit verzogen. Dieser Mann sah nicht so aus, wie Ann erwartet hatte. Kein Anzeichen von etwas Bösem war in seinen gut aussehenden, offenen Zügen zu erkennen. Er trug kein Kainsmal.

Aber sie hegte dennoch keinen Zweifel daran, wer er war. Und Stephan auch nicht. Der Druck seiner Hände um ihre

Oberarme verstärkte sich, und er zog sie hinter sich. »Kilkenny«, sagte er mit ausdrucksloser Stimme.

Ann spähte um Stephan herum. Kilkenny blieb stehen. Die anderen hinter ihm schwärmten zu einer Linie aus. Sie wirkten alt und jung zugleich, trugen Alltagskleidung oder elegante Röcke, waren unscheinbar und gut aussehend. Alle starrten mit furchtbarer Entschlossenheit Stephan an, als das rote Glühen aus ihren Augen wich.

»Und du musst der Harrier sein«, sagte Kilkenny. Auch seine Stimme klang ganz anders als erwartet. Er sprach nicht in dem singenden Tonfall der Iren, sondern mit ausgeprägtem schottischem Akzent. Der Mann mochte von irischer Herkunft sein, aber er war ganz offenbar im schottischen Tiefland aufgewachsen. »Wir haben eine Rechnung zu begleichen, glaube ich.«

»Ja.«

Sechs! Das waren Anns Empfinden nach eindeutig zu viele. Würde Stephan doch nur ihren Rat befolgen! Es war ein denkbar ungünstiger Moment, um eine unbewiesene Theorie zu erproben, aber anders würde er sich nicht gegen sechs dieser Ungeheuer behaupten können, oder?

»Lass das Mädchen gehen, Kilkenny! Es hat nichts damit zu tun.«

Kilkenny warf Ann einen Blick zu. Sie konnte seine hellen Augen sehen, die weder richtig blau noch grün, ja nicht mal grau waren. Er nickte. »Ein Mensch hat hier heute Nacht nichts zu suchen.«

Ann ließ den Blick über die Reihe der Vampire gleiten. Dann kehrten ihre Augen zurück zu dem, der direkt hinter Kilkenny stand. Es war die Kreatur, die Molly getötet hatte, indem sie ihr wie ein wildes Tier das Blut genommen hatte. Ann lief es kalt über den Rücken.

Stephan stieß sie auf den Einspänner zu. »Geh!«, zischte er. »Sofort!«

Ann stolperte auf Pferd und Wagen zu. Sie wollte den Kampf nicht mit ansehen. Was konnte sie auch gegen sechs Vampire ausrichten? Sie war knapp über einen Meter fünfzig groß und vielleicht gerade mal fünfundvierzig Kilo schwer. Es gab nichts, was sie hier erreichen konnte, außer Stephan mit seiner Angst um sie durcheinanderzubringen.

Deshalb stieg sie widerspruchslos in den Wagen und nahm die Zügel ihres Pferdes in die Hand. Niemand sonst bewegte sich. Ann ließ die Zügel auf den Rücken des Haflingers klatschen, und Max stürmte den Weg hinunter, als wäre ihm der Teufel auf den Fersen. Und vielleicht war es ja auch so. Der Wagen holperte über den unebenen Weg. Die spürbare Gefahr in der Luft ließ nach. Sie war das Böse in Kilkenny, wie Ann nun erkannte.

Komisch, aber er hatte gar nicht böse ausgesehen. Lebensüberdrüssig, müde, jedoch entschlossen. Widerstrebend fast. So hatte er gewirkt. Das Pferd verlangsamte von selbst das Tempo, als sie Bucklands hinter sich ließen. Anns Herzschlag jedoch beschleunigte sich. Was dachte sie sich eigentlich?

Sie zügelte das Pferd so brüsk, dass es sich fast auf die Hinterbeine setzte, als es jäh den Schritt verhielt. Entschlossen wendete Ann den Wagen. Sie konnte Stephan nicht allein im Kampf mit sechs Vampiren lassen. Es war undenkbar, daheim in ihrem Kinderzimmer zu sitzen, auf Nachrichten über das Massaker in Bucklands Lodge zu warten und sich zu fragen, ob sich unter den aufgefundenen Leichen auch Stephans befand. Sie musste bleiben, ob sie den Horror sehen wollte oder nicht. Ann trieb Max mit einem Zungenschnalzen an, aber der Haflinger tat nur ein paar unwillige Schritte, bevor er schnaubend rückwärts ging. »Komm schon«, sagte sie leise. »Komm, mein

Junge!« Doch er schüttelte den Kopf und schnaubte wieder, als wollte er klarstellen, dass er nicht zu dem Zimtgeruch und den rot glühenden Augen in der Dunkelheit zurückkehren würde.

Resigniert sprang Ann vom Wagen, raffte mit einer Hand ihre Röcke und begann, den Weg zurückzulaufen. Gott stehe mir bei, flehte sie stumm. Lass mich nicht zu spät kommen!

Zu spät wozu? Ann keuchte atemlos, im gleichen Rhythmus mit dem dumpfen Aufschlagen ihrer Füße auf der weichen Erde und dem Pumpen ihres Herzens. Sie wusste nicht, warum; sie wusste nur, dass sie bei Stephan sein musste. Der Weg schlängelte sich durch das Dunkel. Aber sie hatte keine Zeit für Kurven, und so bog sie von der schmalen Straße ab und stolperte in den Wald hinein. Zweige rissen an ihrer Kleidung. Der aufgehende Mond warf die ersten Strahlen in den Wald. Ann drängte sich durch das Unterholz und hoffte, nicht über einen halb vergrabenen Stamm zu stolpern. Der Geruch von Vermoderung und grüner Vegetation, feuchten Steinen und faulendem Holz umhüllte sie.

Knurrende Geräusche und Schmerzensschreie zerrissen die Nacht. Sie kam zu spät! Mit letzter Kraft warf sie sich durch eine Wand aus undurchdringlich dunklem Dickicht und stürzte auf die Lichtung vor dem Haus hinaus. Die offene Fläche war von wildem Kampfeslärm erfüllt. Im Licht des Mondes sah sie Stephan, der sich inmitten herumwirbelnder Körper fast zu schnell bewegte, um ihn wahrnehmen zu können. Aber *was* sie deutlich wahrnahm, war der metallische Geruch von Blut. Stephan hatte die Ärmel aufgerollt, und sie konnte die dunklen Blutflecken auf dem weißen Stoff seines Hemdes sehen.

Ihr Herz zog sich zusammen. »Stephan«, flüsterte sie und merkte dann, dass sie es geschrien hatte. Ein Mann stand ein wenig abseits und beobachtete das Kampfgetümmel. Es war

Kilkenny. Sie bemerkte das Summen von Macht in der Luft. Rote Augen glühten.

Wie ein Kontrapunkt zu all dem fieberhaften Treiben taumelte langsam eine Gestalt aus der sich wild drehenden Masse. Ein Kopf rollte auf Ann zu, mit Augen, die noch blinzelten, und aufgerissenem Mund. Ann kreischte auf und fuhr entsetzt zurück. Aber sie konnte den Blick nicht von dem grausigen Anblick abwenden, bis sie ein schmerzerfülltes Stöhnen hörte, das sie als Stephans erkannte. Erschrocken suchte sie das Getümmel nach ihm ab. Ein weiterer Angreifer fiel, auch dieser ohne Kopf. Nun waren es nur noch drei und Stephan. Das Hemd war ihm vom Leib gerissen worden, und sie konnte die furchtbaren Verletzungen an seinem Oberkörper sehen. Sein Bauch war aufgeschlitzt. Aus einem Dutzend klaffender Risse sickerte Blut. Anns Verstand wusste, dass sein Gefährte diese Wunden heilen würde, aber ihr Herz zog sich vor Entsetzen über die verheerenden Verletzungen zusammen. Ein Angreifer sprang ihn an. Etwas glitzerte im Mondlicht. Ein Messer! Es traf Stephans Kehle, und aus der Wunde spritzte Blut. Niemand konnte eine derartige Verwundung überleben! Stephan torkelte zurück und wankte dann mit letzter Kraft die flachen Stufen zur Eingangstür hinauf.

Gegen ihren Willen folgte Ann ihm. Stephan! Er warf ihr einen Blick zu. Diese eine winzige Unaufmerksamkeit genügte, und schon sprang einer seiner Angreifer ihm hinterher und ergriff sein Haar. Das Monster begann, Stephans Kopf zu verdrehen, ein weiteres näherte sich ihm mit einer langen Klinge, die im silbrigen Schein des Mondes immer wieder hell aufblitzte. Ann rannte weiter. Es blieb keine Zeit für Zweifel oder Skrupel.

Als hätte sich die Zeit verlangsamt, sah sie Stephan eine Hand ausstrecken, um sie aufzuhalten, während er gleichzeitig versuchte, sich dem bulligen Vampir zu entwinden, der seinen Kopf gepackt hielt. Aber sie hatten ihn in ihrer Gewalt. Der dritte Angreifer trat zurück, holte aus und stach zu, um Stephan zu töten. Überall war Blut, *sein* Blut.

»Ann!«, hörte sie ihn mit gurgelnder Stimme rufen. Entschlossen warf sie sich gegen die Masse von Körpern und griff nach Stephans Hand.

»Stephan«, schrie sie. Seine Berührung verbrannte sie nahezu. Ann ließ all ihre Liebe in diese Verbindung einfließen, all ihr Bedauern, aber auch ihre ganze Willenskraft und sah, wie seine Augen sich weiteten. Es war, als stünden sie dort miteinander verbunden und als wären der Mann, der Stephans Kopf umdrehte, der andere, der das Messer hob, und der dritte, der ihn von hinten angriff, gar nicht da. Oder als zählten diese Vampire überhaupt nicht. Es gab nur Stephan und Ann, vereint durch die Berührung ihrer Hände. Ihre Blicke ließen nicht voneinander ab, und Ann spürte, wie er sich ihr öffnete. Liebe, Angst um sie, Wut auf seine Feinde – all das durchflutete sie. Dann spürte sie seine Macht aufbrausen, und es war zugleich auch ihre Macht, unglaublich stärkend und belebend. Es war Stephan und noch etwas anderes, was sie empfand, etwas, das durch ihr Blut rauschte und sich des Lebens freute. Sie hätte laut jubeln können vor Wonne.

Stephan begann zu glühen.

Es gab kein anderes Wort dafür. Ein schwaches weißes Glühen entströmte seinem Körper und begann, ihre Hand mit einem prickelnden Strom aus Leben und Energie zu umhüllen. Sie hatte sich noch nie so voller Lebenskraft gefühlt. Die unheimliche weiße Aureole tauchte die Szenerie in Licht, verlieh dem Blut einen schwarzen Glanz und ließ die Augen der Angreifer noch röter glühen. Ann spürte, wie die Macht sie durchflutete und durch sie hindurch in die Erde strömte. Tatsächlich glaubte sie sogar, eine Art Rumpeln im Boden wahrzunehmen, das in ihren Lungen widerhallte.

Stephan fegte die drei Vampire mit einer Hand von sich, während er mit der anderen noch immer fest Anns Finger umschlossen hielt. Die Kreaturen rappelten sich gerade wieder auf, als er Ann an sich zog. Die Wunde an seinem Nacken schien sich schon zu schließen, denn das Blut spritzte nicht mehr heraus, auch wenn sein Körper nach wie vor blutüberströmt war. Das Glühen umhüllte Ann, und sie fühlte sich stark, stärker als sie sich jemals hätte vorstellen können. Stephan blickte liebevoll auf sie herab.

»Liebste.« Seine Stimme echote, als wären sie in ihrer Höhle. Die drei Vampire griffen an. Stephan wandte sich wieder seinen Gegnern zu.

Urplötzlich hielten sie inne. Für einen langen Moment waren ihre Gesichter wie erstarrt vor überraschtem Entsetzen. Dann verstärkte sich die Macht, die in der Luft zu spüren war, und die glühende Aureole erweiterte sich. Ein Schrei, der nichts Menschliches hatte, zerriss die Luft, und die drei Vampire ... explodierten. Anders konnte man es nicht nennen. Gerade griffen sie noch an, und im nächsten Moment schoss ein Schauer nicht wiederzuerkennender Materie aus dem Portikus heraus.

Das Glühen verblasste. Schatten krochen wieder auf die Lichtung. Die überschäumende Lebenskraft und Ekstase schwanden und ließen Ann mit einem flauen Gefühl zurück. Stephan sank auf die Knie, und sie tat es ihm nach und lehnte sich an ihn. Schwärze nahm ihr die Sicht, und sie kämpfte gegen ein Würgen oder eine Ohnmacht an. Ihr drehte sich der Magen um. Ein Halbkreis aus ... rotem Schleim verbreitete sich strahlenförmig um sie herum. Dahinter sah sie Kilkenny, der mit einem Ausdruck des Entsetzens im Gesicht auf die Knie fiel und würgte.

Ann hörte nichts anderes als das Brausen in ihren Ohren. Was war hier passiert?

Minuten vergingen. Ann schüttelte den Kopf, und ihre Sinne nahmen ihre Tätigkeit wieder auf. Stephans Brust hob und senkte sich an ihrer Seite, wo er sie an sich gedrückt hielt. Irgendwie waren sie beide auf dem Steinboden des Portikus zusammengebrochen. Stephan ließ den Kopf hängen, sodass sein langes Haar wie ein schwarzer Vorhang sein Gesicht verbarg. Die tiefe Wunde in seinem Bauch hatte sich schon fast geschlossen. Die Stichwunden befanden sich in unterschiedlichen Stadien der Genesung, einige bluteten noch, während andere schon zu hellrosa Striemen verblasst waren. »Was ... was ist passiert?«, flüsterte Ann.

Er hob den Kopf. Sein Blick wirkte noch immer entrückt, und er ließ die Schultern hängen. »Ich glaube, du hattest recht«, sagte er erschöpft.

»Ist dir das schon mal passiert?«

»Nein. Ich habe einmal Glas geschmolzen.« Eine lange Pause folgte. »Ich habe Steine zerspringen lassen und ...« Wieder schwieg er eine Weile. »Ich entzündete ein Feuer in feuchtem Laub und habe einen Fels gesprengt.« Erneut brach er ab, bevor er hervorstieß: »Aber so etwas nicht.«

Gedämpfte Schritte wurden auf der feuchten Erde laut. Ann blickte auf. Das schwere Seemannsschwert gezückt, stand Kilkenny vor ihnen. Sein Gesicht war so weiß wie seine Schalkrawatte. Er hob das Schwert. »Im Namen der Zukunft unserer Spezies lösche ich das Böse aus.« Sein schottischer Akzent war jetzt noch ausgeprägter als zuvor.

Stephan hob den Kopf. »Nicht ich bin es, der Vampire erschafft, Kilkenny.« Er war erschöpft, und Ann begriff, dass sie an diesem Abend keine weitere Demonstration seiner Macht sehen würde, ob mit oder ohne ihre Hilfe, obwohl seine Wunden schon verheilten. Stephan ließ sie los und rappelte sich keuchend auf. Sie warf Kilkenny einen Blick zu. Er wirkte frisch und ausgeruht. Wahrscheinlich hatte er sich für diesen Fall zurückgehalten. Ann fragte sich, warum er Stephan mit seinem mächtigen Schwert nicht schon den Kopf abgeschlagen hatte. »Du bist derjenige, der böse ist«, beschuldigte Stephan ihn.

»Wenn die Absicht rein ist, ist die Erschaffung von Vampiren nichts Verwerfliches.«

Stephan rang sich ein verächtliches Schnauben ab. »Rein! Menschen ausbluten zu lassen? Meinst du diese Art von ›rein‹?«

»Wir bluten niemanden aus.« Stephans Vorwurf musste Kilkenny schwer getroffen haben, wenn er sich verteidigte. »Wir sind die Ausgestoßenen, die Gejagten! Wir wollen nichts weiter, als hier ein Heimatland für Vampire zu erschaffen, eins, das stark genug ist, um der Tyrannei von Rubius und Mirso widerstehen zu können. Und *du* bist ein Büttel seiner Tyrannei.«

Ann war schockiert. Kilkenny dachte, Stephan sei das Übel? »Ich habe gesehen, wie der Mann, der heute Nacht neben Ihnen stand, eine Frau aus meinem Dorf getötet hat«, sagte sie anklagend.

»Morde hat es hier überall gegeben, Mann«, sagte Stephan. »Deine Anhänger waren eine Bande von Mördern.«

Kilkennys Augen verengten sich. »Du lügst.« Aber seine Lippen zitterten. Wieder erhob er das Schwert, doch er biss sich auf die Lippe und zögerte.

Er will uns gar nicht töten, dachte Ann erstaunt. Und er glaubt auch nicht, dass seine Anhänger töten würden. Was für eine Art von böser Macht soll das sein?

Und dann dämmerte es ihr plötzlich. Dieser Mann war ein Idealist. So idealistisch wie Stephan, als er hatte beweisen wollen, dass erschaffene Vampire so gut wie geborene Vampire waren. Also ...

»Na, komm schon, Kilkenny, lass es uns mit einem fairen Kampf beenden, von Mann zu Mann!« Das war Stephans einzige Chance. Aber Kilkenny würde sich nie dazu bereit erklären. Warum sollte er auch den Vorteil seines Schwertes aufgeben?

»Nach der Zurschaustellung deiner Macht eben? Ich glaube, dass das Schwert den Waffen, über die du verfügst, nicht einmal ebenbürtig ist.« Kilkenny wirkte misstrauisch, aber entschlossen. Ann erkannte plötzlich, dass er glaubte, er sei es, der heute Nacht unterliegen würde. »Immerhin bist du einer der sehr, sehr Alten.«

Trotzdem musste sie Stephans Partei ergreifen. »Sehen Sie nicht, dass er verletzt ist?«

Kilkenny musterte Stephan, der immer noch keuchte und nach Atem rang. Die Wunden mochten verheilen, doch seine Kraft schien er verbraucht zu haben.

Das Schwert fiel klirrend zu Boden. Ann legte den Kopf zur Seite und krauste nachdenklich die Stirn. War es möglich ...? Konnte Kilkenny ein Mann von Ehre sein? Bevor die beiden Kontrahenten aufeinander losgehen konnten, richtete sie sich auf und wagte das Einzige, worin sie unvergleichlich war.

Sie trat zwischen sie und berührte beide gleichzeitig.

Sofort war Kilkenny wie ein offenes Buch für sie: seine Kindheit als verachteter irischer Einwanderer in Schottland, wo er als Neffe eines irischen Adligen, dessen Mutter unter ihrem Stand geheiratet hatte, erzogen worden war wie ein Aristokrat. Dennoch war er arm wie eine Kirchenmaus gewesen und von seinen reicheren Verwandten geächtet worden. Sie erkannte seinen Groll darüber, dass Iren Bürger zweiter Klasse waren, die nicht einmal wählen durften, weil sie katholisch waren. Ann sah Kilkennys Teilnahme an dem Aufstand von siebenundneunzig als sehr junger Idealist, der sein irisches Erbe zurückzuerlangen versucht hatte, seine Erkenntnis, dass er seines Lebens in Schottland wegen zu keinem Land gehörte, und seine Reise nach Marrakesch als Teil einer Tour durch ausländische Hauptstädte, um Unterstützung für die irische Sache zu gewinnen. Seine Versklavung durch Asharti las Ann ebenfalls durch die Berührung, die furchtbaren Dinge, die Asharti ihm angetan hatte, seine Verwandlung in einen Vampir, die nicht minder furchtbaren Dinge, zu denen er sich in ihrem Namen hatte hinreißen lassen, als ihn sein Mut verließ. Außerdem sah sie seinen späteren Abscheu, seine Flucht und die Tatsache, dass er stets ein Idealist geblieben war.

Die gesamte Vampirgesellschaft war darauf aus, die Vampire zu töten, die Asharti schuf, ohne Rücksicht darauf, wer sie waren oder was sie beizutragen hatten. England zu einer Heimat für Vampire zu machen, die sich gegen Mirso behaupten konnte, war für Kilkenny reine Notwehr, sowohl in körperlicher als auch in geistiger Hinsicht. Er verwandelte seine Selbstverachtung in den Wunsch, ein Utopia zu erschaffen, wo Vampire und Menschen zusammenleben konnten, wie Schotten, Iren und Engländer es scheinbar nicht zustande bringen konnten.

Ann wandte sich Stephan zu und sah ihn blinzeln. Von ihm empfing sie nur, was sie nicht schon wusste, seit sie sich zuletzt berührt hatten: den Adrenalinrausch des Kampfes, die stoische Weigerung, Schmerz zur Kenntnis zu nehmen, und seine grimmige Entschlossenheit. Sie konnte nur hoffen, dass er Kilkenny durch sie erspürte oder zumindest einen Eindruck von dem Mann erhielt. Und Kilkenny? Als sie zu ihm aufblickte, sah sie auch ihn blinzeln. Erreichte ihn, was sie von Stephan empfing? Dann würde er den Idealismus, die Tapferkeit und die furchtbaren Schuldgefühle sehen, die Stephan Ashartis wegen umtrieben. Würde Kilkenny Stephan die Schuld an seinen Leiden geben? Oder würde er in ihm eine Art Seelenverwandten sehen, der wie er gelitten hatte und büßen wollte?

Ann wartete schweigend, versuchte, ruhig zu atmen und ihr inneres Gleichgewicht zu wahren, während sie die Hände der beiden Männer hielt. Irgendwann hörten sie auf zu blinzeln.

»So, meine Herren«, sagte sie ein wenig atemlos. »Es ist nicht ganz so einfach, wie Sie dachten, nicht?«

Kilkenny riss den Blick von Stephan los, um sie anzusehen. »Wer... was sind Sie, Frau?«

»Nichts Ungewöhnlicheres als Sie«, gab sie zurück. Dann fügte sie etwas freundlicher hinzu: »Sie kennen mich jetzt, wenn Sie ein bisschen nachdenken.«

Ann konnte sehen, wie er überlegte. Dann nickte er. »Sie haben das Zweite Gesicht.«

Sie lachte, und fast wurde ein Schluchzen daraus. »Das könnte man so sagen.«

»Die anderen haben Menschen umgebracht, nicht wahr?«, fragte Kilkenny sehr leise und mit unverkennbarer Trauer in den Augen. Jetzt verstanden sie endlich!

Stephan straffte die Schultern. »Das ändert nichts.«

Was?

»Das erwarte ich auch nicht«, stimmte Kilkenny ihm zu. Und schon begannen die beiden Männer, sich zu umkreisen.

»Ihr wollt euch umbringen, obwohl ihr euch so ähnlich seid?«, rief Ann.

»Wir sind uns nicht ähnlich«, murmelte Kilkenny und schob sie aus dem Weg, als er nach rechts auswich. »Weg hier, Frau!«

»Ihr seid beide Idealisten. Jeder von euch hat gelitten. Ihr habt Dinge getan, auf die ihr nicht stolz wart.« Ungläubig blickte Ann von einem unnachgiebigen Gesicht zum anderen. »Und ihr seid beide stur wie Esel!«

»Er erschafft immer noch Vampire. Das wird das Ende unserer Spezies sein«, murmelte Stephan.

»Nicht unbedingt. Er betrachtet das Vampirsein als einen erstrebenswerten Zustand und versucht, nur diejenigen auszusuchen, die dieses Zustands würdig sind«, gab Ann zu bedenken. Beide Männer standen noch immer in gebückter Haltung da, zum Sprung bereit wie Katzen.

»Das hat aber nicht besonders gut geklappt«, knurrte Stephan.

Kilkenny errötete. »Und du bist immer noch der *Harrier* und wildentschlossen, die Guten *und* die Schlechten zu vernichten, nur weil sie nicht als Vampire auf die Welt gekommen sind. Es waren gute Männer, die hier in dieser Nacht gestorben sind.«

Stephan knirschte mit den Zähnen und stürzte sich auf Kilkenny.

Die beiden Männer rangen miteinander wie die Wilden, versuchten, einander einen Arm auszureißen, um leichter an den Kopf heranzukommen. Ann hätte schreien können vor Frustration. Konnten sie denn nicht *sehen*, dass das sinnlos war? Zum Teufel mit ihnen und ihrem dummen Stolz! Wäre sie größer, hätte sie sie einfach auseinandergerissen und sie geschüttelt wie eine Katze ihre Jungen.

Aber sie war es leider nicht. Schnell blickte sie sich nach einer Waffe um. Das Einzige, was sie sehen konnte, waren die auf dem Boden verstreuten langen Nägel, mit denen die Tür vernagelt gewesen war. Sie überlegte, ob sie einen oder beide Männer damit stechen sollte, nur um ihre Aufmerksamkeit zu gewinnen. Doch wahrscheinlich würden sie es nicht einmal bemerken, so versessen, wie sie darauf waren, sich gegenseitig zu vernichten.

Wut kochte in ihr hoch und schnürte ihr die Kehle zu. Männer! Diese zwei waren einfach zu stur, um von ihrem törichten

Treiben abzulassen. Nun, da sie von beiden die größten Geheimnisse kannte, hätte sie wahrhaftig mehr von ihnen erwartet. Was für eine Verschwendung! Warum konnten sie nicht ein wenig Verständnis füreinander aufbringen? Warum konnte keiner von ihnen nachgeben? Wie konnte sie sie dazu bringen, ihr zumindest *zuzuhören*?

Die Antwort, die sie schließlich fand, ließ sie erschaudern. Aber selbst die Konsequenzen, die diese Entscheidung nach sich ziehen würde, konnten sie nicht abhalten. Wie im Traum sah Ann sich einen der langen Nägel aufheben. Der Schmied hatte ihn hergestellt und die Spitze gut geschärft, solange er noch glühend heiß gewesen war. Ann richtete sich langsam auf, drehte sich zu den Kämpfenden um und ließ sich in ihrem Entschluss von ihrer Wut beflügeln.

Sie sprach leise und mit zusammengebissenen Zähnen. »Werdet ihr wohl aufhören, ihr beide?« Außer dem angestrengten Grunzen bekam sie keine Antwort. Kilkenny stieß den geschwächten Stephan um und zerrte an seinem Arm. »Dann habe ich keine andere Wahl«, sagte Ann. Aber ich rede ja doch nur mit mir selbst, dachte sie erbost und hob die Hand. Ohne lange darüber nachzudenken, stieß sie den Nagel in ihre Handfläche. Der jähe Schmerz ließ sie scharf die Luft einziehen, dennoch zog sie tapfer die Spitze des Nagels über ihre Haut. Blut quoll aus dem Schnitt heraus. Das würde dieser dummen Rangelei ein Ende setzen. Ann ging zu den Männern, die sich mittlerweile auf dem Boden wälzten.

Waren Stephans Wunden schon alle verheilt? Nein. An seiner Schulter schloss sich eben erst eine tiefe Stichwunde. Und er war noch immer blutverschmiert. Wurde es genug Blut sein? Sie bückte sich, ohne auf den Kampf zu achten, und drückte die flache Hand an Stephans nackte Schulter. Seine Entschlossenheit und seine Angst zu versagen durchfluteten sie jäh.

Aber beide Männer drehten sich mit einem gleichzeitigen scharfen Japser zu ihr um.

»Ann!«, schrie Stephan. »Was hast du getan?« Und endlich lösten sich die Männer voneinander.

»Sie hat sich selbst infiziert!«, sagte Kilkenny schockiert, während er und Stephan aufsprangen.

»Und jetzt bin ich ein *geschaffener* Vampir, Stephan. Wirst du mich nun auch umbringen?« Sie legte die Hand erneut an Stephans Schulter und ließ sie an seiner blutverschmierten Brust hinuntergleiten, während er fassungslos und kreidebleich dastand. »Oder du, Kilkenny?«, fuhr sie den anderen Mann an. »Da ich einen so üblen Kerl wie den Harrier liebe, muss ich doch wohl sicher auch mit dem Tod dafür bestraft werden.«

Beide Männer traten einen Schritt zurück.

Es war Kilkenny, der sich als Erster wieder fing. »Sie ... Sie haben das für ihn getan?«

Anns Wut verflog, und mit ihr verließ sie auch alle Kraft. Sie blickte auf ihre blutige Handfläche herab und dann zu den beiden Männern auf, denen das Entsetzen ins Gesicht geschrieben stand. »Ja«, sagte sie lediglich.

Für Stephan war es, als bräche seine ganze Welt zusammen, als er das Blut aus Anns blutiger Handfläche herausströmen sah. Es war nicht nur ihr eigenes Blut, das ihre Hand befleckte, sondern auch das seine. Es gab kein Zurück, keinen Neuanfang. Sie würde ein Vampir sein ... oder sterben.

Er blickte in ihr Gesicht, das gerade noch wutverzerrt gewesen war, aber jetzt unsicher und nahezu erstaunt wirkte. Sie hatte dieses Opfer für ihn gebracht? Konnte sie ihn so sehr lieben?

»Du bist ein Glückspilz, Harrier«, sagte Kilkenny mit rauer Stimme. »Du hast eine Frau, die bereit ist, alles für dich zu opfern und sich sogar der Ewigkeit zu stellen. Sie hat es dir ein bisschen schwieriger gemacht, alle geschaffenen Vampire für Rubius aufzuspüren und zu töten, was?«

»Und du«, versetzte Stephan, »glaubst immer noch, du könntest gute Männer von schlechten unterscheiden und eine ideale Gesellschaft bilden? Das ist schon ein bisschen komplizierter, als du denkst.«

»Wir Iren waren schon immer Träumer.« Stephan sah den Schmerz, der Kilkenny überkam, als er das Ausmaß seines Scheiterns zu erfassen suchte. Aber dann verschloss sich sein Gesicht, und er zuckte mit den Schultern. »Ich hätte meiner schottischen Erziehung folgen sollen statt meinen Träumen. Die Schotten sind zumindest hartnäckig.«

»Es hat nie eine Armee gegeben, Stephan. Kilkenny hat nur zwölf Vampire geschaffen. Er wollte ein Heimatland und dachte, er könnte die Ausbreitung kontrollieren, ob das nun zutrifft oder nicht. Deshalb war Kilkenny nicht die Bedrohung der Welt, der Vampire und Menschen, wie Rubius es dir weisgemacht hat. Rubius will Kilkennys Tod«, sagte Ann mit einem eindringlichen Blick auf Stephan, »weil sein Traum eine Gefahr für Rubius' eigene Macht ist. Der Älteste hat dich benutzt.«

»Ein beliebter Zeitvertreib«, murmelte Stephan. Rubius' Töchter hatten ihn ebenso sehr für ihr eigenes Vergnügen wie für ihre Aufgabe benutzt. Asharti hatte ihn ausgenutzt, um Wissen zu erlangen. Sie hatte auf sein Mitgefühl gesetzt, um ihrer eigenen gerechten Bestrafung zu entgehen. Und Beatrix? Sie hatte ihn vielleicht nicht benutzt, aber auch sie hatte ihn nie verstanden. Nur Ann akzeptierte ihn so, wie er war, und wollte nichts anderes von ihm als ... Liebe. Ann wollte kein ewiges Leben; sie wollte nichts als seine Liebe. Er starrte in die Dunkelheit hinaus. Der Mond erhellte den Bereich mit dem widerlichen roten Brei, der einmal fünf Männer seiner eigenen Spezies gewesen war. Und er hatte sie bedenkenlos exekutiert, weil sie geschaffene Vampire gewesen waren.

Er verdiente Anns Liebe nicht.

Sie schien seine Gedanken zu lesen. »Sie haben versucht, dich zu töten.«

»Die vier, die ich vor einer Woche in diesem Haus getötet habe, haben es nicht versucht. Ich überraschte sie.«

»Rubius hat dich hereingelegt, Mann«, sagte Kilkenny rau. »Wir sind beide von unserem Idealismus fehlgeleitet worden.«

Idealismus ... Was war das? Stephan wusste es nicht mehr. »Mag sein, doch ich war ein bereitwilliges Opfer.«

»Weil du dir nicht verzeihen kannst.« Ann wandte sich zu Kilkenny. »Ihr beide könnt es nicht.«

»Weil ich einen leichten Weg zur Erlösung suchte«, murmelte Stephan. Sich verzeihen? Was er getan hatte, war unverzeihlich. Seine Fehler hatten andere das Leben und die Existenz gekostet.

»Leicht? Wohl kaum«, bemerkte Ann.

»Sie hat recht«, stimmte Kilkenny zu. Offenbar wusste er durch Ann von Rubius' Töchtern. Stephan war jedoch zu müde und entmutigt, um auch nur zu erröten.

Er zwang sich, sich zu sammeln. »Ich habe die Frau, die dich verwandelt hat, straffrei ausgehen lassen. Sie hat Menschen getötet oder infiziert, um ihre Armeen zu schaffen. Ich trage die Schuld an deinem Leiden, Mann.«

Kilkenny zuckte gleichmütig die Schultern, als kümmerte es ihn nicht, und das machte ihn Stephan sympathisch. Aber Kilkennys Augen trübten sich bei der Erinnerung. Durch Ann hatte Stephan gesehen, was Asharti ihm angetan hatte. Die durch Rubius' Töchter erlittenen Qualen waren nichts dagegen, da Stephan sich ihnen freiwillig unterworfen hatte. Kilkennys Unrecht war, dass er, in einer verqueren Reaktion auf Ashartis Dominanz und schlechte Behandlung, sich zu abscheulichen Taten hatte hinreißen lassen, um ihr zu gefallen. Das war es, was der Mann sich nicht verzieh.

Stephan sah, wie er sich fasste. »Es ist schwer, alle Folgen unserer Handlungsweise vorauszusehen«, sagte er.

»Und das trifft auf euch *beide* zu«, erklärte Ann ungeduldig, während sie zwischen die Männer trat und von einem zum anderen blickte. »Hört ihr jetzt auf, euch gegenseitig umbringen zu wollen?«

Ein ausgedehntes Schweigen entstand, bevor Kilkenny nickte. »Nimm mich fest, wenn es das ist, was du willst.«

Stephan schüttelte angewidert den Kopf. Er würde Kilkenny laufen lassen, obwohl er wusste, dass Mirso damit ein für alle Mal für ihn verloren war.

Kilkenny blickte sich um wie ein Schlafwandler, der plötzlich erwachte und sich an einem Ort wiederfand, den er nicht kannte. »Unsere Ziele sind dahin. Was bleibt da noch für jemanden wie dich und mich, Harrier?«

Stephan strich sich das von Blut strähnige Haar aus dem Gesicht. Er war noch nicht so weit, über neue Ziele nachzudenken. Statt zu antworten, sah er Ann an, die sich nach den Aufregungen der Nacht kaum noch auf den Beinen halten konnte. Und bald würde sie auch die Auswirkungen ihrer Infektion zu spüren bekommen. Sie würde das Blut eines Vampirs benötigen, um Immunität gegen den Gefährten zu erlangen. Sehr viel Blut. Sie würde todkrank werden, und er musste sicherstellen, dass sie überlebte, und wenn auch nur, um sie den Schrecken des ewigen Lebens auszuliefern. Das war jetzt sein Ziel.

Und dann war da noch das Problem der zwölf von Kilkenny

geschaffenen Vampire. Diese Anzahl könnte sich vergrößert haben.

»Haben deine zwölf Männer noch weitere geschaffen?«

In einer unsicheren Geste strich Kilkenny sich über die Augen. »Davon ging ich bisher nicht aus. Wir hatten einen Pakt... Aber jetzt weiß ich es nicht mehr.«

»Ich denke, das werden wir bald herausfinden«, sagte Stephan grimmig. »Doch zunächst mal müssen wir von hier verschwinden.« Wieder warf er einen Blick auf Ann. »Nach dem, was in Bucklands Lodge in dieser Nacht geschehen ist, wird die menschliche Gesellschaft uns unerbittlich auf den Fersen sein.« Ein weiterer Gedanke kam ihm. »Zwei von Rubius' Töchtern halten sich im Dorf auf. Vielleicht würdest du Schottland eine Weile als behaglicher empfinden«, sagte er zu Kilkenny.

»Ich bezweifle, dass ich mich an irgendeinem Ort behaglich fühlen würde«, erwiderte der Mann, der nirgendwohin gehörte, bitter.

Auch Callan Kilkenny brauchte ein Ziel. »Vielleicht gibt es einen Mittelweg für jemanden wie dich«, sagte Stephan. Kilkenny machte ein zweifelndes Gesicht. »Suchen wir nicht Erlösung? Vielleicht liegt sie weder im blinden Festhalten an Rubius' Regeln noch im Erschaffen einer idealen, frei erfundenen Gesellschaft. Möglicherweise musst du mit dem beginnen, was du hast, dort, wo du stehst. Mag sein, dass du nur hoffen kannst, die Welt ein bisschen zu verbessern. Es gibt zu viel Schlechtes, um alles auf einmal zu beseitigen.«

»Was willst du damit sagen?« Auch Kilkenny sah erschöpft aus.

»Nur, dass du ein guter Mann bist. Das spüre ich. Vielleicht kannst du etwas Gutes auf der Welt vollbringen, nicht viel, wohlgemerkt, aber doch immerhin ein bisschen.«

»Es ist zu spät für mich, die Weihen zu empfangen.« Kilkennys schiefes Lächeln misslang. Früher hatte er wahrscheinlich einen jungenhaften Charme besessen, der Mädchen und Frauen bezaubert hatte. Aber diese Zeiten waren vorbei.

»Dann sorge für Gerechtigkeit, wo du nur kannst. Benutze deine Kraft und die anderen Gaben des Gefährten im Dienste des Guten, wo immer du es finden kannst.« Stephan ließ kein Mitgefühl in seine Stimme einfließen. Das würde der Callan Kilkenny nicht ertragen.

»Du meinst, ich soll in der Welt umherziehen wie diese gebrochenen Krieger in Japan?«

»Die Ronan-Samurai?« Stephan lächelte im Stillen. Er wusste das eine oder andere über Ronan-Samurai. »Ja«, antwortete er. »Fang damit an, diejenigen zu finden, die deine Anhänger geschaffen haben. Denn die werden dir zur Last gelegt.«

Kilkennys Blick wanderte über den Schauplatz des Gemetzels, den Wald und den Portikus von Bucklands Lodge, während er überlegte. »Vielleicht ist das ein ebenso guter Plan wie jeder andere.«

»Möglicherweise ist sogar ein Plan im Moment noch zu viel.«

Kilkenny richtete seinen gramerfüllten Blick auf ihn. »Das denke ich auch. Besser eine Tat – eine kleine – nach der anderen.«

»Das mag alles sein, dessen du dir sicher sein kannst.«

»Und möglicherweise nicht mal das.«

»Erschaff nur nicht noch mehr Vampire«, warnte Stephan ihn eindringlich.

Kilkenny zog die Brauen hoch. »Nicht einmal aus Liebe?«, fragte er mit einem Blick auf Ann.

Stephan seufzte. »Schon gut, ich hab verstanden.«

Kilkenny wandte sich zu Ann. »Danke für Ihre unglaubliche

Couragiertheit, Miss. Sie haben zwei alte Schlachtpferde davor bewahrt, sich noch mehr zum Narren zu machen. Ich hoffe nur, dass Sie Ihre Entscheidung nicht Ihr Leben lang bereuen werden.«

»Wer weiß das schon?« Sie lächelte und küsste ihn auf die Wange. »Die Ewigkeit währt viel zu lange, um so weit vorausschauen. Ich werde einfach nur auf die nächste kleine Entscheidung warten und sie dann treffen ... oder nicht.«

Stephan legte den Arm um sie, und sie erhob diesen vertrauensvollen Blick, dem nichts entging, zu ihm. »Sie sind sehr weise, Miss van Helsing«, flüsterte er, »für jemanden, der nur ein einziges Leben gelebt hat.«

»Pass gut auf sie auf!«, sagte Kilkenny schroff, bevor er sich auf dem Absatz umwandte und dann mit großen Schritten auf die Bäume zuging, bis er zwischen ihnen verschwunden war.

20. Kapitel

Ann sah Kilkenny mit feuchten Augen nach, wie er auf den Wald zuging. Noch nie hatte sie einen so einsamen Mann gekannt. Und jetzt war ihm sogar der Trost seiner Ideale genommen worden. In gewisser Weise waren sie sein Schutz gewesen vor dem, was Asharti ihm angetan hatte und vor seinen eigenen Schuldgefühlen. Nun blieb ihm keine Zuflucht mehr. Und wer verstand besser als sie und Stephan das Bedürfnis nach einem Ort oder einer Beschäftigung, die einem eine Zuflucht boten?

Sie blickte auf ihre blutende Hand herab und wieder auf zu Stephan. Auch ihre Zuflucht war für immer dahin. Warum hatte sie, einem bloßen Impuls folgend, eine so folgenschwere Entscheidung getroffen? Auf was für eine Art von Zukunft hatte sie sich eingelassen – geächtet von allen, die sie kannte? Sie würde sich von Blut nähren müssen ... und ein ewiges Leben haben, Herrgott noch mal! Und wo stand Gott in all dem eigentlich? War sie überhaupt noch eines seiner Geschöpfe, oder war sie auf die dunkle Seite übergewechselt?

Stephan schenkte ihr ein kleines, unsicheres Lächeln.

Nein, sie war nicht zum Bösen übergewechselt, sondern nur auf Stephans Seite. Die letzte Barriere zwischen ihnen war beseitigt worden. Was auch immer für Probleme vor ihr lagen, welches Wagnis auch immer sie eingegangen war, es war der nächste Schritt auf einer Reise, die sie angetreten hatte, als sie in der Höhle den Mut gefunden hatte, Stephan zu berühren. Auch das war aus einem Impuls heraus geschehen, der sie aus ihrer Isolation gerissen hatte. Sie würde es nie bereuen. Stephans Gestalt begann an den Konturen zu zerfließen, weil Anns

Sicht verschwamm. Aber es waren nicht nur die Tränen, die in ihren Augen standen. Ihr war auch heiß, schier unerträglich heiß, erkannte sie.

Mit einem besorgten Ausdruck in den Augen hob Stephan sie auf. »Wir müssen einen sicheren Unterschlupf finden. Du wirst für eine Weile sehr krank sein.«

»Einen Unterschlupf?« Ann schloss die Augen und lächelte. Sie war so müde. »Da bleiben uns jetzt nicht mehr sehr viele Orte.« Aber er hatte recht. »Die Höhle?«

Er blickte auf sie herab und drückte sie an seine Brust. »Vielleicht bleibt uns nichts anderes übrig. Aber du wärst sicher lieber an einem Ort, der dir vertraut ist und dir mehr Bequemlichkeiten bietet.« Seine Augen hatten wieder dieses rote Glühen, das sie inzwischen als sehr schön empfand. Ann legte den Kopf an seine Schulter und spürte die ausgeprägten Muskeln unter ihrer Wange. Unter dem metallischen Blutgeruch lag dieser wundervolle Duft nach Zimt.

Sie spürte, wie Dunkelheit sie einzuhüllen begann, und dann erfüllte diese Schwärze auch ihren Kopf.

»Das könnte jetzt ein bisschen unbequem werden, doch es dauert nur einen Moment«, hörte sie ihn sagen. Seine Stimme war jedoch schon weit entfernt – und dann vernahm und spürte Ann überhaupt nichts mehr.

Stephan vollzog den Ortswechsel, so schnell er konnte. Er war überrascht zu sehen, dass er es bis zu der Kreuzung in Sidcot geschafft hatte, die gute fünf Meilen vom Jagdhaus entfernt lag. Nur ein sehr mächtiger Vampir konnte so große Entfernungen zurücklegen. Und Stephan war zudem von seinen Verletzungen geschwächt. Hatte seine Vereinigung mit Ann seine Kräfte erhöht? Sein Gefährte rauschte immer noch durch seine Adern.

Gut. Dann würde er sich diesmal sogar noch mehr anstrengen und es in zwei Versuchen bis nach Maitlands schaffen. Stephan runzelte die Stirn, als er auf Ann herabblickte. Die Krankheit brach schneller aus, als er erwartet hatte. Sie brauchte dringend immunisiertes Blut, bevor der Gefährte ihrem Körper verheerende Schäden zufügen konnte.

Komm zu mir!, rief er seinen Gefährten. *Und bring alle Kraft mit, die du hast!*

Die Kreuzung und die Kutsche, die sich von Upper Langford näherte, waren mit dem vertrauten roten Film überzogen, als Stephans Augen von der Macht seines Gefährten glühten. Die Dunkelheit erhob sich rasend schnell, ein schneidender Schmerz durchzuckte ihn, und die Schwärze löste sich auf und offenbarte die verfallenen gotischen Bögen von Maitlands Abbey, die fahl die Dunkelheit durchstachen. Eine Gänsehaut überlief Stephans nackten Oberkörper im kalten Nachtwind, aber Ann fühlte sich fieberheiß an seiner Brust an. Die Zimmer auf Maitlands waren dunkel, nur in den Dienstbotenquartieren brannte Licht, und ein schwacher Schimmer drang aus der Kapelle – vermutlich von den Kerzen für den dort aufgebahrten Toten. Aber draußen war es eine völlig andere Sache. Stephan entdeckte Wachen um das Haus, einige von ihnen mit brennenden Fackeln. Um ihn, Stephan Sincai, fernzuhalten? Um Van Helsing zu beschützen? Dieser Narr musste doch wissen, dass ein paar Wachen ihn nicht aufhalten konnten.

Während er noch das Haus beobachtete, trabte ein Pferd die Einfahrt hinauf. Der Reiter war Van Helsing. Stephan hatte ihn schon lange erkannt, bevor eine der Wachen ihre Fackel hob und ihn anrief: »Halt, wer da?«

»Der zukünftige Besitzer dieser Hütte«, gab Van Helsing scharf zurück und stieg aus dem Sattel. »Lasst mich durch!«

»Na, wenn das nicht Mr. van Helsing ist«, sagte ein anderer

Wachmann, der gemächlich heranschlenderte. Auch mehrere andere versammelten sich schon. Sie schienen ein rauer Haufen zu sein mit ihren zum Teil gebrochenen Nasen und den derben Gesichtern. »Was haben Sie hier mitten in der Nacht zu suchen?«

»Ich bin gekommen, um meine Cousine zu sehen.« Van Helsing war betrunken.

»Tja, aber sie hat uns befohlen, Ihnen auszurichten, dass sie Sie nicht sehen will«, erwiderte der Anführer dieser nicht sehr eindrucksvollen Truppe von Beschützern. Er packte Van Helsing an den Schultern, um ihn umzudrehen. Der Lump entwand sich seinem Griff, geriet aber ins Stolpern.

Dann hatte Ann ihn also doch in die Wüste geschickt! Gratuliere, dachte Stephan. Ich wusste ja, was in dir steckt.

»Sie denkt, sie ist zu gut für mich?«, murmelte Van Helsing und straffte sich in übertriebener Weise. »Das Weibsbild hat sie nicht mehr alle!«

»Ich finde es sehr vernünftig von der Frau, dass sie nicht will, dass Sie sich hier herumtreiben«, bemerkte einer der anderen Wachen.

»Verschwinden Sie, oder die Jungs hier werden dafür sorgen, dass Sie morgen einen noch viel dickeren Kopf haben, als er es vom Trinken ohnehin schon sein wird.« Der Anführer der Männer machte eine drohende Bewegung, die Van Helsing sichtlich zusammenzucken ließ.

»Na schön«, sagte er, um nicht ganz das Gesicht zu verlieren. »Dann werde ich sie morgen früh besuchen.« Er warf einen Blick zum Haus hinauf. »Das Biest.« Er schwankte, als er sich mit verschwörerischer Miene vorbeugte. »Am Ende wird sie mich doch nehmen müssen. Ich habe Freunde. Sie werden ihr keine andere Wahl lassen.«

»Lassen Sie mich Ihnen helfen, Mann«, meinte eine der

Wachen grinsend. Ein anderer Mann hielt die Zügel des Pferdes, während Van Helsing sich abmühte, den Fuß in den Steigbügel zu setzen. Zwei Wachen wuchteten seinen Hintern hoch und schafften es irgendwie, ihn in den Sattel zu bugsieren. Dann ließ er sein Pferd im Schritt den Weg hinuntertraben, wobei er gefährlich von einer Seite zur anderen schwankte. Die Wachmänner kehrten lachend zu ihren Stellungen zurück.

Stephan war nicht so sicher, ob er ihren Optimismus teilte. Van Helsings Haltung war bei seiner Ankunft eben wesentlich sicherer gewesen. Der Mann spielte offenbar nur den Betrunkenen. Aber das machte nichts. Stephan hatte keine Zeit für ihn. Er konnte spüren, wie Ann in seinen Armen zitterte, und zog besorgt die Augenbrauen zusammen. Hatte sie bereits Fieber? Das war zu früh! Ihm blieb nicht mehr viel Zeit.

Er blickte zum dunklen dritten Stock hinauf und rief seinen Gefährten.

Sowie Stephan und Ann in dem kleinen Dachzimmer landeten, legte er sie auf das Bett. In diesem Bett hatten sie sich geliebt. Hier hatte sie ihm ihre Jungfräulichkeit geschenkt und die Hoffnung, dass sexuelle Beziehungen mit einer Frau – oder jedenfalls mit dieser Frau – keine beschämende Tortur waren, sondern ein kostbares Geschenk. Es war wie ein Wunder, dass er sie nicht verletzt hatte. Und wenn er durch den Liebesakt geschwächt gewesen war für seine fürchterliche Aufgabe, so war er während des Kampfes stärker gewesen als je zuvor – was auch ein Geschenk von Ann war. Gemeinsam hatten sie ... was? Er war sich immer noch nicht sicher, was genau geschehen war.

Stephan betrachtete sie. Ihr silberblondes Haar lag ausgebreitet auf dem Kissen, ihre Haut war blass wie Pergament und glänzte von einem feinen Schweißfilm. Ann hatte recht gehabt mit dem, was sie über seine Macht gesagt hatte. Sich in diesem letzten Moment zu öffnen, war sogar noch bezwingender gewesen als Unterdrückung. Oder vielleicht hatte seine Macht sich auch nur so sehr entfaltet, weil er sich *Ann* geöffnet hatte. Sein Wunsch, sie gegen diese Kreaturen zu beschützen, war stärker gewesen als alles andere. Aber möglicherweise brauchte sie gar nicht beschützt zu werden. Oder vielleicht waren sie zusammen stärker als jeder nur für sich allein ...

Himmel! Was dachte er sich bloß? Er schob die Hände in die Hosentaschen, als könnte er sich so daran hindern, Ann je wieder zu berühren. Heute Nacht hatte sie *alles* aufgegeben, was sie kannte, und alles, was sie war. Seine Schuldgefühle deswegen zerrissen ihm fast das Herz. Sie konnte nicht wissen, was ewiges Leben bedeutete; sie wusste nichts von dem endlosen Kampf, den ewigen Wiederholungen, dem Ausgesetztsein immer neuer Schrecken, die der Mensch sich wieder und wieder erdachte. Zweitausend Jahre Erfahrung machten einen zu einem unerträglichen Zyniker. Ann dagegen hatte ihr Leben in diesen kleinen Zimmern verbracht und jahrelang unter der Last ihrer psychischen Fähigkeiten gelitten. Und nun hatte er auch noch zugelassen, dass sie sich in einen Vampir verwandelte! Neu geschaffene Vampire waren anfällig für Wahnsinn, wenn sie mit den ihnen fremden Lebensbedingungen und der Macht, die der Gefährte ihnen verlieh, nicht zurechtkamen. Und war es nicht Wahnsinn, was Ann ihr ganzes Leben hatte vermeiden wollen?

Mit einer einzigen Handbewegung zerriss er ihr das Kleid, streifte ihr die Halbstiefel ab und öffnete ihr Korselett. Ann schien von alldem nichts zu bemerken. Dann schlug er die Decken zurück und machte es ihr im Bett bequem. Ihr Hemd war feucht von Schweiß, ihre Stirn glühend heiß. Wie konnte die Infektion so schnell vorangeschritten sein? Nur in Fällen von Infektionen durch das Blut eines sehr alten und machtvollen Vampirs kam es zu einem derart rasanten Ausbruch. Stephan mochte zwar zweitausend Jahre alt sein, aber das machte ihn noch nicht so alt und mächtig. Verwundert deckte er Ann zu.

Es war seine Schuld. Ihn zu berühren, hatte sie ins Koma versetzt. Wenn er diszipliniert genug gewesen wäre, sich von ihr fernzuhalten, hätte sie nicht versucht, ihn in der Jagdhütte zu warnen ...

Warum? Warum hatte sie sich an der Handfläche verletzt und sie an sein blutendes Fleisch gedrückt? Ratlos fuhr er sich mit einer Hand durchs Haar. Sie hatte doch gewusst, was geschehen würde! Sie hatte alles gewusst. Stephan hielt die Luft an und erstarrte. Sie hatte es *für ihn* getan. Das hatte sie jedenfalls gesagt. Die Luft entwich in einem Seufzer seinen Lungen, als er zusah, wie sie ihren Kopf von einer Seite auf die andere warf. Ihre Aktion hatte ihn und Kilkenny gebremst – und sie davor bewahrt, sich gegenseitig umzubringen. So selbstlos war Ann. Aber das verdiente er nicht! Er verdiente *sie* nicht.

Entschieden verdrängte er diese Gedanken in den Hintergrund. Sie weiterzuverfolgen, würde ihn nur lähmen. Im Moment war es wichtiger, ihr sein Blut zu geben. Er ging zu der Frisierkommode hinüber und holte das kleine Messer mit dem silbernen Griff, das Ann zur Nagelpflege benutzte. Es wäre zu abstoßend für sie, zu erwachen und mit anzusehen, wie er sich mit verlängerten Eckzähnen selbst das Fleisch aufriss. Sie brauchte einen akzeptableren Weg, sein Blut zu sich zu nehmen. Zufällig fiel sein Blick auf den Spiegel an der Frisierkommode. Du liebe Güte! Er sah aus wie ein blutverschmierter Wasserspeier. Das Hemd war ihm bis auf den Kragen und einen halb zerfetzten Ärmel vom Körper gerissen worden, die Haut war mit Dreck und Blut beschmiert, sein Haar verfilzt von all dem Schmutz. Stephan wollte nicht, dass sie erwachte und ein solches Scheusal sah, aber er hatte keine Zeit, um sich zu waschen. Er musste Blut aus einem Schnitt an seinem Handgelenk in ein Glas tropfen lassen und es ihr zu trinken geben. Das war eine saubere Art, fand er.

Sie stöhnte leise. Wie schnell ihr Zustand sich verschlechterte! Panik ergriff ihn. Er hatte keine Zeit mehr, erst langsam ein Glas zu füllen.

Stephan setzte sich neben sie und suchte den Puls an der rechten Seite seiner Kehle, stieß das Messer in die Arterie und drückte die Wunde dann mit einer Hand zusammen. Noch immer rann Blut durch seine Finger, als er Ann mit seinem freien Arm aufrichtete.

»Ann«, flüsterte er. Dann lauter: »Ann!« Ihre Lider flatterten. »Du musst jetzt auf mich hören.« Ihre Augen öffneten sich langsam, und er sah, wie ihr Blick sich auf ihn richtete. Ein schwaches Lächeln huschte über ihre Lippen. »Du brauchst mein Blut.« Er war bereit, sie zu zwingen, wenn es nicht anders ging.

»Stephan«, wisperte sie. Ihr Körper unter dem dünnen Hemdchen fühlte sich wie heiße Kohle an. Und sie war nass geschwitzt. Stephan drückte sie an seine Brust und half ihr mit einer Hand an ihrem Nacken, die Wunde an seinem Hals zu finden, und dann zog er die Finger zurück und ließ sein Blut in ihren Mund rinnen. Er machte sich bereit, sie dort festzuhalten, falls sie sich vor Ekel wehrte.

Aber sie widersetzte sich ihm nicht. Im Gegenteil. Sie drückte ihre Lippen an seine Kehle und gab kleine Laute der ... Zufriedenheit von sich. Eine ihrer kleinen Hände legte sich um seinen Nacken. Ann küsste ihn und saugte an ihm, und durch das dünne, feuchte Nachthemd drückten ihre Brüste sich an ihn. Er warf den Kopf zurück, als ein heftiges Ziehen durch seine Lenden fuhr. Noch nie hatte er etwas Sinnlicheres erlebt als Ann, die sich im Rhythmus seines Herzschlags an ihm wiegte und sein Blut trank. Als seine Haut verheilte, zupfte sie noch fester mit den Lippen an der Wunde. Ihm war, als nähme sie mit seinem Blut auch seine Seele in sich auf. Inzwischen waren seine Sinne so entflammt, dass er seine Erregung nicht mehr unterdrücken konnte. Aber dann verschloss sich die Wunde unter ihren Lippen – und er spürte, wie sie sich von selbst versiegelte.

Ann lehnte sich zurück. Ihre Augen waren wieder klar. Doch das würde nicht lange anhalten. »Du brauchst mehr«, sagte er entschuldigend. »Die erste Infusion muss sehr beträchtlich sein.«

Sie nickte. Stephan nahm wieder das Messer und suchte die Arterie auf der anderen Seite seines Halses. Arterien waren stets die schnellste Lösung. Er wartete, ob Ann sich abwandte, ob sie nervös oder angewidert reagierte.

»Wenn du dieses Opfer bringen kannst«, flüsterte sie mit großen Augen, »ist es das Mindeste, dass ich dir dabei zusehe.«

Er holte tief Luft, stieß sich das kleine Messer in die Arterie und hielt die Wunde mit zwei Fingern zu. Aus eigenem Antrieb beugte sie sich vor und zog seine Hand weg. Dann drückte sie den Mund auf die Wunde und schluckte seine Lebensessenz, die seine Immunität auf sie übertragen würde. Wieder pochten seine Lenden, als sie sich an ihm bewegte und das Leben spendende Blut in sich aufnahm. Diesmal schloss die Wunde sich noch schneller. Offenbar gewann er seine Kraft zurück. Aber das Blut war stark genug geflossen, um für den Moment zu reichen.

Mit geröteten Wangen und klarem Blick lehnte Ann sich zurück. Sie würde bald schon mehr benötigen, doch Stephan war stark genug für das, was vor ihnen lag. Dank Pillinger und der Mädchen im *Hammer und Amboss* hatte er sich in der vergangenen Woche mehrmals nähren können. Und wenn Ann den letzten Blutstropfen brauchte, der in ihm war, würde er ihn ihr mit Freuden geben.

»Danke für dein Geschenk«, sagte sie ernst.

»Du wirst noch mehr bekommen.« Plötzlich blickte er an sich herab und erinnerte sich an seinen beschämenden Zustand. Schlimmer noch als das getrocknete Blut war, dass seine Erektion nur sehr langsam zurückging. Wie unpassend in dieser Situation! Ann durfte ihn nicht so sehen. »Gib mir ein paar Minuten, um mich zu waschen!«, bat er. Er sprang auf und wandte ihr schnell den Rücken zu.

Und dann erstarrte er plötzlich und betrachtete das getrocknete Blut an seinem Bauch. Er war dabei, einen weiteren Vampir zu erschaffen! Eine eisige Faust schien sich um sein Herz zu legen. Stephan hatte sich geschworen, dass ihm das nach dem Debakel mit Asharti nie wieder passieren würde. Und er hatte sich auch geschworen, Vampire, die nicht schon als solcher zur Welt gekommen waren, zu töten. Aber er hatte in dieser Nacht auch Kilkenny gehen lassen. Ein Jahr in der prallen Sonne auf den Zinnen Mirsos würde als Buße dafür nicht genügen. Doch er würde auf eine für ihn viel schlimmere Art bestraft werden: Die Zuflucht, die ihm Mirso stets geboten hatte, war für ihn verloren. Rubius würde ihn nie wieder das Kloster betreten lassen. Stephan würde den endgültigen Preis für seine Rebellion bezahlen.

Na schön, dann war es eben so.

Nein, dachte er mit einem tiefen Atemzug, er würde den Kurs, den er in dieser Nacht eingeschlagen hatte, nicht mal dann ändern, wenn er es gekonnt hätte. Kilkenny verdiente nicht den Tod. Und obwohl es ein Frevel an Ann und Rubius war, dass er ihr sein Blut gab, konnte er sie nicht den furchtbaren Tod sterben lassen, den der Gefährte Infizierten auferlegte, die nicht gegen ihn immun waren. Stephans Augen füllten sich mit Tränen. Er riss sich den Kragen und den in Fetzen hängenden Ärmel ab, und als er einen Blick auf Ann riskierte, sah er ihre aufmerksamen grauen Augen auf sich gerichtet. Schnell befeuchtete er einen Lappen in ihrer Waschschüssel und begann, rücksichtslos seine Haut zu schrubben. Er wollte nicht länger so widerwärtig aussehen.

Stephan erschrak über die leichte Berührung seines Ellbogens, und als er sich umdrehte, stand Ann so dicht hinter ihm, dass er das Blut in der Ader an ihrer Kehle pochen sehen konnte. »Lass mich Polsham rufen. Er soll heißes Wasser für dich heraufbringen lassen. Ein Bad würde dir guttun«, sagte sie.

Fast ein bisschen zu nachdrücklich schüttelte er den Kopf. »Niemand braucht zu wissen, dass ich hier bin.«

Darauf streckte sie lächelnd die Hand nach dem Waschlappen aus. »Dann lass mich dir helfen!«

Das Herz schlug Stephan bis zum Hals, als sie ihm bedeutete, sich auf den kleinen Schemel zu setzen. Dann nahm sie ihm den Lappen ab, tauchte ihn in das Wasser und wrang ihn aus. Sie begann mit Stephans Rücken. Während sie mit dem feuchten Tuch über seine Haut fuhr, berührte sie eine seiner Schultern mit der bloßen Hand. Ihr Fieber hatte einstweilen nachgelassen, aber ihre Berührung versengte ihn noch immer. Sie sagte nichts, und er saß kerzengerade da, mit angespannten Muskeln, als könnte er so die Sanftheit ihrer Berührung ausblenden. Ann war krank, verdammt noch mal – da würde er sich von ihrer Zärtlichkeit doch nicht zu einer sexuellen Reaktion verleiten lassen! Wo war das Training der Töchter Rubius', wenn er es brauchte?

Rubius' Töchter!

Sie würden ihn jagen, wenn nicht sofort, dann nachdem sie

Kilkenny aufgespürt und erledigt hatten. Ann kam um ihn herum und kniete sich vor ihn hin, um das Blut von der Kopfverletzung abzutupfen. Nachdem Rubius' Töchter ihn getötet hatten, würden sie auch Ann umbringen. Schutzlos würde sie ihnen gegenüberstehen. Er verwandelte sie nur, um sie dann der Grausamkeit der Schwestern Deirdre und Freya zu überlassen.

Ann spülte das Tuch wieder aus und wusch ihm Brust und Bauch. Stephan versuchte, sich von seinem Verlangen, sich umzudrehen und sie in die Arme zu nehmen, abzulenken. Er musste darüber nachdenken, wie er sie beschützen könnte. Das Beste wäre, wenn sie sich in die Höhle zurückzogen. Hier auf Maitlands würden die Schwestern ihn mit Sicherheit als Erstes suchen, und er brauchte genügend Zeit, um Ann volle Immunität zuteilwerden zu lassen.

Und dann musste er sich den Schwestern stellen. Besser, er opferte sich selbst, als dass sie ihn mit Ann zusammen fanden. Er hasste es, sie in ihrem neuen Zustand allein zu lassen, aber er konnte sie zu Beatrix schicken, damit sie Ann zur Seite stand. Lieber das als zu riskieren, dass es zu einer Konfrontation zwischen ihr und Rubius' Töchtern kam. Sie durften nie von Ann erfahren.

21. Kapitel

Ann ließ die Hände über Stephans Körper gleiten und wunderte sich, dass die schwerwiegenden Verletzungen, die er vor wenig mehr als einer Stunde erlitten hatte, jetzt nur noch an der rosafarbenen neuen Haut darüber zu erkennen waren. Einige waren sogar schon vollständig verschwunden. Das Gefühl der seidig glatten Haut über harten Muskeln entflammte Ann mehr, als das Fieber es vermocht hatte.

Sie wusste, was vor ihr lag: das Unwohlsein, das quälende Verlangen nach Blut, die Last der Ewigkeit. All das hatte sie durch Stephan bereits mitbekommen. Dennoch konnte sie nicht wirklich wissen, wie *sie* das alles verkraften würde. Würde sie dem Wahnsinn verfallen, dem so manche neu erschaffene Vampire erlagen, wenn ihnen bewusst wurde, dass ihr Zustand unumkehrbar ist?

Möglich. Aber seltsamerweise war es nicht das, was Ann beunruhigte. Was sie viel mehr interessierte, war, wie sie den Mut gefunden hatte, sich selbst zu infizieren. In der Hitze des Moments hatte sie sich von ihrem Zorn zu dieser extremsten aller Entscheidungen hinreißen lassen, ohne auch nur die Konsequenzen zu bedenken. Die Wut hatte ihr gutgetan. Wann war sie schon einmal wütend auf ihren Onkel oder die Dienstboten gewesen? Selbst für Van Helsing hatte sie nichts als Furcht empfunden. Die Wut, die aus ihr herausgesprudelt war, bevor sie die Hand an Stephans blutige Schulter gelegt hatte, war überaus befreiend gewesen. Hatte sie sich in gewisser Weise nicht immer als Opfer ihrer Gabe gesehen, gefesselt, eingeschränkt und außerstande, auf ihr eigenes Schicksal einzuwirken? Und Opfer lehnten sich nicht gegen ihr Schicksal auf, weil sie ihre Hinnahme für natürlich oder unvermeidlich hielten.

Aber so war es in dieser Nacht für sie nicht länger gewesen. Sie hatte ein Tor durchschritten. Ann spürte, wie es hinter ihr zufiel und sie auf der anderen Seite auf unbekanntem Territorium stehen ließ.

Zorn war jedoch nicht der eigentliche Grund für ihre Handlungsweise gewesen. Er hatte sie nur befreit und ihr die Kraft verliehen, für das zu kämpfen, was sie wollte. Und sie wollte eine Chance bekommen, mit Stephan zusammen zu sein. Sie *wusste*, dass er sie liebte – sie schon seit einiger Zeit geliebt hatte. Aber das hieß nicht, dass er sich für ein Leben mit ihr entschieden hätte, weil sie viel zu unterschiedlich gewesen waren.

Gewesen waren, dachte Ann, denn jetzt waren sie sich ähnlich – oder sogar gleich. Sie war bereit gewesen, das Unmögliche zu wagen, um die Barrieren zwischen ihnen aus dem Weg zu räumen. Wie die Barriere ihrer Menschlichkeit. Nun nahm sie Stephans Blut auf und spürte dessen wohltuenden Ruf nach ihr, so schwach er auch noch war. Sie war stolz darauf, dass er sie begehrte und sein Körper es nicht verbergen konnte. Vielleicht würde er sich trotz allem nicht für ein Leben mit ihr entscheiden, doch zumindest hatte sie ihr Möglichstes getan, um die Chancen zu erhöhen.

Seine Augen waren geschlossen, als sie das Blut in seinem Haar abtupfte, als hätte er Angst, sie anzusehen. Das war kein gutes Zeichen. »Und was jetzt, Stephan?«, fragte sie ihn leise.

Eine Antwort blieb ihm erspart, denn in diesem Moment vernahmen sie das quietschende Geräusch von Nägeln, die aus neuem Holz herausgezogen wurden, hinter der geheimen Tür neben dem Kamin.

Stephan presste die Lippen zusammen und straffte sich. »Ich

hätte ihn hören müssen«, murmelte er, und Ann glaubte zu wissen, was ihn so beschäftigt hatte.

Die kleine Tür in der Wandverkleidung öffnete sich, und Erich trat in gebückter Haltung heraus und kam mit einem dicken Knüppel in der Hand ins Zimmer. »Wo bist du, Dirne?« Als er Stephan sah, blieb er wie angewurzelt stehen und zog mit zitternder Hand ein Kruzifix heraus. Es schimmerte im Kerzenlicht. »Sie!«, zischte er. »Ich dachte, Sie wären tot.«

»Wie Sie sehen, bin ich's nicht.« Stephan stand auf. »Was machen Sie im Schlafzimmer einer Dame?« Im Dunkeln wirkte er noch größer, als er war. Seine Stimme war gedämpft, aber der drohende Unterton darin war nicht zu überhören.

Erich hielt das Kruzifix auf Armeslänge vor sich. »Zurück, Untoter! Bei allem, was heilig ist, beschwöre ich dich!« Mit erhobenem Knüppel wich er langsam zurück.

»Sind Sie gekommen, um sie totzuschlagen?« Stephans Stimme klang jetzt schon fast wie ein Knurren. »Weil Sie erben, wenn Ann stirbt?«

»Dann geht alles an die Krone, Stephan«, sagte sie schnell, um ihn von der rasenden Wut abzulenken, die sie in ihm spürte. »Und das weiß er.«

»Also ist er gekommen, um sich an dir zu vergreifen. Offenbar dachte er, du würdest dann verrückt werden und könntest dich nicht länger weigern, ihn zu heiraten. Aber so oder so verdient er seine Strafe...«

Erich zitterte und hielt das Kruzifix hoch. »Bei allem, was mir heilig...«

Mit einem Satz war Stephan bei Erich und entriss ihm das Kruzifix. »Du Narr! Ich war unter anderem seinerzeit auch Jesuit. Und vor nahezu achtzehnhundert Jahren war ich auf Golgatha dabei, als die Soldaten Jesus von Nazareth vom Kreuz nahmen! Du entwürdigst seinen Namen.« Stephan hob die

Hand mit dem Kruzifix, als wollte er Erich damit schlagen. Van Helsing duckte sich und hob verteidigend den Knüppel. »Du wirst Ann nicht mehr ängstigen, du Wurm.«

Sie trat zwischen sie. »Das kann er gar nicht mehr, weil er von hier fortgehen wird.« Sie wandte sich an Erich. »Denn das wirst du doch, Erich, nicht wahr?«

»Ja, ja!« Ihr Cousin nickte furchtsam. »Ich gehe fort.«

Stephan sah Ann an, die hoffte, dass ihr flehentlicher Blick ihn bremsen und zum Nachdenken bewegen würde. »Es ist schon zu viel Blut vergossen worden, Stephan.«

Quälend langsam fast ließ er die Anspannung aus seinen Schultern weichen. Sein Abscheu vor seiner eigenen Nachgiebigkeit stand ihm allerdings deutlich ins Gesicht geschrieben, als er sich dann wortlos abwandte.

»Weißt du, was ich vorschlage, Erich?«, fuhr Ann fort, bevor Stephan es sich anders überlegen konnte. »Ich schlage vor, dass du Menschen und Vampiren hilfst, einander besser zu verstehen, wo auch immer Zwietracht zwischen ihnen herrscht.« Hier warf sie Stephan einen kurzen Blick zu. »Es könnte eine Art Wiedergutmachung sein für all das Böse, das er hier gewirkt hat.« Sie musterte ihren Cousin mit zusammengezogenen Brauen. »Warum hast du ihnen gedient, Erich? Des Geldes wegen? Oder haben sie dich bedroht? Was war der Grund dafür?«

Erich straffte die Schultern. »Du hast sein Blut, nicht wahr? Dein Geruch hat sich verändert.« Er richtete sich zu seiner vollen Größe auf. »*Das* ist es, was ich wollte. Ich wollte einer von ihnen sein – oder vielmehr einer von euch. Ich wollte die Macht, die ihr besitzt, die Unsterblichkeit. Aber Kilkenny hat es nicht zugelassen. Er sagte, meine Absichten seien nicht lauter.« Hier verzog er höhnisch das Gesicht. »Als wären sie was Besseres! Sie brauchten nur einen Sklaven, der tagsüber ihre

Besorgungen für sie erledigen konnte, das war alles. Ich wusste, dass sie mir nie ihr Blut geben würden. Mein Trostpreis war dein Vermögen, Ann. Zumindest wäre ich reich gewesen und hätte mein kurzes Leben sehr bequem verbringen können.«

»Du hast den Besitz in Derbyshire und ein anständiges Einkommen, das dir ein sorgenfreies Leben ermöglichen wird«, beruhigte Ann ihn. »Zieh dich dorthin zurück und denk eine Zeit lang nach. Vielleicht wirst du dann deine Herren und ihr Blut vergessen.«

»Bring einen Vampir dazu, dich zu lieben«, sagte Stephan kalt. »Aber da wirst du dich woanders umsehen müssen, denn wir sind äußerst unwahrscheinliche Kandidaten.« Die Knöchel an seiner Hand, die das Kruzifix umklammert hielt, traten weiß hervor.

»Ich würde jetzt gehen, Erich«, riet ihm Ann. »Meine Anwälte werden sich mit dir in Verbindung setzen.«

»Bedank dich bei ihr, Van Helsing«, knurrte Stephan mit zusammengebissenen Zähnen. »Sie ist der einzige Grund, dass du hier lebend davonkommst.«

Erich wurde blass und wich zur Tür zurück. »Ich ... ich habe Freunde.«

Ein einziger Schritt Stephans in Richtung Tür genügte. Erich gab Fersengeld, stürmte durch die kleine Tür und schlug sie hinter sich zu.

Ann musste lachen. »Er wird einen schlechten Experten in Vampirkunde abgeben«, sagte sie seufzend.

»Schon als Mensch gibt er ein denkbar schlechtes Beispiel ab.«

Ann ging zu Stephan. Sie hatte das Gefühl, dass sie wieder Fieber hatte, aber das durfte sie ihn nicht wissen lassen. Nach allem, was er in dieser Nacht erlitten hatte, konnte er ihr nicht ständig Blut geben. »Wo waren wir stehen geblieben? Ach ja. Ich hatte dich gefragt, wie es jetzt weitergeht.«

»Du wirst bis zum Morgen schlafen und dir so viel Ruhe gönnen, wie du kannst. Dann müssen wir uns in die Höhle zurückziehen, fürchte ich. Nur dort kann ich an deiner Seite bleiben und dir mein Blut geben, wann immer du es brauchst.«

Das hatte sie nicht gemeint, doch sie durfte ihn jetzt nicht bedrängen. Der Kummer, den sie in seinen Augen sah, bewies, dass er sich noch nicht ganz mit dem Geschehenen, ihrer Handlungsweise und deren Folgen abgefunden hatte. Sie musste ihm Zeit lassen.

Und so lächelte sie nur und nickte. »Legst du dich zu mir und hältst mich warm? Es ist so kalt im Zimmer.«

Er hatte bemerkt, dass das Fieber wiederkam, das konnte sie in seinen Augen sehen. Und sie wusste so gut wie er, dass er seine Kräfte schonen musste, damit er genügend Blut hatte für die nächsten Tage. Denn so lange würde sie brauchen, um mit dem symbiotischen Partner fertig zu werden, der ihr Blut jetzt teilte.

Stephan legte den Arm um sie und führte sie zum Bett. Behutsam legte er sie auf die Seite, bevor er die Stiefel auszog und sich hinter Ann legte, sie in die Arme nahm und seinen Körper fest an ihren drückte. Als er die Decken hochzog, fröstelte sie schon.

Sie würden Decken brauchen. Und Kerzen – viele Kerzen. Stephan stellte in Gedanken eine Liste auf, um sich von Anns Körper so dicht an seinem abzulenken. Proviant? Den würde er aus Mrs. Simpsons Küche stehlen. Außerdem würde er Kleider für Ann mitnehmen und für sich selbst ein paar Hemden, die er sich – ungefragt natürlich – von Polsham ausleihen würde. Den

Weg zur Höhle würde er zweimal zurücklegen müssen, um alles Nötige dorthin zu bringen, und dann zurückkehren, um Ann zu holen ...

Natürlich würde hier viel Geschrei entstehen, sobald man sie vermisste. Man würde das Pferd, den Wagen, das Jagdhaus und die Gräuel dort entdecken. Würden die Leute glauben, Ann sei dort gestorben? Wenn alles gutging, würde sie wieder auf den Beinen sein und zurückkehren, bevor sie für ein Gespenst oder irgendeine andere überirdische Erscheinung gehalten würde. Sie würde lebendiger sein denn je, doch das würden diese Trottel im Dorf nicht bemerken.

Wie lange mochte es dauern, bis das Schlimmste überwunden war? Vielleicht Tage. Dann würde er sie verlassen und sich mit dem Problem der Schwestern auseinandersetzen. Töten konnte er sie nicht, weil sie zu alt und mächtig für ihn waren, aber er würde sie von hier weglocken, weg von Ann, bevor er die Konfrontation mit ihnen suchte. Sie herauszufordern würde seinen Tod bedeuten. Wenn er nicht zurückkehrte, war Ann allein, doch zumindest würde ihr keine Gefahr mehr drohen ...

In dieser Haltung, in der sie lagen, mit Anns verführerischem Po an seinen Lenden, erfasste Stephan wieder ein heftiges sinnliches Verlangen, das er jedoch eisern unterdrückte. Mann, sie ist krank, weil sie sich an dir infiziert hat, und du kannst nicht mal deine Lust beherrschen?, schalt er sich. In Gedanken sprach er seine Mantras und erlangte wieder die Kontrolle über sich. Am Morgen, kurz vor Tagesanbruch, musste er Ann erneut mit Blut versorgen. Stephan hoffte nur, dass sie beide vorher noch ein paar Stunden Schlaf bekamen.

Ann lag auf dem Bett, das Stephan ihr aus einer weichen Unterlage aus Laub und mehreren Decken auf dem Höhlenboden bereitet hatte. Sie war kaum noch bei Bewusstsein und fröstelte schon wieder, obwohl er ihr erst vor einer Stunde Blut gegeben hatte. Die Krankheit nahm einen ungewöhnlich heftigen Verlauf. Nach allem, was er wusste, verlief sie normalerweise viel langsamer. Sein Magen war verkrampft vor Furcht.

Ratlos blickte er sich um und dachte, dass Ann es nicht verdiente, an einem solch feuchten, kalten Ort leiden zu müssen. Glitzerndes Wasser tropfte von den Stalaktiten und floss in Rinnsalen in den gurgelnden Kanal hinunter, der sich in der Mitte des hohen Raumes gebildet hatte. Auf jeder halbwegs flachen Oberfläche flackerten Kerzen, deren Licht zwar die Dunkelheit in dem Gewölbe zurückhielt, Ann jedoch keine Wärme spenden konnte. Er musste ein Feuer entfachen. Hoffentlich war die Höhle groß genug, damit der Rauch Ann nicht erstickte! Ein gutes Zeichen war, dass von irgendwoher ein Luftzug kam.

Es war nur seine Schuld, dass sie sich in dieser schlimmen Lage befand. Stephan schüttelte den Kopf, als er sich neben den Stapel Feuerholz kniete, das er im Wald gesammelt hatte. Aber seine Gedanken ließen sich nicht von der zentralen Frage ablenken, die seine Angst mit jeder Stunde mehr verschärfte. Warum war Ann so schwer erkrankt? Er war zweitausend Jahre alt, jedoch längst nicht alt genug, um eine derart schwere Erkrankung mit seinem Blut zu verursachen.

Aus dürren Ästen bereitete er das Feuer vor und hielt den Flintstein an die trockene Baumrinde, die er darunter aufgehäuft hatte. Wenn sein Blut machtvoll genug war, um diese Art Erkrankung zu erzeugen, würde es dann auch wirkungsvoll genug sein, um Ann wiederherzustellen? Er blies in die aufsprühenden Funken und beobachtete, wie sie auf das trockene Holz übergriffen. Der aufsteigende Rauch wurde von dem Luftzug in der Höhle davongetragen. Dem Himmel sei Dank!, dachte Stephan und ging zu Ann zurück. Sie schien nicht bei Bewusstsein zu sein, warf aber den Kopf herum, als wehrte sie sich gegen das Eindringen des Gefährten. Leider musste Stephan eine Weile warten, um ihr wieder Blut zu geben, weil er nicht riskieren durfte, sich zu sehr zu schwächen. Er war der Einzige, der sie vor dem Tod bewahren konnte. In seiner Hilflosigkeit nahm er ein Tuch und tupfte ihr sanft die Stirn ab. Es war unerträglich, sie so leiden zu sehen.

Seine Schuld ...

Er war ein Fluch. In seinem ganzen langen Leben hatte er immer wieder Unglück und nicht wiedergutzumachenden Schaden angerichtet. Beatrix, Asharti, Stancie, vergangene Nacht Kilkenny und, das Schlimmste überhaupt, nun auch noch Ann.

Alles nur seine Schuld ...

Ann öffnete die Augen, weil sie Stephans Stimme hörte, die sie rief und ihr befahl zu trinken. Sie konnte sich nicht einmal mehr hin- und herwerfen in ihrer Qual. Der Schmerz war zu einem Teil von ihr geworden. Stephan hielt sie wie ein Kind an seiner nackten Brust. Er trug kein Hemd und hatte sich erneut am Hals verletzt, um ihr Blut zu geben. Am liebsten hätte sie sich geweigert, es zu nehmen. Er verausgabte sich immer mehr für sie. Es wäre wirklich besser, ihn nicht noch mehr zu schwächen, aber sie hatte nicht die Kraft, sich ihm zu widersetzen. Er bat sie, den Mund zu öffnen, und irgendetwas in ihr drängte sie zu trinken. Irgendetwas in ihr, das nicht ihrem eigenen Willen unterlag und das nach seinem Blut verlangte. Woher kam dieses ... Gefühl?

Ergeben drückte sie den Mund an Stephans starken Hals. Ein Sternbild winkte ihr, streng und golden, das sich dann allmählich zu der glitzernden Außenseite von Stalaktiten auflöste, die das Licht der Kerzen reflektierten. Das Blut lief ihr die Kehle hinunter, und das »Etwas« in ihr, das nach dem Lebenssaft verlangte, triumphierte. Es schien zu ... singen, wenn auch nur sehr schwach. Eine elektrisierende, ungemein lebendige Empfindung rauschte durch ihre Adern. Für einen winzigen Moment sah sie die Höhle wieder völlig klar, und Stephans Körper an ihrem fühlte sich real und warm an. Sie spürte das pochende Blut in seinem Körper und ...

Und ihr wurde schwarz vor Augen.

Regungslos saß Stephan da. Draußen ging die Sonne auf. Gut, dass er in der Nacht die Kerzen erneuert und den Holzvorrat ergänzt hatte, denn womöglich hätte er jetzt nicht mal mehr die Kraft für diese einfachen Verrichtungen. Im Moment saß er nur da, mit dem Rücken an einen großen Felsbrocken gelehnt, und beobachtete Ann. Er konnte ihr nicht mehr Blut geben. Er musste abwarten, nachdem er sich beim letzten Mal fast vollkommen entkräftet hatte. Trotzdem war es möglicherweise noch nicht genug gewesen, denn sie hatte sogar noch mehr gewollt. Sein Körper würde das Blut ersetzen, doch das brauchte Zeit – Zeit, die Ann vielleicht nicht hatte.

Das munter prasselnde Feuer warf sein warmes Licht auf Ann, die still unter ihren Decken lag an diesem tief in der Erde verborgenen Ort aus Fels und Wasser. Zu still. Wie viel Zeit war seit der Infektion vergangen? Dreißig Stunden? Fünfunddreißig? Stephan konnte es nicht sagen. Die Zeit war rasend schnell verstrichen. Oder vielleicht war es ja auch schon eine Ewigkeit her. Und irgendwo da draußen warteten Rubius' Töchter, die jetzt aber kaum noch eine Rolle spielten. Einzig, dass Ann wieder gesund wurde, zählte. Er spürte, dass sie in die letzte Krise hinüberglitt. Und er hatte kein Blut mehr, um es ihr zu geben.

Verzweiflung drohte ihn zu übermannen. Nicht immer hatte er den richtigen Weg in seinem Leben eingeschlagen oder auch nur danach gesucht. Nachdem er an Beatrix und Asharti verzweifelt war, hatte er in der Neuen Welt das Volk der Inkas Menschenopfer darbringen lassen, um ihn mit Blut zu versorgen. Er hatte vorgegeben, ihrem Leben einen Sinn zu verleihen, indem er sich als eine Gottheit ausgegeben hatte. Aber die Inkas brauchten ihn nicht als Gegenstand ihrer Verehrung; sie waren durchaus in der Lage, ganz allein den Sinn ihres Lebens zu finden. Es hatte auch andere Zeiten gegeben, in denen er nach dem richtigen Weg gesucht hatte. Er war nach Nepal gereist und hatte versucht, ein spiritueller Führer zu sein. Und was hatte es ihm genützt? Hatten die Chinesen nicht die Hälfte seines Volkes abgeschlachtet? Und er hatte wie ein Dämon zurückgeschlagen! Seine Aktionen hatten das Blutbad nur vergrößert, aber es nicht aufgehalten.

Sein Impuls, geschaffene Vampire zu verteidigen, hatte mit Asharti geendet. Seine Unfähigkeit, sie zu lieben, wie er Beatrix liebte, hatte sie auf ihren unheilvollen Weg gebracht. Himmel! Stephan wandte sein Gesicht der Höhlendecke zu. Allein schon diese kleine Bewegung ließ seine Sicht verschwimmen.

Und jetzt hatte er auch noch Anns Leben zerstört. Oder ihren Tod herbeigeführt.

Die Farben der Höhle zerliefen ineinander, wurden dunkler. Stephans Kopf wurde schwer, und er nickte ein. Schwärze umgab ihn ...

22. Kapitel

Ann spürte das Singen, bevor sie es hörte. Es flatterte am Rande ihres Bewusstseins und drängte sie zu erwachen. Sie fühlte sich lebendig, so lebendig wie noch nie zuvor in ihrem Leben! Pures Leben schien durch ihre Adern zu pulsieren, und sie war zum Überquellen voll mit ... etwas anderem in ihr. Es müsste sie ängstigen, dass sie nicht mehr allein in ihrem Körper war, aber seltsamerweise hatte sie keine Angst. Wie könnte etwas, das sich so gut anfühlte, auch Furcht einflößend sein?

Sie schlug die Augen auf, und eine Million funkelnder Edelsteine kamen in Sicht. Vor Überraschung zog sie scharf den Atem ein. Strahlend hell, unglaublich nuanciert, bargen die Stalaktiten eine Million verschiedener Farbtöne in sich. Und hinter den funkelnden, von der Decke herabhängenden Steinen befanden sich Legionen anderer, schwächer glitzernder. Sie wusste, dass sie im Dunkeln hingen, und dennoch konnte sie jeden einzelnen von ihnen sehen, weil das Dunkel nicht mehr wirklich dunkel für sie war. Was war mit ihren Augen geschehen? Wieso hatte ihre Sicht sich so verbessert?

Das Gurgeln des Bachs in der Höhle war laut, aber dahinter konnte sie noch andere Dinge hören: das Flügelschlagen von Fledermäusen in einer Nebenkammer irgendwo, das Tröpfeln der Stalaktiten, das Knistern eines erlöschenden Feuers... und Atmen. Sie wandte den Kopf in diese Richtung.

Stephan saß mit gesenktem Kopf an einem der großen Felsen zu ihrer Rechten. Dunkle Schatten lagen unter seinen Augen. Sein lockiges schwarzes Haar glänzte im Kerzenschein, aber seine Züge sahen schärfer aus, als sie sie in Erinnerung hatte, und wiesen tiefe Linien der Erschöpfung auf.

Wegen seines Geschenks an sie. Er hatte ihr immer wieder Blut gespendet, und das Geschöpf in ihr, das sie jetzt *war*, hatte mit schamloser Gier so viel genommen, wie er nur geben konnte.

Ein beklemmender Gedanke kam ihr. Hatte sie ihn umgebracht? Aber nein, es war *sein* Atmen, das sie hörte, mit Ohren, die mit einem Mal Geräusche wahrnehmen konnten, die sie noch nie zuvor vernommen hatte.

Ann setzte sich auf und ließ die Decken fallen. Die Luft in der Höhle war kalt wie immer. Sie blickte an sich herab. Ihr dünnes Hemd war das Einzige, was sie am Körper trug. Als sie mit den Händen über ihre nackten Arme strich, spürte sie, wie sich die feinen Härchen darauf sträubten. Sie war überaus empfindsam. Das Gefühl ihrer eigenen Körperlichkeit war nahezu überwältigend. Verwundert blickte sie sich um. Alles war neu und intensiver, am meisten sie selbst. Sie war ... so stark und so *lebendig!* Es war ein Gefühl ... des Triumphs und der Freude, was sie derart stark empfand.

Auf allen vieren kroch sie zu Stephan hinüber, hörte den Sand unter ihren Knien knirschen und spürte die winzigen Körnchen an der Haut. Stephan erwachte jäh, als sie ihn berührte. Das Gefühl seiner harten Muskeln unter ihren Händen versengte sie buchstäblich und durchflutete sie mit drängendem Verlangen. Der Gefährte regte sich in ihrem Blut. Sie lächelte Stephan an, der für einen Moment vollkommen verblüfft aussah. Aber dann nahm er ihr Gesicht zwischen seine Hände und blickte ihr so forschend in die Augen, als hinge sein Leben davon ab. Ann spürte die Sorge und Qual, die er in den letzten Stunden ausgestanden hatte, und unter seinem offenen Hemd konnte sie den wild pochenden Puls an seiner Kehle sehen. Was auch immer er in ihrem Gesicht las, bewirkte, dass er sie noch fester an sich zog. Sein Herz pochte an ihrem, sie spürte seine Hitze und roch seinen wundervollen Duft nach Zimt und Ambra, von dem Erich gesagt hatte, er sei jetzt auch der ihre. Stephans Nähe, das Gefühl seines Körpers an ihrem brachte ihr Blut zum Rasen und löste ein beinahe schmerzhaftes Pulsieren zwischen ihren Schenkeln aus.

»Dem Himmel sei Dank, dass du lebst, Ann!«, flüsterte er, während seine Lippen ihr Haar liebkosten. Sie bekam kaum noch Luft, so fest hielt er sie an sich gedrückt, aber es war ein wunderbares Gefühl.

Zärtlich strich sie ihm durchs Haar, das sich wie kühle Seide unter ihren Fingern anfühlte. Ihre empfindsamste Körperstelle hatte im gleichen Rhythmus zu pochen begonnen wie sein Herz, doch da sie ihn ansehen wollte, löste Ann sich ein wenig von ihm und lehnte sich zurück. »Ich glaube, ich muss mich bei *dir* bedanken, Stephan. Ich hoffe nur, dass du dir keinen dauerhaften Schaden zugefügt hast. Ich ... ich war so furchtbar selbstsüchtig und gierig.«

Er lächelte sie zärtlich an. »Nicht du, meine Liebste. Aber der, der jetzt dein Blut teilt, wusste, was du nötig hattest. Und das hat er sich genommen.«

»Und du? Wirst du deine Schwäche überwinden?« Sie konnte ihre Besorgnis nicht verhehlen.

»Es geht mir jetzt schon besser«, erwiderte er lächelnd.

Wenn er das *besser* nannte, wollte sie nicht erleben müssen, ihn in schlechterem Zustand zu sehen. »Du siehst müde aus«, sagte sie und strich ihm sanft das Haar aus dem Gesicht. Er war so ein schöner Mann, innerlich wie äußerlich. Sein Schenkel, der an ihrem lag, war warm. Wieder begann ihr Blut zu pochen.

Stephan lächelte. »Nur aus Sorge. Und das hat sich erledigt.« Dennoch fiel ein Schatten über seine Augen.

Ann wollte diesen Schatten zum Verschwinden bringen, weil

sie wusste, was ihn hervorgerufen hatte. Rubius' Töchter warteten immer noch da draußen ... »Ich ... ich fühle mich unglaublich lebendig«, sagte sie, um Stephan abzulenken.

Ein Lächeln kräuselte seine Augenwinkel. »Blut ist Leben, meine Liebste. Jetzt weißt du, was das heißt.« Aber wieder verdüsterte sich sein Gesicht, und sie konnte sehen, wie sehr er sich zusammennehmen musste. »Ich ... es tut mir leid, dass sich dein Leben so verändert hat. Das war nicht das, was du erwartet hattest. Oder was du wolltest.«

Ann richtete sich in seinen Armen auf. Das Beste war, diesen Punkt jetzt gleich zu klären. »Woher willst du wissen, dass ich das nicht wollte?«

Er wirkte überrascht. Aber dann schluckte er. »Du weißt nicht, was für eine Last es ist ... Ewiges Leben, der Drang nach Blut ...«

»Ich bin nicht einer deiner unwissenden, frisch verwandelten Vampire, Stephan«, widersprach sie mit einer gewissen Schärfe. »Ich habe deine Erfahrung in mir. In gewisser Weise habe ich auch schon zweitausend Jahre gelebt.« Sie konnte sehen, dass sie ihn damit nicht überzeugte. »Und Blut trinken zu müssen, scheint ja wohl kaum ein Problem zu sein. Im Gegenteil. Mein Eifer hätte dich fast umgebracht.«

»Dieses Leben ist anders«, flüsterte er, ohne sie anzusehen.

Dem hatte sie nichts entgegenzusetzen. Ein leises Frösteln durchlief sie. Vielleicht hatte er recht. »Und ... du glaubst nicht, dass ich psychisch stark genug bin, um es zu ertragen?« Dem Wahnsinn zu verfallen, war ihre größte Furcht.

Er schrak zusammen und sah sie wieder an. »Nein, das ist es nicht, Ann. Du bist der stärkste Mensch, den ich kenne, zumal du all diese Jahre die Last deiner Gabe ganz allein getragen hast ... Aber jetzt habe ich dich mit einer weiteren Prüfung belastet.« Er schien noch etwas hinzufügen zu wollen, fand aber offensichtlich nicht die Worte.

»Die habe ich selbst auf mich genommen. Das warst nicht du.«

Er schaute ihr prüfend in die Augen. »Wenn ich nicht in dein Leben eingedrungen wäre ...«

Ann fühlte sich seltsam abgelenkt. Sein Geruch, das Pochen des Blutes in seiner Halsschlagader, sein harter Körper an ihrem, all das machte sie ganz schwindlig. Sie schmiegte sich noch fester an ihn und schloss die Augen, als sie eine warme Feuchte zwischen ihren Beinen spürte. »Ich fühle mich unglaublich lebendig, Stephan«, murmelte sie. »Ist das nicht etwas Kostbares?« Sie wollte ihm sagen, wie sehr sie ihn begehrte, aber das erschien ihr wie ein zu oberflächlicher Wunsch, solange sie ihn nicht überzeugt hatte, dass sie dieses neue Leben *wollte* und die Verantwortung dafür nicht seine war.

»Das ist der Gefährte«, erklärte er. »Du wirst nie wieder allein sein. Und du und dein Gefährte seid zusammen lebendiger als jeder von euch für sich allein.«

»Das ist wundervoll«, flüsterte sie. »Und die geschärften Sinne sind es auch.« Zärtlich strich sie mit den Lippen über seine Schulter. »Dies alles nie erlebt zu haben, wäre eine Tragödie gewesen.« Wie würde die körperliche Liebe sein mit ihren geschärften Sinnen? Ein lustvolles kleines Erschauern durchlief sie bei dem Gedanken, und unwillkürlich strich sie mit einem Finger über Stephans Brustwarze unter seinem Hemd. Aber dann blickte sie auf und errötete vor Verlegenheit. Erriet er, was sie dachte? Wo war ihre Erziehung geblieben?

Stephan lächelte sie zärtlich an. »Auch dieser Impuls ist der Gefährte.« Er strich ihr das Haar aus dem Gesicht und streichelte ihre erhitzte Wange.

Ann verspürte offenbar die ersten Anzeichen des Lebens, wie er es immer schon gekannt hatte. Stephan hatte diese rapide Erweiterung der Sinne und das sprudelnde Leben, die der Gefährte beim ersten Mal hervorbrachte, selbst nie erfahren. Doch er wusste, dass es nahezu überwältigend war für Menschen, wenn sie sich verwandelten. Dies war der Moment, in dem Anns Bemühen, es zu bejahen, erschwert oder erleichtert werden konnte, je nachdem, wie die ersten Eindrücke ihres neuen Zustands waren. Sie *schien* ihn als positiv zu empfinden, da sie sich schon fragte, wie der Liebesakt mit all diesen gesteigerten Sinneswahrnehmungen sein würde.

»Du brauchst dich nicht zu genieren«, flüsterte er. »Der Gefährte hat einen starken Lebensdrang, und ein Teil des Drangs ist eine verstärkte Sexualität.« Er schob eine Hand unter ihr Haar, um ihren Nacken zu umfassen, und im selben Moment erwachte auch sein Gefährte. Das Gefühl kam ihm nahezu neu vor. Der Gedanke an das, was Ann erwartete, genügte, um ein scharfes Ziehen durch seine Lenden gehen zu lassen.

»Ich spüre alles ... überdeutlich«, sagte sie staunend, als sie ihm mit der flachen Hand über Brust und Schultern streichelte. Stephan war sicher, dass ihre Berührung, selbst durch den Stoff von Polshams Hemd hindurch, ein heißes Prickeln in ihr hinterlassen würde. »War das immer so für dich?«, fragte sie.

Er lächelte und versuchte, sich beim Atmen nicht von dem Druck ihrer Brüste an seiner Seite ablenken zu lassen. »Wie soll ich das wissen? Ich bin schon mit dem Gefährten in mir geboren worden. Doch ich sehe besser als Menschen und höre Dinge, die ihre Ohren nicht wahrnehmen können. Also kann ich diese Frage wohl mit Ja beantworten, denke ich.«

Ihr Blick glitt prüfend über sein Gesicht, als versuchte sie, es sich für immer einzuprägen. Stephan wusste, was sie wollte, auch wenn sie ihrem Begehren keinen Ausdruck gab. Ihr Gefährte würde darauf drängen, genau wie der seine sein Recht forderte, denn Stephans Glied war heiß und hart und pochte vor Verlangen. Sein verräterischer Körper! Eigentlich müsste er sich die größten Vorwürfe machen, weil er Ann das angetan hatte. Und er müsste sich auch wegen Rubius' Töchtern sorgen.

Rubius' Töchter! Sie waren noch immer irgendwo ganz in der Nähe und warteten auf ihn. Er musste sich ihnen stellen, um Ann zu schützen. Und dass er dabei getötet würde, stand für ihn schon fest.

Dann solltest du Ann etwas zur Erinnerung an dich geben, etwas, das ihr die gute Seite des Vampirseins zeigt, damit sie vor Reue und Bedauern nicht vom rechten Weg abkommt. War das sein Gefährte, der da sprach und so sehr nach sinnlicher Ekstase gierte, dass ihm jeder Vorwand recht war? Nein, sagte Stephan sich entschieden. Seine Jugend, in der die sexuellen Bedürfnisse seinen Körper kontrolliert hatten, lag schon lange hinter ihm. Kontrolle?, dachte er, als Ann ihre kleinen Hände unter sein Hemd schob und mit dem Daumen eine seiner Brustwarzen umkreiste. Unter der Anleitung der Töchter hatte er zwei Jahre lang gelernt, seine sexuellen Impulse zu beherrschen, und trotzdem konnte er im Moment fast keinen klaren Gedanken mehr fassen. Er küsste Anns Stirn, obwohl er wusste, dass es ihn das letzte bisschen Selbstbeherrschung kosten würde. Seine berühmte Selbstkontrolle war verbraucht. Es gab kein Zurück mehr ...

Verlangen schlug über Ann zusammen wie eine schnell ansteigende Flut. Vielerlei Kräfte, wie die des Mondes und der Schwerkraft, der Erde und ihres glühenden, geschmolzenen

Kerns, waren in ihr am Werk. Sie legte die gespreizten Hände an Stephans Brust und spürte jedes einzelne Härchen dort und seine harte kleine Brustwarze unter ihrem Daumen. Sein Herz schlug an ihrem, sein Blut pochte und schien nach ihr zu rufen. Sie zog an seinem Hemd, und es zerriss. Mit großen Augen starrte sie es an. War sie *so* stark? Sie konnte spüren, wie ihr Mund sich zu einem erfreuten Lächeln verzog. Stephan ließ die Hände über ihre Schultern gleiten und senkte dann den Mund auf ihren, um sie zu küssen. Seine Lippen waren sanft und weich, doch die Berührung sandte heiße Blitze durch Anns Körper, die ihr Blut in Flammen setzten. Sie erwiderte Stephans Kuss mit gleicher Leidenschaft und glitt mit ihrer Zunge in die feuchte Höhlung seines Mundes. Er schmeckte süß und sinnlicher, als sie es sich bis zu diesem Moment jemals hätte vorstellen können. Es war schon Tag. Ihr Gefühl sagte ihr, dass irgendwo die Sonne schien, auch wenn sie keine Ahnung hatte, woher sie das wusste.

Und wenn schon! Stephan und sie waren sicher hier in dieser nur vom Kerzenschein erhellten Höhle, und sie begehrte ihn mit jeder Faser ihres Körpers.

Moment! Wie konnte sie einem Mann, der so geschwächt war, die Art von Anstrengungen zumuten, die sie sich gerade vorstellte? Sie unterbrach den Kuss, um Stephan forschend ins Gesicht zu sehen. Die Erschöpfung war ihm nicht mehr ganz so deutlich anzusehen, und was in den dunklen Tiefen seiner Augen brannte, verriet ihr, dass er mehr als nur begierig war, sich anzustrengen. Ebenso mühelos wie Stephans Hemd zerriss Ann auch das ihre und drückte ihre nackte Brust an seine. Das Haar darauf kitzelte ihre zarten Brustspitzen, sodass sie sich sofort verhärteten.

»Stephan«, flüsterte sie beschwörend, »nimm mich, Stephan!«

Aber anders als bei ihrer ersten sinnlichen Begegnung war sie nicht auf zärtliche Erforschung aus, sondern wollte ihn in sich haben, hart und heiß, während sein Mund den ihren küsste und sich an ihren Brüsten labte. Sie wollte spüren, wie er in ihr den Höhepunkt erreichte, wie er seine Lust in ihr verströmte, wieder und wieder, als könnte er nicht mehr aufhören. Sie würde nie genug von ihm bekommen. Ann zerrte an seiner Hose, und die Knöpfe sprangen ab. Während sie sie ihm abstreifte, zog Stephan ihr das Hemd über den Kopf. Als er sich mit dem Rücken wieder an den Fels lehnte, ließ sie sich auf seinen Schenkeln nieder, hob die Hüften an und nahm ihn mit einer geschmeidigen Bewegung in sich auf. Ein tief empfundenes Stöhnen entrang sich ihnen, als sie so innig miteinander verbunden waren, wie es zwischen einem Mann und einer Frau nur möglich war.

Die Hände auf seiner Brust, begann Ann, ihre Hüften auf und nieder zu bewegen, zunächst nur langsam, doch dann immer schneller. Stephan keuchte genau wie sie, aber dann biss er sich auf die Lippe, und sie hörte ihn etwas murmeln.

»Wag ja nicht, dich zurückzuhalten, Stephan Sincai!«, flüsterte sie und biss ihn, wenn auch nur ganz sachte, in die Unterlippe. »Du weißt, dass du mich nicht verletzen kannst. Und ich will alles von dir, hörst du?«

Ein Grinsen huschte über sein Gesicht, das jedoch sogleich von einer derartigen Intensität verdrängt wurde, dass Ann auf der Stelle in Flammen hätte aufgehen können. Er schlang die Arme um sie und drückte sie an sich. In perfekter Harmonie miteinander bewegten sie die Hüften, während ihre Lippen sich zu einem leidenschaftlichen Kuss vereinten. Die Flut der Empfindungen, die auf Ann einstürmten, drohte sie zu überwältigen. Der berauschende Kontakt mit Stephans pulsierender Hitze, die Stimulation ihres empfindsamsten Punktes – all das war beinahe unerträglich. Hatte überhaupt einmal jemand derart intensiv empfunden? Ein Mensch ganz sicher nicht.

Dann verdrängte wilde Lust jeden zusammenhängenden Gedanken, und ihre Welt explodierte in Millionen kleiner Stücke. Fragmente von ihr vermischten sich mit dem Licht und der Farbe, die in das Universum hinausschossen. Es war, als stieße jemand anderer die heiseren kleinen Schreie aus, die Ann hörte. Sie spürte Stephans Pulsieren in ihr, als er unkontrollierbar stöhnte. Wieder und wieder bäumten sie sich miteinander auf und erschauerten im Rhythmus des unbändigen Lebens in ihnen. Nach einer kleinen Ewigkeit, wie ihr schien, verspürte Ann ein Ziehen in ihrem Innersten, und die berauschende Empfindung ließ ganz allmählich wieder nach. Erschöpft sank sie an Stephans auf und ab wogende Brust, und er zog sie in die Arme.

Immer noch aufs Innigste mit ihm verbunden, blieb sie wohlig ermattet auf ihm liegen, bis sie langsam wieder ruhiger atmete. Sie dachte an nichts, aber dann kamen ihr plötzlich die Tränen. Stephan hob sie sanft von sich herunter und nahm sie in den Arm, doch merkwürdigerweise schien er nicht überrascht zu sein vom Ansturm ihrer Gefühle.

»Psst«, flüsterte er. »Ich weiß, Liebste. Ich weiß ...«

»Es war ... so schön«, stammelte sie. »Ich fühlte mich ... dir so nahe.«

»Blut ist Leben«, flüsterte er an ihrem Haar, und damit schien alles gesagt zu sein.

Aber Moment ... Er schrieb alles, was sie fühlte, dem Gefährten zu? Ihre Empfindungen waren zweifellos stärker gewesen als beim ersten Mal, doch dies alles ihrem neuen Zustand zuzuschreiben, erschien ihr zu leicht, zu abwertend. Es war nicht nur der Drang zu leben. Der Liebesakt mit Stephan war so wundervoll, weil sie ihn liebte und weil sie sich von ihm wiedergeliebt fühlte. Das musste er erkennen und anerkennen.

»Ich liebe dich, Stephan«, gestand sie leise.

Stephan zog sie noch fester an sich, aber er sagte nicht, dass er sie auch liebte.

Ann löste sich aus seiner Umarmung und stützte sich auf einen Ellbogen, um ihm besorgt und prüfend ins Gesicht zu blicken.

Er schluckte, was kein gutes Zeichen war, und seine Lippen verzogen sich zu einem kleinen, etwas abschätzigen Lächeln. »Ich ... ich weiß, wie es mit der ersten Liebe ist, Ann. Ich war auch Beatrix' erste Liebe. Die erste ist aber nicht immer die klügste oder wahrste Liebe. Selbst Beatrix musste irgendwann zugeben, dass sie aufgehört hatte, mich zu lieben.«

Ann fühlte Empörung in sich aufsteigen. »Aber deine Liebe zu ihr war auch erkaltet!«

Stephan warf ihr einen scharfen Blick zu, als wollte er protestieren. Doch dann erstarben ihm die Worte auf den Lippen. Ann hatte ja recht. Vielleicht hatte er Beatrix Lisse einmal geliebt, doch Ann wusste sehr gut, dass seine Liebe nun *ihr* gehörte. Er hatte Beatrix noch gern, auch das war Ann bekannt, aber das war alles. Die Leidenschaft für Beatrix hatte er schon lange hinter sich zurückgelassen.

Er zuckte die Schultern. »Während des Lebens muss man für vieles einen Preis bezahlen«, sagte er. »Dass die Liebe zwischen Beatrix und mir verging, war ein solcher Preis. Das ändert aber nichts daran, dass ich auch deine erste Liebe bin, Ann. Und an der Tatsache, dass ich noch den einen oder anderen Preis zu bezahlen habe.«

Mit ungläubiger Miene starrte sie ihn an. Einmal mehr stand sein intensives Schuldbewusstsein zwischen ihnen. Er konnte nicht zugeben, dass er sie liebte, weil er Glück nicht zu verdienen glaubte. Etwas so Tiefsitzendes ließ sich vielleicht nicht heilen, aber sie musste es wenigstens versuchen. »Es ist sehr arrogant von dir, dir an allem Möglichen die Schuld zu geben.«

An seinem Gesichtsausdruck konnte sie erkennen, dass sie ihn nicht überzeugt hatte. Er schüttelte den Kopf. »Ich bin nicht der Einzige, der mir Schuld zuweist.«

»Wer denn noch? Dieser Rubius? Seine Töchter? Ist dir noch nie der Gedanke gekommen, dass sie eigene und vielleicht ganz andere Gründe für ihre Schuldzuweisungen haben könnten, als du glaubst?«

»Sie haben die Schlüssel zum Frieden, deshalb ist jeder, den sie schuldig sprechen, vorrangig für sie«, murmelte er, während sein Blick über die Wände glitt. »Auch wenn ich jetzt natürlich niemals wieder Zugang zu Mirso erlangen werde.«

Das ließ Ann verstummen.

Mit einem Mal war alles völlig klar. Mirso war Stephans Traum gewesen, seine Hoffnung. Und sie hatte ihn dazu gebracht, Kilkenny zu verschonen, und war zu einem Vampir geworden. Auch dies lastete er sich als vermeintliche Schuld an. *Sie*, Ann, war der Grund, dass ihm der Friede und die Erlösung versagt würden, die ihn, wie er glaubte, von seiner Schuld befreien würden. Nun war Ann es, die von Schuldgefühlen überströmt wurde. So, genau so, musste er sich fühlen, Tag für Tag, sein Leben lang. Ann suchte nach Worten, um ihn vielleicht wieder ein bisschen aufzurichten. »Dann ... dann hast du den größten Preis ja schon bezahlt.« Himmel, wie dumm von ihr! Für den Verlust seines Traumes würde er jeden Tag zahlen, für den Rest seines Lebens.

»Da sind immer noch Rubius' Töchter, die in Cheddar Gorge warten«, sagte er leise. »Auch sie haben eine Rechnung mit mir offen, die sie beglichen sehen wollen.«

Noch eine. Ann nahm seine Hand und drückte sie an ihre

nackte Brust. »Dann geh nicht in das Dorf. Wir könnten doch einfach fortgehen, Stephan. Nach Frankreich oder Amerika, Westindien oder sonst wohin, weit weg von hier. Sie haben keine Herrschaft über dich.«

Er zog sie an sich. »Vielleicht hast du recht. Heute Nacht werde ich aus Maitlands holen, was wir brauchen, und dann können wir überlegen, wohin wir gehen.«

So einfach sollte das sein? Ann lehnte sich zurück und sah ihm prüfend in die Augen. Stephan belog sie. Er suchte nur einen Vorwand, um nach Cheddar Gorge zu gehen und sich mit Rubius' Töchtern auseinanderzusetzen.

Und in gewisser Weise hatte er recht. Er konnte nicht einfach vor den Töchtern davonlaufen. Sie würden immer weiter nach ihm suchen, um ihn für seine »Verbrechen« zu bestrafen. Ein Leben, bei dem man ständig auf der Hut sein musste, war nur ein halb gelebtes Leben. Aber auch aus einem anderen Grund konnte er nicht einfach fortgehen. Wie er selbst gesagt hatte, waren Rubius und seine Töchter die Richter, die ihn schuldig sprachen. Wenn er dieses Urteil nicht zurückwies oder anfocht, würde er seines Lebens nicht mehr froh werden.

Ann dachte allerdings nicht mal im Traum daran, ihn diesen ... Frauen allein gegenübertreten zu lassen. Zusammen waren sie stärker als allein. Ganz zu schweigen davon, dass sie Stephan liebte. Wann immer sie miteinander schliefen, schien sich ihr Gefühl für ihn noch zu vertiefen. Am liebsten hätte sie ihm jetzt gleich gesagt, dass sie ihn begleiten würde. Da es dazu aber noch zu früh war, biss sie sich auf die Zunge und schwieg. Sie hatten fast noch einen ganzen Tag vor sich, bevor er gehen konnte. Das Beste war, sich ihre Argumente für den richtigen Moment aufzuheben. Dann würde ihm in der Eile so schnell kein Vorwand einfallen, sie nicht mitzunehmen.

»Und womit vertreiben wir uns bis dahin die Zeit?«, fragte sie ihn lächelnd und berührte sein Gesicht.

Seine Augen wurden weich, und ein ganz anderes Feuer erwachte in ihnen.

Himmel, sie war so schön im Kerzenlicht! Und auch so tapfer. Sie würde mehr aus den Geschenken machen, die der Gefährte mit sich brachte, als er selbst es je vermocht hatte, gestand sich Stephan ein. Sie würde auch ohne ihn sehr gut zurechtkommen.

Er gab sich keinen Illusionen hin, dass er seine Begegnung mit Rubius' Töchtern überleben würde. Aber wenn sie auch nur einen Moment in ihrer Wachsamkeit nachließen, würde er sie vielleicht mitnehmen können. Vorausgesetzt natürlich, dass er nicht die Macht verloren hatte, ihr Wesen gegen sie selbst zu richten. Irgendwie schien Ann immun gegen diese Macht zu sein. Aber da war so viel, was er noch nicht verstand...

Er berührte ihr weißblondes Haar, betrachtete ihre klaren grauen Augen, ihre makellose, zarte Haut. So manche würden vielleicht sagen, ihre Schönheit sei wie feines Porzellan, zu empfindlich, um es zu anfassen. Aber da befänden sie sich schwer im Irrtum. Ann war stark, war es vorher schon gewesen, und ihr Gefährte machte sie noch stärker. In einer Hinsicht täuschte ihre Schönheit jedoch nicht, denn sie spiegelte einen Charakter wider, der gut und aufrecht war.

Und nur das konnte der Grund sein, warum sie die körperliche Liebe mit ihm überlebte. Denn was seine Macht auf sie zurückwerfen konnte, war nur all das Gute in ihr.

Diese Gefahr bestand nicht bei Rubius' Töchtern. Aber diesen Gedanken sollte er sich für später aufheben. Zunächst einmal würde er sich die Zeit nehmen, dafür zu sorgen, dass Anns

Erinnerungen an den ersten Tag ihres neuen Lebens mit Erinnerungen an Liebe, Lust und Freude verbunden waren. Sanft schob er sie ein wenig von sich ab. Nackt stand er auf, um das Feuer anzufachen und Brennholz nachzulegen, und als er zu Ann zurückkam, hatte sie ihr zerrissenes Hemd schon ausgezogen. Lächelnd strich er die Decken glatt, auf denen sie am Feuer gelegen hatte, und winkte ihr. Ihr wohlgeformter Körper schimmerte im Kerzenlicht, ihre vollen Brüste wogten, als sie zu ihm kam und sich neben ihn kniete, und ihre Augen waren dunkel vor Verlangen.

Sie hatte ihm schon ein unglaubliches Geschenk gemacht, indem sie den Geschlechtsakt, der bei Rubius' Töchtern zu einem bloßen Trainingsritual geworden war, wieder in ein zärtliches, gefühlvolles Zusammensein verwandelt hatte. Er zeigte auf die Decken. »Ich denke, Ihr werdet es hier bequemer haben, Mylady«, sagte er mit einem liebevollen Lächeln.

Stephan legte sich als Erster hin und zog sie dann zu sich herunter. »Ich glaube, nun bist du an der Reihe zu empfangen«, raunte er. Sie hatte seine intimen Liebkosungen schon in der ersten Nacht gemocht, aber da hatte sie noch nicht den Gefährten im Blut gehabt, der die Empfindungen auf eine Weise steigerte, wie kein menschliches Wesen es je erfahren könnte. Und nun hatte Stephan vor, ihr den Unterschied zu zeigen.

Lächelnd streckte sie sich auf der Decke aus. »Und du wirst das Geben übernehmen?«, fragte sie.

»Zunächst mal ja.« Er senkte den Kopf auf ihre Brust und strich mit der Zunge über eine ihrer harten kleinen Spitzen. Schon bei dieser Berührung bog sie sich ihm einladend entgegen. Das Einzige, was die Schwestern ihm gegeben hatten, war ein schier endloses Repertoire an sexuellen Techniken. Und die gedachte er, alle zu benutzen, um Ann zu zeigen, wie es war, wenn der Gefährten seinen Lebensdrang befriedigte. Stephan hatte gehört, dass ein Vampir, im Vergleich zum Menschen, eine ums Hundertfache verstärkte Begehrlichkeit und Sinnenlust verspüre. Später würde er Ann fragen, ob diese Einschätzung zutreffend war ...

Ann kämpfte sich aus einem tiefen, traumlosen Schlaf in den Wachzustand zurück. Ihr war warm. Das Feuer wärmte noch ihren Rücken, obwohl es bis auf die Glut heruntergebrannt war. Sie lag in Stephans Armen. Draußen vor der Höhle ging die Sonne unter, spürte sie.

Nun, wenn sie jetzt noch nicht verrückt war, würde sie es auch niemals werden. Die Empfindungen, die Stephan mit seinen schier unglaublichen erotischen Liebkosungen in ihr entfacht hatte, waren so intensiv gewesen, dass sie sie wirklich und wahrhaftig in den Wahnsinn hätten treiben müssen. Aber mit der neu gefundenen Stärke ihres Gefährten hatte sie sie nicht nur überlebt, sondern sogar noch ein zweites Mal an diesem Tag dieses ungeheuer lustvolle Gefühl gesucht. Ein zufriedenes Lächeln erschien um ihre Lippen. Sie wusste, dass auch sie Stephan exquisite Freuden bereitet hatte, weil ihr nur zu gut bekannt war, was ihm gefiel und was nicht.

Während sie warm und glücklich neben ihm lag, schweiften ihre Gedanken zu ihrer Mutter ab. Jemanden zu berühren, den man liebte und von dem man geliebt wurde, war etwas Wunderbares. Es war ein Geschenk Gottes, einen Mann körperlich, geistig und emotional zu kennen.

Ihre Mutter hatte sich jedoch wegen ihrer besonderen Gabe von allen, einschließlich ihres eigenen Ehemannes, isolieren lassen. Sie musste geglaubt haben, ihn zu lieben, um der Heirat zuzustimmen, und sie musste sich auch nach Nähe gesehnt haben. Aber ihre Angst, alles über ihren Mann – Anns Vater – zu erfahren, hatte dann die Oberhand gewonnen. Und ihr Vater? Er hatte vor der Heirat um das Geheimnis ihrer Mutter gewusst. Das hatte Onkel Thaddeus Ann erzählt. Auch ihr Vater musste ihre Mutter geliebt haben, um diese Belastung hinzunehmen. Doch ihre Mutter hatte offenbar gezögert, sich den Möglichkeiten der Liebe anheimzugeben. Wenn sie den Mut aufgebracht hätte, ihre Ängste abzulegen, hätte die Tragödie ihres Wahnsinns und Selbstmords dann vielleicht abgewendet werden können? Trauer überkam Ann und setzte sich in ihrer Kehle fest, doch dann begann sie ... Erleichterung zu verspüren. Sie war nicht dazu verdammt, das Schicksal ihrer Mutter zu wiederholen. Sie hatte den Mut, Stephan zu lieben, ihn zu berühren, sich von *ihm* lieben und berühren zu lassen und die Zuflucht, die sie in der Isolation gefunden hatte, aufzugeben.

Ann öffnete die Augen. Stephan sah sie so zärtlich an, dass sie den Kopf hob und ihn auf die Lippen küsste. Sie waren ein bisschen geschwollen. Und das war ich, dachte sie und lächelte ihn an. Aber seine Augen blieben ernst.

»Ich weiß«, flüsterte sie, ihre Stimme noch ganz rau von ihrem Liebesspiel. »Es wird Zeit zu gehen.«

Er nickte und schloss sie so fest in die Arme, dass sie kaum noch Luft bekam. Dann lockerte er den Griff und hielt sie nur noch an den Schultern fest, um einen Kuss auf ihre Stirn zu hauchen.

»Ja«, sagte er leise und erhob sich.

Auch Ann stand auf. »Ich hoffe, du hast etwas anderes zum Anziehen dabei, da alles, was wir anhatten, zerrissen ist«, sagte sie und blickte sich um. »Oh, wie vorausschauend von dir!«, lobte sie ihn, als sie, in einem Felsspalt verborgen, einen Stapel Kleider entdeckte. Sie entschied sich für ein grünes, das hübscheste aus ihrer kleinen Auswahl. Seltsamerweise konnte sie die Person, die es genäht hatte, nicht spüren; Ann wusste nur, dass es ihr gehörte, das war alles. Einem Impuls folgend, berührte sie eins von Stephans Hemden und erhielt einen sehr schwachen Eindruck der Person, die es gebügelt hatte. Sie nahm es heraus und befühlte es mit beiden Händen. *Alice*. Aber sie musste sich jetzt ganz bewusst den Eindrücken öffnen, um sie zu erhalten. Polsham hatte das Hemd zuletzt getragen. Dann konnte sie sehr, sehr schwach auch Hände an einem Webstuhl spüren.

Verwundert sah sie Stephan an. »Ich kann die Leute, die es angefasst haben, kaum noch wahrnehmen.« Es fiel ihr sogar schwer, es auszusprechen. »Ich meine, ich kann es schon noch, wenn ich es versuche, aber... es überwältigt mich nicht mehr.«

Er sah ihr prüfend ins Gesicht. »Verlierst du deine Gabe?«

Ann bückte sich, um das Papier und die Kordel eines Päckchens zu berühren, das den mitgebrachten Proviant enthielt. Sie spürte Stephan, der es gepackt hatte... Mrs. Simpson, die die Lebensmittel berührt hatte, und vielleicht auch noch den Metzger, der das Papier einmal als Einwickelpapier benutzt hatte. »Es ist noch da«, sagte sie mit unsicherer Stimme. »Doch ich muss genau hinhören, um die anderen wahrzunehmen, die es berührt haben. Sie... schreien mich nicht mehr an.«

»Vielleicht übertönt das Singen des Gefährten in deinem Blut sie ja ein wenig.«

Ann verharrte einen Moment ganz still. Tatsächlich – da war ein Summen, das sie nicht bemerkt hatte, seit sie erwacht war, weil es die ganze Zeit schon da gewesen war. »Das stimmt. Er singt tatsächlich«, sagte sie erstaunt.

»Das ist es, was andere als vibrierende Energie empfinden, wenn wir einen Raum betreten«, erwiderte er ernst. »Bereust du es, dass die Dinge sich geändert haben?«

Sie lächelte, immer breiter, bis sie nicht mehr anders konnte als zu lachen. »Ich muss mir unbedingt ein paar neue Kleider anfertigen lassen«, sagte sie, entzückt über all die aufregenden Möglichkeiten, die sich ihr nun boten. »Ich werde in Hotels essen, die Seiten eines geliehenen Buchs ohne Stock umdrehen und in Mietkutschen sitzen können! Ich brauche keine Angst mehr zu haben, einen neuen Schirm anzufassen.«

Stephans Augenwinkel kräuselten sich amüsiert. »Das nenne ich Freiheit.«

»Mach dich ruhig lustig!«, protestierte sie, noch immer lachend. »Aber du hast ja keine Ahnung, wie Ladenbesitzer einen ansehen, wenn man das Geld nicht anfassen will, sondern sie bittet, es aus dem Retikül herauszunehmen und das Wechselgeld wieder hineinzulegen.«

»Nein, das weiß ich wirklich nicht«, stimmte er lächelnd zu, um gleich darauf ernst zu werden. »Das Leben wird leichter für dich sein. Das freut mich, Ann.«

Wieder spürte sie die Anziehungskraft seines Körpers, was eigentlich unmöglich war nach ihren stundenlangen Zärtlichkeiten. Aber die Zeit für Liebesspiele war vorbei. Sie reichte ihm das Hemd und bückte sich wieder, um aus dem Stapel Kleider herauszusuchen, was sie brauchte, unter anderem ein Stück Seife. Damit kniete sie sich an den Rand des schmalen Bachs in der Höhlenmitte, um sich zu waschen. Das Wasser war eiskalt. Eine Gänsehaut überzog ihren Körper, als sie ihr Gesicht befeuchtete. Gut. Vielleicht brachte die Kälte sie dazu, sich auf das zu konzentrieren, was vor ihnen lag. Sie vermied es, Stephan anzusehen, während sie die Waschungen beendete und sich abtrocknete.

»Willst du dich nicht waschen? Es ist kalt, aber erfrischend«, rief sie über ihre Schulter und schlüpfte in ein frisches Hemd. Dann legte sie ihr Korselett an und schloss es vorn mit einer

Schleife, streifte das grüne Wollkleid über, befestigte die Bändchen vorn und drehte sich erst wieder um, als sie die beiden großen, dekorativen Knöpfe am Ausschnitt schloss. Seine Kleider in der einen Hand, die Stiefel in der anderen stand Stephan hinter ihr und beobachtete sie.

Seine langen, muskulösen Glieder, seine schmalen Hüften, sein schweres, halb erigiertes Glied, all das weckte Anns Sinne. Er war so ein schöner Mann! Sie trat beiseite, als er vorbeiging, wohl wissend, dass die Zärtlichkeiten, nach denen es sie verlangte, verschoben werden musste. Ihr Ziel war jetzt ein anderes.

Ann beschäftigte sich an dem kleinen Vorratslager und warf immer wieder verstohlene Blicke zu der Stelle hinüber, wo sich Stephan wusch und anzog. Er durfte sie nicht überrumpeln. Sie musste in seiner Nähe bleiben. Als er sich hinsetzte, um die Stiefel anzuziehen, spannten sich die Muskeln seiner Oberschenkel an. Mmmm. Stephan hatte ihr in mehr als einer Hinsicht eine neue Welt eröffnet. Tatsächlich war es sogar so, dass ihr Leben auf Maitlands Abbey ihr im Nachhinein wie Schlafwandeln erschien, wie ein halbes Leben nur. Aber jetzt war sie erwacht, und das pulsierende Leben und das Gefühl in ihr ließen sich nicht mehr verleugnen. Und *sie* würde sich auch nicht verleugnen lassen. Sie würde mit Stephan gehen.

Stephan blickte auf zu Ann. Sie beobachtete ihn, und er sah, wie ihre Augen funkelten. Jetzt war der Moment gekommen. Er würde ihr nur sagen, er ginge ins Dorf und nach Maitlands, um zu holen, was sie für die Reise brauchten. Dass er sich den Schwestern stellen würde, musste sie nicht wissen. Das Herz krampfte sich ihm vor Verzweiflung zusammen, die er jedoch unerbittlich unterdrückte. Es bestand eine Chance für ihn zu siegen, und wenn auch nur eine sehr geringe. Vielleicht konnte er einen Keil zwischen Rubius' Töchter treiben. Und wenn er einfach behauptete, noch mehr Training zu brauchen, um Kilkenny bezwingen zu können? Oder vielleicht könnte er ja eine von ihnen zum Sex verführen? Es erschien ihm wie ein Sakrileg nach dem Tag, den er mit Ann verbracht hatte, aber es könnte seine einzige Chance sein, zu überleben und zu ihr zurückzukehren.

Ach, er belog sich doch nur selbst! Er war nicht einmal einer der Töchter allein gewachsen!

Ann zu verlassen, ohne ihr gesagt zu haben, wie viel sie ihm bedeutete, erschien ihm wie ein Verrat. Aber noch grausamer wäre es vielleicht, ihr seine Liebe zu gestehen und ihr dann das Glück zu nehmen, das sie zusammen erlangen könnten. Sie hatte ohnehin genug zu leiden durch seine vergangenen Sünden.

Vielleicht war es ja sein Schicksal, ohne Wiedergutmachung zu sterben. Möglicherweise öffnete sich die Hölle ja sogar in ebendiesem Augenblick schon unter seinen Füßen. Es hatte Zeiten gegeben, da wäre ihm das Sterben wie ein Segen vorgekommen. Es war nicht so, dass er die Hölle fürchtete, doch jetzt hatte er einen Eindruck davon bekommen, was Erlösung war. Wieder blickte er zu Ann hinüber und schüttelte im Stillen den Kopf. Er brauchte Mirso nicht. Ann zu lieben und zu beschützen, war die einzige Aufgabe, die ihm wichtig war im Leben. Und wenn ihm das genommen wurde, war es Buße, in der Tat. Schlimmer wäre höchstens noch zu wissen, dass er sie schutzlos und allein den Schwestern überließ. Oh ja, das würde noch um ein Vielfaches schlimmer sein als Satans armselige Feuer.

Stephan stand auf und zog seinen Rock über.

»Ich muss jetzt gehen«, sagte er zu Ann, die zu ihm herübereilte, und strich ihr übers Haar. »Aber ich bin bald wieder zurück.«

»Dafür werde ich schon sorgen«, erklärte sie, während sie mit einer Hand nach seiner Schulter griff. »Ich werde nämlich mit dir gehen.«

Er schüttelte den Kopf. »Das ist nicht nötig«, erwiderte er mit vorgetäuschtem Gleichmut. »Aber wenn du etwas Bestimmtes aus Maitlands willst, dann gib mir eine Liste mit.«

»Versuch erst gar nicht, mich hinters Licht zu führen, Stephan Sincai«, entgegnete sie streng, als durchschaute sie ihn mit diesen fast schon durchsichtigen grauen Augen. »Ich weiß, dass du dich Rubius' Töchtern stellen wirst, und ich werde dich begleiten.«

Konnte er sie nicht einmal belügen? Sie schien immer zu wissen, was er dachte, auch wenn sie behauptete, sie könne nicht Gedanken lesen. Ihm blieb wohl gar nichts anderes übrig, als an ihre Vernunft zu appellieren. »Du kannst nicht mitkommen. Sie sind sehr alt und stark und werden dich töten wollen, Ann.«

»Nun, vermutlich werden sie auch über deinen Anblick nicht erfreut sein, Stephan. Das Beste, was wir tun können, ist, zusammenzuarbeiten. Du hast gesehen, was wir in Bucklands Lodge zustande gebracht haben.«

»Das war Zufall, Ann. Unsere Gemüter waren sehr erhitzt. Irgendetwas ... zündete einen Funken und verband unsere Kräfte miteinander, das war alles.«

»Nun, dann sollten wir das gleich noch einmal versuchen«, sagte sie und presste die Lippen zusammen, bis sie nur noch ein schmaler Strich waren.

»Ich will dich nicht gefährden, Ann.« Aus vielen Gründen nicht. Wortlos rief er seinen Gefährten zu sich, und der vertraute schwarze Nebel stieg vom Boden auf. Stephan beschloss, so schnell wie möglich zu verschwinden, und dachte intensiv an den Wald hinter der Taverne. Sofort wurde die Höhle in einen roten Dunst getaucht, der sich im Handumdrehen schwarz verfärbte.

Im letzten Moment spürte Stephan, dass etwas in seinen schwarzen Strudel eindrang, seinen Arm ergriff und sich neben ihn schob. Ein weiterer Gefährte pochte und pulsierte neben seinem. Dann fiel der schwarze Nebel in sich zusammen, und Stephan erschien hinter dem *Hammer und Amboss*.

Neben ihm stand Ann und schüttelte die Schwärze ab. Was? »Du musst sofort zurück!«, sagte er so streng wie möglich.

»Nein, Stephan«, widersprach sie und rang nach Atem. »Ich komme mit. Du brauchst mich gegen die Schwestern. Vielleicht bin ich in der Lage, deine Macht zu verstärken? Ich weiß es nicht. Ich weiß nur, dass du gegen so alte und mächtige Vampire keine andere Chance hast, als dich deiner und meiner Macht zu öffnen und sie anzunehmen.«

»Du hast mir in Bucklands Lodge geholfen, Ann, das gebe ich zu«, sagte er betont ruhig. »Aber diesmal komme ich allein zurecht.«

Sie blickte auf und schüttelte ihn an den Schultern. »Das ist auch mein Kampf, Stephan. Ich werde nicht dort in der Höhle herumsitzen und abwarten, was geschieht. Das kannst du nicht von mir erwarten. Dazu habe ich zu viel zu verlieren.«

»*Ich* habe zu viel zu verlieren, falls dir etwas zustößt«, stieß er mit zusammengebissenen Zähnen hervor. »Selbst wenn ich überlebte, glaubst du, ich könnte es ertragen, wenn ich dich verlöre?« Er war versucht, sie anzuknurren wie ein Wolf, die Zähne zu fletschen oder sie anzuschreien, um sie zur Vernunft zu bringen, aber an der Art, wie sie trotzig die Arme vor der Brust verschränkte, erkannte er, dass sie nicht nachgeben würde. Himmel, wenn Rubius' Töchter im Gasthof waren, würden sie vielleicht schon seine Vibrationen spüren – und die ihren!

»Dann wirst du wohl damit leben müssen, dass es so kommen könnte, Stephan«, fauchte sie ihn an. »Glaub bloß nicht, du könntest mich ausschließen. Ich bin ein Teil von all dem hier.«

Das stimmte allerdings. Sie hatte sich in sein Leben geschlichen, bis sie das Wichtigste, das Beste darin geworden war. Resigniert blickte Stephan zu der Taverne am Fuß der Anhöhe hinunter, aus der Licht ins Dunkel fiel. Er konnte den Lärm im Schankraum hören, das Bellen eines Hundes bei der Ankunft neuer Gäste. Aber er nahm keine Vibrationen wahr ...

»Sie sind ohnehin nicht da, Stephan«, flüsterte Ann.

Sie spürte es also auch. »Wo könnten sie denn sein?«, murmelte er abwesend.

»Auf Maitlands«, sagte Ann nach kurzer Überlegung. »Auf der Suche nach dir.«

»Aber wieso nicht in dem Jagdhaus?«

»Dort werden sie schon gewesen sein«, erwiderte sie ruhig. »Das war zweifellos ihr erster Versuch. Danach werden sie sich nach einem anderen Ort umgesehen haben, an dem du dich verstecken könntest. Man wird ihnen erzählt haben, ich hätte dich aus der Zelle befreit und dass wir beide des Mordes verdächtigt werden ... Ja, sie sind auf Maitlands, da bin ich mir ganz sicher.«

Sie hatte recht. Stephan starrte ihre Hand an, die noch immer seinen Oberarm umklammerte. Er könnte sich losreißen, ein paar Schritte laufen – er war immer noch schneller als sie – und dann die Dunkelheit herbeirufen. Aber sie würde ihm so oder so nach Maitlands folgen, falls sie herausfand, wie sie die Macht in sich beschwören konnte. Und selbst wenn sie sich noch nicht selbstständig nach Maitlands Abbey versetzen konnte, könnte sie ein Pferd stehlen und in einer halben Stunde dort sein. Bis dahin könnte es schon vorbei sein – und sie würde den siegreichen Schwestern direkt in die Arme laufen.

»Herrgott noch mal, Frau! Kannst du dich nicht heraushalten?!«, blaffte er sie an.

Sie schüttelte den Kopf und lächelte bedauernd. »Nein. Das kann ich nicht mehr, Stephan.«

Verdammt! Ungläubig stand er da und ballte die Hände zu Fäusten. Er war ein zweitausend Jahre alter Vampir, mit unendlich viel Erfahrung mit Frauen und der Menschheit, und dennoch war er machtlos gegen dieses Mädchen.

Wieder lächelte sie, triumphierend diesmal, und zog fragend die Augenbrauen hoch. »Sollen wir dann gehen?«

Er zögerte noch immer. Ann presste die Lippen zusammen und reckte entschlossen das Kinn in die Höhe. Ein feiner schwarzer Nebel stieg vom Boden zu ihren Knien auf. Sie versuchte, sich an einen anderen Ort zu versetzen. Nach Maitlands, wohin sonst?, erkannte Stephan. »Lass mich dir helfen«, sagte er ergeben.

Er rief seinen Gefährten, und die Dunkelheit hüllte sie beide ein. Stephan wusste, dass er Ann dem nahezu sicheren Tod entgegenführte. Wie konnte er sie jetzt noch schützen? Verdammt! Aber verdammt war er ja ohnehin. Nur würde sie es jetzt *mit ihm* sein.

»Ich wusste ja, dass du es einsehen würdest«, flüsterte sie und hielt sich mit beiden Händen an ihm fest.

Und schon wurden sie von der Dunkelheit verschluckt.

23. Kapitel

Stephan stand auf der von herausragenden Mauerresten verschandelten Rasenfläche innerhalb der verfallenen Abteimauern auf der Nordseite Maitlands und starrte auf die gotischen Bögen, die sich im Licht des zunehmenden Mondes über ihnen erhoben. Mit seiner hervorragenden Nachtsicht suchte Stephan die Umgebung ab und rechnete damit, die Wachen zu entdecken, die Van Helsing neulich abends abgewiesen hatten. Aber er fand nur Stille vor ... Stille und die Vibrationen sehr alter Vampire.

Als er Ann einen Blick zuwarf, riss sie überrascht die Augen auf. Auch sie spürte die Schwingungen.

»Sieht so aus, als hättest du recht gehabt«, flüsterte er und nahm ihre Hand, um sie zu dem Kiesweg vor dem Haus zu führen. Aus einigen Zimmern fiel Licht, hier draußen hüllte die Nacht jedoch alles in Dämmerlicht, obwohl die Sterne herausgekommen waren. Mehrere dunkle Gestalten lagen in der Einfahrt verstreut und eine weitere unter der mächtigen alten Tanne vor dem Haus. Der unverkennbare Geruch von Blut hing in der Luft. Stephan schlich hinüber, um eine der Gestalten zu untersuchen. Eine Wache, mit durchgeschnittener Kehle.

»Polsham, Mrs. Simpson!«, flüsterte Ann entsetzt und lief auf den hinteren Teil des Hauses zu. Stephan, der wusste, was sie finden würden, rannte ihr hinterher.

Durch den Hintereingang betrat sie die Küche, Stephan befand sich direkt hinter ihr. Der süßliche Geruch von Blut war überall, vermischt mit dem von Knoblauch, Beefsteak und dem von gekochtem Mangold. Rubius' Töchter mussten spüren, dass er hier war. Sicher warteten sie irgendwo im Haus auf ihn. Ann dagegen könnte eine unerwartete Überraschung für sie sein. Aber da sie gerade erst verwandelt worden war, würde sie kein Problem für so alte Vampire wie Dee und Freya darstellen. Ann ergriff eine Kerze und betätigte den Feuerstein in seinem Halter, wohl mehr aus Gewohnheit als Notwendigkeit, nahm Stephan an.

Das Licht offenbarte das Grauen nur noch deutlicher. Zusammengesackt, den Kopf in ihren Tellern, saßen Polsham und Mrs. Simpson an dem langen Küchentisch vor ihrem Abendessen. Das Essen, das Geschirr, der Tisch – alles war mit Blut besudelt. Es überraschte Stephan nur, dass Rubius' Töchter den Dienstboten kein Blut genommen hatten, aber vielleicht hatten sie ja schon draußen an den Wachen ihren Hunger gestillt.

Ann schnappte entsetzt nach Luft und stürzte auf Mrs. Simpson zu. Tränen schossen ihr in die Augen, als sie vorsichtig den Kopf der Frau vom Teller hob. »Oh, nein, nein! Nein, bitte nicht!«, schluchzte sie, während sie die arme Mrs. Simpson an sich drückte. Die Augen der Frau waren starr und blicklos, ihre linke Wange mit Sauce und Blut beschmiert. Ihre weiße Uniform war rot verfärbt, wo die große Schnittwunde an ihrem Hals sie arg besudelt hatte. Stephan nahm Ann die Tote aus den Armen und bettete Mrs. Simpsons Kopf behutsam auf den Tisch.

»Setz dich hierher.« Er hob sie einfach an der Taille auf und setzte sie auf einen Stuhl neben dem Hackklotz. Dann legte er Mrs. Simpson und Polsham respektvoll auf den Boden. Natürlich ließ das die Wunden an ihrer Kehle nur wieder aufklaffen. Rubius' Töchter waren alles andere als vorsichtig gewesen. Hinter sich konnte er Ann aufschluchzen hören.

Er drehte sich zu ihr um. Sie hatte Blut an ihren Händen und ihrem Kleid, und schnell ergriff er einen nassen Lappen aus dem großen Spülbecken und wischte ihr die Hände ab. »Nimm dich zusammen«, sagte er streng, »wenn du nicht hierbleiben willst, wenn ich den Schwestern gegenübertrete.« Nachdem sie nun wissen mussten, dass sie auf Maitlands waren, wollte er Ann bei sich haben. Vielleicht hatte er dann die Möglichkeit, sie zu beschützen.

Ann schluckte und schüttelte den Kopf, während sie sich bemühte, sich zu fassen. Wie tapfer sie war! Stephan war, als dehnte sein Herz sich weit, weit aus und zöge sich wieder zusammen. Die liebe, süße Ann! Wie konnte er riskieren, sie mitzunehmen? Genauso wenig konnte er sie jedoch schutzlos hier zurücklassen, wo Rubius' Töchter sie allein erwischen könnten.

»Sie erwarten uns oben«, sagte er und zog Ann auf die Beine und zur Küchentür hinaus.

»Sie . . . sie wissen, dass wir hier sind?«

»So wie wir wissen, dass *sie* hier sind.« Er biss die Zähne zusammen, als sie über die Hintertreppe in den ersten Stock hinaufstiegen. Inzwischen hatte er die Schwestern lokalisiert. Entschlossen ging er den Gang hinunter und stieß die Tür zur Bibliothek auf.

Rubius' Töchter standen vor den großen Fenstern, hinter denen nichts zu sehen war als die dunkle Nacht und die Bäume, die vom aufkommenden Wind geschüttelt wurden. Wie immer trugen sie durchscheinende Stoffe, nur war der Chiffon jetzt mit Seide unterfüttert, und die Gewänder waren weder oben noch unten bis zur Taille aufgeschlitzt. Aber die Farben waren dieselben, Schwarz für Dee und Weiß für Freya. Es fehlte nur noch Stancies Rot.

Bei Stephans und Anns Eintreten drehten sie sich langsam um. Dees Augen glühten triumphierend und hasserfüllt, aber Freya sah nur traurig aus.

»Ich sagte ja, sie würden kommen.«

Stephan und Ann fuhren zu der Stimme herum. Van Helsing stand in lässiger Pose am Kamin, einen Fuß auf den Feuerbock gestellt und einen Brandy in der Hand. Auch in seinen Augen spiegelten sich Triumph und Hass. Für sein selbstgefälliges Grinsen hätte Stephan ihm die Zähne ausschlagen können.

»Erich!«, rief Ann überrascht.

»Was tun Sie denn hier?«, knurrte Stephan.

Van Helsing zog die blonden Augenbrauen hoch. »Was für eine Frage! Ich bin hier, um mir meine Braut zu holen, Sincai.«

Stephan drehte sich abrupt wieder zu Dee und Freya um.

»Unser Diener verdient eine Belohnung dafür, dass er uns so... nützlich war«, murmelte Dee.

»Du dienst Rubius' Töchtern, Erich?«, fragte Ann fassungslos.

»Richtig.« Van Helsing schlug die Hacken zusammen und machte eine militärisch-zackige Verbeugung, bei der sich seine Weste auf sehr unschöne Weise über dem Bauch spannte. »Das habe ich die ganze Zeit getan.« Er hob das Glas, um einen Schluck zu trinken, hielt dann jedoch inne und sah Ann nachdenklich an.

»Wir hatten ihn vorausgeschickt, um Kilkenny auf der Spur zu bleiben, als sich deine Ausbildung verzögerte. Kilkenny wäre nie auf die Idee gekommen, dass wir einen Menschen schicken könnten«, höhnte Dee.

»Ich sagte ja schon, dass ich mächtige Freunde habe, Sincai«, warf Van Helsing ein. Sein Blick ruhte jedoch noch immer auf Ann, und jetzt zeichnete sich Verärgerung hinter seiner Selbstgefälligkeit ab. Er trat vor, blieb aber außer Stephans Reichweite und wandte sich an die Schwestern. »Ihr wisst, was ich will. Nach all meinen Diensten ...« Seine Stimme hatte jetzt fast schon etwas Quengelndes.

»Und du wirst es auch bekommen, Diener.« Dee war hochmütig wie immer. »Wenn du mit ihr fertig bist, wird sie dir ihr Vermögen überschreiben, und du wirst sie töten.« Bei ihren Worten lief es Stephan kalt den Rücken hinunter. Hätte er nicht einen Weg finden können, Ann in der Höhle zurückzulassen?

»Aber sie ist jetzt stark!«, protestierte Van Helsing.

»Und wir sind stärker«, beschied ihn Freya müde.

»Und was ist mit dem Schlafzimmer? Werdet ihr auch da sein, um sie gefügig zu machen? Oder muss ich ...«

Deirdre warf ihm einen Blick zu und hob die Hand, worauf er mitten im Satz abbrach. Niemand bedrängte Rubius' Töchter. Dee ging zu einem Ledersessel, auf dem ihr Umhang und ihr Retikül lagen, und nachdem sie etwas aus dem Täschchen herausgenommen hatte, warf sie Van Helsing eine kleine Flasche zu. »Gib ihr Laudanum. Damit kannst du sie haben, so oft und wann du willst.«

Laudanum! Das einzige Mittel, mit dem sich der Gefährte unterdrücken ließ! »Ihr wollt sie unter Drogen setzen«, zischte Stephan mit zusammengebissenen Zähnen, »damit dieses Tier sein Vergnügen mit ihr haben kann?« Er konnte Anns Angst spüren.

»Behalt sie, solange du willst, Van Helsing«, sagte Dee gelangweilt. »Und dann schlägst du ihr den Kopf ab. Ich will keine neu geschaffenen Vampire hinter uns zurücklassen. Und hüte dich, auch nur ein Tröpfchen ihres Blutes zu stehlen, oder wir werden es dir auf die gleiche Weise heimzahlen«, warnte sie.

»Habt ihr zwei kein Herz?«, knurrte Stephan. »Ihr könnt mich haben. Bestraft mich dafür, sie geschaffen zu haben, aber lasst Ann gehen.« Er wusste, dass das unmöglich war. Sie war kein geborener Vampir, und deshalb würden sie sie töten.

»Dich bestrafen wir ohnehin«, fauchte Dee. »Für deinen Fehler bei ihr und für Kilkenny.«

Woher wussten sie, dass er Callan Kilkenny hatte laufen lassen?

»Wir haben euch im Wald beobachtet«, erklärte Freya.

Gott, sie hatten ihn umgebracht! Die Mühe, ihn zu verschonen, war umsonst gewesen.

»Nein, noch nicht«, beantwortete Freya. Offenbar hatte sie den entsetzten Ausdruck auf seinem Gesicht richtig gedeutet. Dann holte sie tief Luft und ließ sie langsam wieder entweichen. »Aber wir werden ihn umbringen. Sobald wir hier fertig sind, spüren wir ihn auf.« Sie klang nicht allzu froh darüber.

»Ich bedaure nur, dass wir dich nicht nach Mirso mitnehmen können, um dich vor dem gesamten Kloster zu bestrafen.«

»Darum geht's, nicht wahr?«, fragte Stephan, um einen möglichst ruhigen Ton bemüht. »Ihr wollt ein Exempel an mir statuieren, um andere davon abzuhalten, auf rebellische Ideen zu kommen. Hab ich recht?«

»Grundsätzlich ja«, sagte Dee. »Ein Beispiel warst du ja immer schon. Weißt du, du hattest mehr natürliche Macht als irgendjemand sonst, den wir seit langer Zeit gesehen hatten.« Sie legte den Kopf ein wenig schief und lächelte. »Das in Verbindung mit der Geschichte deiner offenen Rebellion im Laufe der Jahre, deiner Missachtung der Regeln ... Du musstest zur Vernunft gebracht werden.«

»Und habe ich mich nicht ... allem unterworfen?«

»Dem Training schon«, versetzte Dee. »Doch wenn es darum ging, die Regeln zu befolgen? Sowie du außerhalb des Klosters warst, hast du dich nicht mehr so gut daran gehalten, nicht?«

Dem hatte er nichts entgegenzusetzen. Aber er musste es wenigstens versuchen. »Man sollte meinen, Rubius wolle etwas mehr von seinen Anhängern als blindes Festhalten an solch alten, schon lange nicht mehr zeitgemäßen Regeln. Es gibt eine Moral jenseits dieser Richtlinien. Wenn Regeln dir befehlen, mutwillig und leichtfertig zu töten, sind sie falsch.«

Dee schnaubte. »Siehst du, Freya? Ich sagte dir ja schon, dass er nicht mal bereuen würde.« Sie wandte sich wieder an Stephan. »Geschaffene Vampire müssen getötet werden. Wir können nicht riskieren, das Gleichgewicht zu stören.«

Freya wandte den Blick ab.

»Und was ist mit den Wachen und den Dienstboten?«, fragte Ann, deren Stimme vor Bewegung zitterte. »Sie waren unschuldige Menschen.«

Freya warf ihrer Schwester einen vorwurfsvollen Blick zu.

»Das war nötig«, fauchte Dee. »Schritte, die getan werden mussten, um unsere Ziele zu erreichen.«

Stephan atmete tief durch, um sich zu sammeln. Gegen Rubius' Töchter würde er seine ganze Kraft benötigen. Er versuchte, nicht daran zu denken, wie vergeblich seine Bemühungen sein würden oder wie viel kostbare Kraft er heute beim Liebesspiel mit Ann verbraucht hatte. Aber dann stiegen Erinnerungen in ihm auf: an die sichere Gewissheit ihrer Liebe in Anns Augen, an ihre Berührung, die so wundersam für ihn war und für sie sogar noch mehr, wenn sie mit ihren Händen über seinen Körper fuhr, an das Wunder des Geschlechtsakts, der für ihn wieder zu einem Liebesakt geworden war ... Nein, er bereute nicht, Ann heute noch einmal geliebt zu haben. Er wusste, wie das hier vermutlich enden würde, und er würde auch nicht vor dem Tod zurückschrecken. Er musste nur einen Weg finden, Ann davor zu bewahren. Und nicht nur vor dem Tod ...

»Meine Macht ist seit Mirso noch gewachsen«, sagte er und versuchte, eine Sicherheit in seinen Ton zu legen, die er nicht empfand. »Ihr werdet feststellen, dass ich keine leichte Beute mehr bin. Doch wenn ihr sie gehen lasst, werde ich mich euch kampflos unterwerfen.«

»Dein Fehler, *Harrier*«, höhnte Dee. »Deine Macht wird es uns sogar noch leichter machen, dich jetzt zu erledigen. Und Freya und ich werden zusammen kein Problem mit dir haben.« Ihr schien dies alles großes Vergnügen zu bereiten. Ihre Augen röteten sich, sie war auf jeden Angriff Stephans vorbereitet. Er konnte spüren, wie ihre Schwingungen intensiver wurden. »Freya, hilf unserem Diener hier, Miss van Helsing dieses Fläschchen Laudanum zu verabreichen.«

Freyas Miene drückte Bedauern aus.

»Die ganze Flasche?«, fragte sogar Van Helsing ungläubig.

»Wie du selbst gesagt hast, ist sie stark...« Die Röte in Dees Augen vertiefte sich.

Mit schmalen Lippen trat Freya vor, und auch ihre Augen wurden rot. Jetzt oder nie. *Gefährte!* Ein roter Schleier legte sich über den Raum, und Stephan nahm seinen ganzen Willen zusammen und richtete ihn gegen Freya, die schwankte und stehen blieb.

Eine Druckwelle psychischen Zwangs erfasste ihn und stieß ihn beinahe zu Boden. Welle um Welle packte ihn. Dee trat vor und lächelte ihn grimmig an.

»Du willst uns herausfordern?« Die Worte echoten und dröhnten durch den Raum, als wären sie die Stimme eines Gottes. Langsam sank Stephan auf die Knie. Sein Willen konnte Freya nicht erreichen. »Freya!«, blaffte Dee.

Freyas Augen nahmen ein noch dunkleres Rot an, als sie auf Ann zuging. Stephans Sicht verdunkelte sich an den Rändern, während er gegen den geistigen Zwang ankämpfte, mit dem Dee ihn schier bombardierte. Er sah, wie sich Anns Augen weiteten und dann blicklos wurden.

»Gib ihr die Flasche, Van Helsing«, flüsterte Freya.

Stephan warf seinen Geist gegen die Barriere, die ihn zurückhielt. Er zitterte. Die Schwärze breitete sich aus, bis er Ann, Freya und Van Helsing am Ende eines langen Tunnels zu sehen glaubte. Van Helsing entkorkte die Flasche und hielt sie Ann hin, die eine zitternde Hand ausstreckte und sie nahm. Sie hob sie an die Lippen.

»Nein!« Der Schrei kam direkt aus Stephans Seele.

Und dann schlug die Schwärze über dem Tunnel zusammen.

Stephan erwachte nur allmählich. Sein Kopf pochte, als wäre er gegen einen Steinboden geschlagen worden. Er versuchte, sich zu erinnern. Dee hatte ihn mit ihrem Willen gelähmt, während Ann ...

»Ann«, murmelte er und versuchte, den Kopf zu heben. Er prallte auf den harten Stein herab, als eine gewaltige Willenskraft ihn niederzwang. Dee und Freya traten in seinen Sichtkreis und beugten sich über ihn. Ihre Augen waren purpurrot, und während er zu ihnen aufblickte, vertiefte sich die Farbe zu Burgunderrot. Bekleidet waren sie mit den durchsichtigen Tüchern, die sie auf Mirso getragen hatten, oben bis zum Nabel und unten bis zur Taille aufgeschlitzt, was es ihnen leichter machte, sich seiner zu bedienen. Er war nackt, wie er bemerkt hatte. Im Schein des mächtigen Feuers, das er aus den Augenwinkeln sehen konnte, glühten die Gesichter der Töchter, als wären sie nicht von dieser Welt. Stephan schwitzte von der Hitze, die ihn durchströmte. Er lag an einem dunklen Ort, der nur von dem großen Feuer erhellt wurde. Unter ihm war nackter Stein – eine Bank vielleicht? Der Gedanke ließ Stephan erschaudern. War er wieder in den Gewölben Mirsos?

»Nun, Büßer«, murmelte Dee und strich ihm eine Haarsträhne aus der feuchten Stirn. »Du warst nicht reuig genug, nicht wahr? Vater hatte recht, an dir zu zweifeln.«

»Lasst mich mit ihm reden ...«, sagte Stephan stockend. »Lasst es mich ihm erklären.« Rubius würde ihm natürlich nie verzeihen, aber er würde Zeit gewinnen.

»Ich sagte dir doch schon, dass wir dich nicht nach Mirso bringen«, rügte Dee. »Es wäre zu anstrengend für uns, dich auf einer so langen Reise unter Kontrolle zu halten.«

»Und wo bin ich dann?« Er hob den Kopf. Der Raum, in dem er sich befand, war riesig. Säulen und romanische Bögen verschwanden in der Finsternis hinter dem Feuer. Er war an etwas angekettet, das wie ein steinerner Sarkophag aussah – aber es waren nicht die Ketten, die ihn dort festhielten.

»In der unterirdischen Krypta der Abtei«, sagte Freya mit leiser Stimme. Ihre Erklärung brachte ihr einen bösen Blick von ihrer Schwester ein.

»Wo ist Ann?«, stieß Stephan zwischen zusammengebissenen Zähnen hervor. Er war immer noch auf Maitlands, jedenfalls ganz in der Nähe. Wenn er entkommen könnte ...

»Oh, sie amüsiert sich sicher großartig, und wenn auch nur durch einen Dunst von Laudanum.« Dee lachte und richtete beinahe zärtlich den Blick auf Stephan. »So wie du dich gleich amüsieren wirst.«

Stephan stöhnte beim Gedanken an Van Helsings plumpe Hände auf Ann, an seinen feuchten Mund auf ihrem und die Qual, die sie erdulden würde, die noch viel schlimmer war als Vergewaltigung. Er musste eine Möglichkeit finden, hier herauszukommen! Er *musste* Van Helsing aufhalten.

Dee warf Freya einen Blick zu. »Bist du bereit?« Es klang herausfordernd, als traute sie ihrer Schwester nicht.

Freya atmete tief ein und nickte.

Stephan verspürte ein Ziehen in den Lenden, und sein Glied begann zu pochen.

Gott, sie wollten eine Erektion erzwingen und ihn wieder benutzen? Jetzt gleich? Er begann, sich noch stärker gegen den geistigen Zwang zu wehren, so heftig, dass er vor Anstrengung am ganzen Körper zitterte. Er konnte sich nicht wieder so benutzen lassen wie in Mirso, nicht nachdem er Ann geliebt hatte.

»Nein, nein, mein Büßer, du hast keine Wahl«, gurrte Dee, während ihre Hände über seine Brust und zu seinem Bauch hinunterglitten, um dann an der Spitze seines Glieds zu zupfen.

Wollten sie ihn quälen, bevor sie ihn töteten? Warum enthaupteten sie ihn nicht einfach und brachten es hinter sich? Aber natürlich hütete er sich, das auszusprechen. Er musste am Leben bleiben, um sich die Möglichkeit offenzuhalten, Ann zu helfen.

Er schluckte hart. Sie wollten ihn benutzen? Na schön, dann war es eben so. Es würde seine Macht nur noch erhöhen. Und falls sie ihn zum Orgasmus brachten, könnte er ihre Schlechtigkeit gegen sie wenden und sie würden so wie Stancie enden. Aber Wahnsinn würde sie nicht notwendigerweise handlungsunfähig machen. Vielleicht könnten sie ihn noch immer töten und daran hindern, Ann zu suchen. Besser betete er darum, dass sie ihn nicht zum Höhepunkt kommen ließen. Seine Macht würde zunehmen, bis er sich ihr öffnen konnte wie im Jagdhaus und sie zum Ausbruch kommen lassen würde, um die Schwestern zu verletzen oder gar zu töten. Das könnte genügen, um ihnen zu entkommen.

Also gut. Lass sie denken, sie hätten gewonnen. Mach mit, sagte er sich. Schon jetzt prickelte sein Körper von einem Verlangen, das er nicht empfinden wollte. Aber er musste sich ihm ergeben, durfte sich nicht dagegen wehren. Er wand sich auf dem harten Untergrund, als Freya seine Hoden umfasste und sie sanft zusammendrückte.

»Wir sind nicht so dumm wie Stancie und lassen dich zum Orgasmus kommen, du Narr«, flüsterte Dee, als sie ihre Finger um ihn schloss und sie auf und ab zu bewegen begann. »Und wir können auch die Freisetzung deiner Macht verhindern.«

Stephan hielt den Atem an. Was?

»Wir können verhindern, dass du überhaupt noch Zugang zu ihr hast«, fuhr sie fort und lächelte über seine entsetzte Miene. Ihr Lächeln war so gruselig, wie Stephan es in Erinnerung hatte. Furcht durchzuckte ihn. »Und wenn sie dann zu brodeln beginnt ... Du erinnerst dich doch noch an den Fleck an der Wand in deiner Zelle?«

»Dee?«, fragte Freya, nicht weniger schockiert als Stephan. »Du wirst doch nicht ...«

»Enthaupten ist zu einfach, Freya. Dafür hat er zu viel zu büßen, oder etwa nicht?«

Stephan wollte zurückweichen, aber es gab kein Entkommen vor Dees Hand oder ihrem Atem an seinem Nacken.

»Dee, ich ...«

»Tu deine Arbeit, Freya!«, zischte Deirdre. »Gehorche deinem Vater! Ich bin die Älteste, und in seiner Abwesenheit gehorchst du mir. Wir müssen es tun.« Plötzlich lächelte sie ihre Schwester an. »Und genieße es.« Ihr Blick wandte sich Stephan zu. »Ich zumindest bin bereit dazu.«

Damit senkte sie ihren Mund auf Stephans und glitt mit ihrer Zunge zwischen seine Lippen. Sie wollte, dass er den Kuss erwiderte, das wusste er, also kam er ihrem Wunsch nach. Verzweifelt kämpfte er darum, den Abscheu, den er dabei empfand, niederzukämpfen.

Freya nahm sich zusammen. »Dann will ich die Erste sein, Dee, bevor es zu schmerzhaft für ihn wird.« Sie schob den durchsichtigen Stoff ihres Gewandes beiseite und ließ sich mit gespreizten Beinen über Stephans Schenkeln nieder. Mit einer Hand hob sie sein Glied an und nahm es in sich auf. Das Gefühl hätte ihn über die Grenze seiner Beherrschung treiben müssen, aber so war es nicht. Dee steigerte seine Erregung, doch seine Ekstase unterdrückte sie. Stephan krümmte den Rücken und stöhnte unter der exquisiten Qual seiner Empfindungen. Schon jetzt begann die Lava in seinen Lenden zu brodeln.

In Gedanken sprach er seine Mantras. Er musste die Macht in sich daran hindern überzukochen, bis ihm ein Ausweg einfiel. Er durfte nicht einmal daran denken, was Ann in der Zwischenzeit geschehen mochte.

Tuatha denon. Beluorga lefin. Argos pantid.
  Bletherdon, hargarden, slitenger, shuit!

Wie lange konnte er das überleben?

Ann trieb durch einen Dunstschleier aus Angst, der sie vollkommen einzunebeln schien, als Erich sie die Treppe hinauf nach oben trug. Regungslos und schlaff hing sie in seinen Armen, und irgendwo tief in ihrem Innersten wusste sie, was er ihr antun würde. Er hatte es ihr einmal deutlich genug gesagt, und Alice hatte es ihr sehr anschaulich beschrieben. Aber es schien ihr nicht annähernd so viel auszumachen, wie sie gedacht hatte.

Es war sowieso alles vorbei. Rubius' Töchter hatten Stephan. Und Van Helsing hatte sie. Es war aus. Vorbei.

Erich trat eine Tür auf. Sie schwang auf, und Ann sah burgunderrote Samtvorhänge, Bettvorhänge aus demselben Material und eine Überdecke aus Brokat in Rot- und Goldtönen, die vor ihren Augen tanzten und verschwammen. Der schwache Tabakgeruch der Pfeife ihres Onkels hing noch in der Luft.

»Onkel Thaddeus' Zimmer?«, murmelte sie benommen.

»Das Zimmer des Hausherrn, meine Liebe. Du verstehst doch sicher, wie passend das jetzt ist.« Erich legte sie auf das Bett und nestelte an den Knöpfen vorn an ihrem Kleid. Wie sehr er einem Fisch ähnelt, dachte Ann. Einem besonders abstoßenden Fisch, der niemals Zahnpulver benutzt. »Ah, ich würde gern etwas von deinem Blut auflecken, aber das traue ich mich nicht. Nicht, solange sie noch in der Nähe sind. Doch irgendwann werden sie nach Mirso zurückkehren«, murmelte Erich vor sich hin, während er ihre Bändchen und Knöpfe löste. »Aber werden sie dich am Leben lassen? Vielleicht kann ich sie ja dazu überreden. Dann werden sie sagen, sie würden es erfahren, und mich töten. Doch würden sie das wirklich tun?« Er zog Ann das Kleid über eine Schulter und verrenkte ihr fast den Arm, als er ihn aus dem Ärmel zerrte.

Sowie er ihre nackte Haut berührte, war sie über ihn im Bilde. Aber es war nicht so wie vorher, kein Schauer quälender Erfahrungen, der sie überfiel, kein jähes Wissen, kein Entsetzen. Nein. Es war eher so, wie in einem Buch zu lesen. Die Informationen waren alle da, während sie eine Seite nach der anderen las, aber sie berührten sie nicht und schmerzten nicht wie früher.

Sie sah seinen strengen deutschen Vater, dem er nie etwas recht hatte machen können, die Schläge und Misshandlungen.

Er hatte gelernt, verschlagen zu sein, um den Zorn seines Vaters abzuwenden. Immer log er und ging den Weg des geringsten Widerstandes. Er belog die einheimischen Mädchen aus den Klassen unter ihm, weil er die gleiche Macht über sie haben wollte, die sein Vater über ihn ausübte. Er verlor seine Mutter – das einzige Vorbild für Güte und Freundlichkeit in seinem Leben, auch wenn sie zu nachgiebig gewesen war und ihn mit Geld verwöhnt hatte, das sie nicht besaßen. Irgendwann trieb es ihn fort, als sein Vater starb und Erich erkannte, dass ihm nur Schulden geblieben waren, dass es kein Geld mehr geben würde und im Grunde schon seit Jahren keines mehr da gewesen war. Die Verbitterung, die Jahre als herumvagabundierender Spieler, das Erlernen von Sprachen, um Menschen ausnutzen zu können, indem er vorgab, jemand anderes, jemand Wichtigeres zu sein. Sein Bedürfnis, Macht auszuüben, trieb ihn zu immer neuen sexuellen Perversionen mit Huren und wehrlosen Frauen. Aber er gab nie die Hoffnung auf, denn er war der einzige männliche Van Helsing und lebte von seinen Erwartungen. Sobald er genügend Geld zusammengespart hatte, würde er nach England gehen, sagte er sich, und sich bei seinen britischen Verwandten einquartieren. Anns Vater würde ihm sicher helfen, wenn er der Erbe des Titels und der Ländereien war. Aber es kam nie genug Geld für die Reise zusammen. Dann hörte er, dass Anns Vater tot war, erfuhr von den Verfügungen des Testaments, die seine Hoffnungen zunichte machten und Maitlands Ann vermachten. Er begann zu trinken. Als es ihn nach Rumänien trieb, begegnete er einem Mann, der ihm seine Lügen über einen großen Kreis von Bekannten und Beziehungen in England glaubte. Der Mann brachte ihn in ein Dorf namens Tirgu Korva, wo Erich Rubius' Töchter kennenlernte. Versprechen, Drohungen – und dann die Erkenntnis, dass Vampire ein Wunder an Macht waren –

Macht, die er auch besitzen wollte. Er suchte Kilkenny auf, in der Hoffnung, dass dieser ihn verwandeln würde. Wie groß waren seine Enttäuschung und sein Hass, als Callan Kilkenny seine Wünsche nicht erfüllte! Für wie dumm er Kilkennys Ideale hielt! Dann kamen der Hass auf Stephan und die Furcht vor ihm hinzu. Hass auf Ann, weil sie besaß, was er nicht haben konnte.

Sie sah dies nun alles und nahm es durch den Nebel der Droge in sich auf, zusammen mit Erichs Schwäche, seiner kleinlichen Rachsucht und der Habgier. Aber sie erkannte auch, dass diese Eigenschaften durch seine Lebensumstände noch verstärkt worden waren. Wenn seine Mutter nicht gestorben wäre oder wenn sie einen stärkeren Charakter gehabt hätte... Wenn doch nur alles anders für Erich verlaufen wäre...

Anns Lider flatterten, als sich das Buch seines Lebens für sie schloss. Erich redete noch immer, aber mehr zu sich selbst als zu ihr.

»Es könnte das Risiko wert sein.« Er hielt sie, während er ihr den anderen Ärmel abstreifte. »Natürlich müsste ich dann verschwinden. Den Besitz verkaufen oder ihn vermieten.« Er ließ Ann aufs Bett zurückfallen und zog ihr grob das Kleid herunter und die Schuhe aus. »Ich gehe nach Amerika. Dort werden sie mich nie aufspüren.« Er richtete sich auf und blickte auf Ann herab. »Mit meiner opiumsüchtigen Frau? Das wäre ein bisschen anstrengend. Aber...«, er lachte vor sich hin, »es gibt nichts Besseres als eine fügsame Frau mit einem schönen Körper.« Er legte die Hand um eine ihrer Brüste über dem Korsett, und seine Finger bohrten sich sogar durch den Stoff ihres Hemdes hindurch. Erich stöhnte. »Wenn ich es müde werde, dich vorn und hinten zu durchpflügen, bis du blutest, werde ich dich lehren, mir mit dem Mund Vergnügen zu bereiten. Dann wirst du vor mir niederknien und mir zu Willen sein, wann und wo auch immer es mich danach verlangt.«

Und damit presste er seinen nassen Mund auf ihren und erfüllte ihn mit dem Geschmack von schlechten Zähnen und Alkohol. Ann versuchte, sich Erich zu entziehen, aber er lachte nur – ein scheußliches Geräusch, das laut in ihren Ohren widerhallte. Selbst sein Speichel war dickflüssig, fast schon so wie Schleim, was ihren Magen rebellieren ließ.

Doch schon richtete er sich wieder auf, nahm ein kleines Messer aus der Tasche und durchtrennte die Bändchen ihres knappen Korseletts. Als Nächstes schnitt er ihr Hemd und Unterrock vom Körper und ließ sie nackt auf dem Bett liegen. Ann schaffte es, den Kopf zu heben, und sah, dass er seine Hose aufknöpfte ... und eine Erektion darunter hatte.

Danach konnte sie sich nicht mehr konzentrieren, ob aus Angst vor dem, was gleich geschehen würde, oder von dem Laudanum. Erichs Gesicht kam ihrem wieder nahe, aber es war verzerrt wie in einem Albtraum. Er würde sie wieder küssen, und dann würde die Vergewaltigung erst richtig beginnen. Das Denken bereitete ihr allmählich Mühe, und deshalb versuchte sie es nicht einmal mehr. Sein widerlich feuchter Mund senkte sich erneut auf den ihren, und Ann überließ sich dem barmherzigen Dunkel, das sie überwältigte.

Verzweifelt warf Stephan den Kopf von einer Seite zur anderen. Dee saß auf ihm und war kurz davor, den Höhepunkt zu erreichen. Freya kniff ihn in die Brustwarzen, während sie mit ihren scharfen Eckzähnen über seinen Nacken strich und ihr heißer Atem seine Haut versengte. Das Bild des fettigen schwarzen Flecks an der Zellenwand in Mirso hatte sich Stephan unauslöschlich ins Gehirn gebrannt. Sein Körper zuckte und schwitzte. Die Lust, die er anfangs noch verspürt hatte, war schnell in Schmerz übergegangen. Jetzt pochte und pulsierte der rot glühende Kern in ihm. Beide Schwestern hatten sich seiner schon bedient. Er befürchtete, dass er, wenn Dee den Gipfel der Ekstase erreichte, vielleicht einfach explodieren würde wie jener andere namenlose Beinahe-Harrier. Er musste einen Weg finden, das zu verhindern, irgendeinen Weg, die überschüssige Macht, die in ihm aufbrauste, zu drosseln. Er musste am Leben bleiben, um Ann zu retten.

Aber wie lange würde er das noch überleben können? *Sie* konnten ewig weitermachen, das wusste er. Dees heftiges Keuchen ging in leises Stöhnen über. Ihm blieb nicht mehr viel Zeit.

Ann. Er würde an Ann denken. Nicht daran, dass sie von Van Helsing missbraucht wurde, sondern an den Liebesakt mit ihr, der so zärtlich war. Sie war so aufmerksam seinen Bedürfnissen gegenüber ... Und schon spürte er, wie Dee den Höhepunkt erreichte, wie sie sich um ihn zusammenzog und sein Körper sich ihr sogar noch mehr entgegenbog. Ann. Ann braucht mich, dachte er. Ann versteht mich. Es war wie eine neue Art von Mantra.

Irgendwie schaffte er es, Dees Orgasmus zu überstehen. Als sie von ihm abließ, brach er ermattet auf dem Stein des Sarkophags zusammen.

»Nicht zu glauben«, sagte Dee, als sie einen seidenen Morgenmantel überstreifte und näher an das Feuer in dem riesigen uralten Kamin trat. »Ich dachte, diesmal wäre er nahe dran. Halte seine Erregung wach, Freya, solange ich mich ausruhe!« Freya legte sich neben ihn und drückte ihren Körper an den seinen. Sie nahm sein noch immer schmerzhaft erigiertes Glied in die Hände und begann, es zu streicheln und zu reiben.

Stephan konnte nichts gegen das protestierende Aufstöhnen tun, das sich ihm entrang.

Von einem großen hölzernen Tablett, das auf dem Kaminrand stand, nahm Dee ein Glas und füllte es mit Glühwein aus einer großen Kanne. »Vielleicht solltest du es besser mit dem Mund tun. Das würde seine Erregung steigern.«

»Im Moment genügt es so«, murmelte Freya an Stephans Nacken, während sie mit dem Daumen das kleine Tröpfchen an der Spitze seines Glieds verrieb.

»Du willst es aus ihm herauskitzeln, wie ich sehe.« Dee lachte. »Auch gut. Es ist eine Weile her, seit ich mich so wunderbar befriedigen konnte.« Sie warf den Kopf zurück, als sie in die Dunkelheit davonschritt und sich streckte wie eine Katze. Ihren geistigen Zwang ließ sie jedoch keine Sekunde lang erlahmen. Desorientiert und verzweifelt wie er war, hatte Stephan darauf gewartet, dass ihre Wachsamkeit nachließ, und wenn auch nur ein kleines bisschen.

»Es tut mir leid«, flüsterte Freya ihm zu, als sie ihn mit der Hand umfasste und ihre Bewegungen fortsetzte. »Ich habe wirklich keine andere Wahl. Vater meint, du wärst zu gefährlich, um dich am Leben zu lassen.«

»Man hat immer eine Wahl«, keuchte Stephan, als das Gefühl sich wieder bis zu einem schier unerträglichen Punkt verschärfte. Aber um Anns willen musste er es ertragen.

»Nicht, wenn man die Tochter meines Vaters ist, und das seit dreitausend Jahren«, raunte Freya. Er spürte ihren Atem an seinem Ohr, ihre Brüste, die sich durch die weißen Chiffonstreifen, die sie bedeckten, an seine Seite pressten, und ihr Bein, das über seinem lag. Vor allem aber spürte er, wie die geschmolzene Lava in ihm auf ihre Forderungen reagierte. Sie simmerte und brodelte. Warum war es bei Ann nicht so gewesen?

»Du ... du musstest ... unschuldige Menschen töten?«, stöhnte er.

Er spürte ihr Zögern. »Das war Dee.«

»Also hast du ... dich entschieden ... sie nicht zu töten.« Ihm war, als würde er in der Mitte auseinandergerissen.

Wieder dieses Zögern. Dann nahm sie den Mund von seinem Ohr. »Schweig«, befahl sie ihm mit so klarer, lauter Stimme, dass Dee sie hören musste. Ihre Hand glitt schneller an seinem Glied entlang. Stephan versuchte, sich aufzubäumen gegen das Gefühl, das ihn erfasste, und rang nach Atem.

Dees Gesicht erschien über ihm. »Gut«, murmelte sie. »Ausgezeichnet, Freya.« Sie ging um sie herum. Stephan konnte kaum noch atmen, kaum noch sehen. Sein ganzes Sein konzentrierte sich in seinen Lenden, und hinter der qualvollen Spannung in ihnen sammelte sich die Lava und wartete darauf, freigesetzt zu werden. Wegen der unnachgiebigen Bande des geistigen Zwangs, die Stephan gefesselt hielten, konnte dies jedoch nicht geschehen.

»Ich habe ein paar Spielzeuge mitgebracht, um seine Empfindungen zu verschärfen«, hörte er Dee wie aus der Ferne sagen. »Einen Stab für sein Gesäß, ein paar Klemmen für seine Brustwarzen und einen Ring für seinen Penis. Wir könnten uns auch an seinem Blut laben, solange es ihn nicht zu sehr schwächt.«

»Du ... hast das geplant?«, fragte Freya. Ihre Bewegungen verlangsamten sich, und Stephan holte Luft. »Ich dachte, wir würden ihm helfen, wenn er sie nicht alle töten konnte. Wir haben nie gedacht, er würde nicht gehorchen ...«

»Vater hat mir gesagt, dass es so kommen würde. Deshalb bin ich auf alles vorbereitet.« Durch einen Schleier der Verzweiflung sah Stephan, wie Dee einen kleinen Koffer öffnete.

»Entschuldigen Sie mich ...«

Van Helsings Stimme war ein Schock für alle.

Die Köpfe der Töchter fuhren hoch. Freya hörte auf, Stephan zu streicheln. Das Feuer in seinen Lenden kühlte ab. Van Helsing? Was machte er hier? Und wo war Ann?

»Was gibt's?«, blaffte Dee ihn an.

»Ich, ähm ... Ann ... ich glaube, es ist das Laudanum. Es hat sie umgehauen. Sie ist bewusstlos.« Stephan konnte ihn nicht sehen, aber die Furcht des Mannes war nicht zu überhören. Er fragte sich, ob Van Helsing geahnt hatte, was er sehen würde, wenn er in die Krypta herunterkam.

»Na und?«, knurrte Dee. »Geh wieder nach oben, Mann! Wir haben hier zu tun.«

»Ja, aber es macht keinen Spaß, mich mit ihr zu amüsieren, wenn sie nicht bei Bewusstsein ist.« Seine pikierte Stimme hallte in der riesigen Krypta wider. »Es ist ... na ja, als triebe man es mit einer Leiche.« Offensichtlich überwog sein Ärger seine Furcht.

Dee und Freya sahen ihn nur an. »Warte ein paar Stunden, dann kommt sie wieder zu sich«, sagte Dee zerstreut und kramte in ihrem Köfferchen. Kurz darauf blickte sie wieder auf, offenbar in der Erwartung, dass Van Helsing mittlerweile gegangen war. »Raus hier!«, fauchte sie ihn an.

Stephan hörte, wie Van Helsing buchstäblich aufheulte wie ein getretener Hund und mit schnellen Schritten das Weite suchte. Diese Bestie nährte sich von der Furcht und Verzweiflung seines Opfers. Aber Ann war davor sicher, zumindest in den nächsten Stunden. Stephans Erleichterung war jedoch nicht von Dauer, denn nun hielt Dee zwei metallene Klemmen hoch, ließ sie aufklappen wie Kiefer und lächelte zufrieden.

»Das wird sein sexuelles Empfindungsvermögen noch erhöhen«, stellte sie mit sadistischem Vergnügen fest, als sie die kleinen Metallteile an seinen Brustwarzen befestigte. Die Zacken bohrten sich in das empfindliche Fleisch, und ein heftiges Gefühl durchzuckte ihn, das aber Schmerz war, keine Lust. Gewiss würde es seine Erregung dämpfen und sie nicht auch noch erhöhen. Dee ging zu ihrem Köfferchen zurück und nahm zwei Metallstäbe heraus. Die Brandeisen! Sie legte sie mit den Enden in die Glut in dem Kamin.

»Und nun wasch ihn, Freya. Ich glaube, es wird Zeit für eine orale Stimulation.«

Er würde durchhalten. Er konnte es. Sie konnten ihm antun, was sie wollten, und er würde durchhalten. Und Ann war zumindest in den nächsten paar Stunden vor Van Helsing sicher. Irgendwie würde er in dieser Zeit eine Möglichkeit finden, seinen Peinigerinnen zu entkommen. Sie würden ihren geistigen Zwang ja nicht für immer aufrechterhalten können, nicht?

24. Kapitel

Ann kämpfte sich durch einen Nebelschleier an die Oberfläche. Sie hatte geträumt. Bilder waren ihr durch den Kopf gegangen, schauerliche Bilder von Frauen mit blutigen Mündern, und dann war sie auf einmal eine von ihnen und riss selbst menschliches Fleisch mit ihren Zähnen auf. Und plötzlich war auch Stephan in ihrem Traum. Seine Stimme war beruhigend, als er sagte, sie sei jetzt stark und müsse diese Kraft benutzen.

Langsam wurde sie sich ihrer Umgebung bewusst. Sie lag auf einem Bett. Der rote und goldene Brokat der Decke kratzte an ihrem nackten Rücken. Es war kalt im Zimmer. Sie wandte den Kopf. Kein Wunder. Das Kaminfeuer war erloschen, und niemand hatte die Vorhänge zugezogen. Durch die Fenster sah man die Nacht und windgepeitschte Bäume. Aber die Morgendämmerung war nahe. Das wusste sie. Sie war nicht sicher, woher, aber in ein, zwei Stunden würde der Tag anbrechen. Ihre Glieder waren schwer, als läge sie unter einem Berg Decken, die so straff um sie festgezogen waren, dass sie ihr keine Bewegung erlaubten. Doch vielleicht brauchte sie sich auch nicht zu bewegen, nie wieder. Das müsste eigentlich beruhigend sein. Aber irgendetwas nagte an ihr, ein Gefühl der Dringlichkeit, das sie nicht deuten konnte. Wie sollte sie auch denken mit all dem Nebel in ihrem Kopf?

Du bist jetzt stark, Ann.

Das war Stephans Stimme. Das war sie doch? Oder war es ihr neuer Partner, ihr Gefährte, der da sprach? Genau! Das war's. Sie hatte sich verändert. Sie war jetzt wie Stephan ...

Stephan! Für ihn musste sie stark sein. Mühsam drehte sie den Kopf. Wie durch Watte konnte sie nun verschiedene

Geräusche hören: das Zischen der Glut im Kamin, die Zweige des Fliederbuschs, die das Fenster streiften ... ein leises, etwas brummendes Atmen.

Benutze deine Kraft, Ann. Die eindringliche Stimme in ihr erinnerte sie an Stephans, aber sie war nicht wirklich seine. *Ich bin deine Stärke.*

Ich brauche alle Kraft, die ich aufbringen kann, dachte sie verzweifelt. *Gib mir Kraft.*

Die Welt hörte auf, sich zu drehen, das Pochen in ihrem Kopf ließ nach. Das war schon besser. Sie konnte wieder klarer denken. Es schien ihr nun, als läge die Kraft in ihrem Blut, als rauschte sie durch ihren ganzen Körper. Sie konnte spüren, wie sie, angetrieben von ihrem Herzen, bis in ihre Finger und Zehen strömte.

Wieder versuchte sie, den Kopf zu heben. Sie war nackt und lag auf dem Bett ihres Onkels.

Erich saß in einem Sessel in der Ecke neben dem Kamin. Sein fliehendes Kinn ruhte auf seiner Brust. Er trug einen Hausmantel aus Brokat und marokkanische Pantoffeln. Der Brandy aus dem Glas in seiner schlaffen Hand hatte sich auf seine Hose ergossen. Das leichte Brummen kam von seinem Schnarchen.

Und dann war die Erinnerung wieder da. Erich würde ihr Gewalt antun, und Rubius' Töchter hatten Stephan in ihrer Gewalt und wollten ihn bestrafen, ihn möglicherweise sogar umbringen. Hatte Erich ...?

Ann wusste es nicht und wollte es auch gar nicht wissen. Mühsam versuchte sie, sich aufzurichten. Der Nebel in ihrem Kopf schien sich wieder zu verdichten.

Nein. Das konnte sie nicht zulassen. Sie musste Stephan suchen. *Gefährte*, dachte sie, so klar sie konnte. *Ich brauche deine Kraft.*

Das antwortende Rauschen in ihren Adern sorgte dafür, dass sie sich ungemein lebendig fühlte. Alles war möglich. Und das war gut so, weil sie Stephan finden musste. Sie blickte sich nach etwas um, um ihre Blöße zu bedecken. Ihr Kleid, das auf dem Boden lag, war vorn zerrissen.

Wo konnte Stephan sein? Wohin konnten sie ihn gebracht haben? Sie erhob sich, ein bisschen zittrig noch, und legte sich eine Hand an die Stirn. Aber das Gefühl verging. Leise schlich sie zum Kleiderschrank und zog ihn auf. Die Kleider ihres Onkels waren noch da. Ein Morgenmantel? Nein, der wäre viel zu lang und würde sie behindern. Sie nahm eins der feinen Leinenhemden heraus und streifte es über. So gekleidet, ging sie auf Zehenspitzen zur Kommode und fischte eine der Schalkrawatten dort heraus, die sie wie einen Gürtel unter ihrer Brust zusammenband. So würde das Ganze nicht verrutschen. Was für einen Unterschied es machte, bekleidet zu sein, hätte sie selbst nicht sagen können, aber so fühlte sie sich gegen alles gewappnet, was kommen mochte.

Ann drehte sich wieder zu Erich um und atmete tief durch. Vielleicht wusste er, wo Stephan war. Sie hatte nichts davon gespürt, als er sie berührt hatte, aber das könnte wegen des Laudanums gewesen sein. Ich bin stark, dachte sie. Und er brauchte die Hilfe der Töchter Rubius', um mich zu betäuben. Aber die sind jetzt nicht hier.

Nachdem sie den Gehstock ihres Onkels geholt hatte, ging sie zu dem schnarchenden Van Helsing. Natürlich könnte sie ihn auch mit der Hand berühren, um zu sehen, was er wusste, aber sie ekelte sich schon allein bei dem Gedanken. Und so stieß sie ihn mit dem Stock gegen die Schulter, während sie gleichzeitig ihren Gefährten rief. Erich schnaubte überrascht und blickte verschlafen zu ihr auf, während ein roter Dunst sich auf das Zimmer legte.

»Wo ist er, Erich?«, fragte sie ganz beiläufig.

Er schob sich buchstäblich die Rücklehne des Sessels hinauf, als er vor ihr zurückzuweichen versuchte. Aber die roten Augen, die ihr Gefährte Ann verlieh, zwangen ihn zu antworten. »In der Krypta.«

Ein Erschaudern durchlief sie, als ihr bewusst wurde, wie ähnlich das dunkle Gestein der Krypta dem des steinernen Gewölbes sein musste, in dem er so lange gelitten hatte. Das Einzige, was fehlte, war die Hitze, aber wenn die Schwestern den lange erkalteten Kamin wieder in Betrieb genommen hatten ...

Also gut. Die Krypta war ihr Ziel.

»Du ... du müsstest betäubt sein«, sagte Erich anklagend.

»Das war ich auch«, antwortete sie mit einem kurzen Blick auf ihn. »Aber du bist eingeschlafen, und die Wirkung des Laudanums ließ nach.« Sie ging zurück zur Kommode und zog einen Stapel ordentlich gefalteter Krawatten heraus, die sie Erich zuwarf. »Und jetzt leg dich auf das Bett und binde deine Füße an die Bettpfosten.«

Sein Gesichtsausdruck verriet Überraschung, und im ersten Moment schien er sich weigern zu wollen. Ann lächelte, als sie ihre Augen wieder rot werden ließ. Erichs Mund erschlaffte. Sie sah zu, wie er sich an das Bett fesselte, überprüfte die Knoten und band dann seine Hände an die oberen Pfosten. »Das müsste dich davon abhalten, dich einzumischen«, sagte sie, bevor sie aus dem Zimmer stürmte.

Vielleicht lief sie in den Tod, aber sie hatte keine andere Wahl. Sie musste Stephan helfen. Möglicherweise würde er ihr nicht glauben, doch zusammen hatten sie immerhin eine Chance, den Kampf für sich entscheiden zu können. Sie musste es also zumindest versuchen.

»Du kannst mich nicht hierlassen!«, schrie Erich ihr nach.

Und ob sie das konnte! Mit Vergnügen sogar. Er hatte Frauen gequält, anständige Leute betrogen und jeden ausgebeutet, den er für schwächer gehalten hatte. Aber *sie* war nicht schwach, nicht mehr.

Erichs ersticktes Schluchzen folgte ihr, als sie die Tür hinter sich schloss.

Jetzt war niemand mehr da, um ihn zu hören.

Stephan spürte, dass seine Selbstbeherrschung nachließ. Die Schwestern hatten seine Ketten aufgeschlossen. Viel länger würde er nicht mehr durchhalten. Er war schrecklich müde, und gegen seinen Willen wurde der geschmolzene Kern in seinem Innersten heißer noch denn je. Er konnte förmlich spüren, wie er brodelte und kochte. Auf Mantras zurückzugreifen, nützte auch nichts mehr, schien ihm. Er hatte alles ausgehalten. Bisweilen gönnten sie ihm eine kleine Atempause, aber nur, damit das Gefühl mit neuer Kraft und sogar noch stärker zurückgebracht werden konnte. Ein enges goldenes Band am Ansatz seines Glieds schien seine Blutzufuhr zu unterbrechen und ihn noch mehr als alles andere zu entflammen. Sie hatten ihn mit dem Mund stimuliert, bis er hätte schreien können. Mehrmals hatten sie Blut von ihm genommen, um selbst bei Kräften zu bleiben, und Dee hatte ihm Verletzungen am ganzen Körper zugefügt. Aber seine Wunden heilten, wie sie immer heilten.

Wäre Ann nicht gewesen, hätte er das Feuer in sich, das ihn zu verzehren drohte, begrüßt, weil er wollte, dass die Qualen endeten. Aber er konnte Ann nicht im Stich lassen. So viele Stunden waren vergangen. Tat Van Helsing ihr vielleicht in ebendiesem Moment Gewalt an, während er selbst sich hier auf diesem Sarkophag herumwarf?

Stephan rang nach Atem, als Dee sich neben ihm auf dem steinernen Sargdeckel ausstreckte und ihm befahl, sich zwischen ihre gespreizten Beine zu legen. Das enge Band am Ansatz seines Glieds ließ ihn sich seiner Geschlechtsorgane sogar noch bewusster werden. Wie befohlen, drang er in sie ein und beugte sich über sie, um ihre Brüste zu liebkosen. Sie schob den Stoff, der sie von den Schultern bis zur Taille bedeckte, beiseite. Gehorsam ließ er seine Zunge um ihre Brustspitze kreisen, als sie sich ihm auffordernd entgegenbog. Dee zwang ihn, sich noch schneller in ihr zu bewegen. Freya beobachtete sie. Stephan blickte unter halb gesenkten Wimpern zu ihr auf. In der letzten Stunde hatte sie immer unglücklicher ausgesehen. Ihre Augen waren rot, ihre Lippen zusammengepresst, und eine steile Falte stand zwischen ihren Augenbrauen.

»Konzentrier dich, Harrier!«, blaffte Dee. »Sei achtsamer... Er ist nahe dran«, bemerkte sie zu Freya. »Wir müssen den Druck jetzt aufrechterhalten.«

»Und was ist, wenn er in Flammen aufgeht und uns gleich mitverbrennt?«, fragte Freya ungehalten.

»Wir werden die Steigerung der Intensität spüren. Seine Vibrationen werden die Skala überschreiten. An diesem Punkt ist es nicht mehr aufzuhalten, und wir werden uns zurückziehen. Das ist alles«, sagte sie, während sie in hemmungsloser Leidenschaft die Hüften kreisen ließ. Stephan spürte, wie sich der Raum um ihn zu drehen begann und die glühende Lava in seinen Lenden aufwallte.

»Er ist kurz davor«, sagte Dee, die jetzt auch schon keuchte. »Dreh dich um«, befahl sie ihm. »Ich will deine Zunge spüren. Und du, Freya, lässt ihn deine spüren, schnell und hart.«

»Dee, er ist bestraft genug. Lass ihn gehen.«

Stephan traute seinen Ohren nicht. Übelkeit erfasste ihn, als er sich umdrehte und mit aller Kraft gegen die Feuersbrunst tief in seinem Innern ankämpfte. Genauso heftig wehrte er sich gegen den Willen der Frauen, den geistigen Zwang, den sie auf ihn ausübten. Er musste durchhalten. Um Anns willen *musste* er durchhalten.

»Werd jetzt bloß nicht schwach, Freya, oder Vater wird dich bestrafen, wie du noch nie bestraft worden bist. Wie kannst du ihn in einem solchen Moment im Stich lassen?« Dee hockte sich auf Stephans Schultern und bog sich ihm entgegen, sodass ihm keine andere Wahl blieb, als seinen Mund auf sie zu pressen. »Und jetzt komm her und bring ihn zum Orgasmus!«

Nach einem schier endlosen Moment spürte er Freyas Hände und dann auch ihren Mund auf sich.

Gefährte – steh mir bei!

Ann schlüpfte in das Dunkel der Gewölbe, in denen sie sich bestens auskannte. Höhlen und Krypten waren so viele Jahre ihre Zufluchtsorte gewesen, dass sie sie schon lange nicht mehr ängstigten. Doch nun war der Geruch nach Staub und feuchtem Gestein überlagert von dem Duft nach Zimt und Ambra. Sie hörte schweres Atmen, Ächzen und Gestöhn. Sie quälten Stephan! Ihr drehte sich der Magen um, aber sie biss die Zähne zusammen und drückte sich hinter die nächststehende große Säule.

Als sie um sie herumspähte, sah sie eine Szene vor sich, bei der ihr fast das Herz stehen blieb. Stephan lag auf einem steinernen Sarkophag, nackt, und die größere der beiden Töchter, die er Deirdre genannt hatte, saß mit gespreizten Beinen auf seiner Brust und vor seinem Gesicht. Stephans Mund lag an ihrer intimsten Körperstelle, und Ann konnte sehen, wie er nach Atem rang und sich gegen sie zu wehren schien. Sie war es, die stöhnte. Stephans Rücken war gekrümmt und jeder seiner Muskeln angespannt. Sein Körper glänzte vor Schweiß. Die andere Tochter, Freya, erregte ihn mit ihrem Mund. Die Augen beider Frauen waren rot. Stephan kämpfte und wehrte sich, so gut er konnte. Ann konnte nicht nur die Schwingungen, sondern auch ein furchtbares, immer stärker werdendes Pochen in der Luft wahrnehmen. Es kam von Stephan, dessen war sie sich ganz sicher.

»Gleich ist es so weit«, rief Deirdre ihrer Schwester zu. »Seine Kontrolle über die Kräfte in ihm lässt nach. Halte dich bereit zurückzuspringen, wenn der Ausbruch unvermeidlich wird. Wir müssen in sicherer Entfernung sein, wenn er sich entzündet.«

Sich entzündet? Oh, nein!, durchfuhr es Ann.

Ihr Herz setzte einen Schlag aus, und sie konnte kaum noch atmen. Aber sie musste nachdenken. Wie konnte sie ihm helfen? Der psychische Zwang der Schwestern war buchstäblich in der Luft spürbar. Sie stauten seine Gefühle in ihm auf und stimulierten ihn, bis er ... explodierte? Anns Verstand rebellierte gegen den Gedanken. Schnell durchforstete sie Stephans Erinnerungen. Dachte er, dass das tatsächlich geschehen könnte? In seinen Erinnerungen fand sie den Fleck an der Wand in dem unterirdischen Raum in Mirso. Stephan nahm an, dass es das war, was einem anderen zugestoßen war, der vor ihm von Rubius' Töchtern mit diesem abscheulichen Training gepeinigt worden war. Und jetzt versuchten sie, ihn auf die gleiche Weise umzubringen.

Am liebsten wäre Ann einfach zu ihm gestürmt. Aber sie musste vorsichtig sein, denn die Schwestern waren stark. Was konnte sie unternehmen? Es blieb keine Zeit!

Bevor sie weiter nachdenken konnte, entfernte sich die kleinere der Schwestern, die er Freya genannt hatte, von ihrem

Platz, schüttelte den Kopf und trat zurück. Ann konnte sehen, dass die furchtbare Anspannung in seinem Körper ein klein wenig nachließ, und auch die pochende Energie entschärfte sich ein bisschen.

»Mach weiter, Freya!«, sagte Deirdre scharf. »Wir haben es fast geschafft.«

»Ich kann nicht«, entgegnete Freya mit ausdrucksloser Stimme, ohne ihre Schwester oder Stephan anzusehen.

Er hatte seinen Mund von Deirdre gelöst, als wäre er erlöst worden, als sich Dees Aufmerksamkeit Freya zuwandte.

»Zum Teufel, Freya!« Wütend glitt Deirdre von Stephans Schultern. »Was für ein Moment, um zu ermüden! Es bleibt keine Zeit, um dich an seinem Blut zu laben und deine Kräfte wiederherzustellen.« Sie stieß die Schwester beiseite. »Ich werde mich um ihn kümmern. Du brauchst nur deine Seite der Kompulsion aufrechtzuerhalten.« Deirdre setzte sich auf Stephans Hüften und umfasste grob sein Glied. Während sie eine Hand auf und nieder bewegte, strich sie mit der anderen über die Spitze. Fast augenblicklich bäumte Stephan sich mit einem rauen Aufschrei auf, und seine Augen wurden feuerrot. Um ihn herum bildete sich eine ... Aureole aus Energie, wie das Glühen des Lichts, das ihn und Ann in Bucklands Lodge umgeben hatte.

»Nein, Dee, du verstehst nicht. Ich kann *das* nicht tun.« Freya stand nur still da. Dann verblasste das Rot ihrer Augen, und kurz darauf waren sie wieder dunkel in dem schwachen Licht der Krypta.

Deirdres Wutanfall war wie eine greifbare Welle der Macht, die durch die Krypta schoss. »Dann lass es!«, fauchte sie. »Ich erledige es selbst. Und du kannst Vater erklären, was deinen Sinneswandel bewirkt hat und warum du Vater nicht mehr gehorchen wolltest.«

Ann sah, wie Freya in sich zusammensackte. »Ich kann es nicht jedem recht machen«, murmelte sie, als wäre sie selbst überrascht darüber. Ann hatte keine Schwierigkeiten, sie zu verstehen, nicht mal in der endlos weiten Krypta. »Oder es wird nichts mehr von mir übrig bleiben.«

»Dein Lebenszweck ist, ihm zu dienen – ihm, den Ältesten und unserer gesamten Spezies.« Da Deirdre sich im Moment auf Freya konzentrierte, stimulierte sie Stephan nicht mehr mit der gleichen Intensität wie vorher. Das Pochen in der Luft verminderte sich, und Stephan wand sich nicht länger ganz so heftig. Auch das weiße Glühen schwächte sich ein wenig ab.

»Ich habe ihm dreitausend Jahre gedient«, sagte Freya, immer noch mit ausdrucksloser Stimme. »Die Gefangenschaft ist vorüber, meinst du nicht?« Jetzt richtete sie den Blick auf Deirdre.

Aber Dee fuhr wieder zu Stephan herum. »Nein, das ist sie nicht«, sagte sie mit schmalen Lippen. »Eine von uns zumindest kennt noch ihre Pflicht.« Wieder widmete sie sich mit schonungsloser Grobheit Stephans Stimulation. Das Pochen, das von ihm ausging, steigerte sich wieder, bis es in Anns Lungen widerhallte. Er stöhnte und stöhnte, und die Aureole begann, ihn wieder einzuhüllen.

Freya wandte sich ab und ging auf die Treppe zu, die in den Garten hinaufführte.

Das Pochen war zu einem Trommeln geworden, das in Anns Kopf dröhnte und immer schneller und lauter wurde. Stephan schrie auf, und es klang, als wäre der Schrei seinem tiefsten Innersten entrissen worden. Das Licht um ihn verstärkte sich und dehnte sich aus, bis es auch Deirdre einhüllte.

»Er ist an dem Punkt ohne Wiederkehr«, schrie Dee ihrer Schwester triumphierend nach. »Jetzt ist er nicht mehr aufzuhalten.« Tatsächlich trat sie von Stephan zurück, der sich noch immer wand vor Qual. Die Aureole verblasste nicht, sondern glühte heller und heller, bis ihr Licht in den Augen schmerzte. Zu Anns Erstaunen erhob sich Stephans Körper etwa fünfzehn Zentimeter über den Sarkophag, wo er, sich drehend und windend, in der Luft liegen blieb, während seine heiseren Schreie durch die Krypta schallten und auf gespenstische Weise von dem Gestein zurückgeworfen wurden. Am liebsten hätte Ann sich die Ohren zugehalten.

Stattdessen aber lief sie in den Lichtkreis des ersterbenden Feuers in dem riesigen Kamin. »Stephan!«, schrie sie. »Halte durch, bis ich dich berühren kann!«

»Ann!« Er schnappte entsetzt nach Luft. »Bleib zurück!« Das letzte Wort war nur noch ein gequältes Knurren.

Deirdre, nicht sicher, was geschah, drehte sich um.

Wegen des donnernden Pochens der Macht in der Luft konnte Ann keinen klaren Gedanken fassen. Sie wusste nur, dass sie Stephan berühren musste. »Denk an Bucklands Lodge«, konnte sie ihm gerade noch zurufen, bevor sie stolperte und fiel.

»Zu *spät!*« Sein Körper war angespannt wie eine Bogensehne. Seine Muskeln hoben sich scharf von seiner Haut ab, als er sich vor Schmerzen wand. Und er war in Schweiß gebadet. »Du wirst mit mir verbrennen. Geh *zurück!*«

Ann rappelte sich auf. Sie war ihm schon so nahe. »Mir passiert nichts.«

Deirdre schoss um das Fußteil des Sarkophags herum.

Für eine Sekunde verharrte Ann vor der sich windenden Gestalt über dem Sarg. Stephan schaute sie an, und seine ganze Angst um sie spiegelte sich in seinen glühend roten Augen wider. »Ich kann es nicht mehr aufhalten«, stieß er zwischen zusammengebissenen Zähnen hervor.

Ann lächelte ihn an, ihre ganze Aufmerksamkeit galt nur

noch ihm. »Dann versuche es nicht länger. Vertrau mir!«, sagte sie und legte beide Hände an seine Schulter.

Der Schock der Macht, die sie durchzuckte, war wie der Einschlag eines Blitzes. Jeder Muskel in ihrem Körper krampfte sich zusammen. Der ganze Schmerz, den Stephan während der letzten Stunden empfunden hatte, überflutete und durchströmte sie. Die Krypta wurde in einen roten Dunst getaucht. Ann konnte spüren, wie ihre Haare sich zu einer Gloriole sträubten. Ihr Gefährte sang in ihren Adern, und seine Stimme in ihrem Blut wurde zu einem Chor, dessen Lied sich mit unglaublicher Kraft in die Luft erhob.

Das Glühen umgab sie mittlerweile beide. Deirdre trat zurück, vor Entsetzen oder auch aus Ehrfurcht. Ann versuchte zu atmen und merkte, dass sie schrie. Aber sie nahm ihre Hände nicht von Stephans Schultern. »Lass los! Lass los, verdammt! Lass *los!*« Das war es, was sie schrie, oder vielleicht schrie sie es auch nur in Gedanken und gab überhaupt keinen hörbaren Laut von sich.

Sie sah das Entsetzen in seinen Augen, als er merkte, was er ihr antat. Irgendwie brachte sie ein Lächeln zustande. Stephans Entsetzen verwandelte sich in Verwirrung. Gehetzt sah er sich um. Er versuchte, die Energie zurückzuhalten, um Ann zu beschützen, aber er schrie nicht mehr. Dann kehrte sein Blick zu ihr zurück und wurde ruhiger. Auch ihre Schreie verstummten. Still verharrten sie, im Licht verbunden, für eine Sekunde oder eine Stunde – wer konnte das schon sagen? Irgendwann verblasste das Licht ein wenig und schien durch Anns Füße aus ihr herauszuströmen.

Und dann sah sie die Akzeptanz in Stephans Augen und erspürte sie mit ihren Händen. Er war überzeugt, dass er sie beide umbringen würde, doch er akzeptierte, dass sie es nicht anders haben wollte. Und deshalb ließ er los.

Eine schier unglaubliche Macht umbrauste Ann und durchfuhr sie, doch sie brachte keinen Schmerz mit sich. Das Pochen wurde schwächer. Stephan sank auf den Sargdeckel zurück. Anns Füße wurden schwer. Sie sank mit ihm! Schockiert erkannte sie, dass sie, genau wie er, in der Aureole aus gleißend hellem Licht gehangen haben musste. Es war jetzt weit weniger grell, aber ein Schimmern um sie war geblieben. Stephans Augen ließen Verwunderung, Erleichterung und ... Frieden erkennen. Er liebte sie. Ein Moment des Friedens war ihnen gegönnt, bevor das Licht sich in der kühlen, feuchten Luft des Gewölbes verlor. In Stephans Augen sah sie, dass ihm ein Gedanke kam. Natürlich. Sie durften über all dem Deirdre nicht vergessen.

Langsam drehte Ann sich zu ihr um.

Ihre Augen waren nicht mehr rot, sondern nur groß vor Schock. Wie zur Salzsäule erstarrt, stand sie da und starrte sie nur an. Ann konnte immer noch die Macht spüren, die sie und Stephan ausstrahlten. Was würde geschehen, wenn sie Deirdre jetzt anfasste?

Doch das stand ihr nicht zu. Sie blickte sich zu Stephan um. Das Glühen war zu einer dünnen weißen Linie um seine Gestalt verblasst. Auch seine körperliche Erregung flaute ab. Zum ersten Mal sah sie den goldenen Ring um den Ansatz seines Glieds, den sie vorher nicht bemerkt hatte. Und an seinen Brustspitzen waren kleine Metallklemmen befestigt.

Stephan legte seine linke Hand über ihre, die wie ihre andere Hand noch immer auf seiner Schulter lag, und setzte sich auf. Wortlos löste Ann die Klemmen von seinen Brustwarzen. Dann fiel klirrend das goldene Band zu Boden. Stephan beobachtete sie, ohne einen Laut von sich zu geben.

Aber dann spannte sich sein Körper wieder an, er hob den Kopf, und seine Augen sprühten Feuer, als er aufblickte und an ihr vorbeischaute. Offenbar traf er eine Entscheidung über Deirdre. Sein Gesichtsausdruck verhärtete sich. Ann legte eine Hand auf seinen Arm, weil sie den Kontakt noch nicht verlieren wollte. Dann furchte er die Brauen, blickte von ihr zu Deirdre und wieder zu ihr zurück, und die Härte wich aus seinem Blick. »Sie ist es nicht wert, Ann«, murmelte er. »Sie ist es nicht wert, sich die Hände an ihr zu beschmutzen.«

In dem Moment war sie stolzer auf ihn, als sie es je zuvor gewesen war.

»So, so. Du kannst sie also dazu benutzen, das Feuer in dir auszudehnen.« Deirdre hatte sich wieder gefasst. Mit tiefrot glühenden Augen stolzierte sie auf sie zu. Der geistige Zwang eines sehr alten Vampirs, der ältesten von Rubius' Töchtern, drohte sie in seinen Bann zu ziehen. »Dann werde ich sie beseitigen müssen.«

Deirdre machte einen Satz nach vorn und griff nach Anns Arm, aber Stephan packte Dee an der Schulter und stieß sie fort. Sowie er sie berührte, leuchtete die Aureole wieder auf. Deirdre hielt Ann fest. Sie waren ein Kreis aus flirrender Macht. Ann spürte wieder ihren Gefährten durch ihre Adern rauschen, und ein roter Nebel breitete sich in der Krypta aus.

»Du wirst nie aufhören, was?«, knurrte Stephan, die Augen dunkelrot und wütend. Nun ließ er Ann los und packte Deirdre mit beiden Händen an den Schultern. Als er sie von sich stieß und sie buchstäblich durch die Luft warf, ließ er seine Macht frei. Er hörte einfach auf, sie zu beherrschen.

Deirdre brach in Flammen aus. Sie begannen nicht an einem Punkt und breiteten sich dann aus, und sie entzündeten sich auch nicht überall zugleich und schlugen höher. Nein, gerade war sie noch in der Luft, ihre roten Augen sprühend vor Wut, und im nächsten Augenblick war sie ein glühender Feuerball. Bis der brennende Ball die Erde traf, waren nur noch Kohlestückchen übrig, die zischend auf dem kalten Boden aufkamen.

Ann war wie erstarrt vor Schock. Auch Stephan war wie gelähmt und zitterte vor Wut. Das einzige Geräusch war Freyas Schrei.

»Dee«, schluchzte sie. »Dee!« Durch die dunklen Bögen vor der Treppe kam Freya auf sie zugerannt. Aufschluchzend warf sie sich vor der Kohle auf die Knie und sah sich verzweifelt um, als könnte Deirdre sich noch irgendwo dort befinden. Ann sah schweigend zu, zu schockiert noch, um ein Wort hervorzubringen. Schließlich setzten ihre Füße sich aus eigenem Antrieb in Bewegung und brachten sie zu Stephan. Er zog sie an seine Seite, und sie schlang die Arme um seinen nackten Körper.

Freyas Schluchzen ließ allmählich nach. Sie lehnte sich auf den Knien zurück und blickte mit tränenüberströmtem Gesicht zu ihnen auf. »Willst du mich nicht auch vernichten, Stephan?« In ihrer Stimme schwang kein echter Einwand gegen diesen Ausgang mit.

Ann spürte, wie Stephan neben ihr den Kopf schüttelte. »Ich wollte sie nicht töten«, sagte er grollend. Ein Zittern durchlief seine breite Brust, als er tief ein- und ausatmete. »Wenn du uns nichts Böses willst, warum sollte ich dich dann töten wollen? Du warst die Einzige, die ein bisschen freundlich zu mir war.« Unwillkürlich verstärkte er den Griff um Anns Schultern.

»Von mir aus kannst du es ruhig tun. Ich kann sowieso nirgendwo mehr hin.« Freyas Stimme war wieder flach und ausdruckslos geworden.

»Geh zurück und sag deinem Vater, er solle sich die Mühe sparen, einen anderen zu schicken. Das Ergebnis wird das Gleiche sein.« Stephan lehnte sich jetzt schwer auf Ann, woran sie merkte, wie erschöpft er war.

»Ich kann nicht mehr dorthin zurück. Nicht nach Deirdres Tod und nach meiner Weigerung, Vater zu gehorchen.«

Ann hätte fast etwas gesagt, aber sie unterdrückte den Impuls, sich einzumischen. Diese Entscheidung musste Stephan treffen. Wie er zur dritten der Töchter Rubius' stand und wie er jetzt reagierte, war Teil seines Weges und nicht des ihren.

»Ja, Rubius entschuldigt keine Fehler«, stimmte er ihr zu.

»Er wird Buße wollen«, sagte Freya leise, als fragte sie sich schon, was für eine Art von Buße ihr auferlegt werden würde.

Würde Stephan es dabei belassen? Ann wartete. Als er schwieg, riskierte sie einen Blick auf ihn. Er kaute unschlüssig auf seiner Unterlippe.

Dann straffte er sich. »Nein. Du musst zurückgehen, Freya, um ihm zu sagen, dass du nicht die Absicht hast zu büßen. Das ist der einzige Weg, wie du als seine Tochter weiterleben kannst. Schließlich hast du kein Verbrechen begangen.« Er löste sich von Ann, um vorzutreten, und sie ließ ihn gehen. »Du hast dich geweigert, dich an etwas zu beteiligen, was du für falsch hieltest. Recht und Unrecht haben einen höheren Stellenwert als die Anweisungen eines Vaters. Sie übersteigen die Regeln. Warum solltest du dich schuldig fühlen? Warum solltest du Buße tun?« Er half ihr aus ihrer knienden Stellung auf. »Kehre nach Mirso zurück, Freya! Sag es ihm, und geh dann fort!«

»Fort von Mirso?« Ihre Stimme war unsicher und ängstlich, ihr weißes Kleid grau vom Staub des Bodens und den Flecken, die die Kohle darauf hinterlassen hatte. »Mirso ist der einzige Zufluchtsort für unsere Gattung.«

»Vielleicht gibt es so etwas wie Zuflucht gar nicht«, sagte Stephan sanft. »Möglicherweise ist das die endgültige Wahrheit über unsere Situation und unsere Tragödie.«

»Eine Tragödie, die ich vermutlich auch verdiene.« Freya seufzte.

»Vergib dir, Freya. Du hast Zeit, dies alles zu überwinden und wieder heil zu werden. Wir leben ewig. Du hast alle Zeit der Welt.«

Sie erhob den Blick zu ihm. »Es gibt Lasten, die zu schwer sind, um sie zu überwinden und wieder heil zu werden.« Freya straffte sich. »Aber ich werde es ihm sagen und es als meine Buße betrachten. Doch ich muss ihm auch von Kilkenny erzählen. Das Gleichgewicht zwischen unserer Spezies und der menschlichen ist nach wie vor gefährdet. Da draußen gibt es immer noch geschaffene Vampire.«

Stephan wandte sich Ann zu. »Nicht alle geschaffenen Vampire sind eine Gefahr für uns, Freya. Kann es unter ihnen nicht auch gute und schlechte geben?«

Freya lachte bitter. »Ich bin die Letzte, der du diese Frage stellen kannst.«

»Dann lass Kilkenny gehen ...«

Freyas Blick huschte durch die dunkle Krypta. »Ich ... ich weiß nicht.«

»Wirst du einen weiteren Harrier ausbilden, wenn dein Vater es von dir verlangt?« Ann musste ihr diese Frage stellen. Denn das könnte die wahre Gefahr sein.

»Nein.« Freyas Kopfschütteln war etwas entschiedener als ihre letzten Worte. »Ich kann das nicht noch mal durchmachen. Nicht, dass er nicht wieder jemanden dafür finden könnte. Aber es müsste ein sehr alter sein, wie wir es waren.« Sie blickte wieder zu Stephan auf. »In gewisser Weise warst du genau das, was er seit Jahrhunderten gesucht hatte. Du bist unglaublich mächtig, Stephan. Selbst heute weißt du vielleicht noch nicht, *wie* mächtig. Dein einziger Fehler war, dass du selbstständig gedacht hast«, schloss sie mit einem reuevollen kleinen Lächeln.

»Genau wie du«, entgegnete er überraschend sanft.

»Ich hoffe, dass es so ist«, erwiderte sie. Einen Moment lang sah sie Ann an, dann richtete sie den Blick wieder auf Stephan. »Uns war nicht bewusst, dass eine einfühlsame Frau wie sie deine Macht nicht nur erhöhen, sondern auch verhindern könnte, dass diese Macht dich zerstört. Und dabei hatten wir unseren Plan so sorgfältig umrissen.« Sie schüttelte den Kopf. »Einen von Natur aus mächtigen Mann finden, seine Macht durch sexuelle Stimulation erhöhen und beherrschen und ihn dann kontrollierte Orgasmen lehren. Wir erzeugten eine perfekte Waffe. Und wenn wir sowohl die Macht des Mannes erhöhten als auch seine Orgasmen unterdrückten, konnte er natürlich auch vernichtet werden, das war der Plan. Das hatten wir durch Zufall ja entdeckt.« Sie lachte, aber ohne einen Funken Heiterkeit.

Der Fleck an der Wand. Fast wäre von Stephan in dieser Nacht nicht mehr als ein solcher Fleck übrig geblieben.

»Ich dachte immer, Macht zu teilen, würde sie verringern«, sinnierte Freya laut weiter. »Und Emotionen? Emotionen, so hieß es, würden dir die Kraft entziehen. Wer hätte gedacht, dass du das Potenzial von Gefühlen erkennen würdest, indem du sie teiltest und zuließest? Denn so war es doch bei dir, nicht wahr?«

Stephan nickte. »Es hat meine ganze Kraft erfordert. Ich dachte, ich würde Ann umbringen.«

Diesmal war es Freya, die nickte. »Ich habe die Emotion in der Luft gespürt, sobald du es beschlossen hattest.« Wieder blickte sie von Ann zu Stephan und seufzte dann. »Du hast einen Höhepunkt bei ihr gehabt, nicht wahr?«

Er nickte. »Und es hat sie weder verletzt noch ihr geschadet.«

»Weil sie nicht verrückt ist.«

Ann war es ein bisschen leid, dass in der dritten Person über sie gesprochen wurde. »Und weil wir uns sehr gern hatten, als es geschah. Es war die heilende Erfahrung, die es sein sollte, und daher überhaupt nicht schädlich.«

Freya zog die Brauen hoch und dachte nach. »Dazu kann ich nichts sagen. Für uns war es immer nur ein Auftrag.«

Ein Auftrag, den ihr Vater ihnen gegeben hatte. Das war das Traurigste, das Ann bisher aus ihrem Mund gehört hatte.

Mit einem etwas hilflos wirkenden Gesichtsausdruck blickte Freya auf die noch rauchenden Kohlestückchen zu ihren Füßen. »Tja...« Langsam drehte sie sich um und ging, ohne ein weiteres Wort zu sagen, auf die Treppe zu, die in den Garten führte.

25. Kapitel

Stephan und Ann sahen ihr nach. Auch Ann kam sich ein bisschen hilflos vor. Wie ging es jetzt weiter? Was geschah nach Folter und Tod, glühender Macht und nachdem man alles riskiert ... und verloren hatte? Langsam kehrte sie auf den Boden der Tatsachen zurück. Sie war barfuß und trug nichts weiter als ein Männerhemd am Körper. Stephan war nackt wie am Tag seiner Geburt. Sie befanden sich unten in der Krypta der Abtei, und über ihnen auf Maitlands lagen überall furchtbar zugerichtete Leichname herum. Und die Sonne ging schon auf.

Stephan blickte besorgt auf sie herab. »Hier können wir nicht bleiben«, sagte er. »Sie werden uns die Schuld an den Morden geben.«

»Es war sowieso zuletzt keine Zufluchtsstätte mehr.« Trotzdem war es ein erschreckender Gedanke, Maitlands zu verlassen. Wo sollten sie hingehen? Und gab es überhaupt eine gemeinsame Zukunft für sie? Oder hielt Stephan ihre Liebe immer noch für eine Jugendschwärmerei, die sie überwinden würde?

»Ach du liebe Güte!«, rief sie plötzlich aus. »Ich habe Erich ans Bett gefesselt liegen lassen.«

Stephan ging zu dem Sarkophag vor dem erlöschenden Feuer und suchte seine Hose aus den Kleidern am Boden heraus. Ann sah zu, wie er sie überstreifte und dann ein Hemd über den Kopf zog. An seinen Bewegungen erkannte sie, wie erschöpft er von der Tortur war. Aber er hatte einen mörderischen Ausdruck in den Augen. Die Stiefel in der Hand, den Rock über dem Arm, marschierte er auf die Treppe zu.

»Wag ja nicht, ihn zu töten, Stephan Sincai«, rief Ann ihm nach. »Sein Blut soll nicht an unseren Händen kleben.«

Er presste nur die Lippen zusammen, ohne Ann anzusehen, und sie folgte ihm die Treppe hinauf, so schnell sie konnte. An einer Abzweigung im Gang blieb er stehen, nicht sicher, wie er in das Haus gelangen sollte. Die Schwestern mussten ihn in die Krypta hinunterversetzt haben.

Ann drängte sich an ihm vorbei. »Hier entlang.« Durch die – längst nicht mehr – geheime Tür neben dem Kamin gelangten sie in Anns Kinderzimmer und begaben sich von dort aus zu dem Raum ihres Onkels. Erich lag noch immer, ans Bettgestell gefesselt, in dem mit Goldfäden durchwirkten Hausmantel, der gelben Hose und den marokkanischen Pantoffeln auf dem Bett. Er riss ängstlich die Augen auf, als er sie sah. Im selben Moment nahm Anns scharfes Gehör das Geräusch von Kutschenrädern und Pferdehufen auf dem Kies in der Einfahrt wahr. Ein entsetzter Schrei ließ darauf schließen, dass jemand die Leichen der Wachen schon entdeckt hatte.

»So, Van Helsing«, stieß Stephan zwischen zusammengebissenen Zähnen hervor. »Du willst also mit Vampiren spielen? Das ist eine gefährliche Übung, Freundchen.«

Erich wimmerte und drückte sich in die Kissen, als könnte er durch die Matratze und den Boden versinken und entkommen. Mit grimmiger Miene beugte sich Stephan über ihn. Van Helsing schrie auf, und der Geruch von Urin durchzog den Raum, als ein dunkler Fleck auf seiner Hose erschien.

»Stephan!«, rügte Ann ihn scharf.

Er warf ihr einen kurzen Blick zu und riss dann die Krawatte los, mit der Erichs rechte Hand an den Bettpfosten gefesselt war. Ann atmete erleichtert auf. Innerhalb weniger Sekunden hatte er ihren Cousin auch von den anderen Fesseln befreit und packte seinen Arm in einem Griff, den Ann nur zu gut kannte. »Komm mit, du feige Ratte!« Er stopfte seine Stiefel und seinen Rock unter den rechten Arm und trieb Erich aus dem Zimmer und die Treppe hinunter. Van Helsing schniefte und zitterte vor Angst.

Draußen hörte Ann, wie Jennings jemandem etwas zurief – war es der Fleischer, der so früh am Morgen kam? Gott sei Dank war wenigstens der gute Jennings noch am Leben! Sie würden den Gehilfen des Fleischers losschicken, um Unterstützung zu holen. Bald würde es auf Maitlands von Eindringlingen wimmeln, und Jennings und der Fleischer konnten jeden Augenblick ins Haus kommen. Trotzdem schleifte Stephan Erich in die Küche.

Ann war nicht sicher, ob sie es verkraften würde, Polshams und Mrs. Simpsons Leichen noch einmal zu sehen, doch sie wagte auch nicht, Erich Stephan ganz zu überlassen. Schließlich blieb sie mit abgewandtem Blick in der Küchentür stehen.

Stephan ging zu dem großen Holzklotz, in dem die Küchenmesser steckten.

Die Eingangstür flog auf. »Polsham!«, hörte Ann Jennings brüllen. »Mrs. Simpson? Alles in Ordnung mit Ihnen?« Füße rannten durch die Halle. Mehrere Paar Füße.

Stephan schien nicht im Mindesten beunruhigt zu sein, wie Ann nun feststellte. Er legte den Rock und die Stiefel auf den Tisch, zog ein langes Messer aus dem Block und schleifte den mittlerweile haltlos schluchzenden Erich zu den beiden Leichen hinüber. Stephan beugte sich über sie, und als er sich wieder aufrichtete, war das Messer blutig. Schweigend wischte er das Blut an Erichs Hemd ab, packte Van Helsing dann am Handgelenk und bückte sich erneut.

Die Schreie kamen näher.

Stephan drückte Erich das Messer in die Hand. Seine Augen glühten rot, und Erich, dessen Miene völlig ausdruckslos geworden war, sackte in sich zusammen. »Wann immer du auch nur daran denkst, jemandem wehzutun, wirst du impotent«, erklärte er. »Wiederhole das.«

»Wann immer ich auch nur daran denke, jemandem wehzutun, werde ich impotent«, murmelte Erich.

Stephan griff nach seinen Kleidern und ging zu Ann hinüber. Seine Kraft nahm zu. Im Handumdrehen hatte er sie hochgehoben und drückte sie an seine Brust. Die Dunkelheit stieg um sie auf. Jennings, der keuchend in der Tür erschien, war nur noch durch die sich vertiefende Schwärze wahrzunehmen. Dann ein kurzer, stechender Schmerz, und die Welt um sie herum versank.

In der Höhle kehrten sie in Zeit und Raum zurück. Einige Kerzen flackerten noch und verbreiteten ein schwaches Licht im Dunkeln. Die Feuchtigkeit und Kälte standen in krassem Gegensatz zu der Hitze in der Krypta. Stephan taumelte ein wenig, als er Ann absetzte.

»Lass mich das mit dem Messer erklären«, stieß er zwischen zusammengebissenen Zähnen hervor.

Ann unterdrückte ein Lächeln. Stephan dachte, die Richter würden erledigen, woran sie ihn gehindert hatte. Aber sie war sich da nicht so sicher. Erich war gerade dabei gewesen, die Schnur von einer Kiste Wein zu lösen, als Jennings zur Tür hereingekommen war. Und es war anzunehmen, dass der Mann im ersten Moment nur auf die Leichen seiner Freunde geachtet hatte. Wahrscheinlich würde Erich mit der Erklärung durchkommen, er habe sich gerade erst von den Fesseln befreien können, die Stephan ihm angelegt hatte, bevor er Polsham und Mrs. Simpson getötet hatte. Sie war sich ziemlich sicher, dass sie Erich eines Tages vielleicht wieder begegnen würde. Er würde nicht damit aufhören zu versuchen, mit irgendwelchen Winkelzügen arglose Leute um ihr Geld zu bringen. Vielleicht würde er sein unvollständiges Wissen über Vampire dazu benutzen, Menschen vorzumachen, er könne ihre Albträume mit Kruzifixen und Knoblauch exorzieren. Gegen Bezahlung selbstverständlich.

Ann konnte ihm nicht verzeihen. Nicht auszudenken, was er ihr beinahe angetan hätte! Zum Glück war er eingeschlafen, bevor er sie mit Gewalt hatte nehmen können.

Sein Blut an ihren oder Stephans Händen war jedoch eine Schuld, die sie nicht auf sich nehmen wollte, selbst wenn Erich seiner gerechten Strafe möglicherweise nun entgehen würde. Andererseits aber war er durch Stephans Fluch gestraft genug. Sie konnte nur hoffen, dass dieser Fluch ihn tatsächlich daran hindern würde, sich an anderen Frauen zu vergehen.

»Tut mir leid, dass wir keine Zeit hatten, mehr Kleidung für dich mitzunehmen«, entschuldigte sich Stephan, während er Strümpfe und Stiefel anzog.

»Es war nichts dort, was ich noch haben wollte.«

»Wir werden dir ein paar hinreißende Sachen in Paris besorgen.«

»Ist Paris weit genug entfernt?«

Er machte ein nachdenkliches Gesicht, als er etwas mühsam seinen gut geschnittenen Rock über die Schultern zog. »Vermutlich nicht. Der Bow Street Runner und dieser Idiot von einem Richter werden glauben wollen, dass wir mit Van Helsing unter einer Decke gesteckt haben.«

Ann wurde allmählich klar, dass sie Maitlands nie mehr wiedersehen würde. Doch im Grunde hatte sie das schon seit dem Tag gewusst, an dem sie beschlossen hatte, Erich nicht zu heiraten.

Ihre Trauer musste ihr anzusehen sein, denn Stephan war

mit zwei großen Schritten bei ihr und nahm sie in die Arme. »Das mit Maitlands tut mir leid.«

Sie blickte zu ihm auf und lächelte, weil seine spontane Geste des Trostes sie erfreute. »Zumindest wird es für etwas gut sein. Bevor ich Erichs reizenden Antrag abgelehnt hatte, hatte ich für Mr. Yancy Dokumente aufgesetzt für den Fall, dass nicht alles wunschgemäß verlief. Oder vielleicht gerade doch. Auf jeden Fall habe ich Mr. Yancy mitgeteilt, dass Maitlands, falls ich für eine Weile fortginge, zu einer Mädchenschule umgestaltet werden soll, in der noch etwas anderes gelehrt wird als Sticken, Aquarellmalerei oder Pianofortespielen. Finanziert wird das Ganze mit den Einkünften aus den Ländereien. Sie müssten schon eine Leiche finden, um mich für tot zu erklären und den Besitz an die Krone zurückfallen zu lassen. Ich glaube, das ist ein sicheres Arrangement.«

Stephan zog die Augenbrauen hoch. »Ich bin beeindruckt, meine Schöne. Und weißt du«, fuhr er ernster fort, »falls du es irgendwann mal wieder zurückhaben willst, kannst du es in ein, zwei Generationen wieder aufkaufen. Geld ist für unsere Art nie ein Problem.«

Das ließ ihr den Atem stocken.

Da waren sie wieder, all die enormen Konsequenzen dessen, jemand »seiner Art« zu sein. Sie kamen ihr so schlagartig zu Bewusstsein, dass sie weiche Knie bekam. In ein, zwei Generationen? Geld kein Problem, obwohl sie im Moment nicht mal einen Schilling bei sich hatte? Blut trinken zu müssen, Langeweile, der Drang nach Sex – würde das zu einem Problem werden? Stand ihr ein moralischer Absturz bevor? Wie könnte sie, die nie ihr Kinderzimmer verlassen hatte, so leben?

Unwillkürlich glitt ihr Blick über Stephans Gesicht. Wahrscheinlich konnte er all ihre Zweifel und Unsicherheiten in ihren Augen sehen.

Ein Ausdruck der Bestürzung und Resignation erschien in seinem Blick. Seine Schultern sackten fast unmerklich herab. »Ich werde dafür sorgen, dass du ein neues Heim bekommst. Selbstverständlich hast du keinerlei ... Verpflichtung mir gegenüber.«

Was redete er da? Ann war so entgeistert, dass sie nicht ganz sicher war. Er würde ihr helfen. Ohne Verpflichtung ihrerseits. Es bestand keine Verpflichtung zwischen ihnen? Dachte er wirklich so? Nach allem, was zwischen ihnen gewesen war? Hatte sich an seinen Gefühlen für sie etwas geändert?

Es war ein weiterer Schock für sie, als sie bemerkte, dass sie nichts mehr von seinen Erfahrungen verspürte, obwohl er sie berührte. Verlor sie ihre Gabe ganz? Wie oft hatte sie darum gebetet? Aber jetzt wollte Ann diese früher so verhasste Fähigkeit behalten. Sie war ein Teil von ihr, und sie würde sich verloren fühlen ohne sie. Ratlos nahm sie Stephans Gesicht zwischen ihre Hände, sah ihm prüfend in die Augen ...

... und zog scharf den Atem ein. Da war es. Sie musste sich nur konzentrieren. Auf ihn. Oh, natürlich liebte er sie noch. Er hielt nur das, was er gerade in ihren Augen gesehen hatte, für ein Anzeichen dafür, dass sie ihre »Verliebtheit« für ihn überwand.

Ach, wie konnte er nur so dumm sein!

»Ich bin *nicht* Beatrix!«, rief sie, warf die Hände in die Luft und entzog sich seinen Armen. »Gott, was muss ich noch tun, um dir zu beweisen, dass ich dich *wirklich* liebe?« Verärgert lief sie auf dem Sandboden der Höhle hin und her, während flackernd eine Kerze erlosch. »Ich habe mich mit Rubius' Töchtern angelegt, weil ich dich *liebe*. Ich habe neben dir gestanden und dich angefasst, als du glaubtest, es brächte uns beide um, weil ich dich *liebe*. Habe ich mir damit nicht einmal verdient, dass du Vertrauen in meine Worte setzt?«

Sie dachte, sie könnte ihn damit aufrütteln, doch er stand nur ruhig da, während zischend eine weitere Kerze erlosch. »Ich bezweifle nicht, dass du mich zu lieben *glaubst*, Ann.« Auch seine Stimme war ganz ruhig in der weitläufigen Höhle. »Ich bin der einzige Mann, den du je berührt hast. Aber das Leben ist lang, du hast noch keine Vorstellung davon, wie lang es ist. Es wird andere Männer geben, und du wirst auch sie berühren. Die erste Liebe ist nie von Dauer.«

»Du meinst, keine erste Liebe war überhaupt *jemals* von Dauer?«, fragte Ann und verschränkte die Arme vor der Brust. »Keine? Nie?«

»Nun ja, ich will natürlich nicht verallgemeinern ...« Er machte ein betretenes Gesicht. Gut!

»Dann scheinst du also zu glauben, dass *deine* Liebe zu mir nicht Bestand haben wird. Du liebst mich, Stephan. Ich kann es fühlen. Du *brennst* förmlich vor Liebe.« Und sie wusste auch, dass er glaubte, er würde sie für immer lieben. Dieser verdammte Sturkopf wollte nur nicht danach handeln. Aus Angst. Aus Angst wovor? Da Ann sich keinen Reim darauf machen konnte, musste sie ihn dazu bringen, es ihr zu sagen.

Sie sah, wie ihm die Röte in die Wangen stieg. Er räusperte sich einmal, aber er schien noch immer nicht die Worte über die Lippen zu bringen.

»Tut mir leid, Mr. Sincai. Ich verstehe dich nun einmal besser, als irgendeine andere Frau es jemals könnte. Du kannst nichts vor mir verbergen.« Sie würde nicht eher lockerlassen, bis er ihr gesagt hatte, was für Barrieren zwischen ihm und seiner Liebe zu ihr standen. Sie konnte sie nicht durchbrechen, solange sie sie nicht kannte. Ann sah ihn schweigend an und wartete auf eine Erwiderung von ihm.

»Mein ... mein Fall ist ein besonderer.« Er sah aus, als würden die Worte ihm buchstäblich entrissen. Doch es war immerhin ein Anfang. Ann blieb weiter still und stellte keine Fragen. Es lag bei ihm, ob er sie aufklären wollte. Sie hatte ihm gesagt, dass sie ihn liebte. Genügte das denn nicht?

Aber vielleicht konnte er nicht spüren, wie stark ihre Liebe war. Sie war schließlich die Sensiblere von ihnen. Ein leises Schuldbewusstsein, ihm unrecht zu tun, beschlich sie.

Schuldbewusstsein! Es waren Stephans verdammte Schuldgefühle, die zwischen ihnen standen, nicht? Er glaubte, keine Liebe zu verdienen. Er hatte sich noch nicht verziehen. Aber hatte er Freya in der Krypta nicht geraten, ihre Schuldgefühle zu verbannen? Er musste doch gewusst haben, dass sein Rat sich ebenso gut auf ihn selbst anwenden ließ. Ann dachte darüber nach. Ja, sie konnte spüren, dass ihm das klar war.

Aber es war nicht das Gleiche, etwas vom Verstand her zu wissen oder die Gewissheit im Herzen zu tragen. Trotzdem wollte Ann ihn nicht bedrängen. Es war seine Sache, sich dazu zu äußern oder nicht, und deshalb zog sie nur die Augenbrauen hoch.

Stephan stand dort in der Höhle und suchte verzweifelt nach einer Erklärung. Ann verdiente etwas Besseres als ihn. Er würde sie in so gut wie allem enttäuschen. Sieh sie doch nur an!, sagte er sich. Es war unglaublich mutig von ihr, ihn je berührt zu haben. Sie war bereit, für ihn in den Tod zu gehen; das war er nicht wert. Und in welch krassem Widerspruch ihr zartes Äußeres zu ihrer Charakterstärke stand! Sie hatte ihn sogar dazu gebracht, diesen verabscheuungswürdigen Van Helsing zu verschonen. Wie unglaublich hochherzig sie war!

Und jetzt wartete sie. Wartete darauf, dass er ihr sagte, warum es keine Hoffnung für ihre erste, reine Liebe gab. Aber würde er ihr einen Gefallen tun, wenn er es ihr sagte? Oder sollte er sie einfach im Unklaren lassen, bis sie ihn schließlich ganz von selbst verließ? Doch vertrieb er sie nicht schon, wie er Beatrix vertrieben hatte, indem er ihr prophezeite, dass sie ihn eines Tages verlassen würde? Das ... *das* war seine Schuld, seine Sünde, die Sünde eines so großen Stolzes, dass er stets die Wahrheit sagte. Aber, Herrgott noch mal, würde Ann ihn so gründlich kennen, wie sie sagte, wüsste sie das über ihn! Und dann würde sie verstehen, dass er dieses Problem nicht so einfach ignorieren konnte.

Stephan holte tief Luft. Er musste es ihr begreiflich machen. »Du wirst einige Männer sicher weniger liebenswert finden als andere, denke ich«, bemerkte er, um einen leichten Ton bemüht.

Sie erwiderte nichts. Im Dämmerlicht der nach und nach erlöschenden Kerzen schaute er sie prüfend an.

Na schön. Seine Bemerkung hatte ihr also nicht gereicht. »Ich habe schreckliche Fehler gemacht in meinem Leben. Fehler, für die andere bezahlt haben.«

Sie sah ihn immer noch so an, als verstünde sie nicht.

Zum Teufel mit ihr! »Ich habe Beatrix von mir fortgetrieben!«, sagte er mit ungewohnter Heftigkeit. »Ich habe Asharti geschaffen. Ich konnte sie nicht lieben, und das trieb sie in den Wahnsinn. Sie hat gefoltert, getötet und Tausende wie Kilkenny geschaffen. Ich habe ein Volk Menschenopfer für mich darbringen lassen. Ich ließ zu, dass ein anderes von seinen Feinden massakriert wurde, weil ich die Mitglieder dieses Volkes nicht stark machen wollte, wie ich es war. Ich konnte Kilkenny nicht töten. Ich konnte nicht mal Buße tun für meine Sünden. Vergiss nicht, dass ich im Jagdhaus unschuldige Vampire zusammen mit anderen getötet habe, die Gräueltaten begangen hatten, ohne auch nur darüber nachzudenken. Und am Ende habe ich auch dich geschaffen...« Er brach ab, seine Leidenschaft versiegte.

Anns klare graue Augen beobachteten ihn, als er aufschaute. Aber es lag nichts Verurteilendes in ihrem Blick. »Bereust du das Letztere?«, fragte sie ruhig.

»Nein!« Er schüttelte vehement den Kopf. »Natürlich nicht. Aber...«

Sie zog wieder die Brauen hoch.

Stephan seufzte. Sie würde es aus ihm herauslocken. Ihn dazu bringen, es zu sagen. »Würdest du andere Männer kennen, wüsstest du, wovon ich spreche. Ich bin nicht... gut. Nicht so, wie du es bist.«

»Oh, ja. Die anderen Männer, die ich berührt habe – sagen wir, der Richter, Jemmy Minks und mein Onkel –, die waren natürlich alle viel besser als du. Gott, mein Onkel wollte mich *Erich* zur Frau geben, Stephan! Ich hätte ihn dafür hassen können, aber ich liebte ihn, weil ich seine Gründe verstand.« Ein besorgter Ausdruck huschte über ihr Gesicht. »Du liebe Güte, jetzt denkst du vielleicht noch, dass ich das ernst meine! Ich weiß alles über dich, die Mayas, Tibet, Beatrix und Asharti. Verstehst du nicht, dass dein Kampf, den rechten Weg zu finden, für mich eines der bewundernswertesten Dinge an dir ist und ich dich dafür liebe?«

»Aber ich habe *versagt*.«

»Noch nicht.« Sie ließ ein kleines Lächeln über ihre Lippen huschen. »Du lebst noch, nicht?«

»Oh ja, ich lebe noch.«

»Ich sehe die Last auf deinen Schultern«, fuhr sie leise fort. »Du hast heute versucht, Freya diese Last zu nehmen. Doch niemand kann sie einem anderen abnehmen. Ich kann dich nicht von deiner Last befreien.«

Was versuchte sie, ihm begreiflich zu machen? Freya? Was hatte er Freya gesagt? Dass er ihr keine Schuld gab. Dass sie sich nicht schuldig fühlen solle. Unwillkürlich zog er scharf den

Atem ein. War es das, wovon Ann sprach? Aber Freya *hatte* eine Entschuldigung. Sie war die Tochter dieses alten Satans, Himmelherrgott noch einmal, und sie hatte dreitausend Jahre mit Rubius' erdrückender Persönlichkeit gelebt! Freya hatte *Gründe* gehabt, so zu handeln. Aber welche Entschuldigung hatte er für seine Verbrechen? Bedenkenlose Ignoranz? Dummheit? Er trat einen Schritt zurück. »Ich bin es nicht wert, dass du mich liebst, Ann«, erklärte er. »Eines Tages wirst du das erkennen. Und glaub mir, ich sage immer die Wahrheit, auch wenn es das war, was Beatrix von mir fortgetrieben hat. Sie kam irgendwann zum gleichen Schluss. Sie ist über mich hinausgewachsen.« Die Qual, die ihm den Magen zusammenkrampfte, drängte ihn, sich abzuwenden und sich im dunkelsten Winkel der Höhle zu verkriechen.

»Gut. Nun hast du es mir gesagt«, erwiderte Ann ganz nüchtern. »Und ich betrachte mich als gründlich vorgewarnt.«

Der Verzweiflung nahe, ließ Stephan den Blick über das Gestein, den leise dahinrauschenden kleinen Bach und die flackernden Kerzen schweifen. Als er sich endlich wieder erlaubte, ihn auf Anns Gesicht zu richten, wirkte sie sehr nachdenklich.

»Also gut, Stephan, dann wollen wir doch einmal ganz offen sein«, sagte sie. »*Ich* glaube, die Wahrheit ist, dass du mich für oberflächlich und feige hältst, weil ich mich so viele Jahre in meinem Kinderzimmer verkrochen habe. Wahrscheinlich habe ich auch einfach nicht genug Erfahrung für dich. Du denkst, du würdest meiner müde werden, auch wenn du mich im Moment noch sehr begehrst.«

Er verdrehte die Augen. »Das kannst du doch nicht ernsthaft glauben!«

»Genauso ernsthaft, wie du annimmst, dass ich dich nach allem, was ich über dich weiß, nicht länger lieben könnte. Ich weiß alles über dich, und ich liebe alles, was ich von dir weiß. Ich möchte eine Chance, dich weiterzulieben. Ist das so verkehrt von mir?« Plötzlich wollte sie nicht länger diskutieren. Sie spürte ein so pures, hemmungsloses Verlangen in sich aufsteigen, dass es schon beinahe beängstigend war. »Falls irgendwo schon einmal eine erste Liebe von Dauer war, könnte die meine die nächste sein, nicht wahr? Könntest du diese Möglichkeit in Betracht ziehen? Du hast mir heute Nacht vertraut. Das konnte ich in deinen Augen sehen«, flüsterte sie. »Du hast dich mit mir in den Abgrund gestürzt.«

Er stand da wie erstarrt. »Genau wie du.«

Sie nickte mit großen Augen.

Ja, er würde sich bedenkenlos in jeden Abgrund stürzen, wenn er ihr damit einen Moment des Schmerzes oder der Gefahr ersparen könnte. Sie bat ihn, genug Vertrauen in sie zu setzen, um sich von ihr lieben zu lassen. Das konnte er. Doch sie bat ihn auch, sich selbst endlich zu verzeihen und daran zu glauben, dass er es verdiente, geliebt zu werden. Und das war in der Tat ein Abgrund! Konnte er so viel Mut aufbringen wie dieses schlanke, so ätherisch anmutende Mädchen? Der Himmel stehe ihm bei, denn das musste er, oder er würde sie dazu verdammen, unglücklich zu sein.

»Ich werde es versuchen. Ich verspreche dir, dass ich es versuchen werde«, sagte er bewegt, und trat zu ihr und nahm sie in die Arme. Er hatte Angst, er könnte sie erdrücken, doch er wusste auch, wie stark sie jetzt trotz ihrer Zartheit war. Stark vom Lied des Gefährten, der in ihren Adern sang. Darauf musste er vertrauen. Er wusste, dass sie sein Einverständnis spüren würde. Die Verpflichtung, die er einging, brannte in ihm schon wie ein Feuer. Stephan wollte ihrer würdig sein. Er war bereit, dem Abgrund zu trotzen, um sie glücklich zu machen.

Sie blickte zu ihm auf, und Tränen traten ihr in die Augen.

»Bring mich nach Paris!«, sagte sie. »Ich will neue Kleider. Und dann möchte ich Peking und Katmandu mit dir besuchen.«

Er küsste sie und spürte das Feuer, das auf seine Lenden übersprang. Nicht das qualvolle Begehren, das Rubius' Töchter ausgelöst hatten, sondern das süße, brennende Verlangen nach Ann, das ihn ermutigen würde, sie so glücklich zu machen, wie er konnte, und so lange, wie er konnte. Wenn sie an ein *Für immer* ihrer Liebe glaubte, würde er ihr ein *Für immer* geben. Bis ans Ende ihrer Tage. Sein Gefährte pochte in seinem Blut, und das gleiche Pochen konnte er in ihrer Kehle spüren, als er sie mit Küssen bedeckte.

Sie waren sich gleich. Sie liebten sich. Sie hatten eine Ewigkeit vor sich. Die hatte er ihr schon mit seinem Blut geschenkt. Und nun würde er dafür sorgen, dass sie dieses Geschenk immer schätzen würde.

Blut ist Leben.

»Susan Squires ist ein außergewöhnliches Talent«

Christine Feehan

Susan Squires
MEIN DUNKLER
GEFÄHRTE
Roman
Aus dem amerikanischen
Englisch von
Ulrike Moreno
496 Seiten
ISBN 978-3-404-18747-8

Nach einem Piratenüberfall auf hoher See wird Ian von einer geheimnisvollen Frau versklavt. Erst nach Monaten entkommt er, doch etwas stimmt nicht mit ihm: Das Licht der Sonne bereitet ihm Qualen, und er verspürt eine nahezu unstillbare Gier nach Blut ...
Nachdem ihr Vater auf einer archäologischen Expedition gestorben ist, soll die junge Elizabeth Ägypten verlassen und in London ein ganz normales Leben führen. Auf der Schiffsreise nach England trifft sie den mysteriösen Ian und ist sofort fasziniert. Ihre Leidenschaft für ihn bringt sie völlig durcheinander. Dabei weiß sie noch nichts von Ians dunklem Geheimnis ...

Bastei Lübbe Taschenbuch

*Zwei verlorene Seelen, ein mächtiger Feind
– und die alles überwindende Kraft der Liebe*

Christine Feehan
JÄGERIN DER
DÄMMERUNG
Roman
Aus dem amerikanischen
Englisch
512 Seiten
mit zahlreichen
Abbildungen
ISBN 978-3-404-16092-1

Ivorys Herz ist versteinert. Vor langer Zeit wurde sie von ihrem Volk betrogen und von ihrer Familie verstoßen. Nun ist sie auf der Jagd. Ihre Opfer: Vampire. Eines Tages nimmt sie den Duft eines Mannes auf, der ihre Seele gefangen nimmt. Razvan. Er ist ihr Retter, ihr wahrer Seelengefährte. Ein Karpatianer. Seit Jahrhunderten schon führt er einen Kampf, den er nur verlieren kann – und er ist kurz davor aufzugeben. Als die beiden einen gemeinsamen Feind ausmachen, erwacht in ihnen der Wunsch zu leben – und zu kämpfen. Sie stellen sich ihrem größten Gegner. Doch sind sie auch in der Lage, ihren geheimsten Sehnsüchten zu folgen und die heilende Macht der Liebe zu erkennen?

Bastei Lübbe Taschenbuch

Eine fesselnde Geschichte über Liebe und Hass, Leidenschaft und Schmerz – Mann und Bestie ...

Lucy Monroe
LOCKRUF DES MONDES
Roman
Aus dem amerikanischen
Englisch von
Ulrike Moreno
416 Seiten
mit zahlreichen
Abbildungen
ISBN 978-3-404-16342-7

Werwolf Lachlan rächt sich für die Verschleppung einer Wölfin seines Rudels durch den Sinclair-Clan und entführt die Schwester des Lairds. Dieser steht die aufsässige Emily zur Seite, die Lachlans Rachepläne schnell schwinden lässt ...

»Lucy Monroe ist ein großartiges Talent« THE BEST REVIEWS

Bastei Lübbe Taschenbuch

Werden Sie Teil der Bastei Lübbe Familie

- Lernen Sie Autoren, Verlagsmitarbeiter und andere Leser/innen kennen
- Lesen, hören und rezensieren Sie Bücher und Hörbücher noch vor Erscheinen
- Nehmen Sie an exklusiven Verlosungen teil und gewinnen Sie Buchpakete, signierte Exemplare oder ein Meet & Greet mit unseren Autoren

Willkommen in unserer Welt:

BASTEI LÜBBE - www.luebbe.de

f - www.facebook.com/BasteiLuebbe

twitter - www.twitter.com/bastei_luebbe

You Tube - www.youtube.com/BasteiLuebbe